삼대록계 국문장편소설

현몽쌍룡기
1

역주자 김문희(金文姬)는 부산외대 국문과를 졸업하고 서강대 국문과에서 석사, 박사 학위를 받았다. 이화여대 한국문화연구원의 전임 연구원을 거쳐 현재는 서강대 인문과학연구소 연구교수로 있다. 국문장편소설의 가독성(可讀性)에 관심을 가지고 있으며 독자를 작품 속으로 끌어들이는 국문장편소설의 서술과 표현의 묘미가 무엇인가를 탐색하고자 한다. 저서로는 『전기소설의 서술문체와 환상성』, 논문으로는 「『현몽쌍룡기』의 서술 문체론적 연구」, 「『조씨삼대록』의 서술전략과 의미」, 「국문장편소설의 중층적 서술의식 연구」, 「장편가문소설의 가독성 연구」 등이 있다.

이화한국문화연구총서 10

현몽쌍룡기 1

초판 인쇄 2010년 2월 20일 **초판 발행** 2010년 2월 25일
역주자 김문희 **펴낸이** 박성모 **펴낸곳** 소명출판 **출판등록** 제13-522호
주소 서울시 서초구 서초동 1621-18 란빌딩 1층
전화 02-585-7840 **팩스** 02-585-7848 **전자우편** somyong@korea.com **홈페이지** www.somyong.co.kr

값 29,000원

ISBN 978-89-5626-454-7 93810
ISBN 978-89-5626-445-5 (세트)

ⓒ 2010, 김문희

이 저서는 2005년 정부의 재원으로 한국연구재단의 지원을 받아 수행된 연구임(KRF-2005-078-AS0041)

이화한국문화연구총서 10

삼대록계 국문장편소설

현몽쌍룡기
1

김문희 역주

소명출판

| 일 러 두 기 |

가. 현대어역 및 주해

1. 현대어 번역은 한글 맞춤법 체계에 의거해 어법에 맞는 자연스러운 현대 한국어 문장이 되도록 하였다.
2. 띄어쓰기와 관련해 한 인물에 대한 관직명이 연달아 나올 때는 붙여 쓰기로 한다.
3. 띄어쓰기와 관련해 '공이나 '부인'과 같은 호칭이 성과 연달아 나올 경우, 원래는 띄어 써야 하나 독서의 편의를 위해 예외적으로 붙여 썼다.
4. 현대어로 번역한 표현이 작품 원문의 단어와 형태가 많이 달라졌을 경우, 각주에서 원문의 단어를 밝혀 주었다.
5 현대어역 본문에서 어려운 한자어는 한자를 병기해 주었다.
6. 판독(判讀)이 어려운 어휘나 문장은 가능하면 이본을 참조하여 보완하고 주석을 달아 그 사실을 명기(明記)하였다.
7. 이본을 참조해도 판독이 불가할 경우 그 사실을 각주를 통해 밝혔다.
8. 면이 바뀔 경우 바뀐 부분의 첫 글자 위에 방점(˙)을 찍고 원문의 면수를 표시하였다.
9. 주해는 다음과 같은 경우에 하였다.
    1) 관직명, 인명과 같은 고유명사.
    2) 전고(典故)가 있는 한자어 및 지금은 사용하지 않는 한자어.
    3) 어학적 주석이 필요한 근대 국어 어휘나 표기 체계.
    4) 등장인물 및 그들 간의 관계, 앞 줄거리를 환기시킬 필요가 있을 경우.
10. 주석의 표제어는 현대어역 본문을 대상으로 하였다.
11. 문장 부호의 사용은 다음과 같다.
    1) 큰 따옴표(" ") : 직접 인용, 대화, 장명(章名).
    2) 작은 따옴표(' ') : 간접 인용, 인물의 생각이나 내적 독백.
    3) 『 』 : 책명(冊名).
    4) 「 」 : 편명(篇名)
    5) 〈 〉 : 작품명
    6) ( ) : 한자어를 드러낼 경우.
    7) [ ] : 표제어에서 제시하는 단어와 한자어가 음이 같은 경우는 ( )로 표시하고, 만약 음이 일치하지 않는 경우에는 [ ]를 사용함.
    8) { } : 각주에서 원문에 표시된 어휘를 밝히기 위해 원문 내용을 그대로 옮긴 경우. 원문에 붙은 세주를 해석한 경우.

나. 원문

1. 현대 맞춤법 체계에 의거해 띄어쓰기를 해 주었다.
2. 한자는 병기하지 않았다.
3. 면이 바뀌는 곳은 면 표시를 해 주었다.
4. 판독이 불가한 경우나 지워진 글자는 □ 표시를 해 주었다.
5. 원문에 붙은 세주는 { } 표시를 하였다.

서문

　1975년도에 경북 북부 지역에 사시던 할머님들을 대상으로 고전소설에 대한 독자 연구를 진행했던 논문이 있다. 그 조사 결과 중 흥미로웠던 점은 피조사자였던 할머니들께서 당신들은 전(傳) 계열 소설보다는 질(秩) 계열 혹은 록(錄) 계열 소설을 더 많이 읽으셨다고 한 내용이었다. 당시만 하더라도 고전소설은 '-전'으로 끝나는 작품이 다수를 차지하고 있었기에 그 조사 결과와 더불어 열거되었던 작품들이 낯설었던 기억이 있다. 그 후로 30여 년이 지난 지금, 당시 연구 결과에서 보고되었던 소위 '록 계열' 작품이란 임형택 선생님의 용어인 '규방소설'과도 통하며 또 이제는 상당한 연구 성과가 축적된 국문장편소설들 역시 이와 상통하는 작품들일 수 있다는 생각이 든다.

　1960년대 중반 창덕궁 안에 있는 낙선재(樂善齋)에 소장되어 있던 다수의 서책들이 발견되었고 정부에서는 그 도서의 성격을 파악하기 위해 해당 분야의 전문가를 초빙하여 낙선재 문고를 정리하였다. 그때 낙선재에서는 기존에 알려졌던 조선시대의 소설과 비교해 볼 때 보기 드물 정도로 매우 긴 소설들이 발견되었는데 그 소설들을 일컬어 낙선재본 소설이라고 지칭하였다. 그 중에는 『홍루몽』과 같이 명백한 번역 작품들도 있었으나 국적을 판단하기 어려운 다수의 작품들이 있었다. 처음 발견되었을 때에는 이 작품들이 유례없는 대하 장편이라는 점과 매우 생소한 제목으로 인해 국내 창작인지 아니면 중국소설의 번역인지에 대한 논의가 필요했다. 그리고 어느 정도 연구가 진행된 결과 낙선재에 소장되어 있던 장편소설들은 조선의 창작 소설임이 확인되었다. 이 작품들은 주로 3, 4대에 이르는 두세 가문의 이야기를 다루고 있으며, 그런 까닭에 낙선재본 소설로 불리던 작품들은 가문소설이라는 호칭으로 더 자주 불리게 되었다.

1970년대 중반부터 가문소설에 대한 연구 성과가 제출되기 시작하였고 1990년대 이후 논의가 활발해졌으며 현재는 개별 작품론을 비롯하여 여러 방면에서 상당한 양의 연구 성과가 축적되고 있다. 연구가 진행되면서 이 장르의 명칭 역시 낙선재본 소설, 고전장편소설, 가문소설, 대하장편소설, 가족사소설, 국문장편소설 등 다양한 용어로 불렸다. 본 연구 팀이 2005년부터 시작하여 2년에 걸쳐 학술진흥재단 기초학문 토대연구 프로젝트를 수행하고 그 후 다년에 걸친 수정 및 교정 작업을 통해 이번에 소명출판에서 출판한 삼대록계 국문장편소설 역시 몇 대에 걸친 두세 가문 정도의 서사가 전개되는 작품들이다. 본 연구 팀은 장르를 지칭하는 용어 중 가장 객관적인 방식으로 조합된 '국문장편소설'이라는 용어를 선택하였으며, 번역 연구의 효율성을 높이기 위해 대상 범위를 삼대록계 국문장편소설로 한정하였다.

삼대록계 국문장편소설이란 국문장편소설 중에서도 삼대기(三代記)를 기술하면서 선행 작품과 후행 작품의 연작을 지닌 소설군을 지칭한다. 여기에는 『소현성록』 본전과 『소씨삼대록』, 『유효공선행록』과 『유씨삼대록』, 『성현공숙렬기』와 『임씨삼대록』, 『현몽쌍룡기』와 『조씨삼대록』과 같은 연작형 작품들이 속한다. 본 연구 팀은 그 중 『소현성록』 연작(15권 15책), 『유씨삼대록』(20권 20책), 『현몽쌍룡기』(18권 18책), 『조씨삼대록』(40권 40책), 『임씨삼대록』(40권 40책) 5작품을 택하였다. 『유효공선행록』과 『성현공숙렬기』 두 작품은 이미 기존의 다른 연구 팀에서 선행 프로젝트를 수행하여 결과를 제출한 작품들이므로 연구의 중복을 피하기 위해 이 두 작품을 제외한 5작품을 현대어 번역의 대상 작품으로 선정하였다.

작품을 선정한 후 작품별로 이본 상황을 살펴 번역의 대상으로 삼기에 가장 적합하다고 여겨지는 이본을 선택하여 현대어역하였다. 본 연구 팀이 선택한 이본의 서지 사항은 각 작품의 해제에서 명시될 것이므로 여기에서는 생략하도록 한다. 국문장편소설은 창작 연대를 추정하기가 용이하지 않은데, 삼대록계 국문장편소설의 경우에는 연대 추정에서 의미 있는 작품이 포함되어 있다. 왜냐하면 이 장르의 효시로 논의되는 작품인 『소현성록』 연작이 여기에 들어 있기 때문이다. 『소현성록』의 창작 연대는 옥소 권섭(1671~1759)이 남긴 서책 분배기를 근거로 하여 17세기 중후반으로 추정되었다. 박지원이 소설 구연 장면을 목격하면서 거론한 기록(1780)을 토대로 하여 『유씨삼대록』은 18세기 초반에, 그리고 그 선행작인 『유효공선행록』은 그보다 앞선 시기에 창작되었을 것으로 추정되었다. 18세기 후반 작품일 것으로 보이는 『옥원재합기연』 소설 목록에 제목이 수록된 『임씨삼대록』은 적어도 그보다는 앞서 창작되었을 것으로 보인다. 그리고 홍희복이 남긴 『제일기언』(1848)에 제목이 보이는 『조씨삼대록』은 최소한

19세기 중반에는 창작되었을 것으로, 그 선행 작품인 『현몽쌍룡기』는 이보다 앞선 18세기에 창작되었을 것으로 추정되는 작품이다. 창작 시기 추정이 17세기에서 19세기에 걸쳐 있는 만큼 내용 역시 변화를 보인다. 『소현성록』과 『유씨삼대록』이 진지한 자세로 시대와 가문에 대한 소설적 대응을 모색하는 국문장편소설의 초기적 형태를 보여준다면, 『임씨삼대록』이나 『조씨삼대록』은 훨씬 오락적인 흥미를 추구하는 쪽으로 서술자의 관심이 변했음을 알 수 있다.

고전소설 연구자를 제외한 일반 독자들에게 고전소설은 여전히 『춘향전』, 『홍길동전』, 『구운몽』 등 교과서 수록 작품에 한정되는 경우가 있다. 물론 판소리계 소설이나 방각본 소설은 한글 고전소설에서 중요한 작품군들임에 틀림없다. 그러나 국문장편소설의 서사 세계 또한 특징적이며, 작품 수 역시 상당하여 앞의 두 장르에 못지않은 역량을 함축하고 있는 장르이다. 즉 한글 고전소설의 서사 세계를 이해하기 위해서는 판소리계 소설, 방각본 소설 그리고 국문장편소설의 세 가지 범주를 제대로 파악해야 할 필요가 있다. 국문장편소설이라는 고전소설 하위 장르는 고전문학 연구자들에게는 익숙하지만 일반 독자들은 그 존재조차 잘 모르는 경우가 허다하며, 고전문학 전공자라 해도 워낙 방대한 분량의 서사인 데다가 궁체 필사본으로 영인된 형태라서 작품을 읽어 내기가 녹록하지 않다. 본 연구 팀의 작업은 삼대록계 국문장편소설의 현대어 번역 및 주해 작업으로는 첫 번 작업인 셈이다. 이와 비슷한 기존 작업들은 대개 필사본을 활자화하면서 한자 병기를 시도하거나 한자를 병기하고 간단한 주석을 다는 방식으로 수행되었다. 물론 그 정도도 도움이 되기는 하나, 가독성 있는 현대국어 문장으로 번역을 시도하고 정확한 주석을 달며 원문

입력까지 한 본 연구 팀의 작업은 기존 작업들과 차별화된다. 본 연구 팀의 작업은 국문장편소설의 효시인『소현성록』연작을 포함하고 있을 뿐 아니라 삼대록계 국문장편소설들의 초역이다. 자연스러운 현대 국어 문장으로 다듬는 노력에 더하여 정밀한 주석을 제공한 것은 독자들이 그 정황을 보다 정확하게 입체적으로 이해할 수 있기를 기대한 것이며, 번역의 정확성을 기하기 위해 입력한 원문을 제시한 것 역시 이 작업이 초역인 것과 유관하다.

1960년대 낙선재본 문고가 발견되었을 때 사람들은 이를 가리켜 '국문학 연구의 새로운 보고'라고 하였다. 국문장편소설은 이제 본격적인 연구 궤도에 진입한, 고전소설 연구의 새 영역이다. 장편소설은 시대와의 조우 속에서 삶의 총체성을 드러내며 서사 편폭의 방대함만큼 서사를 다룰 줄 아는 능력의 신장을 보여주는 장르라고 한다. 조선시대에 창작된 국문장편소설은 하나의 하위 장르를 구축할 만큼의 작품 수를 보유하고 있으며, 작품의 길이 또한 유례를 찾기 힘든 장편 대하에 속한다. 이 같은 국문장편소설은 여전히 더욱 활성화된 연구가 요청되는 장르이며, 더불어 단지 연구의 영역에만 머무르고 말 일이 아니다. 조선시대 소설 작품들은 우리의 문화유산이므로 국문장편소설 독서와 연구 결과는 일반 독자들과도 공유할 필요가 있기 때문이다. 자기 이야기를 지닌 이들은 자신들의 역사를 기억하기에, 그리고 잘 알려지지 않았던 조선의 대하 서사는 우리에게 또 다른 생명력의 원천이자 상상력의 보고일 수 있기에 이는 단지 연구자들의 연구 대상을 넘어서는 의미를 지니고 있다. 삼대록계 국문장편소설의 현대어역 출판은 연구자들에게는 연구의 편의를 제공하여 후속 연구를 촉진하는데 기여할 수 있을 것이며, 일반 독자들에게는 또 다른 조선시대의 이야기 공간을 열어 보일 것이며, 문화 콘텐츠를 생산하는 이들에게는 조선시대를 배경으로 한 스토리텔링을 위한 풍부한 원천소스를 제공할 수 있을 것이다.

이 책들은 번역문과 원문으로 구성되어 있다. 가능한 한 정확하고 읽기 쉽게 번역하려 노력했지만 막상 번역본을 내려니 마음이 편치만은 않다. 매번 검토할 때마다 계속 수정하고 싶은 부분들이 발견되기 때문이다. 이런 까닭에 번역 작업은 늘 어려우며, 겸손한 마음으로 다음 작업에서 보완될 수 있기를 기다리게 된다. 국문장편소설은 한글로 쓰여 있지만 원 상태로는 편안한 독서가 불가능할 정도로 독해가 만만치 않은 자료들이다. 프로젝트를 수행하는 기간 동안 매주 혹은 격주로 모여서 회의를 하면서 각자가 맡은 번역 분량에서 풀리지 않는 부분을 놓고 고민했던 시간들이 새삼스럽다. 이 번역 과정에는 한문 자료 번역이라면 없었을 과정이 한 단계 더 있었는데 그것은 바로 한글을 보면서 원래의 한자를 재구해 내는 것이었다. 더군다나 맞춤법이라는 개념이 아직 자리 잡히기 전인 조선시대의 한글 자료에는 수많은 개인어와 사투리가 섞여 있으며, 게다가 한문 교양의 인용이 각자의 발음과 교육 수준에 따라 다양하게 변주되어 표기되어 있다. 이런 어휘나 내용을 원래의 한자로 재구해 내는 작업은 생각보다 어려운 일이었다. 또 17세기 국어 사전류나 조선시대 어휘사전에는 등록되어 있지 않은 표현들도 많았으며, 이 부분에 대해서는 중세국어문법 전공자인 정언학 선생님의 자문을 구하였다. 국문장편소설을 현대어역하면서 한문 자료만이 아니라 이 같은 한글 자료의 번역 역시 꾸준한 지원이 필요한 영역임을 절감하였다.

이 책을 내면서 많은 분들께 도움을 받았다. 우선 중요한 조선시대 한글 자료를 현대국어로 번역할 수 있도록 지원해 준 한국연구재단(구 학술진흥재단), 세미나 장소 제공뿐만 아니라 연구 진행 과정상 실제적인 도움을 주신 이화여대 한국문화연구원, 그리고 이같이 방대한 작업을 선뜻 출판해 주신 소명출판의 박성모 사장님과 엄청난 분량의 원고를 맡아 편집해 주신 이주혜 씨께 감사드린다.

소설을 읽을 때는 즐거우나 그것을 번역해서 책으로 내는 작업은 버겁다. 하지만 국문장편소설의 서사 세계를 몇몇 연구자만 알고 있다면, 그것은 더 안타깝다. 그 마음이 우리 번역 팀 모두에게 추동력이 되어 조선시대의 다섯 작품을 오늘날의 독자들 앞에 선보이게 되었다. 조심스럽지만 감사하고 보람된 작업이었다.

역자들을 대신하여 조혜란

현몽쌍룡기 해제

　『현몽쌍룡기』는『조씨삼대록』의 전편으로 대표적인 연작형 삼대록계 국문장편소설이다. 이 책의 현대어역 대상은 한국학 중앙연구원에 소장된 18권 18책의『현몽쌍룡기』이다. 현재까지 보고된『현몽쌍룡기』의 이본은 한국학 중앙연구원에 소장된 18권 18책의『현몽쌍룡기』와 동양문고본『현몽쌍룡기』가 있는데 동양문고본은 13권과 14권만 남아있는 낙질본이다. 그러므로 한국학 중앙연구원에 소장되어 있는『현몽쌍룡기』가 가장 완전한 이본이라고 할 수 있다.

　『현몽쌍룡기』의 창작 연대와 작가는 미상이지만 여러 문헌들에 언급된『현몽쌍룡기』와『조씨삼대록』의 기록을 살펴보면『현몽쌍룡기』는 18세기 정도에는 창작되지 않았을까 추정할 수 있다.『현몽쌍룡기』라는 작품명이 언급되어 있는 책은『언문칙목녹』(필사시기 1872년으로 추정)이다. 『현몽쌍룡기』의 후편인『조씨삼대록』에 대한 언급은 홍희복의『제일기

언』(1848년)과 다른 국문장편소설인 『명주옥연기합록』에 『조씨삼대록』의 인물이 소개되어 있는 것으로 보아 『조씨삼대록』은 늦어도 19세기 초반에는 창작되었을 것으로 추정된다. 이런 사정으로 미루어보면 『조씨삼대록』의 전편인 『현몽쌍룡기』는 적어도 18세기에는 창작되고 유통되어 『조씨삼대록』과 같은 후속편을 탄생시켰을 것으로 보인다.

『현몽쌍룡기』는 1권에서 8권, 13권은 120면~128면의 분량으로 되어 있으며, 9권에서 18권까지는 100면~116면의 분량으로 되어 있고, 12권만 94면의 분량으로 되어 있다. 매 면은 평균 10행 정도로 되어 있고 매 행은 평균 18자 정도가 들어가 있다.

『현몽쌍룡기』 2권, 3권, 5권, 6권, 7권, 9권, 11권, 12권, 13권, 15권, 16권, 17권의 서두의 첫 문장은 앞 권의 끝 문장을 다시 한 번 반복해서 서술하고 있으며, 각 권의 끝 문장에는 '필경 엇지 된고 차청하회ᄒ라', '하회 엇디 된고 분석ᄒ라'와 같은 독자 유인어구들이 자주 등장한다. 이 점은 후편인 『조씨삼대록』에도 공통적으로 나타나는 사항들이며, 『임씨삼대록』에서도 이러한 사항을 찾아볼 수 있다. 각 권의 서두에 나타나는 동일 구문과 각 권의 말미에 나타나는 독자 유인어구는 장편국문소설과 같은 대장편에서 앞 권의 내용을 환기시키고 다음 권에 대한 기대를 유발하며 독서의 효율성을 제고하기 위한 서술 패턴이라고 할 수 있다.

『현몽쌍룡기(現夢雙龍記)』라는 제목은 조숙의 아내 위부인의 꿈속에 두 마리 용이 똬리를 틀고 머리를 낮추어 위부인의 품속에 달려드는 태몽의 내용에서 비롯된다. 두 마리 용은 곧 쌍둥이 형제인 조무와 조성을 상징하는데 조무와 조성은 대조적 성격을 지닌 인물이다. 조무가 호탕한 풍류

남아, 영웅호걸의 면모를 지닌다면 조성은 온화한 대현군자의 면모를 지닌 인물이다. 조무와 조성이 겪는 부부 갈등은 유사한 형태를 취하고 조무와 조성의 아내인 정소저와 양소저도 비슷한 고난과 해결 상황을 보여주지만 조무와 조성이 자신의 아내를 대하는 태도나 부부 갈등을 해결하는 모습은 대조적으로 제시된다. 이러한 대조적인 양상을 통해 올바른 치가(治家)는 어떠해야 하는가를 보여주는데 여기서 『현몽쌍룡기』를 읽는 재미를 발견할 수 있다.

『현몽쌍룡기』에는 조무와 조성의 아내인 정소저와 양소저의 여성 고난담이 두드러진다. 여성 고난담은 다른 연작형 삼대록계 국문장편소설에서도 공통적으로 나타나는 사항인데, 대부분 여성 주인공의 고난은 연적(戀敵)인 다른 여성들의 시기와 질투에서 비롯되어 악인들이 공모하여 여성 주인공이 시댁에서 축출되거나 생명의 위협을 받는 것으로 전개된다. 그러나 『현몽쌍룡기』의 정소저와 양소저를 고난으로 이끄는 원인 제공자는 어리석은 아버지와 악한 계모, 악한 오빠와 같은 친정 식구들이다. 또한 정소저와 양소저의 고난은 15권에서 거의 해소되어 이들이 조씨 집안으로 복귀하면서 『현몽쌍룡기』의 커다란 갈등은 일단락되지만 16권에서 조무가 조씨 가문 사람들이 모인 자리에서 장인 정세추를 조롱하자 조무와 정소저의 새로운 갈등이 야기되기도 한다. 이처럼 여성 주인공의 고난의 빌미를 제공하는 것이 친정 식구이며, 친정아버지를 무시하는 남편의 태도가 새로운 부부 갈등의 원인으로 작용하는 것은 여성의 쟁총 욕망이 가문 내의 갈등을 야기하는 이야기보다는 여성 독자층에 더욱 어필할 수 있었을 것이다. 불화와 반목의 씨를 배태하고 있는 친정의 치부를 보면서 시집간 여성이 겪는 심적 고통과 친정을 감싸 안으려고 하는 여성 인물의 심리는 여성 독자층의 심정적 동조를 획득할 수 있었던 『현몽쌍룡기』의 흥미소라고 할 수 있을 것이다. 더불어 『현몽쌍룡기』는 정적인 심리 묘사보다는 동적인 행동 묘사가 많이 사용되고 있으며, 사건 위주의 서사가 제공하는 서사의 속도감과 경쾌함을 느낄 수 있다. 심각한 사건 사이사이에 삽입되어 있는 조씨 가문의 딸과 서모, 사위의 농담과 한담은 쉬어가는 코너처럼 장면화 되어 있어서 『현몽쌍룡기』를 읽는 또 하나의 재미라고 할 수 있다.

중간에 잠시 손을 놓고 있기도 했지만 2005년에 시작했던 작업을 2010년에서야 마무리하게 되었다. 1차 현대어역은 김문희가 1~12권, 16~18권을 맡아서 했으며, 장시광이 13권을, 조용호가 14~15권을 맡아서 하였다. 그런 후에 김문희가 다시 『현몽쌍룡기』 18권 전체를 총괄하여 오류를 수정하고 전체 체재를 한 차례 정비하였다. 『현몽쌍룡기』를 출판본으로 정비하는 과정에서는 김문희가 1~12권을, 장시광이 13권~18권을 대상으로 하여 윤문 작업을 하였다. 불필요한 주석은 대거 없애고 고어 투의 문장보다는 현대 독자가 쉽게 읽을 수 있는 문장으로 손질하여 가독성 있는 독서물로 바꾸는 데 많은 노력을 기울였다. 『현몽쌍룡기』는 『조씨삼대록』과 더불어 연작형 국문장편소설의 완성 형태를 보여주고 재미를 추구하는 작품임에도 불구하고 그 분량 때문에 고전소설 연구자뿐만 아니라 독자들도 쉽게 작품에 접근할 수 없었다. 긴 호흡과 인내가 필요한 작업을 계속할 수 있었던 것은 도서관에서 고서로 보관되어 있는 책의 먼지를 훌훌 털어버리고 현대 연구자들과 독자에게 새로운 읽을거리를 제공할 수 있을 것이라는 기대감 때문이었다. 이 책이 고전소설 연구자들과 독자들에게 좋은 연구 자료와 읽을거리가 되었으면 한다. 여러 차례 수정을 하면서 오류를 줄이느라고 노력했지만 여전히 풀지 못한 부분도 있고 얼마간의 오류가 나올 수도 있을 것이다. 독자의 넓은 이해를 바란다.

2010년 1월
김문희

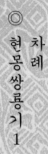

◎ 차례

현몽쌍룡기 1

현대어역

원문

현 몽 쌍 룡 기

1권

1 　송나라의 진종[1] 시절에 영승상(領丞相) 평남후(平南侯) 조공의 이름은 숙이고, 자(字)는 원침이니 개국공신 무혜왕 조빈의 손자고, 태학사 조명의 자식이다. 어린 나이에 과거에 급제하여 위엄과 뛰어난 절조, 맑고 높은 명망을 지니고 있었다. 조공은 아침부터 늦은 밤까지 근심하고 고민하여 너그럽고 어질며 올바른 도로 임금을 도와 나라와 백성을 다스리고 음양을 잘 다스리고 사시(四時)에 순응하는 어진 재상이었다. 정사를 다스리는 것은 한나라 때 제갈공명과 어깨를 나란히 할 정도였다. 그 기상이 엄숙하고 얼굴이 초나라 옥(玉)[2] 같았고, 사람됨은 봄날 따뜻한 바람 같았으

2 며 씩씩한 절개는 눈이 가득하고 궁벽한 골목에 외로운 소나무가 홀로 서 있는 듯하였다. 조공은 어머니만 계시고 아버지와는 일찍 이별하여 편모를 받들고 있었는데 조공의 성실하고 전일한 성효는 증자(曾子)[3]를 따랐다.

　집안의 부인 위씨는 숙녀의 덕이 있어 여자로서 『시경』의 「대아(大雅)」[4]에 오를 만하였다. 집안에는 여러 명의 첩이 있으나, 위부인이 태임(太任)과 태사(太姒)[5]의 남은 풍채가 있어서 시기하고 질투하며 사납고 독하지 않아 세 명의 첩이 우러러 공경하기를 노비와 주인같이 하고 의지하고 존경하는 마음이 성실하고 전일하였다. 조공의 첫 번째 첩은 화씨이고, 두 번째 첩은

---

1)　진종 : 중국 북송(北宋) 제3대의 황제(재위 997~1022).
2)　초나라 옥(玉) : {초득}. '초득'으로 보면 의미가 모호해지므로 '초옥'으로 보고 이와 같이 옮김.
3)　증자(曾子) : 공자의 제자인 증삼을 이름. 공자의 사상을 이어받아 공자의 손자인 자사(子思)에게 전하였고, 자사가 맹자에게 그 도를 전하였음. 그는 공자의 고제(高弟)로서 효심이 두텁고 내성궁행(內省躬行)에 힘썼으며, 효와 신을 도덕 행위의 근본으로 하였음.
4)　『시경』의 「대아(大雅)」 : 「대아」는 『시경』 시의 한 종류로 주나라의 문왕과 그 왕비인 태사의 덕을 칭송한 노래가 많이 실려있음.
5)　태임(太任)과 태사(太姒) : 중국 고대의 후비(后妃). 주나라 문왕의 어머니이며 왕계의 아내인 태임과 신국왕의 딸로 주 문왕의 후비이며 무왕의 어머니인 태사(太姒)는 모성으로 갖추어야 할 도리와 부녀가 지켜야 할 떳떳하고 옳은 도리를 펼친 것으로 이름났음.

영씨이며, 세 번째 첩은 설씨인데, 각각 한 명의 딸을 두었으나 오직 위부인은 늦도록 자식을 낳는 경사가 없었다.

그러던 중 위부인은 중년의 나이에 세 명의 여자 아이를 연달아 낳았으나 대를 이을 한 명의 남자 아이가 없었다. 조공은 태평한 시절에 한가한 재상으로 덕망이 조정과 재야에 울리고 임금의 총애가 많은 벼슬아치 중에 으뜸이었다. 또한 처와 첩이 화평하고 우애가 있으며 집안의 도가 고요하고 엄숙하니 조금도 걱정이 없었다. 머리가 하얀 늙으신 어머니가 강건하시니 어머니를 증자(曾子)의 큰 효로 받들고 고운 빛깔의 옷을 입은 여섯 명의 딸이 슬하에서 노니 적막한 근심이 없었다. 그러나 집안의 대를 이을 자식이 중요한데도 한 몸의 후사(後事)를 의탁할 곳이 없어서 조공은 크게 걱정하였다. 조공의 어머니 태부인이 크게 근심하여 산천에 두루 기도하며 음덕을 두텁게 하여 한 명의 뛰어난 아들을 낳기를 빌었다.

위부인이 나이가 사십이 거의 다 되어서 세 명의 딸을 낳고 다시 임신하는 것이 어려우니 태부인이 아침저녁으로 눈물을 흘리며 말하였다.

"어진 며느리의 얌전하고 정숙한 덕과 현숙한 기질로 마침내 조씨 가문의 대가 끊어지지 않기를 바랐다. 이제 너희 부부가 사십이 거의 다 되었으나 한 명의 아들을 얻지 못하니 한갓 내 마음이 슬프고 참혹할 뿐만 아니라 여러 대의 조상의 제사를 받드는 일을 누구에게 의탁하겠는가?"

위부인이 매우 슬퍼하며 앉았던 자리에서 일어나 비켜서며 대답하였다.

"소첩이 운수가 기박하고 신명께 득죄하여 수십여 년을 기다려 겨우 대를 잇는 것과 상관없는 세 딸을 얻고 병든 남자 아이조차 보지 못하고 사십이 다 지나갔으니 이미 아들에 대한 바람이 없습니다. 어머니께 불효하고 조상께 죄인이 되는 것을 면치 못하니 첩이 스스로 죽어 죄를 속죄하고자 하나 미치지 못할 것입니다. 그윽이 바라건대 군자께서 어진 가문의 숙녀를 취하여 혹시 가문의 대를 이을 한 명의 남아를 얻기를 바랍니다."

태부인이 처량히 슬퍼하고 탄식하며 말하였다.

"운명이 운수와 관계가 있으니 현명한 며느리만 남아를 못 얻는 것이 아니라 화씨와 영씨와 설씨가 모두 아들이 없다. 이는 분명히 조씨 가문의 운이 불행하여 후사가 끊어진 것이니 어찌 다시 아들이 새롭게 장가드는 것을 의논하겠는가?"

조공이 안색을 온화하게 하고 어머니를 위로하며 말하였다.

"만사가 인력이 미치는 것은 아니니 어머니는 안심하십시오. 마땅히 일가의 아름다운 양자를 얻어 후사를 일찍이 온전하게 하고자 합니다."

이렇듯이 모자와 부부가 서로 대하여 탄식하였다.

이날 밤에 조공이 내당에서 심사가 평안하지 못하여 술에 취하고 잠이 깊이 들었다. 부인이 가슴 가득 근심으로 마음이 어지러워 촛불을 대하여 조용히 사라지고자 하였다. 밤이 깊은 후에 잠자리에 나아가니 부부 두 사람이 똑같은 신이한 꿈을 얻었다. 동쪽에서 한 떼의 검은 구름이 집을 두르고, 붉은 도포와 옥으로 장식한 띠를 한 선관이 붉은 기(旗) 두 개를 잡고 앞에 와서 말하였다.

"군은 그 동안 별일 없었는가?"

조공이 황홀하여 답례하여 말하였다.

"홍진(紅塵)에 아득한 속인이 어찌 존선(尊仙)을 알겠습니까?"

그 선관이 소매를 들어 읍하며6) 말하였다.

"승상과 부인이 전생 죄과 때문에 금세에 자식이 없는데 그대 부부 두 사람의 어질고 참된 선행과 두터운 덕이 하늘과 땅의 신령을 감동시키고 선을 쌓은 음덕을 하늘이 아셔서 매우 귀하게 될 아들을 두게 하셨다. 모름지기 아들을 조심해서 길러 하늘의 뜻을 순응하여 지켜라. 그 거문고 줄을 반드시 맬 곳이 있으리니 때를 잃지 마라"

드디어 손에 잡은 깃발 두개를 주니 조공이 놀라서 어찌할 바를 모르고 받아보았다. 그 깃발에는 글자가 써 있는데, '천하 대원수 도청병 조무라'하고, 또 한 깃발에는 '대송 승상 용두각 태학사 조성이라'하여 전자(篆字)[7]로 역력히 써 있었다. 조공이 받고 고마워하며 말하였다.

"두 자식을 주신다고 하시니 천은과 선군의 후덕에 매우 감사합니다. 이 두 개의 깃발이 어찌 저의 후사를 이으며, 또 거문고 줄을 이을 곳을 어느 때 알겠습니까?"

선관이 웃으며 말하였.

"공을 누가 통쾌한 재상이라고 하겠는가? 이 붉은 깃발을 보면 족히 알 것이다. 깃발 위에 빛날 수(琇)자와 쇠금(金)자와 구슬 옥(玉)자가 완연하니 뒷날 혼사를 당하여 금과 옥을 달처럼 둥근 고리로 만들어 금과 옥을 한 쌍으로 하여 각각 그 짝을 나누게 할 것이다. 금가락지 한 짝을 가진 자가 대원수 부인이고, 옥가락지 한 짝을 가진 자가 태학사의 하늘이 정한 아름다운 짝이다. 빛날 수자는 대원수의 전생의 숨은 인연이니 그 사람이 비록 천하지만 이름자에 수자든 사람이 있거든 원하여

---

6) 읍하며 : 인사하는 예(禮)의 하나로 두 손을 맞잡아 얼굴 앞으로 들어 올리고 허리를 앞으로 공손히 구부렸다가 몸을 펴면서 손을 내림.
7) 전자(篆字) : 한자 서체의 한 가지.

1권 23

섬기려는 것을 막지 마라."

하고 수중에서 금가락지와 옥가락지를 내여 조공에게 주며 말하였다.

10 "천기는 비밀이니 금과 옥을 아주 비밀스럽게 간직하여 뒷날 혼사를
이루고 사람들에게 미리 보이지 마라"

조공이 머리가 닿도록 절하고 감사하며 말하였다.

"만일 선관의 말과 같다면 은덕을 뼈에 새기고 깊이 생각하여 잊지 않
겠습니다."

드디어 금가락지와 옥가락지를 받아보니 귀한 빛이 은근하고 여러 가
지 빛깔이 찬란히 빛나 바로 보지 못할 정도였다. 주머니 속에 간직한 후
에 홍기(紅旗)를 어루만져 보니 두 깃발이 문득 변화하여 만여 길이나 되
는 황룡이 되어 여의주를 물고 산악 같은 기세를 발하여 부인에게 달려들

11 었다. 부인이 놀라서 어찌할 줄 몰랐다. 선관이 기쁘고 즐겁게 웃으며 말
하였다.

"놀라거나 두려워하지 마라. 조씨를 창성하게 할 것이며 부인께 효도
가 비상할 것이다."

부인이 놀라고 의심하며 정신을 차리지 못하고 있는데 두 용이 똬리를
틀고 머리를 낮추어 부인의 품속에 달려들었다. 부인이 크게 놀라며 소리
치니 조공이 곁에서 깨어 말하였다.

"부인이 무슨 일로 놀라시오? 오늘밤 나의 꿈이 매우 길하니 반드시 귀
한 자식을 얻을까 하오."

드디어 밤사이의 꿈을 말하였다. 부인이 이것을 들으니 자기의 신이한
꿈과 다름이 없었다. 부인이 마음속으로 생각하니 놀라고 기뻤으나 본래
침중하여 다만 탄식하여 말하였다.

"꿈은 허탄한 것입니다. 첩이 벌써 머리가 희고 원기가 쇠약하였으니 어찌 다시 자식을 낳기를 바라겠습니까?"

이렇게 말하였으나 마음속으로는 기뻐하며 이후에 부부 두 사람의 기대가 대단하였다. 그러니 신이한 꿈이 어찌 허탄한 춘몽(春夢)이 되겠는가? 과연 이날부터 부인이 임신하여 점점 한 달이 좀 넘자 맛있는 음식도 맛이 없고, 행동거지가 느려지고 몸에 날개가 돋아 신선이 되듯이 죽을 것만 같았다. 태부인이 근심하여 산과 바다의 산물과 과실 종류를 구미에 맞도록 하였으나 부인은 잘 먹지 못하였다. 4, 5일이 되도록 부인이 잠자리를 떠나지 못하니 조공은 부인이 임신한 것을 알았다. 조공은 기대하지 않던 기쁜 일이 뜻밖에 생겨서 부인이 대문 밖을 나가지 못하게 하고 어머니에 대한 아침저녁 문안 인사를 그만두게 하였다. 세 명의 첩에게 명하여 밤낮으로 부인을 보호하여 떠나지 못하게 하였다. 태부인이 이 소식을 듣고 온 마음으로 매우 기뻐하여 밤낮으로 하늘에 빌어 아들 얻기를 바랐다. 집안의 크고 작은 비복과 이웃 마을의 친척이 이어서 축하하였다. 부인이 너무 요란함을 기뻐하지 않고, 행여 또 딸을 낳아 어머니와 남편의 바람을 끊게 할까 온통 걱정하여 더욱 음식 맛을 몰랐다.

조공의 서녀(庶女) 세 명은 혼인하였으니 장녀 채빙은 화씨 소생이고 태학사 왕수신의 후실이 되었다. 차녀 옥빙은 영씨 소생이니 대사마 경현의 총희(寵姬)[8]가 되었다. 삼녀 계빙은 설씨 소생이니 학생 위규의 아내가 되었다. 위생은 문벌 사족(士族)인데 집이 빈한(貧寒)하여 조공의 서녀(庶女)와 혼인하여 그 집에 의지하였다. 조공이 그를 눈앞에 두어 글을 짓고

---

8)   총희(寵姬) : 특별한 귀여움과 사랑을 받는 여자.

술을 마시면서 친자식같이 신임하고 비록 천한 사위이지만 재주와 용모를 사랑하고 위인(爲人)을 기대하여 가장 중요하게 여겼다.

위부인 장녀 숙혜의 나이가 14살이 되자 바야흐로 초승달이 둥글게 뚜렷해지는 것 같고 봉숭아꽃이 벙그는 듯하였다. 아름다운 용모는 늦가을의 밝은 달 같았고, 깨끗하고 시원한 기질은 가을 하늘의 드넓음과 가을물의 맑음을 지니고 있었다. 온갖 자태가 완전하고 덕행이 겸비되어 있으니 이는 여자에게 딱 걸맞은 것이었다. 그런데 그 품성이 화평하고 기쁘며 또한 씩씩하고 침착하며 단정하고 무게가 있으며, 비분하고 개탄하며 굳세고 엄숙하여 의연히 치마 입은 영웅이고 비녀 꽂은 군자 같았다. 조금도 만만하고 호락호락하며 용렬한 모습이 없고, 더불어 문장의 재주가 갖추어져 있어서 당시에 독보적인 숙녀였다. 조공 부부가 비록 숙혜가 딸이지만 처음으로 얻은 자식이라 귀중한 보석같이 사랑하였고, 할머니 태부인이 숙혜를 손바닥 안의 신기한 구슬로 여기고 사위 선택하는 것을 매우 신중히 하였다. 숙혜를 병부상서 석규의 장자 석문과 결혼시키니 이는 개국공신 수신의 종손이었다. 석문이 나이는 어리지만 총명하여 이백(李白)9)의 정신과 풍채를 지녔고 반악(潘岳)10)의 아름다운 모습을 아울러 지니고 있으며, 마음이 너그럽고 넓으나 석문의 기상은 숙혜에게 미치지

___

9) 이백(李白) : 당나라 시선(詩仙)으로 자는 태백(太白), 호는 청련(靑蓮), 취선옹(醉仙翁). 두보와 더불어 시의 양대 산맥을 이룸. 그의 시는 서정성이 뛰어나 감각과 직관에서 독보적임. 달을 소재로 많은 시를 썼으며, 낭만적이고 귀족적인 시풍을 지녔음.

10) 반악(潘岳) : 서진(西晉)의 문학가. 자는 안인(安仁). 어릴 때부터 신동(神童)이라 불렸고, 또 미남이었음. 용모가 준수하여 문을 나서면 부녀자들이 연모의 표시로 과일을 던져주어 그것이 수레를 가득 채울 정도였다고 함. 문학적 재능이 뛰어나 당시의 권세가 가밀(賈謐)의 문객들 '24우(友)' 가운데 제1인자였으며, 육기(陸機)와 함께 서진문학의 대표적 작가로 병칭되었음. 반악은 정서적 표현에 뛰어났으며, 철저한 기교주의자로서 감각적인 애상(哀傷)의 시와 산수시(山水詩)의 걸작을 남겨 놓았음.

못하였다. 조공이 항상 웃으면서 말하였다.

"딸과 사위의 내외(內外)11)를 바꾸지 못하는 것을 탓하노라."

차녀 주혜는 나이가 12세이고 삼녀 필혜는 9세였다. 모두 물고기가 부끄러워 물속으로 숨고 기러기는 땅으로 떨어지는 듯한 용모를 지녔고 달이 숨고 꽃이 부끄러워하는 자태가 있으니, 부모가 매우 사랑하였다. 비록 딸이었지만 태부인이 세 명의 손녀를 늘그막의 재미로 삼았으니, 숙혜 소저가 시집을 갔으나 시댁에 보내지 않고 밤낮으로 어루만져 사랑하였다. 태부인도 세 손녀를 어루만지며 그 어미가 어질고 자식이 아름다운 것을 즐거워하며 매우 사랑하였다.

세월이 살같이 흘러 위부인이 임신한 지 열 달이 지나니, 태부인과 조공이 몹시 급히 남자 아이를 바랐다. 부인이 나이가 들어 쇠약하고 기운이 허약하여 해산에 대한 염려가 끝이 없었다. 12월 한 겨울에 순산하고 일 척(尺)의 백옥 같은 아이를 낳았다. 태부인과 세 명의 첩이 매우 바라고 있다가 아기를 붙들어 강보에 쌌더니 기약하지 않았던 또 한 명의 아이 울음소리가 큰 종을 치는 듯하며 한 명의 아이가 돗자리 위에 떨어졌다. 태부인이 어찌할 줄을 몰라 매우 급하게 허둥대며 얼른 붙들어 보니 아기의 안광(眼光)이 밝게 빛나고 몸이 크고 맑게 빛나며 완연이 하얀 옥을 부순 듯하였다. 이때 조공이 문밖에서 계속해서 아이 울음소리를 듣고 참지 못하여 들어와 보았다. 태부인이 쾌활하고 온 몸에 기쁨이 뛰노는 듯 기쁜 기분을 걷잡지 못하여 말하였다.

"한 명의 병든 남자 아이라도 바랐더니 이제 두 명의 아들이 노모의 손

17

18

---

11) 내외(內外) : 아내와 남편을 의미함.

바다 안에 떨어지니 이것은 우리 가문의 만행(萬幸)이요, 하늘에 계신 선군(先君)의 영혼이 도우신 것이다. 내가 오늘 저녁에 비록 죽어도 상쾌한 넋이 되고 여한이 없을 것이다."

조공이 기쁜 웃음을 머금고 아이를 보니 두 아이가 골격이 비상하여 용의 눈썹과 봉황의 눈을 가지고 있었고 달 같은 이마에 붉은 입술을 지니고 있었다. 광채가 밝게 빛나고 일월이 떨어진 듯 울음소리가 맑고 높으며 웅장하여 어찌 조금이나 갓 태어난 유아 같겠는가? 진실로 기린의 새끼이고 호랑이의 품질이었다. 조공이 매우 귀중하게 여기고 매우 기뻐서 아이를 어루만지며 눈으로는 부인을 보고, 입으로는 모친께 감사하며 말하였다.

"이것은 다 조상의 여음(餘蔭)¹²⁾이고 어머니의 성덕에 힘입은 것입니다. 앞으로는 제가 삼천 가지 불효 중에 으뜸 죄를 면하오니, 생애에서 즐거움이 오늘 같은 날이 처음입니다."

모자가 서로 축하하는 것을 마지아니하고 부인을 간호하며 국과 밥과 약물을 계속해서 먹었다. 부인이 비록 늦은 나이에 분만하였지만 아들을 낳은 것이 평생의 지극한 소원이었기 때문에 자연스럽게 심신이 통쾌하였다. 때때로 국과 반찬이 나오고 부인의 몸을 잘 돌봐주니 몸이 가볍고 온갖 병이 사라졌다. 부인은 칠일이 못되어서 일어나고 지내는 것이 보통 때와 같아지더니 삼칠일이 지나 몸이 쾌차하여 병풍과 장막을 걷고 시어머니께 나아갔다.

태부인이 기쁨을 이기지 못하여 중당(中堂)에서 작은 잔치를 베풀고 내

---

12)   여음(餘蔭) : 조상이 끼친 공덕으로 자손이 받는 복.

외 친척을 모아 경사를 표하고 새로운 손자를 자랑하였다. 이웃 동네의 친척을 청하니 친척들이 경사를 축하는 시문을 지으며 예단(禮緞)13)을 가져와 다투어 모였다. 태부인이 또 사당에서 조상의 신령에게 뵙는 예를 갖추어 경사를 고할 때, 조공 부부가 잔을 받들고 태부인이 친히 아이를 안아 조종신위(祖宗神位)14)에 절하고 아이를 보이며 내려왔다. 중당(中堂)에 와 잔을 쉬지 않고 돌리며 기쁜 웃음으로 즐거워하니 좌중에 앉아있던 모든 친척이 여러 소리로 축하하며 말하였다.

"하늘이 길인(吉人)을 내시면서 복록(福祿)을 다 갖추어 온전하게 하셨구나. 평남후의 어진 덕과 위부인의 정숙하고 우아한 덕과 어진 행동으로 마침내 대를 이을 자식이 끊어지지 않을 줄 알았다. 이제 한 쌍의 선동(仙童)이 기린(麒麟)과 옥수(玉樹)15)같으니 가문을 창대하게 함은 내 생각보다 훨씬 더 할 것이다. 승상이 이제 지위가 육경(六卿)에 있으니 덕망이 우리나라와 이웃 나라에 진동하고 슬하의 아름다운 여식과 옥같은 아들이 쌍쌍이 있으니 어찌 오복(五福)16)에 흠이 되는 일이 있겠는가? 여기서 천도가 밝고 뚜렷한 것을 깨닫고 복선화음의 일을 알 것이다."

태부인이 흔연히 답하고 감사해하며 말하였다.

"제가 한 명의 자식을 두어 그 자식이 세 명의 딸을 낳아 사내아이를 낳는 경사를 보지 못하고, 아들 내외의 나이가 거의 사십이 되어 손자에

---

13) 예단(禮緞) : 예물로 주는 비단.
14) 조종신위(祖宗神位) : 시조가 되는 조상의 신주를 모셔놓은 자리
15) 기린(麒麟)과 옥수(玉樹) : 기린은 뛰어난 인물을 표현할 때 주로 사용하는 상상의 동물임. 옥수는 아름다운 나무라는 뜻으로 사람의 몸가짐이나 뛰어난 재능을 비유함.
16) 오복(五福) : '수(壽), 부(富), 강녕(康寧), 유호덕(攸好德), 고종명(考終命)'의 다섯 가지 복.

대한 바람이 아득하여 조상의 제사를 받드는 일을 의탁할 곳이 없었습니다. 이것을 밤낮으로 근심하며 탄식하였더니 이제 조상님의 말없는 도움을 입어 새로운 손자를 낳는 기이한 경사가 있었습니다. 이것은 제 한 몸의 경사일 뿐만 아니라 진실로 저희 가문의 조상에게 다행한 일입니다. 삼천 가지 불효중에서 대를 이를 자식이 없는 것이 으뜸이라고 하는데 이 아이를 얻어 오늘에야 조상께 불효를 면하였고, 후사가 창성함을 기약할 것입니다. 기쁨과 즐거움을 어찌 언어로 다 하겠습니까? 특별히 여러 친척을 청하여 즐거움을 함께 하여 잔을 나누고자 하였는데 여러 분들이 자리를 빛내 와 주시니 광채가 배로 빛납니다."

그런 후에 자녀 6명을 불러 좌중에 자랑하며 말하였다.

"일가친척을 내외(內外)하겠습니까? 저의 자녀 여섯 명은 적자와 서자 없이 다 아름다우니 제가 자부하여 이제는 박복한 늙은이로 자처하지 않을 것입니다."

사람들이 눈을 들어 소저들을 보니 다 달처럼 아름다운 얼굴과 버들 같은 눈썹이고 별처럼 반짝반짝하는 눈과 꽃 같은 모습과 가는 허리와 앵두 같은 붉은 입술이 속세에서 탈속하여 비교할 데가 없을 정도로 아름다운 미색이고 천고에도 없는 숙녀였다.

좌중 전체가 경탄하고 애모하지 않는 사람이 없었다. 많은 사람들이 와자지껄하게 칭찬하고 위부인께 축하하였다. 위부인이 이때 나이가 사십이 지났는데, 그윽하고 한가한 덕도(德度)와 깨끗하고 시원한 풍모가 체모(體貌)에 알맞아 태임과 태사의 단정하고 뛰어남과 이비(二妃)[17]의 결백

---

17) 이비(二妃) : 중국 고대의 순임금의 두 왕비인 아황과 여영을 뜻함. 순(舜) 임금에게 시집갔다가 순임금이 창오(蒼梧)에서 죽자 상수에 빠져 죽어 물귀신이 되었다 함.

한 절조가 눈빛에 드러났다. 의기양양하게 흐뭇이 기뻐함도 없고, 냉담히 겸양함도 없어 부드럽고 온화하게 감사의 말을 하니 기쁜 기분이 온 좌석에 가득하여 봄 햇볕이 온갖 꽃을 무르녹게 하는 듯하였다. 사람들이 새롭게 경탄하며 참으로 조승상의 내상(內相)[18]이라 하였다. 종일 기쁨이 다하고 즐거움이 극에 달하여 단란하였다. 서산에 해가 지자 여러 손님이 각각 흩어졌다.

조공이 이후로 만사가 뜻대로 되고 원하는 바가 조금도 이루어지지 않는 것이 없었다. 임금을 섬기고 다스림에 마음을 다하였고 어머니를 모시는 지극한 정성을 갖추고 집안을 다스리는 마음이 더욱 화평하였다. 어여쁜 딸과 옥 같은 아들을 어루만지며 빨리 자라기를 손꼽아 기다렸다.

차녀 주혜는 방년(芳年) 13세에 이르니 초승달이 뚜렷해지고 동쪽 울타리의 봉숭아가 향기를 토하는 듯 얼음처럼 맑고 깨끗한 모습과 아리따운 자질이 물가의 명주구슬이고 눈 속의 매화였다. 상쾌하고 활달한 기상과 수려한 풍도는 그 언니보다 못하지만 아담하고 절묘함은 그 언니보다 뛰어났다. 부모가 주혜를 매우 사랑하여 널리 사윗감을 고르니 조소저의 아름다움을 칭찬하는 소리가 자연스럽게 바람이 불 듯 퍼져서 경성의 공후 재상가의 아들을 가진 자가 다투어 구혼하였다. 그러나 조공이 사윗감을 고르는 것이 평범하지 않아 허락하지 않았다. 조공이 동제왕 유단의 둘째 아들 유수의 아름다움을 듣고 구혼하여 혼인을 하였다. 유생의 풍채는 이백 같고 문장의 뛰어난 재주는 온 세상의 많은 선비가 추앙하였다. 하물며 왕공귀가(王公貴家)에서 태어나고 자라 아버지와 형의 어진 덕을 이으

---

18) 내상(內相) : 남의 아내를 높여 부르는 말.

니 수행하고 몸을 다스리는 것이 옥 같은 군자였다. 이 때문에 조공 부부가 크게 기뻐하였다. 유씨 집안에서는 신부가 매우 아름다운 것을 자랑하고 조씨 집안에서는 사위를 칭찬하여 두 가문의 보배가 되었다.

수 삼 년이 지나고 두 명의 아들은 무사히 자라 걸음걸이가 익숙하고 말을 하며, 풍채와 기골이 성자(聖子)의 기맥(氣脈)을 지녔다. 형은 용호(龍虎)의 기운과 산악의 무거움이 있어 엄한 위엄이 있었다. 아우는 덕행과 기량이 성인(聖人)과 같아서 진실로 도학군자의 기틀이 있으니 젖먹이 어린 아이와 의논할 바가 아니었다. 얼굴의 수려함과 품성의 총명함이 여럿 중에서 훨씬 뛰어나고 특이하여 인간 세상에서 뛰어났다. 부모가 매우 귀중하게 생각하며 만사를 잊고 매우 사랑하였지만 도리어 두려워하는 것은 여린 옥같이 너무 미려하여 수복(壽福)에 해로울까하는 것이었다. 꿈의 일을 생각하고 금가락지와 옥가락지가 주머니 속에 완전하게 있음을 더욱 신이하게 여겼으나 이런 말을 입 밖에 내지 않고 깊이 간수하여 뒷날에 보려고 하였다. 꿈의 일에 따라 장자(長子)의 이름을 용홍이라고 하고, 차자(次子)를 용창이라고 하였는데, 자라자 형을 용무라고 하고 아우를 용성이라고 하였다. 후에 벼슬을 할 때 용자(龍字)를 떼고 조무와 조성이라고 하였다.

세월이 빨리 흘러 4, 5년이 지났다. 삼녀 필혜의 나이가 13세가 되고 재주와 용모가 세상에서 뛰어나고 안정한 의도(義度)와 온순한 기질이 진실로 요조숙녀였다. 부모가 편애하여 널리 사윗감을 골라 평장사 창우의 손자며느리가 되었다. 소생의 이름은 세현인데, 어릴 때에 과거에 급제하여 작위가 금문직사(金門直士)[19]에 이르렀다. 풍채와 기상이 석문과 유수 두 사람보다 나으니 승상 부부가 매우 기뻐하였다. 조씨 가문에서는 조소저의 고상한 향기와 뛰어난 재주를 매우 기특하게 여기고 사랑하니 조소저는 시집의 보배가 되었다.

승상이 딸을 혼인시키고 나서 사위가 적자와 서자 없이 관옥(冠玉)[20] 같은 모습과 이백 같은 풍채이고 머리가 하얀 늙으신 어머니께서 기력이 강건하시고 집에 어진 부인과 영리하고 슬기로운 아름다운 여인이 있으니 조금도 흠되는 일이 없었다. 임금을 섬기고 조정에서 물러나와 여가 시간에는 화당에 편안하게 누워서 두 아들과 재미있게 놀며 아들이 빨리 자라기를 기다렸다. 또한 여러 딸들의 아름다운 모습을 대하며 매우 즐거워하며 세월을 보냈다.

홀홀한 세월이 흰 말이 지나가는 것을 문틈으로 보듯이 눈 깜박할 사이에 지나가고 두 아들이 8세에 이르렀다. 신장이 크고 골격이 비상하여 옥골선풍(玉骨仙風)[21]이 인간 세상에서 뛰어났다. 용홍은 드높게 기운을 펼쳐 일으켜 하늘을 찌를 듯한 기운과 산악 같은 품성이 엄숙하고 뛰어나며 준엄하고 격렬하였다. 용창은 침묵하여 말이 적었고 넓게 배우고 책을 본받으며 굳세고 엄숙하여 가을 하늘이 그 기운을 엄습하지 못할 듯하였다. 씩씩하고 단정하고 엄숙함은 뜨거운 햇빛이 겨울 하늘에 비친 듯하였다. 타고난 어버이에 대한 효도와 형제간의 우애는 형제가 똑같이 본성으로 가지고 있는 것이지만 성품은 한 어머니가 낳은 쌍둥이 형제였으나 크게 서로 상반되었다.

---

19) 금문직사(金門直士) : 금문에 소속된 직사로 한림원(翰林苑)의 별칭임. 직사는 벼슬이름인데, 주로 과거에 갓 급제한 이에게 내려진 벼슬로 사관(史官)의 역할을 함.
20) 관옥(冠玉) : 관옥은 갓 위를 장식한 옥으로, 남자 얼굴을 아름답게 표현한 것임.
21) 옥골선풍(玉骨仙風) : 빛이 희고 고결하여 신선(神仙)과 같은 뛰어난 풍채(風采)와 골격(骨格)을 뜻함.

첫째 공자는 희롱하고 웃기를 자주 하고 화려하며 여러 누나와 서모와 우스갯소리가 낭자할 뿐만 아니라 방밖으로 나가서는 사람과 장난치고[22] 매우 괴롭게 보채며 스스로 기상이 뛰어난 기운을 넣어두지 못하고 들판의 깨끗하고 흰 고운 학 같았다. 재주는 일취월장하여 한 번 눈에 스쳐지나간 것을 외우고, 귀에 들으면 잊는 것이 없어서 천고영웅의 기상이었다.

둘째 공자는 문장과 재주와 학문이 세상에서 뛰어나며 사행(四行)[23]과 정성스러운 효를 배우지 않아도 태어나면서부터 알았다. 어려서부터 앉고 서는 예도가 진중하고 말이 정대하였다. 입을 열면 공자와 맹자의 도덕이 나타나고, 몸을 움직이면 정대한 군자의 풍모가 있었다. 모든 사람이 칠팔 세의 어린 아이로 보지 못하니 조공 부부가 매우 사랑함은 비교할 곳이 없었다. 태부인은 둘째 공자를 만금이나 되는 귀한 보배같이 애중하며 태어난 이래 크게 꾸짖은 적이 없었다. 둘째 공자는 스스로 수행함을 숙성하고 의젓한 군자와 같이 하고 종일 서책을 대하여 고금의 책을 널리 읽었다. 부모를 대하여 기운이 온화하고 안색이 나직하였다. 둘째 공자의 하늘이 낸 효성과 나가고 물러날 때의 예절은 대성인(大聖人)이 다시 태어난다 해도 대성인에게 하자(瑕疵)될 것이 없었다. 10살도 안된 한 어린 아이가 이와 같이 하는 것을 도리어 이상하게 여길 정도였다. 그런데 첫째 공자는 크게 이와 같지 않아 할머니 좌전(座前)에 가면 무릎을 베고 응석을 부리며 아버지 앞에서도 담소와 농지거리가 낭자하고 의대를 풀어혜

---

22) 장난치고: {갈이옴호고}. '가리옴호다'는 장난하다의 옛말임.
23) 사행(四行) : 사람으로서 마땅히 행하여야 할 네 가지의 도리(道理). 곧 부모(父母)에 대한 효도(孝道), 형제(兄弟)에 대한 우애(悌), 임금에 대한 충성(忠誠), 벗에 대한 신의(信).

치고[24] 말이 바람이 일어나듯이 계속되고 방일(放逸)한 기운이 호탕하였다.

하루는 조공이 어머니께 들어갔더니 태부인이 여러 손녀를 앞에 두고 장기와 바둑을 두게 하며 지켜보고 있었다. 용홍과 용창 형제도 다 모였는데, 용홍은 태부인의 무릎 위에서 여러 가지로 응석을 부리며 농담과 웃음이 낭자하였다. 용창은 무릎을 꿇고 단정히 앉아서 여러 누이들의 승부를 볼 따름이었다. 조공이 안으로 들어오니 여러 소저가 판을 물리고 일어서고 용창은 황급히 뜰로 내려와 조공을 모시고 올라왔다. 용홍은 웃음에 취하고 응석에 잠겨 아버지가 안으로 들어오는 것을 알지 못하고 있었다. 태부인이 웃으며 말하였다.

"네 아우는 아버지를 공경하는 도에 미진함이 없어 어른 못지않은데 너는 이리 철이 없느냐?"

용홍이 비로소 눈을 들어 아버지를 보고 잠깐 황공하여 일어섰다.

승상이 오늘 두 아들의 행동이 이같이 판이하게 다르며 두 아들의 방약무인(傍若無人)함이 아리따운 자애에 물들어 두려워함이 없는 것을 보고 앞일을 길이 염려하여 크게 깨달아 평소처럼 화평하고 기뻐함이 없었다. 그러나 어머니 앞이고 온 식구들이 모여 있으며 처첩이 다 온순하므로 각별히 엄숙한 기운을 부리는 바가 없었고 늦게야 두 아들을 얻어 7, 8세가 되어 자애에 깊이 빠져 두 아들에게 본성의 엄숙함을 가르치는 것을 오히려 잊고 있었으나 경계하며 말하였다.[25]

24
35

---

24) 풀어헤치고 : {의이즈며}. 정확한 의미는 미상이나 문맥상 '풀어헤치다', '느슨하다' 정도의 의미인 듯함.
25) 경계하며 말하였다. : 서술문과 대사가 명확하게 구분없이 조공의 대사가 이어지고 있기 때문에 원문에는 없는 말이지만 자연스러운 연결을 위해 문맥상 이같이 옮김.

"너희가 행여 용렬하지 않을 것이다. 내가 천륜의 사랑만 알고 엄한 아버지의 교훈을 주지 않았으니 너의 행실이 이러한 것은 한갓 너희들을 책망하지 못한 이 늙은 애비의 엄하지 못함 때문이다. 오늘 용홍의 깜짝 놀랄 만한 행동을 보았지만 이것은 널리 용서할 것이다. 할머니는 지극히 존귀하신데, 네가 어찌 방자하게 누워 할머니의 몸을 네 베개로 삼고 있느냐? 그러한 방일(放逸)한 행동은 군자의 단정한 수행과는 천리만큼 떨어져 거리가 있는 것이다. 이 아비가 너에게 바라는 것은 이와 같지 않는데 어찌 애달프지 않겠느냐? 용창은 오히려 인자의 도를 안다고 할 만하다. 앞으로는 마음을 기울여 경계하여 비록 아비의 마음이 풀어졌지만 너무 이것을 믿고 방탕하게 굴지 마라."

용홍이 매우 두려워하며 머리를 들지 못하고 다만 사죄해줄 것을 일컬을 따름이었다. 용창은 더욱 고분고분한 거동과 조심하는 모양이 형벌로 꾸짖지 않았지만 제 몸에 벌을 당한 듯 삼가는 체모를 갖추어 사랑스러웠다. 태부인이 두 손자를 나오게 하여 등을 두드리면서 말하였다.

"어지다, 창아여! 내 집에 너 같은 성현군자가 날 줄은 생각지 못했구나. 너의 형이 방일하나 어진 아우가 있으니 아마도 단정한 곳으로 돌아가게 하리라. 너는 네 아우의 수행에 미치지 못하니 오늘 이후에는 아우를 본받아라"

용창은 감사하는 마음을 이기지 못하는 것 같았으며 용홍은 사죄하고 명령을 받들었다. 수년이 지나니 두 공자가 10살의 나이가 되었다. 신장이 크고 행동거지가 의젓하여 양 팔이 길어 무릎에 지나가고 가을 달같이 밝은 눈동자와 복숭아꽃 같은 두 뺨에 하얀 치아와 붉은 입술이 눈부시게 빛나 화장한 미인을 비웃는 듯하였다. 첫째 공자의 장렬한 기운과 둘째 공자의 깨끗하고 시원하고 맑고 고상한 골격이 진실로 난형난제(難兄難弟)였다. 그들의 나이가 적음을 생각하지 않고 재상의 자녀가 문전에 끊이지 않고 이어졌고 후작과 백작이 그 정신과 풍채의 풍모 있는 모습을 보고 장성한 남아로 알고는 수많은 매파가 문에서 큰 소리로 웅성거렸다. 조공이 아들들이 어리다는 이유로 핑계를 대고 하물며 꿈의 일을 생각하고 금환과 옥환 두 개의 짝이 완전해지기를 바라며 심히 걱정하였다.

하루는 화씨가 앵혈26)을 가져와 여러 명의 어린 시비에게 붉은 점을 찍었다. 두 공자가 곁에 서 있었다. 화씨는 장난을 즐기는 편이어서 용홍에게 팔을 내보라고 하였다. 공자는 원래 주의력이 없고 어설퍼서 무심코 팔을 내밀었다. 화씨가 용홍에게 앵혈을 한 점 가득히 찍었다. 공자가 매우 놀라 급히 씻었으나 팔뚝의 앵두가 밝게 빛나고 지워지지 않았다. 공자가 화를 내며 말하였다.

"희롱도 해야할 것과 하지 말아야 할 것이 있는데, 서모(庶母)는 어찌 나 같은 장부에게 붉은 점을 찍고 있으라 하는가?"

화씨가 웃으며 말하였다.

"공자가 둘째 공자와 같으면 누가 감히 희롱하겠소? 공자가 매우 방일(放逸)하니 일부러 이리 하였소. 오래지 않아 부인이 들어올 것이니 붉은 점 없애는 것을 근심하고 있겠소?"

공자가 분노하여 기색이 어지러웠으며 화씨를 꾸짖어 말하였다.

"하늘이 저 화씨를 어찌 만들었기에 단정치 못함이 저럴까? 서모가 붉은 점을 없앨 가인(佳人)을 얻어주지 않으면 오랫동안 욕이 가볍지 않을

---

26) 앵혈(鶯血) : 여자의 팔에 꾀꼬리의 피로 문신한 자국으로 처녀가 성교를 하면 이것이 없어진다고 하여 처녀의 표징으로 여김.

것이다."

화씨 · 영씨 · 설씨 3명이 크게 웃으니 둘째 공자가 정색하면서 말하였다.

"서모가 잘못했습니다. 우리가 비록 경박하지만, 당당히 바른 도로 인도하고 희롱의 행동거지를 하지 않아야 합니다. 그런데 서모께서는 아녀자의 표점을 장부에게 찍으시니 극히 단정함에서 벗어난 것 같습니다."

화씨가 그 정숙한 말과 예의가 늠름함을 보고 등을 두드려 말하였다.

"사죄합니다. 공자 같은 성인이 앞에 있는데, 우리들이 감히 어린 아이로 여기고 희롱한 것이 그르지 않겠습니까?"

공자가 가만히 웃고 용서하며 말하였다.

"서모의 단정치 못함이 이 말에 이르러 더욱 심하구려"

드디어 밖으로 나가니 세 사람이 탄복하고 칭찬함을 마지않았다.

이때 용흥이 팔뚝 위에 붉은 점을 찍히고 크게 분하여 생각하였다.

'대장부가 여자 아이나 찍는 붉은 점을 팔뚝 위에 두고 어찌 한때나 견디겠는가? 내가 장가를 들어 아내를 얻는 것을 기다리려면 오히려 삼사 년이나 지나야 할 것이니 한 명의 미인을 얻어 팔뚝 위에 붉은 점을 없애고 그로 인해 첩을 만드는 것이 상쾌하지 않겠는가?'

생각이 이에 미치자 마음을 제어하지 못하고 선뜻 소매를 떨치고 후원의 제녀당(諸女堂)에 이르렀다. 이곳은 천자가 조공의 풍도를 아름답게 여기고 소주 항주의 나이가 어리고 아름다운 창기 오십 여인을 내려주니 조공이 성은을 사양하지 못하고 뒤뜰에 십여 칸 집을 치우고 정리하여[27] 여러 창기 등을 거처하게 하는 곳이었다. 여러 창기들은 제녀당에 처하여

---

27) 치우고 정리하여 : {셔르져}. 셔룻다에서 활용된 어휘로 '거두어 치우다'의 의미여서 이와 같이 옮김.

때때로 노래를 연주하고 부르며 때때로 춤도 추었다. 이들의 향기로운
말과 붉은 치마와 비취색 저고리는 아름답게 꾸민 누각의 바람을 쫓아 나
부끼며 패옥소리는 쟁쟁하여 사람의 춘흥을 일으켰다. 수정렴은 풍경(風
磬)을 못 이기어 서로 부딪쳐 소리가 낭랑하였다.

공자가 당 아래에 다다르니 여러 명의 창기가 일시에 내려와 영접하였
다. 공자가 좌정하고 좌우를 살펴보니 아름다운 술은 옥술잔에 가득하고
진수성찬은 옥그릇에 소담하고 정결하게 담겨 있었다. 공자가 동쪽의 화
려하게 꾸민 정자를 보니 한 명의 아름다운 여자 아이가 화려하게 꾸민
정자의 난간에 앉아 꽃을 꺾고 호접(胡蝶)을 희롱하며 춘정을 못 이기어
봄잠이 눈가에 가득하였고 옥 같은 얼굴이 꽃에 비치어 부용화가 아침 이
슬을 머금은 듯하였다. 붉은 치마와 비취색 저고리는 예쁘고 아름다워서
사람을 유인하는 듯하였다. 공자는 여러 창기를 물리치고 당에서 내려가
화려하게 꾸민 정자에 이르니 그 아름다운 여자 아이가 놀라 당에서 내려
가 공자를 맞았다. 공자가 당상에 있던 아름다운 여자 아이를 보니 다른
사람이 아니라 앵이었다. 공자는 난간에 올라 앵을 나아오라고 하여 앞에
앉히고 옥 같은 손을 잡고 희롱하며 말하였다.

"오늘 내가 너를 이곳에서 만나니 이것은 하늘이 정한 연분이다."
하고 앵의 옥 같은 손을 이끌고 방안으로 들어가고자 하였다. 앵이 놀라
공자의 손을 물리치고 순종하지 않았다. 공자가 한편으로 웃고 한편으로
는 화를 내면서 말하였다.

"네가 이와 같이 방자하여 나의 말을 거역하고 무례함이 심하니 이는
창녀가 할 바가 아니다. 네가 끝내 무례하여 주인 공자를 만만히 보아
업신여기니 나의 뜻을 좇지 않으면 당당히 칼로 머리를 베어 자취도 없

게 하겠다."

말을 마치고 칼을 빼 위협하였다. 공자의 장대함이 나이와는 판이하게 달라 웅장한 대장부의 기상이었고 본래 장렬한 위풍은 유아 때부터 있는 것이라 앵은 마음이 놀라고 간이 떨어지는 듯하여 소리를 지르지 못하였다. 공자가 기뻐하며 이에 앵의 손을 이끌고 친밀하게 하여 이성지친(二姓之親)[28]을 맺고 달콤한 말로 앵을 달래며 말하였다.

"내가 비록 대장부로서 실수가 있으나 너를 속이지 않겠다. 너는 나에게 몸을 지키고 다른 호걸을 섬기지 마라. 뒷날 부모님께 알리고 마땅히 너를 첩의 대열에 두겠다."

또 말하였다.

"내가 너를 생각하여 때를 타서 이곳에 이르겠다. 앞으로 너는 완월정 모임에 나와라."

말을 끝내고 크게 웃고 팔을 내어 보니 붉은 표시의 흔적이 없자 매우 기뻐하며 내려왔다. 이처럼 행동거지가 분수에 넘치고 능수능란한 것이 이와 같았다.

한편으로 앵은 또 나이가 어리지만 창기의 무리이고 언사를 알기 때문에 이 일이 자신의 평생과 관계된 큰일임을 알고 생각하였다.

'저 공자는 소년의 뛰어난 풍모를 지녔고 천고에도 없는 호걸이며 늠름하고 준열함은 세상에 대적할 사람이 없다. 이것이 마음에 들고 내 뜻에 맞으니 일생동안 저 공자를 우러러 섬겨야겠구나.'

이에 제녀당에 돌아오니 기생 어미인 초선이 앵에게 갔던 곳을 물었다.

---

28) 이성지친(二姓之親) : 성이 다른 두 사람이 혼인을 한다는 의미로 부부의 정을 나눈다는 뜻임.

앵이 속이지 못하여 전후수말(前後首末)을 이르고, 공자가 위협하며 몸을 지키고 있으라 하던 말을 다 전하였다. 초선이 놀라면서 말하였다.

"그 사람은 조공자구나. 주인어른과 부인이 어찌 천금 같은 귀공자의 창첩(娼妾)을 용납하시겠는가? 너의 일생을 가히 알겠구나. 하물며 공자가 지금 나이가 10살인데 어느 사이에 여색에 대한 생각이 동하여 지나친 행동을 하셨는고? 남자를 헤아리기 어렵다고 했는데……"

앵이 부끄러워 말이 없었다. 초선이 차후로는 앵을 다른 사람에게 보이지 않았다. 앵이 공자를 바라는 마음은 북두칠성을 바라보는 것과 같았다.

이때 공자는 수앵을 가까이하고 돌아와서는 스스로 쾌활함을 이기지 못하고 희색을 얼굴에 능히 감추지 못하였다. 둘째 공자가 그 형의 기색을 의심하여 서로 소매를 이끌어 말을 하다가 문득 팔을 보니 붉은 표시의 혼적이 없었다. 둘째 공자가 놀라 웃으면서 말하였다.

"형의 팔뚝 위에 붉은 점이 없으니 이 어찌된 일입니까?"

공자가 즐거워하며 말하였다.

"붉은 표시가 어찌 대장부의 팔뚝 위에 오래 있을 것이라고 그것이 없는 것에 놀라느냐?"

둘째 공자가 웃음을 머금고 말하였다.

"형이 해학을 즐기시다가 장부에게는 없는 것을 찍히시더니 문득 그것이 없어졌길래 공연히 없어질 리는 없는데 왜 그런가 신기하여 묻는 것입니다. 비록 그러나 우리들이 어머니의 품을 갓 떠난 어린 아이로 아직 장가를 가기 전이고, 위로는 부모가 계시고 아래로는 혈기가 안정되지 못한 어린 아이여서 여색에 마음을 둘 때가 아닙니다. 저는 형과 몸이 한가지요, 정의(情誼)가 서로 친밀하여 조금도 가리는 것이 없습니

다. 형의 허물을 제가 아니면 충고할 사람도 없고 저의 허물을 형이 아
니면 책망할 사람이 없습니다. 형이 필연 창녀 중에서 정을 두어 붉은
표시를 없앤 것이니, 저는 형의 기상에 탄복하나 앞으로 창녀가 유해함
이 적지 아니할 것이라 놀랍게 여깁니다."

첫째 공자가 손을 잡고 크게 웃으며 말하였다.

"네 동생은 현자(賢者)이구나! 가히 대현(大賢)의 풍모를 보겠구나. 그러
나 형제가 심장과 쓸개가 서로 비추어 친밀하게 지내지만 네가 나 같은
행동을 하지 못할 것이고 내가 또한 네가 몸을 닦고 행동을 다스리는

것을 따를 길이 없으니 형제가 타고난 기품이 판이하게 달라 진실로
같지 않구나. 아우는 공자와 맹자와 안증(顏曾)²⁹⁾을 본받고 나는 손오
양저(孫吳穰苴)³⁰⁾와 한나라 때 제갈공명같이 되기를 원하니 어찌 팔뚝
위에 붉은 점을 한때나 두고 견디겠는가? 스스로 원하기를 몸이 백만
의 용맹스러운 병사 가운데에서 우두머리가 되어 금으로 만든 도장을
허리 아래에 비스듬히 차고 공업(功業)을 죽백(竹帛)³¹⁾에 드리워 얼굴을
기린각(麒麟閣)³²⁾에 그리며 이름이 역사책에 올라 부모의 이름을 세상

---

29) 안증(顏曾) : 안자(顏子)와 증자(曾子)를 가리킴. 안자는 안회를 높여 부르는 말로 안회는 중국
     춘추 시대의 유학자. 자는 자연(子淵). 공자의 수제자로 학덕이 뛰어났음. 증자는 공자의 제자
     인 증자의 이름. 공자의 사상을 이어받아 공자의 손자인 자사(子思)에게 전하였고, 자사가 맹자
     에게 그 도를 전하였음. 효와 신을 도덕 행위의 근본으로 하였음.

30) 손오양저(孫吳穰苴) : 춘추전국 시대의 탁월한 병법가인 손무(孫武)와 오기(吳起), 사마양저(司
     馬穰苴)를 가리킴. 손무는 중국 춘추 시대의 병법가. 기원전 6세기경의 사람으로, 오나라 왕 밑
     에서 초나라, 진나라를 위압하고 절도와 규율 있는 군사를 양성함. 저서에 병서 『손자』가 있음.
     오기는 중국 전국 시대(戰國時代)의 병법가. 증자(曾子)에게 배우고 노(魯)나라, 위(魏)나라에
     서 벼슬한 뒤에 초(楚)나라에 가서 도왕(悼王)의 재상이 되어 법치적 개혁을 추진함. 저서에 병
     법서 『오자(吳子)』가 있음. 사마양저는 제나라 병법가로 당시 유명한 재상인 안영의 추천으로
     장군에 임명되어 『사마양저병법』이라는 병법서를 지어 보급시켰음. 사마양저는 이론과 실천
     면에서 사마법(司馬法)을 계승, 발전시킨 인물로 평가됨.

31) 죽백(竹帛) : 서적(書籍) 특히, 역사를 기록한 책을 이르는 말. 종이가 발명되기 전에 대쪽이나
     형겊에 글을 써서 기록한 데서 생긴 말.

에 드러내고 조상을 드러나게 하는 것이다. 또한 집안에는 숙녀인 아름다운 처와 첩들을 가득히 모아 장부의 사업을 이루는 것이다. 아우처럼 걸음마다 삼가고 말마다 공손하며 행실을 닦는 것을 나는 차마 답답하게 여긴다. 아우의 어짊을 알지만 또한 그 말을 듣기를 원하지 않는다. 형이 한때의 유희로 한 창녀와 정을 나누어 팔뚝 위의 붉은점을 없앤 것이 무슨 큰 일이라고 앞으로 해가 있겠다고 하는가?"

둘째 공자가 칭찬하며 말하였다.

"형의 뜻이 웅장하고 훌륭하시나 지금 천하가 오히려 요란하여 이런 까닭에 임금께서 고생하시는 것이 많습니다. 우리 부모가 늦게야 우리들을 두시고 우리에게 바라는 것이 태산 같고 매우 사랑하심이 만금 같으시니 스스로 사리에 밝아 일을 잘 처리하여 자기 몸을 보존하여 오로지 만전을 기해야합니다. 구태여 군사의 우두머리가 되는 중요한 책임을 맡아 몸이 위태하게 된 뒤에 효가 있겠습니까? 몸을 닦아 성인의 경전과 현인의 전(傳)의 이치를 알고 임금을 섬기며 백성을 다스리는 재주와 덕을 둔 후에 입신양명하여 어진 임금을 요순(堯舜)33)같이 이르게 하여 앉아서 평화롭게 다스려지는 것을 의논하고 음양을 다스려 사시(四時)에 순응하여 나라를 돕고 백성을 편안하게 하며, 몸이 일인지하(一人之下)의 만인지상(萬人之上)34)이 되어 적거사마(赤車駟馬)35)로 태평

51

52

---

32) 기린각(麒麟閣) : 중국 한나라의 무제가 장안의 궁중에 세운 전각. 선제 때 곽광 외 공신 11명의 초상을 그려 각상(閣上)에 걸었다고 함.

33) 요순(堯舜) : 고대 중국의 요임금과 순임금을 가리킴. 어진 임금으로 태평성대를 실현함.

34) 일인지하(一人之下)의 만인지상(萬人之上) : 오직 위로 한사람인 임금만 모시고 만인 위에 군림하는 지위를 이르는 말. 임금 바로 밑의 재상을 이름.

35) 적거사마(赤車駟馬) : 적거(赤車)는 고관이나 귀인이 타는 붉은 색의 수레이고 사마(駟馬)는 한 채의 수레를 끄는 네 필의 말을 뜻함.

성대에 현명한 재상이 되어 조상을 빛내고 부모를 현양하면 이것이 지극한 효도가 아니고 사업이 아니겠습니까? 우리가 본디 재상 가문의 자손이어서 부조(父祖)로부터 도학을 물려받아 내려주시니 우리들은 부조를 본받아 사유백행(四維百行)36)을 수련하며 문장과 재덕으로 제자의 스승이 되게 하고, 벼슬을 물러남에 적송자(赤松子)37)를 좇던 유후(留侯)38)의 무리가 될 것입니다. 한신(韓信)39)의 장한 위무(威武)로도 아녀자에게 죽임을 당하였으니 옛날부터 높은 지위의 장군은 삼갈 바입니다. 저는 원컨대 우리 형제가 마음을 한가지로 하여 옛날의 성현을 본받고 마음을 극진히 하여 효도하고 충성을 다하는 것인데 이것이 어찌 즐겁지 않겠습니까?"

첫째 공자가 웃으며 말하였다.

"너의 말이 매우 좋으나 어찌 심심하게 한가한 장수와 재상이 되겠는가? 다만 내가 고사를 살펴보니 영웅호걸이 칼을 잡고 각각 훌륭한 임금을 도와 백만 군병을 거느려 적국을 없애는 대장이 되어 백전백승할 곳에 다다르면 마음이 좋아서 뛰어가 능히 걷잡지 못할 듯하니, 이 형

---

36) 사유백행(四維百行) : 나라를 다스리는 데 지켜야 할 네 가지 원칙인 예(禮)·의(義)·염(廉)·치(恥)와 온갖 행동
37) 적송자(赤松子) : 중국 고대의 신선 이름으로 신농씨 때에 비를 다스렸음.
38) 유후(留侯) : 장량을 가리킴. 장량은 장자방으로 알려져 있는데, 한(韓)나라 출신으로 자는 자방(子房)이고 시호는 문성공(文成公)으로 유방 밑에서 재상으로 지냈으며 소하(蕭何)와 함께 책략에 뛰어나 한나라 창업에 힘썼음. 그 공으로 유후(留侯)에 책봉되었음. 말년에 유방의 시의심을 알아채고 적송자를 본받아 은거하여 살았음.
39) 한신(韓信) : 진(秦)나라 말 난세에 처음에는 초(楚)나라의 항량(項梁)과 항우(項羽)를 섬겼으나 중용되지 않아 한왕(漢王 : 高祖劉邦)의 군에 참가하였음. 승상 소하(蕭何)에게 인정을 받아 해하(垓下)의 싸움에 이르기까지 한군을 지휘하여 제국(諸國) 군세를 격파, 군사면에서 크게 공을 세움으로써 제왕(齊王), 이어 초왕(楚王)이 되었음. 그러나 한제국(漢帝國)의 권력이 확립되자 유씨(劉氏) 외의 다른 제왕(諸王)과 함께 차차 밀려나, BC 201년 회음후(淮陰侯)로 격하되고, BC 196년 진희(陳豨)의 난에 통모(通謀)하였다 하여 여후(呂后)의 부하에게 참살당함.

이 또한 이것을 괴이하게 여긴다."

다음날 화씨가 용홍을 보고서는 어제 일을 생각하고 웃음을 띠며 붉은 점이 있을 것이라고 생각하고 문득 용홍의 팔을 빼보니 흔적이 없었다. 화씨가 매우 놀라 영씨와 설씨 두 사람에게 보이며 말하였다.

"공자가 하는 일이 어떠한가요?"

두 사람이 혀를 내두르며 말하였다.

"능숙하구나! 공자여, 반드시 누군가에게 정을 두었기 때문에 붉은 점 ⁵⁵이 없어졌구나. 10살의 어린 아이가 이것이 어찌된 일인가? 우리가 이 곡절을 주인어른께 아뢰야겠다."

공자가 정색하면서 말하였다.

"서모 등이 나를 너무 만만하게 생각하는구나. 내가 비록 어리지만 당당한 팔척 대장부다. 한 순간인들 팔뚝에 요망한 것을 두고 하늘아래 서 있겠는가? 아버지께 아뢰어 보라. 나 또한 서모의 단정하지 못한 행동을 아뢰겠다. 나도 붉은 점을 없애기 위해 마지못해 한 일임을 아뢸 것이니 내가 무슨 죄가 있겠는가?"

세 사람이 도리어 말이 막혀 머리를 흔들고 말하였다.

"저 풍채 있는 모습과 잘 생긴 얼굴로 나이가 차고 뜻이 점점 지나치게 ⁵⁶되면 두고 볼 꽃이 없을 것이고, 모으지 못할 창기가 없을 것이다. 금비 녀를 하고 화장을 한 창기로 집을 가득 메울 거동이로다."

공자가 웃으며 말하였다.

"본디부터 바라던 바이니 그것을 잘 알았네."

세 사람이 어이가 없어 하였지만 공자가 정을 둔 곳은 오히려 알지 못하였다. 차후에는 조공이 두 아들에 대한 사랑을 알맞게 절제하고 교훈을 주니 둘째 공자는 더욱 조심하여 처신하고 수행함이 대현성자(大賢聖者)의 풍모가 성대하게 갖추어졌다. 그러나 첫째 공자는 엄한 훈계를 두려워하여 아버지 앞에서만 겨우 단정하게 하여 단속하며 조심하고, 할머니와 어머니께 다다라서는 응석을 부리며 방일(放逸)하였다. 위부인이 비록 단엄하였지만 늦게 낳은 귀한 자식으로 그 깨끗하고 시원한 풍채와 귀엽게 응석부리는 것을 보니 비록 입으로는 꾸짖으나 얼굴빛에는 사랑함을 감추지 못하였다. 태부인은 두 공자를 보면 황홀한 사랑으로 정신을 잃어 두 공자가 멀리 앉았으면 가까이 나오게 하여 등을 두드리며 아리따운 사랑이 넘쳐났다. 자연스레 두 공자의 마음이 게을러질 수 있었지만 둘째 공자는 할머니와 어머니께라도 조금도 마음을 풀어버리는 바가 없어 이들 앞에서 무릎을 꿇고 단정히 앉고, 부름에 대답할 때는 고개를 숙이고 엎드리는 절차가 아버지 앞에서와 똑같았다. 여러 서모와 누나들은 용창이 비록 어린 아이이지만 기특하고 총명하여 용창을 가볍게 여기지 못하였다.

용홍은 때를 타면 반드시 완월정에 이르러 수앵을 이끌고 낭자하게 실없이 농담하고 친밀히 사랑하여 그 정에 자못 흘려서 정신을 차리지 못할 지경에 미쳤다. 그러나 천성이 엄하며 매섭고 위의가 엄숙하니 앵이 감히 무례히 방자하게 굴지 못했다. 그러나 앵이 용홍에 대한 바람이 태산북두 같고 일생동안 섬길 것을 맹세하니 이 또한 전생의 연분이 있기 때문이었다. 조공이 앵과 관련된 일은 아득히 알지 못하였지만 근래에 큰 아들의 거동이 전일과 다른 것을 의심하고 기상이 너무 과잉되게 흘러넘치는 것을 근심하여 차후 그 행동거지를 유의하여 살폈다. 첫째 공자는 항상 조공이 거처하는 죽화헌에 있으면서 낮이면 곁방에서 독서하고 밤이면 아버지를 모시고 잠을 자고 사사로이 숙소를 두지 않았다. 조공이 비록 내당에 들어가는 날이라도 공자 형제는 유모를 떠난 후부터는 죽화헌에서 밤을 지냈다. 조공이 좌우에 아들들을 늡게 하고 매우 사랑하는 것은 다른 부자와 비교할 바가 아니었다.

어느 날 밤은 초여름 보름께였는데 명월이 매우 맑고 밝아 온 사방이 밝게 빛났다. 조공이 어머니의 잠자리를 살펴 드리고 죽화헌에 돌아오니 둘째 아들 용창이 홀로 뜰에서 배회하며 아버지를 기다리다가 아버지를 맞아서 모시고 침소에 들었다. 조공이 용홍이 간 곳을 묻자 용창이 대답하였다.

"형제가 똑같이 나왔는데, 형이 뒷간에 가서 기다리라 하더니 아직 오지 않았습니다."

조공이 서동(書童)에게 명하여 첫째 공자를 데리고 오라고 하였다. 서동이 두루 찾았으나 용홍의 그림자도 없었다. 서동이 돌아와 이대로 고하니 조공이 매우 의심이 나서 둘째 아들에게 말하였다.

"너는 이곳에 있어라. 내가 친히 네 형을 찾겠다."

조공이 말을 끝낸 후에 일어나 동산 안에 들어가 수풀을 헤치고 완월루에 올라 제녀당을 보려고 난간에 올랐다. 흰 달이 밝고 환하였는데 한 명의 소년이 미인의 붉은 치마를 베고 단잠이 한창이었고 미인도 소년에게 의지하여 봄잠이 몽롱하였다. 소년의 풍채와 빛나는 얼굴이 명월의 광채를 빼앗을 정도였다. 조공이 놀랄 정도로 의아함을 이기지 못하여 자세히 보니 이 소년은 곧 아들 용홍이었다. 조공이 매우 놀라서 시동에게 공자와 기녀를 죽화헌으로 잡아오라고 하고 먼저 나왔다. 공자는 잠이 깊이 들어 시동이 감히 깨우지 못하고 머뭇거리는 사이에 기지개를 켜고 돌아누웠다. 시동이 조공의 명으로 공자를 잡으러 온 것을 고하고 수앵을 결박하였다. 공자는 오히려 가볍게 행동하지 않고 온화하게 일어나 띠를 매고 옷을 수습하며 말하였다.

"내가 이곳에 왔음을 아버지가 어찌 아실 것인가? 너희 등이 긴 혀를 놀려 아뢴 것이다. 아버지의 명령이 계신다면 사지(死地)라도 사양치 못할 것이지만 너를 가만히 두지 않을 것이다."

서동이 고개를 숙이고 엎드려 말하였다.

"제가 어찌 공자의 말씀을 고했겠습니까? 승상께서 친히 와 보셨습니다."

공자는 행여 앵이 아버지의 엄한 화를 만나 죽을 것을 불쌍하게 생각하여 앵을 묶은 것을 풀고 앵을 옆에 끼고서 동산 안으로 가 높은 사다리를
놓고 담을 넘겨주며 말하였다.

"너 같은 약질이 형벌을 당하면 반드시 살지 못할 것이니, 이는 백인(伯仁)이 나 때문에 죽은 것이나 같다.[40] 권도(權道)[41]로 너를 집밖으로 내보내니 아무데나 가서 생명을 보전하였다가 뒷날 아버지의 엄한 화가 풀어졌을 때 너를 첩으로 찾을 것이니 그리 알아라. 내가 들으니 너의 아주머니 월중매가 유학사의 첩이 되어 혼인하여 산다고 하니 거기에 가서 의지하고 있어라."

말을 끝내고 몸을 돌려 죽화헌으로 이르니 이럭저럭 그 사이 시간이 오래되었다. 조공이 기다린 지 오래되어 한층 화를 더하여 좌우 종에게 불

---

40) 백인(伯仁)이 ~ 같다 : {빅인[伯仁]이 유아이ᄉ[由我而死]ㅣ라}. 백인이 나 때문에 죽었다는 의미임. 백인은 중국 진나라 때 사람으로 왕도라는 사람이 곤경에 빠진 것을 구해준 적이 있었음. 뒤에 이 일과 관련하여 죽게 되었을 때 왕도는 백인을 구할 수 있는 위치에 있었지만 백인이 자기를 구해주었다는 사실을 몰랐기 때문에 그냥 지나쳤고, 백인은 죽게 됨. 나중에 백인이 자기를 구하기 위해 올렸던 글을 보고 후회하면서 했던 말임.
41) 권도(權道) : 상황에 따라 임시방편으로 쓰는 방법.

을 밝히라 하고 시중드는 남자 종에게 명하여 공자를 잡아 계단 아래에 꿇어앉히고 엄정하게 죄목을 낱낱이 들어 꾸짖으며 말하였다.

"불초자가 죄를 아는가?"

공자가 절하며 엎드려 말하였다.

"소자가 엄명을 받들어 발은 일찍이 문밖을 알지 못하고 머리를 굽혀 성인(聖人)의 책을 읽으니 어찌 방탕하고 패려(悖戾)한[42] 죄를 지었겠습니까? 오늘 아버지께서 불초자라고 말씀하시니, 저는 10살까지 살면서 아버지의 가르침을 거역한 일이 없고 아버지의 곁을 떠난 적이 없이 가까이서 모시며 두려워하고 삼갔습니다. 불초한 죄상이 있는 줄을 깨닫지 못하겠습니다."

조공이 눈을 부릅뜨고 꾸짖으며 말하였다.

"네가 오늘밤에 완월정의 행동거지가 방탕하고 패려하지 않으며, 아비의 명을 듣고도 지체하여 요동하지 않으니 불초자가 아니냐? 내가 너희 형제를 매우 사랑하여 일찍 체벌하여 가르침이 없어서 네가 방자한 것이다. 나이가 거의 사람의 도를 차릴 때인데도 문득 아비의 사랑을 믿고 10살의 어린 아이가 색욕이 일찍 동하여 천한 미녀 창기와 머리를 맞추어 함께 꿈을 꾸고 무식 방탕함이 낭자하느냐? 하물며 완월루는 선친께서 노닐며 즐기시던 곳이어서 나도 차마 가지 못하고 문을 마음대로 열지 않는데 네가 감히 그 곳에서 음란하고 패려한 행동을 꺼리지 않으니, 나의 성품과 도량이 불초자 같은 음란하고 패려한 분별없

는 행동을 하는 사람을 보면 남의 아들이라도 죽이고자 하는 마음이 나

---

42) 패려(悖戾)한 : 언행이나 성질이 도리에 어그러지고 사나움.

는데 하물며 내 자식을 말해서 무엇 하겠는가? 부자의 정으로 비록 말하기 어렵지만 한 매로 너의 생명을 마치게 하겠다."

말이 끝나자마자 공자를 결박하고 사예(私隷)에게 명하여 매를 들라고 하여 공자에게 형을 집행하였다. 양미간에는 가을 서리 같은 기운이 늠름하고 죄목을 살피고 말하는 호령은 산악이 무너지는 듯하였다. 공자가 일생동안 아리따운 사랑으로 성장하여 이런 중형을 당해 보았겠는가? 보통 사람을 꾸짖으려고 때렸다면 한 대에도 기운을 수습하지 못할 것이지만 67 용홍은 타고난 바가 하늘을 찌를 듯한 기운과 산악 같은 마음을 지니고 있어서 아픔을 참고 머리를 숙여 한 소리도 내지 않고 눈물도 머금지 않고 매를 맞았다. 조공이 그 어린 나이가 매사에 이와 같이 어렵게 참는 것을 보고 엄히 다잡은 것을 잠깐 가볍게 하여 쉽게 해서는 앞으로 용홍을 제어하지 못할 줄 알고 구산(丘山)[43] 같은 자애를 참고 죄목을 살펴 치기를 십여 장(杖)에 이르렀다. 용홍의 옥 같은 살에 선혈이 낭자하였다. 둘째 공자가 중계(中階)에 꿇어 앉아 감히 아버지께 간하지 못하고 머리를 숙여 자기 몸이 아픈 것을 이기지 못하였지만 아버지의 엄한 노여움은 할 68 머니가 아니면 풀지 못할 것이라 생각하고 몸을 일으켜 채운전에 이르렀다. 태부인은 바야흐로 여러 손녀가 시와 사를 논하는 것을 들으며 그 글 재주가 규방의 여학사(女學士)[44]임을 칭찬하고 있었다. 둘째 공자가 들어와 고하였다.

"형이 아버지께 죄를 얻어 아버지께서 지금 태형으로 엄하게 벌하시고 있습니다. 할머니의 엄한 분부가 아니면 아버지의 노함을 돌이키지 못

---

43) 구산(丘山) : 언덕과 산으로 매우 많이 쌓인 모양을 비유하는 말임.
44) 규방의 여학사(女學士) : 규방의 학문이 뛰어난 여자를 일컬음.

할까 합니다."

태부인이 매우 놀라며 말하였다.

"이 어인 말인고?"

이에 바삐 일어나 걸음을 황급히 걸어서 죽화헌에 나아갔다. 시녀가 좌우에서 등불을 잡고 길을 인도하여 나오니 정자가 여러 층으로 겹겹이 쌓여 있었고 서너 개의 구부러진 난간을 지나 층계에 나왔다. 공자는 벌 써 삼십 장(杖)을 맞고 있었다. 태부인이 멀리서부터 급한 소리로 꾸짖으 며 말하였다. 69

"늙은 어미의 천금 같은 손자를 네가 어이해서 마음대로 치는가?"

조공이 촛불의 그림자가 밝게 비쳐서 빛나고 있는데 어머니가 소리치 시는 것을 듣고 엎어질 듯이 허둥지둥 합문(閤門)45) 안으로 들어와 문을 닫고 어머니를 붙들고 말하였다.

"용홍이 죄가 있어서 제가 부자의 정으로써 잠깐 태벌(笞罰)46)하여 후 일을 징계하고자 함입니다. 어머니께서 어찌 심야에 외당에 나오셨습 니까?"

태부인이 성난 얼굴빛으로 매우 엄하게 말하였다.

"유아가 설사 죄가 있더라도 말로써 책하지 않고 때린다고 저렇게까지 때리다니…… 네가 이 어미의 뜻을 받들지 않음이 이와 같은가?"

이에 시중드는 남자종을 꾸짖어 물리치고 공자를 붙들어 올라오라고 70 하였다. 공자가 완연히 일어나 아픔을 참고 의대를 수습하여 할머니 곁에 앉았다. 조공이 아들의 기운이 이러한 것을 보고 이상하게 여기고 또한

---

45) 합문(閤門) : 합문은 대문 옆에 있는 작은 문을 의미함.
46) 태벌(笞罰) : 태형을 뜻함. 태형은 오형 가운데 죄인을 작은 형장으로 볼기를 치던 형벌.

매우 염려가 되었지만 눈을 낮추어 공자를 보지 않았다. 이에 어머니를 모시고 친히 채운전에 들어간 후에 외헌(外軒)[47]으로 나와 공자를 잡으러 갔던 서동을 태벌하며 공자를 늦게 잡아온 이유와 미녀를 잡지 못한 이유를 물었다. 서동이 사실대로 아뢰지 못하고 공자가 잠이 깊이 들어서 깨우기 황공하여 공자를 깨우지 못했고, 기녀는 담을 넘어 달아났다고 아뢰었다. 조공이 어이가 없어 즉시 제녀당의 기녀를 다 불러 엄하게 책하고 차후 공자를 받아들이면 사형을 당할 것이라고 하였다. 여러 기생들이 머리를 조아리고 잘못을 빌고 물러갔다.

조공이 또 둘째 공자를 잡아오라고 하였다. 공자는 크게 두려워하였으나 지은 죄가 없어서 평안하게 의대를 끄르고 계단 아래에 엎드려 처벌을 기다렸다. 조공이 꾸짖으며 말하였다.

"아이가 나이가 어리나 고사를 섭렵하여 예의를 알 것인데 임금과 아버지가 그른 일이 있으면 간함을 못 미칠 듯이 해야 하는 법이다. 이 아버지가 너의 형을 태형으로 벌하면서 죄는 무거우나 벌은 가볍게 하였는데 아이가 망령되게 심야에 갑자기 뛰어 들어가 할머니를 혼동하게 하며 놀라시게 하고 할머니의 옥체를 요란하게 움직이시게 하여 여러 개의 구부러진 난간과 층계를 몹시 고생하여 나오시게 하니 그 죄가 어디에 미치겠는가?"

공자가 깊이 생각하지 않고 있다가 매우 급해서 할머니께 아뢴 것이었지만 일이 결국 아버지의 말씀처럼 되어버린 것이었다. 오직 머리를 조아리고 죄에 대해 벌을 줄 것을 청하며 말하였다.

---

47) 외헌(外軒) : 집의 안채와 떨어져 있는, 바깥주인이 거처하며 손님을 접대하는 곳으로 사랑(舍廊)이라고도 함.

"제가 평생 처음으로 형이 아버지의 노함을 만나 곤장을 맞는 것을 보니 마음이 놀라고 다급하여 어찌할 줄 몰라 미처 사태를 헤아리지 못하고 할머니께 아뢰었습니다. 그 죄는 비록 죽더라고 속죄하기 어렵습니다."

말이 끝나자마자 둘째 공자의 온화한 거동과 두려워하는 모양에 아버지의 북풍 같은 노기가 빨갛게 달아 오른 화로에 떨어지는 한 점 눈같이 되었 ⁷³ 다. 달 아래 맑은 풍채와 점잖고 의젓하며 뛰어나고 아름다운 격조는 비할 곳이 없어 사람의 눈이 어릴 정도였다. 조공의 엄중함으로도 넋이 나간 듯 이 아들을 내려다보며 차마 다시 질책할 마음이 없었고 다만 사랑스러운 마음이 산과 바다 같았다. 조공이 온화한 말로 경계하며 말하였다.

"너의 삼가지 않은 죄를 다스려야 하지만 이것이 처음이라 용서한다. 차후는 매사를 진중하게 하고 네 형이 방탕하게 오입하는 것을 배우지 마라."

공자가 삼가 감사의 뜻을 표하고 명을 받들고 올라와 아버지를 모시고 앉았다. ⁷⁴

첫째 공자는 또한 아픔을 억지로 참고 들어와 앉았다. 조공이 구태여 물러가라고 하지 않고 두 아들을 데리고 밤을 지새웠다. 조공은 비록 겉으로는 엄함을 보였지만 어린 아이가 처음으로 심하게 곤장을 맞았기 때문에 아들은 아끼는 마음으로 마음이 편치 않아 잠이 오지 않아서 고요히 누워 아들의 거동을 보았다. 용홍은 아버지가 취침하신 후에 비로소 위쪽에 이불을 찾아 베개에 쓰러져 오래지 않아 잠이 들었다. 몽롱한 가운데서도 용홍의 앓는 소리가 희미하게 났다. 깨어있을 때는 용홍의 기운이 세차기 때문에 아픔을 참았으나 잠들어서는 자연스럽게 앓는 소리가 희 ⁷⁵ 미하게 났다. 조공이 뉘우쳐 불쌍하게 여기는 마음이 흘러나와 일어나 친히 용홍의 옷을 벗기고 눕히며 상처를 살폈다. 용홍은 이와 같이 상하여 유혈이 흘러나와 정신이 가물가물 희미해져서 자신의 몸을 만지는 줄을 몰랐다. 조공이 매우 용홍을 아끼고 불쌍해하며 곁에 눕히고 아들을 어루만져 잠을 이루지 못하였다.

다음날 아침에 조공이 어머니께 가 문안 인사를 여쭈니 둘째 공자 또한 아버지를 모시고 있었다. 태부인이 용홍을 나오라 하여 무릎 아래에 앉히고 물었다.

"네가 어찌 그리 방탕한 행동을 하여 그토록 맞았느냐?"

76 공자가 화씨를 새롭게 통한하고 정색하며 무릎을 꿇고 고하였다.

"제가 어머니의 품을 떠나면서부터 아버지를 모시고 자면서 일찍 조금도 엄한 가르침 밖의 일을 하지 않았는데 어찌 색욕이 나겠습니까마는 화씨 서모가 소자의 팔위에 앵혈을 찍으니 남아가 세상에 처하여 아녀자에게 그리는 홍점을 찍고 한순간인들 어찌 견디겠습니까? 홍점을 없앨 계교를 생각하여 제녀당에 가서 미인 하나와 친하여 홍점의 표시를 없애고 장부가 미인을 대하여 이따금 찾아올 것을 언약하고 믿음을 저

77 버리지 않으려고 하여 잠깐 보려 하였습니다. 그런 후에 완월정의 월색을 사랑하여 머무르다가 잠이 들어 이 환란을 만난 것이니 이것은 모두 서모의 탓이지 저의 죄가 아닙니다."

태부인이 즐거이 웃고 기뻐하며 말하였다.

"만일 너의 말과 같다면 그 기상이 아름다우니 무슨 죄가 있겠는가?"

화씨가 앉았던 자리에서 일어나 비켜서며 죄를 빌고 말하였다.

"첫째 공자가 곤장을 받으신 것은 모두 천첩의 죄입니다. 한때의 희롱은 공자의 여름 해 같은 위엄을 보고자하는 생각에서 나온 것인데, 공자의

호걸스럽고 성급한 마음이 홍점을 없애기 위해 이런 일이 났습니다."

위부인이 아무 말 없이 있다가 정색하며 말하였다.

"자네가 일을 부질 없이 하였지만 홍아도 거짓말을 하는 것이 있다. 비 ⁷⁸록 처음에 붉은 점을 없애려고 방일한 행동이 있었더라도 여색에 대한 생각이 없고 아버지를 두려워했다면 어찌 다시 창기와 언약을 하여 몰래 찾아갔겠는가? 더욱 완월루는 어떤 곳이냐? 미인을 베고 방탕하고 음란하게 마구 논 행사가 어찌 통한치 않겠는가? 상공이 오히려 화가 풀어지셨기 때문에 죄는 무겁지만 벌은 가볍게 내렸는데도 시어머니의 사랑을 믿고 아버지의 눈앞에서 방자하게 아름답지 않은 말을 내어 여러 가지로 꾸며 죄를 화씨에게 미루니 너는 진실로 낯이 두꺼운 불 ⁷⁹초자구나. 늦도록 자식이 없다가 너 같은 불초자를 낳아 조씨 가문의 이름 높은 기풍을 추락시킨다면 한갓 조상께 죄인이 될 뿐만 아니라 상공이 또한 살아가는 동안에는 자신을 책망하는 탄식이 있을 것이다."

말을 끝내자 말하는 기색이 단엄하고 눈동자가 차가운 달 같았다. 좌우의 사람들이 얼굴빛을 고치고 부인을 공경하였다. 태부인이 탄복하며 말하였다.

"어진 며느리는 진실로 맹모(孟母)[48]보다 낫구나! 자식이 어찌 현인군자가 되지 못할까 우려하겠는가? 비록 그러하나 아이가 나이가 어려 모름지기 색욕이 없을 것이니 이번의 행동은 화씨의 탓이다." ⁸⁰

조공이 가만히 웃으며 대답하였다.

---

48) 맹모(孟母) : 맹자의 어머니를 뜻함. 맹자의 어머니는 아들의 교육을 위해서 세 번이나 이사를 했다는 '맹모삼천(孟母三遷)'으로 유명한데, 이는 어머니가 자식의 장래를 염려하여 여러 모로 애쓴 것을 이르는 말임.

"이 아이가 벌써 여색을 좋아하여 염치를 잃었으니 만일 태임(太任)과 같은 숙녀가 아니면 저 탕자가 두려워 떨면서 복종하기 어려울 것이다. 그러나 저 염치를 잃은 탕자를 보면 태임(太任)과 태사(太姒) 같은 숙녀가 생기기 어려울 것이니 이 아이의 며느릿감 고르는 것이 가장 어렵다고 생각되는구나."

좌중에 석학사 부인 조씨는 벌써 자녀가 여럿이고 석생이 급제하여 태학사(太學士)[49]가 되었다. 이때 석학사 부인은 부모를 뵙기 위해 친정으로 돌아와 할머니를 모시고 있었는데 웃으며 말하였다.

"제가 동생 용홍을 위하여 기특한 숙녀를 천거하려고 하였는데, 저 행동을 보니 중매하는 사람의 면목이 없을까 망설여집니다."

태부인이 웃으며 말하였다.

"내 손자는 천고에도 없는 기린이다. 어찌 중매하는 사람이 무안하겠는가? 어느 집에 나의 어진 며느리의 재목이 있더냐?"

조소저가 조용하고 단아하게 말하였다.

"다른 사람이 아니라 제 시댁 시누이의 딸입니다. 불행히 시누이가 일찍 세상을 떠나고 시누이에게는 일남일녀가 있으나 정참정이 꼼꼼하지 못하고 어리석어 술 마시기를 좋아하고 여색을 좋아합니다. 후처 박씨는 투기하고 악함이 매우 심하여 조카 남매가 두루 불쌍합니다. 시누이가 없는 뒤부터는 시부모님께서 조카 남매를 데리고 와 기르시고는 정씨 집안에 보내지 않으십니다. 다른 것은 말할 것이 없으나 질녀의 사람됨은 고금에서 힘써 구해도 이런 사람됨은 없을까 합니다."

---

49) 태학사(太學士) : 홍문관 대제학의 딴 이름.

조공이 말하였다.

"그 여식은 비록 아름답지만 혼인하여 친척이 되어 정세추50)의 불인무식(不仁無識)함을 앞으로 어찌 상면하겠는가? 너는 다시 시댁의 친척 중에 아름다운 여자를 구하여 천거하도록 해라."

조소저 또한 정소저의 현철함이 매우 뛰어나다고 생각하였지만 그 부모를 모두 갖추지 못한 것과 정공이 무식한 것을 애달파하였다.

이때 조공의 둘째 사위 유수가 장원급제하여 맑고 높은 명망이 조정과 재야에 진동하였다. 조씨와 유씨 양가의 기뻐함이 비교할 것이 없었다. 조공의 세 명의 사위가 모두 한림원의 이름난 선비였지만 조공은 모든 일이 너무 번성해짐을 두려워하였다.

이때에 참정 정세추의 집안은 교목세가(喬木世家)51)여서 조상의 이름난 기풍과 부형(父兄)의 위세로 몸이 일찍 높은 지위에 올랐다. 집안에 세 명의 부인을 갖추고 누각 안에는 아름다운 여인 5명을 두었으나 총애가 고르지 못하여 가도(家道)가 차례를 잃고 집안을 다스려 바로잡는 방법이 한 가지도 볼 만한 것이 없었다. 그러나 정씨 친척 중에는 오사모(烏紗帽)를 쓰고 자포(紫袍)를 입은 사람52)이 30명이어서 정세추는 가문의 번성한 영광을 타서 벼슬이 참정에 이르도록 큰일을 당하지 않았으나 탐욕스럽고 법을 어기는 일이 많았다.

첫째 부인 석씨는 잠영대가(簪纓大家)53)의 숙녀로 사덕(四德)54)을 겸비

83

50) 정세추 : {정세숙}. 2권에서부터 정소저의 아버지는 '정세추'로 계속해서 명명되므로 정세추로 통일하기로 함.
51) 교목세가(喬木世家) : 여러 대에 걸쳐 중요한 벼슬을 지내 나라와 운명을 같이하는 집안.
52) 오사모(烏紗帽)를 ~ 사람 : {오ᄉᄌ포쟤[烏紗紫袍者]}. 높은 벼슬에 오른 사람을 뜻함. '오ᄉ'는 오사모(烏紗帽)로 검은 깁으로 만든 모자이며, 진대(晉代) 이후 벼슬아치가 관복을 입을 때 쓰던 관. 'ᄌ포'는 자줏빛 조복(朝服)으로 고관의 옷임.

하고 곱고 아름다운 자태가 찬란하였다. 정공이 석씨를 사랑하고 공경하
여 매우 소중히 대하여 은정(恩情)이 산과 바다같았다. 석부인이 항상 남
편의 행사를 탄식하며 내조를 어질게 하여 잘못된 것을 고치라고 충고하
는 것이 많으니 정공이 기뻐하지 않으며 은정(恩情)을 둘째 부인 박씨에게
고스란히 주었다. 박씨는 세상에 비교할 곳이 없는 미색일 뿐만 아니라
매사에 능숙하게 일을 잘 꾸미고 간사하고 약삭빨라서55) 기세가 대단한
장부를 빠지게 하여 집안의 도가 점점 흩어져 어지러워졌다. 석부인이 혀
를 차며 탄식하였지만 모든 일이 하늘의 뜻대로 되는 것을 보려하고 입을
다물고는 아무 말도 하지 않고 자식을 사랑하며 키웠다. 딸의 이름은 채
임인데, 꿈속에서 하늘의 문에 다섯 가지 빛깔이 영롱한 것을 보고 하늘
에서 금가락지 한 개를 주며 말하였다.

"금가락지 한 짝을 가지고 있는 곳에 혼인을 이루어라."

하는 것을 듣고 깨어보니 금가락지가 있었다. 석부인은 보통의 꿈의
징조가 아니라고 생각하여 금가락지를 깊이 간수하였다. 그날부터 임신
하여 10달 만에 딸을 낳았다. 뛰어난 향기가 방안에 가득하고 아기의 온
갖 자태가 곱고 아름다웠다. 이름을 채임이라고 하고 자를 벽환이라고 하
였다. 소저의 나이 6세에 석부인이 세상을 떠났는데 임종할 때 석부인이
아버지 석참정에게 청하여 자녀를 부탁하며 말하였다.

"두 아이에 대한 정을 생각하셔서 아버지께서 데려가셔서 어루만지며

---

53) 잠영대가(簪纓大家) : 대대로 높은 벼슬을 한 성대한 가문.
54) 사덕(四德) : 여자로서 갖추어야 할 네 가지 덕. 마음씨(婦德), 말씨(婦言), 맵시(婦容), 솜씨(婦
功)를 이름.
55) 능숙하게 ~ 약삭빨라서 : {능녀간초ㅎ여}. 이는 '능려간초(能麗奸誂)'로 봄. '능려(能麗)'는 능숙
하게 일을 잘함의 의미이고, '간초(奸誂)'는 간사하고 약삭빠름의 의미로 보아 이와 같이 옮김.

사랑해주시기를 바랍니다. 딸 채임의 혼사는 금가락지의 임자를 찾아 혼인을 이루게 해 주십시오."

말을 마치고 금가락지 한 짝을 받들어 아버지께 드렸다. 공이 한바탕 통곡하고 눈물을 계속 흘렸다. 석참정은 금가락지를 받아가지고 손녀의 처지가 불쌍하고 매우 비참하여 두 명의 손자를 거두어 자기 집으로 돌아와서는 어루만지며 지극히 사랑하였다. 이런 까닭으로 두 손자는 신상이 즐겁고 화평하였다. 정씨 집안에서 박씨가 계교를 내어 시비를 보내어 소저 남매를 데리고 가려 하면 외조모 윤부인이 여러 가지 계책으로 핑계를 대어 소저 남매를 보내지 않으니 그 끝이 어떠하겠는가?

이때에 정소저 채임은 방년(芳年) 10세였다. 아리따운 얼굴로 말한다면 꽃이 무색하고 주옥(珠玉)이 더러울 정도였다. 멀리서 보면 광채가 찬란하여 떨어지는 해가 약목(若木)[56]에 걸려 있는 듯하고 명월이 부상(扶桑)[57]에 오른 듯하였다. 영롱한 빛이 밝게 비쳐서 빛나고 여덟 가지 빛이 감도는 양미간에는 산천의 빼어난 기운을 모아놓았으며 두 눈의 정묘하고 아름다운 빛깔은 새벽별이 비치는 듯하였다. 가는 허리는 촉나라 깁으로 몸을 단장한 듯하고 초나라 궁궐의 아리따운 여자아이를 비웃는 듯하며, 기이한 붉은 입술과 아리따운 모습은 수많은 미모와 견주어도 비할 곳이 없었다. 자연스러운 고운 태도는 한 가지의 붉은 연꽃이 푸른 잎에 비스듬히 있는 듯하였다. 아리따운 얼굴과 구름 같은 탐스러운 귀밑머리는 만고를 살펴보아도 듣지 못할 아름다운 모습이었다. 모든 행동거지가

86

87

---

56) 약목(若木): {양목}. 약목의 오기인 듯함. 해가 지는 곳에 서 있다는 나무
57) 부상(扶桑): 중국 전설에서 해가 뜨는 동쪽 바다 속에 있다고 하는 나무나 혹은 그 나무가 있다는 곳.

어느 한 곳에 치우치지 않는 도를 얻어 스스로 법도를 갖추고 있었으며
또한 가슴에 품은 도덕과 마음속에 간직한 재주는 성인(聖人)의 품성이고
규방의 문장학사였다. 입을 열면 성인과 현인의 말씀이고 몸을 움직이면
예도에 어김이 없었으며 아는 것이 신과 같았고 어짊이 하늘과 같아서 진
실로 비녀를 꽂은 군자였으며 여자 중의 성인(聖人)이었다.

그러나 타고난 운명이 험난하여 일찍 어머니를 여의고 계모가 어질지
못하고 아버지가 현명하지 못해서 부모를 한 집에 모시고 조아(曹娥)[58]의
효를 다하지 못하고 외조모의 은혜로운 양육에 의지하여 어머니의 얼굴
을 대하는 것처럼 마음을 위로하며 지냈다. 마음속 깊은 곳에 맺혀 있는
지극한 고통은 아버지를 한 곳에서 받들어 자식의 도리를 펴지 못한 것
때문이었다. 이것을 슬퍼하여 가만히 있을 때는 줄줄 흐르는 아름다운 눈
물이 아리따운 얼굴에 마를 때가 없었다. 그러나 조부모를 대할 때면 온
화한 말과 기쁘고 유쾌한 안색이 가득하여 슬프고 근심스러운 태도를 보
이지 않았다.

동생 천희는 8살이었다. 비록 누이보다 못하나 빼어난 인재로 풍채가
용렬한 사람이 아니라 깨끗하고 시원하여 뛰어나서 그 부친의 어리석고
미련함을 물려받지 않았다. 소저가 동생을 어루만지며 기르고 법도로 가
르쳐 죽은 어머니의 혈식(血食)[59]을 이을까 하는 바람이 태산 같았다. 소

---

58) 조아(曹娥) : 조아는 중국의 효녀의 이름임. 조아는 한나라 사람으로 그의 아버지 조우는 무당
    이었음. 한나라 안제 2년 5월 5일 강가에서 물의 신령에게 제사를 드리던 중 아버지 조우가 물
    에 휘말려 강으로 빠져 죽었음. 그러나 시체가 아무리 시간이 지나도 물위로 떠오르지 않자 조
    아는 강둑으로 오르내리면서 아버지를 찾아 울부짖음으로 밤낮으로 그치지 않기를 17일이나
    계속하였음. 그러다가 조아는 마침내 강에 몸을 던졌는데, 하루 만에 아버지의 시체를 안은 채
    물위로 떠올랐음.
59) 혈식(血食) : 희생을 올리고 제사를 지냄을 뜻함.

저는 어머니가 임종 때 금가락지를 주면서 금가락지 임자가 아니면 가볍
게 몸을 허락하지 말라고 하신 경계가 있었기 때문에 죽은 어머니가 남기
신 가르침을 저버리지 않으려고 금가락지를 협사(篋笥)[60]에 깊이 간수하
였다.

석소저는 부모가 모두 생존하고 있는 아래에서 자랐기 때문에 즐거운
사람이어서 종일토록 즐거운 웃음이 낭랑하였다. 그러나 채임 소저는 묻
는 말에만 대답할 뿐이고 붉은 입술을 다물고 묵묵히 있으며 옥 같은 이
가 밝게 빛남이 없었다. 석공부부가 가련하여 채임 소저를 매우 사랑하며
어루만지고 탄식하며 말하였다.

"손자 남매가 사람 됨됨이가 이렇듯이 기특하나 타고난 운명이 좋지
않아 어미를 잃고 현명하지 않은 무식한 아비가 천륜의 자애를 모르니
어찌 슬프지 않겠는가? 노모가 너를 위하여 평생 평안하고 한가하기를
바라 두루 유의하지만 금가락지의 임자를 만나기가 더욱 어려워 우리
마음이 한가한 적이 없구나."

소저는 눈동자를 빛내며 아름다운 눈길을 움직일 뿐이었다. 석공이 손
녀를 위하여 사위를 널리 구하였으나 금가락지의 임자를 만나지 못할까
우려할 사이에 어느덧 2년의 세월이 흘렀다.

이때 조씨 집안에서는 두 공자의 나이가 12살에 이르렀다. 첫째 공자
는 신장이 훤칠하게 커서 고운 야학(野鶴)같고 풍채가 늠름하여 이백을 비
웃는 듯하였다. 풍채가 출중한 기상이 일세에 뛰어나고 마음속에 경서에
대한 재주와 큰 바다의 푸른 물결 같은 문장을 지니고 있었다. 첫째 공자

---

60) 협사(篋笥) : 버들가지나 대나무 따위를 결어 상자처럼 만든 직사각형의 작은 손그릇.

의 강하(江河)를 기울이며 손오양저(孫吳穰苴)를 압도하는 문무의 온갖 재주는 일세에 독자적이었다.

둘째 공자는 타고난 성품이 어질고 현명함이 일월 같았으며 이치를 알고 식견이 넓으며 도덕이 특출하였고 충효가 모두 갖추어져 성현의 남은 풍채가 있었다. 보는 사람이 경탄하지 않는 사람이 없고 부모가 귀중하게 여김이 비교할 곳이 없었다. 아름다운 며느리를 동서(東西)로 찾았으나 마땅한 곳이 없는 것을 매우 근심스러워하며 기뻐하지 않았다.

조씨 집안에서는 석학사 부인으로부터 정소저의 뛰어난 명성과 금가락지와 관련된 정소저의 기이한 일을 듣고서는 비로소 정소저가 하늘이 정한 배필임을 깨달았다. 정소저 아버지의 어짊과 그렇지 않음은 상관하지 않고 딸인 석학사 부인에게 월하노인(月下老人)61)의 임무를 스스로 맡으라고 하였다. 석학사 부인이 명령을 받들고 석학사를 대하여 그 뜻을 비치었다. 석학사가 매우 기뻐하며 말하였다.

"용홍은 천고에도 없는 뛰어난 사람이오. 만일 이 혼사가 이루어지면 아마도 질녀의 평생을 욕되게 하지 않을 것이며 구천의 죽은 누이의 영혼을 위로할 것이오. 죽은 누이가 신이한 꿈을 꾸어 금가락지를 얻고 그 한 짝을 가진 자를 집안의 사위로 삼으라고 하였으니 처남이 그 옥가락지가 없으면 되지못할까 하오."

조씨가 웃으며 말하였다.

"꿈은 허탄하니 믿지 못할 것입니다. 그러나 또한 어머니께서 신이한 꿈을 꾸시고서 두 아들을 낳으시고 금가락지가 있으니 이 어찌 하늘의

---

61) 월하노인(月下老人) : 부부의 인연을 맺어 준다는 전설상의 늙은이. 중국 당나라의 위고(韋固)가 달밤에 어떤 노인을 만나 장래의 아내에 대한 예언을 들었다는 데서 유래함.

뜻이 아니겠습니까? 다만 생각건대 정공이 어진 군자가 아니며, 그 처 박씨는 숙녀가 아니어서 마침내 어려운 일이 있을까 두렵습니다. 그러나 차마 사양하지 못하는 것은 동생의 출중하고 매우 훌륭한 기상으로 이 정소저 같은 숙녀를 두고 다시 이와 같은 숙녀를 얻지 못할까 해서입니다."

석학사가 웃고 즉시 부모께 고하니 석공은 매우 기뻐하며 말하였다.

"원첨은 나의 평생에 공경하는 유익한 벗이다. 하물며 겹겹이 친척이 95 되어 피차 가세(家勢)가 기울어지지 않으니 어찌 두 번 의논하겠는가? 저 손녀로 하여금 조씨 같은 대가 현문의 군자의 짝이 되는 것은 일생의 영화로운 일이고, 이것은 구천에 있는 죽은 딸의 영혼을 위로할 것이니 아름다운 일이다. 더욱 금가락지 한 짝을 가진 배필을 만나는 것이 제 어미 소원이니 쾌히 허락하고 속히 택일하여 성례를 해라"

석학사 부부가 사례하고 다시 고하여 말하였다.

"정공에게 이 사실을 말하지 않고 정혼하는 것이 불가하니 마땅히 이르고 허락하십시오."

석공이 정색하며 말하였다.

"채임은 나의 딸과 다름이 없다. 저 무식한 탕자가 여색과 술에 잠겨 96 자녀가 있는데도 소식을 끊고 염려하고 생각하지 않으니 어찌 혼사를 알겠는가? 혼인을 하고 난 후에 신랑을 청하여 장인과 사위가 서로 상면하게 하겠다."

그런 후 석공은 쾌히 혼인을 허락하였다. 조씨 집안에서는 정소저의 아버지가 불쾌하였지만 석공이 혼사를 주관하여 맡고 금가락지가 온전하게 있음을 기뻐하여 즉시 양가가 상의하여 택일하였다. 길일62)이 음력2

월 10일이니 한 달이나 남았고 혼례는 음력 8월이었다. 그 사이의 시간이 많이 남아서 태부인이 재촉하였지만 조공이 두 아이가 어리기 때문에 6, 7월정도 혼인을 지체해도 또한 늦지 않다고 하였다.

길일에 조씨 집안에서는 대대로 전하는 쌍봉잠(鳳簪)63) 한 쌍과 금가락지를 납폐로 보내니 금옥환의 기이한 빛이 환하고 아름다워 세상의 기이한 보배였다. 석씨 가문에서는 죽은 딸을 생각하고 서로 슬퍼하였다. 빙물은 소저의 유모인 경운에게 맡겨 옥궤에 넣어 깊이 두고 손꼽아 혼례날을 기다렸다.

슬프다! 옛날부터 현인과 군자는 곤궁하고 재주 있는 여자와 아름다운 여인은 운명이 박하여 아름다운 여자가 해를 입지 않는 자가 없구나. 채임 소저가 독보적인 미모와 장한 정절이 완전하여 사덕(四德)에 흠이 없으나 아리따운 여자가 겪는 해에서 도망치지 못하여 육아지통(蓼莪之痛)64)으로 옥 같은 창자가 마디마디 끊어질 것인데 다시 어질지 못한 계모와
무지한 아비가 인륜의 도리를 어지럽히며 얼음과 옥 같은 절개를 희롱하니 가히 아깝구나. 정소저 채임의 혼사가 어찌 되겠는가? 다음 회를 잘 살펴보아라.

재설(再說).65) 정실인 석씨가 죽으면서부터 자녀를 석가에서 데려가니 박씨는 석부인이 임종할 때에 정씨 집안에 두지 말라고 하는 말이 자기를 믿지 않아서 한 말이라 이것을 몹시 원통해 하였다. 박씨는 석씨가 죽고 삼

---

62) 길일 : 여기서 길일은 혼례 날을 가리키는 것이 아니라 납폐를 받는 날을 의미함.
63) 봉잠(鳳簪) : 봉황 모양을 새긴 큼직한 비녀.
64) 육아지통(蓼莪之痛) : 육아(蓼莪)의 아픔. 육아(蓼莪)는 『시경』, 「소아(小雅)」의 편명임. 자식이 부모를 추모하면서, 부모 생전에 제대로 봉양하지 못했음을 슬퍼하는 내용.
65) 재설(再說) : 고전소설에서 흔히 쓰이는 장면을 전환하는 제시어임. 이미 한 이야기를 다시 말함.

년이 지나도록 자녀를 찾지 않았는데, 이것은 두 아이를 해치고자 하여 밤 낮으로 생각하고 궁리했기 때문이었다. 정공을 대하여 소저 남매를 데려 오라고 청하였지만 석공이 굳세고 엄격하여 정공의 말을 듣고도 굳이 소 저 남매를 보내지 않았다. 박씨는 소저에게 편지를 부쳐 공자와 잠깐 다녀 가라고 하였다. 소저 남매는 스스로 마음대로 출입을 하지 못하기 때문에 이 사실을 외할아버지께 아뢰었지만 외할아버지가 이것을 엄격하게 막았 다. 소저 남매가 매우 근심스러워하고 기뻐하지 않으며 애걸하였지만 석 공은 마침내 소저 남매를 보내지 않았다. 정공이 또한 화가 나서 버린 자녀 를 마음에 개렴치 않고 밤낮으로 주색에 빠져 만사를 잊고 있었다.

박씨는 가장 윗자리에 있으면서 확고한 중심이 없는 세 번째 첩인 영씨 를 자신의 수중에서 제 마음대로 부리며 일당으로 삼았다. 박씨는 정공을 청하여 이따금 영씨와 총애를 나누며 스스로 자기 공을 드러내어 남이 칭 찬해주기를 바라니 영씨는 박씨가 죽으라 해도 순종하였다. 박씨는 정공 의 후대를 받고 집안을 다스리는 권리를 마음대로 하여 모든 일이 자신의 뜻과 같이 되었지만 한 명의 아들을 낳지 못하고 생산의 길이 끊어져 밤 낮으로 골몰하였다. 지금의 십만 재산이 마침내 저 남매에게 돌아갈까 애 를 태우고 생각하며 번민함을 마지않았다. 그래서 두 아이를 죽일 뜻이 더욱 살기등등하였지만 석공이 두 아이를 보내지 않으니 박씨는 매우 한 스러워하며 때를 타면 정공에게 말하였다.

"부친같이 중요한 것이 없는데 이제 상공이 나라의 녹을 먹는 재상으 로 윤리와 기강을 알 것입니다. 두 아이를 버려두고 찾지 아니하면 천 륜의 자애를 폐하여 없애는 것입니다. 저 두 아이의 외로운 인생이 어 머니를 여의고는 아버지의 양육을 알지 못하고 외가에 버려져 있으니

99

100

101

어찌 차마 불쌍하지 않겠습니까? 다른 사람들의 이목이 상공을 어떻다고 하겠습니까? 하물며 채임의 나이가 12살이 되었으니 거의 도요(桃夭)의 시[66]를 읊을 때입니다. 그 아비가 되어 신경 쓰지 않고 아예 자식에 대한 생각을 잊어버리면 자식의 가장 중요한 일을 누가 능히 염려하겠습니까? 석공이 비록 보내지 않지만 나의 자녀를 내가 처리할 것입니다. 마땅히 이리이리하여 상공이 친히 가서 데려올 기색은 보이지 말고 자식들이 나올 때를 기다려 위력으로 빼앗아 오면 석공인들 자식 데려오는 것을 무엇이라고 하겠습니까?"

정공이 박씨의 말을 듣고 계책으로 쓸 수 있을 것 같아 칭찬하며 말하였다.

"현자(賢者)이구나, 부인의 꽃다운 덕이여! 어찌 이와 같은 정성스러운 마음으로 슬하에 자식이 많지 않은가? 애석하구나! 마땅히 내가 친히 가서 자식 남매를 데리고 오겠다."

정공이 석씨 가문에 이르러 처가 부모를 보니 석공 부부가 새롭게 슬퍼하였다. 또한 술과 안주를 성대하게 준비하여 정공에게 후하게 대접하며 갑자기 발길을 끊고 왕래하지 않음을 책망하였다. 정공이 기분 좋게 사죄하고 딸을 찾았다. 석공이 비록 손자들을 보내지 않았지만 어찌 손자들을 감추어 부자간의 천륜을 상하게 하겠는가? 두 아이를 불러 부자가 상면하게 하였다. 두 아이가 아버지를 붙들고 목 놓아 슬피 울고 아버지를 반기는 정과 슬퍼하는 눈물이 줄줄 흘러 슬프고 한스러운 모습을 감추지 못했다. 더욱 소저의 고운 빛은 뛰어나 흰 연꽃이 푸른 물에 잠겨있고 밝은 달

---

66) 도요(桃夭)의 시 : 『시경』의 「주남(周南)」의 편명으로 젊은 남녀가 제때에 결혼하는 것을 찬미하였음. '도요의 시'는 결혼할 때를 나타냄.

이 여러 빛깔로 아롱진 구름에 쌓인 듯 광채가 밝게 빛났다. 정공도 마음
이 돌과 같지 않으며 쇠와 같지 않아서 또한 자식을 붙들고 앉아서 눈물
을 흘리며 말하였다.

"너희 남매가 어미를 잃고 아비를 떠나 이곳에 있으나 그 마음이 어찌
슬프지 않겠는가마는 장인어른의 뜻이 굳으셔서 너희들을 보내지 않
으신다. 세월이 흘러 오늘까지 이르렀으니 어찌 부자의 정이 박하지
않겠는가? 오늘은 너희를 데리러 왔으니 너희들은 나와 함께 가자."

석공이 정색하면서 말하였다.

"두 아이는 죽은 딸의 유언이 있었기 때문에 내가 이 아이들이 성인되
면 보낼 것인데, 자네는 어찌 아이들을 데려가려고 하는가?"

정공이 불쾌한 느낌을 얼굴빛에 드러내며 말하였다.

"저 아이들은 소생의 골육입니다. 어찌 항상 장인어른 댁에 두겠습니
까? 임금님 앞이라도 이 일은 제가 이길 것이니 무슨 까닭으로 장인어
른이 남의 천륜을 어지럽히십니까? 오늘은 반드시 자식을 두고 가지
못합니다."

석공이 크게 화를 내며 말하였다.

"너의 불인(不仁)함이 부자의 천륜을 모르는 것이지 내가 어찌 너의 윤
기(倫紀)[67]를 나누겠는가?"

정공이 크게 화를 내며 말하였다.

"편협하고 너그럽지 못한 석공이 사리를 잘 모르는구나! 죽은 처가 비
록 박씨를 아이들의 생모가 아니라는 이유로 싫어하고 꺼려 이곳에 두

---

67) 윤기(倫紀) : 윤리와 기강을 가리킴.

고 기르라고 하였으나 공의 고집으로 나의 자녀를 무슨 일로 잡고 보내
지 않으며 또 무슨 일로 나한테 불인(不仁)하다고 하는가?"

정공은 앉았다 일어섰다 하며 소리를 높이 지르고 떠들썩하게 굴었다.
석공이 화를 벌컥 내며 소매를 떨치고 두 아이를 이끌고 가려고 하였다.
두 아이는 아버지를 붙들고 울고 정공이 또 두 아이를 붙들자 석공이 손
을 쓰지 못하게 하였다. 그 광경이 매우 깜짝 놀랄 만했다. 석학사가 아버
지께 충고하여 말하였다.

"정형이 자기 골육을 찾으려 하는 것이 또한 잘못된 것이 아닙니다. 아
버지께서 어찌 저같이 정형과 겨루시어 욕을 취하십니까? 두 아이를
돌려보내십시오."

석공이 머리를 흔들며 말하였다.

"내가 차마 두 아이를 어질지 못한 가문에 맡겨 호구(虎口)[68]에 보내지
못하겠다."

이어 장인과 사위가 크게 다투며 떠들썩하였다. 소저는 아버지의 기색
을 보고 생각하였다.

'나는 죽어도 아우는 여기서 떠나지 못하게 해야 할 것이다. 저 곳에 가
면 반드시 위태할 것이니 나는 죽어도 상관없지만 아우는 우리 가문에
막중한 사람이다. 어찌 간사한 꾀에 빠져 위험한 곳에 나가게 하겠는
가? 순임금이 매우 효성스러웠지만 우물의 구멍을 두어 살 길을 열었
다.[69] 어찌 부질없이 남에게 나아가게 하여 죽은 어머니의 후사를 전

---

68) 호구(虎口) : 범의 아가리라는 뜻으로, 매우 위태로운 처지나 형편을 이르는 말.
69) 순임금이 ~ 열었다 : 순(舜)임금은 고대 중국의 전설적인 성군임. 순은 어려서 어머니를 여의고
    계모와 이복동생과 우유부단한 아버지에게서 학대를 받았으나 지극한 효도로써 부모를 섬김.
    이복 동생인 상과 계모는 간계로 순을 죽이려고 하였는데, 한 번은 우물을 파게 한 후 순이 나오

할 곳이 없게 하겠는가?

소저는 수많은 생각을 하니 마음이 얼어붙고 뼈가 굳어지려고 하며 생각이 지향할 곳이 없었다. 소저가 안색을 바르게 고치고 말하였다.

"소녀가 들으니 부자유친(父子有親)은 윤기(倫紀)의 으뜸이라고 합니다. 이제 집을 떠나 외가에 머물고 있다가 아버지께서 데리고 가고자 하시는 것은 천륜의 정으로 본다면 당연한 일입니다. 제가 가고자 하는데 조부께서 어찌 막으시겠습니까마는 아우는 공부를 진취할 날이 아직 멀었습니다. 아버지께서 직무 때문에 바쁘시게 되고 만약 이곳을 떠나게 되어 아우의 공부를 권장할 사람이 없게 되면 아우의 공부는 완전해지지 못할 것입니다. 아우는 이곳에서 수년을 더 머물게 두십시오. 소녀가 아버지를 모시고 가겠습니다."

석공이 눈을 잠깐 돌리며 말하였다.

"손녀의 말이 옳다. 비록 천리밖에 자식을 두었지만 두 아이는 자네의 자식이 아니겠는가? 다만 한 가지 할 말이 있으니 자네가 돌이켜 듣는다면 손녀를 순순히 보내주겠다."

정공이 물었다.

"무슨 말씀입니까?"

석공이 말하였다.

"손녀는 나이가 어리지만 몸가짐이 정숙하고 사덕(四德)을 겸비하여 관저규목(關雎樛木)70)의 숙녀이네. 마땅히 현인대가(賢人大家)의 옥 같은

108

109

려 하자 흙을 덮어 생매장하려 하였으나, 순은 위험을 예측하고 옆으로 빠지는 구멍을 미리 마련해 두었다가 그 곳으로 빠져나와 죽음을 모면하였음.

70) 관저규목(關雎樛木) : 관저와 규목은 『시경』의 「주남」편의 노래임. 문왕의 아내인 태사의 덕을 읊은 것임. 채임이 태사와 유사한 인물임을 강조하기 위해 『시경』의 편명을 언급한 것임.

군자가 아니면 손녀의 짝이 될 수 없을 것이네. 내가 승상 조숙의 큰 아들과 혼인을 의논하여 납채를 받고 혼인날을 중추(中秋)로 정하였네. 자네는 내가 마음대로 혼인을 결정하여 처리한 것을 책하지 마라. 정혼 날을 기다려 혼례를 이루고 봉황이 깃들이는 것을 보고 나의 말년 회포를 풀게 되면 슬픈 마음을 조금이라도 잊을까 한다. 자네는 마음을 넓게 먹고 대장부의 믿음과 의리와 부녀(父女)간의 중요한 정을 깊이 유념하게. 자네 부부의 과거 일을 생각하여 이 아이의 인륜대사를 소란스러움이 없게 하게."

정공이 공경히 받들어 감사해하며 말하였다.

"제 자식을 위하여 이렇듯이 애쓰시니 어찌 감사하지 않겠습니까? 마땅히 데려가 자식의 혼례를 이루는 것이 사리에 옳으니 장인어른은 막지 마십시오."

석공은 매우 불쾌하나 마지못하여 소저를 보내고 공자는 자신의 집에 두고 가라고 하였다. 정공이 그 말대로 공자는 두고 가마꾼을 재촉하여 딸을 데리고 가려고 하였다. 소저가 외할머니께 하직을 하려고 하자 외할머니는 오열하며 말하였다.

"너를 호구(虎口)에 보내고 한갓 이별을 못할 뿐만 아니라 염려가 끝이 없구나. 너는 네 어미의 유언을 생각하여 몸을 가볍게 여기지 말고 모든 일에 진중(珍重)하여라."

학사 부부가 손을 잡고 탄식하며 말하였다.

"조카의 일세에 뛰어난 성품 때문에 천도가 무심치 않을 것이니 가볍게 간사한 사람의 해를 받겠는가? 모름지기 몸을 보호하여 빨리 모이기를 바란다."

조부모와 여러 소저가 다 눈물을 흘리며 이별하였다.

채임 소저가 아버지를 따라 본가에 돌아가는 것은 천륜이 완전해져서 서러운 일이 아니지만 소저의 영리한 마음에 박씨의 자애롭지 못함과 자신의 형세를 헤아려보니 앞길이 어떻게 될 줄 알지 못했다. 맑은 눈에서는 눈물이 흘러나왔다. 눈썹과 얼굴에는 아리따운 근심과 한을 띠고 있으니 수려한 얼굴과 시원한 태도가 더욱 아름다웠다. 연꽃 같은 두 뺨에는 눈물이 계속해서 흘러내리고 있었다. 소저가 말하였다.

"소녀가 이제 슬하를 하직하니 다시 할머니를 뵐 기약이 없습니다. 이러한 슬픔을 어디다가 비교하겠습니까? 오직 바라는 것은 할머니께서는 불초아(不肖兒)를 개렴치 마시고 옥체를 편안하게 하시고 건강하십시오."

말을 마치지 못하였는데 정공의 재촉이 성화같았다. 소저는 다시 말을 못하고 공자를 돌아보고 연연해 하며 말하였다.

"몸을 조심하고 어떠한 큰 일이 일어나더라도 이곳을 떠나지 마라. 내가 돌아오라는 말 이외에는 비록 아버지의 말씀이 있어도 이곳을 떠나지 마라. 누나의 몸은 죽든지 살든지 상관없다. 죽은 어머니의 혈식(血食)을 이을 사람은 너다. 모름지기 몸을 소중하게 아끼고 아껴라."

말을 끝내고 길이 작별하였다. 외당에 나가 할아버지께 하직하고 아버지를 따라 본가에 이르렀다.

5, 6년 사이에 소저가 장성하고 아름다워져 다른 사람이 되었다. 또한 정씨 가문의 가법은 변화하여 다른 집같이 되어 상하와 존비(尊卑)가 없고 오직 사치하고 교만하며 어리석어서 이루 말할 수가 없을 정도였다. 소저가 한심하다고 생각하면서도 집안 곳곳에서 느껴지는 감회는 새로웠다.

이에 박씨와 영씨 두 모친께 절하여 예를 표시하였다. 박씨의 반기는 모습과 사랑하는 거동이 인정에 넘치니 소저의 근심은 더욱 깊어갔다. 정공은 박씨의 어짊을 매우 탄복하였다. 소저의 숙소는 연매정이었다. 소저는 본가에 오니 슬픈 회포가 더욱 가슴을 저렸다. 유제(乳弟)[71] 벽란은 아이 때부터 소저를 모셨기 때문에 정의가 두터워서 노비와 주인의 신분을 잊어버리고 자매 같았다. 소저가 부모께 아침저녁의 문안 인사를 드린 후에는 종일토록 문밖을 나가지 않고 자수 놓기는 구태여 하지 않고 옛날 서적을 읽었다. 소저의 견문은 날로 바다같이 넓어지고 금옥 같은 마음은 더욱 단련되었다.

박씨는 소저가 여자 중에 성인(聖人)이 되어 인간 세상에서 독보적임을 보고 더욱 미운 마음이 한층 더해져 급히 해칠 기회를 기다렸다. 처음에는 지나친 사랑으로 자신이 낳은 자식보다 더 한 것처럼 하더니 그러한 마음이 오래 가지 못했다. 날마다 소저를 괴롭게 보채며 정공의 귀에 소저의 간악함을 계속해서 말하였다. 때때로 소저를 불러 생각지도 못할 천한 일을 시키며 조밥과 푸성귀로만 차린 음식을 먹였다. 소저는 외가에서 윤부인이 손바닥 안의 귀중한 보물처럼 여겨 보호하여 좋은 밥과 진귀한 반찬을 싫증나도록 배불리 먹고 종일 좋은 과일과 고량진미를 이루 다 먹을 수 없을 정도였다. 비단 옷을 무거워하다가 뜻하지 않게 좋지 않은 음식이 차마 목에 넘어가지 못하고 굵은 옷이 몸을 가리지 못하였다. 더불어 천금 같은 몸에 이기지 못할 천한 일을 시키니 소저가 타고난 기품이 기특하여 심한 괴로움을 견디고 어떤 천한 일이라도 기꺼이 받아들이면

---

71) 유제(乳弟): 유형제(乳兄弟)를 뜻함. 젖을 먹는 아이와 젖을 먹이는 유모의 아이와 형제 같은 관계가 되는 것을 가리킴.

서도 원망하는 말을 하지 않았다. 그러나 옥 같은 뼈와 눈 같은 피부가 파리하고 쇠약해서 미풍에도 날아갈 듯하였다.

유모와 벽란 등이 슬픔을 이기지 못하여 원망하는 말이 자연스럽게 나왔다. 박씨가 매우 화를 내며 소저를 불러 이를 갈며 금빛 자를 들고 눈을 부릅뜨고 큰 소리를 치며 말하였다.

"석가 괘씸하고 엉큼한 것이 너 같은 요괴로운 것을 뱉어 나를 욕보게 하는구나. 내가 너를 데리고 온 후부터 은근하고 깊은 사랑으로 나의 소생이 아닌데도 그것을 잊고 너를 대했다. 그런데 너는 조금도 모녀의 정이 없고 원망하는 독기와 교만하고 방자한 빛을 드러내며 밝은 얼굴빛이 없으니 명목상으로는 모녀지간이나 실제로는 원수로구나. 내가 비록 지치고 쇠약하나 네 아버지의 정실이고 너의 어머니와 동렬이니, 너를 치고 죽이기를 내 마음대로 못하겠느냐? 네가 천한 노비를 시켜 나를 욕하나 먼저 너를 다스리고 세 명을 심하게 때리겠다."

말을 끝내자마자 달려들어 소저의 탐스러운 머리채를 풀어서 쥐고 어지럽게 쳤다. 소저는 아픔은 예사롭지 않게 생각하였지만 죽은 어머니를 욕하는 것과 재상가의 변괴가 여기에 미쳤음을 슬퍼하며 옥 같은 눈물을 계속해서 흘리며 충고하여 말하였다.

"모친께서는 비록 둘째 부인이 첫째 부인을 공경하시는 덕이 없으시나 차마 어찌 죽은 어머니를 욕보이시며 천지의 신령을 두려워하지 않으십니까? 저의 이 한 몸은 저의 어머니로부터 태어났습니다. 스스로 목강(穆姜)72)에게 미치지 못하는 것을 생각하지 않으시고 자식을 마구 때

118

119

---

72) 목강(穆姜) : 한나라 때 여인으로 전처 소생의 세 아들이 패악하게 굴었으나 여기에 굴하지 않고 지극한 정성으로 대함. 그 결과 세 아들을 감화시키고 가정의 화목을 이루었음.

리십니까?"

박씨는 대답하지 않고 소저의 머리채를 흔들고 벽에 부딪치며 금빛 자로 소저의 몸을 마구 때렸다. 유혈이 뚝뚝 떨어지고 옥 같은 살이 조각조각 떨어졌다. 소저는 기운이 막혀 처음에는 효성스럽고 순한 소리로 애걸하였으나 끝내는 정신을 잃었다.

마침 정공이 들어오자 박씨는 소저를 놓고 자리 위에 자빠져 죽어가는 체 하였다. 소저가 겨우 몸가짐을 수습하여 정공을 맞았다. 소저는 옷이 조각조각 떨어지고 머리가 깨어지고 얼굴에 머리카락이 모두 엉겨있고 아름다운 눈동자에는 옥 같은 눈물이 수없이 흘렀고 모양이 꼭 죽을 거동이었다. 박씨는 아주 인사불성으로 자빠져 오직 벌떡이는 숨만 쉬고 있었다. 정공이 매우 놀라 물었다.

"부인과 딸아이가 이것이 무슨 행동이냐?"

박씨는 대답하지 않고 소저는 읍하며 대답하였다.

"소녀가 함부로 행동하고 버릇없이 굴어서 변란이 이 지경에 이르렀습니다. 죽어도 묻힐 땅이 없습니다. 비록 그러하나 집안의 일이 변하고 바뀌어 재상가 집안에 법과 제도가 없어 어미와 자식이 서로 트집을 잡아 비난하여 떳떳한 도리가 크게 어지럽게 되었습니다. 진실로 죽어서 악명(惡名)을 보지 않고자 할 뿐이며 소녀의 죄없음을 분개하며 해명하지 않겠습니다."

정공이 듣다가 그 법에 맞는 말과 슬퍼함을 보고 멍하니 말을 못하였다.

2권

1   이때에 정공이 소저의 말을 듣고 멍하니 아무 말도 못하였다. 박씨는 비로소 숨을 내쉬는 체 하고 몸을 벽으로 향하고 소리를 놓아 통곡하며 말하였다.

"채임을 제가 때리지 않았습니다. 집으로 데려오면서부터 애중하게 대한 것은 상공이 이미 보신 바입니다. 누가 저 어린 아이의 간사하고 독살스러움이 독사가 사람으로 변한 것이 아니라고 하겠습니까? 맑고 고상한 얼굴에 날카로운 검을 감추고 어미를 원수로 지목할 줄 어찌 알았겠습니까? 채임은 오늘 상공이 나가신 때를 타서 칼을 가지고 들어와

2   수없이 저에게 욕을 보이며 제가 독약을 석부인의 음식에 넣었다고 하며 불공스럽게 말하고는 칼로 저를 찌르려고 하여 불의에 욕을 보았습니다. 또한 채임이 분하여 저의 머리를 잡고 힐난할 때 자기 스스로가 머리를 기둥에 부딪치며 피를 내고는 날뛰며 저를 밀어서 저의 머리가 깨어지고 가슴이 부어올라 만신이 결리고 죽을 뻔 했습니다. 이런 커다란 변란이 어디 있겠습니까? 제가 결국은 채임의 칼을 피할 수 없을 것이니, 지금 상공 보시는 앞에서 상공의 띠 끝에 목을 매겠습니다."

소저는 차마 내달아 말을 하지 못하였으나 박씨가 밝은 대낮에 거짓된

3   말을 꾸며내는 것을 보며 하늘을 우러러 탄식하며 말하였다.

"창천(蒼天)이 밝게 살피실 것입니다. 채임의 가슴 속에 억울하고 답답한 것은 부모도 모르십니다."

그리고는 옥 같은 눈물이 온 얼굴에 가득할 따름이고 한마디 말도 하지 않았다. 정공은 두 눈이 휘둥그레져서 누가 잘못되었으며 누가 사납다는 말을 못하고 여러 시녀들에게 물었다. 여러 시녀들은 비록 박씨 심복이었지만 차마 소저의 어짊을 해치지 못하고서는 다 눈물을 흘리며 말하였다.

"소저는 어질고 지혜로운 사람입니다. 지위가 낮고 천한 어린 아이에게도 포악스럽게 하시지 않습니다. 어찌 기꺼이 강상(綱常)73)의 커다란 변괴를 몸소 행하셨겠습니까?"

정공이 또 말하였다.

"그러면 부인이 사나워 이 변이 났느냐?"

여러 시녀들이 울며 대답하였다.

"부인이 또한 어지시니 어찌 변을 만드셨겠습니까?"

정공이 크게 소리를 지르며 말하였다.

"어찌 말을 분명하게 하지 않아 내가 결단을 못하게 하느냐?"

그리고는 다섯 명의 첩에게 머리를 돌리고 물었다.

"무슨 일인가? 너희 들은 알 것이니 바로 고하라."

다섯 명의 첩이 대답하였다.

"천하에 옳지 않은 부모는 없습니다. 부인은 천첩 등과는 이름과 지위는 비록 높으시나 사실은 적인(敵人)74)입니다. 저는 소저에게 어머니뻘의 항렬에 있으니 마음의 정이 부인에게보다는 소저에게 더합니다. 그러나 오늘 변란은 부인이 애매하게 오해를 받으셨지만 부인은 얼음과 옥처럼 결백하시며 소저의 성품이 과격하신 까닭에 생긴 것입니다."

정공이 크게 화를 내며 꾸짖으며 말하였다.

"불초아가 어찌 어미를 치며 죽이려 하여 인륜의 커다란 변을 만들고 도리어 나에게 참소하여 부인께 죄를 미루려고 하느냐? 다섯 첩이 여

---

73) 강상(綱常) : 변함없이 지켜야 할 근본된 도리.
74) 적인(敵人) : 적인(敵人)은 원수를 의미하는데, 처와 처, 처와 첩의 사이에서 라이벌의 관계에서 상대방을 지칭하는 말임.

러 사람 앞에서 말하지 않았다면 부인이 하마터면 자애롭지 못하다고 할 뻔 했구나."

정공은 떠들썩하고 시끄럽게 소저를 꾸짖고는 박씨를 위로하였다. 정공은 소저의 유모와 벽란 등을 심하게 때리고 소저를 잘 인도하지 못한 것을 책망하고 내쳤으나 오히려 사람의 마음은 가지고 있어서 소저는 내치지 않았다. 박씨는 매우 불쾌하여 이후부터 정공에게 수없이 보채니 정공이 못 견딜 정도였다. 유모 등이 중장(重杖)75)을 입고 소저의 위태로움을 피할 곳이 없어서 부르짖으며 울었다. 소저는 물러나와 원통한 설움을 느끼면서 앞으로 벽란 등이 어떤 지경에 이를까를 알지 못했다. 비록 소저가 하늘과 땅 같은 넓은 도량을 지녔고 강과 바다처럼 깊은 마음을 가졌으나 자기의 신세가 외로워 의지할 곳이 없음을 슬퍼하였다. 가볍게 훌쩍 속세에 대한 생각을 끊어버릴 마음이 일어났다. 머리를 베갯머리에 던지고 종일토록 밤낮으로 요동하지 않고 다만 흐르는 눈물이 침상에 물을 부은 듯하였다. 유모가 죽을 얻어오는 것도 쉽지 않았지만 간신히 죽을 얻어와 소저에게 권해도 소저는 유모를 꾸짖고는 탄식하며 말하였다.

"부모께서 주신 몸을 물과 불에 던지지 못하니 어찌 음식을 먹고 살고 싶겠는가?"

그리고는 다만 맑은 물로 마른 목을 적실 따름이었다. 4, 5일이 지나자 소저의 기운은 허약해지고 정신이 몽롱하고 아득하였다. 소저가 가만히 생각하고는 길게 흐느끼며 말하였다.

"부모가 나를 낳으시니 은혜가 막대하나 운명이 박하여 일찍 어머니를

---

75) 중장(重杖) : 곤장으로 몹시 쳐서 엄중하게 다스리던 형벌.

잃고 계모가 자애롭지 못한 것이 다 나의 팔자이다. 순임금의 정성스러운 효로도 이 경계를 면하지 못하였으니 사람의 일을 조금도 책망하지 못하겠구나. 내가 이제 죽는다면 아버지에 대한 악명과 돌아가신 어머니께 불효함이 가볍지 않을 것이니 어찌 좁게 생각한 것이 아니겠는가? 하물며 외로운 동생이 더욱 위태해질 것이니 마음을 굳게 하여 참고 살다가 끝내 이와 같다면 그때 한 번 죽는 것이 늦지 않을 것이다. 요행스럽게도 어머니가 깨닫고 아버지께서 나의 원통하고 억울함을 아신다면 참소를 당해도[76] 사람의 도를 행할 것이다. 순임금이 마침내 죽었다면 어찌 순(舜)임금이 되었겠는가?"

생각이 이에 미치자 비단 이불을 헤치고 일어나 앉았다. 유모에게 쌀죽 한 그릇을 가져오라고 하니 곡기를 끊은 지 6일 만이었다. 유모가 어찌할 줄을 몰라 초조해하더니 소저의 이 말을 듣고 매우 기뻐하였다. 유모가 겨우 죽을 얻어서 기다리고 있다가 바삐 내오니 소저는 죽을 받아 여러 번 마시고 베갯머리에 머리를 던지고는 다시 말이 없었다. 소저는 이후부터는 죽지 않으려고 하여 하루에 두 세 번씩 음식을 찾아 먹었다. 그리고 비록 박씨가 시키는 일이 있어도 고요하게 누워 유모와 벽란 등을 대신시키고 병이 들었다고 하여 나가지 않고 변란을 제어하고 막았다.

이때 박씨는 정공이 소저를 무사하게 두고 크게 꾸짖지 않는 것을 매우 불만스럽게 생각하였다. 공교롭게도 소저의 필적을 본떠 무고사(巫蠱事)[77]를 만들고 스스로 앓아누워 죽어가는 체하였다. 정공이 어찌할 바를 모르고 의술과 약으로 박씨의 병을 지성스럽게 다스렸다. 그러나 박씨는

---

76) 참소를 당해도 : {할니나}. '할리다'는 참소당하다, 비방당하다의 옛말임.
77) 무고사(巫蠱事) : 무술(巫術)로써 사람을 저주하는 일을 의미함.

10

때때로 혼절하여 위태한 상황이 되었다. 정공이 크게 놀라며 걱정하고 온 집안이 황급하여 어찌할 줄을 몰랐다. 소저가 이 사실을 듣고 놀라서 일어나 박씨에게 문병을 가서 증후를 살폈다. 소저는 마음속을 꿰뚫어 보는 통찰력을 가지고 있어서 그것을 몰라보겠는가? 남몰래 모골이 송연하여 마음속으로 생각하였다.

'우리가 명분상으로는 모녀지간인데 이 지경까지 이를 줄은 생각지 못하였다. 내가 어찌 효를 온전하게 하는 사람이 되겠는가? 내가 구차하게 살고자 하지만 어머니는 나를 궁극에는 죽이고자 하니 오직 청천만 믿을 뿐이다. 죽고 사는 것을 걱정하는 것은 쓸데없다'

그리고는 결연하게 다른 생각은 없애고 박씨에 대한 간병을 정성껏 할 뿐이었다.

수일이 지나자 박씨의 병세는 더욱 위중해지고 박씨는 자주 혼절하였

다. 영씨와 다섯 첩 등이 정공을 혼란스럽게 하여 술사(術師)78)를 써서 일의 조짐을 알아내자고 보채였다. 정공이 즉시 술사를 청하여 일의 조짐을 살펴보았다. 술사가 박씨 침실의 휘장의 뒤쪽 벽 사이에서 사람의 뼈와 축원하는 말을 찾아내었다. 필체가 이상하고 글의 뜻이 흉악하고 참혹하였다. 정공이 간담이 서늘하고 뼈가 굳는 듯하여 집안의 모든 노비들을 잡아들여 엄한 형벌로 죄상을 추궁하고 심문하였다. 모든 노비들이 죄가 없다고 하였다.

새로 뽑은 정소저의 시녀 형월은 정공이 딸을 데리고 온 후에 즉시 정소저에게 주어 침선을 도우라고 한 하녀였다. 소저는 아버지의 뜻에 따랐지

---

78) 술사(術師) : 도술에 능통한 사람

만 구태여 형월과 친하게 지내지 않았다. 그 사람됨이 교만하고 음탕하며 요사스럽고 간사하여 좋게 생각되지 않았기 때문이다. 박씨가 형월에게 귀한 보물과 은자를 많이 주고 죄상을 추궁하고 심문하는 날 채임 소저가 시켜서 마지못하여 흉한 일을 하였다고 하고 사람의 뼈는 소저의 유모 경운이 얻어왔고, 축사는 소저가 직접 썼다고 하라고 하였다. 형월은 박씨의 말에 따라 그렇게 하겠다고 하고 기다리고 있었다. 정공이 형월에게 형별을 내리자 한 대를 채 맞지 않아서 형월은 박씨가 말한 대로 범죄 사실을 진술하였다. 주인을 마치 움푹 들어간 땅의 구덩이에 넣으니 가히 절통할 만한 일이로구나. 정공이 형월의 진술을 들으니 그 말이 분명하므로 분한 마음이 북받쳐 올랐다. 좌우에 있는 노비에게 소저의 필적을 가져오라고 하여 그것을 기준으로 삼아 비교하였다. 금옥 같은 글자의 획이 어찌 감히 간사하게 흉내 낸 것과 같겠는가마는 정공이 두 눈이 병들지 않았지만 매우 갑작스러운 상황이라 글자의 체가 비슷한 것을 보고 소저의 글자라고 생각하였다. 그리고는 창을 박차고 책상을 두드리며 말하였다.

"매우 간사하고 악한 자식을 살려두어 무엇하겠는가? 이것은 강상(綱常)의 대죄다. 쉽게 처리하지 않겠다."

그리고는 소저의 유모 경운을 잡아내어 무거운 형벌을 더하려고 하였다.

소저는 이때를 당하여 간담이 서늘해지고 오장(五臟)이 끊어지는 것 같았다. 자신의 운명을 탓할 수밖에 없고 부모를 원망할 마음이 없었다. 오직 유모를 돌아보며 두 줄기 눈물을 아름다운 얼굴에 떨어뜨리며 말하였다.

"어미가 나를 10여년이나 양육한 은혜는 막대하나 오늘 죄과는 천지신명께서 나를 밉게 여기신 것이다. 차마 어미가 형벌을 당하는 것을 볼 수 없다. 이 죄는 살거나 아니면 죽는 지경에 이를 것이다. 어미는 몸

12

13

14

을 빼 도망하여 목숨을 이어가고 있다가 창천이 혹시 나의 소원을 살피
시어 아버지의 노함이 조금 풀어지시고 어머니께서 깨달으셔서 윤기
(倫紀)가 온전해지면 어미를 다시 볼 것이다. 만약 그렇지 못하다면 죽
어서 구천에서 뒷날 서로 볼 것을 기약하자. 그러니 어미는 빨리 가고
지체하지 마라."

유모가 소저를 붙들고 눈물을 뚝뚝 흘리며 말하였다.

"죽을지언정 소저를 버리고 내 몸을 살고자 하여 가겠습니까?"

소저가 매우 급하게 말하였다.

"어미가 있으면 나의 화(禍)가 한층 더 더할 것이다. 빨리 가라!"

소저가 좌우의 시녀에게 명하여 유모를 끌어서 동쪽 정원으로 길을 인
도하여 보냈다. 유모가 앞이 어두워 열 번이나 엎어지면서 시녀의 인도로
담을 넘어갔다. 유모는 소저를 위한 충성이 금석 같고 소저를 근심하는
것이 극진하지만 일찍 조그마한 태장(笞杖)[79]도 맞은 일이 없기 때문에
독한 매를 견딜 방법이 없었다. 소저를 버리고 가는 유모의 심사는 창자
의 마디마디가 끊어지는 듯하였다. 그러나 황급하게 몸을 날려 담을 넘어
달아나 정씨 집안 근처의 주모의 집에 숨어 소저가 결국 어떻게 되는가를
보려고 하였다. 정씨 집안의 늙은 종이 유모를 본 사람이 있었지만 박씨
를 얄밉게 여겨 이 사실을 말하지 않았다.

이때 정공이 노기가 성화같아서 유모 경운이 늦게 오는 것을 재촉하였
다. 소저는 참람하고 슬픈 모습에 초라한 의상으로 아버지 앞에 머리를
두드리고 죄를 청하며 말하였다.

---

79) 태장(笞杖) : 태형과 장형을 아울러 이르는 말로 태형은 죄인을 작은 형장으로 볼기를 치던 형
벌이며 장형은 큰 형장으로 볼기를 치던 형벌임.

"소녀가 비록 사납지만 일찍 부모를 해칠 마음은 차마 내지 못하였습니다. 아버지께서 자애로운 마음으로 소녀를 가엾게 여기시고 불쌍히 여기셔서 처리하기를 바랍니다. 소녀는 오늘 같은 망극한 변을 천고에도 듣지 못하던 바입니다. 어찌 잠시나마 살아서 재상가 귀한 가문의 가르침과 교훈을 무너뜨리고 만고(萬古) 사책(史冊)에 있는 강상(綱常)의 한 가지 죄를 저지르고 엄연히 하늘의 해를 보겠습니까? 유모는 진실로 죄가 없습니다. 10여 년간 저를 양육한 정 때문에 유모가 만일 억울하게 죽으면 차마 보지 못할 것 같아 쫓아내 보냈습니다. 소녀는 아버지의 눈앞에서 한 그릇 독약을 주시면 남아있는 목숨을 끊어 이 부끄러움을 잊고자 합니다."

말을 끝내자 얌전하고 정숙하며 애원하는 음성이 오열하여 자주 끊어지고 곱고 아름다운 눈썹에는 수많은 슬픔과 원망을 띠고 있었다. 새벽별 같은 두 눈에는 옥 같은 눈물이 줄줄 흘러내려 옷깃을 적셨다. 그 형체의 어여쁨은 흰 연꽃이 향기로운 물에 잠기고 검은 구름이 밝은 달에 가린 듯하여 온갖 자태와 아름다움이 사람의 이목을 놀라게 하고 넋을 사라지게 하는 듯하였다. 아버지와 딸이라고 이르지 말고 우연히 지나가는 노인이라도 한 번 보면 어여뻐하고 사랑하는 마음이 하염없이 솟아날 정도였다. 정공의 심정이 목석이 아니라서 처음에는 노기가 성화같았지만 소저를 보고는 그 근심하고 원망하는 슬픈 얼굴을 보고 차마 꾸짖을 말이 다시 나오지 않았다. 소저가 그런 악한 일을 하지 않았을 것 같았다. 역시 의아함을 이기지 못하고 말없이 생각하였다.

'유모가 어린 아이를 지휘하였는가? 아니면 집안에 어느 요망한 사람이 있어서 딸아이를 해치려고 하는가?

머리로 어지럽게 생각하였지만 끝내 결단하지 못하고 다만 말하였다.

"내가 평소때 딸아이를 효성스럽고 유순한 아이로 알았는데 어찌 오늘 커다란 악을 저질러 불효에 나아갈 줄 알았겠는가? 비록 딸아이를 죽여도 아깝지 않겠지만 차마 부녀간의 중대한 정을 버리고 왕법(王法)[80]으로 처벌하지 못한다. 이는 반드시 천한 경운의 꼬드김을 듣고 대역(大逆)[81]에 빠진 것이니 빨리 경운이 간 곳을 말해라. 네가 규방에 깊이 있으면서 부끄러워하고 이전에 저지른 죄를 고쳐 인륜을 회복하면 내가 어찌 어미 없는 딸의 외로움을 측은하게 생각하지 않겠는가?"

소저가 그 말을 듣고 난 후 슬프게 눈물을 흘리고 공경히 받들어 사례하며 말하였다.

"아버지께서 소녀의 목숨은 아끼시면서 그 심사를 모르시니 이것은 소녀의 성효가 좁고 각박했기 때문이니 누구를 원망하겠습니까? 경운이 죄가 없음은 백옥과도 같고 소녀를 양육한 은혜는 갚지도 못했습니다. 저의 죄 때문에 경운을 죽이지는 못하겠으니 아버지께서는 밝게 살피소서. 소녀가 구차하게 사는 것은 저승에 계시는 죽은 어머니를 모시는 일만 같지 못할 것입니다. 바라건대 아버지께서는 외로운 저를 불쌍히 여기시어 마침내 아버지의 사랑과 자애로운 은혜를 베풀어 도리를 상하지 않게 해주십시오."

말을 마치고 크게 통곡하며 머리를 중계(中階)에 부딪쳐 유혈이 얼굴에 가득하였다. 소저는 죽을 뜻이 간절하였다. 정공은 심사가 좋지 않아 시녀

---

80) 왕법(王法) : 왕이 정한 법률.
81) 대역(大逆) : 국가와 사회의 질서를 어지럽히는 큰 죄. 또는 그런 행위. 왕권을 범하거나 임금이나 어버이를 죽이거나 종묘, 산릉, 궁궐을 범하는 일 따위로 여기서는 어버이를 죽이려고 하는 일을 가리킴.

에게 명하여 소저를 붙들고 침소에 들어가게 하고 죽지 못하게 방비(防備)
하라고 하였다. 내당에 들어가 박씨를 보니 병세가 오히려 심하여 다급하
였다. 정공은 두루 심사가 어지러워 눈썹을 찡그리며 나아가 말하였다.

"어진 아내는 기운을 차려라. 이제 요악한 재앙의 징조를 없앴으니 자
연히 기운이 회복될 것이다."

박씨는 정신이 흐릿흐릿한 중에도 정공의 소리를 듣고는 눈물을 가득
담고 말하였다.

"첩이 비록 똑똑하지 못하나 명공(名公)의 두 번째 처로 들어와 첫째 부 ²²
인을 섬기기를 본처와 첩의 관계인 것처럼 하였습니다. 제가 낳은 자
식이 없었기 때문에 채임 남매를 태산같이 소중하게 생각하였습니다.
그러나 이제 채임의 손에 목숨이 끊어질 줄을 누가 알았겠습니까?"

그러면서 깊이 흐느꼈다. 정공이 재삼 박씨를 위로하고 은근하게 대하
였다. 박씨는 듣는 체하였지만 채임이 무사한 것을 한스럽게 생각하며 다
시 한 가지 계책을 생각하였다. 얼마 후에 박씨는 병이 나았다고 하고 정
공을 대하여 말하였다.

"채임이 아무런 까닭 없이 어미를 해치려고 한 것은 강상(綱常)의 큰 죄
입니다. 그러나 바야흐로 혼인하지 못한 여자 아이에게 이와 같은 소
문이 난다면 채임의 길을 아주 막는 일입니다. 채임이 비록 사납지만 ²³
석부인이 살아계실 때 저에 대한 석부인의 대접이 박하지 않았습니다.
이제 채임의 혼기가 가까워 왔는데 조씨 가문은 나라에 세운 공이 크고
지위가 높은 재상의 가문으로 채임의 어질지 못함은 공후지가(公侯之
家)[82]에서 용납하지 않을 것이니 그것도 어렵습니다. 제가 듣자니 조
승상이 석공과 정의가 서로 두터워 상공을 항상 멸시한다고 합니다.

이제 혼인하여 조씨 가문과 친척이 되면 더욱 부끄럽거나 창피해 서로 얼굴 붉힐 일이 많을 것입니다. 첩이 생각해보니 저의 조카 박수관이 있는데 박수관은 성격이 조용하고 침착한 선비로 상공께서 사랑하시는 바입니다. 이제 채임과 조씨 가문과의 혼인을 물리고 박수관과 혼인을 이루게 하는 것이 마땅합니다. 상공은 깊이 생각하소서."

정공이 말없이 한참 있다가 대답하며 말하였다

"부인의 말이 옳다. 다만 석공이 조씨 집안과 금석같이 혼인을 약속하고 납폐까지 받았다. 저 조씨 집안은 보잘 것 없는 집안이 아니니 혼인을 물리기가 가장 어렵다. 어찌하겠는가?"

박씨가 웃으며 말하였다.

"혼인을 물릴 계교는 첩이 생각하였습니다. 요사이 채임이 문을 걸고 병이 났다고 하여 밖으로 나가지 않은 지가 여러 날이 되었습니다. 소문을 내되 채임이 불의에 중풍이 들어 벙어리가 되고 사지를 쓰지 못하여 걷지를 못한다고 합시다. 조씨 집안에다는 채임의 병이 이러하니 혼례를 물리어 4, 5개월 조리하여 낫거든 혼인하자고 하면 될 것입니다. 저 조씨 집안의 아들은 재상가에서 늦게 얻은 귀한 자식입니다. 하물며 그 태부인이 있어서 혼인이 한시라도 바쁠 것이니 어찌 구태여 병이 있는 채임을 기다리고 있겠습니까? 자연이 조씨 집안과 혼사가 이루어지지 않는 날이면 수관이 아니면 채임의 혼인은 마땅하지 않을 것입니다."

정공이 선뜻 허락하며 말하였다.

---

82) 공후지가(公侯之家) : 공작과 후작의 집안을 가리킴. 곧 제후의 집안과 같은 지위가 높은 집안을 뜻함.

"어진 아내의 높고 현명한 지식은 사사롭게 내가 바랄 바가 아니다. 채임의 얼굴이 옥을 새기고 꽃을 물고 있는 것 같으나 어미를 죽일 뜻이 있으니 대가고문(大家高門)과 결혼하면 나에 대한 욕이 가볍지 않을 것이다. 차라리 없어서는 안 될 박수관을 사위를 맞는 것이 마땅하다" 26

사람의 어리석고 변변치 못하고 졸렬함이 이에 미쳤다. 그 아비가 빙옥 같은 딸의 앞길을 스스로 방해하여 고난과 험난함을 겪게 하니 어찌 애석하고 아깝지 않겠는가?

정공이 이에 조씨 집안에 알려 딸의 풍병이 매우 심하여 혼사를 미루자고 하고 한편으로는 박수관과의 혼사를 확실하게 정하였다. 길일은 빨라서 3, 4일 밖에 남지 않았다. 정공과 박씨가 소저를 달래어 박수관과의 혼인을 이루고자 하여 소저의 침소에 이르렀다. 알지 못하겠구나. 정소저가 끝내는 어찌 될는지……

차설(且說).83) 정소저 채임은 몸에 어미를 죽이려고 했다는 불효한 악 27
명을 안고 침소에 갇힌 죄인이 되었다. 오직 스스로 죽으려고 하는 마음만 있고 살려고 하는 기운이 없었다. 그러나 차마 이것을 결정하지 못하는 이유는 동생이 외롭게 의지할 데 없이 살아갈 것을 염려하고 아버지의 덕을 욕되게 할까 해서이다. 시간을 미루며 금옥 같은 마음을 어루만지며 밤낮으로 목 놓아 우는 소리가 하늘에 미치는 듯하였다. 뜻밖에도 부모가 둘 다 와서 소저가 덮고 있던 이불을 들치고는 반갑게 뉘우치는 말을 하였다. 부모가 다시금 소저를 위로하며 조씨 집안과의 혼인이 만만하게 되지 않자 혼인을 물리고 다른 곳에 혼인을 정한 것을 말하였다.

---

83) 차설(且說) : 고전소설에서 화제를 돌리려 할 때 그 첫머리에 쓰는 말임.

"조씨 집안과 전안(奠雁)[84]하고 독좌(獨坐)[85]하는 예를 하지 않았으니 혼인은 실로 헛된 말이다. 너는 고집을 피우지 말고 부모의 뜻에 따라 일생을 편하게 살 것을 생각해라."

소저가 말을 다 듣고 마음이 몹시 상하여 두 눈에 맑은 눈물이 줄줄 흘러내렸다. 소저는 머리를 숙이고 참혹한 얼굴로 말이 없었다. 정공이 다시 소저의 의사를 물으니 소저가 옷깃을 여며 단정하게 하며 말하였다.

"소녀가 이미 조씨의 빙폐(聘幣)[86]를 받은 지 오래 되었습니다. 여자의 행실 중에 절의(節義)가 으뜸입니다. 우리 정씨 가문에 대대로 내려오는 덕과 명성 있는 품행이 있기 때문에 소녀가 좋지 못한 곳으로 추락하지 못할 것입니다. 차라리 부모님을 따르는 자식이 못되더라도 절개를 지키지 못하는 더러운 계집이 되지 않겠습니다. 비록 화촉(華燭)[87]의 예를 올리지 않았으나 서로 성명을 알고 있으며 채례(采禮)[88]와 문명(問名)[89]이 소녀의 협사(篋笥)[90]에 있습니다. 온 땅의 백성이 왕의 신하 아닌 자가 없다고 하였습니다.[91] 제가 어찌 분명한 조씨 가문의 사

---

84) 전안(奠雁) : 전안(奠雁)은 혼례 때, 신랑이 기러기를 가지고 신부 집에 가서 상 위에 놓고 절하는 예를 말함.
85) 독좌(獨坐) : 독좌(獨坐)는 새색시가 초례의 사흘 동안 들어앉아 있는 일을 말함.
86) 빙폐(聘幣) : 혼인을 약속하고 예를 갖추어 처녀의 집을 방문할 때 경의를 표하기 위해 가지고 가는 예물.
87) 화촉(華燭) : 빛깔을 들인 밀초로 흔히 혼례 의식에 씀. 화촉을 밝힌다는 말은 혼례를 올린다는 의미로 쓰임.
88) 채례(采禮) : 혼인할 때에, 사주단자의 교환이 끝난 후 정혼이 이루어진 증거로 신랑 집에서 신부 집으로 예물을 보냄. 또는 그 예물.
89) 문명(問名) : 혼인할 때 신랑 집에서 서신을 보내 신부의 생모의 성씨를 묻는 절차 혹은 그 서신을 가리킴.
90) 협사(篋笥) : 버들가지, 대나무 따위를 결어 상자처럼 만든 직사각형의 작은 손그릇.
91) 온~하였습니다 : {솔토지빈[率土之民]이 막비왕신[莫非王臣]이라}. 『시경』에 나오는 말로 온 땅의 백성이 왕의 신하 아닌 자가 없다는 의미인데, 여기서는 책임이 앞의 여러 가지 근거를 들어 자신이 조씨 가문의 사람이라는 의미를 강조하기 위해서 인용한 것임.

람이 아니겠습니까? 충신이 두 임금을 섬기지 않는 것과 열녀가 두 남편을 섬기지 않는 것은 옛날이나 지금이나 명백한 것입니다. 소녀가 좋지 못한 운수로 강상(綱常)의 죄인이 되고 다시 절개를 지키지 못하는 계집이 된다면 한 가닥 남은 목숨은 그 무엇이 아까워 구차히 살기를 바라겠습니까? 바라건대 아버지께서는 다시 생각하시어 소녀가 고요하게 규방에 있으면서 깊은 규방에서 머리를 깎지 않은 중이 되어 세상의 인륜을 끊게 해주십시오. 이런 말씀으로 소녀의 귀를 더럽히지 마십시오."

30

말을 끝내자 말하는 기색이 가을 서리처럼 차갑고 언어는 굳세고 엄숙하였다. 비록 아버지의 위엄이라도 다시 할 말이 없었다. 정공은 두 눈을 멀끔하게 뜨고는 한마디도 못하고 앉아있었다. 박씨는 다시 온갖 설득하는 말로 채임을 달래며 말을 자상하고 정답게 하였다. 소저가 박씨의 기색을 살펴보니 자신이 수없이 말해도 이익도 없을 것 같았다. 이에 탄식하며 말하였다.

"이 또한 운명입니다. 소녀가 더러운 계집이 되어도 설마 어찌하겠습니까? 오직 아버지의 명대로 하겠습니다."

정공이 매우 기뻐하며 말하였다.

"그 사람은 다른 이가 아니라 박수재(朴秀才)이다. 올해 나이가 25살로 집안이 풍족하고 풍채가 좋고 의기가 양양하니 부족한 점이 없다. 혼례가 겨우 3, 4일 밖에 남지 않았으니 너는 모름지기 찡그린 눈썹을 풀고 화장을 하여 얼굴빛을 환하게 다스려 혼인을 기다려라."

31

소저는 아버지의 무식하고 말이 통하지 않는 언사와 계모의 설득하는 말을 들으니 만 개의 창과 검이 가슴을 찌르는 듯하였다. 그러나 도리어 어이가 없어 붉은 입술에 하얀 이만 잠깐 비칠 뿐이었다. 이것은 자기의 얼음과 옥 같은 절개를 아버지도 모르고, 박씨의 달래는 거동을 보니 한심하고 놀랄만하여 도리어 하얀 이를 드러낸 것이었는데 그 변변치 못하고 졸렬한 아비와 계모는 소저가 마음을 돌린 줄 알고 재삼 당부하고 돌아갔다. 소저는 반나절을 홀로 앉아 깊이 생각하였다. 보통 사람도 열 번 생각하면 한 번은 얻는 것이 있는데, 정소저의 특출하고 밝은 식견과 뛰어난 생각으로 어찌 자신을 보전할 도리를 얻지 못하겠는가? 마음속으로 한 가지 계책을 생각하였다. 소저가 벽란과 춘앵 등을 불러 이들이 앞에 이르자 소저가 길게 탄식하며 말하였다.

"나의 운수가 아이 때부터 기박하여 이런 욕을 맞게 되었다. 어떻게 하면 장차 이 욕을 면하고 효성과 절개를 둘 다 완전하게 하며 목숨을 이어 죽은 어머니의 남기신 가르침을 받들겠는가?"

두 여종이 눈물을 흘리며 대답하였다.

"유모 경운이 이 집을 나갔고 저희 등은 식견이 없고 어리석어 좋은 묘책이 없습니다. 다만 야간에 도망하여 석씨 가문에 가서 몸을 감추고 뒷날 주인 어르신이 깨달으시는 날을 기다리는 것이 좋겠습니다."

소저가 탄식하며 말하였다.

"너희의 말은 단지 한 가지만을 아는 것이고 두 가지를 알지 못한 것이다. 내가 이제 외가에 가면 내 몸은 좋겠지만 할아버지의 성품과 도량이 엄숙하시니 이 일을 알게 되면 결단코 일을 조용하게 넘기지 않을 것이니 아버지의 덕을 욕되게 하는 말을 내 스스로 발설하게 되는 것이다. 더욱 조씨 숙모가 아신다면 내가 차마 무슨 면목으로 뒷날 서로 대하겠는가? 강가에 있는 백사정은 이한림 댁으로 한림 부자(父子)가 세

34

상을 떠나고 고모92)가 며느리만 데리고 계신다. 집안이 고요하니 나의
몸을 의지할 만한 곳이다. 어머니가 살아계실 때 그곳으로 숙모를 뵈
러 갔었다. 이제 우리가 남자의 옷을 바꿔 입고 강가에 가서 곧 숨고 혹
시 착오가 생긴다면 맑은 강 속에 내 몸을 던질 것이다. 이밖에 다른 계
교가 없다"

이날 밤에 노비와 주인 세 사람이 서너 벌 남자 옷을 만드니 이미 닭이
울었다. 소저는 조씨 집안에서 납폐로 준 금가락지와 옥잠을 품고 남자
옷으로 바꿔 입었다. 벽란과 춘앵도 모두 서동의 옷으로 갈아입었다. 서

로 이끌어 서쪽 담에 이르러 담을 넘으려고 하였다. 그러나 높은 사다리
가 미끄러워 두 여종이 잘 넘지 못하였다. 소저가 두 여종을 붙들고 겨우
담을 넘어 서쪽을 향해 한없이 달려서 서문을 나갈 것을 기약하였다.

원래 이 백사정은 정공의 누나인 이참정의 부인이 그 자식 이한림을 데
리고 평장사93)의 3년 상을 지내기 위해서 백사정에 집을 만들고 제사를
지낸 곳이다. 이렇게 한 것은 평장사가 뱃놀이를 하다가 죽었기 때문이었
다. 또 이한림은 독자(獨子)였는데 정부인은 자식을 잃은 슬픔94)을 겪게

36

되었다. 그래서 정부인은 이한림의 처인 호씨만 데리고 있으니 가을바람
과 밤비소리는 하늘에 사무치는 고통과 슬픔으로 오장(五臟)을 태우고 정

---

92) 고모 : {숙모}. 이참정부인은 정공의 누나이므로 현대적 호칭으로 고모가 타당함. 『현몽쌍룡기』
      에는 숙모와 고모의 호칭이 통용되어 쓰이는 경우가 꽤 있는데 문맥을 고려하여 적절한 호칭을
      사용하기로 함.
93) 평장사(平章事) : 당대(唐代)에 상서성·중서성·문하성의 장관을 재상이라 하였는데, 상설하
      지 않고 기타 관원으로 하여금 그 직무를 대행하게 하면서 동중서문하평장사(同中書門下平章
      事)라고 하였음. 여기서 평장사는 이참정을 가리킴.
94) 자식을 ~ 슬픔 : {셔하의 슬프믈}. '셔하[西河]'는 서하지통(西河之痛)의 준말. 자식을 잃은 슬픔
      을 나타내는 말로 공자의 제자인 자하가 서하에 있을 때 자식을 잃고 매우 슬프게 울었다는 데
      서 온 말임.

부인이 세상살이에 대한 생각을 끊게 하였기 때문에 정부인이 문을 닫고 손님을 사절하며 보지 않았다. 친척도 이르지 않으니 그 집안이 영락(零落)하여 속세와 인연을 끊은 듯하여 닫은 문이 종일 열리지 않았다. 채임 소저는 그 고요함을 생각하고 몸을 의지하고자 길을 나섰다. 그러나 채임 소저는 깊은 규방의 약질로 물가의 길을 알지 못하였고 동방이 밝아왔다. 소저는 매우 다급하여 죽기를 결심하고 바삐 걸어서 백사정에 이르렀다.

37 천 길이나 되는 강물의 물결이 세차게 일어나고 있었다. 백사정의 넓은 들판에 수십 간의 초가집이 있었지만 문이 닫혀 있었고 인적이 묘연하였다. 소저가 큰 소리를 내며 문을 두드렸으나 응하는 사람이 없었다. 이웃 집에 늙은이가 있어 말하였다.

"저 집은 이한림의 처자들이 거처하는 집인데 수일 전에 초가 마을에 도적이 있어서 여염집에 들어가 인명을 살해하고 재물을 노략질하였다. 그 부인이 나이가 어린 며느리를 데리고 있지 못하여 다른 데로 갔다. 그런데 우리는 그들이 옮겨가는 거처를 묻지 않았고 어제 막 이사 갔다."

소저가 이 말을 듣고 일이 뜻대로 되지 않아 마음이 몹시 상하였으나 38 다시 묘책이 없었다. 오직 계교가 다하여 없으니 하늘을 우러러 보며 눈물을 흘리며 두 노비를 돌아보며 말하였다.

"차라리 집에서 죽는 것이 나을 뻔했구나. 만 이랑이나 되는 푸른 파도에 속절없이 물고기의 배를 채우게 되었구나!"

세 사람이 서로 붙들고 눈물을 흘렸다. 집으로 돌아가 들어가는 것도 백주(白晝)에 어려우며 욕이 앞에 이를 것이고, 강물에 몸을 던지는 것도 부모가 남기신 몸이라 차마 못할 일이었다. 소저는 진퇴양난(進退兩難)의 상황이었으나 몸 위에 남자 옷을 입었음을 믿고 강변에서 방황하며 깊이 생각하였다. 깊은 산속의 그윽한 암자(庵子)와 도관(道觀)을 찾아 몸을 감추고 유학하는 선비인 체하고 목숨을 이어 부친께 자식을 잃은 고통95)을 더하지 않으려고 하였다. 세 사람이 강을 건너려고 하는 배를 살피며 주저하고 있을 즈음이었다. 멀리서 한 떼의 강도가 창검과 활과 화살을 가지고 소나기처럼 달려오면서 대장인 듯한 적장이 손으로 소저 등을 가리키면서 말하였다.

"바닷가 모래톱에 방황하고 있는 자는 옥 같은 모습과 아름다운 얼굴이 결코 남자가 아니다. 틀림없이96) 그 여자다! 너희들은 삼가여 사람을 상하게 하지 마라"

여러 명의 도적이 일시에 대답을 하고 점점 가까이 왔다. 소저는 도적이 손을 들어 자기를 가리키며 가만 가만 말하는 것을 보니 신명스러운 생각에 그가 도적 박수관임을 깨달았다. 소저는 한 번 슬프게 소리를 내고 몸을 날려 강물에 뛰어들었다. 벽란과 춘앵이 붙들고 말리고자 하다가 한데 어우러져 주인과 노비가 함께 강물에 빠졌다.

아, 슬프다! 소저의 얌전하고 덕스러운 자태와 고상하고 깨끗한 성품97)과 굳은 절개와 정조를 굳게 지키는 마음으로도 운수의 불리함과 운명의 기박함이 이 지경에 미쳤으니 생사의 슬픈 모습을 보고 지나가는 노인도 눈물을 흘릴 것이다. 그러나 하늘이 사리가 밝아서 공교롭게도 백년 동안 함께할 군자를 기이하게 만나게 되니 이 어찌 금가락지의 인연이

95) 자식을 ~ 고통 : {상명지통(喪明之痛)}. 상명(喪明)은 시력을 잃는 것으로 아들을 잃음을 이르는 말임. 공자의 제자인 자하는 자식을 잃고 그 슬픔 때문에 실명하였다는 고사에서 유래함.
96) 틀림없이 : {벅벅이}. 이는 옛말로 틀림없이의 뜻임.
97) 얌전하고 ~ 성품 : {숙ᄌ혜질(淑姿蕙質)}. 이와 같이 옮김.

아니면 이렇듯이 신기하게 되겠는가?

재설(再說).98) 조씨 집안에서는 정씨 집안에서 이유 없이 딸이 병이 들었다고 거짓으로 평계를 대고 혼인을 물리니 조공이 탄식하며 말하였다.

"어질지 못한 집안과 혼인하고자 하는 것이 내 뜻이 아니었지만 소저가 금가락지 임자임을 알게 되어서 혼인을 굳게 정하였다. 이제 저 집에서 은근히 혼인을 물리고자 하면서도 현훈(玄纁)99)을 먼저 찾는 것이 저와 같다."

이처럼 조공은 일이 되어가는 상황을 살피려고 하며 구태여 석공에게 말하지 않았다.

이때 정공은 소저가 박수관과 혼인하겠다는 허락을 받고는 이 사실을 박수관에게 알리고 내일 친영(親迎)100)하라고 하였다. 이 박수관이라는 자는 어사 태우의 자식이다. 여색을 좋아하는 탕자로 무뢰하며 인정이 아주 없고 각박하여 그 처를 쳐 죽이고 강도의 괴수가 되어 날마다 나가 인명을 살해하고 재물과 보물을 노략질하였다. 이렇게 불의로 모은 금이 수만 냥이었다. 아름다운 여인과 풍악으로 세월을 보내고 있더니 정참정의 천금 같은 규수가 자기 것이 되는 것을 온 마음으로 뛸 듯이 기뻐하였다. 박수관은 내일이면 육례를 갖추어 행한다고 생각하니 의기양양하여 즐거움을 이기지 못하였다. 그런데 갑자기 기쁨이 변하여 정소저가 하룻밤 사이에 도주하였다고 하니 마음이 실망스럽고 넋을 잃은 듯하였다.

---

98) 재설(再說) : 고전소설에서 흔히 쓰이는 장면을 전환하는 제시어임. 이미 한 이야기를 다시 말하는 경우에 쓰임.

99) 현훈(玄纁) : 검은색과 분홍색의 비단, 우(禹)나라 때의 형주(荊州)의 공물이었음. 후에 현훈은 폐백(幣帛)의 의례 때 사용하게 되었고, 이에 따라 현훈은 폐백에 사용되는 빙물(聘物)이라는 의미로 쓰임.

100) 친영(親迎) : 육례의 하나로 신랑이 신부의 집에 가서 신부를 직접 맞이하는 의식.

이때 정공과 박씨는 소저가 달아났다는 소식을 듣고 즉시 박수관에게 서찰을 써서 보냈다. 채임의 슬기로운 꾀가 매우 대단하니 가볍게 죽지는 않았을 것이고 첫째로는 제 외가로 갈 것 같고 그렇지 않으면 암자(庵子)와 도관(道觀) 같은 곳에 몸을 숨길 듯하니 현명한 사위는 무리를 모아 따라가라고 하였으며, 소저가 틀림없이 응당히 남자 옷으로 바꿔 입었을 것이라고 하였다. 박수관이 자기의 동류를 모아 20인씩 네 곳으로 나누어 풍우(風雨)같이 따라 나가 서강에 이르렀다. 박수관이 남장한 미소년을 보고 급히 따르려 하였더니, 그 소년이 훌쩍 강물에 떨어졌다. 박수관은 그 소년이 반드시 소저라고 생각하자 급히 사공을 찾아 한 척의 작은 배를 타고 건져내고자 하였다.

그런데 문득 한 척의 그림을 그린 배가 나는 듯이 다다랐다. 화선(畵船) 가운데의 두 명의 신선이 자줏빛 두건을 쓰고 남색 도포를 입고 가는 세포 띠101)를 가지런히 매고 단정히 앉아있었다. 이 두 사람은 강변에 강도의 무리가 가득하고 강가에서 세 명의 소년이 물에 뛰어드는 것을 보고 우선 그 어진 마음이 격발하고 죽으려고 하는 사람의 마음을 측은하게 여겼다. 배 안에는 하리(下吏)102)와 남자 종이 매우 많이 있었다. 바삐 선인들에게 명하여 물에 빠진 사람들을 건져내라고 하고 모든 하리에게 강도를 따르라 하였다. 그 강도들은 예사 도적이 아니라 어사 태우의 자식으로 제 행실이 부끄러워 백주에 재상가 공자가 자신의 얼굴을 알까 하여 일시에 헤어져 쥐가 구멍으로 숨듯 달아났다.

원래 이 공자는 다른 이가 아니라 조씨 가문의 용홍과 용창 형제였다.

---

101) 세포 띠 : 삼 껍질에서 뽑아낸 가는 실로 곱게 짠 베로 만든 띠를 말함.
102) 하리(下吏) : 서리와 같은 낮은 벼슬아치를 가리킴.

이때는 팔월 보름께로 선영(先塋)이 서강에서 멀지 않았기 때문에 조공자들이 선산에 절사(節祀)103)를 지내고 돌아오는 길에 가을 강가의 경치를 완상하고자 하였다. 두 공자가 배를 강물에 띄워 두루 경치를 완상하고자 하였는데 사람이 물에 빠지는 것을 보고 뱃사람에게 명하여 건지라고 하였다. 두 공자가 배를 저어 두루 가까이 가게 되었는데, 그 사람들이 빠진 지 오래되지 않아 물속에서 비취는 것이 있었다. 용홍 공자가 급히 일어나 가볍게 긴 팔을 뻗어 건져 내니 이 사람은 문득 한 명의 아름다운 남자였다. 몸에는 선비의 옷과 선비의 두건을 쓰고 있었다. 뱃사람이 또 두 사람을 건져내니 인가(人家)의 서동의 모습이었다. 두 공자가 슬프고 참혹하여 이들을 배 안에 데리고 와서 편안하게 눕히고 약물을 먹여 간호하였다. 입에서 물을 토하고 이윽고 세 사람이 다 정신을 차리고 두 공자를 보고는 매우 놀랐다. 조공자가 그들이 인사를 차리는 것을 보고 얼굴을 자세히 살펴보며 정신이 산란스럽고 어지러워 마음이 멍하게 되었다. 그 아름다운 모습이 찬란하여 봉황 같은 눈썹에는 슬프게 원망하는 빛을 띠었고 별 같은 눈에는 구슬 같은 눈물이 어리여 맑은 광채를 더하는 듯하였다. 천연히 신선계의 아리따운 모습104)이고 깨끗하고 시원한 월궁(月宮)의 밝은 달이 만방에 빛나는 듯하였다. 매우 뛰어난 영묘한 광채105)는 빼어나게 아름다워 천하에 독보적이어서 견줄 바가 없었다. 돌과 나무와 같은 마음이라도 능히 그 아름다움에 취할 정도였다. 앵두 같은 입술에 불

---

103) 절사(節祀) : 절기나 명절을 따라 지내는 제사.
104) 신선계의 ~ 모습 : {션원아질[仙苑雅質]}. 신선세계의 아리따운 여인의 모습을 뜻함.
105) 매우 ~ 광채 : {빅미천광[白眉天光]}. 백미는 흰 눈썹이라는 뜻으로, 여럿 가운데에서 가장 뛰어난 사람이나 훌륭한 물건을 비유적으로 이르는 말. 중국 촉한(蜀漢) 때 마량(馬良)의 다섯 형제가 모두 재주가 있었는데 그 중에서도 눈썹 속에 흰 털이 난 량(良)이 가장 뛰어났다는 데서 유래함. 천광은 영묘한 광채를 뜻함. 그러므로 '백미천광'은 매우 뛰어난 영묘한 광채를 뜻함.

그레한 뺨의 고운 자태는 화장을 한 것보다 더 아름다웠다. 조생 형제가 숨을 길게 쉬고 두 눈을 떼지 못하였다. 용창이 용홍의 소매를 이끌어 선창 밖에 나와 가만히 말하였다.

"물에 빠진 서생은 결코 남자가 아닙니다. 옛날부터 아름다운 남자는 많다고 하지만 먼 산의 형상을 한 모양의 아리따운 눈썹과 온갖 자태와 아름다운 광채는 내가 처음 보는 바입니다. 아리따운 태도와 탐스러운 쪽진 머리와 눈처럼 하얀 귀밑머리106)가 어떤 것과도 비교할 곳이 없으니 저런 남자가 어디 있겠습니까? 우리가 부모님이 낳아주시고 길러주신 은혜로 풍채 있는 모습이 남에게 뒤떨어지지 않는데 만만하게 저 사람의 아름다움은 당할 수 없습니다. 결단코 화를 피하려고 하는 여자이지 남자가 아닙니다. 지금 천하가 태평하여 망명하는 죄수가 없습니다. 또한 어찌 남자가 수십 명의 도적을 보고 쉽게 몸을 던지겠습니까? 반드시 그 사정이 더할 수 없이 슬픈 여자일 것입니다. 마땅히 그 서동에게 근본을 물으면 알아서 처리할 방법이 있을 것이니 형님은 어떻게 생각하십니까?"

이때 용홍 공자는 이 사실을 모르고 있었는데, 백년의 아름다운 짝을 만나니 비록 근본을 몰랐지만 전세(前世) 연분이 심상치 않아 자연스럽게 마음이 놀라서 움직이고 사랑함을 이기지 못하여 마음속 깊이에서 애틋한 감정이 솟아나왔다. 또한 남자가 아닌가 하고 의심이 많았는데, 동생의 명백한 말을 듣고는 의심스러운 것이 환하게 풀어져 머리를 끄덕이며 말하였다.

---

106) 탐스러운 ~ 귀밑머리 : {운환설빈(雲鬟雪鬢)}. '운환'은 여자의 탐스러운 쪽진 머리를 의미하고 '설빈'은 눈처럼 하얀 귀밑머리를 뜻함. '운환설빈'은 여인의 아름다운 모습을 묘사하는 말임.

"곧 내 생각과 똑같구나!"

즉시 물에 빠져 죽으려 하던 두 명의 서동을 불러 좌우의 사람들을 물러가게 하고 물었다.

"우리는 서울로 가던 길인데 너희 등 노비와 주인 세 명이 물에 빠져 죽는 것을 보았다. 사람의 마음이 슬프고 매우 놀라서 구하였다. 너희와 주인을 보니 몸 위에 두건과 의복이 있으나 결코 남자가 아니다. 무슨 까닭으로 떠돌아다니느냐? 실상을 속이지 마라. 우리들은 결단코 너희에게 해를 주지 않을 것이다."

춘앵과 벽란이 생각지도 못했는데 죽은 몸을 물에서 건져내어 살려주고 근본을 묻는 것을 들으니 매우 의심스럽고 괴이하다고 생각하며 다시 눈을 들어 두 공자를 보았다. 풍채가 시원하고 깨끗하며 골격이 비상하고 아름다운 얼굴과 별 같은 눈과 누에가 누워있는 듯한 두 눈썹으로 인간 세상에서 뛰어났다. 반악(潘岳)[107]의 고움과 위개(衛玠)[108]의 미려함을 비웃는 듯하였다. 춘앵과 벽란이 크게 마음속 깊이 존경하며 복종하고 두 공자의 선함을 칭찬하였다. 벽란 등이 마음속으로 생각하였다.

'죽은 몸을 건져내어 살려주고 근본을 물으며 저 상공이 남녀를 자세히 구별할 줄 알고 하물며 우리 노비와 주인을 살려내어 다시 살려준 은혜

---

107) 반악(潘岳) : 서진(西晉)의 문학가. 자는 안인(安仁). 어릴 때부터 신동(神童)이라 불렸고, 또 미남이었음. 용모가 준수하여 문을 나서면 부녀자들이 연모의 표시로 과일을 던져주어 그것이 수레를 가득 채울 정도였다고 함. 문학적 재능이 뛰어나 당시의 권세가 가밀(賈謐)의 문객들 '24우(友)' 가운데의 제1인자였으며, 육기(陸機)와 함께 서진문학의 대표적 작가로 병칭되었음.

108) 위개(衛玠) : {위가}. '위개'의 오기인 듯함. 위개(衛玠)는 진(晉)나라 안읍(安邑)의 사람으로 항(恒)의 아들로 자(子)는 숙보(叔寶). 다섯 살부터 수려한 인품을 갖추었으므로 아저씨였던 왕제(王濟)가 감탄하여 '위개와 함께 놀고 있으면 곁에 명주가 반짝반짝 빛나는 것 같아 그 빛이 낭랑하게 사람에게 쪼인다'라고 하였음. 어릴 때에 수레를 타고 저자거리에 오면 온 도시의 사람들이 그의 뛰어난 외모를 보기 위해 모여들었음.

가 매우 크다. 두 공자의 어진 덕이 눈빛에 나타나니 의연히 성인군자 구나. 결단코 우리에게 해를 줄 사람이 아니니 우리 소저의 슬픈 한을 바른 대로 고하여 처리하는 것을 보아야 겠구나'

이에 눈물을 떨어뜨리며 공경히 받들어 사례하며 말하였다.

"천인(賤人)들은 민가의 시비이고 남자는 아닙니다. 우리 소저께서 태평성대에 액경(厄境)109)이 남달리 심하여 남자의 옷을 입고 유리하여 타인을 대하여 근본을 자세하게 아뢰지 못하옵니다. 강도의 흉악한 자취가 목전에 급하여 천금 같은 몸을 강물에 던져 속절없이 노비와 주인이 물고기의 배를 채울 뻔했는데, 상공의 자비하고 어진 마음을 만나게 되었고 상공의 살려주신 은혜는 태산 같습니다. 감히 묻사온데 상공의 존귀한 성과 커다란 이름을 알고 난 후에 저희들의 지극한 원통함을 다 고하고자 합니다. 원컨대 귀댁의 시비 항렬에 들어가 은덕을 만분지일이나 갚고자 합니다."

두 공자는 두 사람의 언사가 민첩하고 재능이 세상을 뒤덮을 충의를 지닌 시비임을 보고 민가의 시비가 식견이 원대함을 계속해서 칭찬하며 말하였다.

"너희들이 주인을 위하는 충성스러운 마음은 가히 기특하다. 우리는 조상국 자제로 선영(先塋)에 절사(節祀)를 지내고 돌아오는 길이다. 너희들이 서울 사람이면 조상국을 모르지 않을 것이다."

벽난 등이 다 듣고 난 후에 이 사람이 자기 소저가 정혼하고 빙폐를 받은 조공자 형제라는 사실이 요행스러웠으며 기특하고 다행스럽다고 생각

52

53

---

109) 액경(厄境) : 모질고 사나운 운수의 고비

하였으나 소저의 뜻을 몰라 아뢰었다.

54 　"천인(賤人)이 무식하여 주인의 휘자(諱字)110)를 자세히 알지 못하니 소저께 물어서 자세히 아뢰겠습니다."

그런 후에 선창 안에 들어가 소저께 조공자와 문답한 일을 일일이 고하였다. 소저가 매우 놀라며 말하였다.

"내가 외가로 가지 않고 구차하게 길가에서 분주하게 다닌 것은 조숙모에게 부끄럽고, 아버지의 허물을 드러내고 싶지 않아서였다. 뜻밖에 저 공자들을 만나니 내가 차마 사실을 말하여 부끄러움을 더하겠는가? 은인의 덕이 산과 바다 같으나 차마 근본을 아뢰게 되어 저 집에서 우리 집의 허물을 알게 되면 매우 부끄럽게 될 것이다. 모름지기 너는 다

55 만 대답하기를 내가 타향에서 떠돌아다니다가 서울의 친척을 찾으러 왔다가 도적을 만나 물에 빠져 죽을 뻔했다고 말하여라. 조공자가 이미 우리가 여자인 줄을 알았으니 남녀는 구별이 있는 것이다. 생명을 구해준 은혜에 몸소 사례하지 못함을 아뢰어라."

벽난과 춘앵이 굳이 근본을 이르지 말라는 소저의 말을 듣고 나와서 상의하여 말하였다.

"이제 하늘이 도와주셔서 조공자를 만났으나 어찌 차마 좋은 기회를 놓치게 되면 우리 주인과 노비는 어디에 의지하며 소저의 백년가약을 어느 날 이루겠는가? 우리들이 가만히 사실을 아뢰어 조공자가 일을 처리하는 것을 보아야 겠구나."

56 　이에 조공자의 안전에 나가 말하였다.

---

110) 휘자(諱字) : 돌아가신 높은 어른의 생전의 이름자. 여기서는 소저의 아버지인 주인어른의 이름을 뜻함.

"우리 소저께서는 타향에서 떠돌아다니시다 친척을 찾으러 왔다가 도적을 만나 물에 빠져 죽게 되었습니다. 은인께서 생명을 구해준 은혜를 입어 남은 목숨을 회생하게 되었습니다. 우리 소저께서 은혜는 태산 같사오나 몸소 사례치 못함을 아뢰라 하셨습니다."

조공자들이 크게 아쉬워하고 섭섭해 하며 어떻게 일을 처리할까를 마음속 깊이 생각하고 주저하고 있었다. 두 명의 시비가 다시 머리를 조아리며 말하였다.

"소저께서 차마 상공께 근본을 바로 고하지 못하여 이리 하였습니다만, 저희들이야 상공을 만나 사실대로 고하지 아니하겠습니까? 더욱 대공자는 저희들의 주군(主君)이시고 은인이시니 어찌 숨기는 죄를 더하며 주인의 평생을 매몰되게 하겠습니까? 저희의 주인은 정참정의 딸로 외가에서 조공자와 정혼하였습니다. 그러나 소저가 본댁으로 돌아오신 후에 가내에 어질지 못한 사람이 있어서 수많은 방법으로 정참정을 보채고 소저를 재해에 빠지게 하였습니다. 마침내는 소저를 정참정 부인의 사촌인 박수관의 후실로 위협하고 명령하여 시집보내려 하였습니다. 그래서 소저가 외가로 가시고자 하나 석공 어르신께서 성품이 엄숙하셔서 반드시 정공과 더불어 큰 사단을 일으키실 것이라 생각하였습니다. 일의 형세가 매우 난처하여 남장으로 바꿔 입고 강가의 이평장 부인은 소저의 고모이신데, 그 분을 찾아가 의지하고자 하셨습니다. 그러나 이평장 부인이 이사를 가신 지 수일이 지났고 가신 곳을 모르기 때문에 강변에서 방황하시다가 따르는 도적을 만나서 소저께서 억울하고 원통하게도 강물에 몸을 던졌습니다. 상공께서 저희의 목숨을 살려주신 은혜를 만나 주인과 노비 세 사람이 살아나니 이 은덕은 분골쇄신111)하더라도 다 갚지 못할 것입니다."

두 공자가 이 말을 들으니 참혹함은 말할 것도 없고 정소저의 굳은 절
개와 아름다운 행동은 깊이 사람을 감동시킬 만하였다. 또한 그 계모 박
씨가 자애롭지 못해 이 변을 일으킴을 짐작하고 사람의 마음이 자연스럽
게 측은하였다. 정소저의 절행이 빼어나 자기를 위하여 온갖 고생이 이
지경에 미쳤음에 감복하고 하물며 평생의 아름다운 배필과 하늘이 정한
연분이 심상치 않다는 것을 알았다. 용홍 공자의 두 눈에는 가을 물처럼
고운 광채가 어리었다. 용홍이 말하였다.

"소저의 수많은 고초와 슬픈 한이 이 조생을 위함이니 어찌 감사하지
않겠는가? 너희들은 우리가 집에 들어가 일을 처리할 사이에 소저를
보호하라"

이에 둘째 공자와 의논하고 본부의 강정이 여기서 멀지 아닌 까닭에 한
대의 교자를 세 내여 소저를 태우고 강정에 이르렀다. 여러 명의 노복이
서서 정소저를 지켰으며 안채에서는 두 명의 시비가 지키고 가늘고 길게
누에고치를 쳐서 길쌈하여 정소저에게 올렸다.

두 공자는 정소저의 근본을 모르는 체하고 강정에 잠깐 몸을 숨길 것을
청하였다. 소저는 이 지경에 이르러 몸을 숨길 곳을 얻지 못하고 있다가
벽란 등이 자기 근본을 밝히고 믿음직스럽고 조심스럽게 자신을 보호함
을 모르고 있었다. 소저는 두 공자가 종내 살 도리를 이끌어 주는 것에 감
사해하고 설움을 참고 부끄러움을 견디며 강정에 이르렀다.

두 공자가 종에게 명령하여 깊고 안정한 처소를 치우고 정리하여 소저

---

111) 분골쇄신 : {마명방종[摩丁放踵]}. 이는 정수리부터 마멸시켜서 발꿈치까지 이른다는 것으로
분골쇄신을 뜻함.

를 편안하게 안정시키고 아침저녁의 음식을 각별히 조심해서 올리라고 말하였다. 또한 포진(鋪陳)112)과 병풍과 장막을 정결히 하여 정소저를 머무르게 하고 집 안팎의 비복에게 엄하게 당부하여 이곳에 소저가 있다는 것을 누설치 말라고 하였다. 춘앵 등에게 당부하여 자신의 처치를 기다리라고 하고 또 소저에게 말을 붙였다.

"소생이 비록 소저의 사정을 알지 못하지만 소저의 재앙이 대단하십니다. 마침 제게 누추한 집이 있고 종이 안팎으로 많으니 안심하고 화를 피할 곳입니다. 가볍게 몸을 물에 던지지 마십시오. 저의 아버지께서 평생 적선(積善)을 일삼으시니 돌아가 아뢰어 혹시라도 소저께 유익함이 있을까 합니다.

말을 마치고 형제가 말머리를 나란히 하여 도성으로 향하면서 다시 소저 보기를 청하지 아니하고 표연히 떠났다. 벽란 등은 탄복하고 기뻐하였으나 소저는 자기 형세가 이 지경까지 미쳐서 외간 남자를 상대하고 그들의 손에 의해 물에서 건져져서 살게 된 것을 생각하니 심신이 놀라 달아날 것 같았다. 그러나 요행히도 그 남자가 조공자여서 몸을 절간에 의탁하고 평생을 마치며 조공자의 은혜를 생각하려고 하였다. 그러나 얼음과 옥같이 깨끗한 마음에 이렇듯이 자신의 운수가 두루 기이하고 괴이함을 슬퍼하며 이 또한 운명이라고 생각하였다. 소저는 깊이 집안에 있으면서 아침저녁의 음식 걱정이 없고 욕됨이 없었다. 두 명의 시비와 더불어 조생의 의기를 감탄하였으나 두 공자가 자기 근본을 들은 줄은 조금도 알지 못했다.

62

63

---

112) 포진(鋪陳) : 바닥에 깔아놓는 방석이나 요, 돗자리 따위를 통틀어 이르는 말.

차설(且說).113) 조공자가 총총히 돌아와 부모와 할머니를 뵙고 평안하셨는지를 물으며 인사하는 예를 마쳤다. 또한 자기 형제가 절사(節祀)를 지내고 돌아오다가 서강에 이르러서 갑자기 강도의 변이 있어 강도가 소저를 쫓아오자 세 사람이 눈앞에서 물에 빠졌는데, 황급히 구하고 보니 그 사람이 정소저였다는 것과 그 시녀들의 말을 들어서 정공의 어질지 못하고 도리에 어그러짐과 박씨의 강포하고 간악함과 박수관의 음란하고 도리에 어그러짐과 예의가 없다는 사실을 알게 된 것을 두루 말하였다. 주위의 사람들이 놀라지 않는 사람이 없었고 조공이 몹시 놀라며 탄식하며 말하였다.

"정세추가 어질지 못한데도 능히 저같이 효성과 절개가 대단한 딸을 두었는가? 정소저는 이미 내 집 사람이다. 그 아비는 도리에 어그러지나 그 딸은 내 집을 위하여 길 위에서 분주하게 도망다니고 멱라강114)에 빠져서 죽으려 하니 쇠와 돌에 새겨 청사(靑史)115)에 길이 전해질 절행(節行)이로구나. 이것은 반드시 보통의 부녀자가 아니니 어찌 오래 정소저를 버려두겠는가?"

위부인이 탄복하여 칭찬하며 말하였다.

"딸이 정씨를 일컬어 총명하고 통달하다고 하더니 진실로 효성과 절개가 모두 갖추어진 숙녀이구나. 슬프다! 어머니를 일찍 여의고 어질지 못한 아버지와 간험한 계모에게 일신(一身)이 외로우니 어찌 차마 불쌍하지 않겠는가? 마땅히 딸을 보내어 함께 정소저와 있으면서 위로하고

---

113) 차설(且說) : 고전소설에서 화제를 돌리려 할 때 그 첫머리에서 사용하는 화제 전환 제시어임.
114) 멱라강 : 중국 초나라때 굴원이 주위의 참소에 울분을 느끼고 빠져 죽은 강.
115) 청사(靑史) : 역사상의 기록. 예전에 종이가 없을 때 푸른 대의 껍질을 불에 구워 푸른빛과 기름을 없애고 사실(史實)을 기록하던 데서 유래함.

혼인을 빨리 이루어 데리고 오는 것이 최선의 방법이다"

이때 석학사 부인 조씨가 자리에 있었는데, 이 말을 듣고 눈물을 흘리며 말하였다.

"가련하다, 정소저의 슬프고 한스러운 일이여! 사람이 흐느낄 일이다. 제가 오늘 그 곳에 가서 서로 만나보고 정소저를 위로하여 혼사를 이루어 데리고 오겠습니다. 또한 마침내 시댁에 속이지 못할 것이니 이 뜻을 시댁에 알려 혼사를 정공 모르게 빨리 거행하는 것이 좋겠습니다."

태부인이 고개를 끄덕이며 말하였다.

"손녀의 말이 옳다. 부모가 주혼(主婚)하지 못한다면 외조부모가 혼례를 책임지고 맡는 것이 사리에 당연한 것이다. 하물며 용흥은 내 집의 큰 아이니, 그 혼인의 예를 다하고 모든 일을 구차하게 해서는 안 된다. 너116)는 모름지기 혼인을 의논하여 빨리 거행하라."

조공이 공경히 받들어 사례하며 말하였다.

"어머니의 가르침이 마땅하십니다. 이제 석공을 만나서 의논하겠습니다."

즉시 외당에 나와 의관을 고치고 수레를 타고 석씨 집안에 이르렀다. 석공 부자가 조공을 맞아서 예를 취하여 안부 인사를 전하자 조공이 먼저 말하였다.

"저의 불초한 아들을 현형(賢兄)께서 사랑하셔서 정소저와 혼인을 허락하고 내 집의 빙폐를 받은 지 오래되었습니다. 그런데 정세추가 까닭 없이 핑계 대며 혼례를 물리고 정소저가 병이 있다고 핑계를 대었습니다. 우리 아들이 비록 어리석으나 또한 정소저가 아니더라도 혼자 늙

---

116) 너 : 여기서는 조승상을 가리킴.

어가지는 않을 것이지만 형과 겹겹이 친척이 되어 양가에 기쁜 일로
삼고자 하였습니다. 아리따운 손녀의 아름다운 소문을 딸에게서 들어
자세히 아는 까닭에 어머니께서 혼사를 바삐 이루라고 하시다가 일이
가장 괴이하게 되어 제 집의 현훈(玄纁)을 찾고자 하였습니다. 어제 우
리 아들 형제가 서강에 갔다가 이러 저러한 광경을 보니 이는 곧 정소
저가 초나라 여자의 절개117)를 본받아 멱라강에 떨어진 모습이었습니
다. 주인과 노비 세 사람이 일시에 물에 잠기니 우리 아들 형제가 사람
의 마음으로 처량하고 구슬퍼서 그들을 건져냈습니다. 그 시비에게 근
본과 곡절을 물으니 바로 천금과 백옥 같은 정소저였습니다. 정소저가
이와 같은 환란을 당하여 절개를 잃게 되니 남자 옷을 바꿔 입고 문을
나서서 친척을 찾아가다가 도적이 쫓아와 물에 빠지는 슬픔이 있게 된
것 같습니다. 정씨 가문의 일이 뼈에 사무치게 애절하여 혼인을 이루
고자 하는 뜻이 없지만 형과는 오랫동안 사귄 교분과 사돈 간의 정이
있고 정소저의 열절(烈節)이 뛰어나니 애련합니다. 지금 정소저는 강정
에 머무르고 있습니다. 형과 더불어 상의하여 정공이 모르게 혼인을
이루고자 하니 형의 생각은 어떻습니까?"

석공이 말을 다 듣고 손녀가 생존해 있음을 들으니 뜻밖에 기쁜 일이
생겨 손을 잡고 감사함을 말하였다.

"영윤(令尹)118)의 의기와 어진 마음이 사람의 급한 화를 구하니 족히
천지신명을 감동시킬 것입니다. 어찌 감사하지 않겠습니까? 마땅히 좋
은 때를 택하여 옛날의 약속을 온전하게 할 것이니 우리 집안에 이만한

---

117) 초나라 ~ 절개 : {초녀의 절}. '초녀'가 누구를 가르키는지 미상임.
118) 영윤(令尹) : 남의 아들을 높여서 부르는 말.

기쁨이 없을 것입니다."

알지 못하겠구나, 이 혼사를 쉽게 이룰 지는 다음 회를 기다려라.

이에 앞서[119] 석공은 손녀를 정씨 집안에 보내고 세월이 흘러 길일이
수일 밖에 남지 않았지만 정씨 집안에서는 혼인을 치를 움직임이 없었다.
매우 이상하게 여겨 사람을 시켜 물으니 박씨가 나쁜 말로 석씨 집안의
시비를 꾸짖고 욕하며 소저를 보여주지 않았다. 석공이 통한하며 마음에
안타깝고 불쌍하나 정씨 집안에서는 사이를 막아버렸다. 조씨 집안과의   71
혼인이 다다르자 석공이 또 사람을 시켜 정소저를 부르니 정씨 집안에서
는 정소저가 거처 없이 나갔다고 하였다. 석공은 바야흐로 몹시 놀란 마
음을 진정하지 못하고 참혹하고 분함을 참지 못하였다. 정공자는 실성하
여 밤낮으로 눈물을 흘리니 흐르는 눈물이 천 줄기나 되었다. 석공이 비
록 장부의 웅대한 마음을 지니고 있으나 슬프고 참혹한 마음을 진정하지
못하고 슬퍼하며 탄식할 뿐이었다. 그런데 뜻밖에 조공이 이르러 손녀가
살아있다는 것을 말하고 혼인을 재촉하니 기쁨이 대단하였다. 그러나 새
롭게 정공을 통한하고 계모 박씨에게 분하여 이를 갈고는 조공에게 사례   72
하며 말하였다.

"소제(小弟)가 외람되이 겹겹이 사돈의 두터운 정을 맺었고, 기특한 영
랑(令郞)[120]을 슬하에 두고자 하여 아름답지 못한 손녀와 혼인[121]을 언
약하고 채례와 빙폐를 받았으니 제 손녀는 곧 현형(賢兄)의 며느리로 알
았습니다. 정세추가 어질지 못하여 자기 딸을 데리고 가니 부자(父子)

119) 이에 앞서 : {선시[先時]}. 고전소설에서 앞의 사건을 이야기 하고자 할 때 주로 쓰이는 말임.
120) 영랑(令郞) : 상대방의 아들을 높여서 부르는 말.
121) 혼인 : {쥬진[朱陳]의 호연(好緣)}. 이는 두 집안이 통혼함을 이르는 말로 주씨와 진씨의 두 성이
    한 마을을 이루고 대대로 정을 나누며 혼인을 한 데서 유래함.

의 천륜을 막지 못하여 보냈으나 염려가 많았습니다. 어찌할 도리가 없어 이미 굳게 정한 혼인을 어기지 말라고 여러 번 일렀습니다. 정세추도 또 응낙하고 가더니 그 후에 왕래를 끊을 뿐만 아니라 우리 집의 시비가 가면 쫓아 내치니 또한 분하고 한스러웠습니다. 손녀를 잊지

73 못하였으나 서로 편지가 끊어졌고 혼인 날짜가 얼마 남지 않았는데 또한 정씨 집안에서 혼인을 물렀다는 말을 듣게 되었습니다. 사람에게 시켜 물으니 손녀가 공연히 달아났다고 하였습니다. 그 집안일은 제가 분명히 아는 바라, 손녀가 매우 슬퍼하고 한스러워하며 집을 나갔을 것입니다. 규중의 깨끗하고 빼어난 약한 몸이 길가에서 분주하게 떠돌아다니니 그 사생존망(死生存亡)을 알 길이 없어서 마음이 슬프고 참혹함을 이기지 못하였습니다. 저희 부자가 친히 나가 손녀의 종적을 찾고자 하였는데, 뜻밖에도 영랑의 손으로 손녀가 물에 빠진 재난에서 구해

74 질 줄 어찌 알았겠습니까? 이 또한 보통의 일이 아닙니다. 진실로 기이한 인연이며 하늘이 정한 것입니다. 금가락지가 온전하게 있으며 백년의 아름다운 배필이 기이하게 만나니 이 또한 현형(賢兄)의 바다 같은 은혜 때문입니다. 손녀의 아비가 이 사실을 들으면 유익할 것이 없고 또 방해할 것입니다. 이전에 정한 택일이 수일이 남았으니 내가 주혼(主婚)하여 혼사를 이루어 구렁텅이에 빠져 있는 손녀의 인생을 귀댁에 의탁하게 된다면 제가 오늘 밤에 죽어도 한이 없을 것입니다. 지하에 죽은 딸의 남은 혼이 어찌 형의 큰 은혜를 모르겠습니까? 더욱 기특한 것은 영랑(令郞)이 나이가 어린데도 의기와 어진 마음으로 사람을 살려 목숨을 구하기를 남이 못 미칠 듯이 하니 그 음덕이 매우 큽니다."

75 이 역시 탄식하고 한탄하였다. 눈을 들어보니 석공의 곁에 한 명의 동

자(童子)가 석공을 모시고 앉아있었다. 옥 같은 얼굴이 슬프고 참혹하였으며 별 같은 눈에 눈물이 방울방울 흘렀다. 동자는 머리를 숙이고 말없이 앉아 있었는데, 풍채가 당당하고 기질이 단정하며 사람됨이 관옥(冠玉)122)과 단정한 선비 같고 군자의 풍도가 있었다. 공자는 수많은 근심과 한을 지니고 불안해 하며 더불어 수많은 회포를 품고 있었다. 조승상이 매우 의아해 하며 그가 누구인지를 묻고서야 정소저의 아우인 줄을 알게 되었다. 비록 나이가 어린 아이이나 조공은 그 자식을 마주하고 그 아버지의 허물을 말한 것을 뉘우치고 그 사정을 불쌍하게 여겨 위로함을 마지 아니하였다. 더불어 석공을 대하여 예전에 혼인을 정한 날에 혼례를 치르자고 얼굴을 맞대고 약속하였다. 또 딸이 강정에 나가 혼사를 치르고 신부와 함께 오려고 한다는 것을 말하였다. 석공이 매우 기뻐하며 고개를 끄덕이고 수레를 타고는 강정에 이르렀다. 조공은 외당에 머무르고 석공이 바로 소저가 있는 곳으로 들어갔다.

이때 정소저는 두 명의 시비와 함께 자기 신세가 두루 험난하여 남의 집안에 몸을 감추고 끝내는 어떻게 할까하다가 외가로 가고자 하였으나 또 난처할 것을 생각하고 수많은 염려가 옥 같은 마음을 사르는 듯하였다. 별 같은 눈과 아리따운 얼굴에 맑은 눈물을 줄줄 흘리며 하나의 목숨을 끊지 못함을 탄식하였다.

그런데 천만 뜻밖에 밖이 웅성거리며 문이 열리는 곳에 한 명의 대관(大官)이 눈썹이 반쯤 하얗고 그 위엄은 엄중하며 완연히 들어오는 것이 보였다. 소저가 혼비백산(魂飛魄散)하여 눈을 들어 보니 외조부인 석공이

76

77

---

122) 관옥(冠玉) : 관의 앞을 꾸미는 옥으로 남자의 아름다운 외모를 비유하는 말.

었다. 소저는 반가움과 놀라움, 슬픔이 함께 일어나서 거꾸러지고 엎어질 듯이 일어나 절하는 예를 취하였다. 옥 같은 손으로 조부의 옷을 붙들고 슬피 우니 맑은 눈물이 천 줄기나 되었다. 소저의 얌전하고 산뜻하며 아름다운 모습에 슬픈 빛이 어려 매우 빼어나게 아름다웠다. 명월이 검은 구름을 만나고 붉은 연꽃이 맑은 물에 잠겨 거센 바람에 흔들리는 듯하니 온갖 자태의 아름다운 모습이 새롭게 빼어났다. 석공이 또한 죽은 딸을 생각하고는 이때에 손녀의 슬프고 한스러운 상황에 안도하였다. 석공은 두 줄기 흐르는 눈물을 수없이 흘리고 옥 같은 소저의 손을 잡으며 아리따운 얼굴을 어루만지고 말하였다.

"누구를 원망하며 누구를 한하겠는가? 네 어미가 일찍 죽어 나에게 서하(西河)의 설움[123]을 끼치고 너희 남매가 애처로이 외롭게 되어 의지할 곳이 없게 되었으니 이것은 첫째는 죽은 네 어미를 원망하고 다음으로는 네 아비의 법도에 어긋난 행동을 원망해라. 비록 남자의 꼼꼼하지 못하고 어리석음이 옛날부터 있는 것이지만 차마 어찌 이 지경에 미칠 줄 생각이나 했겠느냐? 너의 꽃다운 열절(烈節)이 친가와 외가를 욕먹이지 않고 요행히 아름다운 몸을 보전하여 살아나니 물속에 던진 너의 몸을 건져낸 조공자의 은혜는 바다 같구나. 또한 네가 절개를 지키며 치욕을 견디기 어려워 죽으려고 하니 옛사람에게 부끄럽지 않구나. 모름지기 과도하게 슬퍼하지 마라."

더불어 조공 부자의 의기와 어진 마음을 탄복하고 빨리 혼인을 이루고자 하는 뜻을 말하였다. 소저는 외조부를 만나 반가움과 슬픈 마음이 뒤

---

123) 서하(西河)의 설움 : 자식을 잃은 슬픔을 의미함. 공자의 제자인 자하(子夏)가 서하에 있을 때 자식을 잃고 매우 슬피 울었다는 고사에서 유래한 말임.

섞어 일어나 어떻게 할 줄을 몰랐다. 그러나 소저는 아버지의 일을 부끄러워하고 외조부가 이 일을 알게 됨을 놀라워하던 중에 혼사를 치른다는 말을 들으니 절절이 자기의 소원과 달라서 이에 눈물을 거두고 몸가짐을 가다듬으며 말하였다.

"소녀의 운명이 한 가지도 길한 일이 없어 이 지경에 미쳤습니다. 이것은 제게 쌓인 죄과가 있어서 이러함이니 어찌 사람을 원망하며 탓하겠습니까? 저의 아버지가 본래 꼼꼼하지 못하며 어리석고 자상하지 못하신 것은 할아버지께서도 아시는 아는 바입니다. 더불어 소녀의 효성이 천박하여 계모의 마음에 들지 못하고 재앙과 난리가 서로 일어나니 어찌 부모만 그르다고 하십니까? 소녀의 사람됨이 조아(曹娥)의 효를 본받지 못하고 몸이 집 밖을 나가 부모를 속이고 남자의 옷으로 갈아입고 떠돌아다니게 되었습니다. 하늘이 저를 밉게 여기셔서 강물에 몸을 던지게 되었으니 불효한 죄가 더욱 큽니다. 죽지 않고 모질게 살아있는 목숨이 구태여 다른 사람의 구함을 얻어 구차하게 살아 외간 남자의 손에 건져지니 그 참괴함은 몸과 마음이 굳어지고 떨릴 정도입니다. 조공자가 이곳에 있으면서 안심하라고 당부하니 조공자가 저의 근본을 모르고 있는가 생각했습니다. 그러나 구차하게 살아서 죽은 어머니께서 남기신 가르침을 저버리지 않고 외조부모께서 수고롭게 가르치고 기르신 은혜를 조금이라도 갚고자 하여 이리도 기구한 가운데 실낱같은 목숨을 끊지 못하고 구차하게 살아서 조부를 뵙게 되었습니다. 그러니 무슨 한이 있겠습니까? 남녀의 혼인은 인륜지대사입니다. 소녀가 지식이 얕고 짧은 까닭에 처음에 집을 싫어하며 떠나온 것을 뉘우치며 그 후에 차라리 죽어서 절개 있는 부인을 본받지 못한 것을 한합니다. 소녀가

80

81

82

규중을 떠나 자취가 길 위에서 떠돌아다니며 강도의 핍박함을 면하지
못하고 강가의 물고기의 배를 채울 뻔하였습니다. 어리석고 사리에 어
두운 규방 속의 제가 길 위에서 남자에게 목숨이 구해지니 어찌 부끄럽
고 슬프지 않겠습니까? 이런 까닭에 인륜의 자질구레한 일에는 뜻이 없
고 오직 살아서 아버지를 뵙고 계모를 감화시키고자 하여 인륜에 한이
없게 하고 한낱 동생과 더불어 부모를 받들고 사는 것이 소원입니다.
조부께서 명하시는 바는 불초한 손녀의 소원이 아닙니다."

말을 끝내자 옥 같은 얼굴이 너무 슬퍼서 한 쌍의 별 같은 눈에 맑은 가
을 물 같은 눈물이 은은하게 맺혔다. 소저의 부끄러워하는 태도와 슬퍼하
는 얼굴이 더욱 빼어나게 아름다우니 석공 역시 슬프고 참혹하여 흰 눈썹
아래 두 눈에는 눈물이 일렁거렸다. 석공이 소저의 얼굴을 쓰다듬으며 길
게 탄식하며 말하였다.

"일이 이미 여기에 이르렀으니 설마 어찌하겠느냐? 손녀가 어린 나이
에 효성과 절개와 지혜가 모두 갖추어졌으니 완고한 아비와 어리석은
어미의 흉계에서 벗어나 목숨을 보전하여 명철보신(明哲保身)한 것이
다. 부모가 낳아준 몸을 보전하고 죽은 어미의 남긴 가르침을 이으니
네 아비가 흙과 나무 같은 마음을 지니고 있다고 하더라도 성혼한 후
에 서로 만나서 부녀가 상봉하는 즐거움을 얻는다면 어찌 너를 책망하
며 혼인을 한 것을 그르다고 하겠느냐? 모든 일에는 원래의 계획을 변
경할 때124)와 임기응변의 방법125)이 있다. 이제 조상국이 밖에 와서는
너와의 혼인을 완전하게 정하고 너의 뜻을 알려고 하니 어찌 고상하지

---

124) 원래의 ~ 때 : {곡계(曲計)}. 이와 같이 옮김.
125) 임기응변의 방법 : {권도(權道)}. 권도는 때에 따라 임기응변으로 일을 처리하는 방법을 뜻함.

못한 모습으로 사양하느냐? 내가 네 부모를 대신하여 혼인을 관장할 것이다. 너에게 혼인을 묻는 말이 아니니 너는 다시 이상한 말을 내지 마라."

소저가 조상국이 왔다는 말을 듣고 더욱 불안하고 놀라며 부끄러워 옥 같은 얼굴이 발그스레해졌다. 눈썹을 나직하게 낮추고 또 아뢰었다.

"소녀의 도리로 차마 아버지를 속이고 혼인을 못하겠습니다. 조상국은 ⁸⁵ 당세(當世)의 군자이십니다. 원컨대 조부께서는 손녀의 보잘 것 없는 마음을 살피시어 뜻을 이루게 해주십시오."

그런 후에 조모와 삼촌의 안부와 동생의 무사함을 묻고는 슬프고 참혹 하여 눈물을 흘릴 뿐이었다. 석공이 밖으로 나와 조공을 보고 손녀와 묻 고 대답한 말을 일일이 전하고는 탄식하며 말하였다.

"손녀의 마음이 금석(金石)같아서 저의 용렬하고 어리석은 말로 알아듣 도록 타이를 방법이 없으니 어찌하겠습니까?"

조공이 무릎을 치며 몹시 탄복하고 칭찬하며 말하였다.

"정소저의 일과 행동은 여자 중에 군자입니다. 이것은 다 현형(賢兄)의 높은 교훈에 힘입은 것입니다. 제가 이와 같은 며느리를 얻으니 어찌 ⁸⁶ 아버지의 어질지 못함을 한탄하겠습니까? 이것은 신부와 의논할 말이 아니니 현형(賢兄)이 혼인을 관장하십시오."

석공이 이 말을 옳게 여겨 다시 소저에게 묻지 않고 혼례를 준비하였 다. 석학사 부인이 나오고 석공 부인이 정공자와 함께 나와 소저를 보았 는데 서로 붙들고 매우 오열함을 이기지 못하였다. 소저는 그리워하던 아 우를 만나니 반갑고 기쁜 뜻이 서로 뒤섞여 일어났다. 그러나 자기 일이 숨겨지지 못하고 이같이 요란하게 드러나 조씨 가문이 다 알게 되었고 혼 ⁸⁷

인과 관련된 모든 일은 조부와 숙모가 관장하여 차리니 규방 여자의 도리로 여러 번 다투기도 요란하고 부모를 속이고 집을 나와 부모 모르게 혼인을 이루게 되니 인륜에 구차하게 되고 효에 어긋나게 되었으며, 또한 조공자를 새롭게 만나 조공자의 손으로 물 속에서 자기가 건져진 것을 생각하니 마음이 서늘하고 모골이 송연하였다. 소저는 얼음과 옥 같은 절개로 도리어 다른 사람이 자신을 낮게 여길까를 걱정하며 수많은 염려가 비할 곳이 없었다. 수많은 슬픈 시름과 회포가 서로 뒤얽혀 음식을 차려놓은 상을 물리고 머리를 봉황을 수놓은 베개에 던져 날이 새도록 마음이 답답하고 근심스러우며 슬프고 두려웠다. 조용히 세상일에 대한 마음이 없으니 외할머니가 때때로 그릇을 들어 소저에게 음식을 권하여 먹이고 외모와 옷차림을 꾸미라고 하였다. 소저가 눈물을 흘리며 말하였다.

"심사가 슬프고 두려워 세상에 대한 생각이 없으니 어느 겨를에 화장을 하겠습니까? 다만 빨리 죽지 못함을 서러워합니다."

부인이 탄식하며 말하였다.

"너의 열절(烈節)은 서리와 눈을 하찮게 여길 것이고 얌전하고 착한 모습과 지혜로운 성품과 꽃 같은 얼굴과 달 같은 아리따운 자태는 고금(古今)에도 비교할 곳이 없다. 요행히 평생의 배필이 될 군자가 너를 구제해 주니 실로 금상첨화(錦上添花)이니 무엇이 부끄러워 이토록 심려를 하느냐? 네 부친도 뉘우침이 있을 것이니 너는 너무 염려하지 마라"

소저는 근심스러워하며 대답을 하지 않았다.

이럭저럭하여 길일이 다다르니 조공이 큰 잔치를 치를 준비를 하고 신랑을 보내며 신부를 맞아오게 하였다. 내외 친척이 성대한 잔치에 모였고, 비단으로 수놓은 병풍과 수놓은 장막이 반공에 솟아 있고 고거사마

(高車駟馬)[126]는 집 앞에 계속해서 줄을 이으니 거룩한 위의를 누가 구경하지 않겠는가?

태원각에 좌석을 넓게 만들고 중요한 손님을 맞아 자리를 정하였다. 조씨 등이 곱게 화장한 얼굴과 아름다운 꾸밈으로 자리에 나오니 향기롭게 아름다운 자질과 얼음처럼 맑고 깨끗한 자질과 아름다운 모습이 수많은 사람 중에 뛰어났다. 태부인과 부모가 새롭게 기뻐하며 신부의 아름다움이 딸들의 모습에 못지않기를 바라는 마음이 오랜 가뭄에 비가 올 징조를 기다리는 것과 같았다.

시각이 다다르니 용홍 공자가 옥 같은 얼굴과 뛰어난 풍채로 길복을 갖추어 입고 내당에 들어가 할머니와 어머니를 뵈었다. 가을 달 같은 면모와 싱그러운 버드나무 같은 풍채는 늠름하여 세상을 벗어난 것 같았다. 백옥이 티끌을 씻은 듯하고 활짝 핀 꽃이 웃음을 머금은 듯하고 반악(潘岳)의 고움을 업신여기고 두목지(杜牧之)[127]의 풍채를 비웃는 듯하였다. 활발하고 호탕한 위의에 엄숙한 기상이 대단히 뛰어나고 마음이 넓고 비범하여 한여름 해의 위세가 있어서 앉아 있던 손님들이 칭찬함을 이기지 못하고 태부인께 수없이 축하하였다. 태부인이 기뻐서 입이 벌어지니 손자를 사랑하고 귀중하게 생각하는 것은 무엇에 비유하겠는가?

공자가 내당에 하직하고 위의를 갖추기 위해 따르는 사람을 거느리고 강정에 이르렀다. 옥상(玉床)에 기러기를 전하고 천지신명께 드리는 절을 마치고 신부가 가마에 타기를 기다렸다. 석학사 부인 조씨는 정소저를 단장시켜서 정소저와 같은 덩[128]을 타고 도성으로 들어왔다. 생황과 퉁소

126) 고거사마(高車駟馬) : 네 필의 말이 끄는 높고 큰 수레로 현귀(顯貴)한 사람이 타는 수레.
127) 두목지(杜牧之) : 당나라 때 시인으로 호방하고 화려한 시풍과 뛰어난 풍채로 유명함.

와 북소리가 하늘을 시끄럽게 하고 좌우의 요객(繞客)129)이 큰길을 뒤덮어 위의를 도왔다. 붉은 치마를 입은 아름다운 시녀가 쌍쌍이 향(香)을 잡으니 위의의 거룩함을 비교할 곳이 없었다. 신랑의 깨끗하고 시원한 정신과 풍채는 태양처럼 밝게 빛나니 보는 자가 칭찬을 하지 않는 자가 없었다. 석공 부부가 뒤를 이어 본가로 들어오고 정공자가 또한 석씨 집안으로 돌아왔다.

신랑과 신부가 조씨 집안에 들어와서 뜰 안에서 서로 절을 주고받았다. 신랑의 풍모와 신부의 모습은 하늘이 정한 한 쌍이었다. 광채가 서로 눈부셔서 신랑이 잠깐 눈을 들어 신부를 바라보니 새롭게 넋이 날아가고 생각이 구름 밖으로 흩어지는 것 같았다. 신부가 단장을 고쳐 사당에 절을 하고 시부모를 뵈니 수많은 사람들의 이목이 일시에 신부를 바라보았다. 신부는 타고난 바가 해와 달의 정기와 산천의 빼어난 기운을 한결같이 받아 반짝반짝하는 광채의 붉은 해가 고운 구름을 헤치고 부상(扶桑)에 오르는 듯하였다. 신부의 모습은 매우 시원하고 상쾌하게 맑은 정기가 서린 푸른 하늘에 한 조각 뜬 구름도 없는 듯하였고 태양의 빛이 온 세상에 밝은 듯하였다. 팔자 모양의 아리따운 눈썹은 먼 산을 맑게 그린 듯하고 두 눈의 가을 물 같은 맑은 눈빛은 영채가 뚜렷하여 가을 물에 새벽별이 비친 듯하였다. 연꽃 같은 붉은 뺨과 흰 이와 붉은 입술을 하고 있었으며 반달같이 흰 이마는 백옥을 머금고 명주의 찬란한 빛을 먹음은 듯하고, 부드럽고 날씬한 가는 허리에는 수놓은 비단 치마를 끌고 있었다. 두루 하는 행동이 예모(禮貌)에 합쳐지고 나아가고 물러가는 법도에 어김이 없으

---

128) 덩 : 공주나 옹주가 타던 가마를 가리킴.
129) 요객(繞客) : 혼인 때 가족이나 일가 중에서 신랑이나 신부를 데리고 가는 사람을 뜻함.

니 진실로 규목(樛木)[130]의 어진 숙녀이고 군자의 좋은 짝[131]이었다. 이 때문에 좌우에 수풀같이 빽빽하게 있는 아리따운 젊은 여인들이 빛을 잃지 않는 자가 없었다.

태부인과 조공 부부가 매우 기뻐하며 소저의 옥 같은 손을 잡고 소저의 탐스러운 머리를 손으로 어루만지며 기뻐하는 마음을 이기지 못하였다. 태부인이 사랑하는 마음이 극진하여 소저의 등을 두드리며 말하였다.

"미망인이 인간 세상에 오래 머물면서 목숨이 모질게 붙어있는 것을 탄식하였더니 오늘 신부가 이렇듯이 어질고 아름다움을 보니 지금까지 산 것이 다행이구나."

조공이 어머니의 말씀을 듣고 아랫자리에서 공경하여 받들며 말하였다.

"소자가 불초하여 어머니께서 기뻐하시는 것을 보지 못하여 밤낮으로 두려워하고 걱정했습니다. 오늘 신부의 기특함이 이렇듯 하니 조상께서 도우심이고 어머니의 성덕에 비롯된 것입니다."

모든 빈객의 축하하는 말이 떠들썩하게 들리니 이루 다 응대하지 못할 정도였다.

날이 저물어 모든 손님이 흩어지고 신부를 인도하여 영춘전에 돌아오니 이곳은 내당의 왼쪽이었다. 조부인이 이르러 신부의 단장한 것을 벗기고 편히 쉬라고 말하니 문득 용홍이 기린촉[132]을 잡고 걸음걸이를 천천히 하여 난간에 올라 문을 열고 방에 들어왔다. 신부가 일어나 맞아 두 사

94

95

---

130) 규목(樛木) : 『시경』의 「주남」편에 있는 시로 후비의 은덕이 아래에 미침을 읊은 것임. 은덕이 아랫 사람들에게 미치고 질투하는 마음이 없음을 말한 것임.

131) 군자의 ~ 짝 : {군주의 관관흔 호귀라}. 이는 『시경』의 「주남」편의 "관관히 우는 저구새, 하수의 모래섬에 있도다. 요조한 숙녀는 군자의 좋은 짝이로다(關關雎鳩, 在河之洲, 窈窕淑女, 君子好逑)."에서 나온 말임.

132) 기린촉 : 기린 모양을 새긴 촛불인 듯함.

람이 좌정하니 신랑의 풍모와 신부의 모습이 촛불 아래에 눈부셨다. 조부인이 기뻐하고 다행스러워 하며 말하였다.

"너희 부부가 상대할 때 내가 있으면 괴롭게 여길 것이다. 나는 이제 돌아가니 모름지기 신부를 잘 대접하여 서먹함이 없게 하라."

용홍이 웃음을 머금고 말하였다.

"아직 밤이 늦지 않았으니 누님께서는 어찌 급히 돌아가십니까? 저는 신부에게 생소하고 누님은 친밀하시니 더 머무르십시오."

부인이 밝게 웃으며 말하였다.

"내가 비록 신부와 친하지만 오히려 생소한 너만 못할 것이니 돌아가겠다."

부인이 소저를 보고 기뻐하며 말하였다.

"내일 서로 볼 것이니 안심하고 쉬어라."

소저와 공자가 몸을 일으켜 부인을 보내고 두 사람이 마주 보았다. 신부의 온갖 자태의 아름다운 모습이 촛불 아래에서 반짝반짝 빛나니 애틋한 정이 오히려 산도 낮고 바다도 옅은 것[133] 같았다. 용홍이 기뻐하며 웃음을 머금고 말을 하였다.

"나는 본디 일개 한사(寒士)[134]로 소행이 일컬음직한 것이 없지만 행여 하늘이 정한 인연이 중하여 숙녀의 짝이 되었소. 소저의 아름다운 절행과 세상을 벗어난 기질은 내가 바라던 바를 넘는 것 같소. 다만 나의 재주와 품격이 평범하고 학식이 천박하여 그대의 맑은 덕에 못 미칠까 하오. 그러나 소저는 갈수록 온순하며 스스로를 낮추고 나와 더불어

---

133) 오히려 ~ 것: {산비히박(山卑海薄)}.
134) 한사(寒士): 가난하거나 권력이 없는 선비.

평생을 함께 즐기며 아들과 딸을 낳고 살아서는 함께 거처하고 죽어서는 같은 무덤에 묻힐 것을 바라오."

소저는 몸가짐을 가다듬고 단정히 앉아서 들을 따름이고 한마디도 대답하지 않았다. 용홍이 소저를 더욱 사랑하고 가엾게 여겨 나아가 옥 같은 소저의 손을 잡고 깊이 든 정을 이기지 못하고는 소저를 붙들고 비단 장막으로 나아가고자 하였다. 소저는 이때를 당하여 외조부모가 혼인을 도맡아 관장하셨기 때문에 부득이 혼례를 치렀으나 슬프고 한스러운 심사가 다시 한층 더하였다. 용홍이 이와 같이 함을 송구스러워하며 몸으로는 용홍의 힘을 당하지 못하고 이에 염치를 돌아보지 못하여 두 눈에서는 진주 같은 눈물이 떨어져 꽃같이 아름다운 뺨에 가득하였다. 소저는 단정히 물러 앉아 옥 같은 목소리를 열어 말하였다.

"규방의 낮은 소견과 어리석은 회포로 군자 앞에서 번거롭게 구는 것을 모르지 않습니다만 첩의 마음속에 품은 회포는 타인과 다름이 많습니다. 답답하게 우물우물하며 말을 하지 못하면서 차마 마음을 속이지 못하겠습니다. 원컨대 군자는 아녀자의 보잘 것 없고 자질구레한 마음을 용납하시어 인륜의 죄인이 되는 것을 면하게 해주시면 은덕일까 합니다."

용홍이 소저의 옥구슬이 부서지는 낭랑한 소리를 듣고 더욱 어여쁘게 여기며 손을 잡고 말하였다.

"그대의 마음속에 품은 회포는 어떤 연유의 일이오? 말씀만 하시면 마땅히 그대의 뜻대로 하여 근심이 없게 하겠소."

소저가 앉은 자리에서 물러서며 몸가짐을 조심하고 용모를 단정히 하며 말하였다.

"첩이 운수가 험준하여 어릴 때 어머니를 잃고 외로운 인생이 외가에서 자라났습니다. 조부모께서 매우 사랑하셔서 교훈이 엄하지 않으시니 배운 바가 없었습니다. 아버지께서 저를 데려가 교훈을 주고자 거두어 가시니 집안의 자질구레한 일은 하룻밤에 다 말할 바가 아닙니다. 첩이 조아(曹娥)의 효가 없어서 계모의 마음을 얻지 못하고 뜻을 잃어 더러운 욕이 몸에 닥쳐왔습니다. 규방 속에 있던 제가 번거롭게 길가에서 도망하니 부녀자의 행실을 상하게 하였고 하직하는 말을 고하지 못하고 부모 곁을 떠나오니 효가 끊어진 것입니다. 망극한 죄인이 되어 죽는 것이 옳은데도 하늘이 밉게 여기시어 구차한 인생이 다시 살아 오늘 존귀한 가문에 돌아오게 되었습니다. 저의 아버지께서는 제가 죽었는지 살았는지 거처를 모르시는데 혼인을 이루니 제가 비록 신의 없는 아녀자이나 부녀 천륜의 중요함을 어찌 아무 것도 아니라고 생각하겠습니까? 비루한 염치로 남을 대할 길이 없으니 무슨 면목으로 군자의 집에 거처하여 인륜을 완전하게 하겠습니까? 원컨대 아녀자의 마음을 살피시어 군자께서 침묵하고 정대함을 주로 하셔서 이곳에 자취를 들이지 않으시면 첩이 커다란 은혜로 가슴에 새기고 있다가 아버지께 사죄하여 부녀가 상봉한 후에 인간의 도리를 행할까 합니다."

슬프고 애처로이 길게 하는 말에는 부끄러움을 띠었고 가을 물 같은 맑은 두 눈빛은 은은히 빛나고 봄 산 같은 눈썹은 가지런히 나직하여 달빛에 비치니 용홍은 마음이 녹는 듯하였다. 소저의 곧고 조용하며 온순한 거동은 금부처도 돌아서고 소저의 효성과 예의가 깨끗하고 맑아서 용홍도 마음이 빼앗겨 그 사정을 애석하게 여겼다. 이에 소저의 손을 잡고 위로하며 말하였다.

"그대의 꽃다운 행동과 서리 같은 절행(節行)은 내가 깊이 감동하는 바이오. 오늘 밤에 말한 많은 일들은 효행과 절의에 당연한 것이니 생이 비록 무식하고 매우 망령되나 어찌 차마 그대의 뜻을 좇지 않겠소? 다만 내 또한 청이 있으니 내 의견을 받아들이겠소?"

소저는 근심하는 얼굴로 공경하며 대답하였다.

"군자께서 규방의 보잘 것 없는 사정을 용납해주셨는데, 첩이 다만 군자의 가르침을 듣지 않겠습니까?"

용홍이 웃으면서 말하였다.

"이것은 다른 일이 아니오. 우리 부부가 어린 나이이나 우리 가문은 다른 가문과 달라 할머니께서 바라는 것은 혈통을 잇는 일인데, 이것이 매우 급하오. 능히 자식의 효를 완전하게 하고자 하는 당신의 가르침을 따르겠지만 우리가 평생의 아름다운 짝으로 숙소를 왕래하는 것은 법에 따라하여 서로 사랑하는 정은 막지 마시오."

소저는 이 말을 다 듣고 안색을 고치며 머리를 숙이고는 아무 말도 없었다. 용홍이 웃음을 머금고 소저를 붙들고 침상 위의 수놓은 이불에 나아갔다. 은혜로운 정이 태산 같으나 부부 간의 사랑은 삼갔다.135)

소저는 시부모를 효도로 봉양하고 할머니 곁에서 모시고 두루 힘쓰는 것이 수족 같았으며, 공경하고 매우 조심스러워 하는 정성과 존경하는 마음이 옥을 집는 듯하여136) 예의에 미흡함이 없었다. 세 명의 서모(庶母)를

135) 부부 ~ 삼갔다 : {이성지합[二姓之合]은 날회더라}. 이성지합은 남녀가 부부가 되어 나누는 사랑을 의미하고, 날회다는 옛말로 '천천히 하다', '느리다'의 의미이므로 이와 같이 옮김.
136) 존경하는 ~ 듯하여 : {봉영집옥(奉盈執玉)}. 『예기(禮記)』, 「제의(祭義)」에 '효자여집옥여봉영(孝子如執玉如奉盈)'이라는 구절에서 온 말로, 봉영은 기물(器物)에 가득 찬 것을 받들 듯하는 것으로 전(轉)하여 존경하는 마음을 의미함. 따라서 '봉영집옥'이란 존경하는 마음이 옥을 집는 듯이 조심스럽다는 뜻으로, 여기서는 지극히 효성스런 모습을 의미함.

공경하여 서모에 대한 도타운 행동이 더할 나위 없이 훌륭하고 아름다웠다. 소저가 온순하며 스스로를 낮추고 검소하며 공손하고 근검한 것은 부녀자의 사덕(四德)을 넘어서 한가롭고 맑고 고상한 덕을 지니고 숲 속에 고요하고 그윽하게 거처하는 덕행이 높은 선비 같았다. 시할머니와 시부모가 소저를 천금의 보옥(寶玉)같이 애중하게 여기고, 시누이와 서모(庶母)도 소저를 한 몸같이 사랑하였다. 하인들도 일제히 마음속 깊이 소저를 존경하며 소저에게 복종하고 소저의 선함을 칭찬하기를 그치지 않았다. 용홍의 풍류스러운 금슬로 정소저에 대한 은애를 말해서 알 바가 아니지만 정소저에게 깊이 빠져 황홀한 마음은 오히려 산도 낮고 바다도 옅은 것 같았다.

105   정소저는 사람됨이 단엄하고 정숙하여 화창한 꽃동산에 봄볕이 따뜻한 것 같으나 그 마음은 눈 위의 서리 같았다. 자기가 길 위에서 분주하게 도망가던 일과 용홍의 손에 의해 자기 몸이 건져진 것을 생각하면 마음이 놀라고 부끄러워 크게 덕을 욕되게 한 행위라고 생각하였다. 소저는 더욱 단엄함을 더하여 마지못하여 한 방에서 용홍을 대할 때는 부끄러움이 얼굴에 가득하여 묻는 말에만 대답하고 눈을 들어 용홍을 보지 않았다. 용홍이 들어오고 나갈 때에만 얼굴빛을 한 번 바꾸고 손님을 모신 듯하고 한 번도 붉은 입술을 열어 옅은 웃음도 짓지 않았다. 오직 시할머니를 모시고 웃어른을 뵐 때는 즐거운 기색을 띨 뿐이고 다른 때는 기쁘게 웃지 않았다. 남모르는 근심이 옥 같은 마음을 태우고 회포가 마음을 괴롭히고 어지럽혀
106 잠을 잘 자지 못했고 음식의 맛을 몰랐다. 소저가 겨우 목숨을 이어갔으나 마음속으로는 죄인으로 자처하니 용홍이 위로하며 애석하게 여기면서도 슬프고 참혹하여 소저에게 음식을 권하여 먹이고 지극하게 보호하며 소저

의 마음을 위로하였다. 정공자가 왕래하면 남매가 반가워하였다. 정공자
와 용홍과는 정의(情誼)가 골육 같았으니 소저는 심사를 위로하며 지냈다.
시댁에서 소저를 떠받들고 사랑하는 것은 매우 대단하였다. 다만 소저는
부모께 혼인을 이룬 것을 고하지 못하고 나온 것을 사죄하며 부녀가 상봉
한 후에 부부 간의 인륜을 차리려 하는 까닭에 용홍의 산과 바다 같은 사
랑에 애걸하여, 낮에는 언어로 공경하는 친애하는 부부 사이이지만 침석
에서 사랑하는 즐거움은 조금도 돌아보지 않고 허락하지 않았다. 용홍이   107
크게 번민하면서도 차마 소저의 그 정성스러운 마음을 꾸짖거나 위협하지
못하고 정공이 빨리 깨닫고 부녀가 상봉하기를 바랐다.

차설(且說).[137] 정공이 딸을 잃어버리고 마음속으로 슬프고 참혹해하
자 박씨와 여러 요첩(妖妾)이 좋은 말로 위로하였다. 그러나 정공은 한 편
으로는 사람의 마음이 있었기 때문에 마침내 뉘우치는 마음이 없지 않아
서 노복을 풀어 사방을 찾아서 소저를 찾아오면 천금의 상을 주겠다고 하
였다. 그러나 소저의 소식을 알지 못하여 석씨 집안에다 소저가 왔는가를
물었다. 석공이 소저의 행방을 모른다고 할 뿐만 아니라 한 바탕 큰 소리
로 질책하여 무식하고 어질지 못한 순임금의 아버지 고수(瞽叟)[138]와 같   108
다고 하였다. 정공은 자신을 부끄럽게 하는 말에도 처음에는 얼굴이 뜨거
워지는 것을 깨닫지 못하다가 나중에는 부끄럽고 뉘우쳐서 심사가 괴롭
고 어지러웠다.

이에 앞서 소저의 유모인 경운은 소저가 도망가라는 재촉 때문에 어찌

---

137) 차설(且說) : 고전소설에서 화제를 돌리려고 할 때 첫머리에 쓰는 화제 제시어.
138) 고수(瞽叟) : 순임금의 아버지로 우매하고 선악을 분별하지 못한 사람이어서 당시 사람들이 고
   수(瞽叟, 눈먼 노인)라고 별명을 붙임. 후처의 소생인 상과 함께 순임금을 죽이려고 함.

할 줄을 모르고 인가(人家)의 주모에게 의지하여 소저가 어떻게 되는가 하는 결말을 보고 떠나려 하였다. 경운은 소저가 어디에 거처하고 있는지 알 수 없다는 소식을 듣고는 마음속으로 생각하였다.

'우리 소저는 천신(天神)이다. 반드시 쉽게 죽지 않을 것이다. 석씨 집안에 가지 않았다면 어디로 갔겠는가?'

이렇게 생각하고 석씨 집안 근처에 가 여종들에게서 소저의 소식을 알고자 하다가 다시 생각하였다.

109 '소저가 비록 석씨 가문에 가 계시나 정참정이 분명히 소저를 찾으실 듯하다. 내가 번거롭게 왔다 갔다 하면서 들키면 죽게 되고 살아남지 못할 것이다. 이것은 소저가 나를 살게 하신 뜻을 저버리는 것이다.'

이리 생각하고 주저하며 한 달 후에 가만히 석씨 집안에 나아가 부인을 뵈었다. 부인에게 일이 일어난 전후수말(前後首末)을 아뢰고 소저의 슬프고 한스러운 마음을 고하니 떨어지는 눈물이 비가 오는 것 같았다. 부인이 슬픈 한을 참지 못하고 매우 놀라워하였다. 이에 소저의 소식을 전해 주고 경운을 소저에게 보내니 경운이 기쁨을 이기지 못하였다. 유모 경운이 즉시 조씨 가문에 와 소저를 보니 반갑고 기뻐함을 이기지 못하여 주

110 인과 노비가 온 얼굴에 눈물을 흘릴 뿐이었다.

소저는 밤낮으로 아버지를 그리워하는 마음이 간절하여 수많은 걱정과 끝없는 한이 꽃다운 심사를 상하게 하였다. 시부모가 소저의 뜻을 알고 애달파하고 안타까워함을 이기지 못하여 더한층 사랑하고 소중하게 여겼다. 위부인은 소저를 강보에 있는 젖먹이 아이같이 보호하였고 태부인의 깊은 사랑은 견주어 비교할 곳이 없었다. 이런 까닭에 석씨 집안에도 소저를 보내지 않았다. 소저가 정씨 집안에 가서 부녀가 잠깐 만나볼

것을 시부모께 청하였지만 태부인과 시부모는 정공의 어질지 못함으로 인해 천금 같은 며느리에게 해를 끼칠까 하여 보내지 않으니 소저는 감히 다시 청하지 못하였다.

이때에 조공의 둘째 아들 용창은 그 형과 한 배에서 자란 쌍둥이다. 신 장과 풍채가 늠름하여 대인(大人)의 기상이고 밝은 해 같은 얼굴빛과 가을 하늘 같은 기운이 당대에 비교할 곳이 없었다. 두 눈썹은 누에가 누워있 는 것 같고 흰 치아와 붉은 입술을 지니고 있으며 흰 연꽃 같은 귀밑이 완 연히 태을선군(太乙仙君)[139]이었다. 더불어 가슴에는 공자와 맹자의 도덕 을 품었고 마음속에는 경륜(經綸)[140]의 기틀을 간직하여 평소의 충효는 순임금과 증자(曾子)를 본받았다. 맑은 심장은 옥돌의 결처럼 깨끗하였으 며 침묵하고 단엄하여 재주를 겉으로 나타내지 않았으며 언사(言辭)를 함 부로 하지 않으며 기쁨과 화를 얼굴에 드러내지 않았다. 눈썹에는 빼어나 고 준수한 문장이 자연스럽게 나타나니 붓끝으로 가볍게 비단 소매로 한 번 손을 놀리면 지상의 귀한 보배가 되었다. 수없이 쌓인 문장이 강하(江 河)를 기울일 듯 대단하니 보는 사람들이 그 문장의 아름다움을 공경하고 우러러보고, 그것을 듣는 사람은 재주와 덕행과 행실을 탄복하였다. 공자 가 10여 세의 어린 아이이나 크게 선비의 무리에게 추앙을 받아 자연스럽 게 덕망이 멀리 초야에까지 들리게 되었다. 하물며 재상가 자제로 손님을 맞는 일로 대문 안의 뜰이 떠들썩하니 비록 번거롭고 요란함을 피하였지 만 자연스럽게 아버지를 모실 때면 빈객이 용창을 보지 못하겠는가? 빈객

111

112

---

139) 태을선군(太乙仙君) : {태을군션[太乙君仙]}. 태을선군과 같음. 주로 병란, 재화, 생사를 맡아 다 스린다고 하는 신령스러운 별을 관장하는 신선세계의 관원.
140) 경륜(經綸) : 일정한 포부를 가지고 일을 조직적으로 계획함. 또는 그 계획이나 포부를 뜻함.

들이 그 풍채 있는 모습과 잘 생긴 용모와 재주 있는 모습을 자연스레 칭찬하고 경탄함을 그치지 않았다. 온 조정의 공경(公卿)141) 중에 여자 아이가 있는 자는 저마다 조씨 가문에 혼인을 청하여 매파가 조씨 가문의 문을 메웠다. 조씨 가문에서는 며느릿감을 고르는 일을 매우 신중하게 할 뿐만 아니라 신이한 꿈으로 인해 옥가락지 두 개가 모두 갖추어지기를 바라니 이 때문에 혼인이 더욱 쉽지 않았다.

부부의 인연을 맺는 혼인이 더욱 늦어지니 태부인이 첫째 공자를 혼인시키고 정소저의 맑은 덕이 있는 인품과 태어나면서부터 지니고 있는 아름다운 자태를 대하니 더욱 둘째 공자가 혼인을 하여 성인이 되기를 재촉하며 빨리 두 사람의 아름답고 어진 며느리를 얻어 눈앞에 기이한 보물로 삼고자 하였다. 조씨 가문에서는 여기저기로 혼처를 구하였지만 반드시 옥가락지 한 짝이 있는 사람을 공자의 배필로 삼으려고 하였다.

이때에 태학사 양임은 세도(勢道)가 명문거족(名門巨族)이고 젊은 나이에 벼슬에 올라 작위가 높고 귀하며 풍채가 하안(何晏)142)과 반악(潘岳) 같았다. 임금의 총애가 한없이 크고 조정과 재야의 선비들이 그를 기대하였다.

부인 조씨는 황제의 숙부인 팔왕(八王)의 막내딸이었다. 조씨는 얼굴이 빼어나게 아름답고 덕이 있는 성품은 그윽하고 한가로웠다. 양임과 조씨는 후손이 드물어 늦게 서야 남매를 두게 되었다. 첫째 아들 양세143)는 양학사의 아름다움과 조공주의 빼어난 단정함을 닮지 않았다. 학문은 천

---

141) 공경(公卿): 삼공(三公)과 구경(九卿)을 가리키며, 높은 벼슬을 아울러 이르는 말.
142) 하안(何晏): 중국 삼국시대 위(魏)나라의 학자. 자는 평숙(平叔)으로 경학(經學)에 밝고 노장 (老莊)의 설을 좋아했음. 청담(淸談)을 즐겨 그 유행을 낳게 함.
143) 양세: 2권에서는 '양계'라고 표기되어 있으나 4권에서부터는 '양세'로 표기되어 있어서 이름의 혼동이 있음. 4권 이후부터는 계속해서 '양세'로 표기하고 있기 때문에 '양세'로 통일하여 부르기로 함.

지(天地) 두 자를 모르고 말은 변변한 계절 인사도 하지 못하나 성품은 포악하고 사나우며 온 뱃속에 쌓인 것은 흉악하고 독한 생각뿐이었다. 양학사가 크게 불쾌해하며 아들을 보기만 하면 눈썹을 찡그리고 소리 없이 길게 탄식하며 부자의 천륜을 없애지 못하였지만 아들이 있는 것이 도리어 불행한 것이라고 생각하였다.

딸의 나이는 12, 13세였다. 조부인이 소저를 임신했을 때 천상에서 다섯 가지 빛깔이 영롱하고 옥산(玉山)과 눈과 얼음이 영롱하였다. 신선이 하늘의 꽃 한 가지를 주고 옥가락지 한 짝을 조부인의 품속에 넣어주며 말하였다.

"옥가락지 한 짝이 있는 곳에 소저의 천정배필이 있을 것이다."

조부인이 이 말을 듣고 깨어보니 꿈속의 일이 역력하게 기억났다. 옥가락지는 금으로 꾸며져 있고 명월주(明月珠)[144]로 장식하여 현란한 광채가 나고 내어보면 전체가 밝았으니 진실로 만금보다 더한 뛰어난 보배였다. 그리고 딸을 낳았는데 온 몸에 여러 빛깔의 아리따운 구름이 어리고 매우 기이한 향기가 진하게 진동하니 이 아이가 반드시 범상하지 않다는 것을 알 수 있었다. 양공 부부가 아이를 귀중하게 생각하는 것은 남자보다 더했고 매우 기뻐하는 것은 아들 세를 낳았을 때보다 열배나 더했다.

딸 아이의 이름은 옥설이라고 하고 자는 숙환이라 하였다. 부모가 딸을 매우 사랑하여 손바닥 안의 값진 보석같이 여겼다. 딸의 나이가 10여 세가 되자 온갖 자태와 아리따운 광채가 기묘하게 빼어남은 옛날부터 지금에 이르기까지 독보적이었고 재주와 덕행의 특이함은 순금과 좋은 옥

---

144) 명월주(明月珠) : 어두운 밤에도 광채를 내는 보석으로 야광주라고도 함.

과 같았다. 기품의 곧고 순함은 상쾌하게 인간 세상을 벗어나 흡사 신선과 같은 자태와 기맥(氣脈)을 지니고 있었다. 부모가 매우 사랑하며 여자인 줄도 잊고 딸아이에게 빠져서 사위를 구하였다. 양공이 우연히 조씨 집안에 가서 용창 공자를 보고 그 아름다움이 소저의 천정(天定) 배필임을 알게 되었지만 용창 공자가 옥가락지가 있는지 없는지를 알지 못하여 주저하고 있었다. 부인이 양학사에게 말하였다.

"우리의 팔자가 좋지 않아 불초자의 행동은 한 가지도 볼 것이 없으니 어찌 애달프지 않겠습니까? 이제 딸아이를 시집보내려고 하니 능히 아들을 두고 딸아이를 먼저 혼인시키지 못하니 군자는 깊게 생각하십시오."

양공이 슬프게 탄식하며 말하였다.

"내가 어찌 그것을 알지 못하겠소마는 저 어질지 못한 자식을 재상가의 가문에 결혼을 시키지 못하고 한미한 선비 가문과 혼인을 이루어 나의 욕심 없는 마음을 알게 하고자 하오. 또한 며느리에게까지 흥망이 달려 있으니 가문의 후사를 멸할 수도 있어서 아름다운 숙녀를 바라지 못할 것이오. 인가(人家)의 어질고 착한 여자나 얻어서 어진 손자를 얻어 제 아비의 어질지 못함을 씻고자 하니 이 혼사가 더욱 어려운 것 같소."

부인은 눈물을 계속해서 흘리며 말이 없었다.

양공이 딸아이의 혼사가 바빠 부득이 아들을 처사 두세경의 딸과 결혼시켰다. 두씨의 얼굴은 박색이고 읽은 자국이 있으며 얼굴빛이 검고 누르며 허리가 펑퍼짐하고 목이 움츠러들었고 왼쪽 귀밑에는 큰 혹이 드리워 보기에 무서웠다. 다만 화순한 덕이 가득하고 두 눈의 정기는 샛별 같았다. 시부모는 비록 몹시 놀랐으나 아들이 못나고 어리석어서 며느리를 나무랄 마음이 없었다. 시부모는 며느리를 지극히 사랑하고 모든 일에 친딸같이 대하였다.

두씨는 비록 아름답지 않고 박색이었지만 숙녀의 덕이 가득하고 여자의 효절(孝節)이 시부모를 봉양하고 남편의 명령을 순순히 따르는 것이 법도가 있고 여종(女宗)[145]의 도에 어김이 없었다. 양공이 매우 기뻐하며 빨리 재롱을 부리는 손자를 바라고 아들의 어질지 못함을 개의치 않았다.

양세가 두씨를 나무라서 부부의 금실이 좋지 않았다. 부모는 두씨의 어질고 아름다움을 말하고 간절히 권하였지만 양세는 두씨를 보기만 하면 얼굴을 흉하게 여겼다. 그러나 학사의 어진 덕이 천도(天道)에 감응하여 양세의 마음이 두씨에게로 가 다시 사이가 좋아져 부부 사이의 정이 소원하게 되지 않았다. 그러나 양세는 나가면 술에 취해서 무뢰배의 무리에 들어가 창녀의 무릎을 베고 도리와 법에 어긋나는 일에 참여하지 못할 곳이 없었다. 양학사 부부가 크게 놀라워하고 두씨가 남편의 어질지 못함을 생각하며 한숨을 쉬고 탄식하였다. 그러나 두씨는 오직 부녀자의 아름다운 덕행을 잃지 않고 지성으로 시부모를 효성스럽게 봉양하고 어린 시누이를 사랑하여 지극한 정이 친형제보다 덜하지 않았다. 시부모가 두씨를 불쌍하게 여기며 사랑하고 양소저는 두씨를 우애함이 형제의 정을 넘어서 마음과 뜻을 알아주는 사이가 되어 모든 일에 친애하는 것이 각별하고 두씨의 사정을 슬프게 여겼다.

양공이 다시 딸아이의 친사돈을 여기저기서 가려서 구했지만 비록 문벌이 상당한 집안이라 하더라도 신랑 될 사람이 소저와 서로 걸 맞는 이가 없었다. 더욱 옥가락지가 있는 곳을 찾아내어 혼사를 정하고자 하므로

120

121

---

145) 여종(女宗) : {여동}. 춘추시대의 '여종'이란 인물로 보임. 여종은 중국 춘추시대 송(宋) 나라 포소의 처로 남편이 두 번째 부인을 얻었음에도 불구하고 남편과 시어머니를 잘 모신 인물임.

매우 번민하며 즐거워하지 않았다.

양공의 누이동생 순시랑 부인은 조씨 가문의 태부인의 조카며느리이다. 순시랑 부인은 그 질녀의 얌전하고 착한 모습과 아름다운 성품과 뛰어나게 아름다운 향기와 아리따운 미모가 현재에도 견줄 곳이 없을 뿐만 아니라 옛날부터 지금까지도 매우 드물고 신기한 것을 항상 속으로 칭찬하며 기특하게 여기고 사랑하여 친딸 같은 정이 있었다. 양공 남매는 두 사람뿐이어서 자주 왕래하고 그 정이 다른 동기와는 달랐다. 양부인은 조씨 집안의 첫째 공자가 친영(親迎)[146]하는 날에 참석하였기 때문에 조공자 두 사람이 여러 사람 중에서 매우 뛰어나며 특이하고 세상에 독보적이어서 조공자 두 사람을 사랑하여 칭송하고 탄복하였다. 양부인은 태부인과 위부인께 축하를 드리며 조용하게 담화하였는데, 조씨 가문에서는 옥가락지가 한 짝 있는 곳의 숙녀를 구하였다. 정소저는 이미 금가락지 임자로 용흥이 정씨를 공교롭게 만나 기이한 인연을 이루었으나 다시 둘째 공자의 옥가락지가 있는 곳을 찾지 못하여 근심하는 것이었다. 양부인이 더욱 이 일을 기특하고 놀라워하였다. 양부인은 백옥같이 희고 깨끗한 눈 속의 지란(芝蘭)의 보석 같은 기질이 아니면 용창 공자의 배필이 되지 못할 것을 깨닫고 잔치를 마친 후에 바로 양씨 가문으로 갔다.

양부인은 오빠 부부를 만나서 반가워하고 질녀를 찾아보았다. 소저의 옥 같은 아리따운 자태와 달 같은 모습이 이날 더욱 새로워 바라보니 마음이 시원하고 상쾌하여 눈이 부셨다. 소저를 가까이에서 보니 온갖 자태와 아리따운 모습이 매우 부드럽고 날씬하며 아름다워 사랑하는 마음이

---

146) 친영(親迎) : 육례의 하나. 신랑이 신부의 집에 가서 신부를 직접 맞이하는 의식.

흘러나왔다. 양부인이 볼 적마다 소저의 아름다움이 새로우니 진실로 세상에 아름다운 여인 중에서 절색일 뿐만 아니라 숙녀의 얌전하고 덕스러운 자태와 인품이 여자 중에 군자의 기틀이 있었다. 소저는 나이가 적고 아직 어렸지만 신장과 행동거지는 다 갖추어져 매우 아름답게 성장해있었다. 양부인은 양학사에게 "오라버니께서는 아름다운 사위를 가리고 계십니까?"하고 물었다.

현 몽 쌍 룡 기

3권

1   화설(話說).147) 이때 양부인이 양공을 대하여 소저의 비교할 곳 없는 아름다운 모습을 사랑하고 칭찬하며 물었다.

"오라버니께서는 사위를 가리고 있으신지요?"

양공이 탄식하며 말하였다.

"내가 운명이 기박하여 한 명의 자식이 문호를 어지럽힐 마장(魔障)148) 이 되었구나. 조상께 불효함이 막대한데 오직 한 점 혈육이 딸아이 하나뿐이다. 그 재주와 용모가 고금(古今)에 드문 것을 애석하게 생각하여 딸아이와 걸맞은 사위를 얻어 생전에 영화(榮華)를 보고자 하나 진실로 혼사가 어려워 이른 아침부터 깊은 밤까지 걱정하며 고민하고 있다.

2   네가 시댁의 사돈 중에 딸아이와 걸 맞은 곳을 찾았느냐?"

양부인이 웃고 대답하며 말하였다.

"오라버니는 대장부로 사람을 많이 겪어보셨는데, 한 명의 옥같이 기품 있고 재주 있는 사람을 만나지 못하셨습니까? 저는 규방에서 머리를 움츠리고 있어서 아는 바가 양씨 가문과 순씨 가문149) 두 집뿐입니다. 어찌 질녀에게 걸맞은 훌륭한 신랑을 보았겠습니까마는 오라버니께서는 조상국의 둘째 아들 용창을 본 적이 있으십니까?"

양공이 깨닫고 탄식하며 말하였다.

"조공은 재주로 세상을 덮을 정도의 영웅호걸이고, 충성스럽고 효성스러운 군자이다. 그 자식인 두 공자는 세상에 뛰어난 풍채가 있으니 어찌 못 보았겠느냐? 맏이는 벌써 아내를 얻었고, 용창은 그 풍채 있는

---

147) 화설(話說) : 고전소설에서 이야기를 새롭게 시작할 때 쓰는 말.
148) 마장(魔障) : {마댱[魔障]}. 마장은 마귀가 끼어들어 일을 가로막음의 의미임.
149) 순씨 가문 : 순씨 가문은 조숙의 어머니인 태부인의 가문으로 곧 조씨 집안을 가리킴.

모습과 잘 생긴 얼굴은 기특할 뿐 아니라 높은 자리에서 크게 출세할 상(相)으로 가슴 속에 공자와 맹자의 도덕을 품고 과거와 현재에도 비교할 바가 없다. 눈섭에 가득한 광휘(光輝)를 보니 나의 마음이 용창에게로 기울어지지만 우려하는 것은 조상국이 즐겨 우리 가문을 사돈으로 삼지 않을 듯하고 또한 옥가락지와 관련된 일을 입 밖에 내지 못해서 바야흐로 번민하고 있다. 누이는 조공의 어머니인 태부인의 조카며느리인데, 가히 중매하는 소임을 할 수 있겠느냐?"

양부인이 명랑하게 웃으며 말하였다.

"오라버니께서는 저에게 월하노인의 소임을 스스로 맡기시니 제가 질녀를 위한 정으로 어찌 수고로움을 피하겠습니까? 과연 제가 조공자를 보니 세상에 뛰어난 옥같은 기품이 있는 군자였습니다. 그 형은 영웅호걸이고 아우는 성현 군자의 유풍(遺風)이 일세에 빼어납니다. 조카의 향기롭고 고운 기질과 맑은 덕과 어진 행실이 아니면 그 아우와 쌍이 되지 못할 것이기 때문에 제가 오늘 조씨 가문의 잔치에 참석하고 이리로 와서 특별히 조공자를 사위로 천거하고자 합니다. 제가 조씨 가문과 관련된 사연을 자세히 아는데 이러저러한 신이한 꿈이 있어서 첫째 공자는 금가락지로 인해 정씨를 부인으로 삼고 둘째 공자는 옥가락지 두 개가 완전하게 갖추어지기를 바라며 지금까지 혼처를 정하지 못했습니다. 원래 두 공자는 같은 어머니의 배에서 나온 쌍둥이입니다. 형제가 같은 배에서 한시에 나고, 순숙모150)께서 연로하시니 조공이 혼사를 빨리 이루고자 합니다. 조카의 옥같이 온순하고 꽃이 웃는 듯한

150) 순숙모: 조공의 어머니인 태부인을 가리킴.

태도와 여기에 다시 옥가락지 한 개는 천하에 값을 매길 수 없는 보물
입니다. 오라버니께서는 의심하시지 말고 쾌히 결정하여 사돈을 구하
시면 숙모께서 반드시 저에게 어진 며느리를 물을 것입니다. 그때 제
가 조카가 맑고 아름다우며 옥가락지가 있다는 것을 아뢰면 이 혼사는
손바닥을 뒤집는 것처럼 쉽게 될 것입니다. 어찌 조공자의 기특함을
두고서 조카의 다른 배필을 얻겠습니까?"

양공이 누이의 말을 듣고 기뻐하고 칭찬하며 말하였다.

"현명한 누이의 총명한 의논이 아니었다면 하마터면 딸의 아름다운 기
약을 잃을 뻔했구나!"

조공주가 매우 기뻐하며 조공자의 사람됨을 묻고 조씨 가문의 가풍을
물었다. 양부인이 조공자의 기특함과 조씨 가문에 대대로 내려오는 미덕
과 더불어 태부인의 어진 덕과 위부인의 얌전하고 덕스러운 자태와 인품
을 말하고 그 슬하가 되는 것이 매우 편함을 두루 고하였다. 양부인의 흰
치아와 붉은 입술에서 나오는 도도한 언사는 흐르는 물 같으니 양공 부부
가 도리어 웃고 자기 시댁의 친척이라 빈말 같다고 하며 서로 기쁜 웃음
으로 즐거워하였다.

양공이 뜻을 결정하여 그 장인인 팔왕을 보고 딸의 혼사를 조가로 정하
고자 하지만 중매할 사람이 없다는 것을 의논하였다. 이때 팔왕은 늙고
쇠약해지면서 병이 들어 자리에서 일어나지 못하여 고생하고 있었다. 위
로는 천자와 아래로는 온 조정의 신하가 날마다 이어서 팔왕에게 문병하
였다. 팔왕이 말하였다.

"조공은 어질고 현명한 군자이고 그 자식이 아름답다고 하니 손녀의
빼어나게 아름다움으로 조공자와 결혼하면 어찌 서로 겸손한 것이 있

겠는가? 내가 마땅히 조공과 마주 대한 자리에서 혼인을 청하겠다. 조공이 어제 오지 않았으니 오늘이나 내일 사이에 한 번 문병할 것이니 그때 청혼하는 것이 괜찮겠다."

다음날 조공이 조정에 나아가 임금을 뵙고 난 후에 조공의 수레바퀴가 팔왕의 집에 이르렀다. 팔왕이 조공을 반가워하며 수일 보지 못한 정을 풀고 조용히 묻고 대답하였다. 팔왕이 웃으면서 말하였다.

"내가 태사와 더불어 정이 이같이 후하고 뜻과 기개가 서로 맞으니 비록 나이는 비슷하지 않으나 지심지우(知心之友)151)로 알고 있소. 다시 사돈을 맺어 각별하게 되기를 청하니 그대의 생각은 어떻소?"

조공이 감사해하며 말하였다.

"소생이 전하의 사랑하심을 입어 어리석고 고루한 자취가 귀궁(貴宮)에 자주 출입하는 것은 전하의 이 같은 후의를 저버리지 못하기 때문입니다. 어찌 감히 저를 유익한 벗이라고 일컫겠습니까? 또 사돈이 되는 것은 후하게 대접함이라는 것을 소생이 아옵니다. 그런데 대왕께서는 자녀를 막내까지 혼인시키신 지 오래되셨는데, 어찌 혼사를 말씀하십니까? 매우 의아합니다."

팔왕이 웃으면서 말하였다.

"다른 사람이 아니라 나의 외손녀인 양임의 딸이오. 외손녀는 나이가 어리지만 숙녀의 덕성이 남교(藍橋)의152) 숙녀 되는 것이 부끄럽지 않

---

151) 지심지우(知心之友) : 자기의 마음을 알아주는 친구.
152) 남교(藍橋) : 남교는 섬서성(陝西省) 남전현(藍田縣) 동남쪽에 있는 땅으로 그 곳에서 당나라 때 배항(裴航)이 운영(雲英)을 만난 곳이라고 전함. 배항은 문희(聞喜) 사람으로 장경(長慶) 연간의 수재였고, 운영을 옥영이라고도 함. 『시아소명록』이나 『태평광기』, 『서상기』 등에서 배항과 운영의 이야기가 전하는데, 그 내용은 다음과 같음. 장경 연간에 배항이 양한에서 노닐었는데, 그는 운영의 언니이자 유강의 아내인 번부인(樊夫人)과 같은 배를 타고 갔는데, 번부인이 배항

을 것이오. 영랑(令郞)이 기린(麒麟)과 옥수(玉樹) 같다는 것을 익히 알고 매우 사랑하니 아름다운 인연을 청하오. 양임은 대대로 명가의 자제로 사람됨이 맑고 고결하며 나의 사위로 집안의 계통과 문벌과 품위가 족히 태사의 대가(大家) 잠영(簪纓)153)과 결혼하는 것이 부끄럽지 않을 것이오. 내가 비록 사사로운 정이 있으나 결단코 손녀의 재주와 용모와 덕성이 영랑에 조금이라도 미치지 못하면 태사에게 청혼하지 않을 것이오. 공은 마음이 너그럽고 어진 장부이기 때문에 의심이 없으니 한마디로 결단하여 이 자리에서 얼굴을 맞대고 혼인을 정하는 것이 어떻소?"

조공은 원래 팔왕을 믿고 있었으며 하물며 양학사의 맑고 고결하며 강개함을 존경하였기 때문에 선뜻 웃고 감사함을 표하며 말하였다.

"대왕께서 소생을 이와 같이 생각하셔서 천금 같은 손녀의 짝으로 불초아를 사위로 맞고자 하시니 어찌 사양하겠습니까? 오직 집에 어머니께서 계시니 돌아가 아뢰고 혼사를 이루겠습니다."

팔왕이 매우 기뻐하고 고마움을 표하며 신속히 소식을 알려줄 것을 말하였다.

조공이 팔왕을 하직하고 집으로 돌아와 혼사를 어머니께 고하였다. 태부인이 말하였다.

"용창은 사람 중에 성인이고, 까막까치 중에서 봉황새와 같다. 대순(大

에게 "백옥 음료를 마시자 온갖 감회 생겨나고, 하늘이 서리 없어지자 운영이 드러남. 남교가 바로 신선의 집이니, 하필 어렵사리 백옥경에 올라갈 게 무어 있는가"라는 시를 주게 됨. 그 뒤 배항은 남교역(藍橋驛)을 지나다가 선녀 운영을 만나 아내로 맞게 되고 뒤에 그 둘은 함께 신선이 됨. 인간과 신선의 아름다운 혼인을 내용으로 함.
153) 잠영(簪纓) : 관원이 쓰던 비녀와 갓끈을 가리킴. 전하여 양반이나 지위가 높은 벼슬아치 또는 그 지위를 비유적으로 이르는 말.

舜)이 이비(二妃)154)와 짝하지 않았다면 남풍시(南風詩)155)를 노래함이 있었겠는가? 멋과 운치를 갖춘 숙녀는 쉽지 않을 것이니 양학사가 아름다우나 규중의 소녀가 현명한지 그렇지 않은지를 어찌 알겠는가? 하물며 옥가락지가 온전하게 갖추어지지 않으면 하늘의 인연이 아니니 매우 어렵구나."

11

위부인이 몸가짐을 가다듬고 말하였다.

"혼인은 인륜지대사입니다. 어미가 관여함이 당돌하지만 이 혼사는 마땅한 것 같습니다. 순시랑 부인이 양학사의 누이이니 그를 청하여 신부가 현명한지 그렇지 않은지를 묻고 옥가락지와 관계된 일을 물으시면 순시랑 부인은 성품이 단정하기 때문에 속이지 않을 것입니다."

태부인이 옳다고 여기고 짧은 편지로 양부인을 청하였다. 양부인은 숙모가 청하자 지체하지 못하고 수일 후에 조씨 가문에 이르렀다. 양부인이 태부인을 뵙고 조용히 담화하였다. 태부인이 양가의 혼사를 이르고 양소저가 현명한지 그렇지 않은지와 옥가락지의 유무를 물었다. 양부인이 몸가짐을 가다듬고 말하였다.

12

"소첩은 숙모가 저를 사랑하는 것을 알고 있으니 어찌 조금이라도 사사로운 정을 두어 아룀이 있겠습니까? 조카의 맑고 고우며 어질고 아름다움은 고금에 드문 것입니다. 일찍이 신이한 꿈이 이러저러하여 옥가락지 한 개의 기이한 빛이 은은하고 다섯 가지 색깔이 찬란하니 오라

---

154) 이비(二妃) : 순임금의 두 왕비인 아황(娥皇)과 여영(女英)을 가리킴. 요임금은 순임금의 덕에 감복하여 두 딸인 아황과 여영을 순임금에게 시집 보냄.

155) 남풍시(南風詩) : 순임금이 지었다는 시. 『예기』, 〈악기〉 편에는, "효자의 시로, 내용은 부모가 자식을 낳아 길러 주는 것이, 만물이 남풍을 만나 자라나는 것과 같다 하였다. 순임금은 효행이 있는 분으로, 오현금을 타며 남풍시를 노래하여 백성에게 효도할 것을 가르쳤다 하나, 그 가사는 전하지 않는다"라고 적혀 있음.

버니가 이 때문에 혼인을 더욱 어려워하였습니다. 소첩이 귀댁에 옥가락지 한 짝이 있다는 것을 듣고 그 소식을 오라버니께 전하니 오라버니가 신기함을 감탄하여 이에 청혼하였습니다."

태부인이 기쁘고 다행스러워 하며 말하였다.

13 "조카의 말을 들으니 노모의 마음이 상쾌하여 귀중한 보배를 얻은 것과 같다. 노모가 말년에 용창과 용홍 형제를 얻으니 그 귀중함이 적지 않다. 두 손자가 장성하기를 손꼽아 기다리니 요행히도 두 손자가 장성하여 빼어나게 아름다운 것이 다른 사람과 판이하게 달라 문장과 학행을 다 이루었다. 그러나 평범한 배필을 얻어 부부 간에 화락하지 못함이 있을까 염려될 뿐만 아니라 신이한 꿈을 저버리고 하늘이 정한 인연을 어김이 있을까 몹시 걱정하였다. 손자며느리 정씨는 천고에 드문 높은 절개의 숙녀이고 금가락지로 인해 기이하게 용홍을 만나 문호를 창대하게 할 덕이 있으니 다행이라고 생각하던 중 용창의 좋은 짝을 선
14 택하지 못하여 고민하고 있었다. 만일 양씨의 아름다움이 이와 같고 옥가락지로 인해 기이하게 만난다면 혼사를 확실하게 정할 것이다."

양씨는 공경히 사례하며 말하였다.

"혼인은 사람에게 매우 중요한 일인데 서로가 마땅한 것을 보고 허락할 것이니 소첩의 일언으로 결단할 바가 아닙니다."

위부인이 기뻐하며 말하였다.

"부인이 단정하고 공평하게 결단하여 과도한 말이 없으니 어찌 믿지 않음이 있겠습니까? 멀지 않아 양가의 기쁜 치사와 축하의 술을 받으십시오. 오직 우리 아들의 풍채와 기상이 양공과 조공주의 높은 안목에 들지 않을까 염려됩니다."

양씨는 웃음을 머금고 감사해하며 한담을 나누었다. 화씨와 영씨 등과 조씨 낭랑(娘娘)156)이 축하하고 웃으니 온화한 기운이 온 좌석에 무르녹았다.

문득 정소저가 낮에 문안드릴 시간이 되자 몸치장을 가볍게 하고 나왔다. 발아래에는 금으로 만든 연꽃이 피어나는 것 같고 광채는 9월의 가을 달이 온 세상에 비치는 듯하니 온화하고 사랑스러운 것이 겨울해가 옥난간을 따스하게 하는 듯하였다. 이마와 눈썹 언저리의 여덟 가지 빛은 상서로운 기운을 띠었으며 아름답게 꾸민 탐스러운 귀밑머리는 기이하게도 천지의 정묘하고 아름다운 빛깔을 띠고 있었다. 두 눈의 정기에서 흐르는 빛이 어진 마음을 드러낼 뿐이고 꽃 같은 뺨의 붉은 입술은 찬연이 고운 것이 무르녹았다. 어깨는 봉황새의 신기한 모양이고 허리는 촉나라 비단을 묶은 듯이 온 몸이 꽃같이 빼어났다.

정소저에 대한 태부인의 한없는 사랑은 비교할 곳이 없어서 태부인은 넋을 잃은 듯이 정소저를 바라보다가 미처 자리를 명하지 못하고 있었다. 위부인이 정소저의 손을 잡아 곁에 앉히고 밝게 웃으며 말하였다.

"어머니께서 며느리가 시집온 후로부터 근심스러운 얼굴을 펴시고 즐기심이 대단하시니 며느리가 어머니의 효부로구나."

좌우의 사람들이 밝게 웃었지만 정소저는 고개를 숙이고 공경하면서 웃는 빛이 없었다. 천연한 화기가 애애하니157) 좌우의 사람들이 새롭게 정소저를 사랑하고 양부인이 칭찬하고 마음속 깊이 존경하며 치하하였다. 태부인이 기쁨을 스스로 이기지 못하고 말하였다.

---

156) 조씨 낭랑(娘娘) : 용홍과 용창의 누이인 조씨 가문의 딸을 가리킴.
157) 애애하니 : {우희염즉하니}. '우희다'는 움켜잡다의 의미인데, 문맥을 고려해서 보면 '화기가 가득하다', '화기가 애애하다'의 의미이므로 이와 같이 옮김.

"나의 손자며느리는 여자 중에 요임금과 순임금이다. 양씨도 정씨처럼 능히 이러하여 한 쌍의 기이한 보물이 되겠는가?"

양부인이 웃으면서 대답하였다.

"사람이 곱고 밉기는 제 각각입니다. 그 고운 빛은 한결 같은 모양이고, 명주와 금옥의 광채가 한가지이나 다 각각 제 것을 분간함은 모양이 다르기 때문입니다. 양소저는 정씨보다 낫다고는 못하겠으니 그 모양이 다르기 때문입니다."

태부인이 매우 즐거워하고 유쾌해하며 손녀들을 가리키며 말하였다.

"나의 손녀가 다 꽃 같은 얼굴과 달 같은 자태와 난초와 같은 자태와 지혜로운 자질을 지녔지만 정씨가 나오면 내 손녀들의 그 용모가 평범해진다. 만일 용흥이 정씨 같은 숙녀와 아름다운 처를 얻고 용창의 배필이 조금이나마 정씨보다 못하다면 그 애달픔이 어찌 적지 않겠는가?"

조씨 등이 맑게 웃으며 말하였다.

"할머니께서는 어찌 사람을 그토록 잘못 보십니까? 정씨가 아름다우나 소녀 등의 15, 16살 때만 못하옵니다. 저희는 혈색이 좋고 윤기가 도는 초봄의 시기가 아니라 나이가 들어 시든 까닭이니 정씨가 더 고운 것이 아닙니다."

태부인이 웃으면서 말하였다.

"너희들이 비록 세상에 뛰어난 미모를 지녔으나 어찌 정씨의 천고에도 없는 미색에 감히 비하겠느냐? 내가 너희의 15, 16살 때를 다 보았는데 감히 큰소리를 치느냐?"

앉아있던 모든 사람들이 웃고 조씨 등이 정씨가 곱다고 일컫고 담소를 낭랑하게 하였다.

그런 후에 양씨 가문과 혼인을 굳게 정하고 양부인이 태부인을 모시고 한가롭게 이야기 하다가 돌아왔다. 양부인이 오빠를 보고 혼사를 정한 것과 조씨 문중의 순후한 풍도를 말하며 다행스러워 하였다. 양공은 딸의 기특함 때문에 다시 천고에도 없는 뛰어난 남자를 얻어 배필이 된 것을 기뻐하였으나 아들의 불초함을 통한하며 슬프게 눈물을 흘리며 말하였다.

"하늘이 양씨 가문을 밉게 여기시어 저런 역자(逆子)158)가 태어났으니 우리 가문은 망할 것이다. 요임금과 순임금 같은 성군도 자식이 불초하여 왕위를 사위와 신하에게 맡기셨으니 차라리 이 같은 자식이 없으면 딸을 혼인시켜 죽고 난후에 의탁하는 것을 조생에게 함이 마땅할 것 같구나."

이 말이 어질지 못한 양세의 귀에도 들어가게 되었다. 양세가 누이의 금옥 같은 몸에 누명을 씌워 5년 동안 독수공방을 하게 하고 백두음(白頭吟)159)을 읊게 하니 가히 슬프도다!

차설(且說). 조공이 양씨 집안과의 혼인을 굳게 정하고 길일을 재촉하니 양씨 집안에서 택일을 알려왔다. 남은 날짜가 급하였는데, 현훈(玄纁)을 주는 날은 3, 4일 밖에 남지 않았고 혼인날은 보름 정도만 남아있었다. 두 집안이 온갖 기구를 정제하고 조씨 집안에서는 옥가락지를 선사하여 예의를 차렸다.160) 두 집안의 옥가락지의 제도와 장식, 옥의 품질이 조금도 다름이 없었다. 조공주가 옥가락지를 어루만지며 다행스러워 하고 기

19

20

---

158) 역자(逆子) : 부모의 뜻을 거스르는 아들.
159) 백두음(白頭吟) : 전한(前漢)의 사마상여(司馬相如)의 부인 탁문군(卓文君)의 작(作)이라고 함. 사마상여가 첩을 얻으려고 하자 이 시를 지어 결별의 뜻을 밝혀, 상여가 첩 얻는 것을 단념하였다고 함. 독수공방하는 여인의 고뇌가 드러나 있음.
160) 선사하여 ~ 차렸다 : {빙녜[聘禮]}. 빙례는 물건을 선사하는 예의를 뜻함.

뻐함을 이기지 못하여 양소저의 협사(篋笥)에 넣어두고 양소저의 치장을
정제하고 길일을 기다렸다.

어질지 못한 양세는 부모가 누이를 애중해 하는 것을 항상 꺼려하면서
21 마음속으로는 불쾌하였지만 억지로 참으면서 오누이의 도리를 하고 있
었다. 양세는 아버지가 혀를 차며 하는 말을 뒤편 난간에서 들었다. 음험
하고 괘씸한 의사가 더욱더 일어나 가만히 흉계를 생각하였다. 양세는 누
이 부부의 금슬을 방해하여 누이를 홍안박명(紅顔薄命)161)의 허물이 있는
사람으로 만들기 위해 뜻을 정하고 즉시 나왔다.

양세와 같이 어울리는 무리인 차정인162)과 강후신이란 자는 양세와 더
불어 몸은 둘이나 마음은 하나같은 사이였다. 강후신은 문장이 넉넉하고
풍채가 신선 같고 담략이 다른 사람보다 뛰어나며 매우 사납고 날쌨다.
차정인과 강후신 두 사람이 중심이 되어 도적질하여 남의 처자를 겁탈하
22 니 하루 동안에도 죽어 마땅할 죄가 셀 수 없이 많았다. 강후신이 양세를
달래어 함께 못할 일이 없더니 이날 양세가 두 사람을 대하여 오열하며
말을 이루지 못하였다. 두 사람이 놀라며 물었다.

"공자께서는 태후의 독자(獨子)이며 만금 같은 몸으로 규방에는 숙녀를
두시고 도처에163) 노류장화를 옆에 끼고 하고자 하는 바는 저절로 이
루어집니다. 우리가 벗으로 말하면 마음을 알아주고 재능을 알아주는
사이이고, 형제라고 한다면 유비, 장비, 관우가 복숭아나무 밭에서 의
형제를 맺은 것164)을 본받은 모습이고, 임금과 신하라고 한다면 한나

---

161) 홍안박명(紅顔薄命) : 얼굴이 예쁜 여자는 팔자가 사나운 경우가 많음을 이르는 말.
162) 차정인 : 『현몽쌍룡기』 전권에서는 차정인이라는 호칭과 차평자라는 호칭이 혼용되고 있으나
     차정인으로 통일해서 지칭하기로 함.
163) 도처에 : {돈쳐}. '도처'의 오기로 보임.

라 고조의 장량과 진평165)과 같습니다. 공자같이 즐거운 사람이 없는
데, 무슨 까닭으로 눈물을 흘리며 슬퍼하고 대장부의 장대한 기운이 꺾
여서 초수(楚囚)166)의 모양을 면치 못하십니까? 몹시 이상스럽고 놀랍 23
습니다."

양세가 손으로 무릎을 치며 분하고 원통해하며 말하였다.

"내가 군들과 몸은 실제로 다르지만 마음으로는 한 몸이니 숨길 말이
있겠는가? 내가 양씨 집안의 귀한 아들이지만 아버지께서는 나를 사랑
하지 않고 말을 할 때마다 반드시 역자(逆子)라 하고, 오늘 또 이와 같은
말이 있었다. 아버지는 결단하여 나를 죽이고 조가 축생(畜生)167)으로
조상의 제사를 맡길 것이다. 내가 비록 이름은 재상가 자제로 부귀가
극진하나 부자의 천륜지정이 온전하지 못하고 내가 죄가 없는데도 살
풀이를 하여 미리 재액을 막을 의논을 하니 어찌 능히 마음이 편하겠는
가? 윤기(倫紀)가 슬프지 않겠는가? 군들이 나를 좇아 서로 마음을 내보
이고 정의(情誼)가 골육같으니 원컨대 좋은 모책을 지휘하여 나의 위태 24
한 처지를 구하고 부자간의 천륜이 온전하게 하여 내가 사람들 앞에 서

---

164) 유비 ~ 것 : {도원삼결(桃園三結)}.

165) 한나라 ~ 진평 : 장량과 진평은 한나라 고조인 유방의 공신으로 한나라의 창업에 힘쓴 공신. 장
량의 자는 자방(子房). 시호 문성공(文成公). 한나라 명문 출신으로, 진승과 오광의 난이 일어났
을 때 유방의 진영에 속하였으며, 후일 항우(項羽)와 유방이 만난 '홍문의 회(會)'에서는 유방의
위기를 구함. 선견지명이 있는 책사(策士)로서 한나라의 서울을 진(秦)나라의 고지(故地)인 관
중(關中)으로 정하고자 한 유경(劉敬)의 주장을 지지하고 소하(蕭何)와 함께 책략에 뛰어나 한
나라 창업에 힘썼으며 그 공으로 유후(留侯)에 책봉되었음. 진평은 처음에는 항우(項羽)를 따
랐으나 후에 유방(劉邦)을 섬겨 한(漢)나라 통일에 공을 세우고, 고향의 호유후(戶牖侯)에 임명
되었음. 그 후 곡역후(曲逆侯)로 승진하였고, 상국(相國) 조참(曹參)이 죽은 후에는 좌승상(左
丞相)이 되어, 여씨의 난 때 주발(周勃)과 함께 이를 평정한 후 문제(文帝)를 옹립하였음.

166) 초수(楚囚) : 포로로 잡힌 초(楚)나라 사람으로 역경에 빠져 어찌 할 수 없는 사람을 비유적으로
이르는 말.

167) 조가 축생(畜生) : 축생의 원래 뜻은 사람이 기르는 온갖 짐승으로 사람답지 못한 짓을 하는 사
람을 낮추어 부르는 말임. 여기서는 양세가 용창을 가리키는 말.

게 하라."

두 사람이 거짓으로 놀란 체하며 말하였다.

"공자여, 이것이 진실한 말입니까? 우리들이 공자의 문하에 왕래한 지 세월이 오래되었지만 이런 변이 있는 줄은 알지 못하였습니다. 주인어른께서 비록 말씀을 이와 같이 하였으나 인륜의 도리가 중요하니 어찌 그렇게 하겠으며, 사위가 비록 기특하나 어찌 종사를 맡기겠습니까? 다만 이 계교는 외부 사람에게 말할 것이 아닙니다. 공자의 집안은 공훈(功勳)이 범상한 가문이 아닌 재상가입니다. 여동생이 조씨 가문에 들어가 뜻을 얻으면 양씨 집안의 가득한 재산이 공자의 것이 되지 않고 여동생의 손 안의 기물(奇物)이 될 것입니다. 그때 공자는 정처 없이 떠돌아다니며 빌어먹어 길 가운데 주검 되기를 면치 못할 것이니 어찌 능히 오늘날 부귀를 오래 가질 수 있겠습니까?"

양세가 더욱 분노하고 원망스러워하며 말하였다.

"사람이 차마 못할 일이지만 말하겠다. 원래 내 누이는 아름다움이 세상에 독보적이고 재주와 덕이 옛날부터 따져보아도 비교할 곳이 없을 것이다. 그렇기 때문에 부모의 사랑이 누이에게 쏟아져 부모는 나의 어리석고 둔함을 한탄하셨다. 이제 이 계교는 누이의 일생을 방해하여 조가와 더불어 화락하지 못하여 운명이 기박한 허물이 있는 사람으로 만드는 것이다. 그렇게 되면 부모는 능히 어찌할 수 없어서 나를 폐하지 못하고 죽고 난 후에 조가에게 제사를 의탁할 계획이 뜻대로 되지 않고 어그러져 그만 둘 것이니 군들은 나의 계교를 생각하여 일을 도모하라."

차정인과 강후신 두 사람이 이어서 칭찬하며 말하였다.

"군자의 뜻이 진실로 밝습니다. 누이와 조생과의 백년 금슬을 방해하여 누이가 일생동안 문만 바라보는 과부가 되게 한다면 부모가 종사를 옮기지 못하고 누이는 공자의 손 안에 잡혀 있어 공자의 도움과 처결을 기다릴 것이니 수고하지 않고도 공자는 반석 같을 것입니다."

양생이 매우 기뻐하고 나아 앉으며 교묘한 계책을 물으니 차·강 두 사람이 귀에 대고 이리저리하면 가히 조생이 일의 시작과 끝을 알지 못하고 누이를 자연스레 더럽게 여길 것이며, 그렇게 되면 누이가 어찌 하늘의 해를 보겠는가 하고 말하였다. 양세가 매우 기뻐하며 말하였다.

"이 계책이 신통하고 묘하니 족히 나의 일생은 염려 없을 것이다."

서로 의논을 정하고 흉계를 행하였다.

슬프다! 골육 남매간에 이와 같이 어질지 못한 대악(大惡)을 일으켜 누이의 앞길을 막는 것을 꾸미는 사람은 오직 양세 한 사람뿐이다.

이런 흉물을 양학사 부부는 전혀 알지 못하고 신랑을 맞이하였다. 기구의 풍족하고 넉넉함과 제도의 정숙함은 진실로 삼공거경(三公鉅卿)168) 자녀의 혼인임을 알 만하였다. 온 조정의 명관(名官)이 다 요객(繞客)이 되어 큰길을 뒤덮었다.

비단 안장을 한 백마의 풍광이 호탕하고 조공자의 일월(日月) 같은 풍채와 가을 달 같은 기상과 용의 눈썹과 봉황의 눈처럼 가늘고 긴 눈과 흰 치아와 붉은 입술은 대인군자의 품성을 지니고 있었으며 성인의 자질과 어진 덕이 세상에 뛰어났다. 길가에서 이 모습을 보는 사람들이 시끄럽게

---

168) 삼공거경(三公巨卿) : 삼공은 중국에서, 최고의 관직에 있으면서 천자를 보좌하던 세 벼슬. 당나라, 송나라 때는 태위(太尉)·사도(司徒)·사공(司空)이 있었음. 거경(鉅卿)은 대신(大臣)을 높여 이르는 말.

칭찬하며 천상 세계의 신랑이라고 하였다. 더불어 전안행례(奠雁行禮)[169]의 행동거지가 법도가 있으니 양공은 기뻐하는 기색이 얼굴에 가득하여 양소저의 치장을 재촉하고 조공자에게 최장시(催粧詩)[170]를 청하여 그 재주를 보고자 하였다. 조공자가 존경하는 뜻을 나타내기 위해 몸을 굽히며 말하였다.

"옛날부터 최장시가 있지만 이것은 시인의 경박한 일입니다. 하물며 소생은 재주가 좋지 않아 능히 존귀한 명령을 받들지 못하오니 길이 황공합니다."

29   양공이 웃고 인사(人事)와 행동이 군자의 유풍(遺風)과 매우 비슷하니 다시 권하지 못하고 기뻐하며 조공자를 매우 애중하게 생각하였다.

이에 조공자가 신부를 맞아서 집안으로 들어오니 태부인이 사람들을 양쪽에 앉히고 자신은 그 가운데 앉았는데 내외 친척과 온 조정의 이름난 부인들의 수를 헤아리지 못할 정도였다. 조씨 등이 적서(嫡庶) 없이 여러 명의 자녀를 거느리고 봉황의 장식이 있는 예관과 꽃신[171]을 신고 자리를 이어 앉아 있었다. 조씨 등의 꽃과 달 같은 아름다운 외모에서 내뿜는 빛은 온 좌석에 밝게 비치고 지혜롭고 영리한[172] 처신은 다른 사람보다 돋보이니 수많은 사람들이 넋이 나간 듯이 바라보았다.

---

169) 전안행례(奠雁行禮) : 혼인 때에 신랑이 기러기를 가지고 신부의 집에 가서 상 위에 놓고 절을 하는 예.
170) 최장시(催粧詩) : 신부의 화장(化粧)을 재촉하는 시. 혼인 전날 밤 하객들이 시를 지어 부르면서 신부의 화장을 재촉하였음. 최장시(催妝詩)라고도 함.
171) 봉황새 ~ 꽃신 : {봉관화리(鳳冠花履)}. 이는 고관 부녀의 복식을 가리킴. 봉관(鳳冠)은 봉황의 장식이 있는 예관으로 한나라 때는 황실의 태후, 황후가 썼지만 후에는 귀족여자와 내명부도 썼음. 화리(花履)는 아름다운 꽃신을 가리킴.
172) 지혜롭고 영리한 : {혜일}. 문맥을 고려하여 '혜힐[慧黠]'의 의미가 더 적절하다고 생각되어 이와 같이 옮김.

이날 정소저 또한 화장을 하고 아름다운 꾸밈으로 자리에 임하니 광휘가 찬란하여 주옥(珠玉)이 오히려 더러운 것 같고 꽃과 옥이 빛을 잃어버리는 것 같았다. 기품 있는 눈썹에는 상서로운 기운이 가득하고 가을 물 같은 맑은 두 눈은 새벽별이 엉겨 있고, 붉은 입술과 검고 아름다운 머리털은 천고를 살펴보아도 듣지 못할 고운 얼굴과 덕행이었다. 여자 중에 덕행이 높고 학문이 뛰어난 사람이며 비녀를 꽂은 성인(聖人)이었다. 정소저를 보는 사람은 정신이 황홀하여 술과 안주를 먹는 것을 잊을 정도였다. 태부인이 새롭게 정소저의 아름다움을 사랑하고 귀중하게 생각하면서도 신부를 재촉하는 마음이 칠년 동안의 가뭄에 비가 올 징조 같았다. 태부인이 매우 급히 바라고 애를 태우니 위부인이 도리어 민망해하였다.

해 그림자가 바야흐로 절반쯤 되었을 때 신부의 위의(威儀)가 문에 이르렀다. 신랑과 신부가 술잔을 주고받고 서로 절을 하며 앉아서 대추와 밤을 받들어 태부인과 시부모께 올리고 여덟 번 절을 하는 예를 마쳤다. 많은 사람들이 일시에 바라보니 신부의 타고난 기품이 있는 아리따운 뺨과 얼음처럼 맑은 자태와 아리따운 얼굴빛이 좌우에 광채를 발하며 움직였다. 비유하자면 흰 달이 푸른 하늘에 걸려있고, 따뜻한 기운이 겨울날에 따스하게 만방을 덥히는 듯하였다. 두 눈의 정기는 가을 물의 샛별이고, 두 눈썹과 단장한 얼굴에는 초나라 양대(陽臺)[173] 에 구름이 무르녹는 것 같았다. 향기롭고 고운 옥 같은 피부[174] 는 수많은 모양의 백옥을 삭혀 채색을 하고, 위나라 12수레 진주[175] 의 찬란한 빛이 이에 비할 바가 아니었

173) 초나라 양대(陽臺) : 송옥(宋玉)의 고당부(高唐賦)에 나오는 대(臺) 이름. 전하여 남녀가 만나 즐기는 장소.
174) 향기롭고 ~ 피부 : {향염옥보}. 뒤의 문맥을 고려하여 '향염옥부(香艶玉膚)'으로 오기로 보고 이와 같이 옮김.

다. 가냘픈 허리가 흔들리는 듯하지만 신중하고, 아름다운 발걸음이 알맞아 영롱한 광채와 화공176)이 봄날에 무르녹는 듯하여 눈이 부셨다. 빼어나게 단정한 꾸밈새는 동가녀(東家女)177)와 흡사하고 나가고 물러서는 모든 행동이 규모에 합치되며 수많은 절을 하면서 몸을 굽히며 펴는 거동이 기이하여 월전소아(月殿素娥)178)와 계궁항아(桂宮姮娥)179)와 모든 자리에 있는 화장한 아름다운 여자를 무색하게 하였다.

많은 사람들이 양소저를 칭찬하니 태부인과 시부모가 크게 기뻐하며 웃는 입을 다물지 못하였다. 태부인이 앞으로 나와 양소저의 손을 잡고 좌우에 앉아 있는 여러 손님을 돌아보며 말하였다.

"미망인으로서 살아가는 제가 행여 천지신명의 말없이 도움을 받아 두 명의 혈속이 종사(宗嗣)를 빛내고 손자며느리 정씨의 용모와 오늘 신부의 미려함이 이와 같고 여자의 현숙함이 외모에 두드러지게 드러나니 제가 오늘 밤에 죽어도 여한이 없습니다."

자리에 앉아 있던 많은 사람들이 태부인의 말에 뒤이어 한 목소리로 크게 칭찬하며 치하하였다. 태부인의 기뻐함과 양부인의 기쁨은 헤아릴

175) 위나라 ~ 진주 : 위나라의 보물인 12수레의 진주를 가리킴. 예전에 제나라와 위나라 임금이 모여 회담하는 중 위나라 임금이 자랑하기를 "과인(寡人)은 비록 소국이지만 구슬을 좋아하여 수레의 전후에 12명을 태우고 10매씩을 들고 비추게 합니다"라고 하였음. 그러자 제나라 임금은 어진 신하가 있어 먼 나라 도적이 두려워한다 하니 위나라 임금이 부끄러워했다고 함.
176) 화공 : 미상임.
177) 동가녀(東家女) : 동쪽 이웃집의 딸, 미인을 이름. 송옥의 〈등도자호색부(登徒子好色賦)〉에 나오는 말임. 〈등도자호색부〉에는 다음과 같은 내용이 있음. "천하의 아름다운 사람은 초나라만 한 곳이 없고, 초나라에서 아름다운 사람은 신의 마을만한 곳이 없습니다[天下之佳人 莫若楚國, 楚國之麗者 莫若臣里]. 신의 마을에서 아름다운 사람은 신의 동쪽 이웃집의 딸만한 사람이 없습니다[臣里之美者 莫若臣東家之子]. 그러나 그 여자는 담장을 넘어 신을 3년 동안 엿보았으나 저는 지금까지 허락하지 않았습니다[然此女登牆窺臣三年 至今未許]."
178) 월전소아(月殿素娥) : 월궁의 선녀를 의미함.
179) 계궁항아(桂宮姮娥) : 계궁은 달의 다른 이름으로 월궁의 선녀를 의미함.

수 없었다. 태부인이 조카며느리인 양부인을 향하여 칭찬하며 말하였다.

"오늘 신부의 어질고 아름다운 기질을 보니 조카며느리의 말이 오히려 겸손한 말이 많았다. 조카며느리가 이런 아름다운 며느리를 중매하니 어찌 공이 적겠는가? 각별히 한 잔 술로 조카며느리에게 사례한다."

좌우에게 옥 술잔을 가져오게 하여 친히 양부인에게 권하였다. 양부인은 이날 조카 양소저의 빼어남이 정소저에게 뒤지지 않아서 매우 기뻐하던 중 태부인의 이 같은 술을 받고 태부인이 기뻐하시는 것을 보니 피차가 즐거워함을 비할 데가 없어서 바삐 잔을 받고 사례하며 말하였다.

"오늘 제 조카의 용렬하고 졸렬함을 허물로 삼지 않으시고 기뻐하시는 하교(下敎)를 받으니 소첩은 다행스럽고 기쁩니다. 또한 다시 축하의 술을 주시며 중매의 공이라 말씀하시니 몸 둘 바를 이기지 못하여 아뢸 바를 모르겠습니다."

그런 후에 옥 술잔의 술을 마시니 조씨 등이 명랑하고 쾌활하게 웃으며 말하였다.

"숙모가 양소저를 천거한 공이 어찌 한잔 술로 치하할 수 있는 것이겠습니까? 숙모는 술을 부족하게 여길 것입니다. 할머니께서 축하의 술을 권하시고 저희들이 한 잔씩 술을 올려 치하하겠습니다."

좌우에 앉아있던 사람들이 크게 웃고 양부인이 가만히 웃으면서 말하였다.

"그대들이 나를 칭찬하면서 거짓으로 축하의 술이라 하고 벌주를 내와 35 못 먹는 술을 권하려 하니 양소저의 아름답지 못함을 마음에 들어 하지 않는 것 같구나."

석학사 부인 조씨가 명랑하고 쾌활하게 웃으며 말하였다.

"숙모가 양소저의 아름다움을 중매하셨다고 해서 축하의 잔을 받으시니, 저는 정소저를 중매하였는데도 어찌 한잔 술도 보지 못했을까요? 여러분께서 함께 의논해 보소서. 신부가 기특하나 내가 천거한 정소저 또한 양소저만 못하지 않습니다."

태부인이 크게 웃으며 말하였다.

"너의 말이 옳으니 노모가 지극히 친한 탓으로 너에게 치사하는 것이 늦었구나. 가히 너의 말을 무시하지 못할 것이니 축하의 잔을 주어라."

36 즉시 술을 부어주니 조씨는 작게 웃으며 잔을 받아 마시고 정소저에게 말하였다.

"이 술이 더러는 어진 아우의 공으로 받는 것이다. 어리석은 언니가 겨우 늦게야 먹는 술이 양이 차지 못하니 혼자 먹겠다."

여러 소저가 모두 웃었다. 화씨는 이때 술이 반만 취하여 흥이 일어났다. 하물며 두 명의 적자(嫡子)를 향한 화씨의 사랑이 만금 같으니 신부 바라기를 태산같이 하였다. 화씨는 정소저와 양소저의 세상에 뛰어난 아름다움을 보니 온 마음으로 매우 기뻐하며 내달아 꿇어앉아서 말하였다.

"오늘 신부의 아름다움이 이와 같으니 천첩 등이 말석(末席)에 꿇어 앉

37 아 천금 같은 아들의 좋은 배필이 이 같으심을 어찌 기뻐하지 않겠습니까? 다만 순시랑 부인은 양소저를 더 낫게 여기시고 석학사 부인은 정소저를 더 낫게 여기시니 천첩이 원컨대 두 소저의 자색을 평가하여 여러 사람의 의견을 아뢰겠습니다."

태부인이 매우 기쁜 중에 화씨가 두 손자며느리의 자색을 평가하겠다는 말을 들으니 반가워하며 말하였다.

"네가 원래 사람을 알아보는 눈이 밝고 언변이 풍부하니 나의 두 손자

며느리에 대해 여러 사람의 의견으로 평가해라."

화씨가 태부인의 말을 공경히 받들고 무릎을 꿇고 옷깃을 여미며 모양을 바로 잡고 두 소저를 우러러 보며 아뢰었다.

"첩이 정소저를 보니 가을 물 같은 밝은 눈에 덕의 기운이 어려 있으시고 봉황과 같은 아리따운 눈썹이 아름다울 뿐만 아니라 행동의 얌전하고 정숙함은 규방의 보물과 봄날의 꽃동산 같아서 수많은 아름다운 모습을 갖추고 있으십니다. 당대는 말할 것도 없고 옛날에도 없는 고운 얼굴과 아름다운 덕행이 있으니 그 광채 나는 명월이 천궁(天宮)을 한가롭게 비추고 화창한 봄날이 따스하여 떠나기 싫은 아리따운 풍모를 지니고 계시고 마음도 역시 그러하십니다. 인자하신 성덕과 겸손하신 뜻으로 비천한 사람과 삼척동자에게도 교만하게 대하시지 않을 것입니다. 정소저는 그 도량이 넓으며 국량이 헌칠하고 온화하며 단정하고 정중하십니다. 양소저는 밝게 빛나는 달의 찬란한 광채가 중천에 비스듬히 있고 타고난 기질과 성품은 어린 연꽃이 맑은 물에 잠겨있는 듯합니다. 피부는 명월 같으며, 좋고 맑음은 얼음과 옥처럼 해맑고 깨끗하고 아름다운 두 눈의 영채가 사람을 감동시킵니다. 가을 달 같은 눈썹에는 여덟 가지 빛깔이 서려있으니 어여쁜 거동과 얌전한 모습과 아름다운 얼굴이야 어찌 다르겠습니까마는 비유하자면 정소저는 봄날이 온화한 것과 같고 양소저는 겨울날이 따스한 것과 같습니다. 좋고 맑기는 양소저가 정소저보다 낫고 화기가 애애하고 후덕한 얼굴은 정소저가 양소저보다 나으시니 그 인품이 또한 그러하실 것입니다. 양소저의 냉엄하신 거동이 말 붙이기가 어렵지만 단정하고 정중한 우애와 침묵하심은 양소저가 정소저보다 나으실 것 같습니다. 사람을 대하고 사

38

39

물을 접하는 온화한 기운은 온갖 사물이 회생하는 것 같고 사람이 붙고 따르기는 정소저가 나을 것 같습니다. 천첩으로 하여금 두 소저의 신하가 되라고 한다면 가히 정소저께 신하로 가겠습니다."

모여 있던 사람들이 크게 웃고 화씨의 의견이 참으로 지혜롭고 사리에 밝은 말이라고 하였다. 태부인이 웃으면서 말하였다.

"너의 말이 옳지만 나의 두 손자며느리가 모두 고하(高下)가 없다. 네가 정소저를 사귀어 웃고 말을 해보았으니 온화한 기운이 더 낫다고 하는 것이다. 양소저는 네가 처음 보았기 때문에 기품이 맑고 높으니 자연스럽게 냉엄해 보이지만 어찌 온화한 기운이 적겠는가?"

조씨 등이 일부러 말하였다.

"신부가 어찌 한 가지의 흉이 없겠습니까? 정소저는 어리석고 풀어지니 큰일에 강단(剛斷)이 없을 것입니다. 양소저는 보기에 냉엄하고 교만하여 반드시 시댁의 많은 사람을 누르고 첫째 자리를 차지할까 두렵습니다."

태부인이 꾸짖으며 말하였다.

"너희가 어찌 망령되게 나의 천금 같은 두 손자며느리의 없는 흉을 만들어 남이 듣게 하느냐? 정소저는 성품이 부드럽고 온화하면서도 옥 같은 마음을 가졌고, 양소저는 외모가 비록 차가운 돌 같으나 내심은 꾸밈없는 그대로 온순하여 비유하건대 사군자(士君子) 같다. 어찌 백행(百行)과 사덕(四德)에 나쁨이 있겠느냐? 너희도 각각 성품이 교만한 이도 있고 풀어지고 어리석은 사람도 있으니 어찌 남을 시비하겠느냐? 시누이가 어렵다고 하는 것을 오늘 알 것 같구나."

위부인이 가만히 웃으며 말하였다.

42

"딸들의 말은 웃음거리로 하는 실없는 말입니다. 두 며느리의 성품은 아직 모르지만 외모와 행동거지는 고하(高下)를 평가하기는 어렵습니다. 정소저는 부드럽고 온화한 것이 많고 양소저는 초대(楚臺)의 수려한 풍모[180]가 많으니 가히 의논하면 참으로 서로가 적수(敵手)여서 우열을 논하기 어렵습니다."

태부인이 칭찬하며 말하였다.

"어진 며느리의 말이 곧 나의 마음에 든다. 태임(太任) 같은 시어머니이고, 태사(太姒) 같은 며느리구나. 내가 오늘 죽어도 편안하게 눈을 감는 귀신이 되겠구나!"

위부인이 옷깃을 여미며 바로 하고 공경히 받들어 사례하며 시어머니의 말씀이 황송하다고 말하였다. 하루 종일 즐거움을 만끽하자 석양이 지고 달이 동쪽 고개에 뜨니 여러 손님들이 돌아갔다.

신부의 숙소를 옥매정에 정하니 영춘정과 맞은 편의 집이고, 태부인의 침소가 있는 전각의 좌우에 있었다. 신부가 자기의 방으로 물러가자 조공이 어머니를 모시고 자녀를 거느리고 촛불을 연이어 밝히고 어머니와 말씀을 할 때 두 사람의 공자가 어깨를 나란히 하여 모시고 있었다. 촛불 아래에 두 공자의 백옥 같은 면모와 샛별 같은 눈빛이 서로 비치어 난형난제(難兄難弟)였다. 조공은 새롭게 기뻐하며 두 공자에 대한 사랑하는 정을 억제하지 못하고 용창을 나오게 하여 웃으면서 말하였다.

"신부가 물러간 지가 오래되었으니 신랑이 어찌 지금 가지 않았느냐?

---

180) 초대(楚臺)의 ~ 풍모 : {쵸더 슈려지풍}. 초대(楚臺)는 초나라 무산(巫山)의 양대(陽臺)를 말하는데 양대는 송옥의 고당부(高唐賦)에 나오는 곳으로 초왕(楚王)이 무산신녀(巫山神女)와 사랑을 나누었다는 누대임. '초대의 수려한 풍모'는 무산신녀와 같은 수려한 풍모라는 의미로 이해할 수 있음.

빨리 가서 봉황이 함께 노는 것을 보게 하여라."

공자가 고개를 숙이고 아무 말을 하지 않고 즐겨 일어나지 않았다. 화씨가 웃으며 말하였다.

"공자가 속으로는 일시라도 바쁘면서도 저렇게 지체하고 미루며 정대한 체한다. 그러나 소저를 대하면 따뜻한 떡처럼 될 것이다."

공자가 소리 없이 빙그레 웃으며 아무 말이 없었다. 조공이 또한 소리 없이 빙그레 웃으며 말하였다.

"너희가 다 나이가 어리고 신부의 모습이 깨끗하고 빼어나며 아름다우니 부부의 정을 나누는 것이 바쁘지 않을 것이다. 그러나 어머니께서 방으로 가고자 하시고 신방(新房)을 비우는 것이 예의가 아니니 가히 지엄한 명령을 받고 따르는 것이 효도인 것이다. 너는 고집을 피우지 마라."

공자가 아버지의 말씀에 명령을 받들고 천천히 대답하였다.

"지엄하신 명령대로 하겠지만 제가 나이가 어리고 옛날 사람들이 처를 취하던 나이가 아니옵니다. 만약 규방(閨房)에 침몰한다면 공부를 이루

어가는 것에 방해가 되니 수년 동안 아내와 따로 거처하여 공부를 독실하게 하고 성인의 교훈을 받들고 행하여 일찍 결혼하여 어려서 신부를 맞는 일을 삼갈 것이니 어찌 시각의 바쁨이 있겠습니까?"

조공이 이 말을 듣고 기쁨이 눈썹 언저리에 가득하여 말하였다.

"내 아들이 군자의 풍모가 있구나! 어찌 아름답지 않겠는가? 부부의 정을 나누는데 마음이 있지 않구나. 하물며 내 집은 자손이 귀한 집인데, 우리가 노년에 너희 두 사람뿐이니 비록 너희가 어리지만 어머니의 후손을 바라시는 마음을 생각해야 하니 네가 고집스럽게 홀로 거처하는 것은 옳지 않다. 네가 혈기가 아직 정해지지 않았는데 밤낮으로 아내

를 상대하지는 않아야 하지만 부부가 처소를 한 곳에 두지 못할 바가

있겠는가?"

공자가 두 손을 맞잡고 공경의 뜻을 표하며 명령을 받들었다. 용홍이

웃으며 말하였다.

"사람이 매사를 꾸밈이나 거짓 없이 깨끗하고 순진하게 해야겠지만 네

가 비록 어리다하더라도 이런 경우에는 요령이 있어야 한다. 제수씨가

아름다워 화촉을 밝히고 서로를 대하는 것이 인정(人情)상 매우 급한 일

인데, 예의를 다한다고 말하면서 부모와 할머니의 말씀을 꺼리고 피하

는 것이 옳은 것이냐?"

용창이 흔쾌히 웃으며 말하였다.

"형께서 저의 마음을 오히려 모르시니 가히 같은 형제이지만 관중과

포숙의 지기(知己)181)만 못합니다. 제가 어찌 안과 밖을 달리하여 아버

지께 아뢰겠습니까? 원래 내 마음은 아름다운 모습이 꼭 필요하지 않

으며 부녀자의 아름다운 모습은 더욱 중요한 것이 아니니 정실(正室)을

어찌 용모로 따지겠습니까?"

47

할머니와 부모가 두 아들의 말을 듣고 기뻐함을 이기지 못하였다. 여

러 누이들이 용창을 놀리며 말하였다.

"저런 자가 여자에게 미혹되면 더욱 심할 것이다."

---

181) 관중과 ~ 지기(知己) : 관중(管仲)과 포숙(鮑叔)이 서로 믿고 이해하여 상대방을 알아주는 관계
를 의미함. 『사기(史記)』, 「관안열전(管晏列傳)」에 의하면 중국 제(齊)나라에서, 포숙은 자본을
대고 관중은 경영을 담당하여 동업하였으나, 관중이 이익금을 혼자 독차지하였는데도, 포숙은
관중의 집안이 가난한 탓이라고 너그럽게 이해함. 함께 전쟁에 나가서는 관중이 3번이나 도
망을 하였는데도, 포숙은 그를 비겁자라 생각하지 않고 그에게는 늙으신 어머님이 계시기 때문
이라고 그를 변명하였음. 포숙은 관중을 끝까지 믿어 그를 밀어 주었고, 관중도 일찍이 포숙을
가리켜 "나를 낳은 것은 부모이지만 나를 아는 것은 오직 포숙뿐이다(生我者父母, 知我者鮑子
也)."라고 말하였음.

조공이 사랑(舍廊)으로 나오자 두 아들이 아버지를 모시고 나와 잠자리를 살펴드리고 아버지께 밤 인사를 드린 후 각각 침소로 돌아갔다.

용창은 비록 여색에 뜻이 없으나 아버지의 명령을 순순히 좇아 옥매정에 이르렀다. 양소저가 일어나 두 사람이 동서(東西)로 나누어서 앉았다. 용창이 비로소 눈을 들어 소저를 보니 맑은 광채가 촛불 아래에서 더욱 빛나고 부드럽고 가냘픈 태도가 남전(藍田)[182]의 백옥이 티끌에 솟아나며 푸른 바다의 명월주(明月珠)가 찬란한 빛을 토하는 듯하였다. 얼굴에는 다섯 빛깔이 어리어 있고 눈동자에는 상서로운 빛이 서로 비추고 있었다. 가슴속에는 태임과 태사의 덕을 간직하고 있으니 맑고도 좋아서 당대의 뛰어난 아름다운 얼굴과 덕행이었다. 용창이 일견으로는 침묵하며 단정하고 정중하나 자연스럽게 눈썹 언저리에 봄바람이 무르녹았다. 그러나 서모(庶母) 등이 몰래 보고 있음을 알았고 소저가 부끄러워하는 몸가짐으로 보아 오늘 밤에는 말을 하지 않을 것을 알았다. 그래서 태연히 몸을 바르게 하여 앉아서 나중에야 촛불을 끌 것이라 생각하고 자기 자리에 가서 누우며 나직하게 말하였다.

"지금이 삼경(三更) 반야(半夜)[183]인데 구태여 앉아서 밤을 새는 것은 예의가 아니오. 모름지기 편히 쉬어 주인 된 사람으로 하여금 대접을 잘못한 허물이 없게 하시오."

양소저는 단정하게 앉아서 움직이지 않았다. 용창이 소저를 아끼는 마음에 소저의 수고로움을 염려하여 나아가 옥 같은 손을 잡았다. 부드러운 살이 매끄러워 섬섬옥수를 다스리는 듯하고 소저에게 가까이 나아가니

---

182) 남전(藍田) : 중국 섬서성에 있는 이름난 옥의 산지를 가리킴.
183) 삼경(三更) 반야(半夜) : 삼경은 밤 11시에서 1시 사이를 가리키고 반야는 한밤중을 의미함.

뛰어나게 좋은 향기가 온 몸에 가득하여 온갖 자태와 아리따운 광채가 야경에 빛났다. 용창이 비록 단정하고 정중하였지만 남아의 풍정(風情)이 어찌 일어나지 않겠는가? 그러나 피차가 나이가 어림을 생각하고 모든 일에 소란스럽게 허둥대지 않고 소저를 붙들고 비단 장막으로 나아갔다. 은정(恩情)이 자상하였지만 부부의 정을 나누는 것을 피하고 소란스럽게 허둥대지 않으려고 하였다.

양소저가 시댁에 머물면서 효성으로 시부모를 받들고 남편의 명령을 순순히 좇으며 일마다 기특하여 모든 일에 미진함이 없었다. 양소저에 대한 태부인의 사랑이 점점 더하고 시누이들이 양소저를 사랑하고 공경하지 않는 사람이 없었고 칭찬하는 소리가 온 집안에 진동하였다. 하물며 정소저의 재주와 용모와 너그럽고 어진 성품이 양소저와 비슷하고 나이도 서로 같았다. 두 사람의 우애하는 정이 지극하고 나가고 물러날 때에도 한 몸 같아서 조금이라도 틀리거나 잘못됨이 없었다. 시부모와 할머니가 한 쌍의 귀한 보물로 여기고 긴 날의 재미로 삼았다. 50

그러나 정소저는 남모르는 회포가 있어서 용홍과 같은 방에서 별일 없이 처하고 있었지만 서로 부부의 사랑을 나누지 않고 항상 멀리 떨어져 있었다. 용홍은 천고에도 없는 풍류남아로서 빼어나게 아름다운 처를 두고도 남녀의 사랑을 이루지 못하니 밤낮으로 번민하였다. 위력으로 소저를 핍박하고자 하나 소저의 말이 몹시 딱하고 간절하여 석목(石木)이라도 감동하니 차마 그 뜻을 빼앗지 못하고 얼핏 해가 바뀌어 다음해 1월 1일이 되었다. 세배하러 온 권속들이 태부인께 이르렀고 집안이 요란하기가 시장 같았다. 정소저와 양소저가 태부인 앞에서 손님을 접대하는 예절로 친히 손님을 보살폈다. 51

하루는 손님이 잠깐 줄어들고 두 소저가 태부인을 모시고 있었는데, 태부인이 바둑판을 가지고 오며 말하였다.

"정씨와 양씨 두 손자며느리의 재주와 용모의 고하(高下)를 가리기 어렵고 오늘 너희들이 틈이 있으니 이 한판으로 승부를 결정하여 노모의 울적함을 위로하라."

두 사람이 명령을 받들고 옥으로 만든 바둑판에 구슬 바둑을 벌리며 바야흐로 옥 같은 손과 아리따운 손가락을 바둑판 사이에 왕래하며 가을 물 같이 맑은 봉황 같은 눈이 서로 영롱하게 빛났다. 여러 사람들이 두 소저의 얼굴을 우러러 바라보고 있었으며 태부인이 말을 잊고 보고 있었다. 문득 조생 형제가 들어오니 오히려 승부가 판가름 나지 않았다. 두 소저가 바삐 바둑판을 밀고 일어섰다. 태부인이 웃으며 말하였다.

"두 손자며느리가 바둑 한 판을 끝내지 못하였는데, 너희 때문에 흥이 깨지는구나!"

용창이 소리 없이 웃으며 말하였다.

"할머니께서 승부를 보고자 하시고 형수께서 판을 끝내지 못하고 계시니 우리를 괴롭게 여기신다면 물러가는 것이 무엇이 어렵겠습니까?"

용흥이 즐겁게 웃고 태부인의 무릎 아래에 앉으며 정소저를 향하여 말하였다.

"할머니께서 승부를 보고자 하시는데 어찌 물러나 앉으시오?"

정소저가 용흥의 거동을 보고 부끄러움이 온 얼굴에 가득하여 백옥이 술에 취한 듯 얼굴이 붉어졌다. 누나들이 크게 웃으며 용흥을 물리치며 말하였다.

"염치없는 것이 사람의 눈치도 모르는구나. 네가 정소저와 친하려고 해도 정소저가 여기서 너에게 그렇게 친하게 행동하겠느냐? 더욱이 양소저가 네가 보는 데서 바둑을 두고자 하겠느냐?"

용홍이 두 눈으로 정소저를 보니 그 아리따운 모습과 우아한 자태가 새로워 마음이 구름 밖에 떠 있는 듯하여 말하였다.

"사람이 태어나서 부부의 도리가 고금(古今)에 떳떳한데도 나는 남자여서 그러한 생각이 드는지 모르겠지만 부인은 어찌하여 부부의 윤리와 도리를 모르고 다만 만나면 저리 괴로워하니 어찌 백년금슬이 좋기를 바라겠습니까? 내가 비록 사람이 변변하지 못하고 졸렬하나 부인 여자에게 소박맞을 까닭이 없는데도 부인이 공연히 남편을 소박하니 할머니께 아뢰고 다시 아름다운 처를 취하여 정씨 보는 데서 화락하려 합니다."

앉아있던 모든 사람들이 크게 웃고 석학사 부인이 낭랑하게 웃으며 정소저와 양소저의 옥 같은 팔을 빼며 말하였다.

"오늘 두 소저의 팔에 있는 붉은 점을 서로 견주어 살펴보니 알 만한 일이 있구나."

석학사 부인이 두 소저를 보니 고개를 숙이고 부끄러운 기색을 나타냈다. 두 소저의 옥 같은 팔에 붉은 표시가 찬란하였다. 여러 소저가 크게 웃으며 말하였다.

"용홍은 정씨에게 소박을 맞아 붉은 점이 그대로 있다고 해도 용창아, 너도 양씨에게서 소박을 맞았다고 하느냐? 어찌하여 두 아우가 다 한결같이 여자에게 박대를 당하여 이렇게까지 될 줄을 알았겠는가?"

석학사 부인이 두 공자를 심각하게 조롱하고 여러 사람이 일시에 손바닥을 치고 웃으니 태부인이 매우 놀라고 의아해하며 말했다.

"너희 부부가 함께 잠자리를 한 지가 해가 바뀌었다. 어찌 여자가 남편을 가까이하지 못하게 하겠는가? 이는 분명히 너희가 창기들에게 정을 주어 정씨를 소원하게 대하고 거짓으로 노모를 속여 여자를 겁박하여 말을 막는 것이다."

하며 매우 염려하였다. 용흥은 짐짓 할머니의 마음을 돋우며 말하였다.

"정씨가 괴물같이 이상하여 제가 마음이 맞지 않아 다시 아름다운 사람을 널리 구하여 처로 삼고자 합니다. 그러나 유생(儒生)이 두 번 장가들어 아내를 얻는 것이 옳지 않으니 아직까지는 출세하기를 기다리고 있습니다."

용창이 눈으로 누이들을 보며 웃으며 말하였다.

"누이들이 단정하고 정중하지 못하시니 제가 깊이 탄복하지 않습니다. 부부가 의기(意氣)가 서로 합쳐지면 자연스럽게 서로 공경하고 서로 화합하며 공경하기를 빈객의 예로 어진 사람을 대하듯이 할 것입니다. 우리 형제가 올해 겨우 14세이고 형수께서도 비녀를 꽂을 나이이고 양씨 또한 같습니다. 앞길이 남았으니 이제 부부의 사사로운 정을 말할 때이겠습니까? 또한 누이들은 부녀로 단정하고 정중해야 하는데 이런 천하고 경솔한 희롱이 부덕(婦德)에 해롭지 않겠습니까? 할머니께서 이 일로 염려하심이 더욱 옳지 않으니 오직 소년의 마음이 여색에 빠질까 염려하시고, 이 일로 염려하지 마십시오."

누이들이 크게 웃으며 말하였다.

"말을 꾸며서 이렇게 굴지만 양소저와 사귀어 양소저에게 빠졌을 때는 너의 정대한 모습이 어디로 갈지 알겠느냐? 우리는 본래 단정하고 정중하지 못하여 남편을 박대하였더니 도리어 해롭더라."

용창이 수려한 눈썹에 웃음을 머금고 밝게 웃으며 말하였다.

"양씨는 단정하고 정중할지 천하고 경솔할지 모르겠지만 어떤 부인이 남편을 소박한 사람이 있겠습니까? 소저가 머리가 하얗게 될 때에 이르러 말과 행실이 다른가를 보시고 보채십시오."

남매가 이렇듯이 실없이 농담을 나누었다. 그러나 태부인은 깊이 염려하여 두 손자를 곁에 앉히고 물었다.

"이제 너희의 아내가 고운 얼굴과 아름다운 덕행이 훌륭하니 평범한 남이 보아도 사랑스러운데 하물며 너희들은 소년 남아로 금슬의 은정(恩情)이 범상하겠는가? 너희의 나이가 어리지만 모든 일에 숙성하니 노모가 바라는 바는 옥동자를 낳아 생전에 무릎 아래에서 노는 것인데 어찌 답답하게도 부부 간에 소원하려고 하였느냐? 너희가 각각 아내를 흡족하지 않게 여기는 것은 무슨 까닭인가? 노모를 대하여 숨기지 말고 말하여라." [59]

용홍이 웃고 아뢰었다.

"저는 소저를 후대하였으나 소저가 스스로 제어하여 자기가 아버지를 보고 사죄하여 사람의 도를 한 후에 부부의 도리를 온전하게 하겠다고 청하였기 때문에 지금 부부의 도리를 이루지 못했습니다. 다른 뜻은 없으니 정씨를 꾸짖어 각성하게 하시여 고집을 꺾게 하시고 할머니께서는 다른 걱정은 하지 마십시오."

용창이 할머니의 정에 감동하여 안색을 온화하게 하여 기쁜 목소리로 아뢰었다. [60]

"저는 양씨의 탓도 아니고 피차가 어리기 때문에 부부 간의 정을 나누는 것을 꺼린 것입니다. 어찌 보잘 것 없는 일에 할머니의 염려를 더하게 하겠습니까? 지엄한 명령을 순순히 좇아 부부의 도를 온전하게 하겠습니다."

태부인이 재삼 당부하고 오히려 미심쩍어 하며 정씨를 경계하며 말하였다.

"어진 며느리의 마음은 사람이 감동할 바이나 부부의 도리가 막중하니 어찌 부인 여자가 장부를 거절하겠는가? 일의 상황을 보아서 너를 한 번 친정으로 보내고자 하니 너는 마음을 풀고 부부가 화락하여 우리 가문에 자손이 많아지기를 바란다."

61

정소저가 감히 응대하지 못하고 부끄러워하는 태도는 슬픈 바람이 일어나고 옥으로 만든 누각에 가려진 달이 광채를 토하는 듯하였다. 양소저를 보니 고개를 숙이고 얼굴에 부끄러워하는 기색을 나타내며 두 손을 마주잡고 공경의 뜻을 표하며 앉아있었다. 얼굴의 붉은 빛은 백설에 붉은 복숭아꽃이 섞어 핀 것 같고, 맑은 기질이 세상에 비교할 곳이 없었다. 여러 사람들이 두 소저를 사랑하며 공경하고 태부인이 두 소저를 볼수록 사랑하였다.

재설(再說). 정참정이 딸을 잃고 밤낮으로 소리내어 슬퍼하는 것이 날마다 더하고 여러 처첩이 정참정의 사랑을 다투어 날마다 집안이 전쟁터가 되었다. 노복(奴僕)이 뿔뿔이 흩어지고 집안의 재산이 탕진되어 동해의

62

물로 씻은 듯하였다. 석공이 한바탕 아주 심하게 책망하여 부자간의 윤리와 기강을 모른다고 꾸짖었다. 정공은 끝내 정소저를 잃고 정소저의 거처를 모르니 매우 번민하며 아들이나 보내라고 석공에게 청하였다. 석공이 꾸짖으며 아들을 보내지 않으니 정공이 비록 흙과 나무와 같은 심장을 가졌지만 뉘우치고 두 명의 자녀를 보전하지 못한 것을 슬퍼하며 심사가

편하지 않았다. 악한 처와 간사한 첩이 서로 시기하며 질투하여 정공의 괴로움이 많았다. 정공은 바야흐로 죽은 석부인의 어진 덕이 생각나서 깊이 슬퍼하며 전날의 잘못을 뉘우치고 딸의 거처를 부디 찾아 부녀의 천륜을 완전하게 하고자 하였다. 정공이 마음을 뉘우친 후에는 날마다 석씨 집안에 이르러 장인을 보며 죽은 아내를 생각하고 눈물을 흘리며 아들을 어루만지고 딸의 생존을 몰라 슬퍼하였다. 석공 부부가 정공이 깊이 뉘우치는 것을 보고 정소저의 소식을 전하고자 하였지만 오히려 박씨가 무슨 방해를 할까 정소저의 소식을 알려주지 않고 미루고 있었다. 정공자가 아버지가 슬퍼하는 것을 보고 참지 못하여 정소저의 소식을 알리고자 하였지만 외할아버지의 당부가 엄밀하여 행여 누이의 앞길이 해로울까 두려워하여 입을 다물고 참았다.

하루는 정공이 석씨 집안에 와 장인을 보고 아들을 어루만지며 점점 아들이 장성하여 빼어나게 수려함을 기뻐하였다. 한편으로는 딸을 생각하고 눈물이 가득하여 뚝뚝 떨어져 수염을 적시며 말하였다.

"집안의 여러 처첩이 폐단을 일으키니 제가 어리석고 둔하여 일을 잘못해 딸을 보전하지 못하였습니다. 살아서 부자 천륜이 어지러운 죄인이 되고, 죽어서는 죽은 아내를 볼 낯이 없습니다. 이 한을 어찌 다 이기겠습니까?"

석공은 정공이 지난 일을 후회하는 것을 보고 일부러 말하였다.

"지난 일은 엎어진 물 같으니 이제 슬퍼하는 것은 쓸데없다. 오직 앞으로 한 명의 아들이나 편히 두어 정씨 가문의 후사와 죽은 딸의 혈식(血食)을 이어라."

석공의 말이 채 끝나기도 전에 시중드는 하인이 알렸다.

"조상국 어르신께서 이르러 계십니다."

65   석공이 반가워하며 서로 보고 있었는데, 정공이 보니 한 소년이 풍채
가 멋스럽게 걸어 들어왔다. 풍채가 늠름하여 버드나무가 봄바람에 흔들
리고 광채가 상쾌하고 깨끗하여 가을달이 검은 구름을 벗어난 듯하였다.
봉황의 눈 같은 두 눈과 아름다운 눈썹에는 가득한 문명(文名)이 어려 산
천의 정기를 품고 있었으며 일을 도모하고 세상을 다스리는 슬기와 계책
을 뱃속에 간직하고 세상을 구제하며 백성을 편안하게 하는 재주를 가슴
에 감추고 있었다. 옥을 깎은 듯한 둥근 이마는 일월각(日月角)[184]이 뚜렷
하고 복숭아꽃 같은 두 뺨은 풍만하고 오악(五岳)[185]이 우뚝 솟은 듯하였
다. 붉은 입술과 흰 이는 완연히 화장으로 단장한 미인 같았으나 엄숙하
고 두 팔이 무릎을 지나니 어른의 기상을 지니고 있었다.

66   소년이 당으로 올라와서 석공을 배알하여 오래 뵙지 못함을 사과드렸
다. 언사가 상쾌하고 기운이 가을 하늘의 여름 해 같으니 천고에도 없는
영민하고 준수한 사람이고 일세(一世)의 풍류가 당대의 빼어난 한 사람이
었다.

정공이 넋이 나간 듯 황홀하여 석공에게 물었다.

"제가 이곳에 왕래한 지 해가 오래되었는데, 일찍 저 같은 선랑(仙
郞)[186]이 온 것을 보지 못했습니다. 알지 못하겠습니다. 저 선랑(仙郞)
은 어떤 사람입니까? 장인 어르신의 일가(一家)입니까?"

---

184) 일월각(日月角) : 관상가의 용어로 이마의 왼쪽과 오른쪽에 불쑥 나온 모양을 의미함. 일각(日
角)은 이마 왼쪽의 두둑한 뼈 또는 이마 뼈가 불쑥 나온 모양으로 왕자(王者)나 귀인의 상(相)이
라고 함. 월각(月角)은 오른쪽 이마의 불쑥 나온 모양을 의미함.
185) 오악(五岳) : 중국의 이름난 산으로 태산(泰山), 화산(華山), 형산(衡山), 황산(恒山), 숭산(嵩山)
을 이름. 전하여 사람의 얼굴에서 이마, 코, 턱, 좌우 광대뼈를 이르는 말.
186) 선랑(仙郞) : 귀한 집안의 자제를 이르는 말.

석공이 말없이 웃으며 말하였다.

"이 사람은 조승상의 첫째 아들이고 나의 사위이다. 자네는 이제야 보니 늦구나."

정공이 몹시 놀라며 감탄하고 흠모함을 멈추지 못했다. 그러던 중 문득 이 공자가 딸과 정혼하려고 했던 것을 생각하고 슬프게 머리를 숙이고 말이 없었다. 석공은 끝내 정공을 속이지 못할 것이라 생각하고 두 사람이 만나게 하여 장인과 사위의 도를 행하게 하려했다. 문득 석공이 얼굴빛을 고치고 말하였다.

"조공자 같은 군자와의 혼인을 물리고 조상국의 가세(家勢)를 나무라며 딸을 박수관 같은 축생(畜生)에게 맡기려고 핍박하니 외롭고 약한 딸이 도주하여 강물에 뜬 주검이 될 뻔하였다. 그러나 조상국의 후덕함과 조공자의 너그럽고 어진 마음으로 아비의 허물도 생각하지 않고 손녀의 뛰어난 절개를 어여쁘게 여겨 손녀를 물에서 건져내어 살려내니 은혜가 막대하다. 이런 이유로 내가 손녀가 조공자를 섬겨 은혜를 갚게 하였다. 자네가 알면 다시 손녀를 빼앗아가서 부녀천륜[187]을 두 번 어지럽힐까 걱정하여 입을 다물고 말을 하지 않았다. 손녀가 감히 아비를 찾지 못하였더니 오늘 장인과 사위가 서로 만나고도 알지 못하니 실로 한심하여 결국 내가 말을 하게 되었다. 자네는 옛날의 마음을 두지 말고 나무라던 사위가 박수관 축생과 비교하여 어떤가 보아라."

돌아서서 조공자에게 말하였다.

"정참정은 자네의 장인이니 비록 과실이 있지만 사위가 처음 장인을

---

187) 부녀천륜 : {부연텬륜}. '부녀천륜(父女天倫)'의 오기인 듯함.

보게 되었으니 장인과 사위의 예의를 하지 않아서는 안 될 것이네."

조공자가 정공을 바라보니 풍채가 좋고 기세가 왕성하여 거동이 풍성하고 볼만하나 마음에 주관이 없어 허랑한 위인이었다. 하물며 옛날 일을 매우 놀라워하면서도 억지로 참으며 장인에게 절하고 말하였다.

"벌써 알현하는 예가 있어야 했는데 제가 어리석고 둔함을 나무라셔서 어쩔 수 없었습니다. 장인께서 버리신 사위가 번거롭게 장인께 다니게 되면 소저에게 화가 미칠까 못하였습니다. 오늘 이곳에서 뵙게 되었지만 두려워하건대 다시 저를 내치시고 다른 호걸을 구하실까 염려가 됩니다."

석학사 등이 일시에 크게 웃으며 말하였다.

"장인이 체면을 잃었으나 나이 어린 신랑이 처음으로 장인을 조롱하고 놀리는 것이 쾌씸하구나."

정공이 매우 부끄럽고 무안하였지만 얼마 후에 즐겁게 웃으며 말하였다.

"지난 일은 그만두게. 말해도 부질없고 내가 비록 체면을 잃은 과실이 크나 사위가 내 딸과 더불어 부부라고 하면서도 이렇듯이 면박을 줄 것이 아니네. 그러나 내가 잘못했어도 사위는 화내지 않았으니 이것으로 보아 장인과 사위의 지극한 정을 다하고 오늘 사위를 따라 조상국의 문하(門下)에 가 저지른 죄에 대한 벌을 청하고 이어서 딸의 얼굴을 보아 부녀의 한이 없게 하게."

조공자가 차갑게 웃었지만 공경의 뜻을 나타내고 몸을 굽히며 말하였다.

"장유유서(長幼有序)는 성인의 경계입니다. 비록 장인과 사위의 의(義)를 말하지 않아도 노소(老少)로 말해도 소생이 어찌 어른을 면박하고 조롱하며 놀리겠습니까? 진정 사위가 되는 것을 그만두게 하는 변란이 있을까 두려워했는데, 지난일을 뉘우치시고 저를 사위로 허락하시니 매 우 다행함을 이기지 못하겠습니다."

조공자의 말이 씩씩하고 가을달 같아서 웃는 중에도 엄숙한 거동이 좌
중(座中)을 놀라게 했다. 정공이 조공자가 10여세 소년임을 문득 잊고 탄
복하며 저 같은 풍채와 기질로 딸의 남편이 된 것을 매우 기뻐하였다. 또
한 죽었다고 생각했던 딸이 살아있다는 소식을 들으니 매우 다행스럽고
기뻐서 말하였다.

"어진 사위의 의로운 기운으로 노부(老父)의 어질지 못함을 개의치 않
고 딸을 구하여 존문(尊門)의 사람으로 삼으니 조상국의 큰 은혜와 자네
의 커다란 덕을 말로 다 치사하지 못하겠네. 어진 사위는 딸의 사정을
불쌍하게 여겨 지난 일을 다시 꺼내지 말게."

석공이 뒤이어 정소저가 도주하여 절개를 지키며 물에 몸을 던진 것과
공교롭게 조공자를 만나 목숨을 구하고 자기가 정소저의 혼인을 주관하여
명분이 바르고 이치에 맞게 혼인을 한 곡절을 자세히 일렀다. 정공이 일마
다 매우 부끄러워하고 말마다 놀라웠으나 정소저가 목숨을 끊었다가 구해
진 대목에서는 다행스러워 일어나 석공에게 받들어 사례하며 말하였다.

"제가 어리석고 둔하며 무식하여 딸 하나를 보전하지 못하고 집안일이
망측해지니 남들에게 알게 해서는 안 되는 일입니다.[188] 행여 천우신
조하여 어진 사위를 얻고 장인어른께서 혼사를 맡아 주관하시어 약한
딸의 평생의 커다란 일을 상쾌히 처리하시니 어찌 감격하지 않겠습니
까? 이것은 다 장인어른의 은덕입니다."

---

188) 남들에게 ~ 일입니다 : {불가수문어타인(不可使聞於他人)이라}.

이에 조공자의 손을 잡고 사랑이 대단하여 기뻐함을 이기지 못하였다. 앉아있던 사람들이 기뻐하며 웃고 술을 내와 많이 마셨다. 조공자의 옥 같은 얼굴이 반쯤 취하니 붉은 복숭아꽃에 소나기 방울을 떨어뜨리듯 옥 같은 얼굴이 아름다워 뛰어난 기운이 온 자리에 비춰니 버드나무 같은 모습이 더욱 상쾌하고 깨끗했다. 흰 치아와 붉은 입술 가운데 도도한 언변이 강물에 드리우듯 유창하니 사람들의 눈이 멍하니 조공자를 바라보았다. 석공이 조공자의 손을 잡고 칭찬하며 말하였다.

74 "하늘이 특별히 영웅호걸을 내시어 임금을 도우시니 어찌 한갓 조상국만 복이 있을 뿐이겠는가? 국가에 경사스럽고 복스러운 일이 난 것을 기뻐한다. 내가 비록 나이가 많으나 너희의 높은 재주를 구경하고 죽을까 한다."

조공자가 겸양하며 말하였다.

"소생은 서로 간에 인연이 있는 집의 자손189)으로 다시 선생의 사위의 자리에 주제넘게 들어가 자식의 항렬에 있습니다. 어찌 과하게 칭찬하셔서 친애하심을 도리에 넘게 하십니까? 어린 아이가 황공하고 부끄러워 몸 둘 곳을 없게 하십니까?"

석공이 웃으며 말하였다.

"내가 어찌 과찬하며 칭찬하겠는가? 자네가 진정으로 재주가 뛰어난 것이다."

그런 후에 매우 화평하고 즐거운 이야기로 날이 저무는 것도 알지 못하고 있다가 각각 돌아가게 되었다. 조공자는 정공을 향해서 다시 나아가

---

189) 서로 ~ 자손 : {연가주질(緣家子姪)}. '연가'는 인연이 있는 집을 의미하므로 이와 같이 옮김.

공경하는 마음으로 뵐 것을 일컫고 정공은 내일 조씨 집안에 가서 조공과 딸을 만나볼 것이라고 말하였다.

조공자가 자기 집안으로 돌아가 할머니와 부모를 뵙고 석씨 집안에 가서 정공을 만나 서로 했던 말을 전하자 조공이 소리 없이 웃으며 말하였다.

"정공이 비록 이전에 그 도를 잃었으나 나이가 많고 빙악(聘岳)의 의(義)190) 가 있는데 어찌 어린 아이가 장인에게 나오는 대로 말을 하였느냐?"

조공자가 웃으며 대답하였다.

"매우 많이 참아 그 정도로만 하였습니다. 그 행사를 생각해보면 어찌 소자(小子)의 말에 화를 내겠습니까?"

부모가 웃을 뿐이었다.

이날 밤에 조공자가 정소저를 보고 정공을 만났던 전후사를 전하며 말 ⁷⁶ 하였다.

"내일이면 장인이 오실 것이니 내가 이미 그대의 청을 시행한 지가 오 래되었소. 오늘은 가히 그냥 넘어가지 못하겠소."

정소저가 놀라고 부끄러워하며 옥 같은 얼굴에 붉은 빛이 가득할 뿐이 고, 힘없이 가만히 있으며 말이 없었다. 조공자가 정소저의 그 마음을 가 련하게 여겨 나아 앉아 손을 잡고 말하였다.

"나를 한낱 경박한 탕자로 알지 마시오. 정중한 부인을 두고 해가 바뀌 도록 그것이 잘못된 일인데도 고집한 것은 내가 정대하지 않았다면 이 렇듯이 못했을 것이오. 그대가 내일이면 아버지를 뵙고 인륜의 예를 차리게 되면 여한이 없을 것이니 내가 어찌 하룻밤을 참지 못하여 겁 ⁷⁷

190) 빙악(聘岳)의 의(義) : 빙악은 빙모(聘母)와 악장(岳丈)이라는 뜻으로, 장인과 장모를 아울러 이 르는 말임. 여기서는 장인의 의로 이해할 수 있음.

박하겠소?"

정소저가 몸을 일으키며 감사해하며 말하였다.

"군자께서 정대하셔서 아녀자의 사정을 용납하시니 몸이 살아 이때까지 있으면서 아버지를 뵙고 반기게 되었습니다. 이것은 모두 군자의 커다란 은혜입니다. 그런데 군자의 말씀을 생각해보건대 아버지를 많이 괴롭게 꾸짖으신 듯합니다. 이것은 저 때문에 일어난 일이니 이러한 모든 불효를 슬퍼합니다."

조공자가 웃으며 말하였다.

"만일 그대의 뛰어난 절개와 사정을 돌아보지 않았다면 어찌 장인을 만나 그렇게만 했겠소. 다만 많이 생각하여 공손하게 하였는데 어찌 도리어 나쁘게 여기시오?"

정소저가 매우 부끄러워하며 말이 없었다.

다음날 정공이 조씨 집안에 이르러 조공을 만나보았다. 조공은 마음이 어질고 너그러우며 매우 넓은 사람이어서 어찌 다른 말과 표정이 있겠는가? 서로 맞아서 주인과 손님의 예로 남을 올리고 자기를 낮추며 자리에 앉았다. 조공이 먼저 정공에게 사돈의 도리로 즉시 상면하지 못한 것을 일컫고 화평하게 대하였다. 정공이 조공의 위풍당당함을 보고 자연스럽게 존경하고 감복하며 이에 자리에서 일어나 지난 일을 칭찬하며 감사하였다. 또 딸을 사지(死地)에서 살려내 거두어 은혜롭게 길러준 덕을 감사해하였다. 조공이 선뜻 웃으며 말하였다.

"이것은 인형(仁兄)191)의 허물이 아니고 모두 며느리가 액경(厄境)192)을

---

191) 인형(仁兄) : 친구 정도의 사이에 서로를 높여 부르는 말.
192) 액경(厄境)) : {잉경}. 액운을 나타내는 액경(厄境)의 오기인 듯함.

79

떼고 뛰어난 절개를 나타낼 시기라 그러한 것입니다. 이제 모든 일이 끝났으니 다시 그 일을 꺼내어 문제 삼는 것은 무익한 것 같습니다. 이제 때가 되어 서로 인척(姻戚)이 된 정을 두터이 해야 하는데 어찌 지난 일을 생각하겠습니까? 우리 며느리의 얌전하고 정숙하며 조용하고 그 옥함은 우리 집의 경사여서 제가 인형(仁兄)께 감사드립니다."

정공이 조공의 부드럽고 온화한 태도를 보고 감사함을 이기지 못하고 뜻밖에 기쁜 일이 생겨 좋아하며 이에 수많은 절을 하며 조공에게 감사를 드렸다. 사위의 아름다움을 일컫고 딸을 만나보기를 청하였다. 조공이 아버지와 딸을 조용히 만나게 하기 위해서 아들에게 정공을 모시고 정소저의 숙소로 가게 하였다.

이때 정소저는 아버지가 오셨다는 말을 듣고 슬픔과 기쁨이 교차하여 당(堂)에서 내려와 아버지를 맞이하여 아버지의 옷자락을 잡고 옥 같은 눈물이 강물에 더해질 정도로 울었다. 정공이 바삐 정소저의 옥 같은 손을 이끌어 당(堂)에 올라와 곁에 앉히고 눈물을 흘리며 슬퍼하며 말하였다.

80

"너의 아비가 무식하고 어리석어서 너에게 뜻밖의 환란을 겪게 하고 사생(死生)이 위태할 뻔하였으니 생각하면 한심하구나. 어찌 슬프고 뉘우치지 않겠느냐? 요행히 네 모친의 죽은 영혼이 도와 네가 백년을 함께할 군자를 만나 영달한 집안에 몸을 의탁하게 되었다. 여자의 뛰어난 절개가 완전하게 되고 다시 살아서 나를 만나 효에 당연하게 되었으니 새로이 무엇을 서러워하겠느냐?"

정소저가 오열하며 겨우 대답하였다.

"불초녀가 매우 갑작스럽게 도주하여 부모께 하직도 하지 못하고 몸이 강물에 떨어지니 이러한 불효가 없습니다. 구차하게 살아서 오늘 아버지를 뵈오니 이제 죽어도 여한이 없습니다. 원컨대 아버지께서는 소녀가 아뢰지 않고 어쩔 수 없이 나오게 된 것을 질책하지 마십시오. 두 어머니와 여러 어머니들은 다 무사합니까?"

말을 끝내고 슬픈 얼굴에 반가워하는 기색을 띠고 있으니 연꽃이 맑은 물에 잠겼고 흰달이 구름을 만난 것 같았다. 그 모습의 넉넉하고 아름다우며 시원하고 깨끗함이 옛날보다 훨씬 더하고 어린 아이가 변하여 어른이 되어 단엄하고 정숙한 거동이 더욱 기특하였다. 정공이 매우 슬프기도 하고 반갑기도 하여 소저를 어루만지고 위로하면서 말하였다.

82 "이 모두 내가 사리에 밝지 못해서 생긴 일이니 너는 아비의 허물을 한하지 마라. 현명한 사위의 어진 덕과 시아버지의 후의에 힘입어 부부간의 즐거움을 유쾌하게 하고 무익하게 슬퍼하지 마라. 박씨의 행사가 점점 이치에 어그러져 도리에서 벗어나고 여러 사람들의 간악함이 날로 심하여 이 아비가 바야흐로 종사(宗祀)193)를 받들지 못하게 되었으니 매우 답답하게 마음을 태우고 있다. 박씨의 드러난 죄를 잡지 못하였으니 내쫓지도 못하고 몹시 원통해하고 있구나."

정소저가 탄식하며 말하였다.

"모든 일이 운명입니다. 어찌 모친과 여러 서모(庶母)의 탓이겠습니까? 아버지는 너그럽고 어진 도를 힘쓰시어 부부의 윤상(倫常)을 돌아보시
83 고 가볍게 규방의 부도(婦道)를 말씀하시지 마십시오. 소녀가 어질지 못하여 조아(曹娥)를 본받지 못하고 화란(禍亂)이 서로 생기니 누구를 원망하겠습니까? 오늘 아버지께서 용서해 주신다는 명을 듣고 천륜의 자

---

193) 종사(宗祀) : 집안의 종주(宗主)를 받들어 제사를 지냄.

애(慈愛)를 다시 받으니 오늘 죽어도 즐거운 넋이 될 것입니다."

부녀가 이윽고 집안일을 모두 말하자 조공자는 오직 부녀의 문답을 들을 뿐이었다. 맑은 눈빛을 자주 빛내며 그 사정을 애련하게 생각하고 소저에 대한 끝없는 은정(恩情)이 비할 곳이 없었다. 다른 이야기를 하자 조공자가 웃으며 말하였다.

"제가 비록 장인어른을 어제 뵙게 되었으나 존문(尊門)의 사위가 되어[194] 주제넘게 사랑을 받은 지도 해를 넘기게 되었습니다. 어찌 가슴속에 번민한 마음을 숨기겠습니까? 제가 아내를 만나 물속에 빠진 몸을 건져내고 보니 그 사람이 곧 장인어른의 딸이었습니다. 하늘이 정한 인연이 아니었으면 그렇게 되지 못했을 것이고, 보통의 부부간이 아닌 것입니다. 그런데 정소저가 장인어른께 혼인한 것을 아뢰지 못했기 때문에 한 번 아버지께 사죄한 후에 부부의 도를 차리겠다고 했습니다. 저희가 서로 만난 지 세월이 오래 되었지만 아내가 저를 거절하였습니다. 제가 사람이 변변하지 못하지만 한 명의 여자를 못 이기겠습니까마는 사람의 도는 남녀의 구별이 없기 때문에 그 뜻을 협박하지 못하여 서로가 남처럼 지냈습니다. 장인어른께서 정소저를 회유하시어 그 고집을 버리도록 해주십시오."

말이 풍성하고 기운이 부쩍 일어나서 조금도 부끄러워하는 기색이 없으니 이것은 정공을 업신여겨 이렇게 한 것이었다. 정공이 크게 웃으며 말하였다.

"군자의 뜻에 딸이 어찌 고집을 부리며 따르지 않겠는가?"

---

194) 사위가 되어 : {싱관(甥館)}. 생관은 사위가 거처하는 방을 가리키므로 이와 같이 옮김.

이에 정소저에게 말하였다.

"부인의 도는 유순(柔順)함이 으뜸인데 어찌 장부의 뜻을 어기느냐. 하물며 조공자는 네게 은혜가 막대하니 한갓 부부의 의(義)만 있는 것이 아니다. 너는 이후부터 어지러운 염려는 하지 마라. 부부가 화락하여 아들과 딸을 낳으면 효성과 절개가 완전해질 것이다."

정소저가 근심하는 빛이 가득하여 한마디도 대답하지 못하였다. 조공자는 크게 웃었다. 날이 저물자 정공이 돌아가기 전에 탄식하며 말하였다.

"너를 데려가고 싶지만 우리 집은 옛날과 달라 네가 가도 편하지 못할 것이다. 내가 여기 다니면서 부녀간의 정을 펼 것이니 마음을 편하게 가지고 군자의 명령을 순순히 받들어 내가 와서 만날 날을 기다려라."

정소저가 아버지의 명령을 공경히 받들며 따랐다.

조공자가 정공과 함께 나와 조공과 한가롭게 이야기하다가 집으로 돌아가려고 하였다. 조공자가 당에서 내려와 예를 갖추어 인사하고 장인을 보내며 다음에 다시 찾아가 뵙겠다고 말하였다. 그러나 마음속으로는 장인을 우습게 생각하면서도 겉으로는 기쁘고 매우 정답고 친절하게 하며 사위의 도를 다하였다. 정공이 매우 기뻐하며 조공자의 손을 잡고 말하였다.

"내가 스스로 와서 자네를 볼 것이니, 사위는 공부에 전념하여 이번 가을의 과거에 응시하게."

조공자는 정공이 오지 못하게 했으면 생각하고 마음속으로 정공을 가소롭게 여겼다.

정소저는 아버지를 만나 부녀의 천륜이 완전하게 되니 여한이 없었다. 그러나 조공자가 부부의 정을 나누는 것을 더 이상 꺼리지 않는 것과 자기 집 일을 새롭게 부끄럽게 여기고 한스러워하였으나 마침내 자기 뜻을 오래 지키지 못할 줄 알고 매사에 온순하게 하였다. 시할머니와 시부모께 효도하고 시누이와 동서195)와 화목하게 지내면서 일마다 기특하였다.

첫째 공자 부부의 금슬지락(琴瑟之樂)이 태산(泰山)과 하해(河海) 같았고 둘째 공자가 양소저와 화락함은 『시경』「국풍(國風)」의 시196)를 지을 만 하였다. 두 공자가 부인을 사랑하는 것은 오히려 달랐다. 첫째 공자는 정 소저와 함께 부부의 방에서 기뻐하며 웃고 화락하는 것이 쾌활할 뿐 아니 라 여러 누이들이 보는 곳에서나 할머니 곁에서나 문답을 온화하게 하며 담소가 보통 때처럼 침착하였다. 용홍이 여름 해 같은 위풍을 지녔지만 정소저를 대하면 봄바람이 무르녹아 화기가 애애하였다. 둘째 공자는 양 소저와 함께 정중함이 지극하여 부부의 방에서 서로를 대하여도 침묵하 고 입이 무겁고 말이 신중하여 담소하는 것이 드물었다. 용창은 아내에게 물을 말이 있으면 공경하여 묻고 할머니나 부모님 앞에서는 두 눈빛이 서 늘하고 차가워197) 행여라도 눈빛을 양소저에게 보내지 않고 말을 서로 건네지 않으며 주인과 손님같이 대하였다. 할머니와 부모는 첫째 아들 부 부의 화락함을 기뻐하였으나 둘째 아들의 행동을 의혹스러워하며 부부 사이가 소원한가 염려하였다.

이때에 양세가 흉험한 생각을 품고 차정인과 강후신과 함께 동생인 양 소저의 앞길을 끝낼 방법을 도모하였다. 시녀 계월은 양세와 사사로운 정

88

89

---

195) 동서 : {금쟝[錦帳]}. 동서의 의미임.
196) 『시경』「국풍(國風)」의 시 : 「국풍」은 『시경』의 제1편의 제목으로 주로 각국의 민요가 수록되 어 있음 조성과 양소저의 부부 사이가 화평학 온화함을 의미함. 「국풍」은 주남(周南)·소남(召 南)·패풍(邶風)·용풍(鄘風)·위풍(衛風)·왕풍(王風)·정풍(鄭風)·제풍(齊風)·위풍(魏 風)·당풍(唐風)·진풍(秦風)·진풍(陳風)·회풍(檜風)·조풍(曹風)·빈풍(豳風) 등 15개국의 국풍 160편이 실려 있음.
197) 서늘하고 차가워 : {시슬ᄒ고}. 이는 옛말 '시서늘ᄒ다'에서 온 말로 시고 서늘하다의 의미임.

을 나눈 사이였다. 두 사람의 정이 진중한데, 양소저가 그것을 모르고 조씨 집안으로 계월을 데리고 갔다. 양소저가 조씨 집안에 간 후 시부모와 남편의 천금 같은 두텁고 은혜로운 사랑이 있고 태부인이 차마 양소저가 곁을 떠나지 못하게 하여 4, 5개월이 되도록 양소저를 친정으로 보내지 않았다. 조공자가 이따금 와서 처가 부모를 보면 그 일월(日月) 같은 풍채와 백옥 같은 용모가 세상에 대적할 사람이 없을 뿐 아니라 성인의 도학(道學)이 일세에 드문 대군자였다. 양공이 조공자를 매우 사랑하는 것이 자기 자식보다 더하였다.

90

양세는 어질지 못한 마음이 더욱 살같이 일어났다. 양소저를 빨리 해코지하여 조공자의 자취를 끊고자 하여 계월과 양세가 더불어 몰래 정을 맺어 서로 끊기 어려웠다. 그런 까닭에 계월은 날마다 양씨 집안에 말을 전하러 다니므로 양세가 가만히 계월에게 계교를 가르쳐 한 통의 편지를 써서 양소저의 장렴(粧奩)198) 안에 넣어두어 먼저 조공자가 그것을 보게 하라고 하였다. 만일 성공하면 너를 총애하는 첩으로 삼아 정실이 너의 처지를 바라지 못하게 하리라 하였다. 그리고 백금 30냥을 먼저 상으로 주었다. 계월이 신분이 낮은 천인(賤人)이고 또한 양세와 은정(恩情)이 정답고 친밀하니 어찌 이것을 시행하지 않겠는가? 계월은 겉봉을 봉한 편지를 품고 돌아와 생각하기를 '이 일이 온전하게 되면 내가 인가(人家)의 시비의 처지를 면하게 될 것이다.' 하고 기회를 엿보았다.

91

하루는 양소저가 할머니를 모시고 있으면서 미처 나오지 못하고 둘째 공자인 용창이 심사가 매우 피곤하여 쉬고자하여 일찍 들어왔다. 계월이

---

198) 장렴(粧奩) : 장렴은 경대(鏡臺)의 의미임.

용창이 들어오는 소리를 듣고 바삐 이부자리를 펴는 체하고 양세가 맡긴 편지를 책상 위『열녀전』사이에 끼워 알아보기 쉽게 하고 나왔다. 용창이 자리 위에 앉아 양소저의 서안(書案)에 올려져 있는 것을 보니『소학』과『열녀전』이었다. 사운율시(四韻律詩) 두어 구가 책 사이에 있었다. 그 필법과 문채(文彩)가 세상에서 보지 못한 재주로 기특할 뿐만 아니라 아름답고 성스러운 마음과 과 어진 마음과 맑은 덕이 시문에 나타났다. 용창이 그것을 다보고 마음속으로 기뻐하고 감탄함을 마지않고 생각하기를 '시는 사람의 성정에서 나는 것이니 양소저의 사람됨이 단정하고 조용함은 요사이에 보아도 알 수 있다. 그 재주가 이와 같아서 세상에 물들지 않고 복록(福祿)이 또한 시를 써놓은 종이에 비치니 뛰어난 숙녀가 여러 명임을 깨닫겠구나. 우리 집 형수의 기특함이 있고, 또 양소저가 있으니 일세에 뛰어난 숙녀가 어찌 다 우리 집에 모였는가?' 하였다.

92

93

이렇게 생각하고 양소저를 기다리다가 양소저가 나오지 않아서 무료하여『열녀전』사이에 편지를 뜯었다. 편지 봉투를 갓 뜯어보고 넣은 모양이었다. 장인 장모가 손수 쓴 편지인가 생각하고 도로 책 사이에 끼우다가 봉투에 쓴 것을 보았더니 '남양인 강후신이 재배(再拜)'[199]라 쓰여 있었다. 용창이 매우 이상하게 여겨 그 안에 쓴 것을 보았다. 거기에는 말이 음침하고 참혹하여 맑은 편지지 가운데는 욕이 많았는데, 대강의 내용은 이러하였다.

　　강생은 본래 남양 땅의 곤궁한 선비여서 일찍 부모를 여의고 양공자의 높은 의기

---

199) 재배(再拜) : 윗사람에게 쓰는 편지에서, 사연을 끝낸 뒤 자기 이름 뒤에 쓰는 말. 두 번 절을 한다는 뜻으로, 상대편을 높이는 표현임.

로 인해 문하(門下)에 모신 지 햇수로 5년이 되었습니다. 그대의 오빠와 친함은 관포지기(管鮑知己)와 도원결의(桃園結義)[200]의 의(義)를 본받았으며 내외(內外)없이 출입하다가 월전(月殿)[201]에 길을 열어 무산(巫山)의 꿈[202]이 노래를 그만두기 어렵습니다. 한스러운 것은 그대는 태학사의 딸로 존귀함이 공주 다음이고, 저는 한미함이 외딴 시골의 천한 출신이라는 것입니다. 태학사께서 저를 거두어 사위를 삼으셨으면 하는 마음이 가득하고 두 사람의 마음이 산해(山海) 같으나 누가 월로노인의 소임을 스스로 맡아 삼생(三生)[203]의 인연을 이루겠습니까? 소저가 한 번 조가의 물건이 되니 아리따운 그대의 그림자는 묘연해졌습니다. 장선각을 바라보니 비단 병풍과 수놓은 장막에 먼지가 가득하고 깁으로 바른 창과 붉게 칠한 누각은 외로운 강생의 애를 끊게 하고 구름 밖에 흩어진 정신을 놀라게 합니다. 슬픕니다. 강후신이 귀한 가문에서 태어났다면 그대를 조생에게 빼앗겼겠습니까? 조생이 설사 모습이 기특하나 저도 또한 풍채가 떨어지지 않습니다. 그러니 소저께서는 첫 정(情)을 생각하여 한갓 새로운 즐거움 때문에 옛날의 정인(情人)을 잊지 마십시오. 소저께서 친정으로 돌아오는 날 이 마음을 잠깐 펴고자 합니다. 알지 못하겠습니다. 어느 때에 본부(本府)로 돌아오시며 소저도 옛날 저와의 은정(恩情)을 생각하는가요? 천금 같은 답신을 구구하게 바랍니다.

용창이 편지를 다 읽고 매우 놀라 생각하였다.

'내가 비록 사람을 잘 알아보는 능력이 없으나 오히려 두 눈이 멀어 소

---

200) 도원결의(桃園結義) : 유비 · 장비 · 관우가 복숭아 밭에서 의형제의 관계를 맺음을 이르는 말.
201) 월전(月殿) : 선녀가 산다는 달 속의 궁전을 가리킴.
202) 무산(巫山)의 꿈 : 무산은 중국의 사천성 무산현 동쪽에 있는 산으로 산위에는 무산 십이봉(十二峰)이 있음. 무산에 있는 선녀가 초나라의 회왕(懷王)과 양왕(陽王)을 양대(陽臺)에서 만나 사랑을 했다는 고사가 전함. 여기서 무산의 꿈은 남녀가 만나 사랑을 나누는 것을 의미함.
203) 삼생(三生) : 전생(前生), 현생(現生), 내생(來生)인 과거세, 현재세, 미래세를 통틀어 이르는 말.

경이 된 것이 아니다. 양소저의 외모가 한갓 깨끗하고 시원하며 남과 다를 뿐 아니라 그 맑은 심사와 좋은 품성이 고금(古今)의 열부(烈婦)에게도 빠지지 않는다. 금옥 같은 심장을 지녔고 얼음과 눈 같은 기질을 가지고 있으며 남보다 기특한 절개가 있는데, 이와 같은 음탕한 행동이 있겠는가? 내가 소저를 만나서 지기(知己)되기를 허락하고 한갓 부부의 정만이 있는 것이 아닌데, 괴이한 편지의 말이 있다니, 알지 못하겠구나 ……' 97

용창은 양소저의 집안에서 양소저를 해치려고 하는 자를 수없이 생각해 보았으나 그 사람을 생각하지 못하고 스스로 탄식하며 말하였다.

"예가 아니면 베풀지 말고, 예가 아니면 듣지 말라고 한 것은 성인의 경계이다. 잘못 보았으니 생각하지 말자"

하고 불을 가져와 껐다. 문득 양소저가 시녀에게 촛불을 잡히고 이르렀다. 양소저를 보니 미단 치마가 움직이지 않고 깁으로 묶은 듯한 허리는 일척(一尺)이 되지 못하였으나 신중하고 빼어나 걸어오는 풍채가 촛불의 그림자에 환하게 비쳤다. 이에 양소저가 나와 서니 가을 물 같은 맑은 두 눈에 덕스러운 기운이 완전하였고 팔자(八字) 모양의 봄산 같은 눈썹은 매우 아름다우며 곧고 침착하여 다른 사람의 눈과 귀에 드러났다. 수많은 아름다운 빛이 사람의 마음을 한가롭고 평온하게 하니 부정한 사람이라 98
도 몸과 마음을 단속하게 하고, 사나운 사람이라도 단정하고 조용한 사람이 되게 할 정도였다.

용창이 놀랍고 기특하여 처음 본 듯 양소저에게 조금도 의심이 들지 않아 일어나서 양소저를 맞으며 말하였다.

"방주인이 없어서 혼자 기다리다 삼경(三更)이 다 갔소. 봄밤이 매우 짧아서 언제 자고 일어나서 어른들께 문안 인사 드리겠소?"

양소저가 나직하게 대답하였다.

"할머니 곁에 계시던 여러 형님들이 돌아가지 않으시니 먼저 물러나오지 못하고 이렇게 밤이 되었습니다."

낭랑한 옥 같은 소리가 모두 화평한 기운뿐이니 용창이 시끄럽고 어수선한 일 때문에 의심이 미치겠는가? 용창이 그 흉한 편지의 사연은 다 잊고 은근한 정이 새로워 자리에 앉으며 천천히 말하였다.

"그대와 더불어 혼인을 한 지 대여섯 달이나 되었는데 내가 성품과 도량이 꼼꼼하지 못하고 어설퍼서 부인과 말을 자주 나누지 않아 서로 재주와 성품을 자세히 몰랐소. 오늘밤에 무료해서 당신이 시 지은 것을 보니 나 같은 남자는 붓을 꽂고 자리를 피해야 되겠소. 이런 재주와 학식을 장차 무엇에 쓰실 것이오? 다만 부인의 사덕(四德)이 구태여 시문에 있지 않을 것이니 부인이 가장 위주로 하여 숭상하는 것은 무엇이오?"

양소저가 놀라고 부끄러워하였지만 용창의 질문을 가볍게 넘기지 못할 것이라 생각하고 묻는 바를 속이지 못하여 몸가짐과 용모를 단정히 하며 대답하였다.

"무릇 시문과 글을 짓는 것은 아녀자의 소임이 아닌 줄 알지만 친정아버지께서 자녀가 적어서 제 앞에서 시문을 가르치셔서 성명 정도는 쓸 수 있으나 어찌 시부(詩賦) 짓는 일을 숭상하겠습니까? 하물며 여자의 처신이 고요함을 귀하게 여기는데, 재주와 문필은 나타나기 쉬워 빼어나게 단정한 자가 꺼릴 일이니 제 마음이 이러하여 시부 짓기를 하지 않았습니다. 시를 적은 두 개의 종이를 아버지께서 취중(醉中)에 받으시려고 하셔서 아버지의 뜻을 마음대로 어기지 못하여 시를 지은 것이 있었습니다. 군자께 희롱과 놀림을 당하니 황공하고 부끄러움을 이기지 못하겠습니다."

용창이 웃으며 말하였다.

"부인의 행실 중에 무엇이 으뜸이오? 가히 소견을 듣고자 하오."

양소저가 의아해하며 얼마동안 말이 없었다. 용창이 웃으며 말하였다.

"내 말을 어찌 여겨 대답하지 않으시오? 혹자는 효녀 효부로 정문(旌門)
한 사람도 있고 혹자는 열절(烈節)로 이름이 난 사람도 있으니 어느 사
람이 더 높다고 생각하시오?"

양소저가 생각을 정리하여 대답하였다.

"경우마다 다른데 남자의 경우에는 충효(忠孝)를 모두 갖추는 것이 옳
고, 여자는 효절(孝節)이 으뜸입니다. 두 가지를 다 완전하게 다 갖추고
있으면 숙녀이고 불행하여 다 완전하게 갖추지 못하면 차라리 대절(大
節)204)을 잡아 낳아주시고 길러 주신 부모께 욕이나 미치지 않는 것이
옳습니다. 첩의 소견을 물으시니 감히 내외(內外)하지 못하여 소견대로
고합니다."

용창이 양소저의 말마다 공경하고 사랑하여 생각하였다.

'저런 위인이 차마 음란하고 그릇된 일이 있겠는가? 알지 못하겠구나.
양소저의 아름다운 모습을 해치고자 이런 편지글이 있는가? 아직 입 밖에
내지 말고 좀 더 보아야 하겠다. 부족함이 없이 양소저의 행동은 숙녀이
면서 절부(節婦)이다. 그런데 그럴 리 만무하니, 내가 양소저를 시험하여
묻는 것이 군자의 행동이 아니로구나.'

용창은 여러 가지의 염려가 많아 잠을 자지 못하였다. 이후에 용창이

---

204) 대절(大節) : 대의를 위하여 목숨을 바쳐 지키는 절개.

양소저를 대접하는 것이 옛날처럼 하였으나 이 일을 생각하면 괴이하여 생각을 정리하지 못했다.

103 양공이 여러 번 조공에게 청하여 딸을 데려가면서 사위를 자주 청하였다. 양공의 간절한 뜻을 거절하지 못하여 종종 용창과 양소저가 양씨 집안에 왔다. 용창이 양소저의 침당(寢堂)의 현판의 글씨를 보니 과연 장선각이었다. 용창은 마음속으로 이것을 보지 않은 것만 못하다고 생각하였다. 양소저를 곧 보면 가을 달 같은 얼굴과 가을 물 같은 마음이 군자의 총명한 생각에 양소저의 결백함이 분명히 드러나 의심이 없다가도 양소저를 해칠 사람이 조씨 집안과 양씨 집안에 없을 것이란 생각에 한편으로는 괴이하여 양소저에 대한 의심이 잊혀지지 않았다.

양세가 계월과 함께 양소저를 해칠 계책을 행하였지만 일이 되어가는 동정이 없고 용창이 누이와 옛날처럼 그대로 화락하고 양공에게도 사위의 예가 극진하였다. 양세는 매우 급하여 다시 차정인과 강후신과 의논하

104 니 그들이 기가 막혀 하고 놀라며 말하였다.

"우리들이 조생을 보니 그 사람됨이 소년 서생이 아닙니다. 총명함이 일월(日月) 같고 사람을 알아보는 능력이 신과 같고, 도량이 하해(河海) 같으니 정중한 부인을 의심하지 않을 것입니다. 다시 이리저리하여 조생이 보는 앞에서 의심 없이 양씨가 간음한 허물을 드러내면 조생이 비록 사광 같은 귀의 예리함205)과 이루 같은 눈의 밝음206)을 지니고 있으나 어찌 놀라워하고 언짢게 여기지 않겠습니까?"

---

205) 사광 ~ 예리함: {〈광지총(師曠之聰)}. 사광은 춘추시대 진(晉)나라 음악가로 음률을 잘 분별하여 소리를 듣고 길흉을 점쳤다고 함. 귀가 예민함을 이르는 말.
206) 이루 ~ 밝음: {니루지명[離婁之明]}. 눈이 몹시 밝음을 비유적으로 이르는 말. 중국 황제(黃帝) 때 사람인 이루가 눈이 밝았다는 데서 나온 말임.

양세가 크게 기뻐하며 천금을 내어 차정인과 강후신에게 단약(丹藥)을 사게 하고 기회를 타 계책을 행하였다. 슬프다! 조생 같은 군자를 내고 양소저 같은 숙녀를 내니 금슬이 아교와 옻칠같이 떨어질 수 없는 관계인데 어질지 못하고 매우 악한 흉인(凶人)이 있어 조생의 이목을 가리고 얼음과 옥 같은 누이에게 강상(綱常)의 대죄를 씌워 사지(死地)에 넣으니 어찌 슬프고 놀랍지 않겠는가?

재설(再說). 양소저가 친정으로 돌아가고 조생의 장인이 사위를 청하는 안장을 얹은 말이 날마다 조씨 가문의 뜰에 기다리고 있었다. 용창은 능히 세 번 말이 이르면 한 번을 가지 않을 수 없어서 자연스럽게 자주 양씨 집안에 왕래하게 되었다.

양공은 용창의 깨끗하고 시원한 풍채 있는 모습과 세상에 뛰어난 온갖 행동뿐만 아니라 용창이 하는 일마다 사랑하여 용창을 귀중하게 생각하는 것이 양세에게 비교할 바가 아니었다. 용창이 또한 장인 장모의 단정하고 정중한 위의를 대하니 지극한 정에 감격하여 장인에게 하는 말이 정답고 자상하여 화기(和氣)애애하니 지극히 서로 뜻이 맞아서 잘 통하는 장인과 사위였다. 다만 한 명 있는 처남이 조용히 매제(妹弟)를 볼 적이 없을 뿐 아니라 한 명은 공자(孔子) 같고, 한 명은 도척(盜跖)[207]같아서 서로 정의(情誼)를 펴서 사랑하는 뜻이 없었다. 용창이 양세의 품격이 자신과 완전히 다른 것을 애달파하고 안타까워하였으나 요임금과 순임금의 아들이 불초(不肖)했다[208]는 사실을 깨닫지 못하였다.

---

207) 도척(盜跖) : 중국 춘추 시대의 큰 도적으로 현인 유하혜(柳下惠)의 아우로, 수천 명을 거느리고 천하를 횡행하였다고 함.
208) 요임금과 ~ 불초(不肖)했다 : 요임금은 아들 단주가 어질지 못하다는 사실을 알고 순에게 왕위를 주었고, 순임금은 불초한 아들 상균 대신 우에게 왕위를 선양하였음.

하루는 석양이 질 무렵에 용창이 양씨 집안에 와서 장인 부부를 보고 물러나와 장선각에 왔다. 양소저는 없고 곁방에 침선하는 시비가 수군거리며[209] 말소리가 은은히 들렸다. 용창이 다만 작은 편지를 보았다.

강생은 눈물을 흘리며 소저의 처소 아래에서 고합니다. 슬픕니다. 생의 말라가는 마음이 소저의 자취를 바라며 우리가 장선각에서 화락함이 옛날 같을까 기대하였습니다. 그런데 뜻밖에도 조생이 자주 왕래하여 우리가 만남을 가지지 못하게 할 뿐 아니라 소저께서 돌아갈 기약이 가까웠다하니 속절없이 강후신은 죽어도 눈을 감지 못할 것입니다. 알지 못하겠습니다. 조씨 집안으로 언제 돌아가시며, 조생이 어느 날에 오지 않는지를 알아서 말씀해주신다면 죽음을 무릅쓰더라도 다시 장선각에서의 만남을 이루겠습니다. 제가 들으니 조생이 소저에게 재주와 부녀의 절행(節行)을 물으니 소저가 뛰어난 절개가 으뜸이라고 하였다고 하더군요. 조생이 매우 유심하게 생각하던 일이니 구태여 다시 자세히 조사하고 살필 일이 없을 것입니다. 너무 두려워하지 말고 틈을 알아보십시오.

또한 편지 끝에 이렇게 씌어있었다.

소저의 오른쪽 팔위에 옥설(玉雪) 두 글자와 왼손 한 가운데에 있는 수복(壽福) 두 글자를 조생도 아는가요? 나 강후신 외에 아는 사람이 없으니 소저가 비록 새롭게 정을 쏟은 곳이 있으나 옛날의 언약을 아득히 잊고 있습니까? 내가 가히 애달파하는 것은 조생을 만나기 전에 부부간의 사랑을 나누지 않고 부모가 사실을 알까 소

---

209) 수군거리며 : {슛두어려}. 이는 옛말 '슛두어리다'에서 온 말로 수군거리다의 의미임.

저가 두려워하여 팔위에 붉은 점을 지우지 못하고 조생에게 빼앗겼다는 것입니다.
비록 그러하나 동침(同寢)의 즐거움을 느끼며 머리를 맞대고 얼굴을 마주하여 두 사
람의 정이 극진한데 이것이 부부간에 사랑을 나누는 것과 다르겠습니까? 이곳에 온
지 한 달이 넘었는데 겨우 총총히 보낸 하룻밤의 화락(和樂)이 춘몽(春夢) 같아서 이
마음을 장차 붙일 곳이 없습니다.

그 끝에 음침하고 참혹한 말이 부지기수여서 차마 군자가 보지 못할 말
이 가득하였다. 용창이 다 보고난 후 마음이 온통 매우 놀라 다시 생각하
였다.

'세상에 이런 일이 있을 줄 생각이나 했겠는가? 저 양소저의 평상시의
행동이 기특한데, 이런 음란하고 매우 악한 마음이 있다는 것은 매우
의외다. 만일 양소저가 애매하다고 한다면 원수가 없는데 누가 남을
해치겠는가? 간부의 편지를 만들고 또 부부간의 개인적인 말을 다 아
는 사람이 있겠는가? 양소저의 몸에 글자가 있는 것은 나도 알지 못하
는 것인데, 저 흉한 편지에 그렇게 말했으니 알지 못하겠구나. 천하의
매우 간악하고 음란한 사람이 밖으로는 깨끗하고 맑은 체하고 안으로
는 이러한 흉한 일이 있는가?'
이렇게 용창이 수없이 생각하니 분노가 짧은 시간에 한없이 일어나서
스스로 탄식하며 말하였다.
"내 몸이 재상가에 나서 눈으로는 고서(古書)를 두루 넓게 읽고 성현을
본받으니 이런 음탕한 부인에게 어찌 차마 부부의 의를 생각하겠는가?
부모께 이 사실을 고하고 양소저를 거절하리라."
이렇게 생각하다가 다시 생각하였다.

'내가 어찌 이리 생각을 갈팡질팡하는가? 양공의 맑은 덕과 양소저의 아름다움이 저런 일을 결단하여 행하겠는가? 간부의 편지가 두 번이나 이러하니 아직 일의 기미를 누설하지 말고 자세히 살펴 양소저의 행동거지를 유의하여 보다가 진정으로 그러한 일이 있으면 결단하겠다. 지레 누설하여 만일 조금이라도 양소저가 원통한 누명을 써서 억울한 일이 있으면 나의 허물이 되고 저 양소저의 인생이 차마 보기 어렵게 될 것이다. 양소저의 사람됨이 모든 일에 찬찬하고 자세하니 비록 흉한 죄를 저질렀으나 어찌 이런 편지를 잘 간수하지 않고 내가 왕래하는 데에 내놓고 보기 쉽게 하겠는가? 이것은 지식이 많고 사리에 밝은 사람은 말할 것도 없고 삼척동자라도 이상하게 여길 일이다. 다만 양소저는 원수가 없고 해칠 사람이 없으니 이를 가히 적발하여 즉각 알 길이 없으니 조용히 양소저의 거동을 보고 처음과 끝을 살펴 명확하게 결단하겠다.'

생각을 정하고 편지를 또 불태워 없애버리고 다시 생각하지 않았다. 그러나 양소저를 향한 산 같은 정이 태반이나 줄어들었다. 용창이 비록 양소저의 거동을 보려고 양소저에게 왕래하는 것은 끊지 않았으나 잠자리에서 은애하는 정은 점점 약해졌다.

양소저는 남편의 은애(恩愛)를 꿈같이 여기기 때문에 그리 신경 쓰지 않았다. 다만 용창이 자기를 보면 일어나 맞이하고 또 일어나 보내며 언어를 공경하며 대하던 것이 변하여 완전히 다른 사람 같았다. 자기가 출입할 때도 누워서 움직이지 않았고 또한 말도 드물게 하고 자신의 거동을 매우 가볍고 천하게 여기며 교만한 마음으로 자신을 하찮게 여기는 눈치였다. 양소저가 마음을 꿰뚫어보는 통찰력으로 이것을 어찌 몰라보겠는가? 마음속으로 의아해하며 자기가 행실을 잘못하여 군자가 자신을 하찮게 여기는가 하여 더욱 남편을 공경하며 언어를 예의 없이 함부로 하지 않고 모든 행동거지가 일마다 법도가 있도록 완전하게 하였다. 용창이 그 거동을 보면 더욱 이상하여 의심이 자연스럽게 잊혀졌다가 다시 생각해 보면 분하여 양소저의 오른쪽 팔위에 옥설 두 글자와 왼쪽 팔의 손안에 수복 자가 있는지 알고자 하였다.

어느 날 밤에 용창은 양소저를 대하여 웃으며 나와 앉아 말하였다.

"그대의 옥 같은 가는 손가락이 날로 더 유약하여 나을 적이 없으니 요 즈음은 어떤지 보아야겠다."

그리고는 양소저의 팔을 살짝 가져다가 촛불 아래에서 붉은 소매를 걷고 유의하여 보았다. 과연 오른쪽 팔위에 옥설 두자가 분명하고 왼쪽 팔의 손바닥 한가운데에는 수복 두 글자를 새긴 자국이 완연하게 있었다. 용창이 매우 분하여 팔을 놓아버리고 앉아있는데, 노기가 가을 서리 같고, 뜨거운 해가 동쪽 하늘에 걸려있는 듯하고, 엄동설한의 대한(大寒)에 눈 섞인 바람이 은은하여 한기가 온 자리에 쏘였다. 양소저가 크게 놀라고 두려워 마음속으로 생각하였다.

'내가 비록 현숙하지 못하지만 실로 군자께 죄를 지은 것이 없는데, 군자의 기색이 이와 같으니 알지 못하겠구나. 군자가 화를 내는 것이 무엇 때문이며, 나의 좌우 손을 자세히 살펴보는 것은 무엇 때문인가?'

양소저는 마음속으로 의혹이 많았으나 외모는 온화하고 편안하여 보통 때처럼 침착하였다.

용창이 이때부터 거의 반쯤은 양소저를 의심하여 양소저를 대면할 의사가 점점 없었으나 처음과 끝을 엿보려고 양씨 집안을 정해진 시간 없이 왕래하였다.

하루는 양세가 장선각에 들어가 말을 하는데, 용창이 처음으로 양세와 말을 건네게 되었다. 양세는 하는 말마다 거칠고 억세며 흉악하고 참혹하였다. 용창은 마음속으로 놀라고 슬프게 여기며 생각하였다.

'양공의 맑고 고결함과 조공주의 정숙하고 아름다움은 실로 군자와 숙녀인데 두 명의 자녀는 이렇듯 패악하고 음란하며 그릇 되구나. 양씨 가문을 망하게 하려고 흉악한 자녀를 두루 두었구나!'

용창이 일부러 양세에게 물었다.

"형의 집에 강후신이란 문객이 있느냐?"

양세가 말하였다.

"강후신은 나의 지극히 좋은 친구이다. 그 풍채 있는 모습은 고운 들판의 학 같고, 재주와 학문이 이백(李白)같다. 이 사람이 만일 공경(公卿)의 집안에 태어났다면 옥당금마(玉堂金馬)210)에 일등 명사(名士)가 되었을 텐데 문호가 한미하고 부모가 없어서 내 집에 의탁한 지 4, 5년이 되었다. 우리 부모가 그 외로운 사정을 측은히 여기시고 그 재주 있는 품성을 사랑하시어 자기 자식처럼 대하시므로 강후신이 내외(內外)의 구별 없이 출입하였다. 비록 그러하나 강후신은 누이가 자라자 좋지 않은 혐의가 있을까 내당(內堂) 출입을 그만두었기 때문에 자네가 지금 보지 못한 것이다."

용창이 더욱 이것을 흉하게 여겨 다시 그 말을 하지 않고 다만 말하였다.

"수삼일 일이 있어서 여기 오지 못할 듯하니 장인어른께 아뢰어 부질없이 사람과 말을 보내지 말라고 해라."

---

210) 옥당금마(玉堂金馬) : 한나라 미앙궁의 옥당전과 금마문으로 문사가 출사하는 곳임. 곧 한림원의 다른 이름임.

용창은 말을 끝내고 돌아와 마음이 분했지만 입 밖으로 내지 않았다. 용창은 이 날 저녁에 양씨 집안에 와서 사람들에게 알리지 않고 바로 장선각으로 들어왔다. 용창이 온 것을 아무도 알 리 없고 못 온다고 말하고 가까스로 왔기 때문에 다른 사람이 이 사실을 알지 못했다. 그러나 양세이 흉인(凶人)이 용창이 오는 것을 보고 또 누이가 아내 두씨와 바둑을 두는 것을 보고 나와 기회가 딱 들어맞음을 마음속으로 기뻐하였다. 급히 계월과 강후신을 가르쳐 계월에게 단약(丹藥)211)을 먹여 양소저의 모습이 되어 장선각의 뜰 안에서 이리이리하라 하였다. 막 양소저의 시비로 뽑은 경난과 두매를 가르쳐서는 용창의 귀에 흉측한 속살거리는 말을 들리게 하니 용창이 사광처럼 귀의 예리함을 가졌으나 어찌 이것을 깨닫겠는가?

이때 날이 서산으로 지고 가늘게 빛나는 달이 동쪽 하늘에 솟았다. 용창이 장선각에 들어오자 양소저는 없고 구불구불한 난간에서 두 명의 시비가 가만가만 말하였다.

"사족(士族)의 부녀(婦女)도 저러한가? 조씨 집안에서는 저런 줄 모르시고 양소저를 천금같이 여기시는데, 한 보름 사이에도 낭군이 출입하는데도 참지 못하고 저런 몹쓸 행실을 하시는가? 장선각 뜰안의 담이 두 길이 넘는데 높은 사다리를 세우고 몸소 뜰 안에 가서 강생을 기다리다가 조생이 오는 줄도 모르는구나."

용창이 어이가 없어서 뒷문으로 나와 뜰 안에서 숨어서 보니 동쪽의 갖가지 색깔로 화려하게 꾸민 담에 높은 사다리를 놓고 그 아래에 양소저가 서 있었는데 그 태도와 모습과 하는 행동이 완전히 양소저였다. 문득 담

---

211) 단약(丹藥) : 신선이 만든다고 하는 장생불사의 영약.

위에서 한 소년이 뛰어 내려오니 풍채가 당당하고 매우 수려하였다. 이
120 소년은 담에서 내려와 바로 양소저의 손을 이끌고 대나무가 우거진 수풀
로 들어갔다.

　용창이 이 거동을 보고 흉측하고 분하여 문득 소리를 지르고 좌우의 시
녀를 불러 '도적이 들었다'고 하였다. 이렇게 하면 여러 시비로 하여금 분
명히 그들을 보게 하여 양소저의 죄를 적발하여 강생을 잡고자 하였다.
수중(手中)에는 조그마한 것도 없고 뜰 안이 멀리 떨어져 있어 장선각의
시비도 듣지 못하니 즉시 오지 못하였다. 뿐만 아니라 도적이 들었다는
소리에 한 소년이 담을 넘어 달아나고 양소저도 넘어질 듯 급히 걸어서
수풀을 헤치고 바로 안쪽으로 나 있는 동산을 향하여 달려갔다. 용창이
따라가고자 하다가 생각하였다.

121 '예의가 아닌 곳에 한 번 오기도 괴이한데 어찌 따라가 보겠는가? 이
집에 나의 자취를 끊고 음부(淫婦)를 보지 않겠다. 제가 혼인 전에 강생
을 먼저 사통하였으니 차마 어찌 대면하겠는가?'

　용창은 스스로 분한 것을 이기지 못하는 사이에 벌써 몸은 장선각 안에
들어와 앉았다. 용창은 분기(憤氣)가 가슴을 막을 듯하였지만 십분 참고
앉아있었다.

　이윽고 소저가 시비에게 촛불을 잡게 하고 나오다가 용창이 온 것을 보
고 방에 들어와 취병(翠屛)212)에 의지하여 앉았다. 고요하고 엄숙한 기질
은 향기가 진동하고 맑은 광채는 명월이 뚜렷하여 중천(中天)에 걸린 듯하
122 였다. 소저는 아무 생각과 걱정이 없고 품격이 청담하여 조금도 티끌도

---

212) 취병(翠屛) : 꽃나무의 가지를 이리저리 틀어서 문이나 병풍 모양으로 만든 물건.

없었다. 용창이 이 거동을 대하고 야자(野子)[213]와 음부(淫婦)의 흉측하고
참혹한 일을 생각하니 이루 측량하지 못하여 심사가 어지럽고 뒤숭숭하
였다. 사실을 시원스럽게 말하고 그 죄를 분명히 알게 하여 양소저를 죽
이고자 하다가 또 다시 생각하였다.

'나의 생각이 잘못되었구나. 비록 저의 죄악이 흉측하고 참혹하나 내가
어찌 부모님께 고하지 않고 스스로 결정하여 처치하겠는가? 또 어찌
선비가 되어 사람의 목숨을 살해하겠는가? 차라리 부모님께 고하고 양
공에게 말하여 한 그릇의 짐새의 독을 섞은 술[214]로 그 목숨을 끊게 하
여 두 집안의 부끄러움을 덜고 그 죄를 속죄하게 하겠다.'

이렇듯 여러 가지로 생각하여 돌아가려 하다가 다시 양소저를 보니,   123
양소저는 자기가 분기를 무섭게 내는 것을 바라보고 있었다. 가을 물 같
은 빛깔의 별을 닮은 눈에는 놀라고 의아해하는 빛을 드러내고 광채가 찬
란하여 용창의 몸에 비치었다. 조용하고 그윽하며 곧고 깨끗한 거동이 비
록 용창의 노한 눈이라도 양소저가 기이하게 생각되는 것은 어쩔 수 없었
다. 용창이 길이 탄식하고 자기 신세가 불길함과 괴이함을 몹시 애석하고
안타깝게 생각하고 이부자리에 누웠다. 양소저는 그 까닭을 알 수 없었으
나 대강 생각하기로 군자가 자기의 큰 허물을 보고 더럽게 여김을 이기지
못한 것이라고 여겼다. 그리고 계속해서 생각하였다.

'내가 비록 고인(古人)을 본받지 못했으나 진실로 여자의 행실을 어기고
위반한 적 없는데, 무슨 허물이 남의 눈에 보여 군자의 행동거지가 이와   124
같을까? 내가 허물이 없으니 두렵지 않으나 남편의 사람됨이 보통의 남
자가 아니니 큰 허물이 아니면 얼굴빛에 드러내지 않을 것이다. 하물며

---

213) 야자(野子) : 천하고 비루한 남자를 의미함.
214) 짐새의 ~ 술 : {짐쥬[酖酒]}.

우리 부부는 마음을 알아주는 사이로 공경하고 소중하게 생각함을 내가 바라던 것보다 더하니 내 또한 고인(古人)이 남편을 위해 상을 든 것215)을 본받아 평생 동안 내조를 다하고자 하였다. 근래에 군자의 거동이 크게 달라졌으니 무슨 까닭으로 저렇게 되었는가?

마음속으로 염려가 수없이 생기니 또한 이날 밤을 앉아서 새웠다.

용창이 다음 날 아침에 돌아갈 때가 되자 양소저의 마음속 생각을 캐기 위해서 말하였다.

"그대가 시가에 돌아올 때는 언제요?"

양소저가 용창의 기색을 보고 마음속으로 자기가 지은 죄가 없었으나 자연히 불안해 하며 대답하였다.

"시부모님과 군자의 명(命)대로 할 것이니 물러가고 나감을 첩에게 물을 것이 아닙니다."

용창이 다시 말을 하지 않고 소매를 떨치고 나왔다. 양소저는 크게 의아해하며 먹고 마시는 것이 맛이 없었다. 말하고 웃는 것이 겉으로는 보통 때처럼 침착하였지만 오직 한 가지 생각에는 큰 죄를 무릅쓰고 있는 듯하고 일만 장(丈)이나 되는 구렁에 빠진 듯하였다. 끝내 어찌 되겠는가? 또한 다음 회를 들어라.216)

---

213) 고인(古人)이 ~ 것 : 원문에는 '고인의 상들물'로 되어 있음. 이는 '고인이 상을 든 것'을 의미하는데, 곧 밥상을 눈썹과 가지런하도록 공손히 들어 남편 앞에 가지고 간다는 뜻의 거안제미(擧案齊眉)를 가리키는 말임. 『후한서(後漢書)』의 「양홍전(梁鴻傳)」에 나오는 양홍과 맹광이 부부가 되어 산속으로 들어가 농사를 지으며 베를 짜고 살았는데, 「양홍전」의 한 구절에, "양홍이 일을 마치고 돌아오면 그 아내는 늘 밥상을 차려 양홍 앞에서 감히 눈을 치뜨지 않고 밥상을 눈썹 위까지 들어 올려 바쳤다[每歸妻爲具食 不敢於鴻前仰視 擧案齊眉]."라는 말이 있음. 아내인 맹광이 남편의 인품을 존경하며, 그의 의지를 따르고 극진한 내조로 집안을 화목하게 꾸려 남편으로 하여금 마음놓고 학문을 파고들어 명저(名著)를 저술할 수 있게 하였음.

216) 또한 ~ 들어라 : {차청하회[且聽下回]}. 고전소설은 독서물임에도 불구하고 여러 사람에게 읽어주고 그것을 듣기도 한다는 전통을 보여주는 것임.

현 몽 쌍 룡 기

4권

1   화설(話說). 양소저는 지은 죄가 없는데도 조성217)이 의심하는 것을 보고 마음을 지향할 곳이 없었다. 이때 조성이 양공께 하직하고 돌아갈 때 기색이 냉엄하여 전일과 달랐다. 양공이 의아하여 딸에게 남편과 더불어 서로 트집을 잡아 비난하며 싸운 적이 있는가를 물었다. 양소저가 또한 모른다고 하니 양공이 괴이하게 여겼다.

조성이 집으로 돌아와 차후에는 양소저에게 가지 않으니, 이것은 양소저를 대면하기 싫어서였다. 이 일을 부모께 고하지 않은 것은 생각이 깊
2   어 아직 참으면서 부부의 의를 단절할 따름이었다. 양소저의 거처를 아는 체하지 않고 나중을 기다려보아 양소저의 기질과 재주와 용모가 헛되지 않다면 누명을 벗고 결백한 사람이 윤리를 완전하게 할 것이고, 마침내 음부(淫婦)라면 한 그릇 약으로 양소저를 흔적 없이 죽여 풍교(風敎)를 더럽히지 않겠다고 생각하여 다시 양소저의 처소에는 마음이 없었다. 조성은 날마다 행실을 닦으며 성리(性理)218)를 받들어 공부하여 양소저의 일을 다시 마음에 두지 않았다. 현자(賢者)구나! 10여 세의 어린 소년으로 이렇게 시비를 구별하는 능력과 깊은 생각을 가진 자는 드물구나.

태부인이 양소저를 사모하여 데려오니 새삼 소중하게 여기고 여러 시
3   누이들과 동서도 양소저를 반기고 사랑하였다. 그러나 조성은 한결같이 양소저를 소원하게 대하여 대면하지 않으려고 하니 양소저는 날로 의혹이 더해갔다.

이때에 국가가 태평하여 과거를 베풀고 어진 선비를 뽑았다. 조공은

---

217) 조성 : 4권에서부터 첫째 아들인 용홍과 둘째 아들인 용창의 이름이 각각 조무와 조성으로 불려짐. 원문에는 {조성}으로 되어 있으나 용홍을 조무로 용창을 조성으로 통일하여 지칭하기로 함.
218) 성리(性理) : 주자학에서 인간의 본성 또는 존재 원리를 이르는 말. 곧 인간이 가져야 할 도리를 이름.

너무 집안이 번성해짐을 두려워하여 두 아들이 과거를 보려하는 것을 좋아하지 않았다. 태부인이 말하였다.

"노모(老母)는 서산에 떨어지는 해와 같다. 저 두 형제가 등용되는 것을 살아서 보지 못하면 뒷날에 꽃을 꽂고 사당(祠堂)에 배현(拜見)한들 한 조각 나무가 무엇을 알 리가 있겠는가?"

조공은 지극한 효자여서 어머니의 말씀을 듣고 깨달아 즉시 두 아들을 과장(科場)에 들여보냈다. 두 사람의 특출한 재주와 신이한 문장을 이 날 시험하니 여러 해의 공부가 어찌 헛되겠는가? 급제한 사람의 이름을 내걸자 천만인 가운데 조성의 이름이 첫 번째로 높이 올랐고, 그 두 번째가 조무였다. 형제가 쌍둥이이며 같은 나이로 풍채가 고금에 독보적이며 문장과 필법이 일세(一世)에 비교할 곳이 없었다.

임금이 기뻐하며 각별히 두 형제를 전(殿)에 올려서 사랑하여 어루만지며 여러 신하에게 말하였다.

"조상국은 짐에게 기둥과 주춧돌 같은 신하이다. 재상이 된 후로 임금을 섬기는 마음이 한나라 때의 재상 소하(蕭何)[219]에 버금가더니 그 자식 두 사람이 이렇듯이 기특하니 어찌 송나라 사직(社稷)에 복이 아니겠는가?"

---

[219] 소하(蕭何) : 한신(韓信)·장량(張良)·조참(曹參)과 함께 한나라 고조의 개국공신임. 진(秦)나라의 하급관리로 있으면서, 일찍이 고조 유방이 무위무관(無位無官)일 때부터 접촉을 가졌는데, 유방이 진나라 토벌의 군사를 일으키자 종족 수십 명을 거느리고 객원으로서 따르며 모신(謀臣)으로 활약하였음. 진나라 수도 함양(咸陽)에 입성하자 진나라 승상부(丞相府)의 도적문서(圖籍文書)를 입수하여 한(漢)나라 왕조 경영의 기초를 다졌음. 한나라 유방과 초(楚)나라 항우(項羽)의 싸움에서는 관중(關中)에 머물러 있으면서 고조를 위하여 양식과 군병의 보급을 확보했으므로, 고조가 즉위할 때에 논공행상(論功行賞)에서 으뜸가는 공신이라 하여 찬후(酇侯)로 봉해지고 식읍(食邑) 7,000호를 하사하였음. 후에 한신 등의 반란을 평정하고 최고의 상국(相國)에 제수되었음.

온 조정이 동시에 임금께서 팔과 다리와 같이 중요한 신하를 얻으신 것을 축하하였다.

임금이 차례차례로 과거에 급제한 사람을 불러 아름다운 허리띠를 주었다. 이날 조성 형제는 몸에 비단 도포를 더하고 용문(龍門)220)에 오르니 소년의 아름다운 명망이 일세에 진동하고 빛나는 재주와 풍채 있는 모습이 수많은 사람 중에 뛰어났다. 임금의 사랑이 과하게 넘치고 계화(桂花)와 남색 도포는 조성 형제의 풍채를 돋우니 임금이 내려준 아리따운 소년들과 두 개의 일산221)이 앞을 인도하며 수많은 시종들이 위의(威儀)를 도와 조씨 집안으로 돌아왔다. 무수한 하객(賀客)이 뒤를 이어 집안을 가득 채웠다.

장원급제한 형제가 할머니와 부모님께 예를 갖추어 뵈니 형은 바다 속의 용 같고, 아우는 들판의 고운 학 같았다. 눈에 띄게 빼어난 기골은 세상에 물들지 않았으니 조무222)의 천고에도 없는 영민하고 준수한 모습과 조성의 밝고 현명한 군자의 풍모는 난형난제(難兄難弟)였다.

태부인과 조공이 기쁨을 이기지 못하여 두 아들을 거느리고 사당에 배현(拜見)하기를 마치고 중당(中堂)에 이르렀다. 조공이 두 아들을 어루만지고 기뻐하며 말하였다.

"나의 아들들이 나이가 어리고 재주가 없어서 형제가 과거에 급제하는 것은 바라지 않았던 일이다. 그러니 너희들은 몸을 닦아 공손하고 근

---

220) 용문(龍門) : 출세의 관문을 통과함을 이르는 말. 잉어가 중국 황허(黃河) 강 상류의 급류를 이룬 곳인 용문을 오르면 용이 된다는 전설에서 유래함.
221) 임금이 ~ 일산 : {천동쌍개[天童雙蓋]}. '천동'은 임금이 장원급제를 축하하며 내려준 소년을 의미하고, '쌍개'는 두 개의 일산(日傘)을 뜻함.
222) 조무 : {조문}. 이는 첫째 아들 조무의 이름을 잘못 필사한 것임.

심하여 조상의 이름난 가풍을 떨어뜨리지 마라."

두 아들이 조공의 말을 공손히 받들며 명령을 따르니 여러 누이가 좌우에 있으면서 기쁨을 이기지 못하였다. 사랑(舍廊)에는 하객이 모여 두 형제를 부르니 조공이 두 아들을 거느리고 손님을 맞이하였다. 과거에 급제한 두 사람의 뛰어나고 비범한 모습을 보고 여러 손님들이 칭찬함을 그치지 않고 소리를 이어 조공에게 하례(賀禮)하면서 말하였다.

"태사의 두 어진 아들이 순씨팔룡(荀氏八龍)223)보다 뛰어나다는 것을 들은 지 오래되었습니다. 이제 나이가 스무 살도 되지 않았는데, 황방(黃榜)224)에 이름을 드러내어 높은 지위에 올라 사람들이 우러러보는 명망과 3장 시권(試券)225)의 재주는 제가 본 것 중에서 처음입니다. 진실로 어진 임금께서 인재를 얻으신 것을 매우 기뻐하며 합하(閤下)226)의 높은 복을 치하(致賀)합니다."

조공이 겸양하며 말하였다.

"두 명의 아들227)이 나이가 어리며 재주가 없는데도 외람되게 성은(聖恩)을 입어 적은 복이나마 없앨까 걱정하였는데 여러분들께서 치하해 주시는 것을 어찌 감당하겠습니까?"

여러 손님들이 다시금 칭찬하고 과거에 급제한 두 사람과 즐겁게 지내며 종일 즐거움을 다하였다. 석양이 저물자 여러 손님들이 각각 흩어졌다.

---

223) 순씨팔룡(荀氏八龍) : 후한(後漢) 때 순숙(荀淑)은 환제(桓帝) 낭릉후(郎陵侯)의 정승으로 그에게는 검(儉)·곤(緄)·정(靖)·도(燾)·왕(汪)·상(爽)·숙(肅)·부(敷)(전(專)이라고도 함) 8명의 아들이 있었는데, 모두들 뛰어나 재명(才名)이 있었기에 사람들이 '순씨팔룡'이라 부름.

224) 황방(黃榜) : 과거에서 급제자를 알리는 방문(榜文).

225) 시권(試券) : 과거를 볼 때 글을 지어 올리던 종이.

226) 합하(閤下) : 정일품 벼슬아치를 높여 부르던 말.

227) 아들 : {돈견(豚犬)}. 이는 개돼지의 의미이나 자신의 아들을 남에게 낮추어 이르는 말.

다음날 아침에 장원 급제한 형제가 입궐하여 임금께 사은숙배하니[228] 임금이 특지(特旨)로 조무에게 한림학사(翰林學士)[229]를 시키고, 조성에게 금문직사(金門直史)를 시켰다. 형제가 과거에 급제한 다른 동료들을 거느려 임금의 은혜에 감사하고 나이가 어리기 때문에 벼슬을 사양하였다. 임금이 형제의 청을 허락하지 않고 각각 처자에게 봉황을 장식한 예관(禮冠)과 아름다운 신발[230]을 주었다.

조공은 태부인을 더욱 기쁘게 해드리기 위해 잔치를 베풀어 축하하였다. 조공은 비록 잔치 자리가 화려한 것을 좋아하지 않았지만 일가친척과 사돈과 젊은 부녀자가 천여 명이었다. 사랑에는 더욱 사람들이 많아 조정의 많은 벼슬아치와 황족과 임금의 인척이 십리에까지 늘어서 있었다.

이날 정공과 양공 두 사람이 즐거워하고 기쁨을 표현하지 못하여 각각 그 사위의 등을 어루만지며 매우 사랑하는 것이 비교할 곳이 없었다. 자리에 앉아있던 수많은 사람들이 두 사람에게 뛰어난 사위를 얻은 것을 치하하였다. 양공은 웃음이 얼굴에 가득하여 정공에게 말하였다.

"형에게 할 말이 있습니다. 비록 형의 사위가 특출나지만 우리 사위의 도덕을 대현(大賢)과 비교한다고 해도 우리 사위에게 첫 번째 자리를 사양할 것입니다."

---

228) 입궐하여 ~ 사은숙배하니 : {예궐숙사[詣闕肅謝]}. 예궐은 입궐을 뜻하고 숙사는 숙배(肅拜)와 사은(謝恩)을 아울러 이르는 말. 새 벼슬에 임명되어 처음으로 출근할 때 먼저 대궐에 들어가서 임금에게 숙배하고 사은함으로써 인사하는 일임.

229) 한림학사(翰林學士) : 벼슬 이름. 당나라 현종(玄宗) 때 처음 두어 상소문에 비답(批答)하는 일을 맡았는데, 집현전 학사와 함께 조서(詔書) 및 황제에게 올리는 글을 기초하는 일까지 나누어 맡았음. 덕종(德宗) 이후에는 황제의 고문 겸 비서관이 되어 내정에 숙직하면서 장상(將相)의 임면(任免)과 후비 · 태자의 책봉 등에 관한 문서를 기초하였음. 당 이후에는 임금의 제고(制誥)를 맡았음.

230) 봉황을 ~ 신발 : {봉관화리(鳳冠花履)}. 이는 고관 부녀의 복식을 의미함.

정공이 웃으며 말하였다.

"장원(壯元)이 비록 침묵하는 기상과 대현(大賢)의 도덕을 지녀 기특하지만 대장부의 기상은 우리 사위가 낫습니다. 양형의 말은 모두 사사로운 정에서 나온 것이고 많은 사람들의 의견은 아닙니다."

자리에 있던 많은 사람들이 동시에 웃으며 말하였다.

"장원(壯元)231)은 이른바 대현군자(大賢君子)이고 탐화(探花)232)는 일세(一世)에 영민하고 준수하여, 청사(靑史)에 빛나고 위엄은 온 세상에 진동할 기상입니다. 장원(壯元)은 나라를 태평스럽게 할 이름난 재상으로 음양을 다스리고 사시(四時)에 순응하여 조정을 맑게 하고 예의를 권장할 재덕이 있습니다. 어찌 고하(高下)를 정하겠습니까?"

조공이 겸손하게 말하였다.

"제 아들 둘은 비록 헛된 풍모와 적은 재주가 있지만 어찌 여러분의 지나친 칭찬을 받겠습니까?"

모든 젊은 명사(名士)가 두 사람을 희롱하며 아름다운 미녀를 골라 마주 서서 춤을 추라고 하며 도깨비와 귀신 같은233) 노파를 업히며 온갖 방법으로 즐겁게 놀며 장난하였다. 조무는 의기(意氣)가 대단하여 다른 사람을 꺼리지 않아 친히 마주 서서 춤을 출 미녀를 뽑았다. 그 중에 수앵이 서 있는 것을 보고 일부러 마주 서서 춤을 추며 곁에 사람이 없는 것처럼 거리낌 없이 행동하였다. 조무의 호탕하고 시원스러운 기상은 크고 화려한 집에 일천 개의 화신(花神)이 흔들흔들 거리는 듯하고, 상쾌하고 깨끗한

---

231) 장원(壯元) : 과거의 갑과(甲科)에서 첫째로 급제한 사람으로 여기서는 조성을 가리킴.
232) 탐화(探花) : 과거의 갑과(甲科)에서 세 번째로 급제한 사람으로 여기서는 조무을 가리킴.
233) 도깨비와 ~ 같은 : {귀미[鬼魅]}. 이는 도깨비와 두억시니와 같은 귀신을 이르는 말임.

얼굴 모습은 가을 달이 중천에 걸린 듯하니 바라보는 사람들이 탄복하지 않는 이가 없었다.

조성은 마지못하여 억지로 유희를 시행하였지만 조용히 단정하고 침묵하여 겨울 해가 중천에 찬란하게 뜬 듯이 기상이 위엄 있고 성대하였다. 봉황을 수놓은 관복에 비단 도포를 입고 가는 허리에 보옥으로 장식한 띠를 차고 있었는데, 바람에 나부끼듯 가볍고 뛰어난 풍채는 백옥경(白玉京)의 신선이 상제께 조회하는 것 같았다. 사람들이 조성을 바라보면서 자기도 모르게 얼굴빛을 엄숙하게 고치고 존경하는 뜻을 드러냈다.

날이 한나절쯤 지나자 조공이 아들들을 거느리고 내당에 이르러 태부인께 술을 올렸다. 이때 내당에 빈객이 매우 많은 것은 사랑과 매한가지였다. 석학사 부인 등이 꽃 같은 얼굴과 달 같은 자태로 명부(命婦)[234]의 복색을 갖추었으니 나이 어린 부인들 중에서 뛰어날 뿐 아니라 당대에 드물게 아름다웠다. 또 정소저와 양소저 두 사람이 봉황을 장식한 예관(禮冠)을 쓰고 아름다운 신발을 신고는 단장이 소담하고 꾸밈이 간략하여 말쑥하고 아름다우며 맑고 깨끗한 자태와 풍모를 도왔다. 두 사람이 자리에 나와 태부인을 모시고 앉았으니 빼어나게 아름다운 모습은 당대에 머리를 나란히 할 사람이 없었다. 태부인이 기뻐함을 이기지 못하고 위부인이 두 며느리를 돌아보며 매우 귀중하게 생각함은 비교할 곳이 없었다.

조공이 들어와 태부인께 술잔을 올리자 내당에 있던 여자 손님들이 바깥으로 피하고 친척 부녀자들은 함께 조공을 보았다. 조공이 군후장복(君侯長服)[235]과 승상의 인수(印綬)[236]를 달고는 잔을 받들고 나왔다. 태부인

---

234) 명부(命婦) : 봉작(封爵)을 받은 부인을 통틀어 이르는 말.
235) 군후장복(君侯長服) : 군후는 재상을 가리키는 말이고 장복은 벼슬아치의 공복(公服)을 가리킴.

이 잔을 받고 기뻐하면서 옛날의 일을 감상하면서 근심스러워하며 말하였다.

"노모가 붕성지통(崩城之痛)²³⁷⁾을 만나 다시 세상에 살 마음이 없었지만 행여 내 아들의 지극한 효성에 의지하여 지금까지 편하게 지내왔다. 두 손자와 모든 손녀사위가 청현(淸顯)²³⁸⁾에 올라 가문의 광채를 돕고 내 아들의 지위가 삼공(三公)에 있으면서도 세상에서 꾸짖는 말이 들리지 않는구나. 미망인의 남은 여생이 오늘 죽어 구천에서 선군(先君)을 만나도 부끄럽지 않을까 한다."

조공이 온화한 목소리와 부드러운 말로 태부인을 위로하고 여러 사위를 돌아보며 말하였다.

"오늘 여러 사위들이 할머니께 한잔 술을 드려야겠구나."

석학사, 유시랑 등이 동시에 이르러 태부인께 술잔을 올렸다. 그들의 풍채가 늠름하여 한 사람 한 사람이 관옥(冠玉) 같은 사람이었고 풍채가 당당하고 우아한 선비였다. 태부인이 그들의 아름다움에 매우 감탄하며 말하였다.

"어진 사위들이 이와 같이 기이한 것은 진실로 하늘에서 타고난 기질이니 어찌 기쁘지 않겠는가?"

여러 사람이 공경히 받들고 자리에 물러나오자 한림 형제가 수의(繡衣)를 나부끼며 옥 술잔을 내어오니 상쾌하고 깨끗한 용모와 멋스럽고 훌륭한 기상이 모든 사람 중에 뛰어났다. 태부인이 웃는 입을 다물지 못하고

14

15

---

236) 인수(印綬) : 인끈을 의미함. 관인(官印)의 꼭지에 달아 몸에 달 수 있도록 한 끈.
237) 붕성지통(崩城之痛) :성이 무너질 만큼 큰 슬픔이라는 뜻으로, 남편이 죽은 슬픔을 이르는 말.
238) 청현(淸顯) : 청환(淸宦)과 현직(顯職)을 아울러 이르는 말. 청환은 지위와 봉록은 높지 않으나 뒷날에 높이 될 자리를 의미하고 현직은 높고 중요한 직위를 뜻함.

두 손자의 등을 두드리며 말하였다.

"노모가 어찌 이러한 영화를 볼 줄을 알았겠느냐?"

조공이 웃으며 아뢰었다.

"어머니께서 너무 두 아이를 총애하시므로 교만한 아이가 곁에 사람이 없는 것처럼 아무 거리낌 없이 함부로 말하고 행동하니 도리어 자기의 신상에 해가 있을까 합니다."

태부인이 웃으며 말하였다.

"내 손자는 하늘의 기린과 같은데 어찌 할미가 사랑한다고 해서 처신에 해가 있겠는가? 나이가 차면 자연히 수행이 단정하고 조용해질 것이다."

한림 형제가 고개를 숙이고 엎드려 감사하다는 말을 전하고 두 번 절하고 물러나왔다. 이처럼 기쁨과 즐거움을 다하고 잔치를 마치니 많은 손님들이 각각 돌아갔다.

한림 형제가 비록 나이가 어리지만 마지못하여 각각 직무를 맡게 되었다. 그러나 관직에 있으면서 하는 일이 매우 노련하고 익숙하여 뛰어난 절조와 높은 명망이 조정과 재야를 떠들썩하게 하였다. 한림 형제에 대한 임금의 총애가 매우 대단하여 겨룰 사람이 없었다.

정소저와 양소저는 13살의 어린 나이에 봉황을 장식한 예관(禮冠)을 쓰고 아름다운 신발을 신은 명부(命婦)가 되니 온 집안이 더욱 중요하게 여기고 할머니와 시부모가 날마다 기뻐하였다.

조무는 정씨와 더불어 더욱 화락하여 관저지락(關雎之樂)239)이 일세(一

---

239) 관저지락(關雎之樂) : '관관이 우는 저구새의 즐거움'이란 뜻으로 군자와 숙녀가 좋은 배필을 만나 즐거워함을 의미함. 『시경』의 「주남」편의 〈관저(關雎)〉 시에 나오는 말임.

世)에 비교할 곳이 없었다. 정소저가 임신한 지 벌써 5~6달이 되니 할머니와 시부모가 뜻밖에 일이라 매우 기뻐하고 정소저를 위하고 집안의 경사로 생각하였다.

한편 조성은 양소저와 얼굴을 보지 않는 사이가 되었다. 비록 많은 사람이 모이는 자리에서 양소저를 만나지만 조성은 양소저를 남의 집 규수나, 대하지 못할 여색을 대한 것처럼 두 눈이 서늘하고 차가우며 양미간에는 묵묵하고 차가운 서리 같은 기운이 사람으로 하여금 마음을 차게 하고 뼈가 굳게 하였다. 양소저는 안으로는 가을 물의 깨끗함과 맑음을 가졌고 밖으로는 지극한 사랑이 있으니 부부의 사사로운 정을 꿈속에서도 생각하여 거리낌이 없었는데 본래 후하던 조성의 정이 하루아침²⁴⁰⁾에 바뀌었으니 자신을 교만한 마음으로 귀찮게 여기고 비천하게 여기는 조성의 거동을 맑은 눈으로 어찌 몰라보겠는가? 자기 몸을 돌아보며 허물을 고치고자 하였으나 진실로 백옥에 티가 없으며 황금이 단련되어 예의가 아닌 일이 없었고 가볍고 천하게 여길 죄목이 없었다. 스스로 자신의 운명을 한할 수밖에 누구를 탓하겠는가 하며 수없이 생각하였지만 조성에게 잘못하여 죄를 얻은 까닭을 깨닫지 못하였다. 그래서 스스로 수행하던 것이 허사가 됨을 생각하고 평생의 앞날이 괴로울 것을 생각하니 어찌 첩여(婕妤)의 장신궁(長信宮)의 한²⁴¹⁾을 애달파하지 않겠는가? 자연이 옥 같

<hr>

240) 하루아침 : {일죤}. 문맥상, 일조(一朝)의 오기인 듯함.
241) 첩여(婕妤)의 ~ 한 : 반첩여는 한나라 성제(成帝)의 후궁임. 반첩여와 조비연(趙飛燕)은 중국 한(漢)나라 성제(成帝)의 후궁으로, 성제는 처음에는 반첩여를 매우 총애했지만, 시간이 흐르자 조비연에게로 사랑이 옮겨갔음. 조비연은 혹시라도 성제의 마음이 반첩여에게 되돌아갈 것을 염려하여, 반첩여가 임금을 중상모략했다고 무고(誣告)하여 그녀를 옥에 가두게 하나 나중에 반첩여의 혐의는 풀렸지만, 그녀의 처지는 그 옛날 임금의 총애를 한몸에 받던 때와 같지 않았음. 반첩여는 장신궁(長信宮)에 머물면서 과거 임금의 사랑을 받던 일을 회상하고 현재의 자신의 처지를 돌이켜보게 되었는데, 그러다가 가을이 되어 쓸모없게 된 부채와 자신의 처지가 일

은 모습과 눈 같은 피부는 바람에 나부끼듯이 날개가 돋아 신선이 되어 하늘로 올라갈 듯하였다. 부드럽고 가냘프며 아리땁고 온갖 자태의 아름다운 모습이 더욱 뛰어나 아름답지 않은 곳이 없었다.

위부인이 양소저를 매우 애처롭고 가엾게 여기며 아들의 거동을 깊이 염려하였다. 하루는 양소저를 곁에 두고 그 심사를 애처롭고 가엾게 여기며 물었다.

"내 아들의 성정이 단정하고 침묵하며 조용해 할머니와 부모 면전(面前) 이외에는 우연히도 웃는 얼굴을 하지 않지만 근래에 너희 부부의 기색이 옛날과 다르다. 더구나 너의 맑고 고상한 행사가 남편에게 잘못을 했을 리는 조금도 없을 것이지만, 아들의 마음이 철석같고 예절에 맞는 몸가짐이 단정하고 정중하여 여자에게는 가장 괴로운 성품이라서 혹시 화를 돋운 적이 있느냐? 네가 아는 것이 있으면 내가 이미 너의 시어머니가 되었으니 조금이라도 머뭇거리지 말고 자세히 말하여라."

양소저가 엎드려 말씀을 듣고 옷깃을 여미며 바로 잡고 공경히 말씀을 아뢰었다.

"오늘 어머니의 하교(下敎)가 이렇듯이 간절하시니 제가 어찌 생각하고 있는 바를 숨기겠습니까? 첩이 득죄한 허물을 깨달았다면 감추고자 하여 어찌 어머니를 속이겠습니까? 이른바 죄목이 매우 넓고 크다면 가려서 잡지 못하는 것처럼 저의 지혜롭지 못한 기질과 비천하고 경박한 행실이 일마다 군자의 높은 안목에 맞지 않아 그런가 합니다. 첩이 어리석고 생각이 어두워 군자의 편안하지 않은 기색을 조금은 알지만 득

치한다는 생각이 들어 〈원가행(怨歌行)〉이라는 제목의 시를 짓게 되었음.

죄한 곡절은 깨닫지 못하니 불민(不敏)함을 부끄러워합니다."

위부인이 다시 말을 하고자 하였는데, 조성이 들어와 어머니 앞에 앉아서 말씀을 드리려 하였다. 조성은 원래 멀리 눈을 두지 않기 때문에 양소저가 있는 것을 모르고 들어왔다가 양소저가 있는 것을 보고 만나게 된 것을 좋지 않게 생각하였다. 그러나 도로 나가는 것이 이상할 것 같아 두 눈을 낮추고 기운이 단정하고 엄숙하여 양미간에는 차가운 바람이 어리고 기색이 매우 좋지 않았다. 위부인이 그 기색을 보고 양씨를 더욱 애처롭고 불쌍하게 생각하여 양씨를 곁에 앉히고 조성을 책망하며 정색하고 말하였다.

"너는 이미 어미를 보러 들어왔는데도 조금도 화평한 기색이 없고 불쾌한 기색을 얼굴에 드러내고 분노를 머금으며 내 앞에서 그 마음을 드러내 보이고 있다. 이것은 사람의 도가 아니다. 네가 일찍 고서(古書)를 넓게 읽어 예의를 알 것인데 고인은 색동저고리를 입고 부모의 웃음을 자아냈다.242) 그는 어떤 사람이기에 부모의 즐거움을 구하고, 너는 어떤 사람이기에 어미의 면전에서 이렇듯 좋지 않은 기색을 하느냐?"

조성이 얼굴빛을 엄숙하게 고치고 자리에서 물러나 일어나며 사죄하였다.

"제가 매사에 불민(不敏)하고 성효가 천박하여 오늘 어머니 앞에서 온

---

242) 고인은 ~ 자아냈다 : 춘추 전국시대의 노래자(老萊子)의 반의지희(斑衣之戱)를 가리킴. 노(魯)나라에 효심이 지극한 노래자(老萊子)는 70세의 백발노인이 되었어도 그의 부모는 그의 효성 덕분으로 건강하였음. 노래자는 행여나 부모 자신이 늙었다는 사실을 알지 못하게 하기 위해 늘 알록달록한 색동저고리를 입고 어린 아이처럼 재롱을 피우기도 하였는데 이런 아들의 재롱을 보면서 어린 아이처럼 지내니 부모는 자신의 나이를 알려고 하지 않고 잊고 지냈음. 노래자는 하루의 세 끼니 부모님 진지를 늘 손수 갖다 드렸고, 때로는 물을 들고 마루로 올라가다가 일부러 자빠져 마룻바닥에 뒹굴면서 앙앙 우는 모습을 보여 드려 부모님이 아들의 아기 때의 모습을 연상케 하여 즐겁도록 하였음.

화한 기운을 잃으니 공손하지 못한 죄를 청합니다."

위부인이 말하였다.

"예전에는 너의 행동거지가 부모가 꾸짖고 가르칠 것이 없었는데 요즈음에는 네 행동거지가 극히 사리에 어그러져 온당하지 못한 것이 많아서 내가 그것 때문에 걱정하고 있다. 만일 네가 그것을 고치지 않으면 너와 모자의 정을 끊겠다."

조성이 갓을 벗고 머리를 땅에 닿도록 절하며 말하였다.

23 "어머니의 가르침이 이와 같으시니 저의 죄는 비록 죽어도 속죄하기 어렵습니다. 비록 어머니께서 물과 불속에 들어가라 하셔도 어찌 명을 거역하겠습니까? 말씀하신 사리에 어그러지고 온당하지 못한 일은 무엇인지 밝게 가르쳐주십시오. 만일 제가 그것을 고치지 않는다면 무거운 죄를 더하십시오."

위부인이 양소저를 돌아보니 옥 같은 얼굴에는 걱정하는 빛이 가득하여 아름다운 걸음을 옮겨 협실(夾室)로 들어갔다. 위부인이 길게 탄식하며 말하였다.

"네가 왜 모르겠느냐? 부부의 일은 오륜(五倫)의 중요한 일이다. 어진 며느리 양씨의 맑고 고상함은 문왕(文王)의 부인인 태사(太似)를 부러워하지 않을 정도이다. 그런데 너는 아무 까닭 없이 정씨를 박대하며 삼생(三生)의 원수같이 여기니 위로는 할머니께서 근심하시고 그 다음으로는 내가 잠자는 일과 먹는 일이 달지 않을 정도로 속을 태우고 있다. 24 네 아버지는 이 일을 자세히 모르시기 때문에 무거운 질책이 없지만 마침내 부친을 속이지 못할 것이다. 비록 부친께서 너에 대해 만금 같은 사랑이 있더라도 어찌 패륜적인 경박한 행동을 용서하시겠느냐? 부모가 낳고 길러준 몸에 태장(笞杖)[243]의 괴로움이 오래지 않아 있을 줄을 모르느냐?"

조성이 일어나 두 번 절하고 말하였다.

"소자가 비록 행동이 경박하고 무식하나 몸이 선비가 되어 삼강과 오륜의 커다란 뜻을 살피고 있는데, 어찌 까닭 없이 부부의 도리를 그르치겠습니까? 양씨의 사람됨과 재주와 용모를 소자가 모르지 않습니다. 그러나 양씨를 대하면 머릿속을 때리는 듯하니 이른바 서로 마음속으로 생각하는 허물이 없이도 이런 것은 두 사람의 액운인 것 같습니다. 제가 마음을 가다듬지만 고치지 못하니 제가 실로 이상하게 여겨 그렇게 하고 싶지 않지만 어쩔 수 없습니다. 어찌 한낱 제가 경박하게 행동하는 것이겠습니까? 또 역시 저의 운명이 기박하기 때문입니다. 그러나 두 사람의 액운이 다하면 마침내 이렇지 않을 것입니다. 하물며 두 사람 모두 스무 살이 멀었으니 무엇이 바쁘겠습니까? 어머니께서는 걱정하지 마시고 소자의 심사를 살펴주십시오."

위부인이 더욱 근심하면서 말하였다.

"내가 생각하기로 너의 부부가 둘 다 나이가 어려 무슨 일로 서로 트집을 잡아 비난한 것이 있는가 하였다. 만일 이러하다면 며느리가 더욱 불쌍하여 차마 보기 어렵고 내가 걱정이 더 되는구나. 부부의 도는 이처럼 천지(天地) 같은 것이다. 하늘과 땅이 불화하면 만물이 어찌 생기를 내겠느냐? 부부가 불화하면 집이 어지러워 자손이 끊어지니 어찌 근심이 적겠느냐? 너는 어릴 때부터 효도를 하는 것이 세상에 뛰어나

25

26

---

243) 태장(笞杖) : 태형(笞刑)과 장형(杖刑)을 아울러 이르는 말. 태형은 오형 가운데 죄인을 작은 형장으로 볼기를 치던 형벌이며 장형은 죄인을 큰 형장으로 볼기를 치던 형벌.

고 도량이 하해(河海) 같다. 그러니 모든 일을 억지로 참고서 행하여 어미 마음을 돌아보고 이상한 생각을 하지 마라."

조성이 온화하게 자신의 불민(不敏)함을 말했으나 마침내 양소저의 음란하고 바르지 않은 행동은 조금도 고하지 않고 나중을 보려고 하였다. 그 뛰어난 생각과 행동244)이 진실로 15살 안팎의 어린 아이가 행할 바이겠는가?

양소저는 협실에서 조성의 말을 들으니 조성을 한스러워할 것이 없었으며 조성이 억지로 지어낸 말임을 깨닫고 마음속으로 생각하였다.

'군자의 말이 전부 거짓이다. 만일 그것이 진실이라면 처음에 그렇게 하지 않다가 근간의 행동이 어찌 다르겠는가? 반드시 참이든 거짓이든 간에 나의 허물을 본 것이다. 알지 못하겠다. 나의 행동이 구태여 군자의 안전에서 어떤 과실을 보인 것인지 모르겠고 군자가 이렇게 비루하게 여기시니 이는 하늘의 탓이구나. 장강(莊姜)245)과 반비(班妃)246)가 어질지 않은 것이 아닌데 운명이 기박하여 그렇게 되었다. 그러나 내가 당하는 것은 이와 다르다. 내가 비록 장강(莊姜)과 반비(班妃)보다 어질지 못하지만 남편은 지극히 성실한 군자이니 나의 앞길이 되어가는 것을 보고 행동거지를 옥결처럼 깨끗하게 할 것이다. 구차하게 슬퍼하겠는가?'

이렇게 뜻을 세우고 남편을 미워하거나 원망하지 않았다. 착하구나!

---

244) 그 ~ 행동: {동량(棟梁)}. 동량은 기둥과 들보를 아울러 이르는 말로 한 집안이나 한 나라를 떠받치는 중대한 일을 맡을 만한 인재를 의미함. 문맥을 고려하여 뛰어난 인재의 생각과 행동으로 옮김.

245) 장강(莊姜): 춘추전국시대의 위(衛)나라 장공(莊公)의 아내로 얼굴이 매우 아름답고 부덕이 매우 높은 여인. 후에 장공에게 버림받아 절의를 지키며 백주시(栢舟時)를 읊어 자신에 비유함.

246) 반비(班妃): 전한(前漢)의 성제(成帝)의 총애를 받았던 반첩여를 가리킴. 성제의 후궁인 조비연의 모략으로 장신궁(長信宮)에 머물게 됨. 장신궁에서 과거 임금의 사랑을 받던 일을 회상하고 현재의 자신의 처지를 돌아보며 〈원가행(怨歌行)〉이라는 제목의 시를 지음.

양소저가 이렇게 맑은 덕을 지니고 있는데 어질지 못한 동기(同氣)를 만나 5년 동안 가슴을 애태우고 독수공방을 하며 수많은 고난을 당하니 어찌 슬프지 않겠는가?

요행히도 성품이 바르고 어진 사람은 하늘이 도와 양소저가 잉태한 지 4, 5달이 되었다. 처음에는 양소저가 그 사실을 알지 못했는데 한 달이 좀 넘자 임신의 기미를 알아차렸다. 양소저는 수많은 걱정이 있었지만 반드시 음식을 힘써 먹고 편협하게 마음을 먹지 않았다. 조씨 가문에 돌아온 지 세월이 많이 흘렀지만 다시 친정에 가지 않았다. 친정 부모가 친정에 한 번 오라고 청해도 다음과 같이 답장을 써 보냈다.

여자가 시집을 가는 것은 부모와 형제를 멀리 떠나는 것입니다.[247] 소녀가 비록 불초하나 부모님을 생각하는 마음이 줄어든 것은 아닙니다. 나이가 많으신 할머니 29 의 곁을 한때라도 떠나기 어렵습니다. 부모님께서는 제가 갈 때를 기다리시고 번거 롭게 청하지 마십시오.

양공 부부는 조씨 집안에서 딸을 사랑하여 보내기를 어려워하는 줄로 알아 비록 서운했으나 다시 청하지 않았다. 그러나 그 누가 15, 16살도 되지 않아서 백두음(白頭吟)을 읊을 줄을 알았겠는가?

이렇게 세월을 보내고 어느덧 1월 1일이 되어 정소저는 한 명의 옥동 자를 낳았다. 모습이나 언행이 아버지와 어머니를 고루 닮아 진실로 기린 과 봉황의 새끼였다. 기골이 매우 뛰어나 크게 보통의 아이와 달랐다. 태 30

---

247) 여자가 ~ 것입니다 : {녀ᄌᆞ유힝[女子有行]이 원부모형뎨[遠父母兄弟]라}. 『시경』의 「패풍(邶風)」 의 〈천수(泉水)〉의 한 구절임.

부인과 조공 부부의 큰 기쁨은 비교할 곳이 없었다. 집안사람들의 기쁨도 봄바람이 부는 것 같았고 정소저의 기세도 태산 같아서 남녀노복이 그 은덕을 칭송하지 않는 사람이 없었다.

이때 정참정의 두 번째 부인 박씨는 정소저를 잃어버리고 정소저가 어디 가서 죽었는가 생각하고 있었다. 그런데 문득 정소저가 조무의 부인이 되어 옥 같은 아들을 낳아 시댁에서 칭찬하는 소리가 자자하고 조무를 칭찬하는 소리가 무궁하여 비교할 곳이 없다는 소식을 들었다. 박씨는 자기가 사납다는 것은 생각하지 않고 매우 분노하며 원통해하고 놀라워했다. 정참정이 자신의 어리석음을 깨닫고 난 후에는 정참정이 박씨를 대접하는 태도가 전만 못하였다. 박씨가 분함을 이기지 못하여 마침내 정소저의 앞길을 방해하여 일생을 끝내고 말겠다고 생각하였다. 그래서 거짓으로 뉘우치는 얼굴을 하고 정참정에게 말하였다.

"지난번에 첩이 잘못 생각하여 채임을 박수관의 두 번째 처로 삼고자 하였는데, 딸의 얼음과 서리 같은 높은 절개가 마침내 조씨 가문과 인연을 이루니 기쁩니다. 그런 와중에도 지난번의 우리 일이 도리어 매우 부끄럽습니다. 딸아이가 변하여 어른이 되고 또 아들을 낳았다는 말을 들으니 첩이 비록 채임이를 낳지 않았지만 모녀간의 도리가 있어서 채임이를 보고자 합니다. 옛날의 일을 뉘우쳐서 모녀간의 도리를 다하고자 하니 한 번 채임이를 데려와 제가 보게 해주십시오."

정참정은 박씨가 지난날을 뉘우치며 어진 말을 하는 것을 듣고는 매우 다행스럽게 생각하며 말하였다.

"원래 이런 마음이 있었으나 그대가 딸을 좋아하지 않아 전 같은 행동 거지가 있을까 여겨 딸을 데리고 오지 못했소. 부인이 뉘우친다면 내 어찌 한 번 딸을 데려와 모녀의 정을 펴게 하지 않겠소?"

박씨가 고맙다고 말하며 정소저를 데려오기를 바라고 있었다.

정참정이 다음날 편지를 써서 조무에게 딸을 정씨 가문으로 보내기를 청하였다. 정소저는 한 번 계모를 만나서 사죄하고자 하였지만 자기 마음대로 처리하고 결정하지 못하고 있다가 계모가 뉘우쳤다는 아버지의 편지를 보고 이에 조무에게 의논하였다. 그러자 조무가 정색하며 말하였다. 33

"부인은 옛날 일을 생각하면 마음이 서늘할 것인데, 능히 가고자하는 마음이 나오? 만약 박부인이 그대를 보고자 한다면 스스로 와서 본다면 모를까 결단코 부인을 보내지 못하니 두 번 다시 말하지 마시오."

말을 끝내고 소매를 떨치고 나갔다. 정소저가 감히 말을 못하고 부득이 답장을 써서 보내며 자신을 보내지 않는다는 사실을 정참정에게 아뢰었다. 정참정은 부끄러워 아무 말도 없었고 박씨는 크게 화를 내며 몹시 분해하여 이를 갈며 속을 태웠다. 그리고는 가만히 박수관을 청하여 이일을 말하였다.

"아우는 그런 아름다운 여자를 남에게 빼앗기고 이제 오히려 숙녀를 34 만나지 못하였으니 어찌 조씨 집안과 원수가 아니겠는가? 아우는 지혜와 꾀가 많으니 조씨 집안과 채임의 앞길을 방해하여 채임과 조무를 동서로 나누어서 아우가 사이에서 뜻대로 채임을 취하면 해롭지 않을 것이다. 그러니 좋은 방법을 생각해 보아라."

박수관이 이 말을 들으니 매우 분하여 부채로 땅을 치면서 말하였다.

"통탄할 만하구나! 제가 한 개의 계교가 있으니 족히 조무를 죽이고 정소저를 나의 아내로 삼겠습니다."

박씨가 매우 기뻐하며 계교를 물으니 박수관이 말하였다.

"다른 것이 아니라 나의 친구인 차정인이 지금 양학사의 문객으로 있
는데, 남보다 날래고 용감하여 만인이 당하지 못할 용기가 있습니다.
가만히 그와 같은 무리가 되어 당을 만들고 차정인이 좋은 방법을 생각
하면 죽지 않을 사람이 없을 것입니다. 이 사람을 먼저 조씨 집안에 보
내어 조무를 처치하고 서서히 도모하여 정소저를 취하겠습니다."

박씨가 말하였다.

"이 계책은 신묘하나 다만 조무는 당당한 재상가의 귀한 아들이며 더
불어 임금의 총애가 지극하다. 일을 허술하게 하다가는 차정인의 한
가문이 다 죽어 없어지는 화를 만날 뿐 아니라 이 일을 꾸민 원인을 찾
게 되면 아우도 큰 화를 만나게 될 것이다. 나의 생각은 이렇다. 박귀
비가 낳은 공주가 바야흐로 14세가 되었는데, 박귀비가 아름다운 사위
를 매우 급히 가린다고 한다. 네가 숙모께 아뢰어 귀비를 보고 조무의
풍채가 최고로 영웅호걸이고 조무가 일세(一世)에 없는 아름다운 남자
임을 모두 말씀드려 공주의 귀에 그 말이 들어가게 하여라. 내가 공주
에 대한 소문을 들으니 명주(明珠)와 금지옥엽(金枝玉葉) 같으나 쾌락에
빠져 행동이 거친 것[248]은 세간에 제 1인자라고 하더구나. 공주가 옥
같은 아름다운 신랑을 친히 보고 뽑느라고 지금까지 간택하지 못하고
있다고 한다. 숙모와 박귀비는 한 몸같이 친한 사이라 어찌 일이 되지
못하겠느냐?"

박수관이 크게 기뻐하며 이 계책을 행하려고 하였다. 알지 못하겠구나,
다음에 어찌 되려는지……

---

248) 쾌락에 ~ 것 : {음환}. '음황(淫荒)'의 오기인 듯함. 음황은 쾌락을 즐겨 멋대로 놀고 행동이 거
친의 의미여서 이와 같이 옮김.

차설(且說). 박귀비는 박수관의 고모이다. 처음에 박가의 집이 빈한할 뿐만 아니라 자식이 많아 셋째 딸을 평민 오세달에게 주었다. 오세달은 ³⁷ 부유한 상인으로 자식이 없었는데 오세달의 처인 노씨가 남의 자식을 얻어 길러서 어른이 되게 하는 것을 일로 삼았다. 박가는 흔쾌히 딸을 오세달에게 맡겨 기르게 하였다. 그런데 그 딸이 궁녀를 뽑는데 나가 궁인이 되니 박가가 이를 매우 원통하게 여겼다. 박가의 딸 박씨는 미모가 있었기 때문에 임금의 마음에 들어 자녀를 낳았다. 그런 까닭에 귀비(貴妃)로 봉해지고 그 딸을 금선공주로 봉하였다. 저 공주는 당나라 때 측천무후(則天武后)²⁴⁹⁾와 흡사하여 요상하고 간사하며 외간 남자와 간음하며 하지 못하는 악한 일이 없었다. 박귀비도 또한 천한 집안에서 낳고 자라서 본성이 어질지 못하여 태평성대에 해로운 계집이었다. 그러나 임금이 그 재주와 용모에 깊이 빠져 박귀비를 총애하니 박귀비는 왕후가 행하는 것 같 ³⁸ 은 방자함이 많았다. 공주가 나이가 차 부마를 택하려 하였는데, 공주가 부디 자신의 눈으로 보고 부마를 택하려 하기 때문에 부마를 간택하는 왕의 명령서를 미처 내리지 못하고 있었다.

박수관이 자기 집으로 돌아가 그 어머니인 소씨에게 대궐 안으로 들어가 귀비에게 한림학사 조무가 부마의 재목으로 좋다고 아뢰고, 공주가 듣는 데서 조무의 영웅호걸의 자질이 만고에 독보적임을 칭찬하여 공주와

---

249) 측천무후(則天武后) : 당나라의 고종(高宗)의 황후인 측천무후(則天武后)를 가리킴. 뛰어난 미모로 14세 때 태종(太宗)의 후궁이 되었으나, 황제가 죽자 고종의 눈에 띄게 되어 총애를 받게 되었음. 그후 간계를 써서 황후 왕씨(王氏)를 모함하여 쫓아내고 스스로 황후가 되었음. 고종이 죽자 자신의 아들 중종(中宗)·예종(睿宗)을 차례로 즉위시키고, 후에는 국호를 주(周)로 개칭하고 스스로 황제라 칭하며 중국사상 유일한 여제(女帝)로서 약 15년간 전국을 지배하였음. 그녀는 악랄한 책략과 잔인한 탄압을 가하는 한편 요승(妖僧) 회의(懷義) 및 장역지 형제와의 추문을 남기는 등 비난의 대상이 되기도 하였음.

혼인이 되도록 말하라고 하였다. 소씨는 그 아들의 말을 옳다고 여기고 즉시 입궐하여 귀비를 보고 말을 하였다. 공주가 귀비의 곁에 있었는데, 현란한 용모와 빛깔이 경국지색(傾國之色)[250]이었다. 소씨가 말하였다.

"옥주(玉主)[251]의 재주와 용모와 운치가 이와 같으며 장성하여 빼어나게 아름다우시니 부마의 재목을 얻으셨습니까?"

귀비가 대답하였다.

"이 아이가 재주와 용모가 독보적이고 뜻이 산같이 높아 제 눈에 차는 호걸만을 섬기려고 하여 아직 부마를 뽑는 것을 천천히 하고 있습니다. 조용히 더 알아보고 정하려 합니다."

소씨가 잘했다고 칭찬하며 말하였다.

"옥주(玉主)의 큰 뜻은 소소한 여자에게 비교할 바가 아닙니다. 하늘이 저 같은 재주와 용모를 내시고 어찌 그 쌍이 없겠습니까? 신첩(臣妾)이 보니 지난해 처음으로 벼슬길에 나온 한림학사 조무는 이백(李白)과 반악(潘岳)의 풍채를 압도하고 그 풍채가 천고에 대적할 사람이 없습니다. 재주와 문벌은 성상(聖上)께서 아실 것입니다. 이 사람 이외에는 부마의 재목이 없을 것 같습니다."

귀비가 기뻐하며 말하였다.

"언니의 말을 들으니 내 눈으로 조무를 보는 것 같군요. 그런데 혹 오직 조무가 장가를 들어 아내를 얻지 않았는가요?"

소씨가 웃으며 말하였다.

---

250) 경국지색(傾國之色) : 임금이 혹하여 나라가 기울어져도 모를 정도의 미인이라는 뜻으로, 뛰어나게 아름다운 미인을 이르는 말
251) 옥주(玉主) : 공주를 높여서 부르는 말.

"조무가 비록 장가들어 아내를 얻었으나 조무의 아내는 신하의 딸에 불과합니다. 어찌 황녀(皇女)와 동렬(同列)이 되겠습니까? 자연히 조무의 아내 자리에서 물러날 것이니 의심을 하지 마시고 성상(聖上)께 아뢰어 부마를 정하십시오."

공주는 곁에서 조무를 칭찬하는 말을 듣고 있었다. 지난해에 임금이 문묘에 참배할 때 조무 형제의 풍채가 뛰어남을 보고 자나 깨나 생각하며 마음에 두고 연연해 하더니 이 말을 듣고 음란한 마음이 크게 일어나 귀비 앞에 달려 와서 말하였다.

41

"조무가 아내가 있지만 법은 왕이 만든 것이고, 당대의 풍속에 개가(改嫁)하는 법이 종종 있습니다. 조무의 처를 이혼하게 하여 개가(改嫁)시키고 소녀를 조무에게 시집을 보내시면 조씨 집안에서 어찌 사양하며 이러쿵저러쿵하는 말이 있겠습니까?"

소씨가 말하였다.

"옥주(玉主)의 상쾌하신 의논이 실로 세상 여자에게 비할 바가 아닙니다."

귀비가 또한 어질지 못한 마음을 가지고 있기 때문에 어찌 일의 상황을 돌아보겠는가? 귀비가 조씨 집안의 부귀와 권세를 우러러 사모하여 다음 날 황제께 금선공주의 혼사를 한림학사 조무에게 정하고자 하는 뜻을 아뢰었다. 천자가 귀비의 말을 듣고 말하였다.

"조무는 기특하지만 벌써 아내를 얻었으니 아내가 있는 신하를 어찌 부마로 삼겠는가?"

귀비가 자리에서 일어나며 말하였다.

"성왕의 말씀이 마땅하시나 금선이 만일 조무가 아니면 궁궐에서 죽을 때까지 있으면서 다른 사람을 좇지 않으려고 합니다. 제가 만일 하나 밖에 없는 딸의 소원을 이루지 못한다면 죽어도 눈을 감지 못할 것입니다."

임금이 말하였다.

"그대 모녀의 소원을 이루고자 한다면 조정 대신의 의논이 분분할 것이고, 또한 조상국 부자가 듣지 않을까 한다."

귀비가 또 아뢰었다.

"폐하는 만승지주(萬乘之主)[252]이시니 조상국이 비록 거절하기 어려우며 신하의 분수로 물과 불속에 들어가래도 명을 거역하지 못할 것입니다. 하물며 옥 같은 딸을 며느리로 삼으라고 하시는 임금의 말씀을 조상국이 어찌 거역하겠습니까? 조무의 조강지처인 정씨는 본래 박수관과 혼인을 정한 여자였습니다. 그 계모와 서로 헐뜯고 비난하다가 규방의 여자가 길가에 떠돌아다니다 강변에서 조무를 만나게 된 것입니다. 조무는 나이가 어리고 풍취가 있어서 정씨의 얼굴이 빼어나게 아름다운 것을 사랑하여 거두어 아내로 취하였습니다. 그러나 정씨의 행사가 비천한 것을 조씨 가문에서는 중요하게 생각하지 않는다고 하니 황녀(皇女)가 신하에게 시집가는 것을 사양하겠습니까?"

임금이 아무 말이 없다가 다시 말하였다.

"그대의 뜻이 이와 같으니 내가 조상국에게 물어보겠다."

귀비가 공경히 받들어 사례하였다.

다음날 임금이 조회에서 조공을 머무르게 하고 또 조무를 앉게 하며 말하였다.

"경은 국가의 기둥과 주춧돌이 되는 신하이니 나라의 편안함과 근심을

---

252) 만승지주(萬乘之主) : '만승지국의 임금'이란 뜻으로, 천자나 황제를 이르는 말임. 만승은 일만 채의 병거(兵車)로 중국 주나라 때에 천자가 병거 일만 채를 출동시켰던 데서 유래함.

그대와 함께 할 것이다. 하물며 조무 형제가 남보다 뛰어난 위인으로 나라를 떠받치는 중요한 인재이면서 국가의 큰 보배이다. 짐이 어찌 다른 신하와 같이 대하겠는가? 이제 짐이 경과 더불어 사돈이 되고자 하니 경은 사양하지 말라."

조공이 크게 놀라고 머리를 조아리며 말하였다.

"신이 성은(聖恩)을 입어 어리석고 둔하며 재주가 없는데도 작록(爵祿)을 도적질하여 신하로서 최고의 지위에 오르니 밤낮으로 항상 조심하여 삼 갔습니다. 사람이 모자라는데 지위가 과하면 재앙이 있는데 갈수록 성 은이 한없이 크고 넓으셔서 하찮은 자식이 과거에 급제한 명단에 외람 되게 들어가 청환(淸宦)과 현직(顯職)253)과 같은 높고 화려한 관직을 맡 게 되었습니다. 신의 부자가 나라의 은혜를 갚을 길이 없음을 탄식하였 는데, 어찌 외람되게 성상의 명령을 받아들여 감당하겠습니까? 신이 자 녀를 다 혼인을 시켰사오니 성상의 명령이 황공하고 의아합니다."

임금이 웃으며 말하였다.

"짐이 또한 경이 자식들을 모두 혼인시킨 것을 오래전부터 알고 있다. 짐의 딸 이름은 금선인데 시집을 갈 나이가 되었다. 공주의 마음이 보 통의 유생에게 시집가기를 원하지 않고, 나이가 어린 조종의 신하 중에 서 가문과 인물이 제일 뛰어난 사람을 원한다. 사정이 이와 같으니 경 의 자식 두 사람보다 나은 사람이 없을 것이기에 한림 조무를 부마로 정하니 경은 잘 알아라."

조공이 황급히 아뢰었다.

45

46

---

253) 청환(淸宦)과 현직(顯職) : {청현(淸顯)}. '청현'은 청환과 현직을 이르는 말로 청환은 지위와 봉 록은 높지 않으나 뒷날에 높이 될 자리를 의미하고 현직은 높고 중요한 직위를 뜻함.

"성상의 명령을 잘못 말씀하신 것입니다. 신의 자식이 본래 사람이 꼼꼼하지 못하고 어리석으며 무식하여 장가를 들어 아내를 얻지 않았어도 공주의 부마로는 불가(不可)하옵니다. 하물며 장가를 들어 아내를 얻은 지 수삼 년에 자식을 얻었는데 성은이 황송하고 감격스러워 공주를 맞는다 하더라도 조강지처를 어찌하겠습니까? 엎드려 바라건대 성상께서는 다시 아름다운 사위를 택하시어 부마를 정하시고 신의 아들의 어리석음을 살피십시오."

임금이 아무 말 없이 깊이 생각하고 오랜 뒤에 말하였다.

47   "경의 말이 가장 옳으니 짐이 처가 있는 신하를 부마로 삼겠는가마는 그 이유가 있어 마지못해 그렇게 하는 것이다. 특별히 왕법을 굽혀 조무의 조강지처를 둘째 부인으로 삼고 공주를 맞이해 임금의 은혜를 가볍게 여기지 말라."

조공이 다시 사양하고자 하나 임금이 내전으로 향하니 어쩔 수 없이 불만스럽게 물러나왔다. 소(疏)를 올려 송홍(宋弘)이 말한 조강지처는 집에서 내보지 않는다254)는 것을 4, 5번 강조하니 말이 매우 위엄이 있고 정중하며 말의 기운이 격렬하고 절실하였다.

임금이 귀비를 보고 조공 부자가 사양하고 있는데 마침내 이것을 협박

---

254) 송홍이 ~ 않는다 : 송홍이 한 말로 조강지처는 집에서 내보지 않는다는 말을 한 것에서 유래함. 『후한서(後漢書)』, 〈송홍전(宋弘傳)〉에 보면, 후한 광무제(光武帝)의 누님이 일찍이 과부가 되어 쓸쓸히 지내는 것을 보고 광무제는 마땅한 사람이 있으면 다시 시집을 보낼 생각으로 그녀의 의향을 떠보니 그녀는 송홍에게 시집을 가고자 하였음. 광무제는 누님을 병풍 뒤에 숨기고 그에게 넌지시 묻기를 "속담에 말하기를 지위가 높아지면 친구를 바꾸고 집이 부유해지면 아내를 바꾼다 하였는데 그럴 수 있을까?" 하고 말하자 송홍은 서슴지 않고 "신은 가난할 때 친하였던 친구는 잊어서는 안 되고, 지게미와 쌀겨를 먹으며 고생한 아내는 집에서 내보내지 않는다고 들었습니다[臣聞 貧賤之交不可忘 糟糠之妻不下堂]"라고 하였음. 이 말을 들은 광무제는 누님이 있는 쪽을 돌아보며 조용한 말로 "일이 틀린 것 같습니다"라고 말하였다 함.

하기 어렵다고 말하였다. 공주가 울면서 아뢰었다.

"신이 비록 한 명의 어린 여자이지만 어찌 마음을 달리하여 다른 사람을 생각하겠습니까? 조무가 아니면 혼자 늙으려 합니다."

임금이 공주의 말을 마땅하게 여기지 않았으나 천륜의 자애 때문에 그 마음을 차마 듣지 않을 수 없고, 또 조무의 뛰어난 재주를 사랑하여 공주의 부마로 삼고자 뜻을 정하였다. 그리고는 조공 부자의 상소문에 가부(可否)의 대답을 하였다.

"경의 상소문의 말이 비록 간절하나 짐의 뜻이 정해졌으니 어찌 고치겠는가? 조강지처는 예의가 중대한 까닭에 둘째 부인으로 삼아서 한 집에 두어 공주와 같은 반열에 두게 하겠다. 그러니 정녀에게 무슨 해가 있겠는가?"

조공이 탄식하며 말하였다.

"이 모두 운명이다."

조공이 돌아오니 조무가 분노하여 다시 상소를 올려 부마의 직위와 직책을 사양하였다. 정씨가 비록 공주와 지위가 나란하지 못하나, 조강지처이고 마침내 정씨가 아들을 낳았기 때문에 본부인으로 삼을 뜻을 아뢰었다.

임금이 말하였다.

"조무는 공주를 너무 가볍게 무시하고 나라의 은혜를 모르는구나. 짐의 딸이 어찌 정녀에게 굴하겠는가?"

이에 상소문에 답하였다.

"경의 소원에 따라 아직 부마 직품을 천천히 내린다. 정녀가 아무리 조강지처이지만 짐의 사랑스러운 딸이 어찌 정녀를 섬기겠는가? 처음의 하교(下敎)대로 시행하라."

48

49

50 조무가 크게 분노하여 집안으로 돌아오니 온화한 기운이 하나도 없었다. 할머니와 부모가 매우 애석해 하였다. 할머니와 시부모가 정소저를 불러 자리를 주고 앉으라고 하고 조공이 탄식하며 말하였다.

"네가 아리따운 덕과 서리와 눈 같은 절개로 우리 가문에 시집온 지도 3년이 되었다. 사덕(四德)에 한 가지의 허물이 없고 너무 조숙한 것을 내가 항상 염려하였다. 이제 외람되게 공주를 며느리로 맞이하게 되면 너는 두 번째 부인이 될 것이니 원망하고 탄식하는 말을 하지 마라. 지금과 앞으로 사람의 일이 어떻게 될 줄 모른다. 내 아들이 나이가 어리고 방탕하니 집안을 잘못 다스리면 너에게 불행이 갈 수 있으니 어찌

51 애달프지 않겠느냐? 그러나 모든 일은 하늘의 뜻이니 너는 마음을 요동하지 말고 남편을 어질게 도와 아황(娥皇)과 여영(女英)의 고사255)를 본받도록 해라."

태부인과 위부인이 탄식하며 말하였다.

"박귀비가 어질지 못하니 이 공주가 어찌 어질기를 바라겠는가? 우리 며느리의 일생에 마(魔)가 끼인 것이다. 어진 며느리를 위하여 칼을 삼킨 듯하니 여자의 마음이 어찌 편안하겠는가? 그러나 화와 복이 모두 하늘의 뜻이다. 마침내 복과 선의 이치를 믿으니 너는 너무 마음을 태워 괴로움을 말하지 마라."

정소저가 꿇어앉아서 그 말을 듣고 머리가 땅에 닿도록 두 번 절하고 말하였다.

---

255) 아황(娥皇)과 ~ 고사 : 아황과 여영은 중국의 요임금의 두 딸로 요임금이 순임금에게 시집보냈음. 두 여인이 순임금을 사이좋게 모시고 화락하다가 순임금이 죽자 두 사람도 상강(湘江)에 빠져 죽음.

"제가 보잘 것 없는 누추한 자질인데 할머니와 시부모님의 산 같은 은혜와 바다 같은 덕에 이 한 몸이 젖었습니다. 어머니가 없는 인생이 슬픔을 잊고 부귀하고 좋은 집에서 부귀를 만끽하며 편안하게 지내니 복이 지나쳐 재앙이 이른 것입니다. 꿩같이 비루한 자질이 봉황과 짝을 맺지 못하니 첩은 신하의 어리석은 딸이고, 공주는 금지옥엽(金枝玉葉)이시니 감히 같은 반열이 되어 부마의 둘째 부인의 자리를 감당하겠습니까? 저는 오직 세상에서 버려진 사람으로 생각하며 오늘부터 자는 곳을 옮겨 할머니께서 불쌍하게 여기시고 사랑해주시는 것을 우러러 남은 세월을 보내겠습니다."

안색이 온화하고 말이 위엄이 있고 정중하여 석목(石木)이라도 감동할 것 같았다. 조공이 길게 탄식하였다. 정소저가 총명하며 슬기로워 앞일을 미리 생각하여 방탕한 남편이 부인 두 명에게 후하고 박하게 하는 것이 고르지 않아 변란이 일어날까 염려하여 할머니를 가까이 모시고 있겠다고 청하는 뜻이었다. 가련하구나! 이에 조공이 탄식하면서 말하였다.

"너의 사정이 슬프고 외로워 14살의 어린 나이에 부부간의 사랑을 나누는 것을 하지 않으려고 하니 내가 어찌 그것을 듣겠느냐? 모든 일은 하늘의 뜻이니 미리 근심한다고 면할 수 있는 것이 아니다. 너는 마음을 놓고 아들의 내조를 온화하게 하여 집안의 도가 고요하고 엄숙하기를 바란다."

태부인이 정소저의 옥 같은 손을 잡고 양소저의 탐스러운 쪽진 머리를 어루만지면 말하였다.

"슬프구나. 조물주가 어찌 시기함을 이렇게 하는가? 나의 손자며느리 두 명은 고금에 보기 드문 빼어난 미모의 숙녀인데, 각각의 부부가 화

52

53

락하여 자손이 많기를 바랐다. 그러나 생각지도 못했는데 성256)이 손

54

자 며느리와 금슬이 소원한 것이 날로 더하는구나. 또 정씨 손자며느

리에게 마(魔)가 일어나니 내가 두 손자며느리에 대한 근심 때문에 잠

자는 것과 먹는 것이 달지 않으니 어찌 한스럽지 않겠는가?"

정소저와 양소저가 각각 두 손을 마주잡고 공경하며 태부인의 말을 다

듣고 나서 일어나 두 번 절하며 말하였다.

"이것은 모두 운명이니 설마 어찌하겠습니까? 원컨대 걱정하지 마십시오."

이렇게 말하고 각각 자신의 방으로 돌아갔다.

태부인이 이에 조성이 양소저를 박대하는 것이 매우 심하여 차마 눈으

로 볼 수 없는 지경임을 조공에게 말하면서 눈물을 비처럼 흘렀다. 조공

이 매우 놀라며 말하였다.

"제가 성정이 꼼꼼하지 못하고 어리석어서 집안일을 살피지 못하였습

니다. 이제 성이 크게 사람이 지켜야 할 도리를 마땅히 지키지 못하여

죄인이 되었는데도 그 아비는 아무것도 모르고 있었으니 사리에 밝지

못한 것이 부끄럽습니다. 성이 어머니의 가르침을 받들지 않았으니 한

번 다스려서 어머니의 근심을 덜겠습니다."

태부인은 조성을 사랑하는 마음이 만금보다 더하였지만 부부의 금슬

이 지금 불화하게 되니 원통함을 이기지 못하고 있었다. 또한 조성은 효

의가 특출한 아이이니 혹 아버지의 질책이 있으면 나을까 하는 요행을 바

라는 까닭에 아들의 행동을 말리지 않고 오직 탄식하였다.

조공이 외당에 나와 조성을 부르니 조성이 아버지의 명에 따라 나왔다.

---

256) 성 : 둘째 아들인 조성을 가리킴.

조공이 노기가 매우 대단하여 좌우의 노복들에게 조성을 잡아내려 무릎을 꿇게 하고 죄를 물었다.

"네가 죄를 아느냐?"

조성이 지은 죄가 없으나 아버지의 기개가 엄숙한 것을 매우 두려워하여 갓을 벗고 머리가 땅에 닿도록 절을 하며 말하였다.

"소자가 지은 죄를 생각하지 못하겠습니다. 오직 분명히 듣고 죄를 받기를 바라옵니다."

조공이 눈을 부릅뜨고 꾸짖으며 말하였다.

"내가 늦게야 너희 형제를 얻어서 사랑이 과하여 비록 가르침이 없지만 네 몸이 선비가 되어서 고서(古書)를 두루 많이 읽어 위로는 임금을 섬기고 어버이를 섬기는 충효로 근본을 삼을 줄 알 것이다. 할머니께서 너희 형제를 매우 사랑하시지만 할머니는 지극히 존귀하시다. 네가 할머니의 아리따운 사랑을 믿어 할머니의 교훈을 받들지 않아 염려를 끼치니 그 죄가 하나다. 며느리 양씨는 육례(六禮)257)를 치른 정실로 맑고 아리따운 사덕(四德)이 진실로 성녀철부(聖女哲婦)258)여서 너에게 넘치는 처자인데 까닭 없이 박대하여 도리에 어그러지고 진중하지 못한 경박한 행동을 스스로 취하고 부모의 뜻을 어겼다. 너의 어머니가 여러 번 말해도 고치지 않고 며느리를 만나도 보지 않았으니 너 같은 경박한 행동을 하는 불초자는 없는데, 죄를 지은 것을 조금도 모르겠느냐? 오늘 할머니께서 네 행사를 말하시면서 마음이 아프도록 매우 슬퍼하시

---

257) 육례(六禮) : 우리나라에서 전통적으로 내려오는 혼인의 여섯 가지 예법. 납채, 문명(問名), 납길, 납폐, 청기(請期), 친영을 이름.
258) 성녀철부(聖女哲婦) : '성녀'는 여자 성인(聖人)을 뜻하고 '철부'는 어질고 사리에 밝은 여자를 뜻함.

고 주무시는 것과 드시는 것이 달지 않으시다고 하셨다. 내가 할머니를 모시면서 노래자(老萊子)의 색동저고리를 본받지 못하더라도 불초자가 도리에 어그러진 것을 제어하지 못하여 남에게 근심과 걱정을 더하니 내가 무슨 면목으로 사람을 대하겠느냐? 네가 말로 일러서 듣지 않으니 마지못하여 태장(笞杖)을 더해야겠다. 만약 태장을 쳐도 네가 듣지 않는다면 눈앞에서 너를 내쳐서 부자의 정을 끊을 것이다. 가히 너는 아비의 말을 헛되이 듣지 말고 아픔을 느끼며 마음을 돌려라."

말을 끝내고 그 대답을 기다리지 않고 조성을 올려서 묶으라고 하고 태장(笞杖)할 준비를 하였다. 조성이 가슴속에 많은 생각이 있었으나 아버지의 화가 대단하여 감히 사정을 고하지 못할 뿐 아니라 하리(下吏) 군졸이 구름같이 몰려오니 어찌 아내의 음란하고 바르지 않은 일을 가볍게 말하겠는가? 실로 자신이 할머니의 명령을 받들지 못하고 어머니의 경계를 저버렸으니 머리를 숙여 매를 고요히 맞았다. 조공의 매질이 엄하고 그것을 살펴보고 관장하는 위엄이 산악 같으니 매를 든 노비가 감히 인정을 두지 못하였다. 매끝이 닿는 곳마다 눈 같은 살이 상하여 피가 솟아났다. 비록 조성이 신장이 숙성하지만 나이는 10살 안팎이라 어찌 아픈 것을 잘 견디겠으며 아버지의 위엄을 억지로 잘 참겠는가? 그러나 조성의 사람됨이 보통 사람보다 뛰어나므로 견고함이 철과 같고 무거움은 바람 부는 산과 같았다. 조성은 안색이 변하지 않은 채 30여대를 맞았다.

태부인이 이 사실을 알고 온 몸이 아프고 놀라워 말을 전하여 아들에게 태장을 그칠 것을 말했다. 조공이 어머니의 명령 때문에 태장을 그치고 조성에게 명령하였다.

"오늘부터 옥매정에서 몸을 보호하여 조리하고 몸이 나아도 내 명이 없이는 옥매정에서 나오지 마라"

조성이 의관을 고치고 두 번 절하며 명령을 받들고 나직이 아뢰었다.

"불초자가 비록 못나고 연약하나 팔 척(尺)의 장부입니다. 이제 태형(笞刑)이 가벼우니 이 만한 매 때문에 누워서 앓지는 않을 것입니다. 비록 처를 박대하여 죄를 입었으나 부부유별(夫婦有別)은 오륜(五倫)에 있으니 남자가 구구하게 규방에 머리를 박고 있을 것이 아닙니다. 부부가 뜻이 맞아 화락하고 마음이 서로 맞으면 서로 공경하고 화락할 것입니다. 그러나 제가 양씨의 허물을 보니 그 허물이 대단하여 잠깐 이것을 두고 보아 그 허물이 거짓이면 저에게 권하지 않으셔도 제가 도리에 어그러지고 경박하게 행동하는 사람이 되지 않을 것입니다. 아버지의 명을 어긴 죄를 다시 받을지라도 양씨의 처소를 떠나지 말라는 말씀을 실로 받들어 행하지 못하겠습니다."

말을 끝내고 다시 절하고는 계단 아래 엎드려 아버지의 명을 기다렸다. 온순한 거동과 조심조심 걷는 모양이 예의에 어긋난 일이 없었다. 조공이 비록 태장(笞杖)하여 그 아들의 뜻을 꺾어 옥매정에 있으라고 하였으나 이렇듯이 아들이 사리에 맞게 말하고 공손하게 죄를 청하니 아버지의 위엄으로도 다시 꾸짖을 말이 없었다. 다만 정색하며 말하였다.

"네가 오히려 말을 꾸며 나를 속이고자 하니 며느리의 허물이 무엇인지 속 시원하게 말하고 숨기지 마라."

조성이 공경히 받들어 사례하며 말하였다.

"옛날 말에 귀가 먹고 눈이 어둡지 않으면 한 집의 주인 노릇을 못한다고 하였습니다. 소자가 나이는 어린 아이이지만 양씨의 가장입니다. 아내의 죄과를 볼 적마다 입 밖으로 내어 집안사람들이 알게 한다면 집안을 다스리는259) 너그럽고 어진 도가 아니며 군자의 침묵하는 덕이 아닙니다. 이런 까닭에 양씨의 허물을 보지 못한 듯이 하고 만일 그 죄를 올바르게 밝히다가 혹시 제가 잘못 살핀 것이 있어서 양씨의 허물이 없다면 제가 마땅히 양씨를 후대하여 부부의 도리를 온전하게 하겠습니다. 이제 혀를 가볍게 놀려 말을 한다면 양씨에게 해가 있을 것이고 제가 단정하고 침묵하는 덕을 닦는데 도움이 되지 못할 것입니다. 엎드려 바라건대 아버지께서는 소자의 집안일 때문에 염려하지 마십시오. 양씨 앞길이 만 리나 남았으니 이제 저희가 만나지 않아도 저의 죄로 삼지 마십시오. 제가 마침내 처리하겠습니다."

조공이 이 말을 다 듣고는 아들의 말이 아름다워 매우 기뻐하며 말하였다. "너의 말이 비록 일리가 있으나 나이가 어린 여자의 작은 허물을 너무 마음에 두고 있는 것은 군자의 덕이 아니다. 지금 이후에는 며느리의 침소를 자주 왕래하고 얼굴을 보고도 못 본 체하는 행동은 하지 마라. 네가 며느리의 처소에 밤낮으로 거처하는 것을 싫어하니 내가 아버지가 되어서도 너를 핍박하지 않는다. 며느리가 맑고 아리따워 결단코 큰 과실이 없을 것이니 모든 일에 며느리를 박하게 대접하지 마라."

조성이 아버지의 말씀을 공경히 받들고 물러났다. 조공이 그 기특한 말과 조용하고 침착한 거동을 보고 진실로 훌륭한 아들을 두었다고 생각하며 크게 기뻐하였다. 그리고는 아들을 매로 때린 것을 뉘우치고 어머니의 잠자리를 보살펴 드리려고 갔다. 조공이 먼저 들어오고 조무와 조성 형제는 미처 들어오지 못했다. 태부인이 조공을 보고 탄식하며 말하였다.

---

259) 집안을 다스리는 : {친가}. 문맥을 고려해보면 치가(治家)의 오기인 듯함.

"성이 처를 박대하는 것이 애달파서 너에게 말했더니 너는 어린 아이를 상하게 하느냐?"

조공이 웃으며 말하였다.

"아이가 어머니의 말씀을 거역하고 근심과 걱정을 끼치는 죄 때문에 30대로 가볍게 책망하였습니다. 대개 성의 사람됨을 오늘 알게 되었으니 침묵하고 단정하며 신중하여 마침내 이유 없이 처를 박대하는 보잘것 없는 사내가 되지는 않을 것입니다. 잠시 이러한 것은 조성 부부가 액(厄)이 있어서 그러한 것 같습니다."

이때 조성은 물러가 마지못해서 옥매정에 이르렀다. 조성이 양소저의 거동을 보려고 난간머리에 오르니 깁으로 바른 창에 촛불 그림자가 비치고 말소리가 약하게 들려왔다. 조성이 걸음걸이를 중지하고 가만히 들었다. 이때 양소저가 촛불 아래에서 『예기』를 깊이 읽고 있었다. 유모가 책상 아래에서 눈물을 뿌리며 말하였다.

"한스럽구나, 천의(天意)여! 아까 연춘정을 지나가다 보니 대상공[260]이 정소저와 함께 공주가 시집오는 것을 근심하시며 서로 연연해 하는 정을 나누며 지극한 마음이 다른 사람을 잊은 듯하셨습니다. 우리 소저는 얼굴 모습과 재주와 덕이 정소저만 못하지 않은데 상공의 박대가 점점 더하여 혹 상공이 소저를 만나시면 마음이 서늘하게 하십니다. 소저는 15살도 못된 나이에 사람을 상하게 하는 박명(薄命) 때문에 애를 끊는 것 같습니다."

양소저가 문득 책을 놓고 천천히 말하였다.

---

260) 대상공 : 첫째 아들 조무를 가리킴.

"어미는 말을 가볍게 하지 마라. 사람이 태어남에 예의와 염치는 행실의 근본이고, 효절(孝節)은 여자의 큰 조목이다. 내가 비록 한 명의 여자이지만 도리에 넘치는 일은 배우지 않았다. 어찌 장부의 은정(恩情)을 탓하여 남편을 원망하겠는가? 남편은 수행하는 군자라 어찌 까닭 없이 정실을 박대하여 명명한 도리를 어지럽히겠는가? 처음 나를 대접할 때는 손님같이 서로 보고 마음을 알아 서로 화락하였으니 천박하고 경솔한 희롱은 내가 바라는 것이 아니다. 남편은 묵묵하고 아내는 스스로를 겸손하게 낮추고 평생 동안 부부의 마음을 거의 보일까 하였다. 그런데 요즈음은 군자께서 나를 비루하게 여기는 것을 감추지 못하고 경멸하는 것이 예전과 다르다. 이것은 군자의 맑은 마음이 나의 큰 허물을 본 것이다. 내가 비록 그것이 무엇인지 알지 못하지만 군자께 죄를 지은 것이 없다. 이것은 반드시 조물주가 방해를 놓아 나의 앞길을 훼방 놓는 것이니 어찌 군자를 한스러워하겠는가? 정씨 형님은 말과 행동이 품위가 있으며 얌전하고 정숙한 숙녀이며 꽃다운 절개는 시댁이 탄복하는 바이다. 시아주버니께서 정씨 형님을 예의로 대하시는 것은 당연한 일이다. 각각의 팔자는 천명에 매였으니 어미는 어찌 말이 많은가? 내가 오늘 마음속의 생각을 말하는 것은 어미가 나를 10여 년 동안 양육하여 지극한 정 때문에 도리어 군자께 원망을 돌리니 사리가 그렇지 않다는 것을 알리기 위한 것이다. 하늘이 내가 죄가 없다는 것을 불쌍히 여기시어 군자께서 깨달으시면 행복이고, 그렇지 않더라도 내 마음은 빙옥(氷玉) 같다. 할머니와 시부모님의 성덕(盛德)을 우러러 일생을 살다 죽은 후 저승에 돌아가 장강(莊姜)과 반비(班妃)의 뒤를 따라 마음을 맑게 할 것이니 쓸데없이 남을 탓하고 원망하겠는가?"

말을 마치자 다시 책을 살피고 말하지 않았다. 조성이 이 문답을 다 듣고 문을 열고 방으로 들어가니 유모가 크게 놀라워했다. 양소저가 또한 매우 놀랐지만 아무렇지도 않게 일어설 따름이고 별 같은 눈빛이 나직하여 눈을 치켜떠서 봄이 없었다. 조성이 눈을 들어 양소저를 보니 광채가 밝게 빛나 어두운 방안이 휘황찬란하였는데, 맑은 두 눈에 환하게 빛나는 곧은 마음이 나타나 밖을 비추는 것이었다. 여덟 가지 빛깔이 감도는 양 미간은 성자(聖者)와 현인(賢人)의 풍모가 가득하고 맑고 고상하며 매우 시원하고 상쾌하여 양소저를 대하는 사람의 가슴을 맑고 상쾌하게 하였다. 조성이 봉황 같은 눈261)으로 꽤 오래도록 양소저를 보니 한 곳도 의심되는 것이 없었으며 더할 나위 없이 훌륭하고 아름다워 세상에서 뛰어나 보였다. 조성은 매우 의혹스러워하다가 자리를 정하고 팔을 들어 말하였다.

"서로 만난 것이 벌써 여러 해가 흘렀는데 어찌 이같이 부끄러워하여 않는 것도 나의 말을 기다리오?"

양소저가 비록 조성을 원망하는 것은 없었으나 근래에 조성을 대하지 않다가 불의에 조성을 만나게 되니 매우 부끄러웠다. 옥 같은 얼굴이 불그스레하였고, 붉은 입술은 힘없이 답답하여 조성과 떨어져 멀리 앉았다. 조성이 이 거동을 보고 아까 했던 현숙한 문답을 떠올리니 과거의 일이 다 잊혀지고 한편으로 이상하기도 하고 한편으로는 애처롭고 불쌍하여 차마 보기가 어려웠다. 조성이 깊이 생각하다가 천천히 탄식하며 말하였다.

"나의 성정이 꼼꼼하지 못하고 어설퍼서 규방에 왕래가 드물고 모임이 있을 때만 우리가 만났는데 각별히 서로 할 말이 없어 '예예'하기만 하

70

71

---

261) 봉황 ~ 눈 : {봉정(鳳睛)}. 이는 봉목(鳳目)과 같은 의미임. 봉정은 봉의 눈같이 가늘고 길며 눈 초리가 위로 째지고 붉은 기운이 있는 눈. 귀상(貴相)으로 여김.

였더니 문득 아내를 박대했다고 알려졌소. 할머니와 부모님이 매우 걱
정하시고 아버지께서는 태형으로 나에게 벌을 내려 고치게 하고자 하
셨으나 내가 또한 받들지 못하니 나의 허물이 크오. 그러나 처를 박대
한다고 드러내놓고 말하여 지아비가 곤장을 맞게 하는 상황에 이르게
하는 것은 부인의 도리가 아니오. 내가 비록 배우지 못했으나 태어난
이후로 일찍이 아버지께 크게 꾸중하시는 말씀을 듣지 않았소. 오늘
부인 때문에 30대의 곤장을 맞으니 부모님께서 낳아주시고 길러주신
몸으로 아픔을 이기지 못할 것 같소."

72

양소저가 비녀와 귀걸이를 빼고 자리를 피하여 물러나며 말하였다.

"오늘 군자께서 저를 책망하시는 것을 들으니 온몸이 두렵고 놀랍습니
다. 말씀하신 바는 다 첩의 아름답지 못한 죄 때문이니 스스로 죄에 대
한 벌을 청합니다."

말을 끝내고 자리에서 물러가 죄를 청하였다. 양소저의 온순한 거동과
빼어나게 단정한 법도가 9월의 차가운 가을달이 옥으로 만든 누각에 밝
게 떠있는 것 같았으며, 겨울 해가 얼음과 눈을 비추는 듯하였다. 조성이
양소저의 그 행동을 살피면서 생각하였다.

'이런 기질로 결단코 그런 행사가 없을 것이다. 달 아래에 보이던 것은 도
깨비와 귀신이 아닐까? 내 두 눈의 시력이 다른 사람의 얼굴을 보고 소리
를 들으면 그 사람의 마음을 분명히 안다. 양씨의 밝은 거울 같은 눈은 한

73 갓 영특하고 뛰어나 다른 사람을 감동시킬 뿐만 아니라 어진 뜻과 맑은
행실이 나타난다. 옥과 봉황 같은 목소리가 낭랑하며 온화하고 아리따워
어찌 조금이라도 음란하고 잡스러움이 있겠는가마는 내 눈으로 수풀 속
에서 분명히 흉사(凶事)를 보았으니 차마 부부의 즐거움을 생각하겠는가?

근간에는 양씨가 마치 길에 지나가는 아무 관계없는 사람 같았는데, 오늘 밤에 양씨의 말과 행사가 더욱 기특하니 진실로 알 길이 어렵구나. 너무 양씨를 박정하게 대하고 하찮게 여겨 만일 양씨가 마음을 먹고 목숨을 끊을 지경에 이르게 되고 그러다가 혹시 양씨가 죄가 없다면 백인(伯仁)이 나 때문에 죽은 것과 같다. 그렇게 된다면 내가 사리에 밝지 못한 경박한 행동을 하는 사람이 될 것이다. 내가 비록 금슬지락을 행하지 않지만 밖으로는 양씨를 대접하기를 보통 때처럼 하고 양씨가 목숨을 보전하게 해야 하겠다. 뒷날 양씨의 일이 사실이 아니라면 부부간의 백년 금슬을 온전하게 하고 양씨가 죄가 있다면 시원하게 다스려도 늦지 않을 것이다.'

이렇게 생각을 정하고 겉으로는 말과 얼굴빛을 태연하게 하여 양소저를 온화하게 위로하면서 말하였다.

"내가 본래 천성이 꼼꼼하지 못하고 어리석어서 사람과 더불어 얼마간의 말도 못하는 것을 부인도 알 것이오. 많은 사람들이 말하기를 내가 처를 박대한다고 하지만 부인은 내가 하는 바를 보고 조금도 섭섭하다고 걱정하지 마시오."

조성이 시녀에게 명하여 이부자리를 펴라고 하고는 소저에게 잠잘 것을 청하고 자기도 자리에 누워 이날 밤을 보냈다. 마침내 부부간의 사랑은 전혀 돌아봄이 없으니 완전히 남이었다.

이날 이후로 조성은 양소저를 대하는데 있어서 후함과 박함을 집안사람들이 모르게 하고 양소저의 숙소에 정해진 때 없이 왕래하니 할머니와 부모라도 다시 권할 일이 없었다. 그러나 침상(寢牀)에서 나누는 부부간의 화락한 즐거움은 없었다.

양소저는 세속 아녀자의 좁은 생각은 없었으나 남편의 사람됨이 보통

74

75

사람과 달라 비록 밖으로는 온화하나 안으로 금옥(金玉) 같은 견고함이 있어 자신에 대해 깊이 생각하는 허물이 크다는 낌새를 알아차렸다. 양소저는 자기 마음이 옥과 같았으나 여자의 심사가 어찌 편안하겠는가마는 겉으로 나타내지 않았다. 양소저의 행동거지가 단엄하고 말과 얼굴빛이 편안하고 조용하여 온갖 행동과 사덕(四德)이 흠잡을 데가 없었다. 시부모와 할머니가 탄복하며 양소저를 사랑하고 집안의 칭찬하는 소리가 이웃까지 들렸다.

양세 이 흉측한 사람이 비록 여러 가지 간계로 누이를 재앙에 빠지게 하였지만 조씨 집안에서 시부모와 온 집안사람들이 그 누이를 사랑하고 소중하게 생각한다는 소문만 들리고 다른 동정이 없다는 것을 듣고는 생각하였다.

'누이의 뛰어난 용모와 재주와 덕으로 다시 조성 같은 크고 훌륭한 덕을 지닌 어진 사람을 만나니 진실로 용이 풍운(風雲)을 만나고 범이 날개가 돋아난 것과 같다.'

또한 누이가 임신했다는 소문을 계월에게서 듣고 가만히 생각하였다.

'누이가 만일 아들을 낳는 경사를 얻으면 반드시 양씨 종사가 누이가 낳은 조씨 아이에게 전해지는 날에는 양씨 집안262)의 수많은 재산이 누구에게 속하겠는가? 내가 당당히 조성의 철석같은 뜻을 돌려 누이와 원수가 되게 하겠다.'

그리고는 가만히 무술(巫術)로써 남을 저주하는 일을 계월에게 가르쳐 행하게 하니 일이 비밀스러워 알 사람이 없었다.

---

262) 양씨 집안 : {약가}. 문맥을 살펴보면 양씨 집안을 나타내는 '양가'의 오기인 듯함.

이때 조씨 집안에서는 하루는 위부인이 시비 앵에게 침소를 쓸게 하였더니 위부인의 침상 아래에서 봉한 것을 하나 얻었다. 거기에는 붉은 글씨로 남을 저주하는 말이 씌어 있었는데, 조공 부부와 조성의 목숨을 끊는 것을 비는 내용이었다. 글자체가 심상치 않았는데, 용과 뱀이 날아올라가는 듯하고 구슬과 옥이 어지럽게 떨어지는 듯하였다. 부인이 그것을 거두어 불태워버리고자 하였는데, 한림 형제가 들어와 어머니가 쥐고 있는 붉은 글씨의 부적을 보고 매우 놀라며 말하였다. ⁷⁸

"집안이 고요하고 엄숙하여 조금도 억울하고 답답함이 없는데 이런 흉악하고 참혹한 축사(祝辭)를 누가 하며 망극한 행동을 합니까? 가히 시비를 엄하게 문책하시어 사실을 조사하여 밝히는 것이 옳은가 합니다."

위부인이 탄식하며 말하였다.

"집안에 이러한 변괴가 있다는 것은 생각지도 못한 일이다. 우리 내외가 비록 어질지 못하지만 완고한 노복과 간사한 노비라도 거의 복종할 것이다. 내 주변에 신임하는 시녀들은 나의 수족 같으니 무슨 까닭으로 이와 같은 일이 있을 것이며, 더욱 상공까지 저주하겠는가? 이 글씨체가 비상하여 천한 사람이 베긴 것은 아닌 듯하고 며느리 양씨가 기특하다는 것은 많은 사람들이 아는 것이다. 이 집안에는 이러한 악한 일을 행할 사람이 없으니 이제 다른 사람을 의심하다가 애매한 시녀만 고문하게 될 것이다. 악한 일을 한 사람은 이 가운데는 없을 것이니 집안만 소란스러워질 것이니 이것을 태워버리고 말과 얼굴에 드러내지 않는 것이 배운 자가 할 일이다." ⁷⁹

두 아들이 두 번 절하며 말하였다.

"어머니의 가르침이 밝으셔서 소자들이 미칠 수가 없습니다. 그러나 이것은 소자들의 아내 중에서 한 짓이니 저희가 더욱 안심하겠습니까?"

위부인이 웃으면 말하였다.

"너희들이 비록 나이가 어리지만 사람을 알아보는 능력이 다른 사람보다 뛰어난데 이런 망언(妄言)을 하여 다른 사람이 듣게 하느냐? 별 볼일 없는 위인과 평범한 기질을 가진 사람도 괴이한 이런 행동을 하지 못하는데, 꽃다운 기질과 뛰어난 효행을 지닌 정씨와 양씨 두 며느리가 무슨 까닭으로 시부모와 남편을 해치는 대역죄를 행하겠는가? 아마도 며느리 양씨를 음해하기 위한 축사인 줄로 생각한다. 알지 못하겠구나. 며느리가 모든 일에 다른 사람보다 뛰어난데, 누구에게 미움을 받아 이런 사건이 있는가? 너의 어미가 비록 미혹하지만 너희는 내가 하자는 대로 있다가 나중을 보고 무죄한 시비를 고문하지 마라."

두 아들이 어머니의 지식에 탄복였다. 조성은 그러는 가운데도 마음이 불평스러워 다시 양씨의 처소에 자취를 끊고 외당에서 있으면서 생각하였다.

'양씨의 행사를 볼수록 기이한데 괴이한 변은 계속해서 이어지니 사람으로 하여금 헤아리지 못하게 하는구나. 내가 참지 않았으면 양씨를 지금 온전히 두었겠는가마는 그 위인을 볼 적마다 차마 삼강과 오륜에 어그러지는 죄를 지을 자가 아니다. 귀신이 양씨를 해하는 것인가? 나의 사사로운 정이 한 여자의 간음을 모르는 것인가?'

여러 가지의 염려로 마음이 괴롭고 어지러웠다.

이때에 금선공주와 조무의 혼인날이 다가왔다. 조무는 분하고 한스러움이 등에 가시를 지고 있는 듯, 양미간에 봄날의 화창한 기운이 변하여 차가운 바람이 쓸쓸하게 부는 것 같았다. 영춘정에 누워 아들을 어루만지며 부인의 아름다운 모습을 바라보면서 정령(精靈)이 어린 듯하였다. 정소저가 조무의 거동을 보고 자기의 불행을 알아 앞으로의 일에 대한 염려가 수없이 일어났다. 조공이 조무를 불러 경계하면서 말하였다.

"근래의 네 행동거지를 보니 큰 우환을 만난 사람과 같아 화평하고 상쾌한 성정(性情)이 변하였으니 크게 내가 바란 바가 아니다. 모름지기 매사를 좋게 생각하고 구구하게 한 명의 처에게 깊이 빠져서 위로는 사돈댁을 저버리고 아래로는 며느리에게 시름을 더하지 마라."

조무가 꿇어앉아 명령을 받들고 공경히 사례하며 말하였다.

"아버지의 가르침이 지극하신데 소자가 어찌 받들고 따르지 않겠습니까? 그러나 평생에 배척해야 할 일이 소자에게 생겼으니 장부가 일생 동안 삶을 위해 애쓰고 고생한 것이 잘못될까를 걱정하고 있는데, 어느 겨를에 정씨를 염려하겠습니까? 저의 마음은 공주가 만일 어질다면 오히려 부부의 도리를 폐하지 않을 것이고 그렇지 않다면 공주나 정씨나 다 길에 지나가는 사람처럼 대하여 일생을 살아가려고 합니다. 아버님은 저의 집안일을 염려하지 마십시오."

조공이 정색하며 말하였다.

"네가 세상일에 통달했다고 생각했는데, 통달하지 못하고 무식한 것이 나무꾼보다 못하구나. 다시 무식한 말을 내지 말고 모든 일을 화평하게 하며 너그럽고 어질게 하여 낳고 길러준 부모에게 화를 끼치지 마라."

조무가 공경히 사례하고 물러갔다. 조공이 또한 심사가 불편하여 양미간을 찌푸리며 얼굴을 찡그리고 조용히 말이 없었다. 위부인이 눈물을 흘리며 말하였다.

"두 명의 자식 중에 하나는 어진 처를 박대하여 인륜의 도리가 없어지고 하나는 부부간의 금슬이 화락한데도 문득 어지러운 귀신의 장난이 있으니 어찌 한스럽지 않겠습니까?"

태부인도 또한 탄식하였다.

혼인날이 다다르자 사람들이 금선궁에 모여서 공주를 맞이하려고 하였다. 이날 조무가 영춘정에 누워 아들을 품고 넓은 소매로 아들의 얼굴을 덮고 움직이지 않았다. 태부인이 정소저에게 말하였다.

"이 아이가 잠들었는가 싶은데 시녀들은 깨우지 못할 것이니 네가 가서 깨워라."

정소저가 비록 부끄러웠지만 할머니의 명령을 어기지 못하여 침소에 이르렀다. 조무가 넓은 소매로 아들의 얼굴을 덮고 누워있었고 아들은 아버지의 팔을 베고 단잠이 한창이었다. 정소저가 차마 조무를 흔들어 깨우지 못하고 몸가짐을 조심하여 용모를 단정히 하고 말하였다.

"날이 늦어가니 할머니께서 염려하시어 시비를 명하셨습니다. 그런데 군자께서 움직이지 않으시니 할머니께서 잠이 들었는가 싶다고 하시며 저에게 재촉하라고 하셨습니다."

조무가 말을 다 듣고는 기지개를 켜고 돌아누우며 말하였다.

"세상에 이렇게 바쁜 부인도 있구나. 하늘의 신선 같은 풍류스러운 장부를 다른 사람에게 바삐 보내지 못하여 저리 애쓰는가? 내게는 비록 관계가 없으나 부인에게는 내가 하늘인데, 하늘을 어디로 치우고자 하시오?"

정소저가 말하였다.

"군자의 말씀이 정대하지 않으십니다. 여자가 오늘 같은 날을 누가 좋아하겠습니까마는 일이 이렇게 되었는데 어찌하겠습니까? 할머니께서 바빠하시니 빨리 나가 각처에서 온 사람들이 이상하게 여기지 않게 하십시오."

조무가 일어나 앉아 부인의 옥 같은 손을 굳이 잡고 꽃 같은 얼굴을 자세히 보며 말하였다.

"부인이 어찌 나를 밖으로 내보지 못해서 그리하오? 오늘 같은 일이 한두 번이 아닐 것이니 부인이 나를 권하여 보내고는 뉘우칠 때가 있을 것이오."

정소저가 정색하며 말하였다.

"군자께서 첩을 희롱하고 놀리시는 것이 시중드는 첩같이 하시어 무례하심이 너무 심하시니 첩의 불민(不敏)함을 부끄러워합니다. 비록 처를 여러 명 모으셔도 제가수신(齊家修身)이 정대하면 무슨 해로움이 있겠습니까? 할머니의 명령에 응하지 않으시고 처를 실없는 말로 놀리시니 이것은 군자의 행동이 아니십니다."

조무가 그 현숙한 말을 듣고 탄식하며 말하였다.

"하늘이 조무를 태어나게 하시고 정씨를 태어나게 하신 것은 뜻이 있는데 어찌 뜬구름 같은 귀신의 장난을 내여 우리의 인연을 방해하는가?"

이에 게으르게 일어나 관을 쓰고 띠를 끌며 나갔다가 재삼 돌아와 정소저와 연연해 하였다.

조무가 중당(中堂)으로 나오니 일가 식구들이 다 금선궁에 모여 계신다고 하였다. 조무가 양미간을 찡그리고 금선궁에 이르렀다. 태부인이 조무를 보자 조무는 넓은 눈썹 사이에 근심스러운 기색이 일어나고 괴로움을 띠고 무릎을 꿇고 바르게 앉아있었다. 태부인이 조무를 불쌍히 여겨 물었다.

"대례(大禮)263)를 물리지 못하는데, 시간이 늦어져도 어찌 나오지 않았느냐?"

조무가 대답하였다.

89

"오늘 이 일을 당하니 머리를 때리는 듯하여 자연히 마음이 게을러 즉시 나오지 못했습니다."

조공이 정색하며 말하였다.

"근래의 너의 거동이 본성을 잃었으니 네 아비의 바라는 바와 판이하게 다르다. 국혼(國婚)은 본래 내가 바라는 바가 아니어서 기쁘지 않지만 일의 형편이 이러하니 어찌하겠느냐? 조강지처를 잊지 않는 것이 송홍(宋弘)의 경계이다. 또한 새로운 신부가 공주이고 임금께서 주신 것은 개와 말이라도 공경하는 것이다. 어찌 머리를 때리는듯 하겠느냐? 이러한 것은 집안의 도가 어지러워 화평할 도리가 아니니 이런 괴이한 생각을 두지 말고 빨리 길복을 입고 대례를 늦게 행하지 마라"

90 조무가 아버지의 명령을 거역하지 못하여 공경히 명령을 받들고 사례하며 길복을 입었다. 태부인이 웃으며 말하였다.

"여자의 마음으로 오늘 같은 날을 좋아할 사람은 없을 것이다. 며느리 정씨의 사정이 가련하지만 이 또한 하늘의 뜻이니 어찌하겠는가?"

조무는 이에 마지못하여 위의(威儀)264)를 거느리고 궁궐에 나아가 옥으로 만든 상위에 신랑이 기러기를 전하는 의식을 마치고 공주를 맞아 금선궁으로 돌아왔다. 신랑의 영웅스러운 모습이 밝게 빛나는 해에 비쳐 찬란하게 빛나고 부유하며 아름다운 위의(威儀)는 그 세대에는 보기 드문 것이

---

263) 대례(大禮) : 혼인을 치르는 큰 예식을 의미함.
264) 위의(威儀) : 위의의 원래의 의미는 위엄이 있고 엄숙한 태도나 차림새이나 여기서는 혼인 때 신랑을 모시고 가는 사람이나 행렬을 의미함.

었다. 길가에서 보는 사람들이 와자지껄하게 칭찬하며 말하였다.

"저 신랑은 작년에 금화(金花)²⁶⁵⁾를 꽂고 이 길로 지나가더니 또 금년에
는 부마가 되어 천하에 독보적일 기상을 내고 또 복록도 시의 적절하
게 내렸구나"

하고 구경하는 사람이 길에 모였다.

금선궁에 다다라 신부가 독좌(獨坐)²⁶⁶⁾를 끝내고 밤과 대추를 받들어
시부모께 올렸다. 여러 사람들이 보니 공주는 능라비단으로 온 몸을 치장
하여 눈이 어지럽고 황홀하여 자세히 보지 못할 지경이었다. 그러나 잠깐
살펴보니 세 가지 빛깔의 복숭아꽃²⁶⁷⁾이 봄비를 머금은 듯하고 해당화가
아침 이슬을 떨어뜨린 듯 아리땁고 고운 태도가 평범한 사람들의 눈을 황
홀하게 하였다. 많은 손님들이 일제히 소리를 내어 칭찬하고 축하하였다.
조공의 맑고 한가로움과 부인의 단정하고 정중함으로 생각해 볼 때 조금
도 기쁜 마음이 없었다. 조공과 부인은 공주의 맑은 눈에 음란하고 잡스
러운 빛이 섞이고 가는 눈썹에는 살기가 등등한 것을 불행하게 여겼다.
그러나 이것을 말과 얼굴빛에 드러내지 않고 여러 사람들이 치하하는 것
을 사양하지 않았다. 태부인은 억지로 참으면서 온화한 표정을 지었지만
여러 손녀의 아름다움과 정소저와 양소저의 천고에도 없는 아름다운 모
습을 보았으니 공주의 복숭아꽃과 오얏꽃 같은 춘색(春色)을 다행스럽게
생각하겠는가? 억지로 어쩔 수 없이 궁인(宮人)을 대하여 칭찬하는 말을

91

92

---

265) 금화(金花) : 계화를 가리키는 듯함. 金粟(금속)은 계화의 다른 별칭인데, 그 색깔이 노랗고 금
　　과 같으며 꽃이 작고 곡식인 조와 비슷하여 金粟(금속)을 계화로 부름. 아마도 금화(金花)도 계
　　화를 가리킬 것으로 추정됨.
266) 독좌(獨坐) : 새색시가 초례의 사흘 동안 들어앉아 있는 일.
267) 세 ~ 복숭아꽃 : 한 나무에 세 가지 색깔로 핀 특이한 복숭아꽃을 말함.

하였다.

"옥주(玉主)께서 천한 집안에 시집오시니 가문이 빛남과 손자의 영화(榮華)를 어찌 다 이르겠소? 옥주의 맑은 자태와 난초 같은 자질이 외모에 드러나니 다행스러움을 이기지 못할 것 같소. 공주께서 비록 첫째 부인의 자리에 계시나 손자의 조강지처인 정씨 또한 어릴 때 혼인한 사이로 대의(大義)로 보아도 가볍지 않을 것이오. 또한 성상(聖上)의 명령이 옥주(玉主)와 정씨를 동렬(同列)에 있게 하라고 하셨으니 체면을 세우기 위해서라도 정씨를 가볍게 대하지 못할 것이오. 궁인은 마땅히 옥주(玉主)로 하여금 정씨에게 처음 보는 예를 갖추게 하시오."

위부인이 앉아있는 많은 사람들을 향하여 공주가 예를 갖추게 하였다. 그런 후에 공주가 정소저에게 다다르자 정소저는 돗자리에서 일어나 자연스럽게 두 번 절을 하였다. 공주는 온 마음으로 불만스러웠으나 마지못하여 한 번 신경 쓰지 않고 대충 답례의 절을 하고 눈을 들어 정소저를 바라보았다. 정씨의 머리 위에는 일곱 가지 보배로 장식한 머리꾸미개가 번잡하지 않았고 수를 놓은 비단 치마가 찬란하지 않았으나 얼굴의 윤택함268)과 상쾌하고 깨끗한 풍채가 온 자리에 비치었다. 한 쌍의 봉황 같은 눈썹은 여덟 가지 빛깔이 어리여 상서로운 눈부신 빛의 붉은 해가 부상(扶桑)에 떠오르고, 명월이 천궁(天宮)에 한가롭게 있는 듯하였다. 붉은 입술과 흰 이는 단사(丹沙)269)도 빛을 잃는 것 같았고, 눈 같은 흰 이마와 검고 아리따운 귀밑머리와 탐스럽고 윤이 나는 검은 쪽진 머리는 뛰어나게

---

268) 윤택함: {흐억홈}. '희억홈'은 '흐억ᄒᆞ다'에서 온 옛말로 흡족하다, 무르녹다의 의미임. 문맥을 고려하여 얼굴을 묘사하는 말이므로 이와 같이 옮김.
269) 단사(丹沙): 수은으로 이루어진 황화 광물. 육방 정계에 속하며 진한 붉은색을 띠고 다이아몬드 광택이 남.

아름답지 않은 곳이 없었다. 정씨를 한 번 이리저리 둘러보아도 눈이 시렸는데, 예의와 법도의 곧고 바름과 행동거지의 조용하고 그윽함은 세상에 뛰어나 더할 나위 없이 좋고 아름다우니 천고에도 없는 한 사람이었다. 보는 사람으로 하여금 눈이 어지럽고 황홀하게 하였다.

공주가 놀라서 얼굴빛이 달라지고 정신이 얼떨떨하여 숨을 길게 쉬고 온 마음에 시샘하는 마음이 불이 일어나는 듯하였다. 공주가 마음속으로 생각하였다.

'태어나면서부터 지니고 있는 나의 아름다운 자태로 세상에 당할 사람이 없을 것이라고 생각했는데, 어찌 저런 요염한 용모가 조무에게 먼저 들어와 주유(周瑜)를 내고 다시 제갈량(諸葛亮)을 낸 탄식270)이 있게 하는가?'

하고 반평생 자부하던 기운이 사그라 들었다. 그런 후에 조씨 가문의 시누이를 살펴보니 나이는 15살을 넘은 지 오래되었으나 상쾌하고 깨끗한 기질과 수려한 용모는 앉아있는 사람들 중에서 뛰어나 한 사람 한 사람이 경국지색(傾國之色)이었고 태임과 태사의 덕이 있었다. 붉은 입술 사이에 맑은 담소는 여자 중에서 호걸이었다. 상쾌한 태도는 가을달이 푸른 하늘에 비치는 것 같았고, 붉은 연꽃이 푸른 물결에 솟은 듯하니 그것과 비교

---

270) 주유(周瑜)를 ~ 탄식 : 주유(周瑜)는 오(吳)나라 사람으로 손권의 참모였고, 제갈량(諸葛亮)은 촉(蜀)나라 사람으로 유비의 참모임. 두 사람의 재주와 능력이 서로 맞수가 되는 관계에서 주유와 제갈량을 자주 거론함. 조조의 군대가 형주를 점령하자 조조의 군대를 몰아내야 한다는 목표가 일치하여 유비와 손권이 동맹을 맺게 됨. 그러나 주유는 자신보다 손권의 마음을 더 잘 헤아리고 있는 제갈량을 보자 은근히 질투심을 느끼게 되고 게다가 한발 나아가 자신이 세운 책략들 역시 모두 제갈량이 꿰뚫고 있자 이 질투심은 살의로까지 발전하게 됨. 적벽대전에서 조조의 군대를 화계(火計)로써 물리치는 전과를 올리나, 조조와 주유가 치열한 싸움을 하고 있는 사이에 형주를 제갈량에게 빼앗김. 이 사건으로 주유는 제갈량과 치열한 두뇌 싸움을 하나 결국 형주를 되찾지 못하고 오히려 홧병을 얻어 젊은 나이에 죽게 됨.

하여 어느 것이 더 낫다고 분별하기 어려웠다. 보는 사람의 눈이 시리고
마음을 황홀하게 하였다.

96   또한 끝자리에서 정소저와 어깨를 나란히 하고 앉아있는 부인은 맑고
고우며 향기롭고 고운 높은 자질이 완연히 여와낭랑(女媧娘娘)271)과 요지
(瑤池)의 왕모(王母)272)가 하강한 듯하였다. 옥과 눈 같은 부드러운 피부는
이제 막 쌓인 백설 같았고, 새벽별 같은 눈빛은 가을 물에 밝은 해가 비친
듯하였다. 먼 산 같은 아리따운 눈썹은 여러 빛깔로 아롱진 고운 구름이
어려있는 것 같았다. 붉은 입술과 꽃 같은 뺨은 고운 빛이 무르녹아 만 개
의 꽃봉오리가 향기를 토하는 듯하였다. 그 사람이 이따금씩 시누이와 문
답하였는데, 붉은 입술이 향기로워 옥이 온순하고 진주가 따뜻하여 온갖
자태와 아리따운 광채가 사방의 벽에 비치는 듯하였다. 겨울해의 따뜻한
기운이 바로 그 여인의 온화한 기운이었고, 푸른 하늘의 흰 달이 바로 그
여인의 맑은 빛이었으니 만고(萬古)를 둘러보아도 찾아보기 힘든 숙녀였
97   다. 그녀는 곧 금문직사 조성의 부인 양씨였다.

공주가 양씨를 한 번 보자 넋이 날아가고 생각이 없어지며 심장이 뛰놀
아 크게 탄식하며 말하였다.

"이런 용모와 안색이 어디 있겠는가? 나의 고운 얼굴이 정씨와 양씨 두

---

271) 여와낭랑(女媧娘娘) : 중국의 천지 창조 신화에 나오는 여신. 오색 돌을 빚어서 하늘의 갈라진
    곳을 메우고 큰 거북의 다리를 잘라 하늘을 떠받치고 갈짚의 재로 물을 빨아들이게 하였다고
    함. 사람의 얼굴과 뱀의 몸을 한 여신으로 알려짐.
272) 요지(瑤池)의 왕모(王母) : 중국 고대의 선녀로 곤륜산(崑崙山) 요지(瑤池)라는 곳에 살며, 성은
    양(楊)씨, 이름은 회(回)라고 함. 사람의 얼굴에 호랑이의 이와, 표범의 꼬리에 머리를 헝클어뜨
    렸다고 하며, 불사약을 가진 선녀라고 함. 음양설에서는 일몰(日沒)의 여신이라고도 함. 중국
    주나라의 목왕(穆王)이 요지에서 서왕모와 노닐었다는 고사가 있으며, 한나라 무제(武帝)도 서
    왕모에게 천도(天桃)를 받았다고 함. 왕모의 주변에는 청조(靑鳥)가 있어 소식을 통하며, 쌍성
    과 비경 등의 시녀를 거느리고 있다고 함.

요괴를 만나자 썩은 풀과 같이 되었으니 어찌 통탄치 않겠는가? 맹세 하건대 정씨를 없애고 그 다음은 양씨의 요염한 얼굴을 집안에서 없애 서 나의 부끄러움을 씻으리라."

모진 마음이 불이 일어나는 듯하였다. 슬프다. 첩을 시기하는 것은 질 투심이 많고 속이 좁은 여자에게 항상 있는 일이지만 동서를 시기하는 자 는 이 한 사람뿐이다. 정소저의 신세가 슬프고 안타깝지 않겠는가? 세상 에 뛰어난 재주와 용모와 덕이 있는 자질로 젊은 시절에 고통스러운 액운 을 막 지내고 겨우 하늘의 해를 보았는데 또 이런 강한 적을 내어 방해하 니 하늘의 뜻을 이해하기 어렵구나.

이때에 조공이 비록 기쁘지 않았으나 술이 반쯤 취하자 며느리와 모든 딸들을 거느리고 태부인께 헌수하면서 아들 형제를 불러 말하였다.

"너희들은 할머니께 헌수하여 기쁘게 해드리되 각각 너의 아내와 함께 잔을 들어 헌수하여라."

한림 형제가 공경히 받들어 사례하며 명령을 따랐다. 태부인이 기쁜 흥을 걷잡지 못하여 시녀에게 재촉하여 잔을 부어 손자며느리를 주라고 하니 조무가 의관을 바로 하고 일어나 잔을 들고 정씨를 보았다. 정씨는 두 눈을 낮게 내리깔고 머리를 숙이고 단정하게 앉아있었다. 조공이 웃고 공주에게 먼저 잔을 들라고 하면서 말하였다.

"며느리 정씨는 아들의 조강지처이지만 이제 황명(皇命)으로 둘째 부인 으로 정해졌으니 공주를 앞서지는 못한다. 공주가 먼저 술을 올리고 그 다음 며느리 정씨가 술을 올려라."

조무가 말하였다.

"비록 자리의 차례를 바꾸었지만 사실(私室)에서 할머니께 헌수하는 술잔을 드리면서 제가 치아와 머리카락이 채 자라지 못해서 만난 아내를 버리고 어찌 새로운 부인을 앞세우겠습니까? 제 마음에는 송홍의 '조강지처(糟糠之妻)는 집에서 내보내지 않는다'는 것을 옳게 여깁니다. 집안을 다스리고 몸과 마음을 닦아 수양하는 일에 있어서 전후 차례를 바꾸는 것은 매우 어렵습니다. 비록 작은 일이지만 가히 마땅히 그렇게 하지 못합니다."

석학사 부인 등이 동시에 크게 웃으며 말하였다.

"아우는 거짓말도 잘 하는구나. 아우는 성년의 예를 치르고 갓을 쓴 후에 정씨와 혼인하였으니 어찌 치아와 머리카락이 채 자라지 않았겠는가?"

모두 옳다고 하며 웃었다.

조성이 잠깐 별 같은 눈을 들어 공주를 보고 마음속으로 매우 걱정이 되었지만 이에 웃고 소리를 부드럽게 해서 말하였다.

"성상(聖上)과 아버지께서 옥주(玉主)를 첫째 부인으로 하라고 하셨으니 신하의 도리로 그 명을 받들고 따라야 합니다. 형님께서 고집을 피우는 것은 하나만 알고 둘을 모르는 것입니다. 제가 비록 어리석은 소견을 가졌으나 아우가 된 도리로 충고하지 않을 수 없습니다. 원컨대 형님께서는 너그럽고 어진 도를 생각하십시오."

조무가 불쾌하였지만 평생에 가장 귀하고 중요하다고 생각하는 것은 아우여서 아우의 간언을 듣지 않을 수 없었다. 조무가 공주와 함께 잔을 들고 나오니 양미간에 괴로운 빛을 능히 감추지 못하고 두 눈을 낮게 내리뜨고 붉은 입술이 묵묵하니 여름 해와 같은 위엄이 드러났다. 억지로 술잔을 할머니께 올리고 물러나니 공주의 고운 얼굴이 조무에게 보였다. 공주의 얼굴은 봉황이 까막까치와 사귀는 듯하였고, 신선이 도깨비와 귀신 사이에 섞여 있는 것 같아 놀라와 보였다. 조무의 조마경(照魔鏡)273) 같은 눈이 한 번 길게 흘겨보니 남의 가슴속에 있는 마음을 낱낱이 미리 헤아려볼 수 있었다. 조무는 불행함과 애달픔이 함께 흘러나오고 안색이 슬프고 참혹하였으나 웃어른을 뵐 때는 온화한 기색을 억지로 지었으나 이것을 공주와 궁인이 몰라보겠는가? 이들은 분노를 이기지 못하였다.

102

태부인이 잔을 잡고 조무에게 경계하면서 말하였다.

"네가 비록 나이가 어리지만 옥당(玉堂) 한원(翰苑)274)으로 다시 두 아내가 있어서 매사가 너의 분수에 넘친다. 모든 일에 화평하게 하고 공평히 하여 눈이 어둡고 귀가 먹은 것처럼 하고 지내라. 그렇게 하면 규문(閨門)275)이 화창하고 집안의 도가 고요하며 엄숙할 것이니 모든 일의 처신과 마음 잡는 일을 어리석은 아이처럼 하지 마라."

조무가 공경히 받들어 사례하고 명령을 따르고는 다시 잔을 잡고 일어섰다. 시녀가 잔을 부어 정소저께 드리는데 조공이 애처롭고 가엾게 여기며 말하였다.

"며느리는 무겁고 넓은 마음을 가진 사람276)이다. 차례가 낮아진 것은 일의 형편이 그렇게 되어 그러한 것이니 불평스럽게 생각하지 마라."

정소저가 자리에서 물러나 두 번 절하고 비로소 일어나 잔을 받들어 아름다운 걸음을 옮겼다. 비단 치마가 공기 중에 떠다니고 봉황의 날개가

---

273) 조마경(照魔鏡) : 마귀의 본모습을 알아보는 신통한 거울을 의미함.

274) 옥당(玉堂) 한원(翰苑) : '옥당(玉堂)'은 한림원의 다른 이름이고, '한원(翰苑)' 역시 한림원의 다른 이름이므로 한림학사를 뜻함.

275) 규문(閨門) : 여자가 거처하는 곳.

276) 무겁고 ~ 사람이다. {천균대량千鈞大量이라}. '천균(千鈞)'은 매우 무거운 무게 또는 그런 물건을 비유적으로 이르는 말. '균'은 예전에 쓰던 무게의 단위로, 1균은 30근임. 여기서는 마음이 무겁고 넓다는 의미를 가리킴.

위엄이 있어서 조무와 함께 한 쌍이 되니 천연하게 수려한 풍채와 정소저의 신기한 신체는 누가 낫고 못함이 없었다. 두 개의 달이 함께 떠 있고, 황금과 흰 옥이 서로 빛을 다투는 듯 하늘이 정한 아름다운 짝으로 오백 년 동안의 좋은 배필이었다. 조무의 말없이 묵묵했던 양미간에 화기가 나타나니 석부인 등이 주목해서 보고 웃었다. 할머니와 부모가 아름답게 여겨 웃음을 머금고 잔을 받들었다. 화씨와 영씨와 설씨가 조무를 놀리고자 하였으나 궁인을 껄끄럽게 생각하여 오직 계속해서 돌아보고 웃음을 머금었다.

조무의 부부가 물러나니 조성 부부가 술잔을 붙들고 나왔다. 석학사 부인이 웃으며 말하였다.

"아우는 처끼리 선후(先後)를 다툴 사람이 없어서 좋아 보이는구나"

조성이 웃음을 머금고 말하였다.

"꼼꼼하지 못하고 서투른 사람이 한 명의 처도 편하게 거느리지 못하여 처를 박대한다는 원망을 들으니 여러 사람을 모을 풍류스러운 마음이 없습니다."

여러 사람이 다 웃었다.

양소저는 근래에 조성의 얼굴을 본 지 오래되어 여자의 부끄러워하는 마음으로 여러 사람이 많이 앉아있는 자리에서 남편과 어깨를 나란히 하여 할머니께 술잔을 올리는 것이 어찌 부끄럽지 않겠는가? 그러나 양소저는 천성이 보통 사람과 달라서 안색이 자연스러웠으며 천천히 일어나 옥 같은 손으로 난향배(暖香杯)277)를 받들고 나왔다. 할머니께서 즐거워하시

---

277) 난향배(暖香杯) : 온난한 기운을 띠고 있는 맛과 향의 술잔

자 웃어른을 뵙는 온화한 얼굴을 지극하게 하여 안색이 화평하고 기운이 유쾌하고 즐거워 부부가 함께 잔을 할머니께 드렸다. 두 사람이 모두 기색이 단정하며 엄숙하고 두 눈길을 나직이 하여 서로 바라보지 않았다. 남자의 풍모는 봄동산의 천 개의 꽃의 화신이 웃음을 머금은 듯하고, 여자의 태도는 무릉도원의 복숭아꽃 한 가지를 옥 술잔에 꽂은 듯하였다. 맑은 골격과 좋은 품성을 지녔으며 높은 격조가 진실로 좋은 옥과 좋은 황금278)같아서 온갖 자태와 아리따운 광채가 온 사방에 밝게 비치었다. 가을 하늘도 낮게 여기는 조성의 맑은 기질과 양소저의 가을 물도 더럽게 여기는 절개의 고상함이 세상에 뛰어나고 특이하니 하늘이 정한 짝이고, 군자의 좋은 짝이었다.279) 좌우에 앉아있던 사람들이 바라보고 그들을 매우 기이하게 생각하였다. 태부인이 매우 기뻐하며 잔을 받아 마시고 두 사람의 옥 같은 손을 잡아 좌우에 가로로 앉으라고 하였다. 조성은 조금도 부끄러워하지 않으며 머뭇거리지 않고 태부인의 왼쪽 무릎 앞에 단정하게 꿇어앉았다. 양소저가 매우 황공해 부끄러워하여 백옥이 붉은 빛을 띠니 기이하였고 모든 태도가 더할 나위 없이 아름다웠다.

석부인 등이 양소저를 크게 사랑하면서도 한편으로는 불쌍히 여기는 바는 부부간의 금슬이 소원(疎遠)하여 부부 사이가 서먹서먹한 것이었다. 석부인이 조성에게 말하였다.

"아우의 너그럽고 어진 성정이 사람과 사물을 대할 때는 온화한 기운이 화목하고 평화로운데 오직 부부 사이에는 화평한 기색이 없으니 내

106

107

---

278) 좋은 황금 : {겸금(兼金)}. 이는 품질이 뛰어나 값이 보통 금보다 갑절이 되는 좋은 황금.
279) 군자의 ~ 짝이었다 : {군자(君子)의 관관(關關)흔 져구(雎鳩)로다}. 『시경(詩經)』, 「주남(周南)」 편의 〈관저(關雎)〉 시에 나오는 구절로 군자와 숙녀가 잘 어울림을 칭송한 부분임.

가 매우 의아해한다."

조성이 웃음을 머금고 대답하였다.

"누나들은 바쁘시기도 하군요. 제가 성정이 꼼꼼하지 못하고 어리석어
서 근래에 양씨와 말을 주고받는 것을 게을리 했습니다. 그런데 할머
니 앞에서 구태여 부부가 서로 보며 문답하여 공경하는 마음으로 순종
하는 예를 잃어버려야 부부 간의 정이 있는 것입니까? 저는 석·유·
소 세 명의 매형이 누나들을 대할 때마다 웃는 입이 절로 벌어지고 두
눈은 누나들을 뚫어지게 보는 것을 평생 가소롭게 여겼습니다. 부부의
도리는 서로 공경하기를 손님처럼 하여 장부는 씩씩하고 부인은 조용
하고 그윽하며 행실이 곧고 깨끗하여 예도로 대접하는 것이라고 생각
합니다. 그렇게 하면 다 대낮에 아내를 박대한다고 합니까?"

석부인 등이 다 크게 웃고 조성을 꾸짖으며 말하였다.

"우리 누나들은 네가 양씨를 보면 웃는 입을 꼭 닫고서 말을 하는 것을
가소롭게 여긴다."

조성이 옥 같은 얼굴에 웃는 빛이 가득하고 붉은 입술에 옥 같은 이를
드러내며 천천히 말하였다.

"제가 어찌 누나들의 일을 실없이 놀리겠습니까? 평생에 숨은 뜻을 감추
지 못하여 아뢴 것인데, 그것을 책망하심이 황송하고 부끄럽습니다."

여러 부인이 말이 막히고 조성이 이렇게 긴 말을 한 것은 처음이었다. 할
머니와 부모가 매우 기뻐하며 태부인이 조성의 등을 두드리며 말하였다.

"내 손자가 언변도 여유가 있구나. 네 말이 다 옳지만 여러 가지 빛깔
과 무늬가 있는 옷을 입고 춤추며 부모를 기쁘게 한 것은 고인의 행적
이다. 너희 부부가 할머니의 앞에서 서로 문답하고 농담을 하는 것을

생전에 보면 기특한 경사일까 싶다. 앞으로 너무 쌀쌀하거나 단정하고 엄숙하게 하지 말고 아내를 대접하는 것을 화평하게 하여 저렇게 어렵게 대하지 마라."

110

조성이 일어나 절하며 말하였다.

"할머니의 가르침이 이와 같으시니 앞으로는 마음을 고쳐먹고 명을 받들겠습니다."

그런 후에 별 같은 눈을 들어 양씨를 보고 말하였다.

"부인은 어떤 사람이건데 할머니께서 한 번 웃으며 말하는 것을 저렇게 보고자 하시는데 입을 닫고서 걱정 없이 편안하게 앉아 있소?"

양소저가 매우 부끄러워 온 얼굴이 모두 붉어지니 백설에 홍조가 가득하여 한마디도 대답하지 않았다. 조성이 누나들을 바라보고 웃으며 말하였다.

"누나들은 아무것도 모르시고 항상 제가 말을 안 하고 양씨를 박대하여 양씨가 서먹서먹하여 그렇다고 하십니다. 제가 게으른 성정으로 혹한 번 양씨에게 말을 하면 대답을 하지 않는 욕을 보니 이것이 다 양씨의 탓이고, 저의 죄가 아닙니다. 팔자가 괴로운 놈이 괴물의 아내를 만나 많은 사람의 말이 분분한데 누나들은 저를 불쌍하다고 하시지 않으시고 항상 책망하시니 어찌 억울하고 답답하지 않겠습니까?"

여러 부인이 크게 웃으며 말하였다.

"여자가 되는 것이 진실로 체면이 서지 않는다. 양씨가 아니라 아무리 기력과 정신이 좋은 다른 사람이라도 서로 만나면 부드러운 목소리로 이야기하지 않다가 할머니 앞에서 뜻밖에 협박하여 말을 한다면 어느 여자가 기쁘거나 반가워하며 온화하게 대답할 생각이 있겠느냐?"

조성이 옅은 웃음을 띠니 수많은 온화한 기운이 가득하였다. 상쾌하며 깨끗하고 미려한 용모와 풍채는 세상에 보기 드문 사람이었다. 조공의 침묵하는 성격과 위부인의 단정하고 조용한 성격으로도 기쁜 빛이 양미간에 가득하였다. 조공이 두 아들과 함께 바깥으로 나가니 여러 손님들이 동시에 나와 태부인께 입을 모아 축하하니 떠들썩하고 시끄러워 일일이 응하는 것이 힘들었다.

하루 종일 즐거움이 다하자 태부인이 며느리와 손녀를 거느리고 돌아오고 공주는 궁에 머물렀다. 조공이 조무를 권하여 궁으로 보내니 조무가 마지못하여 금선궁으로 가려고 하다 발이 저절로 영춘정에 이르렀다. 정

소저가 매우 불쾌하여 양미간이 엄숙하고 안색이 냉담하여 단정히 앉아 한마디도 하지 않았다. 조무가 그 기색을 알아채고 나아가 부인의 무릎을 베고 누우며 말하였다.

"부인이 걱정하는 빛이 얼굴에 가득하니 알지 못하겠구려! 적인(敵人)을 보고 한스러워 하는 것이오? 만일 그렇다면 내가 영춘정을 떠나지 않고 부인과 해로하도록 여기에 있으리다."

정소저가 얼굴빛을 엄숙하게 고치고 물러 나와 앉으며 말하였다.

"첩이 비록 격이 낮고 박하나 또한 문벌이 높은 집안의 자손입니다. 비록 금지옥엽(金枝玉葉)에 비교하지 못하지만 군자가 몸이 높게 되셨다고 해서 저를 너무 업신여기십니다. 첩은 군자의 이와 같은 은혜는 죽어도 원

하지 않습니다. 잔치 자리에서 시동생이 하시는 말씀과 양부인을 대접하는 모습을 보니 진실로 사람으로 하여금 탄복하게 하고 모범이 될 만한 바입니다. 군자께서는 모름지기 신중하고 침묵하시어 이런 경박한 행동을 하지 마십시오. 오늘은 혼인날인데 어찌 신방(新房)을 비우고 이리 오

셨습니까? 첩의 기색은 저와 지내시면서 아셨을 것인데 여자의 투기하는 성격을 다 살피실 일이 아니니 빨리 궁으로 가십시오."

조무가 두 눈을 들어 부인의 얼굴을 바라보고 긴 팔을 늘어뜨려 정소저의 옥 같은 손을 굳이 잡고 웃으며 말하였다.

"누가 정씨를 숙녀라고 했는가? 투기 중에서도 흉한 투기로구나. 어느새 남편을 아주 내치려고 하오? 부인도 생각해 보시오. 무슨 까닭으로 남자를 1년 동안 소박하였다가 다시 겨우 화락한 지 1년 남짓밖에 안 되었는데, 공주가 나에게 시집을 온 것은 위로 왕명을 받든 것이고 그 다음으로는 피차의 운수와 액화(厄禍)때문이오. 구태여 내 탓이 아니니 또 어찌 구박하여 내칠 뜻을 두는 것이오?"

정소저가 남편이 농담하는 것이 이와 같음을 보고 한가롭게 이야기하는 것이 쓸데없는 것 같아 옥 같은 손을 떨치고 자리를 멀리하여 앉았다. 조무가 술이 크게 취하여 정소저에 무궁한 은애(恩愛)를 이기지 못하니 어찌 이 마음을 끊고 마음이 없는 공주의 궁으로 갈 생각이 있겠는가? 조무가 마음속의 화를 걷잡지 못하여 문득 침상을 박차고 크게 탄식하며 말하였다.

"한스럽구나, 조물주여! 나 조치원(曹治源)²⁸⁰)을 내실 때 어찌 운명을 괴롭게 하여 여자에게 들볶이게 하는가?"

다시 의연하게 정소저에게 나아가 손을 잡고 무릎을 나란히 하여 다시 움직이지 않았다. 정소저는 몹시 마음이 급했으나 조무의 천근같은 무거움이 있으니 어찌 물러나 앉을 길이 있겠는가? 다만 힘없이 앉아 있을 뿐

---

280) 조치원(曹治源) : 조무가 자신을 가리켜 하는 말로 '치원(治源)'은 조무의 자임.

이었다.

이때 조공이 내당에 이르러 어머니께 문안 인사를 하고 잠자리를 보살펴 드리러 가니 여러 사람이 일제히 모여 있었다. 조공이 어머니께 아뢰었다.

"오늘 공주를 보니 크게 성덕(盛德)을 가진 여자가 아니기에 불행이 이보다 더한 것이 없습니다. 공주는 거리낌이 없으며 생각이 편협 되고 막혀서 규중에 일을 빚어낼 상(相)이니 어찌 불행하지 않겠습니까?"

태부인이 탄식하며 말하였다.

"공주의 어질지 못함이 우리 가문의 커다란 불행이 아니겠는가? 또 그 좌우 시녀를 살피건대 다 어질지 못한 무리들이다. 조무의 집안 일이 어찌 될 것인지 근심이 크지만 이 역시 하늘의 뜻이다. 미리 근심한다고 해서 이익 됨이 있겠는가?"

조공이 탄식하고 좌우에 있는 사람에게 조무가 궁으로 갔는지를 물으니 위생의 처 채빙281)이 아뢰었다.

"대상공이 영춘정에 누워 움직이지 않으시고 이리이리 하시니 정소저가 바야흐로 몹시 급해 하며 어쩔 줄 몰라 했습니다."

조공이 양미간을 찡그리고 채빙에게 명하여 영춘정에 가 조무를 타일러 깨닫게 하여 궁으로 보내고 오라고 하였다. 채빙이 명령을 받들고 영춘정으로 가보니 역시 이 광경을 하고 있었다. 채빙이 웃음을 머금고 조공의 명령을 전하니 조무가 그제서야 일어나 앉아서 말하였다.

---

281) 위생의 ~ 채빙 : 『현몽쌍룡기』 1권에는 서녀인 첫째 딸 채빙은 왕수신의 후실이 되었고, 셋째 딸 계빙이 위규의 아내가 되었다고 되어있음. 그러므로 위생의 처 채빙이라는 표현은 논리상 틀린 것이지만 『현몽쌍룡기』 전권에 그렇게 표현되어 있어서 그대로 따르기로 함.

"내가 궁으로 가려고 하다가 아들도 위로하고 아내도 위로하고 가려고 잠깐 들어왔는데, 내가 여기 있다는 것을 아버지가 어찌 아셨는지요?"

채빙이 웃으며 말하였다.

"아버지께사 상공이 여기 계시는 것만 아시겠습니까? 정소저와 이리이리 하였던 말을 다 알고 계십니다."

조무가 웃으며 말하였다.

"아까 우리가 했던 말이 저절로 날아 아버지께 갔겠소? 애달프다! 누이의 말이 아니면 아버지께서 어찌 들으셨습니까?"

채빙이 웃으며 말하였다.

"짐작도 잘 하시는구려. 낮말은 새가 듣고 밤 말은 쥐가 듣는다고 하니 채빙의 날랜 혀가 아니었으면 어찌 말이 밖으로 나가겠소? 그런 까닭에 군자는 어두운 곳에서 더욱 말을 삼간다고 하였소. 직사 상공[282] 방에는 아무리 가서 들어도 공경하는 말만 들어서 가소로워 전할 말이 없습니다. 한림 상공[283]이 완전히 직사 상공만 못한 줄 모르고 오히려 직사 상공이 처를 박대한다고 하시니 진실로 가소롭습니다. 이 말 저 말은 나중에 천천히 하고 어서 궁으로 가소서. 저도 상공이 가는 것을 보고 돌아가겠습니다."

조무가 눈을 길게 하여 채빙을 흘겨보고 일어나 띠를 다시 매며 말하였다.

"사람이 단정하지 못함이 누이 같은 사람이 어디 있겠소? 남의 부부 방에서 말을 엿듣고는 그 말을 바르게 전하는 것이 아니라 헛되고 쓸데없

---

282) 직사 상공 : 금문직사 직책을 맡고 있는 둘째 아들 조성을 가리킴.
283) 한림 상공 : 한림학사 직책을 맡고 있는 첫째 아들 조무를 가리킴.

는 말을 지어서 아버지께 고하여 아버지를 걱정하시게 하니 그 무슨 심술궂은 마음이오? 저런 행사를 위생이 가르쳐 꾸짖을 줄 모르고 위생이 혹 무슨 말을 할 듯하다가 누이의 강악한 호령을 곧 듣게 되면 점잖게 할 말이 없어지니 잘 생긴 얼굴이 아까운 위생이군요."

채빙이 웃으며 말하였다.

121 "내가 언제 상공 부부의 방을 몰래 엿보고 무슨 말을 지어서 아버지께 고하는 것을 상공은 보았습니까? 그리 맹랑한 말은 마십시오. 위생을 새롭게 논박하시나 놀랍지 않습니다. 상공이나 부인을 잘 제어하시고 가내를 화평하게 하소서. 저 위낭군은 약하고 옹졸한 사람이어서 채빙 하나뿐이며 보잘 것 없는 사람은 어떻게든 관계가 없습니다. 상공은 이 시대의 한림원의 이름난 선비로 아내가 둘이고, 성명이 조정과 재야에 진동하니 처사를 어리석은 아이같이 하시는 것은 옳지 않습니다."

조무가 채빙의 도도한 말을 듣고 다만 웃고 천천히 걸음을 옮기다가 자주 아들을 어루만지며 웃으며 말하였다.

122 "임금과 아버지의 명령이시니 마지못하여 일어나지만 마음과 발이 문밖에 나가지지 않습니다. 아무리 아버지의 명령이 영춘정에 있지 말라고 하신들 내가 하늘 속 기린 같은 아들을 잠시 떠나기 어렵습니다. 정씨는 내가 자기를 아주 소중히 생각하여 이곳을 떠나지 못하는가 여기고 나를 업신여기며 교만하고 어리석어 방자하게 굴지만 내마음은 옥수(玉樹)와 초승달 같은 아들을 차마 떠나지 못해서입니다. 괴롭히는 사람이 있어 우리 부자를 서로 이별하게 하니 원망이 누이에게 가지 않고 누구에게 가겠습니까?"

채빙이 웃으며 말하였다.

"하룻밤 동안 부인을 떠나는 것을 저리 놀라 아찔해하면서 거짓으로 어린 아들 때문이라고 하시니 어찌 우습지 않겠습니까?"

조무가 크게 웃으며 정소저를 돌아보며 말하였다.

"나의 천금 같은 아들을 편히 데리고 오늘 밤을 무사히 지내시오. 나를 너무 싫게 여기기 때문에 나는 가오."

이에 궁으로 갔다. 채빙이 한편으로 웃고 한편으로 또 탄식하며 말하였다.

"저와 같이 정소저에 대한 은정(恩情)을 가지고 있는데, 뜻밖에 공주가 오게 되었으니 하늘을 원망할 뿐이다."

현 몽 쌍 룡 기

5권

1

화설(話說). 이때 채빙은 한 편으로 웃고 한편으로 또 탄식하며 말하였다.

"저와 같이 정소저에 대한 은정(恩情)을 가지고 있는데, 의외의 공주가 오게 되었으니 하늘을 원망할 뿐입니다.[284] 천인(賤人)이 아는 것이 없이 어둡고 사람을 알아보는 눈이 없으나 공주를 보니 비록 금지옥엽(金枝玉葉)이지만 아황(娥皇)과 여영(女英)의 높은 덕이 없으며 질투심이 많고 속이 좁으며 교만하고 어리석음이 눈앞에 나타납니다. 그래서 소저에 대한 염려가 마음에 간절합니다. 상공께서는 이르신 바대로 제가 '말이 가볍다'는 말을 들어도 마땅하겠지만 참지 못하여 발설합니다. 소저께서는 말을 반드시 살펴서 하시고 행동도 반드시 신중하게 하셔

2

서 강적(强敵)을 방비하시고 몸을 보호할 방법을 생각하십시오."

정소저가 사례하면서 말하였다.

"형님이 나를 사랑하는 것은 감격하지만 말은 잘못되었습니다. 저 공주는 왕가의 귀한 사람이어서 예도(禮度)와 행실이 보통의 숙녀와 다를 것입니다. 어찌 질투하는 더러움이 있겠습니까? 다만 첩의 앞길이 편하지 못할 근원은 군자께서 집안의 다스림을 공평하게 하지 못하고 성정이 고집스러워서 규중(閨中)의 작고 사소한 충고를 받아들이지 않는다는 데 있습니다. 이것을 생각하면 앞일에 대한 염려가 수없이 많으니 어찌 잠자고 먹는 것이 편안하겠습니까? 오직 제가 원하는 바는 할

3

머니를 모시면서 할머니의 곁방 한 칸을 빌릴 수 있다면 어린 아들을 보호하고 위로는 할머니와 시부모의 도리에 맞는 말씀을 우러러 세상의 인간사를 사절하고 절에서 도를 닦는 한가한 마음이 되어 긴요하게

---

284) 이때 ~ 뿐이다 : 이 부분은 이미 4권의 마지막 부분에서 나온 이야기이나 5권을 시작할 때 다시 한 번 똑같이 반복하고 있음. 이러한 반복은 『현몽쌍룡기』에서 자주 나타남.

할머니의 안전에서 일생을 마치는 것입니다. 그렇게 된다면 첫째는 한 여자만을 편벽되게 사랑하는 남편의 허물이 드러나지 않게 되고 집안의 도가 편안해집니다. 둘째는 저의 일신(一身)이 한가하여 남은 세월 동안 시름없는 사람이 될 것입니다. 구구한 사정(私情)이 이것 밖에 없는데도 시부모님께서는 허락하지 않으시니 두 번 아뢸 수 없습니다. 원컨대 형님께서는 저의 마음을 들으시고 틈을 내서서 할머니께 아뢰어 주십시오."

채빙이 처량하고 슬퍼서 얼굴빛을 고치고 탄식하며 위로하여 말하였다. ⁴

"부인이 염려하시는 것은 진실로 총명하고 사리에 밝은 소견입니다. 오직 하늘이 높으시지만 낮은 곳도 자세히 살피시니 우리 한림의 걸출한 기상과 부인의 얌전하고 덕스러운 자태와 아리따운 모습은 옥황상제가 명하신 한 쌍의 기이한 인연입니다. 산과 바다 같은 무거운 정이 금석(金石)보다 굳으니 어찌 사람의 힘으로 부인을 버리게 하며 또 어찌 부인의 15살도 안 된 나이가 남편 없는 텅빈 방에서 부부간의 즐거움을 나누지 않는 것을 허락하시겠습니까? 이것은 우리들이 차마 보지 못할 일입니다. 부인은 마음을 편히 하셔서 장래를 보시고 너무 미리 염려하여 옥과 얼음 같은 깨끗한 마음을 상하게 하지 마십시오." ⁵

정소저는 힘없이 탄식하여 다시 말이 없었다. 조씨가 두 세 번 정소저를 위로하고 할머니께로 돌아와 조무와 문답하고 이야기한 것과 정소저의 생각을 자세히 아뢰었다. 조공이 이 말을 다 듣고는 웃음을 머금고 말하였다.

"무가 처를 사랑하는 것은 염치를 돌아보지 않으니 우습지 않겠는가? 며느리 정씨의 심사가 비록 애처롭고 불쌍해 차마 보기 어렵지만 미리 앞일을 염려하여 자기 부부가 서로 이별하게 하여 괴이한 행동을 하는가? 만사가 모두 하늘의 뜻이니 너무 염려하지 말라고 하여라. 며느리 정씨는 만면에 봄바람이 불고 눈썹과 눈이 수려한 가운데 복과 덕이 완전할 얼굴이니 마침내 깊이 염려를 하지 않는다."

여러 부인이 모두 옳다고 말하였다. 태부인은 정소저를 불쌍하게 생각하고 한편으로는 기쁨을 이기지 못하고 말하였다.

"며느리 정씨가 근심하는 것이 불쌍해 차마 보기 어렵지만 저의 부부가 서로 애중해한다는 말을 들으면 이리 기뻐서 온갖 걱정이 줄어든다. 걱정스러운 것은 성과 며느리 양씨가 이런 온화한 기운이 없고 부부의 침실에서 들리는 소리를 살펴도 한 번도 우스갯소리도 듣지 못한다는 것이다. 내가 만일 생전에 성의 부부가 화락하는 모습을 보지 못하면 지하에 돌아가도 눈을 감지 못할까 한다."

조공이 위로하면서 말하였다.

"성의 사람됨이 보통의 아이가 아니어서 아내와 조금의 기뻐함과 즐거움을 나누지 않지만 마침내 인간의 도리를 모를 아이가 아닙니다. 어머니께서는 너무 염려하지 마십시오."

태부인이 눈물이 나는 것을 깨닫지 못하고 말하였다.

"성의 사람됨을 내가 어찌 모르겠는가마는 내가 서산에 떨어지는 해와 같으니 그 부부가 화락하는 모습을 빨리 보고자 한다. 너는 모름지기 성을 조용히 경계하여라. 그들 부부의 금슬지락이 흡족하다면 내가 오늘 밤에 죽어도 한이 없을까 한다."

조공이 공손히 사례하고 명령을 받들어 외헌(外軒)에 나가 조성을 불렀다. 조공은 아까 태부인이 슬프고 처량하게 슬퍼하시던 뜻을 세세히 말하고 경계하여 말하였다.

"내가 너의 형제를 늦게 낳아 가르친 것이 이제 15년이 되었다. 내가 ⁸ 아버지의 엄숙한 위의(威儀)를 항상 잃으니 너희가 나에 대한 공경하는 마음이 게으른 것을 알고 있다. 그러나 효자가 부모를 사랑하고 어른을 공경하는 도는 모르지 않을 것이다. 그 어버이가 사랑하는 마음을 믿어 태만하지 말고 즉시 시행해야 할 것이다."

조성은 아버지의 명령이 이와 같으니 크게 놀라고 의아해했으나 안색을 온화하게 하며 고개를 숙이고 엎드려서 말하였다.

"제가 비록 불초하나 또한 사람의 마음이 있습니다. 어찌 부모님께서 사랑해주시는 마음 때문에 공경하고 따르는 도리를 태만하게 하며 사람이 지켜야 할 도리를 받들지 않겠습니까? 무슨 하교(下敎)가 계신지 감히 그 까닭을 듣고자 합니다."

조공이 이에 말을 하였다.

"내 아이가 효성이 있고 유순하니 오늘 노부(老父)가 수고롭게 이르는 ⁹ 말이 효험이 있을 것이다. 할머니께서 부디 너희 부부의 화락함을 보고자 하시는데 네가 무슨 까닭으로 양씨 같은 숙녀를 푸대접하여 할머니께서 눈물을 흐리시게 하느냐? 사람의 아들 된 자의 도는 윗사람의 명령을 순순히 따르는 것이 첫째이다. 부모의 마음을 위로하고 기쁘게 하고자 한다면 이것 이외에 더할 것이 없으니 지금 이후로는 부디 금슬지락을 화평하게 하고 할머니께서 바라는 바를 이루게 하여 기쁘게 해 드리고 노부의 뜻을 저버리지 마라."

위부인이 나와 듣다가 비로소 입을 열어 말하였다.

"며느리 양씨는 이른바 여자 중에 성현(聖賢)이다. 그 사람됨이 하늘과

10

같고 그 지혜는 신과 같다. 옥 같은 행동거지와 얼음 같은 마음과 가을
하늘 같은 효절은 다른 사람이 바랄 바가 아니다. 그러나 불행하여 몸
이 여자로 태어나 남자에게 뒤지지만 재주와 덕과 사람됨은 너보다 나
으니 무엇이 부족하여 거짓으로 양씨의 허물을 보았노라고 속이고 말
하지 않느냐? 남편이 집안일에 대해 귀 먹고 눈이 어두워야 한다는 것
은 처자를 편히 거느리는 방법을 말한 것이다. 그러나 이렇듯이 아내
의 치부를 마음에 새겨두고 유심히 살피면서 여자를 해롭게 하는 것은
남편의 도리가 아니다. 대개 어진 며느리를 해치는 흉악한 사람이 조
씨와 양씨 두 가문에 있는 것이 아닌가 의심스럽다. 너는 귀와 눈이 오

히려 밝다. 매우 의심스러운 일이 있지만 네가 생각해보아라. 며느리
양씨의 거울 같은 눈빛의 희고 깨끗한 정성스러운 마음을 보아라. 푸
른 하늘의 밝은 해는 노예나 천한 사람도 역시 그 밝음을 안다고 했다.
양씨가 어질다는 것은 누가 모르겠는가? 이 일에서 있어서는 네가 오
히려 이상한 사람으로 생각되는구나."

조성이 다시 절하고 죄를 청하며 말하였다.

"저의 도리에 어그러진 불효한 행동은 어머니의 훈계와 같습니다. 저
의 말을 믿지 않으시는 것이 또한 소자의 죄이니 앞으로 몸과 마음을
바르게 닦고 수양하여 사람이 마땅히 지켜야할 가르침을 저버리지 않
겠습니다."

위부인285)이 말하였다.

"밤이 깊었으니 오늘밤부터 옥매정에 가서 자고 노모(老母)의 근심을

---

285) 위부인 : {티부인}. 이것은 위부인을 잘못 쓴 것으로 보임. 이미 조공이 외헌으로 나와서 조성
    을 질책하고 그 후에 조성과 위부인이 대화하는 장면이므로 태부인은 등장하지 않음.

덜게 하여라."

조성이 흔쾌하게 명령을 받들었다. 조공이 일어나서 나오자 조성이 모시고 나왔다. 조무는 궁궐에 가고 조공의 곁에는 지킬 사람이 없었기 때문에 조성은 머뭇거리며 조공 곁에 있고자 하였다. 조공이 말하였다.

"노부(老父)는 서동(書童)의 무리가 여러 명 곁에 있으니 너는 아까 너의 어머니의 명령을 받들어 행하여라."

조성이 마지못하여 아버지가 침상에 오르시는 것을 보고 물러 나와 옥매정에 이르렀다. 문득 난간에서부터 급히 뛰어 걸음마다 두려워하고 놀라며 달아나는 것이 있었다. 조성이 분한 마음을 가지고 걸음을 멈추고 보니 한 남자가 검은 옷을 입고 매우 급하게 내려갔다. 조성이 허리 아래의 칼을 빼어 들고 초연하게 따라가니 그 사내는 거처 없이 달아났다. 한 통의 화전(華箋)286)이 든 비단 주머니가 떨어져 있어서 조성이 그것을 주워 가지고 걸음을 천천히 하여 문을 열고 양소저의 방으로 들어갔다.

유모와 시비가 침상 아래에서 잠이 깊이 들어있었다. 양소저는 임신한 지 7달째여서 피곤했지만 종일토록 잔치에서 고생하면서287) 할머니의 곁에서 모시고 몸을 쉬지 못해서 혼곤하여 화관(花冠)과 옥비녀만을 빼고 옷은 입은 채 이부자리 위에 기대서 잠이 들어있었다. 옥 같은 얼굴과 꽃 같은 모습이 매우 빼어나며 곱고 어여쁜 거동이 평소보다 갑절이나 더했다. 이에 조성은 앉아서 구태여 양소저를 깨우지 않고 오래도록 그 고운 모양을 보았다. 조성이 촛불을 내어 들어 아까 얻은 비단 주머니의 화전 (華箋)을 내어 보았다. 그 내용은 매우 아름답지 않은 것이었는데, 대강 이

---

286) 화전(華箋) : 질이 좋고 색깔이 아름다운 편지지
287) 고생하면서 : {쎄쳐거놀}. 옛말 '쎄치다'는 고생하다의 의미임.

러하였다.

　양옥설288)은 슬픈 뜻을 강군 좌하(座下)289)에 고합니다. 제가 아버지의 명령을 어쩌하지 못하여 조성에게 돌아오나 어찌 낭군의 금석 같은 언약을 저버리고 산과 바다 같은 소중한 정을 잊어버렸겠습니까? 조성 이 괴물이 첩과 명목상으로는 부부이지만 실제는 원수이고 금슬지정은 거의 끊어졌습니다. 첩은 텅빈 방의 타다 남은 등불을 보며 낭군의 달 같은 얼굴과 꽃 같은 풍모를 잠시도 잊지 못했습니다. 부디
15　이 마음을 생각하여 서로 무소뿔의 한 개의 구멍290)으로 비추어 잊지 않기를 바랍니다. 가슴에 품은 마음은 끝이 없으나 번거로워 다 말하지 못합니다.

　조성이 이 편지를 다 읽고 스스로 생각하였다.
　'이 사람에게 이런 일을 천부당만부당하고 공교롭게도 내 눈에 띄니 이것이 가장 괴이하다. 성인(聖人)이 말씀하시기를 '눈으로 소행이 좋지 않은 여인을 보지 말라'291)고 하셨다. 이런 음란하고 바르지 않은 것을 보는 것이 어찌 내 눈을 더럽게 하는 것이 아니겠는가? 세월이 흐르면 자연스럽게 드러날 것이니 뒷날을 기다리겠다.'
　하고 드디어 촛불을 당겨서 비단 주머니와 화전(華箋)을 일시에 다 불태웠
16　다. 독한 연기가 방안에 가득하여 양소저가 놀라서 깨었다. 양소저가 보니 조성이 책상에 기대서 무엇을 태우고 있었다. 양소저가 크게 놀라며

---

288) 양옥설 : 양소저가 자신을 가리켜 하는 말임. 옥설은 양소저의 이름임.
289) 좌하(座下) : 주로 편지 글에서, 받는 사람을 높여 그의 이름이나 호칭 아래 붙여 쓰는 말.
290) 무소뿔의 ~ 구멍 : {령서일졈[靈犀一點]}. 이 말은 '영서일점통(靈犀一點通)'에서 온 말로 영력(靈力)이 있는 무소의 뿔은 하나의 구멍이 있어서 뿌리에서 끝까지 통한다는 뜻으로, 두 사람의 마음이 잘 통함을 비유적으로 이르는 말.
291) 눈으로 ~ 말라 : {목블시악쇡[目不視惡色]이라}.

무례하게 누워 잤던 것을 부끄러워하며 의상을 정돈하고 단정히 일어나 앉았다. 조성이 웃음을 머금고 말하였다.

"잔치에 고생하여 피곤할 텐데 편히 쉬지 않고 왜 일어나 앉으시오? 부인이 너무 이렇듯이 나를 볼 때마다 부끄러워하며 몸가짐을 수습하니 많은 사람들이 다 내가 부인을 박대한다고 지목하오. 아까 할머니와 부모님께서 엄하게 책망하시니 앞으로는 부디 괴이한 고집을 피우지 말고 남의 의심을 취하지 마시오."

양소저가 부끄러워하는 얼굴빛으로 말하였다.

"첩의 성정이 본래 몹시 약하고 옹졸하므로 군자의 대접이 후하고 박하다는 것을 지금 듣지 못하였습니다. 그런데 군자께서 이 말씀을 여러 번 하였습니다. 무슨 염치로 군자께서 저를 박대한다는 것을 스스로 떠벌려 남에게 말하겠습니까마는 첩 때문에 군자께서 할머니께 꾸지람을 받으시고 모든 시시비비를 들으시고 말씀이 이와 같으니 황송하여 부끄러움을 이기지 못하겠습니다."

조성이 나직이 말하였다.

"근래에 부인의 가는 허리가 전과 다르고 행동거지가 느려지며 임신한 여자의 거동이니 나를 속이지 마시오."

양소저가 부끄러워 고개를 숙이고 옥 같은 얼굴에 붉은 빛을 띠었다. 조성이 평생 처음으로 크게 웃고 마음에 얻은 것이 있는 듯하여 말하였다.

"어느 집이 자식을 귀중하게 생각하지 않겠소마는 할머니와 부모님이 자손을 바라기를 이와 같이 하시는 분들은 없을 것이오. 형수님은 아들을 낳으셨고 아직까지 부인은 지금 자식을 낳는 경사가 없으니 나 때문이라고 하셨는데, 이제 부인이 임신한 것을 들으시면 내가 아내를 박대한 허물을 면할 것 같소. 알지 못하겠소, 임신한 지 몇 개월이나 되었소?"

양소저가 부끄러워 능히 대답을 하지 못하였다. 조성이 은근히 양소저를 위로하여 옥 같은 손을 잡고 비단 장막으로 나아가 함께 누우며 말하였다.

19 "나 조사원[292]이 비록 아는 바가 별로 없고 무식하나 잠깐 인간의 윤리를 알고 있소. 어릴 때 혼인하여 부모께서 맡기신 정실을 까닭 없이 박대하겠소? 부인은 너무 부끄러워하며 몸가짐을 수습하지 말고 몸을 보호하여 옥 같은 기린을 낳으시오. 큰 바다가 뽕밭이 되어도 조사원이 부인을 대접하는 것은 변하지 않겠소."

이렇게 말하고 정소저의 향기로운 몸을 가까이 대하고 섬섬옥수를 잡으니 기이하고 좋은 향기가 마음에 흡족하였고, 옥 같은 살결과 얼음같이 맑은 몸은 명주(明珠)와 보벽(寶璧) 같았다. 조성이 양소저와 함께 거처한 지 오래되었다가 양소저의 기이한 기질을 다시 보니 새롭게 기특함이 비교할 곳이 없었다. 그러나 마음 한구석에 잊지 못하는 것은 장선각 정원

20 안에 양씨의 얼굴이 분명한 것이었는데, 이것이 잊혀 지지 않아 항상 마음속에서 왔다 갔다 하였다. 오늘 부모의 훈계를 받으면서 감동했을 뿐만 아니라 아까 난간에서 뛰어내리던 거동과 비단 주머니안의 편지가 음란하고 참혹한 것을 보고 높은 식견과 밝은 총명으로 여러 번 생각하여 양소저의 글씨를 흉내 내어 본뜬 것을 분명하게 깨닫고는 마음속으로 생각하였다.

'양씨는 이른바 여자 성인이며 맑고 아름답다. 부모님께서 양씨를 보시

---

292) 조사원 : 조성이 자신을 가리킴. 사원은 조성의 자(字)임.

는 것이 옳으니 어찌 차마 그런 음란한 행동이 있겠는가? 오늘 밤의 사건은 양씨를 재해에 빠트리려고 하는 간사한 마음이 드러난 것이다. 설사 양씨가 그 간부에게 청하여 아뢰려고 했다면 어찌 기다리지 않고 잠을 자겠는가? 우리 집은 사면의 담장이 유리로 밀친 듯하고 겹겹이 겹쳐있는 수많은 문이 있는데 강생이 아니라 귀신인들 어찌 들어오겠는가? 결단코 양씨를 해치는 간사한 사람이 외부에 있는 것이 아니라 집 안에 있는 사람이다. 알지 못하겠구나. 양씨가 어진데도 이같이 미움을 받는 것은 무슨 까닭인가? 다만 의심스러운 것은 장선각 수풀 아래에서 내가 분명하게 양씨를 보았으니 내가 밤낮으로 깊이 생각하여도 일의 곡절을 깨닫지 못하고 있다. 그런데 양씨의 행실과 거동은 볼수록 기특하니 지식이 있는 사람이라도 그 곡절을 깨닫지 못할 것이다. 십분의 팔은 양씨가 원통한 누명을 써서 억울함이 있을 것이니 비록 속이 시원하지 않지만 어머니의 가르침을 듣고 양씨의 행동거지를 평소처럼 하게 하였다가 나중을 보겠다.'

이렇게 생각을 정하고 양소저를 아주 은근히 후하게 대접하였다. 맑은 물과 옥결같이 수행하는 군자가 일단 의심을 풀지 않았기 때문에 비단 이부자리에서의 부부간의 즐거움은 거의 끊어져 감감하였다. 겉으로 친한 척하면서도 안으로는 소원(疏遠)하니 누가 조성의 하해(河海) 같은 마음을 알겠는가?

채빙 모녀가 조성 부부의 방을 자세히 엿보고 있다가 돌아와 아뢰니 태부인이 매우 기뻐하였다. 태부인은 양소저의 기질이 매우 맑으므로 생산하는 것이 쉽지 않을 것이라고 염려하였다. 그 부부의 금슬이 소원(疏遠)할까 깊은 근심을 품고 있다가 양소저가 임신하였다는 소식을 들으니 기

21

22

23

쁘고 기특한 것을 표현할 길이 없었다. 여러 누이들이 웃으면서 말하였다.

"언제까지 내일 아침을 기다려 이놈을 괴롭힐까?"

재설(再說). 조무가 영춘정을 겨우 떠나 금선궁으로 갔다. 게으르게 걸음을 옮기고 근심하며 그림자를 드리우고 궁궐에 이르렀다. 공주가 일어나 조무를 맞으며 동과 서로 자리를 나누어 앉았다. 밝은 촛불이 대낮 같았고 조무가 눈을 들어 공주를 살펴보았다. 공주의 고운 얼굴은 당나라 측천무후와 흡사하였고, 질투심이 강하고 사나운 거동은 한나라 여후(呂后)[293]와 동류인 듯하였다. 조무가 크게 놀라서 생각하였다.

'황가(皇家)에 이처럼 악마 같은 여자가 생겨 우리 가문에 들어온 것은 우연한 일이 아니다. 내가 만일 공주를 후대하면 사람을 돼지로 만드는 변란[294]과 골육을 살해하는 화[295]를 볼 것이다. 차라리 영영 공주를 거절하여 그녀의 바람을 끊어서 장부의 뜻을 유쾌하게 하겠다.'

이렇게 생각을 정하니 양미간에는 묵묵한 위의(威儀)가 어리었고 침묵하고 엄숙한 기상은 가을 서리를 약하게 여길 정도로 차가웠다. 조무의 상쾌하고 깨끗한 모습은 외로운 소나무가 홀로 서있는 듯하였고, 밝은 촛불 아래에 맑은 눈빛은 석양이 가을 물에 잠겨있는 듯하였다. 공주가 조무를 가까이 대하여 이와 같이 뛰어난 사람을 보니 사랑함을 이기지 못하였으나 조무의 거동이 이와 같이 엄숙하니 마음속으로 좋지 않게 생각하였다.

---

293) 여후(呂后) : 중국 전한(前漢)의 시조 유방(劉邦·高祖)의 황후. 무명의 유방과 결혼하여 평정사업(平定事業)을 도왔고, 유방이 죽은 뒤 아들 혜제(惠帝)를 즉위시키고 실권은 자신이 잡았음. 혜제가 23세의 나이로 죽자, 혜제의 후궁에서 출생한 여러 왕자들을 차례로 등극시키면서 황제를 대행, 여씨 일족을 고위고관에 등용시켜 사실상의 여씨정권을 수립하였음. 또 유방의 총비(寵妃) 척부인(戚夫人)의 수족을 자르고 변소에 가두어 '사람 돼지(人彘)'를 만드는 등 횡포를 자행하였음.
294) 사람을 ~ 변란 : 여후가 유방이 총애했던 척부인을 수족을 자르고 변소에 두었던 일을 가리킴.
295) 골육을 ~ 화 : 측천무후가 자신이 왕권을 잡기 위해 아들들을 죽인 사건을 가리킴.

공주는 조무가 여러 사람이 모인 자리에서 정씨를 첫째 부인으로 삼고자 하여 잔을 들면서 경색(景色)이 좋지 않던 일을 분노하며 생각하였다.

'나는 천자(天子)의 사랑하는 딸이고 금지옥엽(金枝玉葉)이다. 설사 얼굴 모습이 정씨만 못하다고 해도 어찌 교만한 마음으로 나를 하찮게 여기기를 이토록 하겠는가? 정씨가 있는 후에는 일의 형편이 좋지 않아서 내가 조군과 화락하지 못할 것이다. 급히 정씨를 없애야겠다. 양씨는 비록 나와는 원수는 아니지만 그 고운 빛 때문에 자연이 나의 아름다운 모습을 줄어들게 하니 두 번째는 양씨를 없애서 내 위에 오를 자가 없게 하겠다.'

이렇게 생각하였으나 공주는 조무가 늠름하게 단정히 앉아서 움직이지도 않고 한마디도 않으며 침묵하는 엄숙한 거동을 보니 춘정(春情)이 비록 구름이 일어나듯 하였지만 염치가 있어서 먼저 말하는 것도 어렵고 몸을 편안하게 있지도 못하였다. 조무가 그 거동을 눈으로 보았지만 비위가 심히 좋지 않아서 선뜻 옷을 벗어 던지고 비단 이불을 말아서 얼굴을 덮고 아무렇지도 않게 자며 끝까지 공주에게는 한마디도 하지 않았다. 공주가 분한 마음과 한스러움으로 혀를 찼다.

"제가 나를 박대하는 것이 오늘부터 이러하니 앞으로의 일은 물어보지 않아도 알 것이다. 어찌 구구하게 고상하지 못한 모습을 하면서 이렇게 앉아서 밤을 새겠는가?"

27

이에 또한 옷을 벗고 아무렇지도 않게 드러누웠다. 조무가 자는 체하였으나 분하고 답답한 마음이 어지러워 자지 못하다가 이러한 거동을 보고 공주가 여자 된 염치가 전혀 없음을 더욱 통한하여 마음이 완전히 돌아서버렸다.

얼마 후에 금계(金鷄)296)가 새벽을 알리니 조무가 일어나 이불을 헤치고 옷을 찾아 입고 나왔다. 공주는 분노하여 잠을 자지 못하다가 바야흐로 잠이 깊이 들어있었고 조무는 바야흐로 공주를 본 척도 않고 바삐 나왔다. 달빛이 하얗게 밝게 빛나 궁중에 뚜렷하니 문득 정소저의 아리따운 얼굴이 눈에 펼쳐지고 아들의 기이한 얼굴이 비치는 듯하였다. 조무는 걸음을 엎어지고 넘어지듯 걸으며 영춘정에 이르렀다.

정소저가 새벽이 되어서 한 그릇의 물을 가지고 와서 옥 같은 얼굴을 바르게 하고 탐스러운 쪽진 머리를 다스리니 자연스러운 광채가 눈부시고 찬란하였다. 봉관(鳳冠)을 쓰고 예복을 입을 때 조무가 이르러 정소저를 보며 매우 반가워하였다. 조무가 정소저의 곁에 나아가 비단 치마를 당겨 앉기를 청하고 말하였다.

"하룻밤 사이에 아들은 별일 없었으며, 부인은 공연히 남편을 남에게 빼앗기고 잠이 편하게 왔소?"

정소저가 천천히 자리를 정하여 앉고는 조용히 말하였다.

"군자의 위엄이 광풍제월(光風霽月)297) 같으시니 손 아래에 있는 사람이 옳고 거름을 따지는 것이 불가합니다. 마음으로 깊이 생각해보건대 비천한 처자에게도 후함과 박함을 고르게 못한다면 비록 태임(太任)과 태사(太姒) 같은 여자라도 편하지 못할 것입니다. 하물며 공주는 금지옥엽으로 옥 같은 자질과 꽃 같은 모습이 세상에 독보적이시니 이는 군자의 높은 복이고 천자의 은혜가 지극히 크신 것입니다. 첩이 또한 황

---

296) 금계(金鷄) : 꿩과의 새. 꿩과 비슷한데 수컷은 광택 있는 황금색 우관(羽冠)과 뒤 목에는 누런 갈색, 어두운 녹색의 장식깃이 있어 매우 아름다움.
297) 광풍제월(光風霽月) : 비가 갠 뒤의 맑게 부는 바람과 밝은 달로 마음이 넓고 쾌활하여 아무 거리낌 없는 인품을 비유적으로 이르는 말. 황정견이 주돈이의 인품을 평한 데서 유래함.

은(皇恩)과 시부모님의 혜택으로 꿩 같은 비루한 자질로 난새와 봉황298)과 짝이 되어 앵무299) 우는 가지에 자고새300) 소리가 쓸쓸함을 생각하지 않고 귀한 공주와 동렬에 거처하는 은혜를 입으니 외람되게도 황공함은 깊은 연못에 엷은 얼음을 디디는 듯합니다. 저의 어리석은 마음은 오직 군자의 제가(齊家)가 공평하시고 옥주(玉主)의 성덕이 아황과 여영을 이으셔서 첩이 비록 어질지 못하나 갈담(葛覃)301)의 풍채가 이어지기를 바랍니다. 그러나 군자께서 하시는 일을 보니 크게 치가(治家)를 어지럽힐 근원입니다. 첩은 진실로 군자께서 한 여자만을 편벽되게 사랑하시는 것을 원하지 않고, 마음이 두려워 일시도 편안하게 있지 못합니다. 밤을 지낸 곳에서 머리를 빗고 얼굴을 씻고 공주와 함께 어른들께 아침 안사를 드리러 오실 것이지 하룻밤 사이에 아들이 어디 갔을 것이라고 이렇듯이 엎어지고 넘어지듯이 급하게 하시고 경솔한 희롱을 하십니까? 첩이 진정으로 품은 생각을 다 말씀드리오니 앞으로는 침묵하시는 것을 주로 하시고 공평하게 집안을 다스리셔서 첩 같은 사람도 일신을 편안하게 해주시는 것이 행복일까 합니다."

여러 말이 법에 맞는 것은 현인군자 같았고 단장을 갓 하여 새롭게 찬란한 빛이 남전(藍田)302)의 아름다운 옥을 씻은 듯하였다. 조무가 탄복하며 정소저를 아끼고 정소저의 앞길이 이와 같이 괴로울 것을 애달파하며

---

298) 난조와 봉황 : 뛰어난 인물을 비유함.
299) 앵무 : {싱무}. '싱무'는 앵무의 오기인 듯함.
300) 자고새 : 꿩과의 새. 메추라기와 비슷하며 날개는 누런빛을 띤 녹색이고 등, 배, 꽁무니는 누런 갈색임. 목에서 눈에 걸쳐 까만 고리가 둘려 있으며, 부리와 다리는 붉음.
301) 갈담(葛覃) : 『시경』「주남」의 편명. 주나라 문왕(文王)의 후비가 훌륭한 부인의 도로 교화함을 읊은 시.
302) 남전(藍田) : 중국 섬서성에 있는 옥의 산지임.

슬프게 위로하며 말하였다.

"만사가 하늘의 뜻에 달려있으니 미리 근심할 바가 아니오. 비록 내가 제가(齊家)를 잘못하나 마침내 부인을 저버리지 않을 것이니 괴롭게 염려하지 마시오. 공주가 승냥이와 호랑이가 아니니 마음대로 사람을 삼키겠소?"

이에 아들을 어루만지며 얼굴을 대고 매우 간절하고 깊은 사랑이 천륜에서부터 나오니 정소저가 자신의 절실하고 정직한 간언이 효험이 없음을 보고 천천히 정당으로 향하였다.

조무가 정소저의 이불 위에 쓰러져 한 잠을 상쾌하게 자고 눈을 떠 보니 동방이 이미 밝아있었다. 웃어른께 하는 아침 인사가 늦었다는 것을 알고 놀라 일어나 세수하고 양치질하고 할머니의 처소로 나아가니 여러 사람들이 다 모여 있었다. 조무가 나아가 조성과 좌석을 나란히 하여 앉으니 석학사 부인 등이 낭낭하게 웃고 말하였다.

"아우는 어찌 이제야 들어오는가?"

조무가 웃으며 말하였다.

"일이 바쁜 놈이 두 방을 지키느라 당직한다고 허둥대다가[303] 잠을 못 잤습니다. 두 부인이 아침 문안 인사를 들어간 후에야 마음을 놓고 자다가 이제야 깨서 제일 늦게 되었습니다."

앉아있던 모든 사람들이 크게 웃고 석학사 부인 등이 웃으면서 말하였다.

"아우가 들어오지 않아 웃을 일이 없더니 염치없는 사람이 남을 웃길 것을 알면서도 사실대로 말하니 성격이 담박하다고 하겠구나. 그런데

---

303) 허둥대다가 : {헤지 ᄅ 니}. 옛말 '헤지 ᄅ 다'에서 온 말로 허둥대다, 헤매다의 의미임.

너의 부인도 매우 심한 여자로구나. 남편이 잠을 못 자도록 보채느냐? 어느 방에 가서 지키면서 당직을 하였느냐?"

조무가 웃으며 대답하였다.

"초경(初更)304)은 영춘정에서 삼경(三更)305)까지 지키며 당직하였고, 삼경(三更) 후에는 금선궁에 가서 지키며 당직하였으니 부인들이 꾸짖기나 하지 않았습니까?"

서모(庶母)들과 누이들이 크게 웃으며 말하였다.

"그리 공손하고 온순한 남편을 어느 부인이 무슨 일로 꾸짖겠는가?"   34

조무가 작게 웃고는 정소저를 돌아보며 말하였다.

"저에게 묻지 말고 저를 꾸짖던 사람에게 물어보십시오."

화씨가 웃으며 말하였다.

"근간에는 한림은 죄가 없지만 예전에 어릴 때 완월정의 앵혈(鸎血) 사건 하나가 부인에게 발각되어서 꾸지람을 들었구나."

조무가 빙그레 웃으며 말하였다.

"저 정씨는 인정이 없는 여자입니다. 나를 1년이나 소박하였다가 마지못하여 겨우 한 명의 자식을 얻은 후에 나를 아주 내칠 뜻을 두고는 금선궁에서 떠나지 못하게 하고 아들을 보지 말라고 하니 어찌 어릴 때의 완월정의 놀이를 마음에 두겠습니까?"   35

영씨가 웃으며 말하였다.

"상공이 거짓으로 정소저를 흉보는 체하고 정소저의 맑은 덕을 지닌 기질을 자랑하는구나."

---

304) 초경(初更) : 하룻밤을 오경(五更)으로 나눈 첫째 부분. 저녁 7시에서 9시 사이를 가리킴.
305) 삼경(三更) : 하룻밤을 오경(五更)으로 나눈 셋째 부분. 밤 11시에서 새벽 1시 사이를 가리킴.

태부인과 조공 부부가 웃음을 머금고 그 문답하는 소리를 듣고 있었다. 위생의 처인 채빙이 조성을 향하여 말하였다.

"상공이 저렇게 단정한 체하시나 어젯밤에 양소저를 대하면서는 무른 떡이 되었습니다."

여러 소저가 웃으면서 말하였다.

"원래 아우를 보고 묻고 싶은 말이 있었는데, 이제 속 시원하게 물어보겠다. 저 흉한 놈이 거짓으로 단정한 체하며 아내를 박대한다고 우리가 염려하게 해놓고 부부의 처소에서는 꼴이 가관인 말을 많이 하였다. 양소저가 임신한 지 몇 달이 되었으며 무슨 일로 큰 바다가 뽕 밭이 되어도 저버리지 않겠다고 빌었는지 자세하게 말하여라."

조성이 수려한 넓은 눈썹에 기쁜 빛을 영롱하게 드러내며 말하였다.

"누이들이 종일토록 사람을 엿보고 보채심을 일삼으시니 이것은 부인과 여자에게는 흠이 되는 것이라 저는 이러한 행동을 취하지 않습니다. 저는 처신이 매우 어려워 부부가 말없이 잠잠하여 서로 공경하였는데 서모와 누이들이 문득 제가 처를 박대한다고 혼동하고 할머께서도 크게 근심하시도록 하였습니다. 나이 어린 부부가 부부의 처소에 있으면서 비록 일시에 우스갯소리를 한다고 해도 이것은 변란이 아닌데 큰 일처럼 보채십니까? 채빙 누이는 밤마다 잠도 자지 않고 남의 부부 처소의 소리를 몰래 엿듣기만을 일삼으니 무슨 공경할 일이 있겠습니까? 실로 놀라서 까무라 칠 일이 없으니 채빙 누이가 헛된 말을 만든 것입니다."

조씨가 낭랑하게 웃으며 말하였다.

"할머께서 알고자 하셔서 조사하는 사람을 보냈으니 너희 부부의 사사로운 말을 우리가 어찌 모르겠는가? 알지 못하겠구나. 다른 일은 말하지 말고 양소저가 임신한 지 얼마나 되었는지 바로 말하여라."

조성이 두 눈으로 양소저를 보며 말하였다.

"나는 알지 못하니 부인이 바로 고하시오."

양소저는 거듭 부끄러워 옥 같은 얼굴에 붉은 기운이 가득하여 고개를 숙이고 아무 말이 없었다. 여러 소저가 양소저를 매우 사랑스러워하며 말하였다.

"아우는 무엇이 부끄러워 말하지 못하고 양소저에게 미루느냐? 아무튼 38
간에 빨리 옥동자를 낳아라."

이렇게 우스갯소리로 할머니를 기쁘게 해드리니 화기가 애애하였다. 비록 공주 때문에 집안이 괴로웠지만 일가가 화락하였다. 조공 부부는 양소저가 임신한 지가 7, 8개월이 되었다는 것을 알고 기쁨을 이기지 못하고 옥동자를 얻기를 손꼽아 기다렸다.

이때 금선공주는 조씨 가문에 시집온 후로부터 남편의 은애(恩愛)가 전혀 없어서 비록 부모의 명령으로 조무가 마지못하여 이따금 궁궐에 이르렀으나 완연히 남이었다. 말을 서로 주고 받지 않고 두 사람의 사이가 약 39
수(弱水)306)가 가로막혔으니307) 공주가 크게 분노하고 애달파 통한이 저절로 입 밖으로 나오니 미워하는 마음이 정소저에게만 쏟아졌다. 몹시 분하여 이를 갈며 속을 썩이며 정소저를 삼켜버리고 싶어 하였다. 하늘이 악한 무리를 내실 때 반드시 그 당(黨)이 있는 것이었다. 공주의 보모인

306) 약수(弱水) : 신선이 살았다는 중국 서쪽의 전설 속의 강. 길이가 3,000리나 되며 부력이 매우
    약하여 기러기의 털도 가라앉는다고 함. 여기서는 두 사람 사이의 장애물을 의미함.
307) 가로 막혀있으니 : {즈음츠시니}. 이는 가로막히다. 막히다의 의미임.

강상궁과 유모 최상궁은 인간 중에 둘도 없는 간사한 사람이었다. 더불어 지모가 풍부하고 말을 잘하고 능통하여[308] 그릇된 일을 꾸며 옳은 것처럼 만들었다. 귀비가 공주를 이들에게 맡겨 보호하게 하니 이들의 성정이 한 쪽으로 치우쳐서 그 주인을 위하여 머리를 아끼지 않을 마음이 있었다. 이제 정소저의 뛰어나게 아름다운 기질이 고금에도 드물고 조무가 공주를 박대하는 것이 길가에 지나가는 사람같이 하니 원한이 뼈에 사무치던 중에 공주의 홍안박명(紅顔薄命)이 정소저가 있기 때문이라고 생각하여 밤낮으로 눈물을 흘렸다.

하루는 공주가 두 사람을 대하여 말하였다.

"내 몸이 금지옥엽이고 왕녀의 부귀와 더불어 자색이 또한 옛날 사람을 부러워하지 않을 것이다. 그런데 조씨 집안에 시집온 뒤부터는 조무의 경우 없는 행동이 성은을 잊고 나를 보는 것을 티끌같이하여 부부의 도를 폐할 뿐만 아니라 정녀의 요염한 용모에 뿍 빠져 나를 등에 가시가 난 것처럼 여기는구나."

최상궁과 강상궁 두 사람이 분하여 말하였다.

"빼어난 숙녀는 모두 조씨 집안에 다 모였으니 태부인과 위부인의 높은 산 같은 눈에는 옥주(玉主)는 썩은 풀같이 보이고 정씨의 고운 안색은 꽃과 달도 비교하지 못하고 명주와 보옥이 당하지 못할 것입니다. 정씨를 미워하는 우리 마음에도 정씨의 모습이 사라지지 않으니 하물며 풍류스러운 장부의 부부 간의 은정(恩情)이야 말해서 무엇 하겠습니까? 우리 눈에도 옥주(玉主)의 아리따운 모습이 정씨와 비교한다면 백

---

308) 말을~ 능통하여 : {언에 능녀[能麗]하여}. '능려(能麗)'는 능통하고 잘하다의 의미여서 이같이 옮김.

옥과 기와 같고 모란과 잡풀 같습니다. 정씨가 있는 후로는 옥주(玉主)께서 눈썹을 펴실 길이 없을 것입니다. 정씨는 한갓 얼굴뿐만 아니라 행동과 처신이 하는 일마다 다른 사람보다 뛰어나니 옥주(玉主)께서 깊은 궁궐에서 본 데 없이 자란 행동과 같겠습니까? 이제 만일 옥주께서 투기한다면 어질다는 말은 다 정씨에게 돌아가고 옥주(玉主)는 고운 얼굴과 아름다운 덕행이 정씨만 못하니 더욱 밉게 여길 것입니다. 옥주께서는 아직 분함과 원통함을 참고 온화한 기운을 지으며 원수를 접대하고 겸손하게 자기를 낮추며 남을 높이고 온순한 덕행을 꾸며 시부모와 남편을 섬겨 칭찬하는 소리가 나게 하십시오. 옥주(玉主)에 대한 의심이 없어지고 인심이 돌아온 후에 서서히 일을 도모하여 정씨를 없애고 어린 아들을 죽여 화근을 영원히 없애야 합니다. 정씨 모자가 없다면 부마가 또한 누구와 화락하겠습니까? 자연스럽게 옥주(玉主)께 은총이 매우 오래도록 계속될 것입니다. 이제 옥주께서 밖으로 투기를 드러내고 교만한 거동을 보이면 이는 큰 실책이 됩니다. 제가 또한 귀비께 이 일의 자초지종을 고하고 특별히 잘 처리할 것이니 옥주(玉主)께서는 너무 조급하게 마음을 상하게 하여 옥 같은 얼굴을 상하게 하지 마십시오."

공주가 눈물을 흘리며 말하였다.

"부마는 당대의 뛰어난 사람이다. 내가 구차하게 일을 도모하여 서로 만나게 되었으나 나에 대한 정은 길에 지나가는 사람과 같다. 내가 비록 황녀의 부귀를 가졌지만 세상에 대한 무슨 마음이 있겠는가? 만일 마침내 이럴 것 같으면 얼른 정녀를 죽이고 내 또한 조무의 띠 끝에 목을 매어 조가 집안에 커다란 화를 보게 하겠다."

이렇게 세 사람이 비밀스럽게 한 말이지만 이목이 번다한 까닭에 자연스럽게 이 말을 태부인이 듣고는 상심함을 이기지 못하였다. 태부인이 조공을 보고 이 말을 전하였다.

"이것은 우리 가문의 화근이다. 이것을 안 지는 오래되었지만 이 정도일 줄은 생각을 못했다. 무309)의 고집 때문에 더욱 공주의 분노를 일으켜 불쌍하고 가엾은 며느리 정씨가 순식간에 갑작스러운 화를 당하게하니 어찌 가련하지 않겠는가? 차라리 며느리 정씨의 소원대로 정씨 며느리를 옮겨 나의 곁에 두고 무의 한 여자만을 편벽되게 사랑하는 은애(恩愛)를 제어하고 막아서 며느리 정씨에게 닥치는 갑작스러운 화를 막고자 한다."

조공이 또한 놀랐지만 조공은 지극히 도리를 중요하게 여기는 군자였다. 이에 탄식하며 어머니께 아뢰었다.

"이 일이 매우 한심하오나 이 또한 운명이라, 설마 어찌하겠습니까? 다만 며느리 정씨의 완전한 복록지상(福祿之相)310)과 아들의 매우 귀할 상은 수복(壽福)이 매우 끝없이 길고 멀 것입니다. 깊은 근심이 자연히 없어질 것이니 어머니께서는 너무 걱정하지 마십시오."

태부인이 탄식하며 즐거워하지 않았다. 좌우에 있는 사람들이 새롭게 공주가 어질지 않음을 놀라워하며 근심하였다.

한림 형제가 들어와 편안하고 조용히 앉았다. 조공이 조무에게 천천히 말하였다.

"네가 비록 나이가 어려서 스무 살이 되지 못하였지만 입신하고 장가

309) 무 : 조무를 가리킴.
310) 복록지상(福祿之相) : 관상에서 복록이 있는 상을 의미함.

를 가서 자식까지 두었으니 어린 아이로 여기고 책망하지 못할 것이다. 내가 예전에도 경계하였지만 금선공주는 성상(聖上)께서 사랑하는 딸이고, 왕녀의 존귀함이 있으니 가볍게 무시하지 못할 것이다. 그런데 이제 들으니 네가 아내 중에서 한 여자만을 편벽되게 사랑함이 있다고 하니 예전에 내가 이른 말이 허사가 되었구나. 어찌 내가 너를 믿겠는가? 저 공주는 나이가 어린 아이로 구중심처(九重深處)에서 자랐고 박귀비는 또한 덕이 없는 여자라고 하니 공주가 부덕(婦德)이 현숙하기 쉽겠으며, 좌우에서 돕는 자가 다 무뢰배 궁인이어서 공주를 어질게 돕기 쉽겠는가? 네가 한 곳으로 치우친 고집 때문에 며느리 정씨에게 좋지 못한 상황이 이르게 된다면 어찌 가련하지 않겠는가? 이것은 네가 며느리 정씨를 간절히 생각하여 그리워하는 것이 아니라 며느리에게 화를 더하는 것이다. 앞으로는 고집을 피우지 말고 아내를 편벽되게 대한다는 말이 내 귀에 들리지 않게 해라."

조무가 고개를 숙이고 엎드려서 가르침을 듣고 일어나서 두 번 절하면서 말하였다.

"제가 비록 나이가 어리고 어리석으나 사리를 조금은 압니다. 어찌 까닭 없이 황녀(皇女)를 박대하고 한 명의 처에게 깊이 빠져 여자의 원망을 만들겠습니까마는 저 공주가 얼굴이 무염(無鹽)311)과 같고 행동과 사람됨이 보통의 좀 부족한 여자라면 제가 생각을 정하여 부부의 도리를 온전하게 하고 박대하지 않을 것입니다. 그런데 잠깐 그 거동을 보니 독사가 사람이 된 것 같고, 승냥이와 호랑이의 무리 같습니다. 만일

311) 무염(無鹽) : 제나라의 무염읍 출신의 여자인 종리춘(鍾離春)으로 추녀의 대명사. 모습이 추하여 혼기가 지나도 결혼할 수 없었으나, 후에 선왕에게 간언하여 정부인이 되었음.

공주를 후하게 대접하면 반드시 정씨를 죽이고 가문을 어지럽힐 뿐만 아니라 인체(人彘)의 변란과 골육을 죽이는 환란이 일어날 것이니 어찌 오늘 공주를 박대해서 생기는 화란(禍亂)에 비하겠습니까? 작은 것을 두려워하여 큰 화를 방비하지 않을 수 없으니 아버지께서는 세 번 생각하시어 저의 생각을 이해해주시기 바랍니다."

49 　조공이 아들의 말을 들으니 잘못되었다고 꾸짖지 못하였지만 또한 염려스러워 다시 타이르며 말하였다.

　"부부 천륜은 귀천이 없으니 임금이 맡기신 정실을 까닭 없이 박대하여 오륜의 큰 것을 바라보지 않으면 임금이 너를 옳게 여기시겠으며, 내가 자식을 가르치지 못한 것을 벌하지 않겠는가? 이 때문에 군신의 의가 상하고 귀비가 마음이 불편하게 되면 우리 가문에 화근이 생긴다. 궁궐에서 공주를 후대하고 있다는 말을 들으면 그 또한 오히려 기뻐할 것이지만 이와 같이 박대한다는 소문이 귀에 들어가면 며느리 정씨가 목숨을 보전하지 못할 것이니 네 아비의 심려는 점점 더 어지러울 것이

50 다. 나의 근심이 무거워지고 할머니의 근심을 더하게 될 것이니 너는 마음을 넓게 하여 공주를 후대하고 아비의 가르침을 잊지 마라."

　조무가 다시 고할 말이 없어서 두 번 절하고 아버지의 명령을 받들었으나 자연스레 양미간이 불평스러워 서당으로 나왔다. 할머니와 부모가 매우 탄식하였다.

　조무가 외헌에 나와 죽침을 베고 길게 탄식하니 조성이 나아가 물었다.

　"제가 형님께서 근심하시는 것을 보니 제 마음이 역시 편안하지 못합니다. 알지 못하겠습니다. 아까 아버지의 명령이 계셨는데, 무슨 일로 꾸중을 들었습니까? 그 이유를 몰라 궁금합니다."

조무가 선뜻 일어나 앉아 말하였다.

"아우가 지극히 총명한데 어찌 어리석은 형의 괴로운 심사를 오히려 모르는가? 내가 비록 불효하지만 어찌 아버지께 꾸중을 들었다고 물러나와 탄식하는 낯빛을 짓겠는가? 나의 운명이 기구하여 측천무후(則天武后)를 만났으나 당(唐) 고종(高宗)이 아니니 어찌 능히 억지로 참으며 대접할 생각이 있겠는가? 내가 비록 정씨를 후대하지만 나의 본성이 화려하여 위의를 갖춘 처첩은 열 명이라도 사양하지 않을 뜻이 있다. 공주가 만일 어질다면 내가 어찌 박대하여 위로는 임금의 위엄을 저버 리고 아래로는 치가(治家)를 어지럽게 하겠는가마는 공주는 음란한 행동과 제멋대로 거리낌 없이 방탕하게 구는 거동을 하는 것은 말할 것도 없고 독사의 기운과 승냥이와 호랑이의 독을 겸하여 가지고 있어서 살기가 양미간에 가득하고 측천무후의 흉한 마음을 아울러 가지고 있다. 만일 내가 이제 공주를 후대하면 내 몸이 결코 살지 못할 것이고 가문에 커다란 화를 더할 것이니 이것을 알기 때문에 차마 공주를 후대하지 못한다. 그러나 공주를 후대하지 않으면 내가 10여 년이나 머리를 굽혀 고서를 넓게 읽어 충효를 본보기로 삼았는데 내 뜻대로 한다면 임금의 명령과 다른 것이 된다. 부친의 가르침을 받들어 따르고자 한다면 내 몸이 망할 징조가 되니 장차 이 괴로움과 답답하고 괴로운 심사를 부모님도 다 알지 못하신다. 오직 아우나 알까 하였더니 어찌 묻는 말 이 나의 뜻과 판이하게 다른가?"

말을 끝내고 아무 말 없이 오랫동안 한스러워하며 온 얼굴에 수심이 가득하였다. 조성이 얼굴빛을 온화하게 하고 말하였다.

"형님께서 사람을 알아보시는 것은 진실로 신이하시지만 천명을 가히 사람의 힘으로 돌이키지 못하며 사람의 길흉화복은 각각 자신의 운명입니다. 공주가 비록 박복하고 심사가 어질지 못하시나 아직 나타난 과실이 없는데, 너무 박대하시면 화를 불러 일으키는 기틀이 됩니다. 군자가 충효를 먼저하고 후에 다른 염려를 해야 합니다. 제 생각으로는 공주를 관대하게 대해서 궁인이 보는 데서나 여러 사람이 보는 데서 공주를 박대하는 줄 모르게 하시고 마음이 비록 형수님께 더 가더라도 영춘정의 왕래는 잠깐 드물게 하십시오. 그러면 첫째는 공주의 마음이 좀 풀어져 가내가 편해질 것이고, 두 번째는 형수님의 처신이 편안해지셔서 두려워하시는 근심이 덜어질 것입니다. 형님도 도리상 임금과 어버이의 명령을 따르는 것이니 억지로 참고서 잠깐 관대하게 대하여 공주가 한 명의 아이만 낳은 뒤면 자연스럽게 남이 후하게 대접하는지 박하게 대접하는지를 깨닫지 못할 것입니다. 어찌 그만한 일에 근심을 하시고 마음의 걱정거리로 삼으십니까?"

조무가 탄식하며 말하였다.

"아우의 말이 지극히 이치에 밝은 의견이다. 아까 아버지의 가르침이 이와 같았지만 이 일이 남의 몸에 당하였으니 아버지와 아우라도 이렇게 말하는구나. 아우가 이런 일을 당하였으면 나같이 하지 않을 줄 어찌 알겠는가? 앞으로는 억지로라도 악마 같은 여자를 관대하게 대접할 것이다. 그러나 나의 싫은 마음을 걷잡지 못하겠고 마음이 꺼림칙하니 실로 난감하구나."

조성이 소리 없이 웃으며 말하였다.

"제가 이 일을 당하여도 실로 어려울 것 같습니다. 모든 일에 애써 참는 것을 익숙하게 하십시오. 형수의 복록지상(福祿之相)과 형님의 완전

54

55

56

하신 수복(壽福)이 다른 근심은 없을 것입니다."

조무가 도리어 웃고 말하였다.

"아우가 나의 일에 대해서는 말을 잘하고 있구나. 그러나 제수씨가 모든 일에 빼어나고 아우가 그 남편이 되니 구름으로 의상을 만들고 황금으로 집을 만들어 대접해야 할 정도인데, 무슨 고집을 피워 제수씨를 박대하여 15살도 안된 부인이 첩여(婕妤)의 단장사(斷腸詞)[312]를 본받게 하는가?"

조성이 웃음을 머금고 말하였다.

"양씨는 그 사람됨과 얼굴 모습이 사람들이 하자(瑕疵)가 있다고 할 곳이 없으니 제가 무슨 마음으로 박대하겠습니까? 저는 성품이 꼼꼼하지 못하고 어리석어 서로가 생소한 것 같아서 그런 것이지 구태여 아내가 싫어서 박대한 것은 아닙니다."

조무가 웃으며 말하였다.

"근래는 너희 부부가 잠깐 멀어졌다가 서로 뜻이 맞는 것 같지만 어찌 남이 몰라보겠는가? 아우의 행사는 인정이 없는 것이다."

형제가 이렇듯이 사이좋게 지내는 정이 은근하고 자상하여 다른 사람의 동기(同氣)와 달랐다.

이때 공주는 조무의 풍류스러운 기상을 볼 때마다 마음을 빼앗겨 정욕

57

---

312) 첩여(婕妤)의 단장사(斷腸詞) : 반첩여는 한나라 성제(成帝)의 후궁임. 반첩여와 조비연(趙飛燕)은 중국 한(漢)나라 성제(成帝)의 후궁으로, 성제는 처음에는 반첩여를 매우 총애했지만, 시간이 흐르자 조비연에게로 사랑이 옮겨갔음. 조비연은 혹시라도 성제의 마음이 반첩여에게 되돌아갈 것을 염려하여, 반첩여가 임금을 중상모략했다고 무고(誣告)하여 그녀를 옥에 가두게 함. 나중에 반첩여의 혐의는 풀렸지만, 그녀의 처지는 그 옛날 임금의 총애를 한 몸에 받던 때와 같지 않았음. 반첩여는 장신궁(長信宮)에 머물면서 과거 임금의 사랑을 받던 일을 회상하고 현재의 자신의 처지를 돌이켜보게 되었는데, 그러다가 가을이 되어 쓸모없게 된 부채와 자신의 처지가 일치한다는 생각이 들어 〈원가행(怨歌行)〉이라는 제목의 시를 짓게 되었음.

을 이기지 못하였지만 조무는 세월이 오래되어도 공주를 지나가는 행인을 보듯 하였다. 공주는 분노와 한스러움이 가득하여 말하였다.

"어느 날에 정녀를 없애버리고 조무와 화락하겠는가?"

이에 최상궁을 보내어 귀비에게 이런 일의 자초지종을 일일이 아뢰고 분한 마음을 풀 계교를 청하였다. 귀비가 크게 노하여 이 사실을 황상(皇上)께 아뢰고자 하나 황상이 아셔도 이유 없이 정녀를 죽이지 못할 줄 알고 매우 번민하였다.

이때에 정참정 부인 박씨는 조무가 공주를 박대한다는 것을 듣고 박수관을 청하여 말하였다.

"처음에 공주를 조무에게 시집보내게 한 것은 채임의 앞길을 마치게 하고 채임이 내 집에 돌아오거든 아우에게 맡겨 처음의 뜻313)을 이루고자 하였다. 그러나 채임은 조무와 화락하고 공주는 젊은 나이에 백두시(白頭詩)를 읊는다 하니 귀비가 들으시면 한갓 숙모가 중매를 잘못했다는 질책을 받으실 따름이다. 아우는 무슨 계책을 생각해내어 채임과 조무가 화락하지 못하게 해라."

박수관이 말하였다.

"조무가 정씨와 화락하고 공주를 박대하는 죄는 가볍지 않을 것입니다. 마땅히 귀비께 고하여 정참정께 전지(傳旨)314)를 내려서 정씨를 개가(改嫁)시키면 그때 내가 정씨를 취한다면 모든 일이 손바닥 뒤집는 것처럼 쉬울 것입니다."

---

313) 처음의 뜻 : 박씨와 박수관이 서로 짜고 정소저를 조무와 혼인하지 못하게 하여 정소저와 박수관을 혼인시키려는 계책을 말함.
314) 전지(傳旨) : 승정원의 담당 승지를 통하여 전달되는 왕의 명령서를 의미함.

박씨가 웃으며 말하였다.

"이 중에 좋은 계책이 있구나. 아우의 외사촌인 소흠이 언관(言官)315)이 되었다고 하니 각별히 소장(訴狀)을 올려 채임이 처음에 석씨 가문에 가 있을 때 규수의 몸으로 조무의 풍채를 엿보고 흠모하여 사사로운 정을 두었다고 하여라. 후에 정공이 채임을 데리고 와서 박수관과 정혼하였으나 규방 여자가 외간 남자와 낯을 가리는 경계를 저버리고 부모도 속이고 도망하여 조무의 강정에 가 숨어 남녀가 몰래 정을 통하였다고 하여라. 조승상이 마지못하여 정녀를 며느리로 삼으니 조공이 그 행실의 비천함을 모르지 않았지만 아들의 도리에 어그러지고 그릇된 행동을 사람들이 알까 두려워 거짓으로 새롭게 혼수를 차려 예의로써 맞았다고 해라. 또한 채임은 사대부가의 부녀자로 음란한 행적이 크게 풍화의 예를 그르친 것이고, 조무가 또한 선비의 무리에 속하여 이런 음란한 일을 태연하게 행하니 사람의 얼굴을 하고 있으나 마음은 짐승과 같다고 하여라. 공주가 조무에게 시집을 갔으나 조무는 정녀의 자색에 깊이 빠져 황녀를 공경하지 않고 정녀만을 오로지 총애하니 공주가 깊은 궁궐에서 마음을 태우고 있다는 것을 아뢰면 황상의 분노가 어찌 일어나지 않겠는가?"

박수관이 크게 칭찬하며 말하였다.

"누님의 높고 지혜로운 계책은 다른 사람이 미칠 것이 아닙니다. 내 친구 중에 뜻이 맞고 서로를 알아주고 정이 두터운 자는 차정인과 강후신이고, 또 양학사의 외아들 양세는 몇 개월 전부터 사귀었습니다. 정씨

---

315) 언관(言官) : 임금에게 간언을 하는 관리.

가 익사하였을 때 차정인과 강후신이 저를 또 따라갔습니다. 마땅히
이들과 의논하고 협공하여 정씨가 만일 내게로 순순히 돌아오지 않으
면 나의 친구들과 한 무리의 군대를 일으켜 정씨의 침소를 빙 둘러싸고
정씨를 겁탈하여 갈 것입니다. 그러니 먼저 황상의 분노를 돋우어 정
씨가 조씨 가문을 떠나게 하고 그 다음에 정씨를 취할 일을 도모할 것
입니다."

박씨가 고개를 끄덕이며 옳다고 생각하였다. 원래 유유상종(類類相從)
인 법이어서 어진 선비는 어진 사람을 따르고 악한 사람은 악인을 따른
다. 강후신과 차정인이 박수관을 한 번 만나자 의지와 기개가 서로 잘 맞
아 의형제를 맺고 날마다 모여 흉한 일이 미치지 않는 바가 없었다. 양세
또한 같은 무리가 되었다. 이에 서로 사귀여 만일 양씨 집안에서 모이지
않으면 박씨 집안에서 모이고 박씨 집안에서 모이지 않으면 차씨 집안에
서 모여 서로 의논하는 말이 풍속을 어지럽히는 것이었고 인륜을 어지럽
히는 아주 못된 행사와 악한 일을 만들었다.

양학사는 직무에 바쁘고 마음이 좋지 않았기 때문에 일찍 딸을 조씨
가문에 시집보낸 후는 집에 들어오는 날이 적었고 두루 친구를 사귀며 마
음을 달래고 있었다. 양세는 자기의 방에 있으면서 부친을 속이고 악한
무리를 모아놓고 날마다 흉사가 점점 더하였다.

밤이 되어 차정인을 조씨 집안에 보내어 계월과 내통하여 차정인이 간
부인 것처럼 하고 비단 주머니 안의 편지를 떨어뜨리고 나오게 했다. 그
러나 조성의 사람됨이 일월(日月)보다 밝으며 귀신같이 영험하여 끝내 그
사실을 알고도 드러내지 않고 부부가 화락하니 온갖 계책이 쓸 데가 없었
다. 양세가 강후신과 차정인, 박수관 세 사람과 일을 의논하니 강후신이

웃고 말하였다.

"만일 당신 누이의 앞길을 방해하여 조씨 집안과 남이 되면 양씨 집안
에 돌아올 것입니다. 그러면 당신의 누이를 나에게 줄 수 있습니까?"

박수관이 웃으며 말하였다.

"내가 지금 조무의 처인 정씨를 취하려고 하니 강형이 양씨를 취하고
차형은 어디 가서 또 절색(絶色)을 얻을 것인가?"

양세는 욕되고 부끄러운 줄 모르고 기뻐하며 말하였다.

"만일 내 뜻을 이루게 해주면 누이가 강생을 섬겨서 백 년 동안의 기이
한 인연을 이루게 하겠소."

강후신이 말하였다.

"이제 다른 계교가 없으니 당신의 누이를 청하여 양씨 집안으로 데려
오게 하여 조성을 양씨 집안으로 오게 하면 내가 계책을 생각하여 조성
이 당신의 누이를 아주 버리게 하겠소."

양세가 말하였다.

"누이가 무슨 까닭이 있는지 친정에 잘 오지 않는데, 조씨 집안에서 만
일 누이를 보내지 않으면 어찌하겠소?"

강후신이 술에 취하여 차마 입에 담지 못할 말을 하고 양씨를 사모하는 마
음이 불이 일어나듯 하였다. 슬프다! 이들 무리의 흉계가 어찌 되겠는가?

차설(且說). 박귀비가 공주의 박명(薄命)을 크게 한스러워하고 슬퍼하며
황상께 거리낌 없는 말로 조무가 공주를 박대한다는 것을 아뢰며 말하였다.

"신(臣)이 한 명의 딸을 혼인시켜 무궁한 재미를 볼까 하였더니 어찌 이
렇게 될 줄을 생각했겠습니까?"

황상이 정색하며 말하였다.

"부부 사이의 후함과 박함은 내가 마음대로 하지 못한다. 조무가 원하지 않는 혼인을 나의 위엄으로 핍박하여 시켰으니 이제 자질구레한 일을 짐이 다 아는 척하여 죄를 묻는 것은 임금의 일이 아니다. 금선이 황녀로 자기를 높여 잘난 체하여 시부모와 남편을 업신여겨 본성을 잃은 것이다. 경(卿)은 금선을 계책하여 부녀자로서의 덕을 삼가고 소소하고 사사로운 마음을 궁궐에 아뢰지 말라고 하라."

귀비가 매우 놀랐으나 다시 할 말이 없어서 매우 번민하며 즐거워하는 빛이 없었다. 소씨를 청하여 말하였다.

"처음에 언니의 말에 따라 딸을 조씨 가문에 시집을 보냈더니 뜻하지 않게 조무가 공주를 매우 심하게 박대하여 결혼한 지 오래되었는데도

부부 관계를 아주 잊어버리고 팔위의 붉은 점이 완연하게 있다고 합니다. 몹시 원통하고 분함을 어찌 참겠는가마는 황상께서도 체면상 차마 사사로운 정에 따라 사소한 일을 다 아는 체 못하겠다고 하십니다. 나의 위력으로 조씨 집안을 처치할 도리가 없으니 언니는 다시 생각해 보세요."

소씨가 거짓으로 놀라는 체하며 말하였다.

"원래 이런 곡절은 신(臣)이 오히려 모르고 조무의 풍채와 사람됨이 이 세상에서 뛰어남을 우러러 사모하여 부마로 아뢴 것입니다. 옥주(玉主)께서 깊은 궁궐에서 백두시(白頭詩)를 읊으신다고 하니 신첩의 생각으로는 다른 것이 아니라 이것은 조무의 조강지처인 정녀와 관련된 것입니다. 정녀는 달도 숨고 꽃도 부끄러워할 정도의 외모로 옛날이나 지

금에도 없는 독보적인 여자입니다. 이미 정녀는 신(臣)의 아들과 정혼하였는데 정녀가 조무의 풍채를 보고 사모하여 조무에게 돌아가게 되

었습니다. 조무는 그 정녀의 행실이 비천한 것을 모르고 탁문군(卓文君)[316]의 재주와 용모를 사랑하여 정녀에게 홀려서 정신을 못 차리는 것과 같습니다. 공주가 비록 황녀의 존귀함을 가졌으나 정녀가 있는 후로는 조무와 화락하지 못할 것입니다. 이런 까닭에 신(臣)이 처음부터 '정녀를 폐출하고 공주를 하가(下嫁)하소서' 하였습니다. 그 요염한 용모를 두고 공주를 시집보냈으니 풍류랑의 은정이 어찌 옥주께 돌아가겠습니까? 신이 생각하건대 황상이 이유 없이 정녀를 폐출시키지 않을 것이니 풍문으로 언관을 시켜 조무와 정녀의 간악하고 방자한 죄를 상소하여 황상이 그것을 아시게 하고 귀비께서 안에서 힘을 쓰시면 정녀를 폐출할 방법이 있을 것입니다. 그리하여 정녀가 정씨 집안으로 돌아가면 반드시 조무와 몰래 정을 통하여 사사로운 정을 끊지 않을 것입니다. 신의 자식이 정녀와 헤어진 후에 어리석은 마음으로 매우 아름다운 여자를 구하고 있는데 정녀의 어질고 아름다움을 알기 때문에 반드시 정녀를 취하려고 할 것입니다. 전지(傳旨)를 내려 박수관과 혼인을 이루라고 하십시오. 만일 정녀가 듣지 않으면 정세추를 가두고 핍박하시면 정녀가 효행이 기특하다고 하니 절개를 굽혀 아비를 구할 것입니다. 이 일은 공주의 큰 근심을 없앨 것입니다."

하고 교언영색을 지어 귀비를 돋우었다. 박귀비가 이 말을 듣고 크게 기뻐하며 말하였다.

"언니의 지혜로운 계책이 이와 같으니 어찌 정녀를 취하는 것을 근심

69

70

316) 탁문군(卓文君) : 탁문군(卓文君)은 한나라 때의 부호 탁왕손의 딸로 어릴 때부터 재용(才容)이 있었음. 탁문군이 과부가 되어 친정에 와 있을 때, 사마상여가 거문고를 타며 음률을 좋아하는 문군의 마음을 돋우자 탁문군은 사마상여의 거문고 소리에 반해 밤중에 집을 빠져나가 사마상여의 집에 가서 그의 아내가 되었음.

하겠습니까? 만일 딸 아이의 마음속에 있는 큰 근심을 덜면 정씨도 미워할 일도 없으니 언니가 정씨를 거두어 며느리로 삼는 것이 어찌 기쁘지 않겠습니까?"

소씨가 이렇듯이 의논하고 수일 후에 궁궐을 나왔다.

박수관이 소흠을 보채여 상소하라고 하였다. 소흠이라는 자는 마음보가 어질지 못하며 세력 있는 사람을 좇아가며 간악하였다. 박수관이 귀비의 조카이고 이 일이 또 귀비의 분부라는 것을 듣고 선뜻 허락하고 상소를 이루었다.

이때 차정인은 양씨를 자기 소유로 가질 것을 도모하고 박수관은 정씨를 자기 소유로 삼을 것을 도모하는데 자기는 한 명의 아름다운 사람을 얻을 수가 없어서 불만스러운 마음이 사납게 일어났다. 자기 아주머니 차상궁이 사첩여의 궁인이었다. 황상이 당대의 아름다운 여인을 생각하였지만 마땅히 아름다운 여인을 얻지 못한 것을 전에 들은 바가 있었기 때문에 차상궁에게 부탁하여 사첩여를 꾀여 양씨를 빼앗아 궐 안에 들이려고 하였다. 근래에 이현비가 사첩여를 시기하여 사첩여는 마음이 편안하지 못한 일이 많았다. 황상께 당대의 아름다운 여인을 천거하면 첫째는 황상이 사첩여가 투기가 없다는 것을 아시고, 둘째는 서로 도와주는 사람이 되어 이현비를 없애는 것이 좋은 계책이라고 사첩여에게 이익과 손해를 말하며 꾀였다. 사첩여가 이것을 곧이듣고 널리 절색(絶色)을 구하였다. 차정인이 자기의 숙모를 사이에 두고 다리를 놓게 하여 양씨를 천거하니 사첩여가 말하였다.

"성상(聖上)이 비록 절색을 구하시나 신하의 처자를 빼앗아 궁궐에 들이실 리 없으니 어찌하겠는가?"

차정인이 대답하였다.

"지금의 황상이 조성을 총애하시고 조승상을 대접하시니 어찌 그 며느리와 아내를 빼앗아 궁궐에 들이겠습니까마는 한 가지 계교가 있습니다. 신(臣)이 잠깐 남모르는 도술이 있습니다. 조씨 집안에 가서 족히 양씨를 도적질하여 궐 안에 둘 것이니 낭랑(娘娘)이 양씨를 은혜로 대접하여 곁에 두고 계시다가 황상께 보이면 황상이 차마 양씨를 돌려보내지 못하시고 취하실 것입니다. 지금 강후신이 여러 번 양씨를 취하려 간부(姦夫)의 편지를 써서 속였지만 조성이 속지 않았습니다."

사첩여가 매우 기뻐하며 즉시 백금 일백 냥을 내어 차정인에게 주고 양씨를 도적질하여 데리고 올 날을 서로 맞추어 보고 차정인은 양씨 집안으로 나아갔다.

화설(話說). 조성이 양소저를 화평하게 대접하고 양소저에 대한 의심을 덜었으나 마침내 마음 한 편으로는 꺼림칙하여 석연치 못하였다. 그러나 할머니와 부모가 염려하실 것을 두려워하고 양씨가 점점 만삭이 되어 자주 신음하니 조성이 매우 근심하였다. 할머니와 부모는 양소저가 나이가 어리고 몸이 약하여 해산을 어찌할까 밤낮으로 우려하였다. 그러나 무사하게 양소저가 분만하여 한 명의 옥동자를 낳았다. 기골이 크고 생김새의 기이함이 아버지의 풍모와 어머니의 모습을 지녀 다른 아이와는 크게 달랐다. 태부인과 조공 부부가 기쁨을 이기지 못하였고 조성의 기쁨은 그보다 훨씬 더하였다.

이때에 양씨 집안에서는 산모가 아무 탈 없이 남자 아이를 낳았다는 소식을 듣고 그 다행스러움을 이기지 못하였다. 양학사가 즉시 조씨 집안에 이르러 조공과 사위를 보고 서로 치하하고 온화한 기운이 온 좌석에 어렸

73

74

75

다. 양학사가 딸을 보고자 청하니 조공이 조성에게 양학사를 모시라고 하였다. 조성이 양학사와와 더불어 옥매정에 이르렀다. 부녀가 서로 보게 되자 양소저는 아버지에 대한 반가움을 이기지 못하여 말을 하지 못하였다. 양학사가 딸을 어루만지며 말하였다.

"네가 나이가 어리고 몸이 약한데도 아들을 낳은 경사를 보니 어찌 기특하지 않겠는가?"

양학사가 조성을 돌아보며 말하였다.

"아이의 생김새가 이와 같이 기골이 장대하니 이것은 자네 가문의 큰 경사구나."

하고 어린 아이를 어루만지고 사랑하다가 이윽고 외당으로 나와 조공에게 하직하고 돌아갔다. 이때 조군주가 또한 딸과 손자를 보고자 하여 조씨 집안에 이르러 손자를 보고는 모녀가 수일을 반기다가 돌아갔다.

이때에 차정인은 양소저를 도적질하려고 하여 밤이 깊어지기를 기다려 몸을 변하게 하고 한 마리의 괴이한 새가 되어 옥매정으로 날아 들어갔다. 차정인이 양소저의 장막 틈으로 엿보니 방안의 등촉이 환하게 빛나고 사방에서 사람소리가 들리지 않았다. 양소저는 유모와 더불어 아이를 재우며 촛불 아래에 앉아 있었다. 새가 즉시 문구멍으로 달려 들어오니 소저가 보지 못하던 짐승이 장막 사이로 달려 들어오는 것을 보고 영험한 마음에 매우 소스라치게 깜짝 놀라며 유모에게 말하였다.

"옛말에 말하되, 밤새가 집에 들면 도적이 장차 이른다고 하였다. 괴이한 새가 밤에 들어오니 이는 예사롭지 않은 변이 일어날 것이다. 두려워하건대 내 몸에 예측하지 못하는 화가 있을 것 같구나."

말이 끝나자마자 조성이 아들을 보고자 하여 옥매정에 이르러 문에 닿자 어린 아들의 소리가 들렸다. 조성의 무게 있는 발걸음이 엎어질 듯이 허둥지둥하면서 문을 급히 열고 양소저의 방으로 들어왔다. 그 새가 조성을 보고는 허둥대며 급히 양소저를 향해 달려들었다. 양소저는 얼굴빛이 흙같이 되어 몸을 일으켜 조성의 등 뒤에 서며 놀란 소리로 말하였다.

"밤새가 방에 들어오니 괴이한 변인가 생각하고 있었는데, 군자를 보고 첩에게 달려드니 군자는 급히 살피소서." [78]

양소저의 평소 때의 단정하고 침묵하던 거동이 놀라서 다급해지고 옥같은 음성이 매우 급하였다. 조성은 매우 괴이하게 여기고 손으로 소저를 달래어 구석으로 앉히고 유모와 시녀에게 겹겹이 양소저를 호위하게 하여 나는 새도 들어올 틈이 없게 막았다. 조성이 새를 잡으려고 쫓아가니 차정인은 일이 안 될 뿐만 아니라 조성의 정대하고 공명한 기운에 자기의 요술이 드러나지 못하게 되고 오래되면 본래의 모습이 드러나 잡힐까 겁이 나서 문득 들어왔던 구멍으로 날아가면서 말하였다.

"양옥설을 이번에도 데려가지 못하니 조성과는 불공대천(不共戴天)의 원수구나." [79]

양소저가 이 말을 듣고 상심하고 정신이 놀라서 매우 떨었다. 조성은 새를 잡지 못한 것을 크게 한탄하고 친히 나와 두루 살펴보았으나 밝게 빛나는 달밤에 새의 종적은 없었다. 조성이 탄식하며 말하였다.

"군자가 있는 곳에는 요망하고 간사한 것이 범하지 못하는데 이와 같은 기이한 일이 계속해서 있으니 나의 덕이 박하여 이러한가?"

매우 불쾌해하며 달 아래에서 산보하다가 다시 방안으로 들어갔다. 양소저는 온 몸을 떨면서 안정하지 못하고 흐르는 눈물이 흘러 옷깃에 가득하였다. 조성이 이 거동을 보았다. 양소저가 이제 막 해산하고 몸이 아직

80 회복되지 못했는데 이 같은 모습을 보니 더욱 놀라고 걱정스러워 뜨거운 죽을 가져오라고 하여 양소저에게 권하였다. 양소저가 놀라운 마음을 달래며 말하였다.

"심신이 놀라서 떠는 것이지 굶주려 기운이 없어서 떠는 것이 아니니 먹는 것은 부질없습니다."

조성이 양소저의 손을 주무르면서 그릇을 들어 죽을 마시기를 두세 번 권하니 양소저는 조성을 각별하게 공경하는 까닭에 억지로 받아서 두어 번 마시고 탄식하며317) 눈물을 흘리고 말하였다.

"첩의 행실이 천지신명을 저버려 오늘 희한한 변을 만나니 어찌 깜짝 놀라지 않겠습니까? 그것은 새가 아닌 것 같은데, 어떤 새가 밤에 들어
81 와 말을 하겠습니까? 반드시 요사스러운 사람이 도술을 부려 이에 이르는 것입니다. 만일 군자께서 조금만 늦게 들어오셨다면 첩의 목숨은 오늘 밤을 보전하지 못하고 죽었을 것입니다. 죽는 것은 두렵지 않으나 첩의 이름까지 알고318) 욕을 보이는 곡절은 귀신이라도 그 이유를 헤아리기 어렵습니다. 첩이 무슨 마음으로 살고 싶겠습니까?"

조성이 위로하면서 말하였다.

"귀신은 가히 속이겠지만 나 조성은 속이지 못할 것이오. 부인은 마음을 놓고 쓸데없이 마음을 쓰지 마시오. 이 말을 입 밖에 내지 말고 여러 유모와 시비도 함구(緘口)하게 하여 집안사람도 알게 하지 마시오. 사람이 지극히 어질면 천지신명도 감동하고 지극히 곧으면 요사스러운
82 것을 물리칠 수 있으니 부인을 해치려고 변란을 만드는 이유는 내가

---

317) 탄식하며 : {탐식}. 앞뒤의 문맥을 고려하면 '탐식'은 '탄식(歎息)'의 오기인 듯함.
318) 이름까지 알고 : {일홈지 알고}. 문맥을 고려해보면 '일홈ᄭ지 알고'로 'ᄭ'가 빠진 듯함.

알지 못하지만 부인의 마음은 내가 거울같이 환하게 알고 있으니 한할 바가 무엇이 있겠소? 고삐가 길면 밟히게 되니[319] 부인은 정대하게 하고 아주 정직하게 하여 두 마음을 갖지 말고 간악한 마음을 진압하고 요사스러운 것을 진압할 방법을 생각하시오."

양소저가 더욱 부끄러워 일신이 결박한 끈에 묶어있는 죄인이 된 것 같아 여러 가지로 몸과 마음이 괴롭고 어지러웠다. 양소저의 새벽별 같은 눈빛에는 옥 같은 눈물이 어리었고 사랑스러운 꽃 같은 얼굴에는 걱정하는 빛이 가득하여 탄식하며 말하였다.

"이 일의 원인을 찾아내기 전에는 첩이 죽어도 눈을 감는 귀신이 되지 못할 것입니다. 군자를 대할 면목이 없고 하늘의 해를 보지 못할 것인데 어찌 평상시처럼 아무렇지 않게 예사 사람 같겠습니까?"

그런 후에 한숨을 쉬며 마음을 안정하지 못하였다. 조성도 또한 탄식하며 생각하였다.

'여러 번 의심스러운 거동을 보았지만 발설하지 않은 것은 양소저의 행사가 얼음과 옥 같고 사람됨이 소나무와 잣나무 같아서 이런 일을 알게 되면 행동거지가 평소와 같지 않을 것이라 입을 다물고 아무 말도 하지 않고 나중을 보아 일을 처리하고자 하였다. 이제 괴이한 요괴가 들어와 변을 일으켜 양소저의 마음을 요동시키니 진실로 양소저는 마음이 고상한 여자다. 이와 같은 괴이한 일이 있는 것은 그 신세와 운명을 방해하는 요사스러운 사람이 집안에 있는 것이다.'

이리 생각하였지만 심사가 불쾌하여 다만 양소저를 위로할 따름이었

---

319) 밟히게 되니 : {드더느니}. 이는 옛말 '드더다'에서 온 말로 발을 디디다의 의미임. 여기서는 문맥을 고려하여 '밟히다'로 옮김.

다. 조성이 아들의 아리따움을 사랑하다가 잠자리에 들었다. 양소저는 부끄러움을 이기지 못하여 이불을 덮어쓰고 엎드려 있었으나 온 몸에 땀방울이 가득하고 자연히 마음이 놀라 정신을 안정하지 못하고 한 잠도 자지 못했다.

다음날 아침에 부부가 아침 문안 인사를 드리러 가니 모두 양소저의 용모가 변하여 옛 모습이 없어진 것을 보고 하룻밤 사이에 그렇게 된 곡절을 물었다. 양소저가 차마 그 이유를 바로 고하지 못하고 구태여 병을 앓지 않았는데도 그렇게 되었다고 말하였다. 조성도 그 이유를 입 밖에 내지 않았다.

양소저는 마음이 매우 놀랍고 두려워 조성에게 청하였다.

"군자가 항상 저의 방에 왕래하기가 어렵고 첩의 심신이 산란하여 밤이 되면 두려움을 참기 어렵습니다. 유모를 데리고 할머니의 곁방에 가 마음을 진정하여 다시 돌아오고자 합니다. 군자께 먼저 아뢰고 할머니께 아뢰고자 합니다."

조성은 양소저의 두려워하는 거동을 보고 병이 날까 걱정하며 말하였다.

"할머니의 곁방은 좁아320) 어린 아이를 데리고 머물기는 어려우니 내가 서모들에게 청하여 부인을 보호하게 하겠소."

조성이 세 명의 서모에게 청하며 말하였다.

"양씨가 아이를 낳고 몸이 허약해져 무서움증이 일어나니 유모와 시비들만 맡겨두지 못합니다. 양씨가 사람이 한때라도 떠나면 견디지 못해 하니 이것은 병이 아닙니다. 서모들은 서로 돌아가며 이곳에서 양씨의

---

320) 좁아 : {조마}. 문맥을 고려해보면 '좁아'의 오기인 듯함.

무서움증을 살펴주십시오."

세 사람이 매우 놀라며 말하였다.

"이것은 가볍지 않은 증세이니 의술로 병을 고치소서. 첩들이 모두 양
소저의 처소에 가는 것이 무엇이 어렵겠습니까?"

하고 세 사람이 양소저와 함께 지냈으나 양소저는 오히려 무서움증을 이
기지 못하였다. 날이 어두우면 문을 잠그고 옷을 벗지 않고 촛불을 밝히
고 잠자기를 두려워하여 한밤 내내 한 숨도 잠을 이루지 못하였다.

할머니와 부모가 양소저가 이렇게 한다는 것을 듣고 놀라 조성에게 말
하였다.

"며느리 양씨가 산후(産後)에 몸이 허약하여 거동이 전과 다르니 매우
걱정이 된다. 들으니 병을 얻어 밤이면 능히 자지 못하고 무서워함을
이기지 못한다고 하니 어찌 네가 그곳에서 살피지 못하고 화씨와 설씨
등에만 맡겨두느냐?"

조성이 사실대로 고하고자 하였지만 그렇게 되면 오히려 번거롭고 요
란스러워져 해로움이 있을까 하여 온화하게 대답하였다.

"저도 또한 염려가 적지 않아서 자주 살피고 있는데, 제가 주야로 지키
고 있는 것은 서모들만 못할 것입니다. 원래 양씨는 나이가 어리고 몸
이 약한 것이니 대단한 병이 아니라 몸이 충실하면 나을 것입니다."

부모가 매우 우려하며 양소저의 몸을 보호할 진귀한 음식과 탕약을 계
속 주며 양소저를 유아같이 보호하였다. 양소저는 황공하고 불안하여 아
침 문안 인사 때 할머니께 들어가 하루 종일 곁에 모시고 앉아 있다가 밤
이 깊으면 화씨 등과 더불어 옥매정에 돌아갔다. 촛불을 켜서 세우고 몸
을 유모에게 의지하여 잠깐 눈을 붙이지만 한편으로는 흉측한 소리와 괴

87

88

이한 거동에 놀라서 마음이 몹시 두렵고 놀라서 넋이 없어지는 것 같았다. 양소저는 말과 얼굴빛을 편안히 하였지만 속마음은 아주 짧은 시간에도 마음을 놓지 못했다. 자연히 옥 같은 모습은 변하여 옛 모습이 없어지고 음식을 먹는 것이 점점 줄어들었다. 조성이 놀라고 염려스러웠지만 양소저를 해치려는 사람이 누구인지를 깨닫지 못하여 마음속의 숨은 걱정거리가 되었다.

이때에 금선공주는 조무의 박대가 시간이 갈수록 변하지 않고 그대로이고 정소저가 총애를 받는 형세가 온 집안에 온전하고 꽃다운 이름이 사방 이웃에 진동하니 불만스럽고 매우 원망스러워 절치부심(切齒腐心)하였다. 더욱 정소저가 낳은 어린 아들은 옥수(玉樹)와 초승달 같아서 할머니와 시부모의 보배가 되고 조무가 아들에 대한 깊은 애정으로 아들과 잠시라도 떨어져 있지 못할 지경에 이르게 되었다. 공주는 더욱 시기하는 마음을 이기지 못하여 먼저 어린 아이를 없애고 그 다음에 정소저를 없앨 것을 생각하였다. 그 이후부터는 정소저에게 기뻐하며 반가워하는 온화한 기색을 짓고 친히 이르러 정소저를 청하여 손을 이끌고 앞문을 나와 금선궁에 이르렀다. 하루 종일 낭랑한 담소를 나누고 자연스럽게 정소저를 후대하니 마음에서 우러나오는 진심인 듯하였다. 정소저도 또한 공손하고 겸양하여 조금도 안과 밖에 다른 마음이 없어 자연히 자신을 낮추었다. 최상궁과 강상궁이 더욱 시기하였지만 은근한 말과 얼굴빛으로 정소저의 부드럽고 온화한 성덕을 찬양하며 공자의 아름다움을 칭찬하고 공자를 데리고 올 것을 청하였다. 정소저는 자기는 비록 위태로운 곳에 처하더라도 천금 같은 귀한 아들을 어찌 흉측한 곳에 오게 하겠는가? 그러나 사양하지 못하고 시녀에게 명하여 공자를 데려오라고 하였다. 유모가 공자를 모시고 잠깐 사이에 이르렀다. 공주가 반가워하고 기뻐하며 공자의 손을 잡고는 무릎 위에 앉히고 공자에 대한 깊은 사랑이 오장(五臟)을 녹일 듯하고 진심에서 우러나오는 듯하였다. 정소저를 향하여 공자가 옥같이 맑고 매우 빼어나다는 것을 못내 말하고 공자의 손을 놓지 못하였다. 양소저는 공주가 요란하게 떠드는 것을 깊이 근심하면서도 억지로 담화하니 공주가 정소저의 온순함에 사례하였다.

그러다 공주는 양소저가 갑자기 병을 얻은 것을 근심하여 양소저의 침소로 향하였다. 난간에 올라가 자상하게 말을 하니 양소저가 시비에게 몸을 의지하고 사례하며 말하였다.

"천한 몸이 우연하게 병을 얻어 궁에 가 모시지 못하고 있었습니다. 옥주(玉主)를 진정으로 사모하고 있었는데, 옥주(玉主)께서 친히 나오셨으니 황송하고 감격스럽습니다."

공주가 기뻐하며 양소저의 손을 잡고 자리를 정하여 앉아서 말하였다.

"내가 시집온 뒤로부터 부부 간의 윤리는 모르고 오직 붕우유신(朋友有信)이 오륜에 있기 때문에 공경하고 우러러보아 부인의 꽃다운 기질과 더불어 형제321)간의 즐거움을 이루게 되었습니다. 이 한 몸의 박명함은 다 잊고 궁중에 유익한 벗이 있음을 기뻐하며 머리가 희도록 부인과 고락을 함께 하고자 하였습니다. 부인이 여러 날 동안 몸에 병이 있어서 아름다운 얼굴을 서로 보지 못하니 마음의 서운함이 내 몸에 병이 난 것과 다름이 없어서 발이 자연스레 이곳으로 향하였습니다."

양소저가 또한 웃고 감사하며 말하였다.

321) 형제 : {안항(雁行)}. 이는 '기러기의 행렬'이란 뜻으로, 남의 형제를 높여 이르는 말.

"옥주의 성덕이 이러하시니 첩이 또한 우러르며 보잘 것 없는 정성으로 백년을 모시고자 합니다."

공주가 한편으로 양소저의 말을 듣고 한편으로 양소저를 바라보았다. 양소저는 머리를 빗지 않고 얼굴을 씻지 않아 화관(花冠)이 기울어져 있었다. 그러나 구름 같은 머리털은 하얀 귀밑에 어지럽게 흩어져 있었고 새벽별 같은 두 눈의 빛나는 고운 빛깔은 온 자리에 비치었다. 봉황 같은 눈썹은 더욱 수려하고 보통 때처럼 침착하고 빼어난 아름다움은 흰 달이 검은 구름을 벗어난 듯하고 백옥이 곤강(崑岡)³²²)에서 솟은 것 같았으며 온갖 자태의 아름다운 모습이 이목을 어지럽게 하였다. 공주가 더욱 분노하고 시기하여 문득 양소저를 희롱하며 말하였다.

94 "부인의 단속하지 않은 용모가 더욱 빼어나게 아름답지 않은 곳이 없으니 향기 있는 옥이고, 말하는 꽃입니다. 나의 마음으로도 이리 사랑스러운데 직사가 부인과 잠시도 떨어지지 않으며 하늘과 땅같이 다함 없는 정이 또한 이상하지 않습니다. 저의 하찮은 재질과 더러운 용모로 깊은 궁궐에서 백두시(白頭詩)를 읊은들 어찌 남을 한하겠습니까?"

양소저가 크게 불안하였지만 온순하게 사례하며 말하였다.

"옛부터 부인을 말할 때는 덕을 말하고 얼굴을 말하지 않았습니다. 만일 옥주(玉主)께서 말씀하신 것과 같다면 첩의 푸른 머리와 붉은 얼굴은 95 옥주에게 평생 유해함이 될 것입니다. 무슨 면목으로 사람을 대하겠습니까? 옛날부터 얼굴이 예쁜 여자는 팔자가 기박하여 그 몸이 유익하다는 말을 듣지 못했습니다. 첩의 비천한 자질이 설사 옥주의 말씀과

---

322) 곤강(崑岡) : 곤륜산(崑崙山)을 뜻함. 중국의 전설상의 산으로 황하의 원류이며 옥의 산지로 유명함.

같을지라도 실로 아무 관계없으니 조군의 행동은 제가 골똘하게 고민하는 바입니다. 옥주의 어지신 덕이 천지신명을 감동시키고 높은 복이 시아주버니의 마음을 돌이켜서 궁문이 화락하고 집안이 고요하고 엄숙해지면 첩 같은 사람도 성덕에 의지하여 백년 동안 화락하기를 바랍니다."

이렇게 한담하며 정소저의 아들을 앉고 사랑하는 것이 자신의 자식보다 더 한 것 같았다. 양소저의 한 쌍의 거울 같은 눈이 공주의 저의(底意)가 남을 헤치려는 마음을 안에 감추고 있고 살기가 등등하여 살해하고자 하는 마음이 있음을 살피고 놀라움을 이기지 못하였다. 공주에게서 아이를 빼낼 계책을 생각하고 춘경을 돌아보며 말하였다.

"할머니께서 아까 아이를 찾으시는데 너희들이 어찌 지금 할머니의 명령을 받들고 따르지 않느냐?"

춘경은 시비 중에서 뛰어난 사람이었다. 그 뜻을 알고 선뜻 일어나 유모를 꾸짖으며 말하였다.

"사람이 뒤가 늦고 느릿느릿한 것이 이와 같으니 어찌 질책을 면하겠는가?"

이에 공주에게 나아가 말하였다.

"공자를 주십시오."

하며 공자를 안고 나는 듯이 정당으로 들어갔다. 공주는 자신의 계책을 실행하지 못하고 소매 가운데 있는 약을 마침내 쓸 데가 없음을 분해하고 일어나 나왔다. 양소저가 장막 밖으로 나와서 공주를 보내고 침소에 돌아와 불행함을 탄식하며 눈썹에 근심을 띠고 있었다.

공주가 나오다가 정소저의 침소를 지나다 보니 굽어진 난간에서 시녀

한 명이 화로에 불을 피우고 차를 다리며 졸음에 겨워 몽롱하게 있었다.
공주가 생각하였다.

'그 어미를 죽이는 것이 뿌리를 끊는 일이니 저 아침 이슬 같은 어린 아
이야 처치하기가 어렵겠는가?'

이에 독약을 내어 차에 넣고 조는 시녀를 거짓으로 깨우며 말하였다.

"너는 무슨 차를 다리는데 이리 졸고 있느냐?"

시녀가 놀라서 눈을 들어보니 공주였다. 시녀가 처음에 어찌 다른 의
심이 있겠는가? 공주가 우연히 지나다가 자신의 졸음을 깨우는가 생각하
였다. 시녀가 약을 짜 가지고 정소저에게 나아갔다. 조무가 이에 들어와
친히 약을 들어 정소저에게 권하였다. 정소저가 약을 받아 마시니 독한
기운이 코에 거슬려서 차마 잘 마시지 못하고 반은 토하고 반은 마셨다.
문득 뱃속이 썩어 문드러지는 듯하여 잠시도 앉아있지 못하고 고통스러
워하였다. 원래 이 약은 즉시 죽지 않기 때문에 약이 몸에 들어가면 앓는
소리가 매우 위독하였다.

조무가 매우 놀라 허둥지둥 대며 정소저를 붙들고 구하였지만 점점 정
소저의 기색이 어두워지며 정신을 수습하지 못하고 입에서 누른 물을 흘
렸다. 조무가 몹시 놀라서 급히 조성을 들어오라고 말하였다.

"정씨가 며칠 간 감기가 들어 병세가 대단하지 않아서 병을 다스리고
땀을 낼 약을 썼다. 이 약이 무해한 재료인데 정씨가 반을 먹고는 순식
간에 아픈 기세가 위급하여 급한 지경에 이르렀다."

조성이 또한 매우 놀라 약 이름을 보고 웃으며 말하였다.

"이는 예사 약재에 불과합니다. 차로 다려 오랫동안 복용해도 해로운
것이 없을 것입니다. 비록 효험은 신기하지 못하나 그렇게까지 하겠습

니까?"

이에 눈을 들어 정소저를 보니 꽃 같은 얼굴이 변하여 죽은 사람 같았다. 조성이 잠깐 짐작하여 말하였다.

"급히 해독제를 쓰십시오."

조무가 이 말을 듣고 봉황 같은 눈이 둥글어지고 붉은 입술은 얼빠진 사람처럼 멍하여 아무 말도 못하고 다만 해독제를 급히 썼다. 정소저가 문득 입에서 피와 약을 무수히 토하고 정신이 가물가물하여 아득해지는 듯하더니 오직 안색이 조금 나아지는 듯하여 계속해 해독제를 썼다. 얼마 후에 정소저는 눈을 떠보고 정신을 차려 조성이 있는 것을 보고 는 부끄러워하며 놀라워하고 수줍어하는 빛이 있었다. 조무가 다행스러워함을 이기지 못하였지만 약에 독이 있다는 사실에 크게 놀라고 이상스럽게 생각하여 약을 맡았던 시비를 심문하고자 하였다. 조성이 충고하며 말하였다.

"이것은 집안의 분란이 예사롭지 않은 것이니 어찌 천한 시비의 짓이겠습니까? 하물며 형수님의 인자하고 선한 행동은 천한 사람과 어린 아이라도 감복하지 않을 사람이 없는데 더욱이 한 방에서 모시는 시녀가 어찌 주인을 해치겠습니까? 이 일에 대해서 죄를 찾아내려고 한다면 일이 도리어 불행해져 형수님께 큰 화를 부르는 것입니다. 형님께서는 분함을 마음속에 넣어 참고서 모르는 체하고 오직 형수님이 몸을 보호하는 방법을 알아서 하십시오. 형님께서 집안을 다스리는 것을 공평하게 하시면 오히려 집안이 조용해지고 형수님께 아무 일이 없을 것입니다. 이 일을 들추면 이보다 더한 일이 있어서 형님과 형수님이 어려움을 당하실323) 뿐만 아니라 아버지께도 누(累)가 이어질 것입니다. 작은 일을 참고 큰일을 막는 것이 지혜로운 자가 할 일입니다. 근래 형님의 처사가 전과 다르시니 제가 실로 따르지 못하겠습니다."

정소저가 정신이 어두운 중에도 조무 형제가 의논하는 말을 듣고 심신이 놀라고 두려워 이불을 헤치고는 의상을 정돈하여 옷깃을 여미며 말하였다.

"사람의 질병은 아침저녁으로 있는 것인데 일시에 기운이 좋지 못하여 약을 먹고 막힌 것이 있으니 어찌 독이 있어서 그러하겠습니까? 어떤 시비가 이런 악한 일을 저지른 사람이 있겠습니까? 설사 악한 마음이 있어도 자기가 가져오는 약에 이런 악한 일을 하여 제 몸에 죄가 갈 줄을 모르겠습니까? 이런 괴이한 의심을 발하여 여러 사람이 듣게 하시며 고요한 집안을 걱정하게 하여 어지럽게 하겠습니까?"

조무는 아무 말이 없고 조성이 칭찬하며 말하였다.

"형수님의 말씀이 지극히 지혜롭고 사리에 밝으시니 마땅히 입을 다물고 가만히 있는 것이 옳습니다. 소생의 얕은 생각으로는 이 일은 시녀가 저지른 것이 아닌 것 같습니다. 일의 형편이 불리하고 형수님의 재앙이 아직 다하지 않았으니 모든 일을 밝게 살피시어 큰 화를 막으십시오. 형님께서 고집을 부리시면 일이 이렇듯이 어지러워져 마침내 그치지 못할 것입니다. 소생이 형님과 형수님을 위하여 깊은 근심이 한순간에도 없어지지 않습니다. 그러나 제가 지식이 얕고 짧아 좋은 계교로 형님을 보전할 방법을 돕지 못하고 밤낮으로 근심하며 탄식하고 있습니다."

정소저가 슬퍼하면서도 감격하고 고마워하며 말하였다.

323) 어려움을 당하실 : {굿기실}. 이는 옛말 '굿기다'에서 온 말로 고생하다, 어려움을 당하다의 의미임.

"서방님의 지극한 대우는 첩이 죽어도 능히 다 갚지 못할 것 같습니다. 첩의 운명이 기박하고 운수와 액화(厄禍)가 예사롭지 않으니 사생(死生)과 화복(禍福)이 모두 운명입니다. 첩 같은 인생이 죽고 사는 것은 상관없으나 두려워하는 것은 할머니와 시부모님께 산과 바다 같은 은혜를 갚지 못하고 불효를 끼치게 되는 것과 외로운 어린 아들이 의탁할 바가 없으니 아주 오랜 세월 동안 한이 될 것입니다. 이것을 생각하면 심신이 슬프고 두렵습니다. 그러나 이것도 또 아직 이르지 않은 일이라 미처 근심할 바가 아닙니다. 첩의 어리석은 마음으로는 지성으로 공주를 섬기고 남편이 어느 한 여자에게만 치우쳐서 후하게 하고 박하게 하지 않고 사랑하고 미워하지 않는다면 근심이 변하여 즐거움이 될 것입니다. 그러나 제 생각과는 달리 군자의 마음이 고집스러워 첩의 보잘 것 없는 말은 감히 번거롭게도 군자의 귀에 들어가지 못했습니다. 오직 서방님이 형님의 잘못을 말하여 고치도록 해주십시오."

조성이 정소저의 어진 말과 빼어난 거동에 새롭게 탄복하여 대답하였다.

"형님의 강과 바다 같은 도량으로도 이 일을 이렇게 하시는 것은 이 역시 하늘의 운명입니다. 위로 할머니와 부모님께서 여러 번 말씀하셨는데도 형님이 고치지 못하셨습니다. 제가 아우 된 사람으로 마땅히 있는 힘을 다해 간절히 권하였지만 효험이 없음을 보고 아무 이익이 없는 까닭에 여러 번 충고하지 못했습니다. 그러나 형수님이 어지셔서 족히 천지신명을 감동시키고 정직하셔서 요망하고 간사한 것을 물리치실 것입니다. 종래는 위태로운 상황에서 벗어나 바람과 구름을 타는 좋은 때324)를 만나실 것입니다. 그것을 깊이 바라고 믿을 뿐입니다."

조무가 빙그레 웃으며 말하였다.

"아우가 평생 사람과 말을 많이 하지 않더니 오늘은 이렇듯이 자질구레한 이야기를 하니 가히 우습구나! 정씨와 아우가 하는 말이 모두 내가 그르다고 하는군. 내가 만일 공주를 우대하여 그 복이 온전하면 공주가 나를 죽이고 말 것이다. 내가 죽으면 정씨인들 어찌 바람과 구름을 타는 좋은 때를 만나겠는가? 비록 그대들이 나를 탓하고 미워하지만 내가 살아있는 후에야 정씨의 팔자의 길흉을 의논할 것이다. 아우는 가소로운 말을 하지 말고 부인은 이상한 염려는 하지 마시오. 하늘이 나를 살게 한다면 물과 불에 들어가도 살 것이오. 부인이 벽란과 춘경을 이끌고 서강에 뛰어 들었을 때 누가 살아서 오늘 같은 이 근심을 할 줄 알았겠소? 만사를 다 잊어버리고 조치원이 살았음을 믿어라. 누구 마음대로 몹쓸 화를 만나겠는가? 나는 원래 쓸데없는 생각으로 후일을 염려하는 사람을 몹시 안타깝게 생각한다. 아우의 말같이 하라면 부모님의 말씀이라도 능히 받들어 행하지 못할 것이니 부인이 아무리 중대하다고 하더라도 이 일에 있어서는 어찌 그 말을 듣겠는가? 부인이 다시 이 말을 하면 내가 빨리 죽으라고 하는 뜻이오."

말을 마치고 크게 웃으니 조성도 또한 웃음을 머금고 정소저는 탄식하며 아무 말이 없었다. 조무의 씩씩한 거동과 바르고 떳떳한 태도는 9월 가을날의 차가운 달 같고 여수(麗水)의 겸금(兼金) 같았다. 조성은 조무가 이상하게 생각되어 처음 보는 사람 같았고[325] 조무는 기뻐하며 별 같은

---

324) 바람과 ~ 때 : {풍운(風雲)의 길시(吉時)}. 여기서 '풍운(風雲)'은 용이 바람과 구름을 타고 하늘로 오르는 것처럼 영웅호걸들이 세상에 두각을 나타내는 좋은 기운을 의미하기 때문에 이와 같이 옮김.

325) 조성은 ~ 같았고 : {그이히 너겨 쳠음 보는 듯ᄒᆞ고}. '그이히'는 '고이히', '쳠음'은 '처음'의 오기로 보임.

눈을 자주 들어 정소저를 바라보며 산과 바다 같은 정을 이기지 못했다.

조성은 물러나와 이 일을 할머니께 아뢰지 않았기 때문에 시부모는 정소저가 위험한 사건을 겪을 것을 전혀 알지 못했다. 다만 정소저가 여러 날 병이 있는 것을 염려하여 정소저를 문병하는 시녀가 계속해서 왕래하였고 위부인과 시누이들이 정소저의 병을 묻는 일이 연속되었다. 공주는 109 다시 계책을 쓸 틈이 없었고 정소저는 시부모가 매우 염려하는 것을 황송하고 감격스럽게 생각하여 아픈 몸을 이끌고 억지로 일어났다.

공주는 매우 분노하고 괴이하게 여기며 깊이 계책을 의논하였다. 최상궁의 아우 최무랑이라는 자는 장안의 유명한 무녀였다. 사람의 길흉화복을 알아맞히고 요사하며 간사하고 악독한 도술과 괴이한 일이 무수할 뿐만 아니라 능히 사람으로 하여금 마음을 바꾸게 하고 소원(疎遠)한 부부 사이를 화합하게 하는 술책이 있고 요괴로운 약을 처방하는 방법 등 없는 것이 없었다. 공주가 최무랑을 극진하게 후대하고 조무와 부부 관계를 화합할 방법을 최무랑과 의논하였다. 최무랑이 오랫동안 생각하다가 말하 110 였다.

"부마는 보통의 사람이 아니니 어설픈 계교로 마음을 돌리기 어렵습니다. 한 개의 계교를 생각해보았는데, 저에게는 세 가지 약이 있습니다. 이 약은 부부금슬을 좋게 하여 미워하던 사람을 사랑하게 됩니다. 보통 사람은 도봉잠만 먹어도 마음을 변하게 하는데, 조부마는 도봉잠으로만 마음을 돌리지 못하니 제일 독한 약을 써야 합니다. 도봉잠은 1년의 목숨을 줄어들게 하고 계봉잠은 3년의 목숨을 줄어들게 하고 익봉잠은 지독한 약재여서 만일 몸이 약한 사람은 죽기 쉽고 정기가 당당한 사람은 비록 죽지 않지만 4, 5년의 목숨을 줄입니다. 이 부마는 제일 111

독한 약을 써야 마음을 돌릴 것입니다. 공주께서는 부마의 목숨을 줄어들게 하는 것도 괜찮으시겠습니까?"

공주가 탄식하며 말하였다.

"조무가 비록 백년의 수를 누리나 나를 대접하는 것이 지나가는 행인처럼 한다면 무슨 즐거움이 있겠는가? 5년이 아니라 10년의 목숨을 줄이더라도 의심하지 말고 행하라."

최무랑이 말하였다.

"그렇다면 쉽습니다. 이 약은 본래 술에 타 먹는데 부마가 이 궁에 오지 않으신다고 하니 장차 부마께 어찌 술을 드리겠습니까?"

공주가 깊이 생각하다가 말하였다.

"과연 부마가 궁에 오지 않고 나 또한 시댁의 상하(上下)의 사람들과 서먹서먹한데, 이 어찌 약을 부마께 드리겠는가?"

112 최상궁이 아뢰었다.

"내일은 귀비(貴妃) 낭랑(朗朗)의 생신입니다. 부마께서 그 잔치에 참여할 것이니 옥주께서는 급히 비밀 편지를 귀비 낭랑께 보내고 이 약을 보내어 요사를 부린다면 귀비께서 내리는 술을 부마가 어찌 사양하겠습니까?"

공주가 크게 기뻐하며 말하였다.

"이 말이 바로 내 뜻과 같구나!"

하고 즉시 귀비께 글월을 써서 이 일을 아뢰고 약을 보냈다.

다음날 박귀비의 생일에 작은 잔치를 열어 황친(皇親)과 국척(國戚)이 모였다. 또 임금이 명으로 조무를 부르니 조무가 마지못하여 참여하였다. 귀비가 각별히 향온주(香醞酒)를 가득히 따라서 조무에게 보내며 말하였다.

113

"첩이 부마를 공주의 사랑스러운 남편으로 삼으니 영특하고 부마의 훌륭한 기상이 세상에서 특출하다. 내가 부마를 사랑하는 마음은 하루를 보지 못해도 3년이나 지난 것 같은데 부마는 내 마음과는 달라 딸아이를 박대하니 어찌 애달프지 않겠는가? 오늘 내가 정으로 한잔 술을 권하니 사양하지 마라."

조무가 체면 때문에 마지못하여 일어나서 공경하고 술잔을 받으며 말하였다.

"소생이 성은을 지나치게 입어 분수 밖에 일이 많으니 어찌 감히 공주를 박대하겠습니까? 제가 성정이 꼼꼼하지 못하고 어리석어 규방에 왕래하는 것이 드문 까닭에 궁인들이 박대한다고 아뢴 것입니다."

그런 후에 잔을 기울여 마시고 다시 공경히 사례하고 물러나왔다. 조무의 상쾌하고 깨끗한 풍광이 새롭게 기이하게 빼어나 모든 자리에 있는 황친(皇親)이 당할 사람이 없었다. 귀비는 몹시 원통한 중에도 한편으로는 기뻐하며 부부가 화락하기를 마음속으로 축원하였다.

조무는 계속해서 서너 잔을 마시고는 귀비가 내린 술이 다른 술과 달라 요사스럽고 나쁜 기운이 어리고[326] 정신이 어지러웠다. 즉시 하직하고 집으로 돌아와 조복을 입은 채 서재에 쓰러져 깊이 잠에 빠져들었다. 조성이 형이 지나치게 취한 것을 염려하여 나아가 조복을 벗기고 눕히면서도 오히려 잘못된 줄을 몰랐다.

조무는 이 이후부터 병이 들어 삼사일 크게 아팠다. 부모가 우려하고 조성이 밤낮으로 의대를 풀지 않고 극진히 구호하며 정성스럽게 의술과

---

326) 어리고 : {어러이고}. 옛말 '어러이다'에서 온 말로 어리다, 엉기다의 의미임.

약으로 병을 다스렸다. 조무가 잠깐 나아 일어나 다녔지만 몸가짐이 바뀌어 있었다. 조공이 정색하며 조무를 책망하며 말하였다.

"술이란 것이 사람의 몸을 상하게 하고 사람의 일을 그릇되게 만드는 것이다. 아이가 불행하여 귀비의 사위가 되어 그 생일에 참여하였지만 술을 자신이 먹을 수 있는 양보다 많이 먹어 병이 나기에 이르니 이것은 크게 내가 믿고 있는 행동이 아니다. 다시 이런 일이 있다면 내 눈앞에 보이지 마라."

조무가 황공하여 죄를 빌고 물러나와 갑자기 마음이 괴이하여 영춘정에 가려고 하는 마음이 없고 금선궁으로 발이 돌아섰다. 이에 금선궁에 이르렀다.

116

이때에 공주는 이러한 계교를 행하고는 조바심 나는 마음이 큰 가뭄에 비가 올 징조를 기다리는 것보다 더 했다. 어머니의 생일잔치에 참석하지 않고 수단과 방법을 가리지 않는 계교와 간흉한 의사가 미치지 않은 곳이 없었다. 부마가 크게 아프다는 말을 듣고는 공주는 겁이 났다. 최무랑이 웃으면서 말했다.

"부마는 당대의 제일가는 굳세고 건강한 군자입니다. 옥주는 지나치게 걱정하지 마십시오."

하고는 내심에 또한 부마의 오기를 겪고 제 도술을 자랑하고자 하였다.

그러고 있는데 문득 조무가 공주의 방에 들어와 자리에 앉으며 온화한 기운이 얼굴에 가득하여 공주에게 말하였다.

"내 성정이 꼼꼼하지 못하고 어리석어 이곳에 온 지가 오래되었소. 그
저께 귀비를 뵙고 인사를 드리자 공주를 박대한다고 지목하시니 어찌 억울하지 않겠소?"

말을 끝내고 환하게 웃었다. 공주는 조무의 화평한 말을 들으니 마음 속으로 기쁨을 이기지 못하였으나 이에 정색하며 말하였다.

"제가 조씨 집안에 시집을 온 후로는 당신이 나를 대접하기를 뱀과 전 갈같이하여 임금의 은혜를 초개같이 여기니 제가 어찌 노엽지 않겠습 니까? 그러나 여자의 덕이 굳고 고요하며 그윽하고 한가로운 것이 으 뜸이라 잠깐 반첩여의 박명함처럼 그것을 달게 생각하고 남의 집을 요 란스럽게 하지 않으려고 분노를 참고 고통을 인내하였습니다. 그리고 당신의 박대와 정씨의 능멸을 좋은 일로 여겼습니다. 오늘은 무슨 바 람이 불어 군자께서 이곳에 이르러 정에 없는 거짓말을 하십니까?" ¹¹⁸

조무가 이 말을 듣고는 옛날 같으면 그 간사함을 깨우칠 것이지만 문득 은애(恩愛)가 흘러나와 공주의 사정을 불쌍하게 생각하며 옛날 일을 후회 하고 기쁘게 웃으며 말하였다.

"공주의 말씀이 나의 박정함을 더욱 스스로 부끄럽게 하오. 옛날의 잘 못을 버리고 새로운 즐거움을 이어 부부 사이에 화목한 정을 나누고 부 부가 화기애애하게 지내면서 딸과 아들을 낳고 흰 머리가 될 때까지 해 로한다면 6, 7개월의 박대하던 일은 일장춘몽이 될 것이오."

공주는 이 말을 듣고 기대하지도 않았던 기쁜 일이 생겨서 수많은 염려 가 사라지고 즐겁고 흡족한 정이 어느 곳에서 나는 줄 깨닫지 못하고 고 운 뺨327)이 저절로 벌어져 담소를 하였다. 청아한 소리는 옥을 부수는 듯 하고 고운 태도 붉은 이화가 이슬을 마시고 있는 듯하니 대장부의 가슴속 정이 무르녹았다. 조무가 매우 정이 두터워 서로 떨어지지 못하여328) 문 ¹¹⁹

---

327) 고운 뺨 : {아험}. 고운 뺨의 의미인 '아협(雅頰)'의 오기인 듯함.
328) 정이 ~ 못하여 : {견권(繾綣) 흐여}. '견권(繾綣)'은 생각하는 정이 두터워 서로 잊지 못하거나 떨

득 공주의 무릎을 베고 손을 잡고 온갖 은정(恩情)이 진실한 정을 드러냈다. 정소저는 가을 서리와 여름에 뜨겁게 내리쬐는 태양 같으므로 조무의 풍류스럽고 호걸스러운 몸으로도 공경하고 삼가며 기이하게 생각하고 존경하였다. 공주는 조무가 이럴수록 운이 좋은 영광으로 생각하고 기뻐하며 또 은정을 이기지 못하니 공주의 즐거워하고 기뻐하는 거동이 조금도

120 부녀자의 맑고 고결하며 정숙하고 단정함이 없고 창녀나 다름이 없었다. 조무가 마음을 빼앗겨 취하였기 때문에 더욱 공주에게 깊이 빠져 은애가 비교할 곳이 없었다.

이 때문에 금선궁에 머물면서 어른들께 아침저녁 문안 인사를 드릴 때와 나라의 일이 아니라면 일시도 공주의 곁을 떠나지 않고 공주에게 깊이 빠져 있었다. 영춘정에는 발길을 끊을 뿐만 아니라 많은 사람들이 모이는 모임이나 할머니 앞에서 정씨를 만나면 정씨를 흘겨보는 눈이 뚜렷하게 드러났다. 누이들과 여러 서모들이 그것을 다 이상하게 여기고 그것을 이해하지 못했으며 할머니와 부모도 크게 의심하였다. 정소저는 조무에게 매여 있다가 놓인 듯, 등에 가시를 벗은 듯 시원하여 아무렇지도 않았으

121 나 불시에 조무가 마음이 변한 것이 의심스럽고 괴이하였다.

이때 차정인은 양소저의 달처럼 아름다운 얼굴과 선녀 같은 자태를 구경하고는 넋이 날아가고 생각이 구름 밖에 흩어져 양소저를 훔쳐서 자기의 기물로 삼고자 하였다. 그러니 어찌 양소저를 사첩여에게 드릴 뜻이 있겠는가? 양소저를 업고 하늘 끝과 땅의 한 귀퉁이로 달아나 자기의 가인(佳人)으로 삼고자 하였다. 그러나 천만 뜻밖에도 조성이 따라 나와 쫓

어지지 못하다의 의미이므로 이와 같이 옮김.

아오자 본래의 모습이 탄로날까 두려워 황급히 달아났다. 다음날 사첩여에게 받은 금을 도로 봉하여 드리고 아뢰었다.

"신이 낭랑의 성스러운 뜻을 받아 조씨 집안에 나아가 양씨를 보니 양씨는 매우 대수롭지 않고 평범한 용모의 여자로 아주 못난 궁궐의 노비만도 못하였습니다. 남의 부녀를 겁탈하면 쓸데없고 공을 이루지 못하오니 주신 백금은 도로 바칩니다." 122

사첩여가 이 말을 듣고 다시 아름다운 여자를 널리 구하라 하니 차정인이 명령을 받들고 물러갔다.

이때 박수관이 온갖 계책으로 양씨를 빼앗으려고 하여 계교가 가장 많았다. 박수관이 양세를 사귀어 서로 심복이 되어 은근하게 계책을 의논하였다. 박수관은 정씨를 양세에게 취하라고 하면 양세가 반드시 기뻐하며 따를 것이고 이 일이 이루어져서 정씨가 조씨 집안을 떠나가게 되면 특별히 묘한 계교를 내어 중간에서 양씨를 취할 것이라고 생각하였다. 이에 양세를 달래여 말하였다. 123

"형이 저와 더불어 정의(情誼)가 골육 같고 심기가 관중과 포숙아329)를 비웃을 정도입니다. 정씨와 양씨를 해칠 좋을 계교가 있으나 형의 뜻을 알지 못하니 족히 저의 권고를 받아드리시겠습니까?"

양세가 대답하였다.

"형께서 만일 좋은 계교가 있으시다면 제가 어찌 듣지 않겠습니까?"

박수관이 웃으면서 말하였다.

"다른 계교가 아니라 이제 언관을 시켜 정씨와 양씨 두 사람을 삼강과

---

329) 관중과 포숙아 : 아주 친한 친구 사이의 사귐을 이르는 말. 중국 춘추 시대의 관중과 포숙아의 우정이 아주 돈독하였다는 고사에서 유래한 말로 관포지교(管鮑之交)가 있음.

오륜을 어겨 죄를 지은 사람으로 임금께 상소하는 것입니다. 그리고
안으로는 귀비와 공주를 위하여 일을 만들면 족히 정씨와 양씨를 내칠
수 있을 것입니다. 어사 소흠은 저의 외사촌이어서 저의 부탁을 들을
것입니다. 또 여진이라는 사람은 저와 생사를 같이 할 수 있는 친구입
니다. 그가 지금 언관으로 있으니 형이 모름지기 천금을 내어 이 사람
을 사귄 후에 정씨와 양씨 두 사람을 일시에 상소하면 황상이 반드시
그 의견을 따를 것입니다. 그런 후에 형이 정씨를 취하면 일이 손바닥
뒤집는 것처럼 쉬워질 것입니다."

양세는 박수관이 꾀는 것을 듣고는 과연 그렇다고 생각하고 무수하게
칭찬하니 박수관이 말하였다.

"고인이 자신을 알아주는 친구를 위하여 몸을 버리고 서로 은혜를 갚
습니다. 이제 양형은 대가의 지위가 높은 혁혁한 집안의 태학사의 한
명뿐인 아들입니다. 하물며 정신과 풍채가 신선 같고 얼굴이 반악(潘岳)
같은데 무슨 까닭으로 남만 못할 것이며 무슨 까닭으로 한 명의 아름
다운 첩이 없겠습니까?'

양세가 이 말을 듣고는 두 번 절하고 사례하며 말하였다.

"나를 낳은 사람은 부모이시고 나를 알아주는 사람은 형입니다. 제가
반평생 동안 마음속에 품은 한은 부모도 알지 못하시는데 내 마음을 박
형이 거울 비추듯 하시니 이 은혜는 삼생(三生)에라도 다 갚지 못할 것
같습니다. 과연 아름다운 여인은 내가 자나 깨나 잊지 않고 생각하는
것입니다. 만일 정씨의 아름다움이 형의 말씀과 같다면 만금을 허비하
고라도 취하고 말 것입니다. 형은 모름지기 믿음직하게 하시면 양세가
가산을 다 써서라도 형에게 은혜를 갚겠습니다."

박수관이 말하였다.

"형은 너무 걱정하지 마시오. 수관이 힘을 다하고 정성을 다하여 형으로 하여금 정씨를 취하게 하겠소."

126

양세가 기쁨을 이기지 못하여 차후에 소인들이 마음을 함께 하여 정소저와 양소저를 도적질할 마음이 그칠 날이 없었다.

이 해 초에 박수관이 과거에 급제하여 즉시 한림원의 한림학사에 뽑혔다. 이것은 박귀비가 시관(試官)330)과 깊이 밀약을 맺어 박수관을 급제시킨 것이고, 즉시 한림원의 한림학사에 뽑히게 된 것은 황상의 마음이 귀비를 총애하므로 그 조카를 애중하게 대접한 것이었다. 박수관의 외모는 관옥(冠玉)같이 아름다웠고 풍채는 버드나무와 같았다. 나이는 이제 갓 20살을 넘겼는데 한림원의 주인이 되니 누가 백주에 강도질을 하며 청루주사(靑樓酒肆)331)에서 거리낌 없이 행동하며 언행이 도리에 어그러진 광자(狂者)인 줄 알겠는가? 혹자가 박수관의 과거의 행사를 알고 있는 사람이 있어 좋지 않게 여겼으나 지금 박귀비가 임금의 총애를 받는 형세가 육궁(六宮)332)을 기울일 정도였다. 많은 사람들이 이것을 괴롭게 여기지만 시비를 걸지 못했다. 그러나 오직 조한림 형제가 궁궐의 섬돌에서 박수관의 허물을 논하여 꾸짖었다.

"신 등의 직책이 사람의 잘못이나 허물을 논하고 꾸짖는 간관(諫官)이 아니지만 과거에 급제하여 방(榜)에 이름이 오른 박수관은 무뢰 강도의 무리입니다. 몸이 사태우의 자식이 되어 성현의 교훈을 우습게 여기고

---

330) 시관(試官) : 과거 시험에 관계되는 관원을 통틀어 이르던 말.
331) 청루주사(靑樓酒肆) : 술집, 기생집, 매음굴 따위를 통틀어 이르는 말.
332) 육궁(六宮) : 옛 중국의 궁중에 있었던 황후의 궁전과 부인 이하의 다섯 궁실.

백주에 남의 부녀를 겁탈하고 귀중한 재물을 노략질하여 의롭지 못한 방법으로 모은 재산이 집을 메우고 비례(非禮)로 모은 계집으로 그 음탕한 욕심을 채우니 세상에 나라를 어지럽히는 불충한 무리입니다. 행여 박수관이 기회를 잡고 귀비 낭랑의 위엄을 껴 과거의 합격자 명단에 이름이 걸렸지만 문자로는 일의 기본도 전할 줄 모릅니다. 박수관은 이른바 국록을 도적질하는 사람의 모습이거나 짐승의 마음을 지니고 있는 패륜적자(悖倫賊子)입니다. 빨리 과거의 합격자 명단에서 이름을 없애고 이번 과거의 시관(試官)을 삭탈 관직해야 합니다."

말이 위엄있으며 정중하였고 안색이 강개하니 듣는 사람이 통쾌하였다. 황상이 또한 얼굴빛을 고치고 존경하는 뜻을 드러내며 비답(批答)333) 하였다. 다음 회가 어떻게 될 것인가를 살펴보아라.334)

---

333) 비답(批答) : 임금이 상주문의 말미에 적는 가부의 대답.
334) 다음 ~ 살펴보아라 : {하회(下回)가 엇디 된고 분석(分析)ᄒ라}. 이것은 주로 장회소설(章回小說)의 한 회의 마지막 부분에서 끝을 맺을 때 쓰이는 관용구임. 다음 회가 어찌 될 것인가를 살펴보라는 의미임.

화설(話說). 이때 황상이 또한 존경하는 뜻을 표하며 비답(批答)하였다.

"경 등의 아뢰는 말을 들으니 비록 옳으나 사람이 그 장점을 취하고 단점을 용서하는 것이 옳다. 지금은 사방의 오랑캐가 평안하고 고요하나 도적이 오히려 황성을 자주 엿보고 바다 밖의 번국이 복종하지 않고 있다. 박수관 같은 사람은 난세를 당하여서는 유익함이 많을 것이다. 하물며 허물을 고치는 것이 귀하다고 한 것은 성인께서도 허락하신 바이다. 박수관이 나이가 어렸을 때는 방탕한 협객이었으나 지금은 개과천선하여 사족(士族)의 행실을 닦는다고 한다. 또한 위인이 용렬하고 졸렬하지 않으니 큰 일을 당해서는 큰 그릇이 될 것이다. 비록 경 등의 백옥 같은 행실이 박수관을 배척하나 청운과 백운은 각각 길이 다르니 옛날부터 영웅호걸도 공자와 맹자의 도를 본받는 것이 쉽지 않았다. 어찌 홀로 박수관을 책망하겠는가? 신하가 임금 섬기는 도리는 마땅히 너그럽고 어질어 허물을 용서하고 장점을 취함이 옳은 것이다. 사해(四海) 안은 다 형제인데 경은 구태여 박수관을 배척하지 말고 어진 덕으로 동료끼리 공손하게 임금을 섬기고 함께 정사를 도와 짐을 어질게 도우라."

한림학사 조무가 분연히 소리를 높여 아뢰었다.

"신 등이 비록 용렬하오나 박수관과 함께 동료로서 공손하게 임금을 섬기고 정사를 도우라고 하시는 성교(聖敎)는 진실로 받들지 못할 것입니다. 박수관이 만일 현명한 영웅호걸이라면 저희가 가볍게 말한 죄로 인하여 눈을 빼고 혀를 베도 달게 받겠습니다. 어찌 이와 같은 도리에 어그러진 적자(賊子)로 아무렇지도 않게 옥당한원(玉堂翰苑)에 수를 채우겠습니까? 빨리 박수관을 베어내 궁궐 안335)에 박수관의 더러운 자취를 없애십시오."

말을 마치자 금문직사 조성이 사모(紗帽)를 벗고 머리가 땅에 닿도록 절하고 죄를 청하며 말하였다.

"신이 더러운 재주로 성스러운 임금님의 은혜를 받아 황상의 곁에서 가까이 모시니 외람됨을 이기지 못하여 어리석은 충성을 다하여 성은을 받들어 널리 알릴까 하였습니다. 이제 도리에 어긋나고 순리를 거스르는 자와 동료로서 공손하게 임금을 섬기고 함께 정사를 도우라는 성교를 들으니 이는 신 등을 박수관과 같은 무리로 생각하시고 저희들이 가볍게 죄를 논하여 꾸짖는 것을 좋지 않게 여기신 것입니다. 신이 황공하고 두려워 몸이 떨려 황상을 가까이에서 모시지 못할 것 같습니다. 먼저 한림원의 자리를 피하여 물러나오니 엎드려 바라건대, 폐하는 신 등에서부터 박수관의 무리를 다 내치시고 맑은 조정의 더러운 무리를 없애시고 풍화(風化)를 밝히십시오."

그 아뢰는 말이 강렬하고 엄숙하여 비유하자면 가을 서리와 내리쬐는 태양이 비치는 것 같았다. 황상이 크게 사랑하고 존경하며 어린 내시에게 조성의 관을 주어 조성이 다시 쓰게 하고 조용하게 탄식하며 말하였다.

"날씨가 추워진 이후라야 소나무와 잣나무가 다른 나무보다 뒤늦게 시든다는 것을 안다336)고 하였으니 온 세상이 혼탁해지면 현자(賢者)를 알아볼 수 있다고 하였다. 박수관이 후궁의 조카로 과거에 급제하여 등용하였으니 13개의 부서가 다 입을 닫아 그 허물을 말하지 않는데

---

335) 궁궐 안 : {년곡지하(輦轂之下)}. '연곡(輦轂)'은 임금이 타는 수레를 의미함. 그러므로 '천자의 수레 밑의 의미로 대궐이나 서울의 뜻임. 여기서는 궁궐 안으로 옮김.
336) 날씨가 ~ 안다 : {세한연후[歲寒然後]의 지송백지후조[知松柏之後凋]}. 이것은 『논어』, 〈자한(子罕)〉편에 나오는 말임.

경 등이 서리 같은 기개와 절조로 간절히 강경하게 간하는 것이 이와 같으니 짐이 뉘우치고 부끄러워한다. 어찌 한 명의 박수관을 아껴 짐의 훌륭한 신하를 잃겠는가?"

그날로 한림원에서 박수관의 이름을 없애고 조성 형제의 벼슬을 올려 조무를 호부시랑(戶部侍郎) 문연각(文淵閣)의 직학사(直學士)337)를 시키고 조성으로 하여금 예부시랑 춘방학사(春坊學士)338)를 시켰다. 이것은 조성의 사람의 위력과 기질을 아름답게 여겨서 태자궁을 돕게 하고자 한 것이었다. 조성이 굳이 사양하며 말하였다.

"사람의 죄를 논하여 꾸짖고 그 공로로 관작을 더하는 것은 사람의 염치가 아닙니다. 비록 성은을 저버리더라도 결코 관작은 받지 못하옵니다."

황상이 그 곧은 절개와 높은 의기를 아름답게 여겨 그 뜻에 따라 도로 옛 벼슬을 주고 후일에 다시 등용하려고 하였다.

조한림 형제가 조정에서 물러나와 집안으로 돌아와 이 일을 할머니와 부모님께 아뢰었다. 조공이 태부인의 작은 병 때문에 조회에 불참하였다가 두 아들의 말을 듣고 웃으며 말하였다.

"신하된 자가 품은 바를 아뢰지 않을 수 없지만 너희들은 황상께 아뢰는 소임이 아닌데 부질없는 일을 하였구나."

조성이 말하였다.

"소자들의 소임이 아니어서 불가함을 모르지 않지만 제가 박수관의 상

---

337) 문연각(文淵閣)의 직학사(直學士) : 문연각(文淵閣)은 명나라 때 궁내에 있던 장서각의 이름. 황제가 강독하던 곳이기도 함. 직학사(直學士)는 당나라 때부터 있던 벼슬 이름으로 관위는 대제(待制)의 위로 학사(學士)의 아래이며 경력이 적은 사람을 임명함.

338) 춘방학사(春坊學士) : 춘방(春坊)은 태자궁이나 태자궁에 속한 관부(官府)를 이름. 학사(學士)는 관직명으로 국가의 전례(典禮), 편찬(編纂), 찬술(撰述)을 맡아보는 벼슬임.

(相)을 두어 번 보니 밖은 비록 풍채가 좋고 당당하나 검은 두 눈이 반드시 큰일을 낼 것입니다. 머리 위에는 반역하는 모습이 있고 양미간에는 살기가 등등하여 크게 불길한 일을 낼 것입니다. 잠시도 궁궐의 섬돌에서 황상을 모셔서는 안 될 것입니다. 신하된 자의 직분은 자신의 몸을 도라 보아 화를 두려워해서는 안 되기 때문에 온 힘을 다해 간한 것입니다. 황상이 저희의 말을 들어주셨지만 과거 합격자 명단에서 박수관의 이름을 없애지 않으시고 오직 그 벼슬만 빼앗았으니 이것은 뒷날 박수관을 다시 쓰실 뜻입니다. 하물며 박수관은 안으로 후궁의 힘을 끼고 밖으로 흉당(凶黨)을 만들 것이니 국가의 작은 도적이 아니라 큰 불행이 될 것입니다. ”

조공이 탄식하며 말하였다.

"내가 부족한 재덕으로 재상이 된 지 수 십년에 황상을 도와 요순시절의 다스림을 얻지 못하고 한갓 국록만 허비함을 부끄러워하였다. 이제 너의 행사를 보니 네 아비의 부끄러움을 족히 씻으며 자식을 가르치지 못한 나의 허물을 거의 씻을 만하구나. 당초에 박수관이 며느리 정씨를 욕보이려고 뒤쫓아 오다가 이루지 못했고 너희가 또 저의 공명(功名)을 가로 막으니 소인(小人)의 원망이 깊어져 재해에 빠트리는 화를 면하지 못할까 염려가 되는구나."

조무가 삼가 사례하며 말하였다.

"아버님의 말씀이 지극히 마땅하시지만 군자의 수신행도(修身行道)는 올바른 도를 행할 따름입니다. 어찌 잠자코 있겠습니까?'

조공이 웃음을 머금고 아들의 아름다움을 이기지 못하였다.

이때에 박수관은 몸이 놀아 영주(瀛洲)339)에 오르니 안으로 귀비의 권

력을 끼고 밖으로는 흉당(凶黨)의 날카롭고 재빠른 자들을 모아 의기양양
하며 궁궐의 섬돌에서 글을 쓰는 한림학사가 되었다. 비록 조서를 초(草)
하여 제후의 나라340)와 교유할 문재는 없으나 인물이 모든 일에 능통하
고 잘하여 단점은 감추고 장점은 드러내 두루 꺼리는 재능이 남보다 뛰어
났다. 배우지 않고 힘쓰지 학문에 않았으나 자기 앞을 가릴 줄 알았다. 모
든 일이 자기 뜻대로 되어 스스로 하늘에 사례하며 정소저를 맞아 자기의
가인(佳人)으로 삼고자 하여 의복과 안장을 얹은 말을 더욱 선명하게 하여
각 처로 거리낌 없이 제멋대로 다니니 사형에 처할 죄가 셀 수 없이 많았
다. 차정인과 강후신 등이 박수관을 추앙하여 공자의 70명의 제자가 공자
를 섬기는 것같이 하며 흉계가 미치지 않는 곳이 없었다. 그런데 생각지
도 못했는데 조무 형제가 박수관의 죄를 탄핵하여 황상이 작직(爵職)을 환
수하니 박수관은 분하고 원통한 마음이 대단하였다. 박수관이 칼을 잡고
책상을 치며 꾸짖고 말하였다.

"조무는 어떤 사람이건대 나의 앞길을 이렇듯이 방해하느냐? 정씨 같
은 아름다운 미인을 조무에게 빼앗긴 것도 그 아픔이 뼈에 사무쳐 절치
부심(切齒腐心)함을 이기지 못하는데 또 어찌 나의 앞길을 훼방 놓는가?
내가 맹세컨대 조무를 베지 못한다면 수관이 또한 대장부가 아니다.
그들 형제가 내 허물을 거짓으로 꾸며 황상께 고하였으니 나 또한 그들
의 앞길을 끊어 세상에 행세하지 못하게 할 것이다."

즉시 소흠을 보고 재촉하면서 말하였다.

---

339) 영주(瀛洲) : {영쥬[瀛洲]}. '영주'는 옛날 신선이 살았다는 동해(東海) 속의 신산(神山)임. 이 말
은 명예로운 지위에 오름을 가리키는 말.
340) 제후의 나라 : {번국(藩國)}.

"저 번에 형과 더불어 그 일을 의논하였는데 어찌하여 가타부타 말이 없는가?"

소흠이 말하였다.

"사람의 죄를 탄핵할 때는 자세한 증거가 있어야 하는데 이는 외간 남자의 일과는 다른 규중 부녀자의 일이어서 매우 어려워 다시 알아보고 하려고 한다."

박수관이 소매를 걷고 이를 갈며 말하였다.

"조씨 짐승이 내가 심신을 닦고 고결하게 행동하는 것을 알지 못하고 나를 이와 같이 탄핵하니 어찌 차마 분을 참고 있겠는가? 정씨가 정녕 조무의 풍채를 흠모하여 어릴 때에 몰래 정을 통한 것이다. 정씨는 나와 정혼하고서는 도망쳐서 서강에 있는 조무의 강정에 가서 숨어서 제 아비도 모르게 혼인을 이루니 어진 임금이 다스리는 시대의 교화된 풍속에 이렇게 놀랍고 괴상한 일이 없다. 지금 조무가 공주를 박대하여 정녀만을 오직 총애하니 집안의 다스림에 아름다운 일이 없다. 위로는 천자를 가볍게 여기고 그 다음은 귀비 낭랑을 업신여기는 것이다. 또 정녀의 음란하고 바르지 않은 방탕함이 온 세상에 나타나니 한갓 내가 청탁해서가 아니라 천하가 함께 알아야 할 일이니 어찌 상소를 하지 않겠는가? 또 한 가지의 일이 더 있는데 금문직사 조성이 그 처 양씨의 자색에 깊이 빠져 양씨의 음란한 정황이 낭자한데도 귀를 막고 눈을 감아 간부(姦夫)와 더불어 아내를 나누고 있으니 어찌 그것이 사람의 행실이겠는가? 그들 형제의 행실이 이적(夷狄) 같은데도 도리어 거리낌 없이 큰 소리로 나의 죄를 탄핵한다. 나는 허랑한 객에 불과하여 청루주사(靑樓酒肆)에 다니는 허물뿐이지만 그들 형제의 소행은 이와 같다. 형

12

13

14

은 밝게 그 죄를 알려 풍화를 맑게 하고 나의 분을 풀어주게."

소흠이 크게 놀라며 말하였다.

"원래 조가 형제의 지모(智謀)가 기특하여 평소 때 군자로만 여겼는데 소행이 이와 같으니 사람의 마음은 헤아리기 어렵구나. 내 어찌 이런 도리에 어그러진 말을 듣고 벼슬이 언관에 있으면서도 권세를 두려워해서 잠잠히 있겠는가? 다만 정씨와 양씨 두 사람의 일은 증거를 찾을 것이니 어찌 할까?"

박수관이 말하였다.

"상소가 올라가도 정세추와 양임은 조정의 이름난 관리이고 하물며 조상국의 위엄과 권세가 조정과 재야를 덮고 있으니 간부(姦夫)를 찾아 서로 대면하여 시시비비를 가릴 길이 없을 것이다. 다만 정씨와 양씨를 시댁에서 떠나게 할 따름이다. 어찌 구태여 증거를 찾겠는가?"

소흠이 과연 그렇다고 생각하여 즉시 상소를 하였다.

양세는 여진을 보고 이 일을 청하고 눈물을 흘리며 말하였다.

"불행하여 골육에게 이런 음란한 행동이 있으니 마땅히 누이를 죽여 문호의 욕을 덜 것이지만 조씨 집안에서 누이가 잠시 친정으로 오는 것을 허락하지 않으니 누이를 죽이지 못하고 있소. 이 부끄러움으로 다른 사람을 볼 낯이 있겠소? 일의 사정이 슬프고 참혹하나 누이를 조씨 가문에서 떠나오게 하시면 소생이 한 그릇 약으로 쾌히 죽여 집안의 명성을 욕 먹인 죄를 밝히겠소."

하고 간청하였다. 여진은 세력을 쫓아가는 간악한 사람으로 집이 가난하여 양세가 주겠다는 만금에 대한 욕심이 벌써 뱃속에 가득 찼다. 자기가 요행히 입신한 후로 가난과 고생을 면하였으나 제 형이 오히려 양세의 재물로 의식(衣食)을 이어가니 일의 형편을 어찌 돌아보겠는가? 선뜻 응낙하고 소흠과 의논하고 상소하는 말의 뜻을 똑같이 하여 일시에 궁궐의 뜰에 올랐다. 아! 삼강(三綱)이 있고 오륜(五倫)이 있으면서부터 부자 형제의 천륜은 인지상정(人之常情)이다. 그런 까닭에 고인이 동기를 수족이라고 비유한 것은 그 사랑함을 이른 것이다. 이 흉측한 양세 놈은 몸이 재상가에 태어나서 부귀와 호화가 한 몸에 풍족하였다.341)

재상가 규중(閨中)과 옥당한원(玉堂翰苑)의 아내로 위치를 차지하고 있는 자가 여자의 행실이 곧고 깨끗한 덕을 무너뜨리고 음란하고 바르지 않은 행적이 크게 낭자하여 듣는 사람이 귀를 가리고 침을 뱉으며 더럽게 여깁니다. 어진 임금이 다스리는 세상의 맑은 빛을 감추고 선왕(先王)의 법제를 무너뜨리는 사람은 다른 사람이 아니라 한 명은 한림학사 조무의 처 정씨입니다. 정씨가 어릴 때 어머니를 잃고 그 외가에서 자랐는데, 조무의 누이 시댁이 정씨의 외가인 석씨 집안입니다. 조무가 누이를 보려고 석씨 집안에 왕래하였는데 정씨가 규중 여자의 몸으로 외간 남자를 엿보고 그 풍채와 아름다운 모습을 흠모하여 가만히 금 가락지를 던져 뜻을 통하여 서로 혼인을 약속하였습니다. 석가가 그 일을 눈치채고 기가 막혀 정세추에게 이르지 않고 정혼하여 금 가락지로 납폐하였습니다. 정세추가 그 일을 알고 분노하여 그 딸을 데려다가 조씨 집안과의 혼인을 물리고 박수관과 혼인을 하려고 하였습니다. 정녀가 조무의 풍채를 사모하여 한밤중에 도망쳐서 조무와 짜고 조씨 집안의 강정에 모여 혼인 전에 남녀가 즐김을 낭자하게 하였습니다. 그리고는 거짓으로 떠들어대

17

18

341) 이 문장 다음에 '한낫 미뎨 됴아와 인후의 고굉으로 아오라 귀듐ᄒ기를 '이라는 부분이 연결되어 있는데 몇 줄의 내용이 빠진 것처럼 보임. 앞부분은 양세의 악행을 서술자가 논평하는 부분이고 이 문장 다음의 내용은 소흠과 여진이 양소저의 음행을 알리는 상소문인데, 문맥적으로 전혀 연결되지 않는 것으로 보아 필사하는 과정에서 몇 줄이 빠진 듯함.

19 기를 정녀가 정절을 지키려고 강물에 떨어지자 조무가 구하였다고 하였습니다. 그
아비와 계모를 속이고 조씨 집안의 장부(丈夫)의 총애를 다투는 것은 천만 인을 겪
은 창기(娼妓)보다도 정녀가 더 할 것입니다.

　조무는 옥주를 박대하여 깊은 궁궐에서 백두시(白頭詩)를 읊게 하여 성은을 저버
렸습니다. 정녀는 자색과 조무의 총애를 믿고 황녀를 능멸함이 미치지 않는 곳이 없
었습니다. 이를 듣고 보는 사람은 조무를 이상스럽게 여기고 놀라워하지 않는 사람
이 없고 정녀의 음란하고 바르지 못한 행사를 가슴 아파하고 한탄스럽게 여기지 않
는 사람이 없습니다. 조숙은 어리석은 재상이어서 며느리와 관련된 자세한 일을 오
히려 알지 못합니다. 옥주는 태임과 태사의 어질고 너그러운 마음으로 남편의 허물
20 을 가리려고 이 일을 입 밖에 내지 않고 궁인을 엄하게 타일러 경계하여 궁궐에 알
리지 않으시니 폐하와 낭랑이 모르셨습니다. 신이 분함을 이기지 못하고 그 기세를
두려워하지 않고 듣고 본대로 아뢰는 것은 풍화(風化)와 관계되는 일이라 어찌 버려
두겠습니까? 엎드려 바라건대 성상께서는 조무가 선비의 무리에 속해있으면서도
규중의 여자와 사통(私通)한 죄와 나중에 황녀를 박대한 죄를 올바르게 잡으십시오.

　두 번째는 다른 일이 아니라 금문직사 조성의 처 양씨의 일입니다. 양씨는 태학
21 사 양임의 딸이고 팔왕(八王)의 외손녀입니다. 명문대가에서 태어나고 자라 나이가
12, 13살이 되지 않아서 부모의 명을 기다리지 않고 그 문객 중에서 풍채가 빼어나
고 아름다운 자를 골라 장선각이란 집에 두고 음란한 짓을 낭자하게 하였습니다. 그
부모가 알지 못하고 조성에게 육례(六禮)342)를 치르고 혼인하게 되었습니다. 양녀
는 오히려 이전에 사통하던 남자를 잊지 못하고 장선각에 불러들여 조씨 집안에 있
는 때라도 조성이 나간 때를 타서 그 남자를 청하여 오게 하여 꺼리는 것이 없이 음

---

342) 육례(六禮) : 전통적으로 내려오는 혼인의 여섯 가지 예법. 납채, 문명(問名), 납길, 납폐, 청기
　　(請期), 친영을 이름.

란합니다. 조성이 여러 번 음란하고 바르지 못한 행적을 보았지만 양씨의 아름다운 얼굴을 아껴 더러움을 알지 못하고 오직 덮어주고 지내왔습니다. 조성의 몸이 옥당 금마(玉堂金馬)[343]의 주인이 되어 고서(古書)를 널리 읽고 예의와 풍교를 모르지 않는데도 이 같은 행실을 하는 것은 이적(夷狄)이나 금수(禽獸)의 일이오 사람의 마음이 아닙니다. 자기의 죄를 가린 채 재주를 사랑하고 일세를 압도하고 어진 사람을 시기하여 거리낌 없는 큰 소리로 사람의 죄를 논하여 꾸짖는 것을 주로 하니 알지 못하겠습니다. 박수관이 어릴 때에 청루주사(靑樓酒肆)에 다니는 것이 무슨 허물이라고 큰 죄목이 되어 박수관의 앞길을 막으며 자기 형제의 행사와 비교하면 어떠하겠습니까? 성상(聖上)의 일월 같은 밝음이 반드시 만 리를 비출 것입니다. 박수관의 원통함과 조무 형제의 도리에 어그러진 행동을 자세히 살피시어 원통한 누명을 써서 억울하게 되는 일이 없게 하시고 양씨의 음란하고 정씨의 교만하고 방자한 행동을 밝히십시오.

황상이 다 읽고 소리 없이 웃으며 말하였다.

"조씨 가문 부녀의 사단(事端)이 이와 같이 되어 마침내 궁중에까지 이르게 하는가? 조무 형제는 기개가 세상을 뒤덮을 만큼 뛰어난 군자로 충성하고 효도하는 사람이다. 사람의 위력과 기질이 일세에 으뜸이고 문필과 재주와 덕이 조정과 재야를 떠들썩하게 한다. 짐이 또한 눈으로 그 행실의 엄숙함을 보고 그 기상이 엄정하고 장엄함을 익히 아는 바이다. 조무는 걸출한 장부로 처신이 반점이라도 구차함이 없고 조성은 그 행실이 백옥에 티가 없고 단련한 금 같으며 도덕군자로 일세에

---

343) 옥당금마(玉堂金馬) : 한림원의 다른 명칭으로 한림원을 가리킴.

지목된다. 어찌 집안에 이와 같은 덕을 욕되게 하는 일이 있겠으며, 음란한 행적을 마음속으로 참고 금수의 행실을 감수할 사람이 있겠는가? 이것은 여진 등이 풍문으로 와전된 말을 들은 것이다. 정씨와 양씨의 죄가 어찌 분명하겠는가?"

귀비가 머리를 땅에 닿게 하고 눈물을 흘리며 아뢰었다.

"부자천륜은 인지상정(人之常情)입니다. 폐하께서는 만승지주(萬乘之主)이시나 홀로 자식을 사랑하는 마음이 없습니까? 조무가 금선을 업신여기며 냉대하여 매우 박하게 대하고 정녀가 조무의 각별한 사랑을 혼자 독차지하여 황녀를 능멸한 죄는 놀라움을 참을 수 없을 정도입니다. 조무 형제와 그 아내의 소행이 이와 같은데도 조무 형제가 남의 죄를 논하고 꾸짖는 심사는 괘씸합니다. 폐하께서는 어찌 다스리지 않으십니까?"

황상이 정색하며 말하였다.

"조정의 정사는 짐이 알고 있는데 어찌 귀비가 참여하려고 하시오?"

귀비는 아무 말 없이 물러나고 황상이 즉시 비답하며 말하였다.

"경들의 상소문의 글을 보니 맡은 바 책임을 다하고 직분을 행하는 것이기는 하지만 어찌 규문(閨門)안 일을 경들이 친히 보지 않고 듣지 않았는데 한갓 와전된 것을 통해 자세히 알겠는가? 재상 조숙은 성품과 행동이 선량하며 공정한 군자이고 그 아들 두 사람은 걸출한 위인이다. 결단코 집 안에 음란하고 바르지 못한 행적을 머물러 두지 않을 것이다. 짐이 내일 조숙 부자에게 물어 일의 자초지종을 알 것이다. 경들의 상소문은 충분히 살피지 않고 아뢴 것 같도다."

두 사람이 황공하여 물러났다.

다음날 이른 아침에 황상이 금난전에서 조회를 열고 소흠과 여진의 소장(疏章)을 내려 조공을 향하여 물었다.

"경의 집안에 이와 같은 일이 있다고 하는 것은 실로 의아하도다. 경은 자세히 살펴 사실을 나에게 분명하게 아뢰라."

조공이 그 상소문의 내용을 보고는 황급히 갓을 벗고 머리를 땅에 닿도록 하여 죄를 청하며 말하였다.

"신이 내세울 선행이나 공적이 없어서 언관의 상소문이 이와 같습니다. 그들이 들은 내용이 사실이라면 감히 성상(聖上) 앞에서 아뢰옵니다. 다만 신의 두 며느리가 뼈에 사무치는 누명을 받게 되었다하여 신이 시아버지로서 개인적인 정 때문에 성상을 속이는 죄가 있다면 더 많은 죄를 더할 것입니다. 신의 자식이 도리에 어그러진 것은 오히려 놀랍지 않으나 정녀와 양녀가 죄가 없는데도 원통한 죄를 써서 억울하게 된 것은 애달프고 안타깝습니다. 두 명의 며느리는 둘 다 나이가 12살이 되지 못하여 신의 집에 들어왔습니다. 성정과 덕행이 옛날의 숙녀와 머리를 나란히 할 만하고 절개 있는 여자와 어깨를 나란히 할 정도로 고금에도 없는 드문 사람입니다.

정녀는 일찍 어머니를 잃고 그 외조부인 석규가 거두어 기른 것은 맞습니다. 신이 석규와 사돈 간이나 신의 아들은 본래 집밖에서 교유함이 없었는데 처를 취하기도 전에 어린 아이가 어찌 석씨 집안에 자주 왕래함이 있겠습니까? 또한 비록 석씨 집안에 자주 갔다고 한들 석규의 집이 공후의 집이어서 수많은 문이 첩첩이 있기에 가만히 발을 붙일 틈이 없습니다. 수많은 이목들이 보고 있는데 어느 틈에 규중에 깊이 감추어진 여자와 사통(私通)하겠습니까? 이런 맹랑하고 사실과 무관한 말로

27

28

는 삼척동자도 속이지 못할 일인데 성상께 아룀을 아무렇지도 않게 하니 신이 진실로 가슴 아프고 한탄스러워 어찌해야할 바를 모르겠습니다. 신이 석규와 더불어 사돈 사이라 정녀의 명성은 사위에게서 듣고 항상 서로 사돈이 되기로 하고 정혼하여 빙폐를 주는 언약이 금석 같았습니다. 정세추가 딸을 속여 그 후처인 박씨가 정녀를 자신의 사촌 동생인 박수관의 재취(再娶)로 주고자 하였는데 정녀가 초녀(楚女)의 절개344)를 본받아 현훈(玄纁)을 품고 두 명의 시비와 함께 서강에 빠졌습니다. 처음에는 죽으려고 집을 나온 것이 아니라 서강에 자기의 고모가 있기 때문에 거기로 찾아가 숨고자 하다가 그 집을 찾지 못하게 되었습니다. 박수관이 수백 명의 악한 무리를 거느려 바람같이 쫓아오자 만일 물에 빠지지 않으면 박수관의 손에 잡힐 것 같아 두 명의 시비와 더불어 강물에 몸을 던지게 되었습니다. 일이 공교롭게 되어 신의 두 자식이 조상의 무덤에 제사를 지내고 돌아오는 길에 이 경색을 보고 정녀인 줄은 꿈에도 알지 못하고 그 몸에 남장을 했기에 더욱 혐의 없이 측은지심으로 강도를 쫓아버리고 그 송장들을 건져내어 살렸습니다. 그 시비에게 근본을 묻고는 그녀가 비로소 정녀인 줄 알게 되고 신에게 그 소식을 기별해 왔습니다. 신이 석규에게 청하여 의논하여 정녀를 강정에 머무르게 하고 신의 딸과 석규의 부처(夫妻)가 강정에 가 혼인을 책임지고 맡아서 성례를 하여 신의 집에 돌아오게 되었습니다. 정녀의 그 뛰어난 절개는 금석에 박아 청사(靑史)에 드리움직하니 어찌 이런 음란하고 바르지 못한 일이 있겠습니까? 정녀는 신의 집에 온 지 1년이

---

344) 초녀(楚女)의 절개 : {초녀의 절}. 초나라 여자 중에서 절개가 뛰어난 사람을 가르키는 듯한데 미상임.

넘어도 그 아비가 혼인한 사실을 모른다고 해서 부부 간의 육체적 즐거움을 허락하지 않아 팔위에 붉은 점이 그대로 있었습니다. 그 꽃다운 효절은 신의 며느리가 아니었다면 성상께 아뢰어 그 행적을 포상할 만하지만 신이 혐의에 구애될까 하여 묻어 두었습니다. 공주가 시집오신 후에 신의 아들이 비록 정녀를 편벽되게 사랑한 일이 있사오나 정녀는 자기의 분수를 지켜 자기를 낮추고 남을 높이기를 극진히 하였습니다. 옥주 또한 서로 뜻이 잘 맞게 되어 규문(閨門)에 조금도 질투함이 없었습니다. 지금은 신의 아들이 옥주를 매우 소중하게 대접하여 정녀를 찾는 일이 없으니, 규중이 화평하여 옥주께서 백두시를 읊으실 리가 있겠습니까? 정녀가 황녀를 업신여기는 일이 없으시니 근거가 없는 말임을 모를 리 없을 것입니다.

양녀에 관한 일은 자기 집에 있을 때는 양녀가 문객과 사통한 일은 모르겠거니와 신의 집에 온 후는 행동과 처사를 아옵니다. 양녀는 맑은 예법과 아름다운 행사가 얼음처럼 맑고 옥처럼 깨끗하여 서리를 업신여기고 효절(孝節)과 열행(烈行)이 가을 물을 더럽게 알 정도입니다. 양녀는 부녀의 사덕(四德)뿐만 아니라 수행하는 군자의 풍모가 있으니 어찌 간부를 들여 낭자하게 왕래하다가 잡히는 일이 있겠습니까? 사리로 보아 있을 수 없는 거짓말이 이와 같으니 신이 진실로 괴이하게 여깁니다. 양녀의 음란한 행적이 낭자하면 신이 어찌 모르겠습니까?"

이렇게 다 아뢰니 안색이 화평하며 말이 아주 정직하였다. 진실로 군자의 풍모이고 덕망 있는 어른의 기상이었다.

참지정사 석규와 정세추, 태학사 양임, 한림학사 조무와 금문직사 조성이 일시에 사모를 벗고 궁궐 계단의 섬돌에 내려와 각각 아뢰었다. 석공이 아뢰었다.

"신이 비록 내세울 선행이나 공적이 없으나 손녀가 조무와 사통하는 더러운 일이 있었다면 어찌 그 죄를 다스리지 않고 묻어두어 아무렇지도 않게 어진 임금이 다스리는 평화로운 시대의 풍화(風化)를 더럽히겠습니까? 전후의 일은 이미 조숙이 아뢰였으니 다시 아뢸 바가 없습니다. 오직 신이 어질지 못하여 이런 일로 의심을 받는 것을 부끄럽게 여겨 죄를 청할 따름입니다."

정세추가 머리를 땅에 닿도록 하고 말하였다.

"신의 딸에 대한 더러운 말씀과 물에 빠져죽으려고 한 일은 사실은 신이 집안을 잘 다스리지 못한 죄입니다. 스스로 죄를 받겠습니다. 신의 딸이 무죄한 것은 조숙의 말과 같고 다른 말씀을 드리지 못하겠습니다."

태학사 양임이 분한 얼굴빛을 띠며 참지 못하고 성이 나서 큰소리로 아뢰었다.

"신이 운명이 기구하여 다만 조성의 처가 된 딸 한 명과 불초자 한 명만이 있습니다. 신의 자식이 어질지 못하여 집안의 명성을 무너뜨릴까 근심할지언정 신의 딸은 현숙한 사덕(私德)과 여자의 행실이 옛날의 지덕이 뛰어난 여인에게 뒤지지 않습니다. 신이 딸을 늘 관계 없는 여식(女息)으로 생각하지 않고 깊이 믿는 자식인데 이제 누명으로 죽어도 묻힐 땅이 없습니다. 알지 못하겠습니다. 소흠과 여진이 언제 신의 집에 와서 신의 딸이 문객과 사통함을 보았습니까? 이 일은 매우 중대하여 비록 친히 직접 보지 못했다면 증거가 분명한 후에야 군상께 아뢰어야 합니다. 신이 비록 변변하지 못하나 성상의 은혜를 입어 작위와 녹봉이 재상의 반열에 있으며 신의 딸은 명부(命婦)에 이름이 있습니다. 어찌 근본 없는 말을 꾸며내어 명부(命婦)를 사지(死地)에 빠지게 합니까? 사사로운 마음을 임금께 아뢰어 아주 작은 원망을 반드시 갚으려 하는 것인지 신은 알 것 같습니다. 이는 다른 일이 아니라 소흠이 박수관의 외사촌이고 여진이 박수관과는 죽고 사는 것을 함께하기로 한 친구로 저번에 조무 형제가 박수관의 죄를 논하고 꾸짖어 황상께서 작직을 환수하셨으므로 근거 없는 말을 아뢴 것입니다. 조정에 언관을 두는 것은 사람의 없는 죄를 얽어 어진 사람을 잡고 사사롭게 자기의 무리를 편들어 군상(君上)을 속이고 사사로운 마음으로 일삼으라고 하는 것이 아닙니다. 신의 딸은 성상께서 죽이지 않으시나 제 스스로 죽으려고 할 것입니다. 신이 이 무리와 더불어 한 조정에서 주상을 섬기지 못할 것입니다. 원컨대 신의 본직인 예부상서 태학사의 인수(印綬)를 드리고 물러나와 서민이 되어 고향에서 여생을 마치게 해주십시오."

36

37

아뢰기를 마치자 안색이 엄숙하고 말이 절실하며 의기가 북받쳐 원통해하고 슬펐다.

임금이 얼굴빛을 고치고 그 위인의 강렬함을 기이하게 생각하고 공경하였다. 조한림 형제가 머리를 땅에 닿도록 하고 죄를 청하며 말하였다.

"신 등이 내세울 선행이나 공적이 없어서 오늘 언관의 허물을 논하고 꾸짖음이 이에 미치니 진실로 말과 행동이 착하고 공손하지 못하여 만맥(蠻貊)345)에게도 행할 덕이 없어 이들 무리에게 허물을 잡히게 되었습니다. 수신(修身)과 행동거지가 밝지 못하여 이런 일이 있는 것이 한심하니 맑은 조정의 옥당한원(玉堂翰苑)으로 청현(淸顯)을 자임하는 것

---

345) 만맥(蠻貊) : 중국인이 중국의 남쪽과 북쪽에 살던 민족을 낮잡아 이르던 말.

이 낯이 부끄럽고 염치가 없어 이제 인수(印綬)를 바치고 죄를 청하옵니다."

아뢰기를 마치고 형제가 다 계단 아래의 땅에 내려와 공경히 절하고 관복과 사모를 벗고 궐문 밖을 나왔다. 임금이 미처 말을 못하고 그 위인의 뛰어남을 새롭게 칭찬하고 사랑하며 조공을 보며 위로하고 타일러 달래었다. 조공이 마침내 반열로 들어오지 않으니 임금이 조공에게 사모를 주어 다시금 엎드리고 있는 몸을 펴라고 하며 말하였다.

"경의 오늘의 행동은 실로 지나치도다. 짐이 비록 현명하지 못하나 신의 아들의 현명함과 어리석음과 충렬을 거의 짐작하고 있다. 처음에 경의 집이라고 하는 것을 듣고 전혀 근거가 없다고 생각하여 믿지 않고 그 근본을 물어 근거가 없는 말이라고 하였다. 그런데 경의 부자는 짐이 현명하지 못하여 현명함과 어리석음을 모른다고 생각하며 역정을 내어 벼슬을 버리고 나가려고 하니 실로 내가 믿고 있던 바가 아니다. 경은 재삼 생각하여 좋게 일을 처리하고 안심하여라. 여진과 소흠이 망령되어 잘못 들은 말을 진짜인 것처럼 만들어 아뢴 것이니 이것이 매우 경솔하고 잘못되었지만 가히 따지지346) 못할 것이다. 임금과 신하의 관계는 아비와 자식의 관계와 같다. 정세추와 양임, 조숙과 석규 이네 사람은 선조 때부터 짐을 도운 사직(社稷)의 신하이다. 여진과 소흠의 한 장의 헛된 글로 이 네 명의 대신을 의심하겠는가? 안심하여 걱정하지 말고 짐의 마음을 모두 알아 달라. 정녀와 양녀는 원통하고 억울한 누명을 입으니 비록 원통하고 억울하겠지만 조무가 정씨 때문에 공

---

346) 따지지 : {족가티}. 이는 옛말 '족가ᄒ다'에서 온 말로 다그치다, 따지다의 의미임.

주를 박대한다는 것은 짐이 익히 들은 바다. 정세추가 마땅히 정녀를 집으로 데려와 공주가 조무와 화락하여 자녀를 둔 후에 짐이 경의 딸을 허락하여 조무에게 줄 것이니 일찍 명령을 받들라. 양씨는 무죄한 사람이니 죄를 주지 않을 것이니 못 본 체하고 아는 체 하지 않을 것이다. 조무와 조성은 관직에 있으면서 조금도 허물이 없었으나 조무가 황녀를 박대한 죄는 부부 간의 일로 임금이 죄를 줄 일이 아니다. 예법대로 직무를 두루 살펴라."

조숙과 석규, 정세추와 양임이 할 말이 없어 은혜에 감사하여 절하고 물러나왔다. 오직 태학사 양임이 분노를 참지 못하고 인수(印綬)를 드리고 훌쩍 나가버렸다. 조무와 조성이 또한 관직을 사임하고 벼슬에 나아가지 않았다.

박수관과 양세가 비록 거짓말을 꾸며 언관에게 부탁하여 정소저와 양소저와 조무를 해치려 했으나 임금의 뜻이 공평하여 일이 무사하게 되고 자기의 소망대로 이루어지지 못하였다. 그래도 다행스러운 것은 정소저가 친정으로 옮겨가는 것이었다. 양세는 정소저가 자기의 기물이 될까 생각하였고 박수관은 자기가 정소저를 얻을 수 있을 것 같아 매우 기뻐하였다.

정공이 전지(傳旨)를 듣고 능히 지체하지 못하여 조씨 집안에 이르렀다. 이때 정소저와 양소저는 규방의 화가 눈썹에 떨어져 더러운 죄명이 얼음과 옥 같은 몸에 실려 비록 창해를 기울여도 씻지 못할 정도였다. 오히려 정소저는 깨끗한 모양이었지만 양소저가 간부를 들인다는 더러운 말은 순결하고 깨끗한 열녀는 말할 것도 없고 부족한 사람이라도 잠시도 살지 못할 일이었다. 양소저는 평생의 수행은 그림의 떡이 되었다고 생각하고 인륜의 도리를 어지럽힌 둘도 없는 더러운 계집이 된 것을 뼈에 사무치도록 원통해하고 억울해 하였다. 문득 큰 소리로 흐느끼고 엎어져서 인사를 구별하지 못했다. 양소저의 무서움중은 그대로 있어서 화씨와 영씨 등이 양소저의 곁을 떠나지 않고 있다가 매우 놀라서 양소저를 붙들고 일으키니 형색이 푸른 옥 같고 기운이 막혀 수족이 얼음 같았다. 여러 사람이 처참해하고 한스럽고 분해하며 그 결백함이 얼음이 깨끗하고 옥이 티가 없는 것 같아서 눈물을 흘리고 양소저에게 약을 먹이며 주물렀다. 이윽고 양소저가 정신을 잠깐 차리자 조씨 등이 눈물을 흘리며 위로하였다. 양소저가 입이 있으나 말이 나오지 않고 오직 베개에 얼굴을 막아 수많은 눈물이 물을 부은 듯이 흘러내렸다. 석학사 부인이 손을 잡고 탄식하며 말하였다.

"천지의 해와 달이 밝아 그대의 얼음과 옥 같은 높은 절개와 맑은 덕과 성실한 마음을 비출 것이니 무엇이 부끄러워 문득 이와 같은 모습을 보이느냐? 천 명의 사람이 더럽다고 하고 만 명의 사람이 침을 뱉어도 시댁의 모든 사람들이 아우가 백옥이 흠이 없으며 황금이 단련한 수행을 다 알고 있다. 하물며 내 아우의 사람을 알아보는 능력으로 그대를 알아본 지 오래되었으니 무엇이 부끄러움이 있겠는가? 천지(天地)가 내려다보고 신명(神明)이 곁에 있으니 애매한 자는 자연히 사실이 밝혀질 것이고 음해하는 자는 화를 받을 것이다. 어진 아우는 규방의 군자와 같다. 식견이 관대하여 총명하고 사리에 밝은 지모가 있을 것이니 뜬구름 같은 누명으로 과도하게 슬퍼하여 몸을 버리고자 하는가?"

유시랑 부인이 그 탐스러운 머리를 쓰다듬고 검고 아름다운 머리칼을 바로 해주며 탄식하였다.

"푸른 하늘의 밝은 해는 지위가 낮고 천한 노예도 그 밝음을 안다. 간사한 사람이 아무렇게나 함부로 이런 허무한 말을 황상께 아뢰었으나 자네의 가을 서리 같은 행실을 누가 모르겠는가? 마음을 넓게 가지며 눈을 씻고 간사한 사람이 망하는 것을 볼 따름이다. 이렇게 마음을 태워 더러운 말을 씻어버리지 못하고 지레 부모님이 남겨주신 몸을 상하게 하지 마라."

조부인이 그 흐르는 눈물을 씻고 위로하며 말하였다.

"사람이 당하는 별 것 아닌 변고도 놀라운데 자네가 당하는 것은 세상에 없는 변고이다. 내 마음이 백옥 같다면 뜬구름 같은 더러운 말이 무슨 관계가 있겠는가? 자네는 서러워하지 마라. 자네는 오히려 소저보다 낫다. 소저는 괴로운 신세가 되어 다시 누명을 입어 친정에 폐한 채 내버려 두어 걱정스러운 일신이 호랑이 굴에 들어가며 간악한 놈의 흉계가 수없이 나와 어느 곳에 미칠지 알지 못한다. 정소저가 가련하구나! 근래에 내 아우의 마음이 변하여 바닷물 같은 은정이 끊어지고 감감하여 부부가 행인같이 되었으며 금선궁에 간 아우의 발길이 옮겨오지 않으니 외로운 아녀자가 무엇을 바라고 의지하겠는가? 조물주가 매우 시기하여 군자와 숙녀의 앞길을 어지럽힐 줄 알았겠는가?"

양소저는 생각지도 못한 중에 흉하고 참혹한 누명을 입으니 충격적이고 분하고 원망스러운 마음이 암울한 지경에 미치게 되었는데 여러 시누이의 말을 듣고 자기의 넓은 식견으로 자세히 생각해보니 너무 이렇게 하는 것은 너그럽지 못하고 속 좁은 짓이라고 여겨졌다. 오직 마음을 구정(九鼎)347) 같

347) 구정(九鼎) : 중국 하(夏)나라의 우왕(禹王) 때에, 전국의 아홉 주(州)에서 거두어들인 금으로 만들었다는 솥. 주(周)나라 때까지 대대로 천자에게 전해진 보물이었다고 함. 여기서는 마음이 넓음을 의미함.

이 하고 가을 물결 같은 눈에 슬픈 눈물을 머금고 대답하였다.

"제가 무슨 면목으로 하늘의 해를 보겠습니까? 여자에게 소문은 어진 말이라도 입에서 입으로 통하면 부끄러운데 하물며 죄명은 말해 무엇 하겠습니까? 목숨이 모질어 지금 당장 목숨을 끊어 원통하고 억울함을 풀지 못하니 이것은 마음이 풀어지고 용렬하기 때문입니다. 어찌 감히 시댁에 편안하게 거처하면서 명부(命婦)의 대열을 차지하고 있겠습니 까? 한 칸의 깊은 방에 있으면서 푸른 하늘을 보지 말고 누명이 벗겨지 면 살고 그렇지 않으면 죽을 것입니다."

말을 마치고 구름처럼 떨어지는 눈물이 꽃 같은 뺨에 방울방울 흘렀다. 연꽃이 푸른 물결에 잠겨있는 듯하였고 배꽃이 창 옆에 젖어있는 듯 선연 함이 기이하게 빼어났다. 시름에 겨운 양미간에는 무산(巫山)348)에 아침 구름이 덮혀 있는 듯 구슬 같은 눈물이 계속 흘렀다. 그 고운 얼굴과 어여 쁜 거동이 석목 같은 마음이라도 공경하고 우러러 사모할 정도였다. 조씨 등이 넋이 나간 듯이 양소저의 얼굴을 우러러 사랑하고 차마 불쌍하여 애 처로운 마음을 이기지 못하였다.

문득 조공이 명으로 정소저와 양소저를 불렀다. 조씨 등이 양소저를 위로하여 양소저를 이끌고 영춘정에 이르렀다. 정소저가 이런 변을 당하 여 양소저와 똑같은 모습을 하고 있었다. 정소저는 지난번에 수많은 험난 한 일을 겪고 한 조각 심장이 금옥같이 되었기 때문에 정소저가 단정하게 바로 앉아서 세세하게 생각하였다. 이 일의 근본은 박씨가 박수관과 계교 를 꾸미며 일어났는데 자기를 빼앗아 본가에 옮기고 다시 일을 일으켜 일

---

348) 무산(巫山) : 중국 사천성 무산현 동쪽에 있는 산. 산위에는 무산 십이봉이 있는데, 무산의 선녀 가 초나라 회왕(懷王)과 양왕(襄王)을 양대(陽臺)에서 만나 사랑을 했다는 고사가 있음.

생을 방해하려고 한다는 것을 거울같이 알았다. 한 번 친정에 돌아가면 박가의 욕을 입어 죽지 않으면 욕을 볼 것 같았다. 그래서 구차하게 친정에 가지 말고 조씨 집안에서 죽고자 하였다. 그러나 시부모님이 불쌍하게 여겨 사랑해주시는 것도 있고 늙은 아버지께 자식을 잃은 슬픔[349]을 보이지 못하겠고 죽은 어머니가 남기신 가르침을 생각하며 외로운 어린 아들이 부모의 죽음에서 느낄 아픔[350]을 생각하니 차마 목숨을 끊어버리지 못하였다. 이리저리 생각하나 비록 마음이 한 조각 강철이지만 어찌 견디겠는가? 옥 같은 간장이 마디마디 부서져 재가 되는 것 같았다. 오직 벽란과 춘경을 돌아보며 말하였다. ⁴⁹

"험난한 여생(餘生)이 벌써 죽어야 하는데 죽지 못하고 이 괴로운 지경을 당하는구나."

하고 구슬 같은 눈물이 줄줄 흘러내렸다. 시누이들이 양소저와 함께 이르니 정소저는 눈물을 거두고 일어나 이들을 맞는데 걱정하는 정소저의 거동이 더욱 빼어나게 아름다웠다. 조씨 등이 눈물을 머금고 함께 존당에 이르렀다. 조공이 이들을 보니 일제히 봉황의 장식이 있는 예관과 꽃신을 벗고 엷은 화장에 녹의청상(綠衣靑裳)으로 아름다운 발걸음을 나직이 하여 자리에 이르는 것이었다. 복색이 보잘 것 없으나 아름다운 모습이 더욱 빛나 연꽃 두 송이가 맑은 물에 솟으며 두 개의 달이 나란히 떠서 뜬구름을 헤치는 듯하였다. 봄 산이 근심하는 빛을 띠고 온갖 자태와 아리따운 광채가 온 방에 비치니 시부모와 할머니가 새롭게 사랑하여 소중하게 생각되었으나 참 ⁵⁰

---

349) 자식을 ~ 슬픔 : {서하지통(西河之痛)}. 이는 자식을 잃은 슬픔을 뜻함. 공자의 제자인 자하가
    서하에 있을 때 자식을 잃고 너무 슬퍼 운 고사에서 온 말임.
350) 부모의 ~ 아픔 : {종천극통(終天極痛)}. 세상이 끝난 아픔으로 부모의 초상을 이름.

담하여 두 사람의 시신을 곁에 놓은 듯 가련함을 이기지 못하였다. 두 소저에게 자리를 주어 앉기를 명하고 조공이 탄식하며 말하였다.

"집안의 운이 불행하여 어진 며느리가 옥 같은 절개와 얼음같이 깨끗한 몸으로도 이런 일을 만나니 옛날부터 충신과 열사는 괴롭고 서러우나 이름이 후세에 빛나는 것으로 위로할까 한다. 어진 며느리들이 애매하고 괴로운 누명을 입게 되었고 더욱이 며느리 정씨가 친정으로 돌아가는 일이 근심스럽고 슬프구나. 늙은 아비가 무슨 말로 위로하겠느냐마는 그래도 몸을 보전해야 한다. 위로가 되는 것은 각각 그 지아비가 또한 얼음과 옥 같은 절개를 알고 있고 할머니와 시부모가 슬프고 참혹하여 가슴을 아파하여 침식이 편하지 않다는 것이다. 그 누명은 분하나 행실이 높고 백옥은 도움을 받아 보호될 것이다. 어린 아들의 외로운 신세와 각각의 남편의 심사를 돌아보지 않을 수 없는 것이니 지나치게 마음을 상하게 하여 목숨을 끊을 징조를 지어 흉측한 사람의 뜻대로 되게 하지 마라. 일마다 마음을 시원스럽게 먹고 살아갈 방법을 생각하고 마음을 좁게 먹고 죽어서 세상일을 모르고자 하는 뜻을 두지 마라. 며느리 정씨는 집을 떠나니 더욱 애처로워 차마 볼 수 없으나 이 또한 부모님 곁으로 가는 것이니 얼음 같은 깨끗한 마음과 아리따운 마음을 보전해라."

두 며느리가 머리를 숙이고 다 듣고는 안색을 고치고 감격함을 이기지 못하며 두 번 절하고 은혜에 감사하며 말하였다.

"소첩 등이 젊은 시절에 슬하에서 은혜를 입어 따스한 봄볕 같은 혜택이 몸에 젖었습니다. 운명이 기구하여 만고에도 없는 강상(綱常)을 어긴 몸이 되니 동해의 물을 기울여도 첩 등의 누명을 씻기 어렵습니다. 그러나 할머니와 시부모님의 하늘과 같은 가득한 은혜가 원통한 억울함을 비추어주시고 몸을 보전하기를 하교하시니 첩 등이 석목이 아니온데 어찌 은혜에 감격함을 모르겠습니까? 삼가 가르침을 가슴 속에 새겨두고 나라가 첩 등을 죽이기 전에는 한 가닥 남은 쇠잔한 목숨을 보전하여 마지막과 처음을 보며 시부모님의 처분을 기다릴 따름입니다."

옥 같은 목소리가 처량하여 아름다운 얼굴이 참담하였으며 부끄러워하는 얼굴빛과 원통한 말이 나타났다. 조공이 길게 탄식하며 말하였다.

"좋구나! 나의 두 명의 며느리는 여자 중에 군자이다. 이 더러운 말로 목숨을 마치지 않을 것이다. 어린 아이를 데리고 가서는 몸을 보호하기 어려울 것이니 어린 아이는 여기에 머무르게 하고 마음을 편하게 하고 빨리 다시 모이기를 생각해라."

태부인의 흐르는 눈물이 비와 같아서 정소저가 떠나는 것을 만류하였다. 위부인은 며느리 양씨가 애처롭고 차마 보기 어려워 칼을 삼킨 듯 처절하게 아무 말도 못하면서 손을 잡고 말을 이루지 못하였다. 한림 형제가 들어와 이 모습을 보았다. 조무가 옛날 같았으면 심장이 사라질 것이었지만 다만 할머니께 아뢰었다.

"정씨와 제가 괴이한 누명을 입으니 가소로우나 성상(聖上)이 오히려 헛된 일을 하지 않으시니 무슨 근심이 있겠습니까? 정씨가 잠깐 친정에 돌아가는 것은 예사로운 것이지 죽을 곳에 가는 것이 아니옵니다. 할머니와 어머니는 지나치게 마음이 아프도록 몹시 슬퍼하십니까?"

위부인이 정색하고 책망하며 말하였다.

"네가 무식하게 본래의 본성을 잃어리고 딴 사람처럼 되는 것이 갈수록 더하여 깨달음이 없으니 네가 어릴 때부터 공부하던 수신제가(修身

齊家)는 무엇이냐? 황상께서는 왜 네 죄를 다스리지 않으시고 죄가 없는 정씨를 폐출하게 하시느냐? 처에 대한 너의 편벽된 행동과 현명하지 못함이 아니었다면 환란이 이 지경에 미치겠느냐? 이제 이 지경이 되어 정씨가 돌아가는 행색을 보고 토목과 같은 간장을 가진 사람이라도 가슴에 사무쳐 슬퍼할 것인데 무식하고 경박한 행동을 하는 너 같은 사람은 없을 것이니 말해서 무엇 하겠느냐?"

조씨 등이 웃으며 말하였다.

"어머니께서 말씀하는 것처럼 토목과 같은 심장을 가진 사람이라도 이와 같으면 오늘과 같은 날에 통곡하지 않겠습니까?"

그리고는 조무를 돌아보고 말하였다.

"너도 사람의 마음을 가지고 있는데 측은하지 않느냐?"

조무가 크게 웃으며 말하였다.

"저의 행동거지가 이처럼 난처한 적이 없습니다. 정씨는 어릴 때 혼인하여 정에 이끌려 자연스레 정씨를 찾으면 편벽되다하여 화(禍)의 근원이라 하시고는 책하셨습니다. 공주는 임금이 주신 것이라 하여 근간에 잠깐 공주를 대접하니 토목 심장이 되었다고 책망하시니 어찌 가소롭지 않겠습니까? 차라리 머리를 깎지 않은 중이 되어 인륜을 나 몰라라 해야 이 책망을 장차 면할 것 같습니다."

하고는 눈을 흘기며 정소저를 보며 말하였다.

"내가 그렇게 해도 영춘정에 가지 않으니 내 얼굴이 그리웠느냐? 원망이 낭자하니 숙녀의 정숙하고 단정한 도리로도 이러한가? 이것으로 본다면 금선궁에는 7, 8개월이나 발길을 끊었는데도 공주는 원망하는 말이 없었던 것이로구나."

정소저는 단정하게 앉아서 아무 말도 하지 않고 대답이 없었다. 위부인이 말하였다.

"이별에 임해서도 한마디의 위로함이 없고 도리어 책망할 뜻만 있느냐? 알지 못하겠구나. 며느리는 무슨 죄로 남편의 박대를 받으며 얼음과 옥 같은 아름다운 몸이 누명을 입었는지 사람이 짐작하지 못할 일이구나."

하고 꾸짖으니 조무는 두 눈을 내리깔고 한마디도 참여하지 않았다.

이때 정공이 초라한 수레로 딸을 데려가려고 하였는데 할머니와 시부모가 정소저를 보내는 마음과 하직하는 슬픔을 이루 다 기록하지 못할 지경이었다. 정소저의 어린 아들 기현은 3살인데 걸음걸이가 익숙하고 말이 영민(英敏)하여 능히 부모를 사랑할 줄 알았다. 어머니의 비단치마를 58 붙들고 옥 같은 얼굴에 구슬 같은 눈물을 비오듯 흘렸다. 정소저도 아들을 안고 어루만지며 또한 구슬 같은 눈물을 줄줄 흘려 비단 치마를 적셨다. 이 모습은 석목 같은 마음을 가지고 있는 사람이라도 마음을 움직일 만하였다. 어린 아들이 모친의 젖을 붙들고 놓치 않으니 태부인이 차마 보지 못하여 유모에게 명하여 어린 아이를 달래라 하고 정소저의 손을 잡고 눈물을 흘리며 말하였다.

"나는 죽고 사는 것이 아침저녁을 기약하지 못한다. 네가 한 번 가면 다시 돌아와 나를 볼 날을 기약하지 못하니 어진 며느리의 효성으로써 나의 이 같은 정을 생각하여 살아 생전에 보기를 바란다." 59

정소저는 눈물을 머금고 공경이 받들어 사례하였다. 조성이 그제서야 정소저를 향하여 탄식하며 말하였다.

"인생을 살아가면서 한 가족이 단란하게 모여 사는 것이 제일 큰 경사인데 이제 형수님께서는 태임과 태사 같은 덕행으로 사덕을 겸비하시어 조금도 죄를 지은 것이 없는데도 불행한 시운을 만나 친정으로 돌아가시니 서운함을 이기지 못할 것 같습니다. 요즈음 형님이 하시는 일이 도를 넘는 일이 많은데도 제가 어리석고 형에 대한 도리를 지키지 못하여 옳은 도리로 형에게 잘못을 고치도록 말하지 못하여 이런 불미스러운 일이 많습니다. 제가 황송하고 부끄러움을 금하지 못하겠습니다."

조무가 갑자기 화를 내며 말하였다.

"내가 비록 아름답지 못하나 네 형이다. 부녀자를 대하여 나를 압도하고 교만한 마음으로 나를 하찮게 여기는 것이 이리도 심하겠는가?"

조성이 온화한 기색으로 아무렇지도 않게 대답하였다.

"제가 불초하오나 어찌 감히 부형(父兄)을 압도하겠습니까? 형님의 근래 행사를 다른 사람은 모르지만 저는 압니다. 비록 황녀를 공경하나 어찌 구태여 밤낮으로 내실(內室)에 잠겨 임금과 아버지의 부르심이 아니면 나오실 줄을 모르십니까? 궁중에 소속된 사람을 보시면 문득 반가워하는 웃음을 머금고 기뻐하시는 것을 줄일 줄 모르고 때 없이 술에 취하여 얼굴이 바뀌고 의대를 바로 잡는 것을 깨닫지 못하셔서 제가 두어 번 충고하였지만 효험이 없었습니다. 이제 형수님의 행색이 사람의 마음을 감동시킬 것인데 형님은 한 말씀도 위로함이 없고 불평스러운 말씀과 인정이 없고 쌀쌀한 얼굴로 곁에 있는 사람의 이목에 드러나 숨기지 못하시니 알지 못하겠습니다. 형수님이 무슨 죄를 지은 일이 있습니까? 군자가 몸을 닦고 집안을 다스리는 것은 나라를 다스리고 천하를 평정하는 근본입니다. 요사이 형님의 처사는 사람들에게 웃음을 살 만합니다. 제가 어찌 책망하시는 것을 두려워하여 품은 생각을 아뢰지 않겠습니까?"

조무가 아무 말 없이 불쾌한 마음을 얼굴에 드러냈다. 조공이 탄식하며 말하였다.

"내가 현명하지 못하여 자식의 허물을 알지 못하니 부끄럽지 않겠는 ⁶²가? 조성의 말이 지극히 올바른 견해이니 네가 무슨 낯으로 말하려고 하느냐? 정씨가 친정으로 돌아가고 홀로 공주와 같이 즐기게 되었으니 다른 시비(是非)가 없을 것이다. 군자가 밤낮으로 내실에 있으면서 머리를 박고 있을 것이 아니니 앞으로는 사랑에 있으면서 사납고 막된 행동은 삼가고 술기운을 내 앞에서 보이지 마라."

조무가 낯을 붉히고 말을 못하였다.

정소저가 할머니와 시부모, 숙부와 당숙과 여러 서모와 시누이들에게 하직하고 다시 양소저와 이별하였다. 서로 간에 정의(情誼)는 골육 같았고 의지와 기개가 서로 잘 맞았기 때문에 매우 슬퍼하였다. 두 사람이 옥 같은 손을 잡으며 구슬 같은 눈물을 줄줄 흘리며 오랫동안 말이 없더니 정 ⁶³소저가 탄식하며 말하였다.

"내가 재주가 없는 비루한 자질로 훌륭한 조씨 가문에 보전함을 얻지 못하고 천고에도 없는 누명을 입어 친정으로 돌아가니 앞으로의 사생과 길흉을 알지 못하여 오늘 이별이 평생의 영결이 될지 모르겠네. 그러니 어느 날 다시 어깨를 나란히 하여 북당(北堂)의 할머니를 찾아가 뵙고 동서와 더불어 즐겁게 지내겠는가? 동서의 누명이 몹시 놀랍지만 뜬 구름 같은 누명은 후환이 없을 것이고 할머니와 시부모님을 모시고 어린 아들을 곁에 두고 친정에 두 부모님이 함께 살아계시니 나에게 비 교할 바가 아니네. 또한 시동생이 현명하신 것은 여자의 타고난 복에 ⁶⁴

넘치는 것이니 마음을 넓게 먹고 꽃 같은 몸을 보호하게. 첩의 궁박한 신세를 불쌍하고 가엾게 여겨 어미 없는 외로운 어린 아들을 보전하여 불쌍하게 여겨 돌봐주길 바라네."

양소저가 오열하고 눈물을 흘리며 말하였다.

"인생이 기구하여 세상에서 헤아릴 수 없는 경계를 당하여 일신에 누명이 창해수를 기울여도 씻지 못하게 되었습니다. 세상에 일시라도 머물 뜻이 없으나 할머니와 시부모님의 사랑하심과 후일에 사실대로 밝혀지기를 구구이 생각하고 살아가려고 하는데 형님께서 이제 시댁을 떠나 친정으로 돌아가시는³⁵¹⁾ 행색이 저의 마음을 슬프게 합니다. 과거에 일어난 불행한 일이 어떻게 된 줄 모르지만 형님의 고명하신 뛰어난 식견에 헤아리심이 없지 않을 것이니 몸을 보호하는 계책을 현명하게 살피십시오. 누명을 씻어버린 후에 다시 모여 할머니와 시부모님을 모시고 어깨를 나란히 하여 때때옷을 입고 춤을 추는 즐거움³⁵²⁾을 기약하시고 지레 귀한 몸을 상하게 하지 마십시오. 조카의 외로움은 정성을 다하여 제가 있는 동안은 형님의 부탁을 저버리지 않겠습니다."

말을 마치자 연연해 하는 정과 끝없이 흐르는 눈물이 옷 앞을 적셨다. 조공이 외당에 나와 정공을 대하여 말하였다.

"내 며느리의 참혹한 액이 이 지경에 있으니 두 집의 불행함을 어찌 다 말하겠습니까? 비록 그러나 내 며느리의 모습에는 복의 기운이 가득하니 앞으로는 복록이 헤아릴 수 없을 것입니다. 아직 불행한 재앙이

---

351) 시댁을 ~ 돌아가시는 : {파월(播越) ᄒᆞ여}. '파월'은 임금이 도성을 떠나 다른 곳으로 피난하는 것을 의미하지만 여기서는 정소저가 시댁을 떠나 친정으로 돌아가는 일을 가리킴.
352) 때때옷을 ~ 즐거움 : {무채지낙(舞彩之樂)}. 효자로 알려진 노래자(老萊子)가 때때옷을 입고 춤을 추어 부모님을 즐겁게 해드렸다는 데서 유래함.

이러하나 끝내는 구름과 안개를 헤치고 하늘의 해를 다시 볼 날이 있을 것입니다. 형은 구태여 다른 염려는 하지 마시고 내 며느리를 데려가신 후에 매사에 깊이 생각하여 힘을 다해 보호하여 좋은 때를 기다리십시오."

정공이 눈물을 흘리며 탄식하였다.

"제가 운명이 기구하고 위인이 현명하지 못하여 한 명의 딸아이 신세를 편안하게 하지 못하니 뼈에 사무치도록 몹시 원통합니다. 앞으로 올 일을 또 어찌 반드시 기약하겠습니까?"

말을 마치고 조공과 작별한 후 한 대의 가마로 정소저를 데려가니 공주를 제외한 가문의 모든 사람들이 정소저의 참담한 행색을 보고 눈물을 뿌리며 탄식하지 않는 사람이 없었다.

이때 정소저는 수많은 근심과 한을 마음에 담고 아버지를 모시고 본가로 돌아왔다. 스스로 생각하기를 '내가 이제 할머니와 시부모님의 슬하를 떠나 호구(虎口)에 들어가니 진실로 앞이 어둡고 가슴이 막히는구나.' 하였다. 정소저가 길 위에서 여러 가지로 생각하였으나 몸을 보호할 계교가 없었다. 이에 마지못하여 한 개의 계책을 생각하고 사나운 욕을 미리 대비할 생각을 정하였다.

교자에 앉아서 머리를 풀어서 낯을 가리고 손뼉을 치며 웃고 수레를 모는 사람을 잡아뜯고 내달아 때때로 웃고 때때로 우니 그 거동이 실성한 사람이었다. 벽난 등이 매우 놀라 정소저를 붙들어 교자에 들어가게 하고 교자의 문을 단단히 잠그고 갔다. 교자 안에서는 광언망설(狂言妄說)이 끊어지지 않고 계속되었고 말과 행동이 해괴하였다. 지나가는 사람들이 발을 멈추고 귀를 기울이며 괴이하게 여겼다. 남자종과 여자종이 놀라서 빨리 정씨 집안에 이르렀다. 모든 집안사람들이 반가워하며 정소저를 보려고 다투어 이르렀다. 교자의 문을 여니 정소저가 문득 뛰어 나와 머리를 흔들고 손뼉을 치며 크게 웃고 땅에 구르며 모든 시비를 주먹으로 치며 박찼다. 여러 사람들이 매우 놀라고 경악하였으며 춘경 등은 눈물을 흘리며 말하였다.

69
"많고 적은 환란에 심정이 상하여 이런 병이 생기니 이를 장차 어찌하겠는가?"

박씨가 정소저의 거동을 보고는 넋을 잃고 다시 말했다.

"딸아이가 어찌 이토록 잘못되었는가?"

정소저가 박씨의 말을 듣고 손뼉을 치고 치달아 박씨를 끌어서 붙들고 허허하고 웃으며 말하였다.

"이 아니 좋고 즐겁지 않겠느냐?"

뛰놀고 날뛰는 거동이 놀랍고 망측하여 보는 사람이 가히 웃을 만하였다. 이 모습이 어찌 평일에 발자취가 문밖으로 나가지 않고 예의가 아니면 움직이지 않고 빼어나게 단정하던 위인이겠는가? 영씨와 여러 서모가 나와서 보고 웃음을 참지 못하였다. 정공이 쫓아와 보고는 어이가 없으며
70
처참하고 슬퍼서 넋이 나간 듯이 앉아서 한마디의 말도 못하였다. 오랜 시간이 지난 후에 정소저를 붙들어 침소로 보내고 유모와 시녀에게 정소저를 지키라고 하였다.

정소저는 내달아 뜰에 구르기도 하고 혹은 동산에 치달아 와서 슬프게 통곡하며 칼을 가져와 자기 몸과 낯을 찌르려고 하는 장난이 그치지 않았다. 한편으로는 집안의 물건을 보는 족족 다 함부로 마구 두드려서353) 집안의 기구가 남는 것이 없었다. 음식을 한 없이 집어먹고는 배를 두드리

면서도 또 한정 없이 먹고자 하는 형상을 하며 남의 상을 **빼앗아** 엎어버리고 깨뜨리는 형상이 이루 말할 수 없었다.

그렇게 4, 5일이 되자 박씨가 비록 매우 간악하나 저 광인을 족히 꾸짖지 못하고[354] 마음속으로 생각하였다.

71

'내가 채임을 데리고 온 것은 수관을 위하여 나의 본래의 뜻을 세우려고 한 것이다. 그런데 채임이가 뜻밖에도 미친 병자가 되었으니 비록 얼굴이 고우나 무엇에 쓰겠는가? 내 집에서 오랫동안 음식만 허비하고 장난만 하니 차라리 죽여버리는 것이 옳으나 일을 너무 경솔하게 하지는 못할 것이다. 요사이 상공이 딸아이를 깊이 생각하고 돌보는데 감히 박하게 하는 것도 상공의 뜻을 어기는 것이니 어찌하면 좋겠는가?'

이처럼 근심하며 박수관을 청하여 말하였다.

"아우를 위하여 채임을 너의 아내로 삼고자 하여 황명(皇命)을 얻어 데려왔는데 너와 인연이 없어서 그런가 문득 발광하여 상황이 이와 같이 되었다. 이리 몹시 놀랄만한 행동을 하는 것을 무엇에 쓰겠는가? 내가 한 개의 근심거리를 만났으나 남편은 깊이 생각하고 돌보는 것을 전과 달리하여 채임을 잘 간호해 줄 것을 당부하니 뜻을 어기기 어렵고 채임이 밤낮으로 일을 일으키니 이런 두통거리가 어디 있겠는가? 너는 묘책을 가르쳐 달라. 이 아이가 대강 어릴 때에 어미를 여의고 부모가 세상을 떠나는 아픔[355]을 가슴에 품고 깊이 마음이 상한 터였는데 공주

---

353) 함부로 ~ 두드려서 : {줏두다려}. 이는 옛말 '줏두ᄃᆞ리다'에서 온 말로 마구 두드리다의 의미임.
354) 족히 ~ 못하고 : {족수(足數)티 못ᄒᆞ여}. '족수(足數)'는 족히 들어 말하다, 꾸짖다의 의미이므로 이와 같이 옮김.
355) 부모가 ~ 아픔 : {뇩아지통[蓼莪之痛]}. 이는 육아(蓼莪)의 아픔을 의미함. 육아(蓼莪)는 『시경』 「소아(小雅)」의 편명임. 이 작품은 전쟁에 나가 부모를 섬기지 못하다가 부모가 세상을 떠난 후에 그 슬픔을 읊은 노래임. 여기서는 부모를 잃은 아픔으로 옮김.

같은 적국(敵國)356)을 만나 하루도 마음이 편할 적이 없었다. 허약한 체질이 마음을 태워 이 병이 났으니 칠정(七情)357)이 다하여 고칠 길이 없으니 얼마가지 않아 죽을 것이다. 아우가 수고하여 채임을 얻으려 하나 보배로운 재물을 허비하여 일껏 얻고 나면 오래지 않아서 신체를 땅에 묻을 것이니 달리 일을 처리하기를 생각하라."

박수관이 크게 놀라 두 눈이 동그래지고 안색이 흙빛같이 되어 탄식하며 말하였다.

"박수관의 박복함이 어찌 이와 같은가? 만일 정소저가 발광한 것이 확실하다면 서시(西施)358)의 미색인들 무엇에 쓰겠습니까? 병이 이렇다가도 사라질 수 있으니 누님께 해가 될 것은 없을 것입니다. 아직 잘 데리고 있다가 보아가며 다시 좋은 계책을 생각하여 누님의 근심이 없도록 하겠습니다."

즉시 일어나 양씨 집안에 가서 양세를 보니 마침 강후신과 차정인이 두 사람이 다 나가고 양세가 술에 취하여 혼자 누워있었다. 박수관이 나아가 양세의 손을 잡고 일으키며 말하였다.

"제가 형을 위하여 동서로 분주한데 형은 홀로 매우 한가하여 죽침을 베고 취몽에 깊이 빠져 있소?"

양세가 웃고 일어나 말하였다.

"마침 강후신과 차정인이 나가고 혼자 심심하여 잠들었는데, 형이 오니

---

356) 적국(敵國) : 첩이나 남편의 다른 부인을 뜻함.
357) 칠정(七情) : 사람의 일곱 가지 감정. 기쁨(喜)·노여움(怒)·슬픔(哀)·즐거움(樂)·사랑(愛)·미움(惡)·욕심(欲), 또는 기쁨(喜)·노여움(怒)·근심(憂)·생각(思)·슬픔(悲)·놀람(驚)·두려움(恐)을 이름.
358) 서시(西施) : 중국 춘추 시대 월나라의 미인임. 오나라에 패한 월나라 왕 구천이 서시를 부차에게 보내어 부차가 그 용모에 빠져 있는 사이에 오나라를 멸망시켰음.

울울한 회포를 펼 수 있을 것 같소."

박수관이 말하였다.

"사귀는 것은 한가지나 나를 알아주는 친구는 형이 더합니다. 그래서 내가 형을 위하여 마음과 힘을 다하여 정씨를 친정에 옮겨왔으니 오래지 않아 형의 기물이 될 것입니다. 오래 전부터 사귄 친구가 자기를 알아주는 친구를 위하여 몸을 허락하는 도리가 있으니 반평생 사모하던 미인을 형에게 돌려보냅니다. 그러면 형은 무엇으로 그 은혜를 갚으려 하오?" 75

양세가 매우 기뻐하고 웃으며 말하였다.

"마음을 다해 사례하겠소."

박수관이 머리를 흔들며 말하였다.

"나의 소원은 만금도 아니오. 내가 들으니 조성의 처인 그대의 누이는 천하에 없는 독보적인 미색이라고 하더군요. 비록 누이를 강후신에게 줄 것을 허락하였으나 강후신은 보잘 것 없는 가문이며 별 볼일 없는 협객으로 어찌 누이의 배필로 삼겠소? 나 수관은 사대부 가문의 한 핏줄로 금마옥당이 혁혁한데 조가 축생(畜生)이 나를 재해에 빠지게 하여 벼슬이 바뀌었으나 과거 급제자 명단에서 내 이름이 떼지지 않았소. 76

임금의 뜻을 기다려 훗날 출장입상하여 권세를 홀로 마음대로 휘두를 때 역적인 조성의 무리를 어찌 용납하겠소? 형은 차정인과 강후신을 속이고 기이한 묘책과 비밀스러운 계략을 내어 누이를 형의 집으로 데리고 와서 나를 주시오. 그리고는 조씨 집안에 기별하기를 누이가 간부가 있었는데 데리고 도주하였다 하면 조씨 집안에서는 나와 형이 한 일이라고 꿈에라도 생각하겠소? 만일 형이 누이를 나에게 허락하지 않으면 나도 정씨를 허락하지 못할 것이오."

양세는 박수관의 달래는 말을 듣고 정씨를 취할 뜻이 급하여 쾌히 허락하며 말하였다.

77 "형의 말이 유리하니 가르치는 대로 하겠소. 다만 누이를 조씨 집안에 두고서는 일의 상황이 좋지 않으며, 누이를 데리고 오는 것은 어려워서 누이가 부모의 청이라도 이것을 듣지 않고 있소. 요사이 더욱 누명을 입어서 두문불출하여 세상과 인연을 끊었다고 하니 어떻게 하면 데리고 올 수 있겠소?"

박수관이 말하였다.

"이 계교는 내가 생각할 것이니 형은 오직 누이를 장선각에 오게 한 후 신의를 어기지 마시오."

하고 두 사람이 언약을 정한 후에 박수관이 집에 돌아와 어미 소씨를 보고 귀비께 이리이리 하라고 하였다. 소씨가 자식의 어질지 못함을 생각하지 않고 다음날 궁궐에 들어가 귀비를 보고 오랫동안 뵙지 못했음을 말하고 달래며 말하였다.

78 "정씨를 친정으로 내친 후에 조무가 공주를 후대하지만 조무의 호색(好色)이 다른 사람과 다르므로 공주를 돌아보지 않고 있습니다. 조성의 처인 양씨의 옥 같은 얼굴과 꽃 같은 모습이 정씨보다 세 배나 나으니 조무가 날마다 마음을 두고 관심을 두어 사사로운 정이 있습니다. 조씨 집안의 모든 사람들이 정씨와 양씨의 자태가 남과 달리 아름다운 것을 보아 눈이 높습니다. 옥주가 따로 계시면 태도가 빛나지만 양씨가 곧 곁에 있으면 백옥에 기와가 있는 것 같고, 모란에 잡풀이 있는 것과 같으니 옥주의 미모가 매우 탈색됩니다. 이렇기 때문에 옥주 낭랑의

곱고 아름다운 자태는 조씨 집안에서는 박색으로 생각된다고 하니 첩이 애달파 낭랑께 아룁니다. 양씨를 없애지 않으시면 후회가 있을까 합니다." <aside>79</aside>

귀비가 탄식하며 말하였다.

"금선이 비록 황녀이나 어찌 동서조차 금하겠는가? 양녀는 저 번에 언관이 큰 죄로 얽었으나 성상(聖上)께서 죄를 주지 않았으니 내가 어찌 양씨를 없애겠는가?"

소씨가 귀비의 귀에 대고 한 개의 계책을 말하니 귀비가 크게 기뻐하며 고개를 끄덕이고 응낙하였다. 그리고 가만히 글을 지어 공주에게 기별하였다.

원래 금선공주는 정소저만 미워하는 것이 아니라 양소저를 정씨 다음으로 미워하다가 귀비의 글월을 보고 크게 기뻐하여 즉시 계교를 행하였다. 금선공주는 양소저의 시비인 계월을 사귀고 뇌물을 많이 주어 심복으로 삼고 양세와 박수관과 더불어 마음을 합쳐 계책을 모의하여 양소저를 해치려고 하였다. <aside>80</aside>

공주가 갑자기 병이 들어 여러 날 동안 증세가 위중하여 헛소리를 수없이 하고 때때로 혼절하여 무수한 사람이 금빛의 칼을 들고 찌른다고 소리 지르며 정신이 없었다. 금선궁이 떠들썩하여 소란스러웠고 조무가 우려하여 금선공주의 병을 지극히 구완하였다. 시부모가 또한 놀라고 근심스러워하며 친히 문병을 하였다. 공주가 병세가 날로 더 위중한 형상을 하니 궁중 안이 모두 놀라며 걱정스러워하고 박귀비는 일부러 놀라는 체하고 황상께 그 소식을 아뢰었다. 또한 술사(術士)를 청하여 금선궁에 가서 일의 조짐을 보라고 하였다. 이 술사는 내시로 최상궁의 사촌 아우였는

<aside>6권 355</aside>

데, 서로 뜻을 맞추어 같은 마음으로 힘을 모았다. 공주의 침전을 뜯고 요사스럽고 더러운 수많은 물건을 얻어내니 붉은 글씨로 축사(祝辭)가 써 있었는데, 이 축사는 정씨가 한 것이 아니었고 성명도 씌어 있지 않았다. 태감이 무수히 파니 궁중이 떠들썩하였다. 조무가 이 사실을 알고 크게 화를 내며 영춘정에 남은 시녀를 다 잡아다가 심문하려고 하였다. 공주가 조무에게 고하였다.

"정부인은 첩과 더불어 정의(情誼)가 골육 같습니다. 이런 계교를 어찌 내었겠습니까? 더욱이 애매한 시비를 심문하지 마시고 이것은 첩의 궁중에 소속된 자에게서 비롯되었을 듯하니 궁녀를 엄하게 문책하여 사실을 조사하십시오."

82

조무가 이 말을 옳다고 여기고 궁중의 시비를 다 잡아내어 죄상을 추궁하며 심문하였다. 조무의 위엄과 호령이 씩씩하고 헌걸차나 모든 시비가 하나같이 말하기를 원통하다고 하였다. 그러다 나이 어린 궁녀인 소옥이 정직하게 죄를 자백하면서 말하였다.

"과연 천한 시비인 제가 이유를 모르고 양부인의 시비인 섬랑이 흉측하고 더러운 물건과 축사를 주어 이리이리 하라 하고 또 백은 50냥을 주며 말하기를 일이 이루어지면 천금으로 사례하겠다고 하였습니다. 공주님의 침전을 파고 그것을 묻으면 수복(壽福)이 끝없이 길고 멀 것이며 궁중에 경사가 계속될 것이라고 해서 소녀가 어리석은 뜻으로 유익한 것이라 생각하여 공주님께 좋다는 말을 곧이듣고 묻었습니다."

조무가 이 말을 다 듣고 매우 의혹스러웠으나 양씨의 시비를 잡아 묻지 않았다. 이에 정색하며 소옥에게 엄하게 물었다.

"이것은 다 거짓말이다. 양부인이 무슨 까닭으로 너희에게 뇌물을 주고 이 일을 했겠는가?"

태감이 정색하며 말하였다.

"소옥의 진술이 분명한데 어찌 죄를 묻지 않고 덮어두려고 하십니까?"

조무가 말하였다.

"그렇지 않다. 제수씨의 시녀를 한 명의 궁녀의 모함하는 말 때문에 책망하겠는가? 너희들은 궁궐에 들어가 아뢰기를 괴이한 것이 있었는데 근본을 알아내지 못하였다고만 말씀드려라."

태감이 조무의 말이 불가(不可)하다고 다툴 즈음에 조성이 금선궁에서 매질 소리가 나는 것을 듣고 그 형의 과격함이 있는가 하여 천천히 걸어서 금선궁에 이르렀다. 형장(刑杖)하는 기구를 모두 갖추어 놓고 노비들이 구름이 모이듯 모여 있었고 소옥을 형장에 매어 계속해서 치고 있었다. 조성이 나아가 자리에 앉으며 말하였다.

"공주의 환후가 어떠하시며, 무슨 큰 일이 있길래 우환 중에 형장(刑杖)을 베푸십니까?"

조무가 양미간을 찡그리며 말하였다.

"궁중에 변괴가 있기에 부득이하게 심문하고 있다. 진실과 거짓을 알지 못하니 근심하고 번민하고 있다."

조성이 조무의 말을 들으며 한 편으로 초사(招辭)를 보고 한심함을 이기지 못하여 눈을 들어 소옥을 다시 보지 않았다. 안색을 아무렇지 않게 하며 말하였다.

"앞으로 어찌하려고 하십니까?"

조무가 말하였다.

"소옥의 초사가 거짓말인 것 같으니 돌아보지 않는 것이 마땅하다."

조성이 정색하며 말하였다.

"그렇지 않습니다. 이 일은 우리 형제가 사사롭게 할 것이 아닙니다. 천자께서 술사를 보내시어 벌써 일의 조짐을 살펴 일의 원인을 밝혀냈으니 양씨는 말할 것도 없고 저라도 물어 진실과 거짓을 다스리지 않을 수 없습니다."

하고 다시 시녀에게 명하여 옥매정에 가서 섬랑을 잡아 오라고 하였다. 원래 섬랑은 양소저와 같은 유모의 젖을 먹고 자라서 양소저와는 아우 같은 시비였다. 섬랑은 얼굴이 아름답고 기질이 보통 사람보다 뛰어나 양소저가 신임하였다. 섬랑은 남보다 뛰어나게 영리하고 총명하여 주인을 위하는 충심은 기신(紀信)359)이 한 평생 절개를 굽히지 않는 것을 본받을 정도였다. 고금(古今)의 책을 널리 읽어 글재주가 규방의 군자 같았고 시비 중에 영특하고 기상이 뛰어났다. 양소저가 섬랑을 골육같이 사랑하니 계월이 항상 미워하고 있었던 까닭에 일부러 소옥의 초사에 섬랑의 이름을 넣었다. 양소저가 섬랑의 손을 잡고 눈물을 흘리며 말하였다.

"뜻밖에 집안에서 일어난 변란360)이 있으니 너는 수고롭게 형벌을 받지 말고 기회를 보고 몸이 편할 방법을 생각하여 모두가 내가 시킨 일이라고 하여라. 나는 솥361)에 든 새이고 도마 위의 고기362)이니 내 목숨을 구차하게 살려고 하지 않는다."

---

359) 기신(紀信) : 중국 한나라 고조 때의 장군. 항우의 군사에게 포위당한 고조를 위해 자신이 고조로 위장하여 항복함으로써 한 고조를 탈출시키고 자신은 살해당함. 주인을 위해 절개를 보인 신하임.
360) 집안에서 ~ 변란 : {쇼쟝지변[蕭牆之變]}. '소장지변(蕭牆之變)'은 밖에서 남이 들어와 일으킨 것이 아니라 내부에서 일어난 변란을 의미함.
361) 솥 : {뎡확[鼎鑊]}. 이는 발이 있는 솥과 발이 없는 솥을 아울러 이르는 말로 중국의 전국 시대에, 죄인을 삶아 죽이던 큰 솥을 이름.
362) 도마 ~ 고기 : {궤샹육[机上肉]}.

섬랑이 아무렇지도 않게 위로하며 말하였다.

"하늘의 해가 세상을 비추고 신명이 곁에 있으니 소저의 어진 마음과 맑은 덕으로 괴이한 변을 만나셨으나 마침내 반석같이 될 것입니다. 제가 일시의 아픔을 참지 못하고 애매한 주인을 사지에 넣게 되면 하늘의 재앙이 두려우니 제가 사생화복(死生禍福)에 어찌 마음을 고치겠습니까? 제가 비록 시비로서 천한 무리오나 죽어서 주인의 은혜를 갚을 것이고 또한 살 방법이 있다면 벗어날 생각을 할 것이니 오직 소저께서는 천금 같은 몸을 보호하십시오."

이렇게 말하는 사이에 어서 오라는 재촉이 성화같았다. 유모가 가슴을 두드리며 울었으나 섬랑은 다시 한마디 말도 못하고 노비를 따라 이르렀다.

조성이 호령하여 섬랑을 형틀에 올려 매라고 하고 소옥의 초사를 보이며 엄한 형벌로 신문하였다. 섬랑이 중형을 당하였으나 안색을 변하지 않고 아무렇지도 않게 대답하였다.

"우리 주인이 비록 어질지 못하시나 옥주께 무슨 해로움이 있어서 이런 흉변을 지을 리가 있겠습니까? 이는 삼척동자도 곧이듣지 않을 것입니다. 제가 일찍이 발자취가 금선궁을 밟은 적도 없고 소옥의 얼굴도 본 바가 없는데 소옥이 어찌 저의 이름을 알겠습니까? 분명히 가르 친 자가 있을 것입니다. 저의 몸이 매를 맞아 죽을지언정 얼음과 옥 같은 주인에게 원통한 죄를 끼치지 못할 것입니다. 두 분 주인 어른은 이치에 밝으신데도 어찌 깨닫지 못하십니까?"

언어가 한결같이 강개(慷慨)하고 안색이 씩씩하며 당당하여 조금도 죽는 것을 두려워하지 않았다. 좌우에 있는 사람들이 경탄하고 조무가 섬랑의 일을 크게 탄복하여 조성을 말리며 말하였다.

"섬랑의 언사가 당당하며 충의가 세상을 뒤덮고 시비 중에 열사인데 어찌 소옥의 요망한 거짓말로 제수씨의 강직한 신하를 해치겠는가? 그만 용서해라."

90 섬랑은 이밖에 더 아뢸 말이 없다고 하니 조무가 시노(侍奴)에게 명하여 섬랑을 묶은 것을 끄르고 용서하였다. 조성이 조무에게 고하였다.

"이 일은 우리 형제가 처리하고 그만할 일이 아니니 소옥과 섬랑을 가두고 성상의 처리를 기다립시다."

조무가 대답을 하기 전에 공주가 말을 전해왔다.

"이 일은 사소한 일이 아니오나 이미 일을 다 밝혀내어 알게 되었고 또 첩이 해를 입은 바가 없으니 끝까지 원인을 찾아내어 좋을 것이 없습니다. 소옥과 섬랑은 천한 무리로 좁은 생각으로 뇌물을 탐한 것이오니 그만하시고 용서하십시오."

91 이것은 소옥이 형장을 견디지 못하여 이 일을 계월이 시킨 것이라는 사실을 말할까 두려워한 것이었다. 계월이 잡히면 언약을 굳게 하였으나 중형을 못 견디어 사실을 실토하면 일이 드러날 것 같았다. 이런 까닭에 겁이 나서 섬랑을 구하여 죽이는 것을 면하게 하였던 것이었다. 또 태감이 명을 받들고 돌아갈 때 공주는 귀비에게 밀서를 써서 다시 옥사(獄事)를 이루지 말고 양씨를 조씨 집안에서 내쫓아 양씨 집으로 보내기를 간청하였다. 또 태감에게 분부하였다.

"오늘의 옥사는 비록 한심하나 국가가 간섭할 일이 아니고 옥석(玉石)을 가리려고 하면 사람이 많이 상할 것이다. 너희들이 돌아가 성상께 92 아뢰되 조씨 집안의 일이 아무 탈이 없게 하라."

조무는 그 말이 말마다 현숙하다고 생각하였지만 조성은 한심함을 이기지 못하여 소매를 떨치고 집안으로 돌아와 할머니와 부모님께 금선궁의 일이 놀랍고 이상함을 아뢰었다. 조공이 크게 놀라며 말하였다.

"이것은 며느리 양씨에게 생각지도 못했던 화가 이르는 것이다. 며느리 정씨의 일은 오히려 이것과 비교하면 예사로운 것이다. 며느리 양씨를 재해에 빠트리는 것은 무슨 까닭인가?"

조성이 대답하였다.

"양씨가 부질없이 용모가 너무 곱기 때문에 횡액이 끝이 없으니 저의 탓도 아니고 양씨의 죄도 아닙니다."

조씨 등이 웃으며 말하였다.

"네 말 같다면 누가 며느리와 아내를 절색(絶色)을 구하겠는가?" 93

조성이 웃으며 말하였다.

"이런 까닭에 저는 여자의 외모를 구하지 않고 얼굴은 황부인(黃夫人)363) 같고 덕은 맹광(孟光)364) 같은 사람을 구하였는데 불행하여 양씨를 만나 이렇게 어려운 일을 만나니 괴로운 일입니다."

여러 누이가 크게 웃었으나 양소저를 위하여 근심하였다.

이때 귀비가 황상께 아뢰기를 공주의 병이 양씨의 요약한 저주로 난 것이므로 양씨를 그대로 둔다면 공주를 죽일 일을 꾀할 것이니 양씨를 폐출하고 조성에게 한 명의 숙녀를 내리셔서 조씨 가문에 원망이 없게 하라고 하였다. 황상이 이것을 허락하지 않으니 귀비는 여러날 동안 애걸하고 양씨의 전일의 허물이 매우 크다고 가장하여 아뢰었다. 그러자 황상의 마 94

---

363) 황부인(黃夫人) : 제갈공명의 아내로 얼굴은 박색이나 지덕이 뛰어남.
364) 맹광(孟光) : 동한(東漢) 시대의 양홍(梁鴻)의 아내로 몸집이 크고 힘이 센 추녀였으나 덕행이 뛰어남. 거안제미(擧案齊眉)의 고사로 유명함.

음이 바뀌어 조씨와 양씨 가문에 명령을 내렸다.

양녀의 음란하고 악한 죄상이 궁궐에까지 전해졌으니 짐이 그 아버지와 공주의 얼굴을 보고 모른 척하였더니 고칠 줄을 모르고 다시 흉한 일을 만들어 공주를 재해에 빠지게 하였다. 만일 이 일이 틀림없이 확실하다면 극한 형벌을 받을 것이고 해외에 유배할 것이지만 양녀가 팔왕의 외손녀이고 양임의 얼굴을 보아 중죄는 피한다. 양녀는 조씨 가문을 떠나고 양녀의 혼서(婚書)를 거두어 폐출하라. 조성은 짐이 총애하는 신하로 일시라도 아내가 없어서는 안될 것이니 병부상서 왕겸의 한 명의 딸이 숙녀라는 것을 짐이 안다. 특별히 혼인을 주선하니 빨리 혼인을 이루어라.

왕겸은 개국공신 왕진빈의 손자였다. 왕귀비의 총애를 얻어 이따금 조카를 궁궐 안에 데리고 오기 때문에 황상이 그 자색을 보고 아름답게 여기게 되었다. 박귀비와 왕귀비가 일을 꾸며 이 전지(傳旨)를 내리게 되었다. 조씨와 양씨 집안에서는 매우 놀라 슬퍼하였다. 태부인은 머리를 싸매고 누워서 울었으며 조공 부부는 어머니를 위로하였지만 칼을 삼킨 듯하였다.

조공이 양씨를 위해 죄가 없음을 밝히려고 하였으나 한갓 사사로운 정으로 치부될 것이고 죄를 벗길 방법이 없었다. 두 아들 부부의 금슬이 산란하여 마장(魔障)365)이 많음을 탄식하였다. 또한 왕씨 집안과 혼인을 원하지 않는 까닭은 왕씨가 귀비의 질녀임을 우려해서였다. 조성은 한마디 말로도 아는 체 하지 않고 아무 일도 모르는 사람 같았다. 조공이 물었다.

---

365) 마장(魔障) : 귀신의 장난이라는 뜻으로, 일의 진행에 나타나는 뜻밖의 방해를 의미함.

"이제 양씨가 천고에도 없는 누명과 죄명을 입어 폐출당한다. 정씨는 임금의 명령으로 공주가 생산할 때까지 기다려 조가에 돌려보낸다고 하시지만 양씨는 아주 혼서(婚書)를 없애고 영원히 폐출하라고 하신다. 며느리의 사람됨이 예사로워도 삼년 동안 슬하에 두고 본 정으로는 슬프고 참혹할 것인데, 하물며 양씨 같은 숙녀야 말할 것이 있겠느냐?366) 왕씨 집안과의 혼사가 더욱 불행한데 너의 거동이 너무 아무 생각이 없는 것 같구나. 도량이 너무 넓어서 억지로 참는 것인지 아니면 원래 양씨와 은정이 없어 양씨가 있거나 없거나 상관하지 않는 것인지 아비는 실로 괴이하게 여긴다."

조성이 봄바람 같은 온화한 기운을 잠깐 없애며 아버지의 말을 공경히 받들고 머리를 땅에 닿도록 절하며 말하였다.

"불초한 저희들이 입신양명하여 한 가지 일도 성효를 다하지 못하기에 마음으로 걱정하며 번민하고 있습니다. 양씨의 일은 운수와 재앙이 기구하여 이런 참혹한 누명을 입어 비록 파혼까지 하게 되었으나 어린 아들이 있고 성상이 깨달으시는 날이면 양씨는 다시 돌아올 것입니다. 왕씨 집안과의 혼사는 사양하지 못할 것이니 황상의 명령을 순수하게 받아들이고 나중을 보려고 합니다. 저의 제일 큰 근심은 형의 기운이 건강하고 왕성하나 20살 전에는 혈기가 정해지지 않았는데 주색(酒色)에 깊이 빠져 하늘을 찌를 듯한 장한 기운이 줄어들까 하는 것입니다. 만일 아버지께서 별일 아니라고 형을 가볍게 계책하시면 오래지 않아 큰 병이 생길 것입니다. 형의 몸은 종사에 중요하고 또한 문호의 책임

---

366) 하물며 ~ 있겠느냐? : {하믈며 숙녀ᄯ녀}. '~ᄯ녀'는 '~을 이르랴', '~이야 말할 것이 있으랴?'의 의미이므로 이와 같이 옮김.

을 오로지 가지고 있습니다. 전에는 공주를 원수같이 여기고 그 외모의 불길함을 말하였는데, 요즈음에는 공주에게 빠져 본성을 잃으시니 심려가 큽니다. 잠자고 먹는 사이에도 형의 일로 걱정하고 번민하고 있습니다."

조공이 웃으며 말하였다.

"나의 아들이 하는 말이 다 군자의 정당하고 이치에 합당한 생각이고 대장부의 기상이어서 늙은 아비는 걱정이 없다. 네 형의 행사는 날로 그릇되니 어찌 큰 불행이 아니겠는가? 사람의 기상도 다 거짓인 것 같구나. 정씨와 양씨 두 신부가 다 복록이 완전할 기상이라 하였더니 두 사람의 신세가 이토록 괴이하니 내가 이제는 눈을 감아 사람의 기상을 아는 체 하지 않겠다."

위부인이 눈물을 머금고 탄식하였다. 조공과 조성이 태부인을 온갖 방법으로 위로하였으나 태부인은 참혹함과 슬픔을 이기지 못하고 양소저를 불러 말하였다.

"아깝다, 어진 며느리여! 어찌 이토록 많은 일이 생기고 그 운명이 이토록 박한가? 노모가 생전에 너희가 화락하는 것을 다시 보지 못하면 죽어도 눈을 감지 못할 것이다."

하고는 눈물을 비같이 흘렸다. 양소저는 자기 신세가 잘못된 것은 잊고 태부인께 불효를 하게 된 것을 더욱 슬퍼하며 할머니의 마음을 상하게 해 드리지 않으려고 안색을 온화하게 하고 아뢰었다.

"불초아(不肖兒)가 할머니께 성효는 이루지 못하고 이렇듯 염려를 끼치니 저의 마음이 어찌 편안하겠습니까? 몸에 쌓인 악명은 만고에도 능히 용납하지 못할 삼강과 오륜을 어긴 것이라 죽어서 두 집안의 명성을 욕 먹인 부끄러움을 잊을 수 있을 뿐입니다. 할머니와 시부모님께 불효를 끼치지 못하여 마음을 굳게 먹고 완연히 살아서 천행(天幸)으로 억울하게 죄를 뒤집어 쓴 원한을 씻어버린다면 죽는 날이라도 맑은 귀신이 될까 바랐더니 다시 눈 위에 서리를 더했습니다. 이것은 운명이 기구한 것입니다. 나라가 첩을 살려주어서 어버이 집으로 내치시니 이곳은 사지(死地)가 아니옵니다. 깊은 규방에서 죽을 때까지 화봉인(華封人)이 요임금을 축송한 것367)을 본받고 죽어서 고혼(孤魂)이라도 조씨 가문의 문을 바라지 못하겠지만 구구한 정성이 시댁의 조상 무덤 곁에 묻히기를 바랍니다. 할머니께서 이같이 마음을 아파하시니 소첩이 슬픔과 두려운 마음이 더하여 마음이 아득하여 불효를 이기지 못할 것 같습니다."

양소저의 애처롭고 슬픈 말이 석목도 감동시킬 듯했으며 성효가 외모에 드러났다. 하물며 예쁜 얼굴의 아리따움은 무릉도원의 복숭아꽃 한 가지가 봄비에 잠긴 것 같았고 봉황새 같은 눈썹은 화장을 수고롭게 하지 않았는데도 더욱 기이하였다. 가을 물 같은 두 눈빛과 꽃 같은 뺨과 붉은 입술에는 온갖 자태가 무르녹으니 보는 사람의 눈을 현란하게 하고 정신을 취하게 하였다. 시부모와 태부인의 사랑하는 마음이 끝이 없었다.

조성이 어른들을 옆에 모시고 앉아있다가 심사가 좋지 못하였고 양소저에 대한 가엾고 불쌍한 마음이 간절하여 마음속으로 생각하였다.

'괴이한 변괴가 계속되어서 내가 마음이 언짢아도 비록 정씨를 의심하

367) 화봉인(華封人)이 ~ 것 : {화봉인(華封人)의 청축 성인[請祝 聖人]}. '화봉인'은 화(華) 땅의 봉토를 관리하던 사람이고, 청축(請祝)은 축송한다는 의미이고, 성인(聖人)은 요임금을 의미함. 그러므로 화 땅의 봉토를 관리하던 사람이 수(壽), 부(富), 다남자(多男子) 세 가지로 요임금을 축송한 것을 가리킴.

지 않았는데, 마침내 부부의 정리(情理)가 온전하지 못하게 되었다. 양

103

씨를 대하면 자연스레 공경하며 예를 중시하고 나중을 보아 나의 복이
박하지 않는다면 뒷날 의심을 쾌히 풀어버린 후 흰머리가 될 때까지 해로
하여 부모를 효도로 봉양하기를 원하였다. 뜻밖에도 화액(禍厄)이 또
일어나 양씨가 영영 나의 집과 인연을 끊으니 그 사정이 슬프고 원망스
럽다. 그 깨끗하고 굳은 성정이 몸에 누명을 입으니 반드시 죽을 마음
이 많고 살고자 하는 의사가 적을 것이다. 한 번 옥이 부서지고 꽃이 시
들어버린다면 나는 부부 간의 금슬에 한이 맺힐 것이고 외로운 어린 아
들은 어머니가 죽은 고통을 당해 참혹함을 차마 볼 수 없을 것이다. 나
의 한마디 부탁에 양씨의 생사가 달렸을 것이다.'

하여 문득 안색을 장엄하게 하고 양소저를 향하여 말하였다.

"내가 어리석어 꼼꼼하지 못하나 부인과 함께 혼인한 지 3년에 아들을
낳고 서로 부부의 도리를 맺어 마음을 상함이 없었소. 시운이 좋지 못
하여 입은 누명과 변이 사람을 능히 견디지 못할 경우가 되었소. 비록
그렇지만 부인의 사생과 종래 부인에 대한 처치는 비록 백 사람이 더럽
다고 침을 뱉고 천 사람이 죽이는 것이 마땅하다고 해도 이 조사원이
다 알고 있소. 부인이 나의 이 말을 잘 살펴 받아들이시오."

양소저가 조성과 더불어 한 방에서 서로를 자주 대하였으나 여러 가지
일에 의심이 생기게 되어서 조성을 대할 때 자괴감이 앞서게 되어 조성과
말을 주고받는 것이 드물었다. 오늘 할머니 앞에서 조성의 말을 들으니

105

더욱 부끄럽고 창피하였으나 이러한 상황에 대답을 하지 않을 수 없었다.
이에 옷깃을 여미고 대답하였다.

"첩의 일신의 처치와 사생은 다 군자께 달렸습니다. 어찌 그 말씀을 받

들어 행하지 않겠습니까?"

조성이 슬프게 탄식하며 말하였다.

"부인이 오히려 나를 박정한 사람으로 알지만 나는 부인의 누명을 풀어 결백함을 풀기 전이라도 부인을 죄인이라고 여기지 않았소. 나라가 우리 부부의 인연을 끊었으나 나는 부인을 첫째 부인으로 둘 것이고 당신의 아들이 맏아들이 될 것이오. 그 아들이 있고 나의 마음이 이렇다면 부인이 만 리나 되는 북방의 만리장성에 바깥에 있더라도 나 조사원을 믿고 나는 반석 같은 지극한 마음으로 아내를 알 것이오. 또 할머니와 시부모와 시누이들이 은애하는 정이 이와 같으니 부인은 구태여 박명한 인생은 아니오. 또한 장인과 장모님께서 강건하시고 내가 살아있으며, 어린 아들은 범상한 세속 아이가 아니니 내가 생각건대 부인의 삼종지탁(三從之托)368)은 태산(泰山)과 교악(喬嶽)같이 높소. 청춘의 젊은 나이에 한 점의 혈육도 없이 남편을 잃고 부모가 모두 죽은 여자도 오히려 남편의 제사를 위해서 살고 있소. 이제 부인이 내 집을 떠남을 슬퍼하여 몸이 죽는다면 이는 나의 할머니와 부모님을 저버리고 그 다음은 당신의 친정에 불효가 막대한 것이 되오. 지아비의 정녕한 부탁을 잊고 외로운 어린 아들로 하여금 어미가 죽는 고통을 주는 것이니 이러한 일을 차마 하게 된다면 무엇을 못하겠소? 만일 부인이 죽는 날이면 이것은 부인이 나의 처자가 아닌 것이니 내가 또한 상복을 입지 않을 것이고 시신도 내 집 조상의 무덤에 용납하지 않을 것이오. 나의

106

107

---

368) 삼종지탁(三從之托) :『예기』의 「의례」〈상복전(喪服傳)〉에 나오는 말임. 여자가 따라야 할 세 가지 도리를 이르던 말. 어려서는 아버지를, 결혼해서는 남편을, 남편이 죽은 후에는 자식을 따라야 함을 의미함.

이 말은 부인이 사생과 처치를 가볍게 할까 걱정되어 나의 간절한 마음을 말한 것이니 부인은 소홀하게 듣지 마시오."

말이 간절하지만 구차하지 않았으며 얼굴 모습이 화평하였지만 단엄하여 듣는 사람으로 하여금 마음을 감동시키고 뼈에 새기게 할 정도였다. 양소저가 슬픈 마음으로 조성의 말을 들으니 마음속의 비감함을 금하지 못하여 가을 물 같은 두 눈에 슬픈 눈물을 머금고 꽃 같은 얼굴에 근심스러운 빛을 띠며 두 손을 마주 잡고 공경의 뜻으로 사례하며 말하였다.

"첩의 행사가 천지신명을 저버린 죄악이 궁궐까지 전해져서 누명이 온갖 사람의 입에 왁자하게 퍼져도 군자께서 살기를 허락하시니 첩이 어찌 군자의 커다란 은혜를 마음속 깊은 곳에 새겨 훌륭한 가르침을 받들지 않고 일신의 처치를 마음대로 하겠습니까?"

조성이 이 말을 듣고 기쁜 빛을 얼굴에 드러내고 온화한 기운을 예전과 다름이 없이 하며 말하였다.

"부인의 말씀이 이와 같으니 내가 다시 부인의 사생에 대한 염려를 마음에 거리끼지 않고 어린 아들을 불쌍하게 생각하고 기르며 부인의 삼종지탁을 잇도록 염려를 없게 하겠소."

두 사람이 묻고 대답하는 것이 여러 사람 앞에서는 처음 있는 일이라 할머니와 부모가 아름답게 여기고 여러 누이가 탄식함을 이기지 못하였다.

이윽고 양공이 이르러 딸을 데리고 가려고 하였다. 조공 부자가 외헌에 나와 양공을 맞이하였다. 조공이 슬프게 탄식하며 말하였다.

"제가 명공(名公)과 더불어 사돈 간의 두터운 정을 맺어 백년을 저버리지 않을까 하였더니 조물주가 시기하고 우리 며느리의 비상한 액운이 이와 같아서 이런 변란이 있습니다. 한갓 어진 며느리의 운명을 슬퍼하고 탄식할 뿐만 아니라 어머니께서 식음을 전폐하시고 눈물을 흘리며 슬퍼하시는 것이 그 시신을 앞에 놓은 듯이 하십니다. 저의 속이 타고 고민하는 마음을 이루 말하겠습니까? 비록 그러하나 천도는 순환하니 애매한 자는 그 억울함을 풀고 간악한 자는 항상 속이지 못합니다. 우리 며느리가 맑고 그윽하며 어질고 사리에 밝아서 종래는 더러운 말 속에 있지 않을 것이니 현형(賢兄)은 마음을 놓고 우리 며느리가 지나치게 슬퍼하는 것을 살펴 약한 몸을 보전하게 해주시기를 바랍니다."

양공이 슬퍼하며 겸손하게 사양하고 말하였다.

"저의 비천한 딸을 승상께서 거두어주셔서 외람되게 사돈 간의 두터운 정을 맺게 되었습니다. 또한 조사원 같은 대현군자를 사위로 삼으니 엷은 복이 줄어들어 이런 일이 있는 듯해 매우 부끄럽습니다. 저의 딸이 어릴 때부터 수행함을 백이(伯夷)[369]의 높은 절개와 반소(班昭)[370]의 어짊을 우러러 공경하고 부러워하면서 적은 일도 예가 아닌 것은 피하여 부덕(婦德)에 어긋나는 일이 없었습니다. 비록 남에게서 기특한 이름은 못 얻을망정 누명이 궁궐의 섬돌 계단에까지 알려져서 온 사람의 입에 떠들썩하게 들리니 저의 원통한 마음의 곡절을 창졸간에 다 말하지 못 하겠습니다. 딸의 심장이 베어지려는 것 같은 중에 다시 형의 태부인께 불효가 가볍지 않으니 제가 더욱 부끄럽지 않겠습니까?"

110

111

---

369) 백이(伯夷) : 중국 은나라 말에서 주나라 초기의 현인으로 이름은 윤(允). 자는 공신(公信). 주나라 무왕이 은나라의 주왕을 치려고 했을 때, 아우인 숙제(叔齊)와 함께 간하였으나 받아들여지지 않고 주나라가 천하를 통일하자 수양산으로 들어가 굶어 죽었음. 절개를 지킨 사람으로 유명함.

370) 반소(班昭) : 중국 후한(後漢)의 시인으로 자는 혜희(惠姬). 반고(班固)와 반초(班超)의 여동생으로, 남편이 죽은 후 궁정에 초청되어 황후와 귀인의 스승이 되었으며, 조대가(曹大家)로 불리었음. 반고의 유지(遺志)를 이어 『한서』를 완성하였으며, 저서에 『조대가집』이 있음. 어질고 현철한 여인으로 알려짐.

재삼 자신의 죄를 말하고 조성을 보았다. 조성은 의관을 바르게 하고 얼굴빛이 아무렇지도 않아 마음을 헤아리기 어려웠다. 의기가 당당한 풍모와 윤택한 밝은 빛이 봄꽃이 웃는 듯하였다. 새벽별 같은 두 눈과 누에가 누워있는 듯한 봉황의 눈썹에는 산천의 정기가 있고 가슴속에는 천지를 마음대로 움직일 큰 도량을 품었으니 일세의 대현군자였다.

양공은 본래 정직한 벼슬아치였는데 이 사위에게 이르러서는 정신이 취하고 체면을 오히려 수습하지 못하였다. 양공은 바삐 조성의 손을 잡고 등을 어루만지며 말하였다.

"어진 사위는 나의 구구함을 가소롭게 여기고 오늘부터 왕병부의 사위가 되어 흠 없이 즐기겠구나. 나의 마음은 칼을 삼키고 살을 베어내는 듯하다. 또 한 명의 자식이 불초하니 내가 바라는 바는 어진 사위뿐이었는데 오늘 어진 사위를 보니 자네는 태연하고 아무런 마음이 없는 듯하고 조금도 슬픈 듯한 마음이 없구나. 나의 딸을 대수롭지 않게 여기고 내가 자네를 알아주는 장인과 사위가 아니라서 그러한가?"

그리고는 조성의 옥 같은 팔을 어루만지며 간절한 마음이 사람의 마음을 감동시켰다. 조성의 지극히 어진 마음으로 어찌 장인을 박대할 마음이 있겠는가마는 그 거동이 너무 구구하고 연약하여 우습게 여겨졌지만 길이 사례하면서 말하였다.

"제가 장인이 저의 재능을 알아주시는 은혜를 입어 장인으로 모신 지가 이제 거의 3년이 되어 사랑해주심을 가슴에 새겼습니다. 새로운 말씀으로 저의 마음의 기미를 알아보려고 하십니까? 아내가 만난 불행한 액운은 다 평범하게 말하면 참혹하다고 하겠지만 이것은 한 때의 액운이고 나라에서 애매함을 자연히 알 것입니다. 그 나머지는 다 뜬 구름 같을 것입니다. 장인어른은 당당한 대군자로 한 명의 딸을 죽이셔도 이렇지 않을 것 같으신데, 하물며 딸을 슬하에 데리고 가서 부녀의 천륜이 완전해지는데도 마음을 지나치게 상해하시는 것이 꼭 부인들이 하는 일 같습니다. 저는 반드시 이것을 취하지 않습니다."

말을 마치자 온화한 눈썹에 어린 따사로운 봄 햇볕이 만물을 소생시키는 듯하였고 단엄함은 공자를 모시는 자리 아래에서 교화를 듣는 사람 같았다. 조공은 만면에 온화한 빛을 드러내고 양공은 더욱 칭찬하며 말하였다.

"사원의 말이 좋구나! 이렇게 어질고 지혜로운 사람을 내가 슬하에 둘 수 있는 복이 없어졌으니 누구를 한하고 누구를 원망하리오? 내가 운명이 박했지만 어진 사위는 나를 생각하여 이따금 찾아와서 내가 매우 생각나는 정을 돌아보아라. 내가 꼭 부인네들이 하는 일을 한다고 하지만 부녀(父女)간의 천륜은 인지상정(人之常情)이다. 나의 딸이 15살도 못 되어서 깊은 규방의 죄인이 될 뿐만 아니라 무죄한 누명을 일신에 입어 온 사람들의 입에 올라 떠들썩하니 나의 마음이 돌이 아니고 철이 아닌데 어찌 능히 참을 것인가? 나의 딸이 죄가 있어서 이 일을 당했다면 오히려 내가 힘이 없고 약하지만 쾌히 딸을 죽여 집안의 명성을 무너뜨린 죄를 갚는 것을 조금이나마 아끼겠는가? 그러나 내 딸의 얼음과 옥 같은 행실은 아비가 되어 다시 가르칠 것이 없다. 그런데 이러한 일을 당하여 군상(君上)을 원망하지 못하지만 아비 된 자로서 이 애처롭고 불쌍함을 가히 견딜 것인가?"

양공이 분함을 견디지 못하고 눈물을 줄줄 흘렸다. 조공이 또한 슬퍼하며 위로하며 말하였다.

"모두 천명이니 설마 어찌하겠습니까?"

조성이 온화한 목소리와 좋은 말로 위로하며 말하였다.

"제가 어찌 감히 장인어른께서 천륜의 자애로움 때문에 슬퍼하시는 것을 비웃겠습니까? 다만 시루가 깨져버린 것처럼 원래대로 만들 수 없습니다.[371] 쓸데없이 마음을 상하게 하시어 위의를 손상되게 하시니 마음을 넓게 가지시고 걱정하지 마십시오. 제가 비록 신의가 없으나 저의 재능을 알아주신 은혜는 가슴에 새기겠습니다."

조공이 술잔을 가지고 나와 사돈 간과 장인과 사위 간의 떠나는 정을 아쉬워하였다. 날이 저물자 양공이 돌아가는 것을 재촉하였다. 양소저는 비록 친정으로 돌아가나 천지가 아득하여 정신이 산란하였다. 그러던 중 어린 아들을 버리고 늙으신 할머니와의 영원한 이별을 하게 되었을 때는 시부모와 할머니의 보내는 정이 끝이 없었다. 좌우의 모든 시누이들은 가득히 서서 슬퍼하니 이때를 당하여 철 같은 몸과 금 같은 마음이더라도 슬플 것인데 여자의 섬약하고 허약한 몸이 어찌 부서지지 않겠는가? 하물며 그 신세를 말하자면 14살의 젊은 나이에 천고에도 없는 더러운 악명을 듣고 남편이 무사히 살아있지만 이승에서는 다시 만날 기약이 없었고 시부모가 불쌍하게 여겨 은혜를 베푸시지만 다시 조씨 가문에 들어올 것을 바라지 못하였다. 어린 아들이 사랑스럽고 아리땁지만 손바닥 안의 구슬을 잃은 것 같으니 장강(莊姜)과 반비(班妃)의 박명함보다 더 할 정도였다. 가을 물 같은 맑은 두 눈에 구슬 같은 눈물이 어리었고 팔자(八字) 모양의 눈썹과 얼굴에는 근심스러운 기색이 가득하였다. 옥 같은 소리가 처절하여 어른들께 겨우 보중하시라는 말만 축원하고 공경히 사례하고 발걸음

---

371) 시루가 ~ 없습니다 : {징이파의라}. '증이파이(甑已破矣)라'의 오기인 듯함. 이는 시루가 이미 깨졌다는 뜻으로, 다시 본래대로 만들 수 없음을 뜻함

을 돌리니 천 줄기 눈물이 꽃 같은 뺨을 적셨다.

좌우에 있는 사람들이 참혹하여 차마 이것을 보지 못하고 태부인이 실성하여 쓰러지니 위부인과 여러 소저가 붙들고 위로하였다. 조공 부자가 크게 놀라 태부인께 마음을 누그러뜨리라고 말씀드렸다. 양소저는 조공과 조성을 보고 눈물을 거두었으나 연꽃이 가을 비에 젖은 듯하였다. 조성이 할머니의 슬픈 마음이 더할까 불안하여 두 눈으로 양소저를 흘겨보았다. 소생의 처인 조씨가 슬퍼하던 중에 조성을 꾸짖으며 말하였다.

"가뜩이나 천지가 망망하여 하는 마음인데 너는 무엇이 미워 흘기는 눈이 그리 곱지 못하느냐?"

조성이 빙그레 웃으며 말하였다.

"천지가 망극하다는 것이 이런 일입니까? 제가 죽으면 천지가 망망하다는 말이 이상하지 않지만 제가 14살 동안에 한 번도 가벼운 병이 든 적이 없는데 양씨가 우는 것이 괴이한 일이 아니겠습니까? 설사 마음이 슬프다하더라도 할머니 앞에서 삼가지 않고 할머니의 마음을 더욱 상하게 하니 불효가 아니겠습니까? 양씨를 염치있는 사람으로 알았더니 오늘의 광경은 괴이하여 오래 보지 못할 것 같습니다."

양소저가 부끄러워하며 얼굴에 나타난 부끄러운 기색을 반쯤은 숨기고 반쯤은 드러내니 조씨 등이 비로소 크게 웃으며 말하였다.

"사람마다 마음이 금석같이 모질기 쉬우냐? 양씨 아우가 자기가 당한 일로도 저와 같이 안정하고 있는 것을 우리는 매우 남다르다고 생각했다. 그런데 너는 양씨 아우의 행동이 부족하여 흘겨보고 깔보니 이제 매우 악한 아내를 얻어 어떤 슬픈 일을 보아도 금석같이 한 점의 눈물을 흘리지 않을 처자를 구해라."

조무가 양소저와 이별하려고 왔는데 이 말을 듣고 웃으면서 말하였다.

"누이들은 그런 고상한 말은 마십시오. 아우가 어진 제수씨와 이별하고 그런 악처를 얻게 되면 어떻게 견디겠습니까?"

위부인 정색하며 말하였다.

"희롱도 즐거울 때 듣고 싶은 것이지 사람의 마음을 도려내고 잘라내는 듯한데 담소하는 소리는 심회를 돋우는구나."

현몽빵룡긔 권지일

1면

대송 진종시졀의 녕승상 평남후 조공의 명은 슉이오 주는 원쳠이니 개국공신 무혜왕
조빈의 손이오 태흑수 조명의 지 라 조년등과ᄒᆞ여 풍녁과 긔졀쳥망이 슉야 근뇌ᄒᆞ여
관인졍도로 군샹을 돕ᄉᆞ오매 치국목민과 니음양 슌ᄉᆞ시ᄒᆞᄂᆞᆫ 현샹이라 치졍이 한시
졔갈노 가족ᄒᆞ거늘 그 긔샹이 엄슉ᄒᆞ며 얼굴이 초득 갓고 사롬되믄 츈일 화풍갓고
식〃ᄒᆞᆫ 졀

2면

개ᄂᆞᆫ 셜만궁항의 고송이 독닙홈 ᄀᆞᆺ고 공이 북당이 가족지 못ᄒᆞ여 엄졍을 조별ᄒᆞ고
편모를 밧드러 동쵹ᄒᆞᆫ 셩회 증삼을 ᄯᆞᄅᆞ더라 샤듕의 부인 위시 슉녀의 덕이 규듕 대
아의 울남족ᄒᆞ니 졔랑 복쳡이 이시디 부인이 임사의 남은 풍치 이셔 싀투ᄒᆞ며 미야
오미 업스니 삼희 우러〃 공경ᄒᆞᄆᆞᆯ 노쥬ᄀᆞ치 ᄒᆞ고 의앙지졍이 동쵹ᄒᆞ더라 일희 화시
이희 영시 숨희 셜시 각각 일녀식 두어시디 오직 부인긔 늦도록 싱산

3면

ᄒᆞᄂᆞᆫ 경시 업더니 듕년의 년싱 슘녀ᄒᆞ나 ᄉᆞ속을 니을 일개 남이 업스니 공이 태평셩
시의 한가ᄒᆞᆫ 지샹으로 덕망이 됴야를 기우리고 샹통이 빅뇨의 읏듬이며 쳐쳡이 화우
ᄒᆞ여 가되 슉연ᄒᆞ니 반졈이 시롬이 업고 고당의 학발 편친이 강건ᄒᆞ시니 증ᄌᆞ의 대
효로 밧들며 치의홍샹의 뉵녜 슬하의 넘노니 젹막ᄒᆞᆫ 근심이 업스나 종ᄉᆞ의 듕ᄒᆞᆷ과
일신 후ᄉᆞ를 의탁홀 곳이 업스니 크게 우려ᄒᆞ고 공의 모친 태부인이 크게 근심

4면

ᄒᆞ야 두로 산쳔의 긔도ᄒᆞ며 음덕을 두터이 ᄒᆞ여 ᄒᆞᆫ낫 긔린을 비로디 위부인이 년이
ᄉᆞ십이 거의로디 삼녀를 싱ᄒᆞ고 다시 회잉이 망연ᄒᆞ니 태부인이 신셕의 수루 왈 현

부의 뇨조훈 덕과 현슉훈 긔질노 조시 가문이 마춤늬 졀스치 아닐가 바라더니 이제 너희 부뷔 스십이 거의로딕 훈낫 농쟝을 엇디 못호니 흔갓 스졍의 참연훌 쌘 아니라 누딕봉스룰 뉘게 의탁ᄒ리오 부인이 튜여비쳑ᄒ여 피셕 딕왈 소쳡이 명되 박ᄒ고

5면

신명긔 득죄ᄒ여 수십여 년을 기드려 겨유 불관훈 삼녀룰 엇고 병든 남오도 보지 못ᄒ여 스십이 다 갓시나 임의 바라미 그쳣습ᄂ지라 훤당의 불효와 조션의 죄인 되믈 면티 못ᄒ오니 쳡이 스스로 죽어 죄룰 속고져 ᄒ나 밋디 못ᄒ올지라 그윽이 바라건 딕 군지 현문의 슉녀룰 취ᄒ여 혹쟈 종스룰 니을 일개 남오룰 어들가 비라ᄂ이다 태 부인이 튜연 탄왈 명운이 관수ᄒ니 현뷔 남오룰 못어들 쑨 아니라 화영셜 삼희 다

6면

무즈ᄒ니 이는 벅벅이 조시 문운이 불힝ᄒ여 후시 쯫츠미니 엇지 다시 신취룰 의논 ᄒ리오 공이 안싁을 화히 ᄒ고 위로 왈 만시 인녁의 미출 배 아니라 즈졍은 안심ᄒ쇼 셔 맛당이 일가의 아름다운 명녕을 어더 후스룰 일쪽이 젼코져 ᄒᄂ이다 이러툿 모 즈 부뷔 셔로 딕ᄒ여 탄식ᄒ고 츠야의 공이 닉당의셔 심시 불평ᄒ여 술을 취ᄒ고 잠을 깁히 드니 부인이 만복 근심이 촌쟝이 어즈러오니 쵹화룰 딕ᄒ여 잠연이 스러지 고져 ᄒ더니 야심 후

7면

상요의 나아가매 부부 냥인이 일방 신몽을 어드니 동녁흐로셔 훈 쎄 오운이 집을 두르고 홍포옥딕훈 션관이 홍긔 둘흘 잡고 압히 와 니르딕 군은 별후무양ᄒ냐 공이 황홀ᄒ여 답녜 왈 홍진 아득훈 속인이 엇지 존션을 알니오 그 션관이 스믜룰 미러 읍왈 승상과 부인이 젼싱 죄과룰 인ᄒ여 금셰의 즈식이 업슬너니 그딕 부부 냥인이 현진 션힝과 두터온 덕이 텬디신기룰 감동ᄒ고 젹션지음이 샹텬의 아옵시매 딕귀홀 냥즈 룰 두

8면

게 ᄒ시니 모로미 조심ᄒ여 길너 텬의룰 슌수ᄒ라 그 거문고 쥴을 반드시 미인 딕 이

시리니 쌔롤 잊치 말나 드듸여 손의 잡은 바 긔 둘흘 주거놀 경혹ᄒᆞ여 바다보니 긔의 ᄡᅥ시듸 텬하 대원수 도총병 조뮈라 ᄒᆞ엿고 ᄯᅩ ᄒᆞᆫ 긔의ᄂᆞᆫ 대송 승샹 농두각 태흑ᄉᆞ 조성이라 ᄒᆞ여 젼ᄌᆞ로 역〃히 ᄡᅥᆺ거ᄂᆞᆯ 공이 밧고 칭샤왈 두 ᄌᆞ식을 주노라ᄒᆞ시니 텬은과 선군의 후덕을 다감ᄒᆞᄂᆞ니 이 두 낫 긔 엇지 복의 신후롤 니르며 ᄯᅩ 금현 이을 곳을 어늬 쌔롤 아니리오 선

9면

관이 쇼왈 공을 뉘 통쾌ᄒᆞᆫ 지샹이라 ᄒᆞ러뇨 이 븕은 긔롤 보면 족히 알니니 긔 우히 빗날 슈 ᄌᆞ와 쇠 금 ᄌᆞ와 구슬 옥지 완전ᄒᆞ니 타일 혼ᄉᆞ롤 당ᄒᆞ여 금옥으로 월환을 민드라 금옥 ᄒᆞᆫ 쨩을 각〃 그 ᄣᅥᆨ을 난호게 ᄒᆞᄂᆞ니 금환 ᄒᆞᆫ 쪽 가진 재 대원슈의 부인이오 옥환 ᄒᆞᆫ 쪽 가진 재 태흑ᄉᆞ의 텬뎡가위라 빗날 슈ᄌᆞᄂᆞᆫ 대원슈의 젼셰 잠연이니 비록 천ᄒᆞ나 명ᄲᅥᆺ 슈 ᄠᅳ드니 잇거든 원ᄒᆞ여 셤기믈 막지 말나ᄒᆞ고 슈듕의셔 금옥환을 ᄂᆡ여 공을 주어 왈

10면

텬긔 비밀ᄒᆞ니 금옥을 밀밀이 쟝ᄒᆞ여 타일 혼ᄉᆞ롤 일우고 사롬을 미리 뵈디 말나 공이 돈수샤왈 만일 션관의 말갓흘진대 은덕을 명골감심ᄒᆞ여 잇지 아니ᄒᆞ리이다 드듸여 금옥환을 바다보니 긔ᄒᆡ 암〃ᄒᆞ고 오치 녕녕ᄒᆞ여 바로 보지 못홀더라 낭즁의 댱ᄒᆞᆫ 후 홍긔롤 어로만져 ᄌᆞ시 보니 두긔 문득 화ᄒᆞ여 만여쟝이나 ᄒᆞᆫ 황뇽이 되여 여의주롤 물고 산악갓흔 긔셰롤 발ᄒᆞ여 부인의게 ᄃᆞ라드니 부인이 경황ᄒᆞ여 아모리 홀 줄 모르거ᄂᆞᆯ 션관이 회회

11면

히 쇼왈 불경불구ᄒᆞ라 조시롤 창성ᄒᆞ며 부인긔 효되 비상ᄒᆞ리라 ᄒᆞ니 공과 부인이 경혹ᄒᆞ여 정신을 출히디 못홀 ᄎᆞ 두 뇽이 ᄯᅳ리롤 셔리고 머리롤 낫초와 부인 회듕으로 ᄃᆞ라들거ᄂᆞᆯ 부인이 대경ᄒᆞ여 크게 쇼릭ᄒᆞ니 공이 것ᄒᆡ셔 ᄭᅵ여 왈 부인이 무슨 일 놀나ᄂᆞ뇨 ᄂᆡ 금야 몽ᄉᆞ 대길ᄒᆞ니 필연 귀ᄌᆞ롤 어들가ᄒᆞ노라 드듸여 아릭 몽ᄉᆞ롤 니르니 부인이 청파의 ᄌᆞ긔 신몽으로 다르미 업ᄂᆞᆫ지라 심두의 경회ᄒᆞ나 본듸 침듕ᄒᆞᆫ지라 다만 탄왈 몽ᄉᆞᄂᆞᆫ 허

12면

탄흔지라 쳡이 하마 머리 희고져ᄒᆞ고 긔혈이 쇠약ᄒᆞ여시니 엇지 다시 싱산ᄒᆞᄆᆞᆯ 바라리잇고 이리 니ᄅᆞ나 그윽이 깃거 추후 부부 냥인이 바라미 듕ᄒᆞ더니 신몽이 엇디 허탄ᄒᆞᆫ 츈몽이 되리오 과연 이날브터 부인이 유신ᄒᆞ여 졈″ 달포되매 진슈 무미ᄒᆞ고 동지 히타ᄒᆞ여 표연이 우화홀 ᄃᆞᆺᄒᆞ니 태부인이 근심ᄒᆞ여 산히지물과 과실의 뉴ᄅᆞᆯ 구미의 맛도록 ᄒᆞᄃᆡ 능히 먹지 못ᄒᆞ여 ᄉᆞ오일의 니ᄅᆞ매 상요ᄅᆞᆯ ᄰᅥ나지 못ᄒᆞ니 공이 유신ᄒᆞᄆᆞᆯ 알고 회츌망외ᄒᆞ여 부인이

13면

지게 밧글 나지 못ᄒᆞ게 ᄒᆞ고 존당 셩졍도 긋치게 ᄒᆞ여 삼희ᄅᆞᆯ 명하여 쥬야 보호ᄒᆞ여 ᄰᅥ나지 못ᄒᆞ게 ᄒᆞ니 태부인이 듯고 만심 디락ᄒᆞ여 쥬야 하늘긔 비러 남ᄌᆞ 어드믈 바라고 가듕 대쇼 친쳑이 니어 치ᄒᆞ하니 부인이 너모 요란ᄒᆞᄆᆞᆯ 불열ᄒᆞ며 힝혀 ᄯᅩ 녀ᄌᆞᄅᆞᆯ 나하 존당과 가군의 바라믈 ᄰᅳᆫ즐가 만복 우례 빅츌ᄒᆞ니 더옥 식음의 마ᄉᆞᆯ 모로더라 공의 셔녀 삼인은 셩혼ᄒᆞ여시니 댱녀 취빙은 화시 쇼싱이니 태흑ᄉᆞ 왕슈신의 계실이 되고 ᄎᆞ녀 옥빙은 영시 쇼싱

14면

이니 대ᄉᆞ마 경현의 총희되고 삼녀 계빙은 셜시 쇼싱이니 흑싱 위국의 실ᄂᆡ되니 위싱의 문지 ᄉᆞ족이로ᄃᆡ 집이 빈한ᄒᆞ여 조공의 셔녀ᄅᆞᆯ 취ᄒᆞ여 그 집의 ″지ᄒᆞ니 조공이 안젼의 두어 셔ᄉᆞ 디쟉과 신임을 친ᄌᆞᄀᆞ치 ᄒᆞ고 비록 쳔셔나 지모ᄅᆞᆯ ᄉᆞ랑ᄒᆞ고 위인을 긔ᄃᆡᄒᆞ여 가장 즁히 너기더라 위부인 댱녀 숙혜의 년이 십ᄉᆞ의 니ᄅᆞ니 바야ᄒᆞ로 신월이 두렷고져 ᄒᆞ고 금봉이 버울고져ᄒᆞ니 아ᄅᆞᆷ다운 용모ᄂᆞᆫ 구츄명월이오 쇄락ᄒᆞᆫ 긔질은 츄텬의 호″ 홈과 추수

15면

의 맑으믈 아오라 빅ᄐᆡ 완젼ᄒᆞ고 덕힝이 겸비ᄒᆞ니 이는 녀ᄌᆞ의 응당ᄒᆞ거니와 그 품질이 화열ᄒᆞᄃᆡ 싁″ᄒᆞ고 침듕단엄ᄒᆞ며 강개녈슉ᄒᆞᄃᆡ 의연이 치마닌 영웅이오 계츄ᄒᆞᆫ 군지라 일호도 녹″ 용열ᄒᆞᆫ 틱 업고 겸ᄒᆞ여 문댱지혜 가족ᄒᆞ여 당시 독보ᄒᆞᆫ 슉녜라 공의 부뷔 비록 녀이나 처음으로 어더 ᄉᆞ랑이 보옥ᄀᆞᆺ고 왕모 태부인이 댱니의 신

긔흔 구슬노 아라 틱셔흐믈 십분 비상이 흐여 병부샹셔 셕규의 댱즈 셕문과 셩친흐니 이는 개국공신 슈신의 죵

16면

손이라 셕문이 년쇼 춍쥰흐여 니빅의 신치와 반악의 고으믈 겸흐여시나 너그럽고 널녀 댱즈의 긔샹은 조쇼져의게 밋지 못흐니 조공이 미양 우어 왈 녀셔의 뇌외롤 밧고지 못흐믈 탄흐노라 츳녀 쥬혜는 시년 십이셰요 삼녀 필혜는 구셰라 개개히 침어낙안지용과 폐월슈화지틱이시니 부뫼 과이흐며 비록 녀이나 틱부인이 삼손녀롤 만녀 즈미롤 삼아 슉혜 쇼졔 취가흐여시나 구가의 보닉디 아니흐고 됴셕의 어로만져 스랑흐고 셔손녀롤 무이흐여 그 어미 어질며 즈

17면

식이 아름다오믈 두굿겨 과이흐더라 염냥이 살갓흐여 위부인이 잉신흐연 지 십삭이 지나니 틱부인과 승샹이 착급히 남으롤 바라며 부인이 년긔 쇠약흐고 긔운이 허박흐니 분산의 넘녀 무궁흐더니 십이삭 듕동의 슌산흐고 일쳑 빅옥을 싱흐니 틱부인과 삼회 쳔만 과망흐여 신으롤 붓드러 강보의 뻣더니 긔약디 아닌 쏘 으히 우룸쇼릭 홍종을 치는 둣흐며 일개 긔린이 돗우희 나지니 틱부인이 챵황실조흐여 밧비 붓드러보니 안광이 조요흐고 구각이

18면

셕대영형흐여 완연이 빅벽을 쇄흔둣 흔지라 이쩍 공이 문외의셔 년흐여 으히 우룸쇼릭롤 둣고 참지 못흐여 드러와 볼식 틱부인이 쾌활흐고 깃브미 만신이 쮜노는 둣 희긔롤 것잡디 못흐여 왈 흔낫 병든 남이라도 바라더니 이제 흔 빵 긔린이 노모의 당니의 써러지니 이는 오문의 만힝이오 션군의 지텬지령이 도으시미라 노미 금셕 슈사나 쾌흔 넉시되고 여한이 업스리로다 공이 깃븐 우음을 먹음고 으히롤 보매 빵익롤 골격이 비상흐여 농미봉안이

19면

오 월익쥬슌이라 광칙 영요흐고 일월이 써러진 둣 우룸 쇼릭 쳥고 웅당흐여 엇지 조

금이나 신싱유ᄋ 갓흐리오 진실노 긔린의 삿기오 호의 품질이라 공이 쳔만 귀즁ᄒ고 빅분 쾌락ᄒ여 ᄋ희를 어루만져 눈으로써 부인을 보고 입으로써 모친긔 샤례왈 이다 조선의 여음이오 태〃셩덕을 힘입으미라 ᄎ후는 희이 삼쳔불효의 읏듬 죄를 면ᄒ오니 싱예의 즐거오미 금일 쳐음이로소이다 모지 셔로 치하ᄒ믈 마지아니 ᄒ고 부인을 구호ᄒ며 깅

20면

반과 약물이 연속ᄒ니 부인이 비록 늦지야 분산ᄒ나 평싱 지원이라 즈연 심신이 통쾌ᄒ여 씨로조ᄎ 깅반을 나오고 됴호ᄒ니 몸이 가븨얍고 빅병이 스라지니 일칠이 못ᄒ여 긔게 여상ᄒ더니 삼칠이 지나며 신샹이 쾌ᄎᄒ니 병쟝을 것고 훤당의 나아가니 틱부인이 깃브믈 이긔디 못ᄒ여 듕당의 쇼연을 베풀고 닉외 친쳑을 모화 경스를 표ᄒ고 신손을 즈랑ᄒᆯ시 닌리 친쳑을 쳥ᄒ여 하당을 지으며 네난을 가져 다토아 모도니 틱부인이 쏘 스묘의 현셩

21면

ᄒᄂ 녜를 갓ᄎ와 경스를 고ᄒᆯ시 공의 부뷔 잔을 밧들고 틱부인이 친히 아희를 안하 조종 신위의 비현ᄒ고 나려 듕당의 와 잔을 날니며 희쇼 단난ᄒᆯ시 스좌 친쳑이 졔셩 치하 왈 하늘이 길인을 닉시매 복녹을 구젼케 ᄒ실지라 평남후의 어진 덕과 위부인의 슉덕 현힝이 마츰닉 종새 미몰티 아닐 줄 아랏거니와 이제 흔ᄲᆼ 션동이 긔린 옥슈 갓ᄒ니 문호를 챵대ᄒ믄 닉 싱각 밧기라 승샹이 〃체 위거늇경ᄒ샤 덕망이 화이를 진동ᄒ고 슬하

22면

의 화녀 옥동이 ᄲᆼ〃ᄒ니 엇지 오복의 흠시이시리오 일노조ᄎ 텬되 쇼〃ᄒ믈 씨둣고 복션화음의 일을 알쾌이라 틱부인이 흔연 답샤 왈 쳡이 ᄒ낫 즈식을 두어 년싱 삼녀ᄒ고 농쟝의 경스를 보지 못ᄒ며 져히 나히 스십이 거의니 바라미 망연ᄒ여 조선 봉스를 의탁ᄒᆯ 딕 업ᄂ지라 신셕의 우탄ᄒ더니 이제 조종의 묵우ᄒ시믈 입스와 신손의 긔이ᄒ 경시이시니 ᄎᄂ 노쳡 일신의 경스뿐 아니라 진실노 오문 조선의 힝이라 불효 삼쳔의 무휘 위딕라ᄒ니 ᄎᄋ를 어더 금

23면

일이야 조션긔 불효룰 면ᄒ고 후시 챵셩ᄒ물 긔약홀디라 회열ᄒ물 언어로 다ᄒ리오 특별이 졔위 친쳑을 쳥ᄒ여 즐거오믈 ᄒ가지로ᄒ여 잔을 난호고져 ᄒ더니 빗ᄂᆡ 님ᄒ시니 광치 빈호도쇼이다 인ᄒ여 ᄌ녀 뉵인을 불너 좌둥의 ᄌ랑 왈 일가 친쳑을 ᄂᆡ외ᄒ리오 나의 ᄌ녀 뉵인은 젹셔업시 다 아롬다오니 노뫼 ᄌ부ᄒ여 이졔는 박복ᄒᆫ 늙으니로 ᄌ쳐 아니ᄒ리로소이다 좌위 눈을 드러 쇼져 등을 보니 다 월안뉴미오 셩안화모와 셰요잉슌이 진셰의 탈속ᄒᆫ

24면

여졀 염미식이오 쳔고슉녜라 경탄 이모 아니리 업더라 칙″ 칭이ᄒ고 위부인긔 만구하례ᄒ니 위부인이 ″째 년긔 스슌이 지나시ᄃᆡ 유한 덕도와 쇄락ᄒᆫ 풍용이 쳬모의 맛가즈 임ᄉ의 단일홈과 이비의 쳥졀이 안치 발현ᄒ여 양″ 흔희홈도 업고 닝담이 겸양홈도 업셔 유화히 ᄉ샤ᄒ니 화긔 일좌의 가득ᄒ여 츈양이 만화룰 무로 녹게 ᄒ는 듯ᄒ니 듕인이 시로이 경탄ᄒ여 진짓 조승샹 ᄂᆡ샹이라 ᄒ더라 죵일 진환의 낙극 단난ᄒ여 일모 셔산ᄒ매 졔긱이

25면

각산ᄒ다 공이 ᄎᆞ후 만시 여의ᄒ고 조금도 쇼원의 어긔미 업ᄉ니 ᄉ군치졍의 ᄆᆞᄋᆞᆷ을 다ᄒ며 봉친셩효의 졍셩을 가죽이 ᄒ고 치가지졍이 더옥 화평ᄒ며 화녀 옥동을 어로 만져 슈이 ᄌ라믈 손고바 기드릴식 ᄎᆞ녀 쥬혜 방년이 십삼셰의 밋ᄎᆞ니 신월이 두렷ᄒ고 동니 금봉이 향긔룰 토ᄒᆞ는 듯 빙ᄌᆞᄋᆞ질이 희상명춰오 셜니 미홰라 샹활ᄒᆫ 긔샹과 슈려ᄒᆫ 풍도는 기형만 못ᄒ나 아담 졀묘ᄒᆞᆷ믄 승어형이니 부뫼 혹이ᄒ여 너비 퇴셔홀식 조쇼져의 아롬다

26면

온 예셩이 ᄌ연 풍동ᄒ여 경셩 공후ᄌᆡ상가의 아들 둔 재 다토와 구혼ᄒ나 조공의 퇴셔ᄒ미 심샹티 아냐 허티 아니ᄒ더니 동졔왕 뉴단의 ᄎᆞᄌ 뉴슈의 아롬다오믈 듯고 구ᄒ여 셩친ᄒ니 뉴싱의 풍치 격션ᄀᆞᆺ고 문댱ᄌᆡ혜 일셰 다ᄉ의 츄앙ᄒᆞᆫ 배라 ᄒᆞ믈며 왕공귀가의 싱댱ᄒ여 부형의 어진 덕을 니으니 슈힝셥신이 옥갓흔 군지라 공의 부뷔

대열ᄒ고 뉴부의셔ᄂᆞᆫ 신부의 졀미ᄒᄆᆞᆯ ᄌᆞ랑ᄒ고 조부의셔ᄂᆞᆫ 셔랑을 기려 두집 보ᄇᆡ 되엿더라 슈삼년이 지

27면

나매 냥이 무ᄉᆞ이 ᄌᆞ라 거름이 익고 말을 젼ᄒ니 풍치 긔골이 셩ᄌᆞ긔믹이라 형은 농호의 긔운과 산악의 무거오미 이셔 엄위ᄒ고 ᄋᆞ은 덕긔 셩인ᄒ여 진짓 도혹군ᄌᆞ의 틀이 이시니 유하치ᄋᆞ로 의논홀 배 아니라 얼굴의 슈려홈과 품질의 총명ᄒ미 발최 특이ᄒ며 셰속의 쒸여ᄂᆞ니 부미 크게 귀듕ᄒ며 만ᄉᆞ를 니져 천만 긔이ᄒ나 도로혀 두려ᄒ미 여린 옥ᄀᆞᆺᄒ야 너모 미려ᄒ니 슈복의 히로올가 넘녀ᄒ고 몽ᄉᆞ를 싱각고 금옥환이 낭등의 완연하믈 더옥

28면

신이히 너기나 이런 말을 구외의 ᄂᆡ디 아니코 깁히 간ᄉᆞᄒ여 타일을 보려ᄒ더라 몽ᄉᆞ로 인ᄒ여 댱ᄌᆞ로ᄡᅥ 명을 농흥이라 ᄒ고 ᄎᆞᄌᆞ로ᄡᅥ 농챵이라 ᄒ더니 ᄌᆞ라매 형으로 농뮈라 ᄒ고 ᄋᆞᄋᆞ로 농셩이라 ᄒ더니 후의 닙됴ᄒ매 농ᄌᆞ를 다 거두고 조무 조셩이라 ᄒ니라 광음이 슉홀ᄒ여 ᄉᆞ오년이 지나매 삼녀 필혜 년이 십ᄉᆞ의 지용이 졀셰ᄒ여 안졍흔 의도와 온슌흔 긔질이 진짓 뇨조슉녜라 부뫼 편이ᄒ여 너비 틱셔ᄒ여 평댱ᄉᆞ 챵우의 손뷔되니 소싱의 명은

29면

셰현이오 쇼년등과ᄒ여 쟉위 금문직ᄉᆞ의 니르니 풍치 긔샹이 셕뉴 냥인의 지나니 승샹 부뷔 대열ᄒ고 조부의셔 쇼져의 텬향이질을 불승 긔이ᄒ니 구가의 보ᄇᆡ 되엿더라 승샹이 녀ᄋᆞ롤 필혼ᄒ고 셔랑이 젹셔업시 관옥지모와 젹션지풍이오 횐당의 학발 ᄌᆞ뫼 긔력이 강건ᄒ시고 틱샹의 어진 부인과 영오흔 미희 가ᄌᆞ시니 반졈 흠시 업ᄂᆞᆫ지라 ᄉᆞ군 퇴됴 여가의ᄂᆞᆫ 화당의 언와ᄒ여 냥ᄌᆞ롤 유회ᄒ며 수히 ᄌᆞ라믈 기ᄃᆞ리고 제녀의 화용을 ᄃᆡᄒ흔즉 희연이

30면

두굿겨 광음을 보ᄂᆞ니 훌〃흔 셰월이 빅구의 틈지남 ᄀᆞᆺᄒ여 냥이 팔셰의 니르니 신

댱이 언건ᄒ고 골격이 비상ᄒ여 옥골션풍이 진속의 쒸여나 농홍은 호〃발양ᄒ야 충 텬지긔와 산악갓흔 품질이 엄웅 쥰열ᄒ고 농챵은 침묵 언희ᄒ고 박흑 효셔ᄒ며 널슉 ᄒ매 츄텬이 그 긔운을 음습디 못ᄒᆯ 듯 싁〃 단엄ᄒ미 널일이 동텬의 비췬 듯ᄒ거늘 텬셩 효우ᄂᆫ 형뎨 ᄒ가지로 본셩의 나타난 배나 셩품인즉 동복 ᄲᅡᆼ틱로 크게 샹반ᄒ 여 대공ᄌᆞᄂᆞᆫ 회

31면

쇠 풍늉 화려ᄒ고 졔미 졔셔모로 회희 낭쟈ᄒᆯ ᄲᅢᆫ 아니라 방외의 난즉 사ᄅᆞᆷ과 갈이옴 ᄒ고 ᄋᆞᆯ 괴로이 보치여 스스로 발월ᄒᆫ 긔운을 당츅디 못ᄒ여 호〃히 고은 야학ᄀᆞᆺ고 지죄 일취월댱ᄒ여 ᄒᆫ번 눈의 지난 거슬 외오고 귀의 지나면 니ᄌᆞᆯ 거시 업셔 쳔고영 웅의 긔상이오 ᄎᆞ공ᄌᆞᄂᆞᆫ 문댱직흑이 쵸셰ᄒ며 ᄉᆞ힝 셩회 싱이지〃ᄒ여 ᄋᆞ시로브터 좌립의 녜되 진즁ᄒ고 언논이 졍대ᄒ여 입을 연즉 공밍의 도덕이 나타나고 몸을 움 즉이매 졍대군ᄌᆞ의 풍이 이시니

32면

샹하 노쇠 칠팔셰 쳑동으로 보디 못ᄒ니 공의 부뷔 쳔만 익이 비길 곳이 업고 틱부인 의 이듕ᄒ미 만금 긔뵈라 싱닉의 크게 ᄭᅮ지ᄌᆞ미 업스ᄃᆡ 스스로 슈힝ᄒ믈 노셩군ᄌᆞᄀᆞᆺ 티 ᄒ여 종일 셔쳑을 듸ᄒ여 고금을 박남ᄒ며 존당 부모ᄅᆞᆯ 듸ᄒ여 긔운이 온화ᄒ고 안식이 나즉ᄒ며 츌텬대효와 진퇴녜졀이 대셩인이 부싱ᄒ시나 하ᄌᆞᄒᆯ 거시 업ᄂᆞᆫ지 라 일개 그 십셰젼 쳑동이 이ᄀᆞ티 ᄒ믈 도로혀 고이히 너기고 일공ᄌᆞᄂᆞᆫ 크게 이와 ᄀᆞᆺ 디 아냐 왕모 좌젼을 님ᄒᆞᆫ즉 무릅

33면

흘 베고 니리ᄒ며 부젼의도 언쇼 회학이 낭ᄌᆞᄒ고 의ᄃᆡ를 믜이ᄌᆞ며 언논이 풍싱ᄒ고 방일ᄒᆫ 긔운이 호탕ᄒ더니 일〃은 공이 모젼의 드러가더니 틱부인이 졔쇼졔를 알픠 두어 박혁을 시기고 볼ᄉᆡ 농챵 형뎨 다 모다 농홍은 틱부인을 슬샹의 두어 온가지로 니리ᄒ며 희쇠 낭ᄌᆞᄒ며 챵은 궤슬 단좌ᄒ여 졔미의 승부ᄅᆞᆯ 볼 ᄯᆞ름이러니 공이 입 닉ᄒ매 졔쇼졔 판을 믈리고 니러셔고 챵농은 년망이 하당ᄒ여 뫼셔오ᄅᆞᄃᆡ 흥농은 우 슴의 취ᄒ고 니리의

34면

잠겨 부공이 입녀ᄒᆞ믈 아디 못ᄒᆞ고 잇ᄂᆞᆫ지라 팀부인이 쇼왈 네 ᄋᆞᆫ 경부지도의 미 진ᄒᆞ미 업서 댱ᄌᆞ의 ᄂᆞ리디 아니커ᄂᆞᆯ 너ᄂᆞᆫ 이리 미거이 ᄒᆞᄂᆞᆫ다 홍이 비로소 눈을 드 러 야"ᄅᆞᆯ 보고 잠간 황공ᄒᆞ여 ᄂᆞ러셔니 승샹이 금일 냥ᄌᆞ의 힝ᄉᆡᆨ 이ᄀᆞ티 ᄂᆞ도ᄒᆞ여 냥ᄌᆞ의 방약ᄒᆞ미 교인의 무드러 두려ᄒᆞ미 업ᄉᆞᆫ디라 젼두ᄅᆞᆯ 기리 넘녀ᄒᆞ야 크게 ᄭᅵᆼᄃᆞ라 평싱 화열ᄒᆞ미 업ᄉᆞᆫ디라 모젼이오 거가ᄒᆞ매 쳐쳡이 다 온슌ᄒᆞ므로 각별 엄슉ᄒᆞᆫ 긔운을 부리ᄂᆞᆫ 배 업고 늣게야 냥ᄋᆞᄅᆞᆯ 어더 칠팔셰의 ᄌᆞᄋᆡ의 침

35면

익ᄒᆞ매 본셩의 엄슉ᄒᆞᄆᆞ로 오히려 ᄀᆞᄅᆞ치믈 니즈나 여등이 힝혀 용널티 아닌디라 텬 륜의 ᄉᆞ랑만 알고 엄부의 교훈을 폐ᄒᆞ니 너의 힝실이 이러ᄒᆞᆷ믄 ᄒᆞᆫ갓 여등을 칙망 못 ᄒᆞ여 노부의 불엄ᄒᆞ미라 금일 홍ᄋᆞ의 히연ᄒᆞᆫ 거동을 보나 관셔ᄒᆞ거니와 존당은 지존 ᄒᆞ신디라 네 엇지 방ᄌᆞ히 누어 왕모 신샹으로 네 벼개ᄅᆞᆯ 삼고 방일ᄒᆞᆫ 힝ᄉᆡᆨ 군ᄌᆞ의 단 졍ᄒᆞᆫ 슈힝의 쳔니 갓ᄐᆞᆫ지라 여부의 너 바라미 이러티 아니터니 엇디 익ᄃᆞᆲ디 아니리 오 챵ᄋᆞᄂᆞᆫ 오히려 인ᄌᆞ의 도ᄅᆞᆯ 안

36면

다 니ᄅᆞᆯ디라 ᄎᆞ후 경심계지ᄒᆞ여 비록 부형이 프러지나 너모 미더 방탕티 말나 공지 불승젼늌ᄒᆞ여 머리ᄅᆞᆯ 드디 못ᄒᆞ고 다만 ᄉᆞ죄ᄅᆞᆯ 일ᄏᆞᆯ ᄯᆞ름이라 더욱 챵의 완슌ᄒᆞᆫ 거동과 조심ᄒᆞᄂᆞᆫ 모양이 형으로 칙디 아냐 졔 몸의 당흔 듯 축쳑ᄒᆞᆫ 쳬뫼 갓초 어엿븐 지라 팀부인이 냥손을 나호여 등을 두ᄃᆞ려 왈 어디다 챵ᄋᆞ여 ᄂᆡ집의 너갓흔 셩현군 지 날줄은 망외라 여형이 방일ᄒᆞ나 어진 ᄋᆞ이 "시니 거의 단졍ᄒᆞᆫ ᄃᆡ 도라가게 ᄒᆞ리 라 네 ᄋᆞ의 슈힝을 밋디 못ᄒᆞ고 금

37면

일지후로 데ᄅᆞᆯ 본바드라 ᄒᆞ니 챵은 불감ᄒᆞ믈 ᄉᆞ샤ᄒᆞ고 홍은 샤죄 슈명ᄒᆞ더라 슈년이 지나니 냥공지 십셰 츈광이라 신댱이 언연ᄒᆞ고 거지 편쳔ᄒᆞ여 냥비과슬ᄒᆞ고 츄월갓 흔 명모와 도화냥협의 호치단슌이 찬연ᄒᆞ여 분ᄃᆡᆨ흔 미인을 웃ᄂᆞᆫ디라 일공ᄌᆞ의 댱녈 흔 긔운과 ᄎᆞ공ᄌᆞ의 쇄락청고ᄒᆞᆫ 골격이 진실노 난형난뎨라 그 나히 젹으믈 싱각디

아니ᄒᆞ고 지샹 ᄌᆞ데 문견의 낙역ᄒᆞ고 후빅이 그 신치 풍용을 댱셩남으로 아라 쳔파

만믹 문을 드레니 공

이 어리믈 칭탁ᄒᆞ고 흐믈며 신몽을 싱각ᄒᆞ고 금옥환이 ᄡᅡᆼ젼ᄒᆞ믈 바라 심녜 가장 번

난ᄒᆞ더라 일ᄅ은 화시 잉혈을 가져 여러 ᄋᆞ시비를 쥬졈ᄒᆞ더니 냥공지 겻티 셧거늘

화시 회희를 즐기ᄂᆞᆫ디라 농홍다려 팔을 ᄂᆡ라 ᄒᆞᆫ디 공지 본ᄃᆡ 쇼활ᄒᆞᆫ디라 무심코 팔

을 ᄂᆡ거늘 화시 잉혈을 흐억이 직으니 공지 대경ᄒᆞ여 급히 ᄲᅵᄉᆞ되 옥비의 잉되 찬연

ᄒᆞ여 지ᄂᆞ 아니 ᄒᆞᄂᆞᆫ디라 공지 노왈 희롱도 ᄒᆞᆯ 일이 잇ᄂᆞ니 셔뫼 엇디 날갓흔 댱부로

ᄡᅥ 쥬졈을 ᄶᅵᆨ고 이시라 ᄒᆞᄂᆞ뇨 화

공지 츠공ᄌᆞ 갓흐면 뉘 감히 희롱ᄒᆞ리오 하 방일ᄒᆞ니 진짓 이리ᄒᆞ미라 불구의 부인

이 드러오리니 쥬졈 업시ᄒᆞ믈 근심ᄒᆞ리오 공지 분노ᄒᆞ여 긔식이 분ᄂ 하여 ᄯᅮ지져 왈

하늘이 져 화시를 엇디 삼겻관ᄃᆡ 단졍티 아니미 져디도록 ᄒᆞ고 셔뫼 쥬졈업시 ᄒᆞᆯ 가

인을 아니 어더주면 긴 날 욕이 비경ᄒᆞ리라 화영셜 삼인이 대쇼ᄒᆞ니 츠공지 졍식 왈

셔뫼 그ᄅᆞ시다 아등이 경박ᄒᆞ나 당ᄂ이 졍도로 인도ᄒᆞ고 희롱의 거조를 아니흠즉 ᄒᆞ

거늘 ᄋᆞ녀ᄌᆞ의 표졈을

댱부의게 직으시니 극히 단졍흔 ᄃᆡ 버셔나신가 ᄒᆞ노라 화시 그 졍숙흔 말과 녜의

늠ᄂ하믈 보고 등을 두드려 왈 샤죄ᄒᆞᄂᆞ니 공ᄌᆞ갓흔 셩인이 압히 잇거늘 아등이 감

히 ᄋᆞ쇼쳑동으로 아라 희롱ᄒᆞ미 그디 아니리오 공지 잠쇼샤 왈 셔모의 단졍티 아

니미 츠언의 더옥 심토다 이 탄복 칭이ᄒᆞ믈 마디 아니터라 츠시 농홍이 비샹의 쥬졈

을 직회고 크게 분ᄒᆞ여 싱각ᄒᆞ되 댱뷔 ᄋᆞ녀의 쥬졈을 비샹의 두고 엇디 일시나 견

디리오 ᄂᆡ 취쳐ᄒᆞ믈 기ᄃᆞ리면 오히려 삼ᄉᆞ년이나 되리니 일개 미인을 어더 비샹쥬졈

을 업시ᄒᆞ고 인ᄒᆞ여 쇼셩지녈의 메오미 쾌티 아니랴 의신 이의 미츠매 굿지 누르디

못ㅎ여 가연이 스매를 썰티고 후원 졔녀당의 니르니 이곳은 텬지 공의 풍도를 아름
다이 너기샤 쇼항 년쇼미창 오십 여인을 스급ㅎ시니 승샹이 셩은을 스양티 못ㅎ야
후졍 십여간 집을 서르져 졔챵 등을 쳐ㅎ고 잇게ㅎ매 졔챵 등이 졔녀당의 쳐ㅎ여 혹
탄가도ㅎ며 혹 춤도 추고

42면

향긔로온 말과 홍군취삼은 쥬란화각의 바름을 조ᄎ 나붓기며 픠옥 쇼리 징〃ㅎ여 사
름의 츈흥을 발ㅎ고 슈졍념은 풍경을 못 니긔여 셔로 브디쳐 쇼리 낭〃ㅎ더라 공지
당하의 다드르니 졔챵이 일시의 하당 영졉ㅎ거늘 공지 좌졍ㅎ고 좌우를 슬펴보니 아
름다온 술은 옥호의 가득ㅎ고 진슈셩찬은 옥긔의 소담 졍결ㅎ더라 공지 동편 화뎡을
바라보니 일개 미이 화뎡 난간의 안쟈 곳츨 꺽거 호졉을 희롱ㅎ며 츈졍을 못니

43면

긔여 봄잠이 눈의 가득ㅎ여시며 옥안이 곳치 비최여 부용화 조로를 먹음은 듯ㅎ고
홍군취삼은 요〃ㅎ여 사름을 유인ㅎ는 듯 ㅎ거늘 공지 졔챵을 물니치고 당의 나려
화뎡의 니르니 그 미이 놀나 당의 느려 맛거늘 공지 당샹의 잇던 미ㅇ를 보니 다른
이 아니라 잉이라 공지 난간의 올나 잉을 나아오라 ㅎ여 알픠 안티고 옥슈를 잡아 희
롱 왈 오늘 니 너를 이곳의셔 만나니 이는 텬뎡연분이라 ㅎ고 옥슈를 잇그러 방듕으
로 드러가고져 ㅎ거늘 잉이 놀

44면

나 손을 물니티고 슌죵티 아니ㅎ니 공지 혹쇼 혹노 왈 네 여ᄎ 방ᄌ여 나의 말을
거역ㅎ고 무례ㅎ미 극ㅎ니 이는 챵녀의 홀 배 아니라 네 죵시 무례ㅎ여 쥬인 공ᄌ를
만모ㅎ여 나의 쯧을 좃디 아니면 당〃이 칼노 머리를 버혀 자최를 업시 ㅎ리라 언필
의 칼흘 썐혀 져히니 공ᄌ의 댱대ㅎ미 나흐로조ᄎ 닉도ㅎ여 언연이 대댱부의 긔샹이
오 본디 댱녈흔 위풍은 유하로브터 잇는디라 심경담낙ㅎ여 쇼리를 못ㅎ니 공지 깃거
이에 잇그러 친밀ㅎ여 이셩지친

45면

을 밋고 유셰 왈 닉 비록 댱ᄌ실시나 너를 속이디 아니리니 네 날을 직희고 다른 호
걸을 셤기디 말나 타일 부모긔 알외고 맛당이 금차지녈의 두리라 우왈 닉 너를 싱각
ᄒ죽 째를 타 이곳의 니르리니 네 추후 완월뎡 못고지의 듸령ᄒ라 셜파의 크게 웃고
팔을 닉여보니 쥬픠 흔젹이 업ᄂ디라 환희ᄒ여 ᄂᄂ려오니 힝ᄉ의 넘나고 능녀ᄒ미 이
ᄀ더라 잉이 쏘 년유ᄒ나 챵믈이오 〃히려 언ᄉ를 알므로 죵신대ᄉ의 큰 줄을 싱각
ᄒ여 져 공ᄌ 쇼년영풍

46면

이 쳔고호걸이오 늠〃쥰녈ᄒᄆᆫ 셰듸 무젹이라 ᄆᆞ음의 ᄎ고 쯧의 족ᄒ니 일싱 우
러〃셤길 쯧이 잇더라 이의 졔녀당의 도라오니 기모 쵸션이 갓던 곳을 뭇거늘 잉이
긔이디 못ᄒ여 젼후슈말을 니르고 공ᄌ 져히며 직희고 이시라 ᄒ던 말을 다 젼ᄒ니
션이 경왈 이ᄂ 조공ᄌ라 노야와 부인이 엇디 쳔금 귀공ᄌ의 챵쳡을 용납ᄒ시리오
너희 일싱을 가히 알니로다 ᄒᄆᆯ며 공ᄌ 시년 십셰라 어늬 ᄉ이 싴념이 동ᄒ여 범남
ᄒ 거조를 ᄒ신고 남ᄌ를

47면

측냥키 어렵도다 ᄒ니 잉이 참괴 무언이라 초션이 ᄎ후로 잉을 타인을 뵈디아냐 공
ᄌ 바라ᄂ 의ᄉ 다 북두갓더라 이째 공ᄌ 슈잉을 갓가이ᄒ고 도라오매 스스로 쾌활
ᄒᄆᆯ 니긔디 못ᄒ여 희식이 만안ᄒ여 능히 감초디 못ᄒ니 ᄎ공ᄌ 긔형의 긔식을 의
심ᄒ여 셔로 ᄉ매를 잇그러 말삼ᄒ다가 믄득 팔을 보니 쥬픠 흔젹이 업ᄂ디라 놀나
쇼이문 왈 형댱 비샹의 쥬졈이 업ᄉ니 이 엇던 일이니 잇고 공ᄌ 희연 답왈

48면

쥬픠 엇디 대댱부의 비샹의 오리 잇슬거시라 업ᄉ믈 놀나ᄂ뇨 ᄎ공ᄌ 함쇼 왈 형댱
이 회희를 즐기시므로 댱부의 업ᄉ 거슬 직혀 계시더니 믄득 업ᄉ니 공연이 업슬 니
ᄂ 업ᄉ매 신긔ᄒ여 무르미로쇼이다 슈연이나 아등은 ᄌ모의 품을 갓 써나 동치졕ᄌ
로 취쳐 젼이오 우히 부뫼 계시고 아리로 혈긔 미뎡ᄒ 쇼ᄋ라 녀식을 관졍홀 째 아니
오 쇼뎨 형댱과 몸이 흔가지오 졍의샹됴ᄒ여 일호 가리미 업ᄉ니 형댱의 허믈을

49면

쇼뎨 아닌즉 간ᄒᆞ리 업고 쇼뎨의 허물을 형댱이 아니면 칙ᄒᆞ리 업슬디라 형댱이 필연 챵녀등 유정ᄒᆞ여 쥬표를 업시 ᄒᆞ미니 쇼뎨 형댱의 긔샹을 탄복ᄒᆞ나 젼두의 챵녜 유희ᄒᆞ미 젹디 아닐디라 놀나이 너기ᄂᆞ이다 댱공지 집슈 대소 왈 현쥐라 샤뎨여 가히 대현의 풍을 보리로다 연이나 형뎨 심담이 샹됴ᄒᆞ나 샤뎨 나의 힝ᄉᆞ를 힝티 못ᄒᆞᆯ 거시오 우형이 ᄯᅩ 너의 슈신셥힝을 ᄯᆞ를 길히 업ᄉᆞ니 형뎨 텬품이 닉도ᄒᆞ여

50면

진실노 갓디 아니ᄒᆞ니 현뎨는 공밍 안증을 법ᄒᆞ고 우형은 손오 양져와 한실 졔갈갓기를 원ᄒᆞᄂᆞ니 엇디 비샹 홍졈을 일시나 두고 견디리오 스스로 원ᄒᆞ기를 몸이 빅만 웅병 가온ᄃᆡ 원융이 되여 금인을 요하의 빗기 ᄎᆞ고 공업을 쥭빅의 드리워 얼굴을 닌각의 그리고 일홈이 ᄉᆞ칙의 올나 현양부모ᄒᆞ며 조션을 증시ᄒᆞ고 샤즁의 슉녀 미쳐와 금차지렬을 가득히 모하 댱부의 ᄉᆞ업을 일우리니 현뎨쳐로 거름마다 삼

51면

가고 말ᄉᆞᆷ마다 공건ᄒᆞ여 힝실을 닷그믈 닌 ᄎᆞ마 답〃히 너기ᄂᆞ니 현뎨의 어질믈 아ᄅᆞᄃᆡ ᄯᅩᄒᆞᆫ 듯기를 원티 아니ᄒᆞ노라 우형이 일시 유희로 ᄒᆞᆫ 챵녀를 유정ᄒᆞ여 비샹 홍졈을 업시ᄒᆞ나 무슴 대ᄉᆞ라 젼두의 유희ᄒᆞ리오 ᄎᆞ공지 칭샤 왈 형댱의 ᄯᅳᆺ인즉 웅위ᄒᆞ시나 금텬히 오히려 요란ᄒᆞ고 ᄎᆞ고로 댱샹이 굿기ᄂᆞ니 만흐니 우리 부뫼 늣게야 아등을 두샤 바라시미 틱산갓고 익이ᄒᆞ시미 만금갓ᄒᆞ시니 스스로 명쳘보신ᄒᆞ여 홀

52면

노 만젼ᄒᆞ리니 굿ᄒᆞ여 원융둥임을 마타 몸이 위틱ᄒᆞᆫ 연후의 효랴 ᄒᆞ리오 몸을 닷가 셩경 현젼의 니를 알고 ᄉᆞ군치민 홀 직덕을 둔 연후의 닙신양명ᄒᆞ여 인군을 요슌의 일위고 안자셔 치평을 의논ᄒᆞ여 니음양 슌ᄉᆞ시ᄒᆞ여 보국안민ᄒᆞ며 몸이 일인지하의 만인지샹이 되여 젹거ᄉᆞ마로 태평셩ᄃᆡ의 현샹이 되여 조션을 빗ᄂᆡ며 부모를 현양ᄒᆞ면 이ᄂᆞᆫ 셩효아니며 ᄉᆞ업이 아니리 잇고 우리 본ᄃᆡ 샹문ᄌᆞ손이라 부조로브터 도혹이 뉴젼ᄒᆞ

53면

시니 아등이 부조를 효측하여 수유빅힝을 슈련하며 문당직덕을 졔주의 승싱이 되게
하고 치수하매 젹슝주를 춧던 뉴후의 무리 딕리니 한신의 댱혼 위무로도 우녀주의
마츠니 주고 샹쟝의 삼갈 배라 쇼뎨는 원컨대 우리 형뎨 마음을 혼 가지로 하여 녯젹
성현을 법밧고 마음을 극진이하여 효하며 츙을 다하미 엇디 즐겁디 아니리잇고 댱공
지 쇼왈 여언이 심호하나 엇디 심〃이 한가혼 댱샹이 되리오 다만 닉 고수를 슬피매
영웅호

54면

이 칼흘 집고 각〃 명쥬를 도와 빅만군병을 거느려 젹국을 졀졔하는 대댱이 되여 빅
젼빅승홀 곳의 다드라는 마음이 용약하여 능히 것잡디 못홀 듯하니 우형이 쏘흔 고
이히 너기노라 하더라 명일 화시 농홍을 보고 쟉일스를 싱각고 우음을 씌여 홍졈이
〃시리라 하고 문득 팔을 썬히매 흔젹도 업는디라 대경하여 영셜 냥인을 뵈여 왈 공
주의 쟉용이 하여오 이인이 혀를 둘너 왈 능하다 공주여 필연 눌을 유졍하미 이실

55면

시 홍졈이 업느니 십셰 동치 이 어인 일고 우리 이 곡졀을 노야기 알외리라 공지 졍
식 왈 셔모 등이 주를 너모 만홀이 너기는도다 닉 비록 어리나 당〃혼 팔쳑 대댱뷔라
일각인들 비샹의 요망혼 거슬 두고 텬일지하의 셔리오 대인기 고하라 닉 또 셔모의
단일티 못하믈 알외리라 잉졈 업시하믈 위하여 마디 못혼 일인 줄 알외리니 닉 무슴
죄 이시리오 삼인이 도로혀 말이 막혀 요두 왈 져 풍신 용화로 나히 차고 뜻이 졈〃

56면

넘난즉 지닉여 볼 곳치 업고 아니모홀 창물이 업셔 금차분딕로 집을 메울 거동이로
다 공지 쇼왈 고쇼원이니 그는 잘 아르시도다 삼인이 어히 업셔하나 그 유졍혼 곳은
오히려 아디 못하더라 츄후는 공이 수랑은 존졀하고 냥주를 교훈하니 츠공주는 더옥
조심하여 쳐신 슈힝이 대현 셩주지풍이 가죽하고 일공주는 엄훈을 두려 겨유 단졍
슈렴하미 부젼이오 존당과 모친의 다드라는 니릭하며 방일하니 위부인이 비록 단

57면

엄흐나 만너 귀즈로 그 쇄락흔 풍신과 어리로이 니틱흐믈 본즉 비록 입으로 쑤지즈나 안쉭의 스랑흐믈 감초디 못흐고 틱부인은 냥공즈를 본즉 황홀흔 스랑이 졍신을 일허 먼너 안즈시면 갓가이 나호여 등을 두드리며 교이체〃흐니 즈연 냥공즈의 ㅁ음이 히틱홀 거시로딕 츠공즈는 왕모와 즈모긔라도 조금도 ㅁ음을 프러바리는 배 업셔 궤슬 단좌흐며 응딕지졔의 부복졀치 엄부 안젼과 일반이라 졔 셔모와 져〃 등이 비록 쇼인

58면

나 긔경흐여 경시티 못흐더라 흥이 승시흐면 반드시 완월뎡의 니르러 슈형을 잇글고 낭즈히 희학흐고 친이흐여 그 졍이 즈못 고혹흐기의 미쳐시딕 텬셩이 준녈흐며 위의 엄슉흐니 잉이 감히 무례방즈티 못흐나 바라믈 틱산북두가티 흐여 일싱을 셤기믈 밍셰흐니 이 쏘흔 슉셰연분이〃시미러라 승상이 잉의 연고는 망연 브디흐나 근너 빅ㅇ의 거동이 견일과 다르믈 의려흐고 긔샹이 너모 발호흐믈 근심흐여 츠후 그 힝지를 유의흐여

59면

슬필식 댱공즈 미양 공의 쳐흔 쥭화헌의 이셔 낫인즉 협실의셔 독셔흐고 밤이면 시침흐여 스〃슉쇼를 두디 아니흐고 공이 비록 닉당의 드는 날이라도 공즈 형뎨는 유모를 쩌난 후브터 화헌의셔 밤을 지닉는디라 공이 좌우로 누여 그 쳔만 익이 타인 부즈의 비티 못흐리러라 일야는 초하 망간을 당흐여 명월이 교〃흐며 만방이 조요흐니 공이 모젼의 혼졍을 맛고 화헌의 도라오니 츠즈 챵이 홀노 졍듕의 비회흐며 야〃를 기드리다가

60면

마자 뫼셔 침젼의 드니 공이 흥의 간 곳을 뭇는디라 챵이 딕왈 형뎨 흔가지로 나왓습더니 형이 여측흐라 가오며 기드리라 흐더니 아직 아니 왓ᄂ이다 공이 셔동을 명흐여 일공즈를 다려오라흐니 셔동이 두로 어드딕 그림즈도 업는디라 도라와 이딕로 고흐니 공이 십분 의심이 동흐여 츠ㅇ다려 왈 네 이곳의 이시라 닉 친히 여형을 츠즈리

라 셜파의 니러 원듕의 드러가 수풀을 헤치고 완월누의 올나 졔녀당을 보려ᄒᆞ고 난함의 오ᄅᆞ니 빅월

61면

이 명낭ᄒᆞᆫ디 일개 쇼년이 미인의 홍상을 베고 단잠이 바야히오 미인도 쇼년을 의지ᄒᆞ여 춘쉬 몽농ᄒᆞ여시니 쇼년의 풍치 용광이 명월의 광치ᄅᆞᆯ 아ᅀᆞᆯ디라 공이 불승경아ᄒᆞ여 ᄌᆞ시 보니 이 곳 아ᄌᆞ 농홍이라 크게 히연ᄒᆞ여 시동으로 ᄒᆞ여곰 공ᄌᆞ와 기녀ᄅᆞᆯ 죽헌으로 잡아오라ᄒᆞ고 몬져 나오나 공ᄌᆞ 잠이 깁허시니 시동이 감히 ᄭᆡ오디 못ᄒᆞ여 머뭇길 ᄉᆞ이의 공ᄌᆞ 기지게 혀고 도라눕거늘 동지 승샹의 명으로 잡으라 왓시믈 고ᄒᆞ고 슈

62면

잉을 결박ᄒᆞ거늘 공ᄌᆞ 오히려 경동티 아니코 이연이 니러나 ᄯᅴᄅᆞᆯ 매며 옷슬 슈습ᄒᆞ여 왈 늬 이곳의 왓시믈 노애 엇디 아ᄅᆞ시리오 여 등이 긴혀ᄅᆞᆯ 놀녀 알외미라 부명이 계실진대 ᄉᆞ디라도 ᄉᆞ양티 못ᄒᆞ려니와 너는 무스히 두디 못ᄒᆞ리라 셔동이 부복 왈 쇼동이 엇디 공ᄌᆞ의 말ᄉᆞᆷ을 고ᄒᆞ리잇고 노애 친히 니ᄅᆞ샤 보시니이다 공ᄌᆞ 힝혀 잉이 야〃의 엄노ᄅᆞᆯ 만나 죽을가 측은ᄒᆞ여 잉을 아ᅀᆞᆫ 거ᄉᆞᆯ 그ᄅᆞ고 엽히 ᄯᅥ 원듕의 가운졔ᄅᆞᆯ 노

63면

코 담을 넘겨 왈 네 약질이 형벌을 당ᄒᆞᆫ즉 필연 ᄉᆞ디 못ᄒᆞ리니 이는 빅인이 유아이시라 권도로 너ᄅᆞᆯ ᄂᆡ여 보ᄂᆡᄂᆞ니 아모디나 가 셩명을 보젼ᄒᆞ엿다가 타일 노애 엄노ᄅᆞᆯ 그치시ᄂᆞᆫ ᄲᆡ의 너ᄅᆞᆯ 쇼셩으로 ᄎᆞᆷ즐 거시니 그리 알고 드르니 네 아ᄌᆞ미 월듕민 뉴혹ᄉᆞ의 쳡이 되여 셩가ᄒᆞ고 산다ᄒᆞ니 게가 의지ᄒᆞ여 이시라 셜파의 몸을 두로혀 죽헌의 니ᄅᆞ니 이러구러 ᄉᆞ이 오란디라 공이 기ᄃᆞ린디 오라매 일층 노ᄅᆞᆯ 더어 좌우로 불을 밝히라 ᄒᆞ고 시노ᄅᆞᆯ 명

64면

ᄒᆞ여 공ᄌᆞᄅᆞᆯ 잡아 계ᄒᆞ의 ᄭᅮᆯ니고 엄졍 슈죄 왈 불초지 죄ᄅᆞᆯ 아ᄂᆞᆫ다 공ᄌᆞ 빅복 왈 쇼

지 엄명을 밧즈와 발이 일즉 문밧글 아지 못ᄒᆞ고 머리를 굽혀 셩경을 읽으니 엇디 방
탕퓌려ᄒᆞᆫ 죄를 지엇시리잇고 금일 엄피 불초지라ᄒᆞ시니 히이 싱어십셰의 엄훈을 역
ᄒᆞᆫ 일이 업습고 좌와를 쩌난 젹 업시 근시ᄒᆞ와 긍〃업〃ᄒᆞ오니 불초ᄒᆞᆫ 죄샹이 잇
ᄂᆞᆫ 줄은 씨닷디 못ᄒᆞᄂᆞ이다 공이 진목 즐왈 네 금야 완월뎡 거죄 방탕퓌려티 아니며

65면

아븨 명을 듯고 지완ᄒᆞ여 요동티 아니ᄒᆞ니 불초지 아니냐 노뷔 여 등 형뎨를 익익ᄒᆞ
여 일즉 틱벌ᄒᆞ여 가르티미 업스니 네 방즈ᄒᆞ여 나히 거의 인즈지도를 출힐 쌔 믄득
스랑을 밋고 십셰동치 무슨 싴욕이 됴동ᄒᆞ여 미여쳔창을 머리를 마초고 동몽ᄒᆞ여 무
식방탕이 낭즈ᄒᆞ고 ᄒᆞ믈며 완월누는 션인이 유완ᄒᆞ시던 곳이라 닉 ᄎᆞ마 가디 못ᄒᆞ여
문을 간딕로 여디 아니ᄒᆞ거늘 네 감히 그곳의셔 음난 퓌려지ᄒᆡᆼ을 긔탄티 아니리오
노부의 셩되 불초

66면

즈 갓흔 음난퓌려 무ᄒᆡᆼ지인을 보면 타인지라도 죽이고져 ᄯᅳᆺ이 나거든 ᄒᆞ믈며 닉 즈
식을 니르리오 부즈의 졍이 비록 난언ᄒᆞ나 ᄒᆞᆫ 민로 마츠리라 말노 조ᄎᆞ 공즈를 결박
ᄒᆞ고 스예를 명ᄒᆞ여 민를 들나ᄒᆞ야 공즈를 결당ᄒᆞᆯᄉᆡ 미우의 상풍이 늠〃ᄒᆞ고 고찰ᄒᆞ
ᄂᆞᆫ 호령은 산악이 문허지는 ᄃᆞᆺᄒᆞ니 공지 일싱 교의의 싱댱ᄒᆞ여 이런 듕형을 당ᄒᆞ여
보아시리오 범인으로 칙망ᄒᆞᆯ진대 일댱의 긔운을 슈습디 못ᄒᆞᆯ 거시로딕 품슈ᄒᆞᆫ 바

67면

튱텬지긔와 산악지졍이라 알프믈 참고 머리를 숙여 일셩을 브동ᄒᆞ고 겸누를 먹음디
아냐 슈댱ᄒᆞ니 공이 그 어린 ᄂᆞ히 미시 여ᄎᆞ 어려오믈 보고 잡죄를 잠간 경헐이 ᄒᆞ여
ᄂᆞᆫ 댱너를 졔어티 못ᄒᆞᆯ 줄 알고 구산 ᄀᆞᆺ흔 즈이를 참고 〃찰ᄒᆞ여 치기를 십여댱의 미
쳐는 옥갓흔 살의 션혈이 낭즈ᄒᆞ니 ᄎᆞ공지 듕계의 ᄭᅮ러 감히 간티 못ᄒᆞ고 머리를 숙
여 즈긔 몸이 알프믈 니긔디 못ᄒᆞ나 부모의 엄노를 왕뫼 아니시면 프디 못ᄒᆞᆯ지라 몸
을 니러 치운던

68면

의 니ᄅ니 틱부인이 바야흐로 졔 손녀의 시ᄉ 의논ᄒ믈 ᄃᄅ며 그 문ᄌ 규듕 녀흑싀믈 칭이ᄒ더니 ᄎ공지 ᄃᄅ러 고ᄒᄃᆡ 형이 대인긔 죄ᄅᆯ 어더 시방 댱칙이 엄ᄒ시니 왕모의 엄ᄑᆡ 아니면 엄노ᄅᆯ 두로ᄒᄃᆡ 못ᄒᆯ가 ᄒᄂᆡ이다 틱부인이 대경 왈 이 어인 말고 이의 밧비 니러 거름마다 년망ᄒ여 쥭헌의 나아갈ᄉᆡ 시녜 좌우의 쵹을 잡고 길흘 인도ᄒ여 나아오매 졍각이 층″ᄒ여 셔너 곡난을 지나 층계의 나오니 공지 발셔 삼십 댱을 마잣더라 틱부인이 먼

69면

니셔브터 급ᄒᆫ 쇼ᄅ로 ᄭ지져 왈 노모의 쳔금 손ᄋᆞᄅᆯ 네 어이 임의로 치ᄂ다 공이 쵹영이 됴요ᄒᄃᆡ 틱″의 쇼ᄅᆡ ᄒ시믈 듯고 젼도히 합ᄂᆞ로 ᄃᄅ러 문을 닷고 틱″ᄅᆯ 붓드러 왈 홍이 죄 이시매 히이 부ᄌ의 졍으로써 잠간 틱벌ᄒ여 후일을 징계코져 ᄒ미러니 모친이 엇디 심야의 외당의 나오시ᄂ잇고 부인이 노긔 엄″ᄒ여 왈 유이 셜ᄉ 유죄ᄒ나 말노써 칙ᄒ디 아니코 칠거시랴 져딕도록 치리오 히이 노모의 ᄯᆺ을 밧디 아니미 여ᄎᄒ뇨 이의 시노ᄅᆯ ᄭ지

70면

져 믈니티고 공ᄌᄅᆯ 붓드러 올나라 ᄒ니 공지 완연이 니러나 알프믈 참고 의ᄃᆡᄅᆯ 슈습ᄒ여 왕모겻ᄒᆡ 안ᄌ니 공이 그 긔운이 이러ᄒᄆᆯ 보고 ″이히도 너기고 ᄯᅩᄒᆫ 넘녀ᄒ여 눈을 낫초아 공ᄌᄅᆯ 보디 아니ᄒ더라 이의 틱″ᄅᆯ 친히 뫼셔 치운뎐의 ᄃᄅ러가신 후 외헌의 나와 공ᄌ잡으라 갓던 셔동을 틱벌ᄒ며 공ᄌ 더디 잡아옴과 미녀 못잡아 오믈 무ᄅ니 셔동이 직고티 못ᄒ여 공지 잠이 깁히 ᄃᄅ러시므로 ᄭᅵ오기 황공ᄒ여 못ᄒᆷ과 긔녀ᄂᆞᆫ 담너머 다라나믈 알왼

71면

ᄃᆡ 공이 어히 업셔 즉시 졔녀당 긔녀ᄅᆯ 다 불너 엄칙ᄒ고 ᄎ후 공ᄌᄅᆯ 가람ᄒᆫ즉 ᄉ죄ᄅᆯ 당ᄒ리라ᄒ니 졔녜 고두 샤죄ᄒ고 퇴ᄒ다 공이 ᄯᅩ ᄎ공ᄌᄅᆯ 잡아오라 ᄒ니 공지 크게 두리나 지은 죄 업ᄂ디라 안셔히 의ᄃᆡᄅᆯ 그ᄅ고 계하의 부복 딕죄ᄒ니 공이 칙 왈 아히 년유ᄒ나 고ᄉᆞᄅᆯ 셥녑ᄒ여 녜의ᄅᆯ 알녀든 군뷔 그른 일이 ″시면 간ᄒ믈 못

미츨드시 호려니와 노뷔 여형을 당칙호매 죄듕벌경호거는 아히 망녕도이 심야의

72면

돌입호여 존당을 혼동호여 놀나시게 호고 존위를 요동호샤 여러 곡난과 층계를 신고호여 나오시게 호니 그 죄 어딘 미쳣느뇨 공직 무망듕 착급호여 고호마나 일인즉 그러호다라 오직 돈슈청죄 왈 히이 평싱 처음으로 형이 엄노를 만나와 슈댱호믈 보오니 무음이 창황호여 미쳐 스체를 혜아리디 못호옵고 존당의 알원죄 슈스난속이로쇼이다 말노 조츠 온화혼 거동과 두려호는 모양이 엄부의 북풍 갓흔 노

73면

긔 홍노의 졈셜 갓흔디라 월하의 맑은 풍용과 언건 양쳥혼 격되 비흘 곳이 업스니 스름의 눈이 어리는디라 공의 엄듕호므로도 어린드시 느리 미러보아 추마 다시 즐칙홀 무음이 업스니 다만 어엿븐 졍이 산히 갓흔디라 이연혼 말솜으로 경계 왈 히이 삼가지 아닌 죄를 다스릴 거시로대 처음이미 샤호느니 추후는 미스를 진듕히 호고 여형의 방탕외입호믈 비호디 말나 공직 비샤슈명호고 올나 시좌

74면

호니 일공자 쏘혼 알프믈 강잉호여 드러 안즈니 공이 굿호여 믈너가라 아니호고 냥즈를 다리고 밤을 지닐식 비록 외모의 엄호믈 뵈나 어린 아히 처음으로 듕장을 입으믈 앗기는 무음이 편티아냐 잠이 오디 아니 호는디라 고요히 누어 오즈의 거동을 보니 홍이 야〃의 취침호신 후 비로쇼 옷녁흐 금니를 츠즈 벼기의 쓰러지매 오리디 아냐 잠드러 몽농혼 가온디 통셩이 의〃호고 씨여실 졔는 긔운이 셰촌 고로 알프믈

75면

참으나 잠들믈 인호여 즈연 통셩이 의〃호니 공이 뉘우쳐 이련지심이 뉴동호매 이에 니러나 친히 그 옷슬 벗겨 누일식 샹쳐를 슬피니 가티 샹호여 뉴혈이 돌지호고 혼혼호여 몸을 만지는 줄 모로는디라 공이 크게 앗겨 년호여 겻히 누이고 어로만져 잠을 일우디 못호더라 명됴의 모젼의 신셩호니 추공직 쏘혼 뫼셧더라 튀부인이 홍농을 나호여 슬하의 안티고 문왈 네 어이 방탕혼 거조를 호여 그딕도록 만즌다 공직 화식를

76면

식로이 통흔흐여 정식 궤고 왈 쇼손이 주모의 회듕을 써나므로브터 대인긔 시침흐와
일즉 호발도 엄교밧 일이 업스오며 식욕이 엇지 나리잇고마는 화셔뫼 쇼주의 팔 우
히 잉혈을 직으니 남이 셰의 쳐흐여 ㅇ녀주의게 끼티는 바 홍졈을 직고 일각인들 엇
디 견듸리오 업시훌 계교롤 싱각흐매 쳐녀당의 가와 미인 흐나흘 친흐여 쥬표롤 업
시흐고 당뷔 져롤 듸흐여 잇다감 ㅊ주믈 언약흐고 실신 아니려흐여 잠간 보려흐엿더

77면

니 인흐여 완월당 월식을 수랑흐여 머무다가 잠을 드러 이 환을 만나오니 이 도시 셔
모의 타시오 히ㅇ의 죄 아니로쇼이다 틱부인이 희연이 웃고 두굿겨 왈 만일 손ㅇ의
말갓흘딘대 그 긔상이 아름다오니 무슨 죄 이시리오 화시 피셕 샤죄 왈 대공지 슈당
흐시믄 도시 쳔쳡의 죄라 일시 희롱이 공주의 하일지위롤 보고져 의식ㅎ더니 공주의
걸호흔 경졍의 쥬졈을 업시흐려 이 일이 낫도쇼이다 위부인이 침음졍식 왈 네 일도
브졀업

78면

시 흐엿거니와 홍이 허언을 흐는 배 잇느니 비록 쳐음의 쥬졈을 업시흐려 방일흔 힝
시 이신들 식념이 업고 부형을 두릴딘대 엇디 다시 언약을 두어 밀〃이 ㅊ주며 더욱
완월누는 엇던 곳이라 미인을 끼고 방탕음일흔 힝시 엇지 통흔티 아니리오 샹공이
오히려 프러지시므로 죄 듕벌경흐거늘 존고의 수랑흐시믈 미러 엄부 안젼의 방주히
아름답디 아닌 말을 닉여 여러 가지로 쑤며 죄롤 화좌의게 밀위니 진

79면

실노 낫치 둣거온 불초지라 늣도록 주식 업다가 너 굿흔 불초주롤 나하 조시 명풍을
츄락훌딘대 흔갓 조션의 죄인이 될 쓴아냐 샹공이 쪼흔 연명의 칙주지탄이 이실가흐
느이다 셜파의 스긔 단엄흐고 안뫼 한월 갓흐니 좌위 낫빗출 고쳐 치경흐고 틱부인
이 탄복 왈 현부는 진실노 밍모의 우회라 주식이 엇디 현인군지 되디 못훌가 우려흐
리오 슈연이나 ㅇ희 년쇼 유츙흐여 모로미 식욕이 업스리니 이번 거조난 화좌의 타
시로

80면

다 공이 잠쇼 되왈 이 ♀히 발셔 호식ㅎ여 넘치룰 일허시니 만일 태임 ♀흔 슉녜 아
니면 져 탕즈룰 진복기 어려오나 져 넘치도 샹흔 탕즈룰 보고 임스 ♀흔 슉녜 나기
어려오리니 희이 틱부ㅎ물 가장 극난이 너기ᄂ이다 좌듕의 셕흑스 부인 조시는 발셔
즈녜 여러히오 셕싱이 급제ㅎ여 태흑시 되엿ᄂ디라 이써 귀근ㅎ여 조모룰 뫼셧더니
웃고 왈 쇼손이 홍데룰 위ㅎ여 긔특흔 슉녀룰 쳔거코져ㅎ더니 져 힝스룰 보오니 듕
미 되ᄂ니

81면

낫티 업슬가 즈져ㅎᄂ이다 틱부인이 쇼왈 니 손♀는 쳔고 긔린이라 엇디 듕미 무안
ㅎ리오 뉘집의 나의 현부지목이 잇ᄂ뇨 쇼졔 한쇼 왈 다르니 아냐 가군의 싱질녜니
불힝ㅎ여 쇼괴 일죽 기셰ㅎ고 일남 일녜이시나 졍챠졍이 쇼활ㅎ고 기쥬 호식ㅎᄂ디
라 후쳐 박시 투악이 틱과ㅎ여 질♀ 남미 갓초 잔잉ㅎ니 쇼괴 업슨 후 구괴 다려와
기르시고 제집의 보닉디 아니시ᄂ니 다른 거슨 니룰 거시 업스나 졍♀의 위인인즉
고금을 역구ㅎ나 잇디 아닐가

82면

ㅎᄂ이다 공 왈 기녜 비록 아름다오나 졍셰슉의 불인 무식을 년인ㅎ고 일후의 엇디
상면ㅎ리오 너는 다시 구가 친쳑의 아름다온 녀즈룰 구ㅎ여 쳔거ㅎ라 조시 쏘흔 졍
시의 현쳘ㅎ미 갓초 긔이ㅎ되 그 부뫼 갓지 못홈과 졍공의 무식ㅎ믈 이닯아ㅎ더라
츠시 공의 츠셔 뉴쉬 댱원급졔ㅎ여 쳥망이 됴야의 진동ㅎ니 조뉴 냥가의 환열ㅎ미
비길 곳 업더라 조공의 삼셰 다 한원명시니 범시 너모 셩만ㅎ믈 두리더라 어시의 참
졍 졍셰슉은

83면

교목셰가라 조션 명풍과 부형 위셰로 몸이 일죽 쳥운의 올나 샤듕의 삼부인을 가초고
각듕의 미희 오인을 두나 춍이 고로디 아냐 가되 츠셔룰 일코 졔가지방이 무일가관ㅎ
되 졍시 친쳑의 오스 즈포재 삼십여인이라 가문의 셩만흔 영광을 쯰여 벼슬이 참졍의
니르도록 일을 만나디 아니ㅎ여시나 탐남 불법지시 만터라 원비 셕시는 잠영대가의

슉녀로 스덕이 겸비ᄒᆞ고 식틱 찬난ᄒᆞ니 졍공이 이경ᄒᆞ고 듕딕ᄒᆞ는 은졍이 산히

갓더니 셕부인이 미양 가군의 힝스를 탄ᄒᆞ여 늬조를 어디리ᄒᆞ여 간ᄒᆞ는 배 만ᄒᆞ나 졍공이 불열ᄒᆞ여 은졍이 초비 박시긔 온젼ᄒᆞ니 박시는 셰간의 무빵ᄒᆞᆫ 식일 ᄲᅢᆫ 아냐 미시 능녀간초ᄒᆞ여 휴〃ᄒᆞᆫ 쟝부를 잠가 가되 졈〃 산난ᄒᆞ니 셕부인이 탄돌ᄒᆞ나 텬의 도여가믈 보려ᄒᆞ고 함구무언ᄒᆞ며 ᄌᆞ녀를 무휼ᄒᆞ여 지닐시 녀ᄋᆞ의 명은 치임이니 몽듕의 텬문오치 녕농ᄒᆞᆷ믈 보고 금환 ᄒᆞ나흘 주어 왈 금환 ᄒᆞᆫ ᄲᅡᆨ 둔 곳의 친스

를 일우라 ᄒᆞ믈 듯고 씨여보매 금환이 이시니 심상ᄒᆞᆫ 몽됴 아니라ᄒᆞ여 깁히 간슈ᄒᆞ여더니 그날브터 잉틱ᄒᆞ여 십삭만의 싱녀ᄒᆞ니 텬향이 만실ᄒᆞ고 빅틱 긔려ᄒᆞ니 명을 치임이라 ᄒᆞ고 ᄌᆞ를 벽환이라 ᄒᆞ다 쇼졔 년이 뉵셰의 셕부인이 기셰ᄒᆞ니 님죵의 그 부친 셕참졍을 쳥ᄒᆞ여 ᄌᆞ녀를 부탁 왈 낭ᄋᆞ의 졍스를 보샤 드려다가 무이ᄒᆞ시믈 바라오며 쇼녀 치임의 혼스는 금환의 임ᄌᆞ를 ᄎᆞᄌᆞ 셩친ᄒᆞ게 ᄒᆞ쇼셔 언흘의 금환 ᄒᆞᆫ ᄲᅡᆨ 을 밧드러

부공긔 드리니 공이 일셩 당통의 항뉘 삼〃ᄒᆞ여 금환을 바다 가지고 녀ᄋᆞ의 졍니를 잔잉 참졀ᄒᆞ여 낭손을 거두어 본부의 도라와 무휼ᄒᆞ믈 지극히 ᄒᆞ매 ᄎᆞ고로 낭이 신상이 안〃ᄒᆞ더라 뎡부의셔 박시 계교를 늬어 시비를 보늬여 쇼져 남미를 드려가려 ᄒᆞ면 외조모 윤부인이 쳔방 빅계로 밀막아 보늬지 아니〃 죵말이 하여오 시〃의 졍 쇼져 치임의 ᄌᆞᆺ다온 츈광 이십셰라 용화를 의논컨딕 ᄭᅩᆺ치 무식ᄒᆞ고 쥬옥이 더러오니 먼니셔 보면 광치

찬난ᄒᆞ여 낙일이 낭목의 걸닌듯 명월이 부상의 ᄋᆞ른 듯 녕농ᄒᆞᆫ 광염이 됴요ᄒᆞ며 팔 치미우의 산쳔 명긔를 거두어시며 낭안의 졍치 명낭ᄒᆞ여 효셩이 비최는 듯 셰요는 촉깁으로 댱속ᄒᆞᆫ 듯 초궁아를 모시ᄒᆞ고 긔〃ᄒᆞᆫ 단슌과 염〃ᄒᆞᆫ 식틱 만염을 견조아

비홀 듸 업고 텬연이 고은 틱도는 일지 홍년이 쳥엽의 빗겻는 듯 아황운빈이 만고를
기우려 듯지 못훈 싁광이라 빅쳬 득기듕도ᄒᆞ여 ᄌᆞ유법도ᄒᆞ나 ᄯᅩ훈 가슴의 품은 도덕
과 복듕의 쟝훈 지

죄 셩인의 품질이오 규각의 문댱흑식라 입을 열매 셩언 현에오 몸을 동ᄒᆞ매 녜도의
어긔미 업스며 아는 거시 여신ᄒᆞ고 어질미 여텬ᄒᆞ니 진실노 계츄 군ᄌᆞ와 녀듕 셩인
이라 연이나 명되 험흔ᄒᆞ여 조실ᄌᆞ모ᄒᆞ고 계모의 불인흠과 가엄의 불명ᄒᆞᄆᆞᆯ 인ᄒᆞ여
흔당의 뫼셔 조아의 효를 다ᄒᆞ디 못ᄒᆞ고 외왕부모의 은양을 의지ᄒᆞ여 ᄌᆞ모의 낫츨
듸훈 듯 위회ᄒᆞ여 지닉더니 지통이 심곡의 얽힌 바는 능히 엄친을 일당의 밧드러 ᄌᆞ

도를 펴디 못ᄒᆞᄆᆞᆯ 슬허 가만훈 가온듸 산〃훈 홍뉘 옥빈의 마를 적이 업스나 훤당의
조부모를 듸훈즉 온화훈 말ᄉᆞᆷ과 유열훈 안식이 이연ᄒᆞ여 비쳑훈 틱도를 뵈디 아니ᄒᆞ
더라 샤뎨 쳔희는 팔셰니 비록 미ᄌᆞ만 못ᄒᆞ나 일표인ᄌᆞ로 풍의 용널티 아냐 쇄연 현
셰ᄒᆞ니 그 부친의 용둔ᄒᆞᄆᆞᆯ 품슈티 아니ᄒᆞ엿더라 쇼졔 어로만져 흑양ᄒᆞ고 법도로 가
ᄅᆞ쳐 망모의 혈식을 니을가 바라미 태산ᄀᆞᆺ고 금환을 모친이 님죵의 주어

금환 님지 아니어든 경히 허신티 말나ᄒᆞ신 경계 잇는 고로 망친의 유교를 져바리디
아니려 협ᄉᆞ의 깁히 간ᄉᆞᄒᆞ고 셕쇼져는 구경지하의 즐거온 사ᄅᆞᆷ이라 종일 희쇠 낭낭
ᄒᆞ듸 쳐임 쇼져는 뭇는 말을 듸답홀 ᄯᅢᆫ이오 홍슌이 함묵ᄒᆞ여 옥치 현영ᄒᆞ미 업스니
셕공부뷔 가련 익이ᄒᆞᄆᆞᆯ 마디 아냐 어로만져 탄왈 손〇 남미 작인이 〃러틋 긔특ᄒᆞ
나 명되 차타ᄒᆞ여 ᄌᆞ모를 일코 불명 무식훈 아비 텬륜의 ᄌᆞ이를 모로니 엇디 슬프

디 아니리오 노뫼 너를 위ᄒᆞ여 평싱이 안한ᄒᆞᄆᆞᆯ 바라 두로 유의ᄒᆞ듸 금환의 님ᄌᆞ를
만나미 더옥 어려오니 우리 ᄆᆞ음이 한가훈 적이 업도다 쇼졔 명되 졔〃ᄒᆞ여 츄패 요
동홀 ᄯᅢᆫ이러라 셕공이 손녀를 위ᄒᆞ여 셔랑을 광구ᄒᆞ듸 더옥 금환 님ᄌᆞ를 만나디 못

홀가 우려홀 수이의 얼프시 이년 츈광을 보너니 츠시 조부의셔 냥공지 년 이십이셰
의 니르매 신댱이 쳬〃하여 고운 야학깃고 풍치 늠〃하여 덕션을 우슬디라 앙댱흔
긔샹이 일

92면
셰의 쑤여나고 복듕의 경슐지지와 창파갓흔 문당을 댱하고 일공ᄌ의 강흠를 거후르
며 손오 양져를 압두하는 문무젼지 일셰의 독보하고 츠공ᄌ는 텬셩의 인현하미 일월
깃흐니 식니 광박하며 도덕의 특츌홈과 츙효의 냥젼하미 셩현 여풍이라 견재 경탄티
아니리 업고 부모의 귀듕하미 비홀 딕 업셔 미부를 동셔로 갈구하나 맛당흔 곳이 업
수믈 민〃불낙하더니 셕흑ᄉ 부인으로 인연하여 졍쇼져의

93면
긔이흔 셩화를 듯고 금환의 이시 이시믈 드르매 비로쇼 텬뎡이믈 ᄭᆡ드라 친옹의 현
부를 도라보디 아니코 녀ᄋ로 하여금 월노를 ᄌ임하라 하니 셕부인이 슈명하고 셕흑
ᄉ를 딕하여 뜻을 비최니 흑시 대희 왈 농홍은 쳔고 걸식라 만일 츠혼이 셩젼흔즉 거
의 질녀의 평싱을 욕디 아니코 구원 망미의 녕혼을 위로하리니 망미 신몽을 어더 금
환을 엇고 그 흔 ᄲᅡᆨ 가진 쟈를 가셔를 삼으라 하여시니 녕졔 그 옥환 곳 업수면 되디

94면
못홀가 하노라 조시 쇼왈 몽ᄉ는 허탄하니 취신티 못하려니와 ᄯᅩ흔 신몽이 이셔 두
ᄋ을 나흐시매 금환이 〃시니 이 엇디 텬의 아니타 하리오 다만 넘컨대 뎡공이 인인
군지 아니며 기쳐 박시 슉녜 아니라 마춤닉 어려온 일이 〃이실가 두리나 츠마 샤티
못하는 바는 샤뎨의 츌인 굉걸흔 긔샹으로 이 뎡ᄋ 갓흔 슉녀를 노코 다시 득디 못홀
가 하미라 흑시 웃고 즉시 부모긔 고하니 셕공이 대희 왈 원쳠은 나의 평싱 공경하난
익위라 하믈며

95면
졉〃년친하여 피차 가셰 겸손하미 업스리니 엇디 두 번 의논하리오 뎌 뎡ᄋ로 하여
금 조시 깃흔 대가 현문의 군ᄌ를 빗하미 일싱 영화오 망녀의 구원 녕혼을 위로하리

니 아름다온 일이오 더옥 금환 흔 똑이 졔 어미 쇼원이라 쾌히 허ᄒ고 속히 퇵일ᄒ여
셩녜ᄒ라ᄒ니 혹ᄉ 부뷔 샤례ᄒ고 다시 고왈 뎡공의게 니ᄅ디 아니코 뎡혼ᄒ미 불가
ᄒ니 맛당이 니ᄅ고 허ᄒ샤이다 공이 뎡식 왈 치ᄋᄂᆞᆫ 나의 녀ᄋᆞ로 다ᄅᄆᆞ 업ᄉ니 져
무식 탕직 녀ᄉᆞᆨ과 슐

96면

의 즐겨 ᄌᆞ녀 이시믈 돈연이 긔렴티 아니ᄒ니 엇디 혼ᄉᄅᆞᆯ 알니오 혼인을 지닌 후 신랑
을 쳥ᄒ여 옹셰 셔로 샹면케 ᄒ리라 ᄒ고 쾌허ᄒ니 조부의셔 친옹이 불쾌ᄒ나 셕공이
쥬혼ᄒ고 금환이 셩젼ᄒᄆᆞᆯ 깃거 즉시 냥개 샹의ᄒ여 퇵일ᄒ니 길일이 듕츈 슌일이니
일삭이 가렷고 혼녜ᄂᆞᆫ 듕츈 팔월이니 ᄉᆞ이가 머니 퇵부인이 밧바ᄒ나 냥이 어렷시므
로 뉵칠삭 지쳬ᄒ미 쪼흔 늣디 아니타ᄒ여 길일의 조부의셔 뒤〃로 젼ᄒᄂᆞᆫ 빵

97면

봉잠 일 빵과 금환을 슈빙ᄒ니 금옥 긔혜 염〃ᄒ여 셰샹 긔뵈라 셕가의셔 망녀ᄅᆞᆯ 싱
각고 셔로 늣기고 빙믈을 쇼졍 유모 경운을 맛져 옥궤의 너허 깁히 두고 손고바 길일
을 기드릴ᄉᆡ 슬프다 ᄌᆞ고로 현인군ᄌᆡ 곤궁ᄒ고 직녀 가인이 명박ᄒ니 홍안이 유히티
아닌 재 업ᄂᆞᆫ디라 치염 쇼졔 독보홀 식광과 녈졀이 완젼ᄒ여 ᄉᆞ덕이 무흠ᄒ나 홍안
의 히ᄅᆞᆯ 도망티 못ᄒ여 뉵아지통이 옥댱이 촌단커ᄂᆞᆯ 다시 불인흔 계모와 무지

98면

흔 아비 눈샹을 어ᄌᆞ러이며 빙옥 졀개ᄅᆞᆯ 회롱ᄒ니 가히 앗갑다 뎡쇼져 치염의 혼ᄉᆡ
엇디 되고 하회ᄅᆞᆯ 분히ᄒ라 직셜 뎡취 셕시 망ᄒᄆᆞ로브터 ᄌᆞ녀ᄅᆞᆯ 셕가의셔 드려가매
셕부인 님망의 뎡부의 두디 말나 ᄒᄂᆞᆫ 말이 ᄌᆞ긔ᄅᆞᆯ 밋디 아니믈 통흔ᄒ더니 및 셕시
죽고 삼긔ᄅᆞᆯ 지나도록 ᄌᆞ녀ᄅᆞᆯ 춧디 아니ᄒ니 이ᄂᆞᆫ 냥ᄋᆞᄅᆞᆯ 히코져 ᄒ여 쥬ᄉᆞ야탁ᄒᄂᆞᆫ
디라 뎡공을 뒤ᄒ여 쇼져 남ᄆᆡᄅᆞᆯ 다려오려 쳥ᄒ나 셕공이 강엄ᄒ여 뎡공의 말

99면

을 듯고 굿이 보ᄂᆞᆫ디 아니〃 박시 쇼져의게 글을 브텨 공ᄌᆞ와 잠간 단녀 가라ᄒᄃᆡ 쇼
져 남ᄆᆡ 츌입을 ᄌᆞ젼티 못ᄒ여 외조긔 알왼즉 엄졀이 막ᄂᆞᆫ디라 쇼져 남ᄆᆡ 민〃 불낙

호여 이걸호딕 셕공이 맛춤닉 보닉디 아니 〃 뎡공이 쏘흔 노호여 바린 즈녀로 무움
의 개렴호미 업셔 쥬야 쥬식의 잠기여 만스를 니져시니 박시 상두의 거호여 잇고 삼
비 연시는 듕무쇼쥬흔 고로 슈등의 쳔즈호여 일당을 삼고 공을 쳥호여 잇다감 춍을
난호

100면

며 스스로 요공호니 영시 죽으라 호여도 슌죵호ᄂᆞᆫ디라 박시 뎡공의 후딕와 가권을
견일호여 만시 여의호딕 흔낫 긔린을 낫티 못호고 싱산의 길이 싯쳐시니 쥬야 골돌
호여 평시의 십만직산이 맛춤닉 져 남민의게 도라갈가 초스번민ᄒᆞᆷ믈 마디 아냐 냥ᄋᆞ
죽일 쑷이 더욱 살ᄀᆞᆺ흐나 셕공이 보닉디 아니호니 박시 대흔호여 쌔를 타면 공다려
굴오딕 부친 ᄀᆞᆺ티 듕호미 업거늘 이제 상공이 식녹지상으로 눈긔를 알니 〃 냥ᄋᆞ를
바려 춧

101면

지 아냐 텬륜즈이를 폐졀호나 져 냥이 고 〃 흔 인싱이 즈모를 여회고 엄부의 휵양을
아디 못호여 외가의 바려시니 엇디 잔잉티 아니리오 외인의 텽문의 샹공을 엇더타
흐리잇고 흐믈며 취임이 〃 뉴츈광을 당호여시니 거의 도요의 시를 읇흘디라 그 아비
되여 망염이 싱각아닌즉 즈식의 죵신대스를 뉘 능히 념녀호리오 셕공이 비록 보닉디
아니나 나의 즈녀를 닉 쳐단호리니 맛당이 여춫 〃 〃 호여 상공이 친히 가셔 다려

102면

올 긔식을 말고 즈녀의 나오믈 기드려 위력으로 아스오면 셕공인들 즈녀 드려오믈
무어시라 흐리오 뎡공이 박시의 말인즉 언쳥계용ᄒᆞᄂᆞᆫ디라 칭찬 왈 현지라 부인의 꼿
다온 덕이여 엇디 이 ᄀᆞᆺ흔 셩심으로 슬하의 당옥이 션 〃 치 못흘고 가셕호도다 맛당
이 닉 친히 가셔 ᄋᆞᄌᆞ 남미를 드려오리라 호고 명일 교즈 일승과 교부를 가초와 조ᄎᆞ
라호고 셕부의 니르러 악부모를 보니 공의 부뷔 식로이 슬허 쥬효를 셩비호고

103면

관딕호여 돈연이 졀젹ᄒᆞᆷ믈 칙흔딕 뎡공이 흔연 샤죄호고 녀ᄋᆞ를 춧ᄂᆞᆫ디라 셕공이 비

록 보닉던 아니나 어이 감초와 부조 텬륜을 상히오리오 냥오를 불너 부지 샹면케 홀
식 냥이 부공을 븟들고 실셩비읍ᄒ여 반기는 졍과 슬허ᄒ는 누쉬 방방ᄒ여 이원혼
경식을 감초디 못ᄒ는디라 더욱 쇼져의 고은 빗티 승졀ᄒ여 빅년이 쳥슈의 잠기고
명월이 치운의 빗인 듯 광치 현요ᄒ니 뎡공이 ᄆ음이 비여셕

104면

이오 비여쳘이라 또혼 븟들고 안쉬 삼〃ᄒ여 왈 으히 남미 조모를 일코 아비를 쩌나
이곳의 이시나 그 졍니 어이 슬프디 아니리오마는 악뷔 뜻이 구드샤 여등을 보닉디
아니시니 셰지 쳔연ᄒ여 금일싀디 니르러시니 엇디 부조지졍이 박디 아니리오 오늘
은 다리라 와시니 여등은 날노 더브러 가리로다 셕공이 졍식 왈 냥으는 망녀 유언이
〃시니 닉 셩인ᄒ여 보닉리니 그딕 엇디 다려가리오 뎡공이 작식 왈 돈으는 쇼싱의
골육이

105면

라 엇디 미양 귀부의 두리오 셩텬즈 압히라도 이 일은 혹싱이 니기리니 하고로 악당
이 남의 텬륜을 어즈러이시ᄂ뇨 금일은 뎡코 두고가디 못ᄒ리로쇼이다 셕공이 대로
왈 너의 불인ᄒ미 부조 텬륜을 모로나 노뷔 어이 너의 류긔를 난ᄒ리오 뎡공이 대로
왈 고체혼 셕공이 스톄를 모로는도다 망쳬 비록 유으 등을 싱뫼 아니믈 혐의ᄒ여 이
곳의 닛셔 기른라 ᄒ여시나 공의 고집이 나의 조녀를 무스 일노 잡고 보닉디 아니며
쏘 무슴 일노 나를 불

106면

인이라 ᄒᄂ뇨 안즉락 닐낙 고셩 분〃ᄒ니 셕공이 분연이 스매를 썰티고 냥으를 잇그
러 가려ᄒ니 냥이 야〃를 븟드러 울고 뎡공이 쏘 냥으를 븟드러 셕공이 하슈티 못ᄒ게
ᄒ니 경식이 십분 희연혼디라 셕혹시 간왈 뎡형이 즈긔 골육을 추조려ᄒ미 쏘혼 그르
디 아니〃 대인이 엇디 져갓티 결우샤 욕을 취ᄒ시ᄂ니잇고 냥으를 도라보닉쇼셔 셕
공이 머리를 흔드러 왈 닉 춤아 냥으를 불인지부를 맛져 호구의 보닉디 못ᄒ리

107면

라 ᄒ고 옹셰 크게 다토와 분〃ᄒ니 쇼졔 야〃의 긔식을 보고 싱각ᄒᄃᆡ ᄂᆡ 죽으나 ᄋ
을 써나디 못홀 거시오 져곳의 가미 반ᄃ시 위틱홀 거시니 나는 죽어도 불관ᄒᄃᆡ 아
ᄋᆞᄂᆞᆫ 막둥ᄒ니 엇디 간계를 마쳐 위ᄃᆡ의 나아가게 ᄒ리오 대슌이 대효시나 우믈의
굼굴 두어 살길을 여러시니 엇디 힘〃히 남의게 나아가 망친의 후스를 젼홀 곳이 업
게ᄒ리오 ᄒ고 쳔만가지로 싱각건대 심한골경혼 의식 지향홀 ᄃᆡ 업ᄂᆞᆫ디라 쇼졔 안식
을 뎡히 ᄒ여 왈

108면

쇼녀는 드르니 부ᄌᆞ유친은 륜긔의 웃듬이라 이제 집을 써나 외가의 머믈매 야〃의
다려가고 져 ᄒ시미 텬륜지졍이 당연혼 일이라 쇼녜 가기를 조븨 엇디 막으시리 잇
고마는 ᄋᆞᆫ 공븨 진췌홀 날이 머럿고 야얘 직ᄉᆞ의 분망ᄒ시면 이곳을 써난즉 권당
ᄒ리 업셔 공븨 젼일티 못ᄒ리니 수년을 더 머믈게 두시고 쇼녜 야〃를 뫼셔 가고져
ᄒ나이다 셕공이 눈을 잠간 두로혀 왈 쇼ᄋᆞ의 말이 올흐니 비록 쳔녀의 두어시나 두
ᄋᆞ히 그디

109면

ᄌᆞ식이 아니리오 다만 혼 말이 〃시니 그디 도로혀 드롤딘대 손ᄋᆞ를 슌히 보ᄂᆡ리라
뎡공이 문왈 무슴 말ᄉᆞ이니잇고 셕공 왈 손녜 나히 어리나 톄형이 졍슉ᄒ고 ᄉᆞ덕이
겸비ᄒ여 관져 규목의 슉녜라 맛당이 현인대가의 옥인군ᄌᆞ 곳 아니면 져의 ᄣᅡᆼ이 아
니라 ᄂᆡ 승샹 죠슌의 댱ᄌᆞ와 의혼 슈폐ᄒ여 길시를 등츄로 뎡ᄒ여시니 그디는 나의
ᄌᆞ젼ᄒᄆᆞᆯ 칙디 말고 뎡혼날을 기ᄃ려 혼녜를 일워 봉황의 깃드리믈 보고 나의 말년
회포

110면

를 펴게ᄒ면 비회를 져기 니즐가 ᄒᄂᆞ니 그디는 넑이 싱각ᄒ여 대댱부의 유신유의와
부녀의 둥혼 친의를 깁히 뉴렴ᄒ며 부〃의 젼일을 짐쟉ᄒ여 ᄎᆞᄋᆞ의 인륜대의를 분운
ᄒᄆᆞ 업게 ᄒ라 뎡공이 빅샤 왈 ᄌᆞ식을 위ᄒ여 이러틋 근노ᄒ시니 엇디 감샤티 아니리
잇가 임의 뎡혼 혼ᄉᆞ야 믈니미 이시리오 맛당이 다려가 ᄌᆞ식의 혼녜를 일우미 스리 올

흐니 악당은 막디 마른쇼셔 셕공이 십분 불쾌흐나 마디 못흐여 쇼져를 보니고 공

111면

ᄌᄂᆞᆫ 두고가라흐니 뎡공이 그 말듸로 공ᄌᆞ를 두고 교부를 지측흐여 녀ᄋᆞ를 다려갈시 쇼졔 왕모의게 하딕을 당흐여ᄂᆞᆫ 부인이 오열 왈 너를 호구의 보니고 흔갓 니별만 ᄎᆞ마 못홀 ᄲᅮᆫ 아니라 넘녜 무궁흐니 손ᄋᆞᄂᆞᆫ 어미 유언를 싱각흐여 몸을 경히 너기디 말고 범ᄉᆞ의 진듕흐라 흑ᄉᆞ 부뷔 집슈탄왈 질ᄋᆞ의 쵸셰흔 ᄌᆞ품으로 텬되 무심티 아니리니 등한이 간인의 히를 바드리오 모로미 방신을 보호흐여 슈이 모드믈 바라노라 존당과 졔쇼졔

112면

다 옥누를 드리워 니별홀시 칙임 쇼졔 야〃를 ᄯᆞ라 본부로 도라가니 텬륜이 완젼흐여 셜운길이 아니로듸 녕흔 심졍의 박시의 브ᄌᆞ흠과 ᄌᆞ긔 형셰를 혜아리건듸 젼졍이 아모라 홀 줄 모로ᄂᆞᆫ디라 맑은 안치의 쳥뷔 뉴동흐니 팔ᄌᆞ 아황의ᄂᆞᆫ 아리ᄯᆞ온 슈흔을 ᄯᅴ여시며 슈려흔 용광과 쇄락흔 틱되 더옥 졀승흔디라 년화 냥협의 쥬뤼 년낙흐여 디왈 쇼녜 이제 슬하를 하직흐매 다시 존당의 비현홀 긔약이 묘연흔디라 비회

113면

를 어딕 비흐리잇고 오직 바라ᄋᆞᆸᄂᆞ니 대모ᄂᆞᆫ 불초ᄋᆞ를 긔렴티 마른시고 셩톄 안강흐쇼셔 말을 맛디 못흐여 뎡공의 지쵹이 셩화 ᄀᆞᆺ흐니 쇼졔 다시 말을 못흐고 공ᄌᆞ를 도라보와 년〃흐믈 마디아냐 왈 몸을 조심흐고 아모 딕ᄉᆞ라도 이곳을 ᄯᅥ나디 말고 나의 도라오라흐난 말 외의ᄂᆞᆫ 비록 엄괴라도 ᄎᆞ쳐를 ᄯᅥ나디 말나 우형의 일신은 싱ᄉᆞ의 불관흐고 망친의 혈식을 니을 쟈ᄂᆞᆫ 현뎨라 모로미 보듕보듕흐고 흑문을 게을니 말나 셜파의

114면

기리 쟉별흐고 외당의 나아가 왕부긔 하딕흐고 부공을 ᄯᅡ라 본부의 니른니 오뉵년 ᄉᆞ이 쇼져의 당셩 슈미흐믄 다른 사름의 되엿고 ᄯᅩ 뎡부 가법은 변환흐미 다른 집이 되여 상하 존비 업고 오직 ᄉᆞ치 교우흐미 니를 거시 업ᄉᆞ니 쇼졔 한심흔 듕 쵹쳐의

감회 시롭더라 이에 박 영 낭 모친긔 비례ᄒ니 박시 반겨ᄒᄂᆫ 형상과 ᄉ랑ᄒᄂᆫ 거동이 인정의 넘고 쇼져ᄂᆫ 근심이 더욱 깁흐며 뎡공은 박시의 어질믈 불승탄복ᄒ더라 쇼져 슉쇼ᄂᆫ 년

115면

미뎡이니 쇼제 본부의 오므로 비회 비졀ᄒ나 유뎨 벽난은 아시로브터 쇼져를 뫼셔 졍의 두터오미 노쥬를 잇고 뎨미 ᄀᆺᄒ더라 부모긔 뎡셩흔 후는 죵일 몸이 지게를 나디 아니ᄒ고 슈션을 굿ᄒ여 다스리디 아냐 고셔를 열남ᄒ니 식녀의 견이 날노 바다 ᄀᆺ고 금옥 간댱은 더욱 단련ᄒ니 박시 쇼져의 녀듕 셩인으로 인셰간의 독보ᄒ믈 보고 더욱 믜운 ᄆᆞ음이 층가ᄒ여 급히 히홀 긔틀을 여흘ᄉ 처음 탐혹흔 ᄉ랑이 긔츌의 지나더니 쟉심이 오릭디 못

116면

ᄒ여 날노 괴로이 보치며 뎡공의 귀의 쇼져의 간악ᄒ믈 니음ᄎ 들니고 씨〃 불너 싱각디 못홀 쳔역을 식이며 조밥과 악초구로ᄡ 먹이니 쇼제 외가의 가므로브터 윤부인이 댱듕 보옥 ᄀᆺ티 너겨 보호ᄒ미 옥식진찬을 넘에ᄒ고 죵일 과픔과 고량이 불가승 식이며 금의 나상을 무거워 ᄒ다가 불의에 박식이 ᄎ마 목을 넘디 못ᄒ며 굵은 오시 몸을 가리오디 못ᄒ니 겸ᄒ여 쳔금지신의 니긔디 못홀 쳔역을 식이니 쇼제 힝여 텬픔이 긔특ᄒ

117면

여 쳔만 괴로오믈 견듸고 아모 쳔역이라도 감심ᄒ여 원언을 닉디 아나나 옥골셜뷔 슈약ᄒ여 미픙의도 브티일 듯ᄒ니 유모 벽난 등이 셜우믈 니긔디 못ᄒ여 원언이 ᄌ연 나타나니 박시 대로ᄒ여 쇼져를 블너 니를 갈며 금척을 들고 진목 고셩 왈 셕가 불측흔 거시 너 ᄀᆺᄒᆫ 요괴로온 거슬 베텨 나를 욕을 보게 ᄒ니 닉 너를 다려ᄋᆞᄆ로브터 근〃 체〃흔 ᄉ랑이 긔츌이 아니믈 아디 못ᄒ거늘 네 일호도 모녀지졍이 업고 원망ᄒᄂᆫ 독긔와 교ᄉ흔 빗

118면

티 화려혼 스쇠이 업스니 명위 모녜나 실위 구젹이라 닉 비록 피페ᄒ나 가부의 정실
이오 여모의 동녈이라 너롤 치고 죽이기롤 임의로 못ᄒ랴 네 쳔비롤 시겨 나롤 욕ᄒ
나 몬져 너롤 다스리고 삼녀롤 듕타ᄒ리라 셜파의 다라드러 쇼져의 운환을 플쳐쥐고
어즈러이 치니 쇼졔 알프믄 예시오 망모롤 구욕홈과 지샹가 변괴 이의 밋ᄎ믈 슬허
옥뉘 년낙ᄒ여 간 왈 모친이 비록 션후로써 공경ᄒ시ᄂ 덕이 업스시나 ᄎ마 망인을
능욕ᄒ샤

119면

신명을 두리디 아니ᄒ시ᄂ니잇고 히이 일신은 틱〃긔 달녀거니와 스스로 목강의 죄
인되믈 싱각디 아니시고 ᄌ식을 난타ᄒ시ᄂ니잇고 박시 브답ᄒ고 머리치롤 흔드러
벽의 브듸이며 금쳑으로 일신을 어즈러이 치니 뉴혈이 님니ᄒ고 옥 ᄀᄐ 살이 편〃
이 쩌러지며 쇼졔 긔운이 막혀 처음은 효슌혼 쇼리로 인걸ᄒ더니 필경은 졍신을 일
흐매 마ᄎᆷ 뎡공이 드러오거늘 박시 쇼져롤 노코 상샹의 잣바져 죽어가ᄂ 톄 ᄒᄂ디
라 쇼졔

120면

겨유 인스롤 슈습ᄒ여 공을 마ᄌ매 의샹이 편〃이 쩌러지고 머리 씨여지며 낫치 죄
엉긔엿고 튜파의 옥뉘 일쳔 줄이나 흘넛거늘 모양이 죽을 거동이오 박시ᄂ 아조 인
스롤 모로고 잣바져 오직 가슴의 벌덕이ᄂ 슘만 잇거늘 공이 대경 왈 부인과 녀이 이
무슨 거동이뇨 박시ᄂ 브답ᄒ고 쇼졔 읍디 왈 쇼녜 무샹ᄒ므로 변난이 ᄎ경의 밋ᄉ
오니 죽어 무칠 ᄯ히 업도쇼이다 슈연이나 가듕지시 변역ᄒ매 샹문 법졔 업셔 어미
와 ᄌ식이 샹힐

121면

ᄒ여 륜샹이 크게 어즈러온디라 진실노 죽어 악명을 보디 말고져 원홀 ᄯᆞᆫ이오 쇼녀
의 무죄ᄒ믈 폭빅디 아니ᄒᄂ이다 공이 듯다가 그 법다온 말과 슬허ᄒ믈 보고 어린
둧ᄒ여 말을 못ᄒ더라

현몽빵룡긔 권지이

1면

시 〃 의 뎡공이 쇼져의 말을 듯고 어린 듯ᄒ여 아모 말도 못ᄒ더니 박시 비로쇼 숨을 닉쉬는 톄ᄒ고 몸을 향벽ᄒ여 방셩대곡 왈 치임은 닉티디 아냐시나 다려오므로브터 그 인듕ᄒ는 바는 샹공이 임의 보신 배라 뉘 져 어린 아히 간독ᄒ미 독스의 위인이오 쳥안의 니검을 감초와 어미롤 구슈로 지목ᄒ을 줄 어이 알니오 오늘의 샹공이 나가신 째롤 타 칼흘 가지고 드러와 나롤 만단 구욕ᄒ며 셕부

2면

인을 닉 치독ᄒ다ᄒ고 불공 셜화롤 ᄒ며 칼노 지ᄅ려ᄒ거늘 불의의 욕을 보고 쏘ᄒ 분ᄒ여 머리롤 잡고 힐날홀 졔 〃 가 머리롤 기동의 브듸여 피롤 닉고 낢쒸며 쏘 나롤 밀쳐 머리 씨여디고 가슴이 부어올나 만신이 겻겨 죽을 번ᄒ니 이런 대변이 어듸 이시리오 필경은 치임의 칼을 면티 못홀 거시니 지금 보시ᄂ듸 샹공의 씌짓히 결항ᄒ리라 ᄒ거늘 쇼져는 ᄎ마 닉다라 말을 답디 못ᄒ나 빅쥬의 밍낭지셜을 쥬쟉ᄒ믈 보매 하늘을

3면

우러 〃 탄왈 명 〃 챵텬이 밝히 슬피시리니 치임의 흉듕의 원민ᄒᄆᆫ 부모도 모ᄅ시는 도다 인ᄒ여 옥뉘 만면홀 ᄯᆞ롬이오 한 셜을 아니 〃 공이 냥목이 두렷ᄒ여 뉘 그르며 뉘 ᄉᆞ읍다 말을 못ᄒ고 졔 시녀다려 무ᄅᆫ듸 졔녜 비록 박시 심복이나 ᄎ마 쇼져의 어질믈 희티 못ᄒ여 다 톄읍 왈 쇼져는 대현이라 하쳔 삼쳑동의게도 학졍이 업스시니 엇디 즐겨 강상대변을 몸쇼 힝ᄒ시리오 공이 우 왈 그러면 부인이 ᄉᆞ오나와 이 변이 낫ᄂᆞ냐 졔녜

4면

울고 듸왈 부인이 쏘ᄒ 어지ᄅ시니 엇디 변을 지으시리잇고 공이 고셩 왈 어이 말을 분명이 아냐 날노뻐 결단이 업게ᄒᄂᆞᇉ 오희다려 회두 문왈 엇던 일고 여등은 알니 〃 바로 고ᄒ라 오희 듸왈 텬하의 무불시겨 부뫼라 부인은 쳔쳡 등과 명위 비록 존

ᄒ시나 실은 젹인이시오 쇼져의게는 쳔인이 졔모 항녈의 이시니 졍인즉 쇼져긔 더ᄒ
건마ᄂᆞᆫ 금일 변난은 부인이 이미ᄒ시미 빙옥 갓ᄒ시고 쇼져의 셩되 과격ᄒ신 연괴로
쇼이다 공이 대로 즐믜 왈 불

5면

초이 엇디 어미를 치며 죽이려ᄒ여 인륜대변을 짓고 도로혀 노부의게 참쇼ᄒ여 부인
긔 죄를 도라보니고져 ᄒᄂᆞ뇨 오회 공언이 아니런들 부인이 하마 브지홀 ᄃᆡ 도라갈ᄯᇰ
다 분분이 ᄭᅮ짓고 박시를 위로ᄒ며 쇼져 유모와 벽난 등을 듕타ᄒ여 쇼져를 잘 인도티
못ᄒᄆᆞᆯ 칙ᄒ여 니ᄐᆞ나 오히려 인심이라 쇼져는 티디 아니 〃 박시 앙 〃 불쾌ᄒ여 ᄎᆞ후
보쳐를 온가지로ᄒ여 못견딜 ᄃᆞᆺᄒ니 유모 등이 듕당을 입고 쇼져의 위란ᄒ믜

6면

용납홀 ᄯᅳ히 업스니 브로지져 울며 쇼져는 믈너와 원통ᄒᆫ 셜움과 ᄎᆞ후 벽난이 어ᄂᆡ
디경의 밋츨 바를 아디 못ᄒ니 비록 텬디로 낭을 삼고 하히로 깁희믈 삼으나 ᄌᆞ긔 신
셰 고 〃히 의지홀 ᄃᆡ 업스믈 슬허 표연이 진념을 ᄉᆞ졀홀 ᄆᆞ음이 니러ᄂᆞ니 머리를 침
두의 더져 죵일 죵야토록 요동티 아냐 다만 흐르ᄂᆞᆫ 누쉬 침상의 믈 부은 ᄃᆞᆺᄒ니 유뫼
죽물인들 용이ᄒ리오 간신이 어더 권ᄒᆞᆫ즉 쇼졔 칙셜 탄왈 부모 유톄를 슈

7면

화의 더지디 못ᄒ나 먹고 살고 시브리오 ᄒ고 다만 쳥슈로 마른 목을 젹실 ᄯᅟᆞᆯ름이라
ᄉᆞ오일의 미텨ᄂᆞᆫ 긔운이 허약ᄒ여 혼 〃 침 〃 ᄒ니 쇼졔 가마니 ᄉᆞ량ᄒ매 기리 늣겨 왈
부모 싱아ᄒ시니 은혜 막대ᄒ나 명되 박ᄒ여 조실ᄌᆞ모ᄒ고 계뫼 브즈ᄒ시미 다 나의
팔ᄌᆞ라 대슌의 셩효로도 이 경계를 면티 못ᄒ시니 인ᄉᆞ를 일개를 칙망티 못홀디라
닌 이제 죽을진대 야 〃 의 악명과 션친긔 불회 비경ᄒ리니 엇디 조비야이 싱각ᄒ믜
아니리오 ᄒ믈며 외

8면

로온 샤톄 더옥 위틱ᄒ니 ᄆᆞ음을 구지 참고 ᄉᆞ라 필경 이갓흘진대 ᄒᆞᆫ번 죽으미 늣디
아니 타ᄒ고 요힝 모친이 ᄭᆡᄃᆞᆺ고 야애 나의 원억ᄒᆞᆷ믈 아ᄅᆞ실딘대 훌나나 인ᄌᆞ의 도

룰 ᄒ리니 대슌이 맛ᄎᄆ닉 죽엇신즉 엇디 대슌이 되리오 혜아리미 이의 미쳐ᄂ 금〃
을 혜티고 니러 안쟈 유모로 ᄒ여곰 ᄒ 그룻 미죽을 가져오라ᄒ니 졀곡ᄒ연 디 뉴일
이라 유랑이 황〃 초조ᄒ더니 쇼져의 이 말을 듯고 대회ᄒ여 겨유 어더 디후ᄒ엿다
가 밧비 나오니 쇼

9면
제 바다 여러번 마시고 침두의 머리를 더져 다시 말이 업더라 쇼졔 ᄎ후ᄂ 죽디 아니
려ᄒ여 ᄒ로 두셰 번식 ᄎᄌ 먹고 비록 식이ᄂ 일이 〃시나 고요히 누어 유모 벽난
등으로 디힝ᄒ고 칭병 불츌ᄒ여 변난을 졔방ᄒ더라 이ᄯᅥ 박시 공이 쇼져를 무스이
두고 즐타ᄒ미 업스믈 양〃ᄒ여 공모히 쇼져 필젹을 모셔 무고스를 일우고 스스로
알하 죽어가ᄂ 톄ᄒ니 공이 창황ᄒ여 의약을 지셩으로 다스리나 째〃 혼졀ᄒ여 위틱
ᄒ 경식을 ᄒ니 공이 크게 경

10면
녀ᄒ고 부듕이 황〃ᄒ더라 쇼졔 듯고 놀나 니러나 문병ᄒ고 증후를 슬피니 됴심경
안광의 몰나보리오 그으기 모골 송연ᄒ여 싱각ᄒ디 명위 모녀로 이 디경싯디 니를
줄은 싱각 밧기라 닉 엇디 효의 온젼ᄒ 사름이 되리오 구ᄎ히 슬고져ᄒ디 궁극히 죽
이고져ᄒ니 오직 창텬을 미들 ᄲᆞ름이라 스싱지녀를 ᄒ여 ᄡᆞᆯ디 업도다ᄒ여 단연이 스라
ᄇ리고 구병ᄒ믈 졍셩으로 홀 ᄲᆞᆫ이러니 수일의 미쳐ᄂ 병셰 만분 위듕ᄒ여 ᄌ로 혼
졀ᄒ니

11면
영시와 오회 등이 공을 혼동ᄒ여 슐스로 망긔ᄒᄌ 보ᄎ니 공이 즉시 슐스를 쳥ᄒ여
망긔ᄒ니 슐시 박시 침당후 벽간으로셔 사름의 미골과 츅시 이셔 필톄 비상ᄒ나 스
의 흉참ᄒ니 공이 심한골경ᄒ여 가듕 대쇼 비복을 잡아드려 엄형 츄문ᄒ니 개〃히
발명ᄒ더니 쇼져의 시로 ᄲᆞᆫ 시녀 형월은 공이 녀ᄋ를 다려온 후 즉시 주어 침션을 도
으라 ᄒ니 쇼졔 드룰 ᄲᆞ름이오 굿ᄒ여 친신티 아니ᄒᆞᆫ 그 위인이 교음 요스ᄒᆞᆷ을 불
쾌ᄒ미러니 박시

12면

형월을 긔보 은즈룰 만히 주고 츄문ᄒᆞᄂᆞᆫ 날 치임쇼졔 식이매 마디 못ᄒᆞ여 흉슈룰 ᄒᆞ라ᄒᆞ고 미골은 쇼져 유모 경운이 어더오고 축슈ᄂᆞᆫ 쇼졔 친히 쓰다ᄒᆞ라 ᄒᆞ니 월이 응낙고 기드리더니 형벌을 님ᄒᆞ여 불하 일댱의 박시의 니른 디로 초ᄉᆞᄒᆞ여 쥬인을 함지 깅참ᄒᆞ니 가위 졀통지로다 공이 형월의 초ᄉᆞ룰 보매 냥목이 두렷ᄒᆞ고 분긔 북바텨 좌우로 쇼져 필젹을 가져오라ᄒᆞ여 빙쥰ᄒᆞ니 금옥 ᄀᆞᆺᄒᆞᆫ 즈획이 엇디 감히 간

13면

슈이 넘ᄂᆞ빈 것과 갓ᄒᆞ리오마ᄂᆞᆫ 공이 두 눈이 병드디 아냐시나 챵졸의 즈톄 비슷ᄒᆞᆷ믈 보고 과연ᄒᆞ여 챵을 박츠고 셔안을 두드려 왈 대간 대악의 즈식을 ᄉᆞ롸두어 무엇ᄒᆞ리오 이ᄂᆞᆫ 강상대죄라 용이히 쳐티 못ᄒᆞ리라 ᄒᆞ고 쇼져 유모 경운을 잡아ᄂᆞ여 듕형을 더ᄒᆞ려 ᄒᆞ니 쇼졔 추시룰 당ᄒᆞ여 ᄆᆞ음이 츠고 오늬 여졀ᄒᆞ니 명도룰 탄홀밧 부모룰 원홀 ᄆᆞ음이 업ᄂᆞᆫ디라 오직 유모룰 도라보와 ᄲᅡᇰᄂᆔ 옥안의 즈로 쎠러져 왈 어미 나랄 십여년

14면

양휵ᄒᆞᆫ 은혜 막대ᄒᆞ나 금일 죄과ᄂᆞᆫ 텬디신긔 나룰 믜이 너기미라 츠마 어미로 ᄒᆞ여곰 형벌을 당ᄒᆞᆷ믈 보디 못ᄒᆞ리니 죄ᄂᆞᆫ 싱스 냥디ᄂᆡ 당홀디라 어미ᄂᆞᆫ 몸을 ᄲᅢ혀 도망ᄒᆞ여 일명을 니엇다가 챵텬이 혹쟈 나의 원을 슬피샤 엄뉘 져기 ᄂᆞ리시고 즈댱이 씌드ᄅᆞ샤 뉴긔 온젼ᄒᆞ면 어미룰 다시 어더보고 불연즉 죽어 구쳔 타일의 셔로 보믈 긔약ᄒᆞ고 밧비가고 더디디 말나 유랑이 븟들고 누쉬 님니ᄒᆞ여 왈 죽을지언뎡 쇼져룰 더지고

15면

늬 몸살믈 위ᄒᆞ여 가리잇고 쇼졔 착급 왈 그디 이시매 나의 ᄒᆡ 일층이 더을 거시니 밧비 가라 좌우 시녀룰 명ᄒᆞ여 유모룰 ᄭᅳ어 동원으로조ᄎᆞ 길흘 인도ᄒᆞ여 보ᄂᆞ니 유뫼 압히 어두어 열 번 업더지니 시녜 인도ᄒᆞ여 댱원을 넘을ᄉᆡ 쇼져룰 위ᄒᆞ여 튱셩이 금셕ᄀᆞᆺ고 근심ᄒᆞ미 극진ᄒᆞ니 일즉 젹은 틔댱도 지닌 일이 업ᄂᆞᆫ 고로 독ᄒᆞᆫ 미룰 견딀 길히 업ᄂᆞᆫ디라 쇼져룰 더디고 가ᄂᆞᆫ 심시 촌댱이 ᄲᅰᆫ는 듯ᄒᆞ나 챵황이 몸을 날녀 담을

너머 다

16면

라나 뎡부 근쳐 쥬모의 집의 숨어 쇼져의 필경이 엇디 되는고 보려홀시 뎡부 노복이 보니 이시나 박시를 믜이너겨 니르디 아니터라 이째 공이 노긔 셩화 ㄱ즈ㅎ여 경운의 더티오믈 지촉ㅎ니 쇼졔 참담흔 이용의 초″흔 의상으로 부젼의 다드라 머리를 두드려 쳥죄 왈 쇼녜 비록 스오나오나 일즉 부모 히홀 ㅁ음은 ᄎ마 너디 못ㅎ오리니 대인의 즈익지졍으로 민지긍지ㅎ샤 텨티ㅎ시믈 바라ᄂᆞ이다 쇼녜 금일 망극ㅎ온 변은 쳔고의 듯디 못ㅎ던

17면

배라 엇디 잠시나 스라 샹문 후가의 풍교를 문허바리고 만고 스칙의 강상 일죄랄 무릅뻐 엄연이 텬일을 보리잇고 유모는 진실노 무죄ㅎ온디라 십여년 양휵흔 졍으로뻐 만일 원억히 죽으면 ᄎ마 보디 못ㅎ여 ᄯᅩᄎ니여 보니옵고 쇼녜 야″ 안젼의셔 흔 그릇 독약을 주시면 잔명을 결ㅎ여 이 붓그러오믈 모로고져 ㅎᄂᆞ이다 언파의 뇨조 이원흔 셩음이 오열ㅎ여 즈로 끈쳐지고 녕″흔 아미의ᄂᆞᆫ 일쳔가지 비원ㅎ믈 씌여시니

18면

효셩 ᄀᆞᆺ흔 냥안의 옥뉘 방″ㅎ여 옷깃슬 젹시ᄂᆞᆫ디라 그 형톄의 어엿브미 빅년이 향슈의 잠기고 흑운이 명월을 가리온 듯 쳔틱 만광이 사름의 이목을 놀닉고 넉시 사라지니 부녀로 니르디 말고 우연흔 힝뉘라도 흔번 보매 어엿브고 스랑ㅎ난 ㅁ음이 히옴업시 쇼스나니 뎡공의 심졍이 셕목이 아니라 노긔 셩화 ᄀᆞᆺ더니 쇼져를 딕ㅎ여ᄂᆞᆫ 그 쳑″ 비원ㅎᄂᆞᆫ 이용을 보매 ᄎ마 ᄭᅮ지즐 말이 도라나디 아니코 그런 악스를 아닐 듯 흔디라

19면

역시 의아ㅎ믈 니긔디 못ㅎ여 팀음 샹냥ㅎ매 유뫼 어린 ᄋᆞ히를 디휘흔가 가즁의 어ᄂᆡ 요인이 잇셔 녀ᄋᆞ를 히ㅎ리오 어즈러이 혜ㅎ리나 죵시 결치 못ㅎ고 다만 이르딕 노뷔 평일의 녀ᄋᆞ를 효슌흔 즈식으로 아릇시니 어지 금일 딕악을 지어 불효의 나ᄋᆞ

갈 줄 알니오 비록 죽여도 앗갑지 아니나 춤아 부녀 텬륜의 즁흔 졍을 버혀 왕법을
더으디 못ᄒᄂ니 이 반드시 경운 쳔녀의 다리오믈 드러 대역의 샌지미니 슈히 경운
의 간 곳을 니르고 너는 규즁의 깁히 잇셔 슈졸ᄒ여 젼과를 곳치고 인

20면

류의 도라가면 닉 엇지 무모지녀의 고혈ᄒ믈 측은치 아니리오 쇼졔 텽필의 샹연히
눈물을 흘니고 비샤 왈 대인이 쇼녀의 일명을 앗기시고 그 심스를 모르시니 이는 쇼
녀의 셩효의 편박ᄒ미라 누를 원ᄒ리잇고 경운의 무죄ᄒ미 빅옥 갓고 쇼녀 양육흔
은혜는 갑지 못ᄒ고 닉죄로써 죽게 못ᄒ오리니 야야는 명찰지ᄒ쇼셔 쇼녜 구ᄎ히 스
라시미 구원망모를 뫼심 곳디 못ᄒ리라 바라건디 대인은 외로온 히ᄋ를 어엿비 너기
샤 맛춤닉 부익즈은ᄒᄂ는 도리를 샹히오디 마르쇼셔 언파

21면

의 크게 통곡ᄒ고 머리를 둥계의 브딋이져 뉴혈이 만면ᄒ니 죽을 ᄯ이 간졀흔디라
뎡공이 심시 불호ᄒ여 시녀를 명ᄒ여 쇼져를 붓드러 침소의 도라가 죽으믈 방비ᄒ라
ᄒ고 닉루의 드러가 박시를 보니 병셰 오히려 둥ᄒ여 황〃흔디라 두로 심시 어즈러
워 슈미를 뻥긔고 나아가 니르딕 현쳐는 괴운을 출히라 이제는 요얼을 업시ᄒ여시니
ᄌ연 긔운이 쇼복ᄒ리라 박시 혼〃흔 가온딕 공의 쇼릭를 듯고 눈물이 가득ᄒ여 왈
쳡 슈불

22면

민이나 명공의 직실노 드러와 원비 셤기믈 젹쳡ᄀ티 ᄒ여숩고 긔츌ᄌ네 업스므로 치
임의 남미 바라믈 태산ᄀ티 ᄒ더니 이제 져의 손의 명이 맛츨 줄 알니오 이의 진〃히
늣기믈 마디 아니〃 공이 직삼 위로ᄒ고 은근ᄒ니 박시 듯는 테ᄒ나 치임이 무스ᄒ
믈 흔ᄒ여 다시 일계를 싱각고 수일 후 병이 나흐롸ᄒ여 공을 딕ᄒ여 왈 치임이 무고
히 어미를 히ᄒ오미 줸즉 강상일죄라 그러나 바야흐로 취가 못흔 녀ᄌ로 여ᄎ 쇼문
이 난즉 져희 견

23면

뎡을 아조 맛는 작시라 졔 비록 스오나오나 셕부인 지시의 듸졉이 박디 아니턴디라 이졔 친의 혼긔 갓가왓는디 조가는 원훈 현샹의 가문이어늘 쇼녀의 불현ᄒᆞ미 공후 지가의 용납홀 길히 업시니 그도 어렵거니와 드르니 조승샹이 셕공과 졍의 교밀ᄒᆞ고 샹공을 상히 멸시ᄒᆞᆫ다ᄒᆞ니 이졔 인친이 되면 더옥 난안ᄒᆞᆫ 마디 만흐리니 쳡은 싱각ᄒᆞ 건디 나의 질ᄌᆞ 박슈관이 온듕ᄒᆞᆫ 션비로 명공의 ᄉᆞ랑ᄒᆞ시는 배라 이졔 조혼을 믈 티고 박

24면

가로 셩혼ᄒᆞ미 맛당ᄒᆞ니 샹공은 익이 싱각ᄒᆞ라 공이 팀음냥구의 답 왈 부인 말이 올흐디 다만 셕공이 조가로 금셕ᄀᆞ티 뎡약ᄒᆞ고 납폐ᄀᆞ지 ᄒᆞ여시니 져 조가는 미셰ᄒᆞᆫ 집이 아니 〃 퇴혼ᄒᆞ기 가장 어려온디라 엇지ᄒᆞ리오 박시 웃고 니ᄅᆞ디 퇴혼홀 계교는 쳡이 싱각ᄒᆞ엿ᄂᆞ니 요ᄉᆞ이 친임이 두문쳥병ᄒᆞ고 나디 아닌디 여러날이라 말을 닉디 불의 듕풍ᄒᆞ여 벙어리 되고 스지를 쓰디 못ᄒᆞ고 힝보를 못ᄒᆞᆫ다ᄒᆞ고 조가의도 병이 〃러ᄒᆞ니 혼녜를 믈

25면

녀 ᄉᆞ오월 조셥ᄒᆞ여 낫거든 셩친ᄒᆞᄌᆞ홀 즉 져 조가난 샹국의 만니 귀직라 ᄒᆞᆯ므며 그 틱부인이 〃셔 일시 밧브니 엇디 굿ᄒᆞ여 유병ᄒᆞᆫ 뎡시를 등디하고 이시리오 ᄌᆞ연이 혼시 못되는 날이면 슈관이 아니면 맛당티 아닐가 ᄒᆞᄂᆞ이다 공이 가연이 허락 왈 현 쳐의 고명ᄒᆞᆫ 지식이 ᄉᆞᄉᆞ이 나의 바랄 배 아니라 친임이 얼골이 옥을 삭이고 곳ᄎᆞᆯ 무 은 듯ᄒᆞ나 어미를 시살홀 ᄯᅳᆺ이 이시니 대가 고문의 결혼ᄒᆞ여 늬게 욕이 비경ᄒᆞ리니 출하리 죵요로온 박슈

26면

관을 마ᄌᆞ미 맛당ᄒᆞ도다 ᄒᆞ니 사름의 어둡고 용녈ᄒᆞ미 이의 미쳐 빙옥 ᄀᆞᆺᄒᆞᆫ 녀ᄋᆞ로 써 그 아비 젼뎡을 스스로 회지어 간고 험난을 격게ᄒᆞ니 엇디 통셕디 아니리오 뎡공 이 〃의 조샹부의 통ᄒᆞ여 녀ᄋᆞ의 풍질이 가장 듕ᄒᆞ매 혼ᄉᆞ를 퇴뎡ᄒᆞ쟈ᄒᆞ고 일변 박 가의 혼ᄉᆞ를 뇌뎡ᄒᆞ니 길긔 쎨나 삼ᄉᆞ일이 격ᄒᆞ엿는디라 공과 박시 쇼져를 다리여

셩취코져ᄒᆞ여 침쇼의 니ᄅᆞ니 아디 못게라 뎡쇼져의 필경 이 엇디 된고 ᄎᆞ셜 뎡쇼져
치임이 몸의 어미

27면

죽이려ᄒᆞᄂᆞᆫ 불효 악명을 시러 침쇼의 안티 죄인이 되니 오직 스스로 유수지심ᄒᆞ고
무싱지귀ᄒᆞ되 ᄎᆞ마 결티 못ᄒᆞᄂᆞᆫ 바ᄂᆞᆫ 흔낫 오라비 고〃 혈〃 홈과 야〃의게 누덕을
실을가 유예ᄒᆞ여 금옥 간댱을 어로만져 일야 호읍이 민턴의 미텻더니 싱각밧 부뫼
다 니ᄅᆞ러 덥흔 바 니불을 열고 흔연이 뉘웃ᄂᆞᆫ 말을 펴고 다시곰 위로ᄒᆞ며 인ᄒᆞ여 조
가 혼인이 만〃 가티 아니매 퇴혼ᄒᆞ고 다른 듸 뎡흔 바랄 일너 왈 져와 던안 독좌의
녜ᄅᆞᆯ 아냐시니 실노 허언이라

28면

너난 고집디 말고 부모의 ᄯᅳᆺ을 슌히ᄒᆞ여 일싱이 편키랄 싱각ᄒᆞ라 쇼졔 텽필의 심경
담낙ᄒᆞ니 냥안의 ᄆᆞᆰᆨ 누쉬 쌍〃ᄒᆞ여 져두참식의 말이 업ᄉᆞ니 공이 다시 ᄯᅳᆺ을 무ᄅᆞᆫ
듸 쇼졔 경금듸왈 쇼녜 임의 조시의 빙폐ᄅᆞᆯ 바든디 오ᄅᆞ니 녀ᄌᆞ의 힝실이 절의 읏듬
이라 우리 뎡시 셰덕명힝으로 쇼녜 츄락디 못ᄒᆞ리니 출하리 무모긔 슌흔 ᄌᆞ식이 되
디 못ᄒᆞᆯ지언뎡 실졀흔 더러온 계집이 되디 못ᄒᆞ오리니 비록 화쵹의 녜ᄅᆞᆯ 아냐시나
셔로 셩명을

29면

알고 치례 문명이 쇼녀 협수의 이시니 솔토지빈이 막비왕신이라 히이 엇디 뎡〃흔
조시의 사ᄅᆞᆷ이 아니며 튱신의 불수이군과 녈녀의 불경이부ᄂᆞᆫ 고금의 명빅ᄒᆞ니 쇼녜
고이흔 명도로 강상죄인이 되고 다시 실졀흔 계집이 될딘대 일누 잔쳔이 무어시 관
계ᄒᆞ여 구ᄎᆞ히 술기ᄅᆞᆯ 구ᄒᆞ리잇고 바라건대 야〃ᄂᆞᆫ 다시 싱각ᄒᆞ샤 쇼녀로ᄡᅥ 고요히
규방의 쳐ᄒᆞ여 심규의 유발승되여 셰샹 인류을 샤졀케 ᄒᆞ시고 이런 말ᄉᆞᆷ으로 쇼녀의
귀ᄅᆞᆯ 더러

30면

이지 마ᄅᆞ쇼셔 셜파의 ᄉᆞ긔 츄샹ᄀᆞᆺ고 언에 강개녈슉ᄒᆞ여 비록 엄부의 위엄이나 다시

홀 말이 업는디라 두 눈이 멀금ᄒ여 일언을 못ᄒ고 안즈시니 박시 다시 빅만셰언으로 유셰ᄒ여 말숨이 관곡ᄒ니 쇼졔 긔식을 보니 즈긔 슌셜이 무익홀지라 이의 탄왈 이 ᄯ호 명애라 쇼녜 더러온 계집이 되나 현마 엇디 ᄒ리잇고 오직 부명디로 ᄒ리이다 뎡공이 대희 왈 이는 다른 이 아니라 박슈지니 금년 이십오의 가둥이 풍죡ᄒ고 풍치 헌앙ᄒ

31면

니 낫브미 업ᄂᆞ니라 혼녜 계유 슴스 일이 격ᄒ야시니 네 모로미 슈미를 펴고 분당화식을 다스려 대례를 등디ᄒ라 쇼졔 야〃의 무식불통ᄒ 언스와 계모의 셰언을 드르미 일만 창검이 가슴을 디르는 듯ᄒ나 도로혀 어히 업셔 단슌의 호치 즘간 빗최니 이 곳 즈긔 빙옥졀기를 디인도 모르고 박시의 다리는 거동을 보미 한심ᄎ악ᄒ야 도로혀 옥치 현츌ᄒ믈 면치 못ᄒ미러니 그 용녈ᄒ 아비와 계모는 회심ᄒ므로 아르 지삼 당부ᄒ고 도라가니 쇼졔 반일을 독좌 샹냥

32면

ᄒ미 범인도 널번 혜아리매 한 번 어드미 잇거늘 뎡쇼져의 득츌ᄒ 명식고견으로 엇디 보젼홀 도리를 엇디 못ᄒ리오 심듕의 일계를 싱각고 벽난과 츈잉 등을 불너 압히 니르매 쇼졔 댱탄 왈 닉 명되 아시로븟허 긔박ᄒ여 이런 욕이 당젼ᄒ니 엇지ᄒ여 장춫 이 욕을 면ᄒ고 효졀을 완젼ᄒ며 목숨을 니어 망친 유교를 봉승ᄒ리오 낭비지 눈물을 흘녀 디왈 경유랑이 나갓고 쇼비 등이 식견이 암미ᄒ와 조흔 모칙이 업스오니 다

33면

만 야간의 도망ᄒ여 셕부로 가 몸을 감초고 타일 노야의 씌드르시믈 기드릴만 ᄀᆞ디 못홀가ᄒᄂᆞ이다 쇼졔 탄왈 여등의 말이 단지 기일이오 미지기이로다 닉 이제 외가의 가매 닉 몸은 조커니와 왕뷔 셩되 엄슉ᄒ시니 ᄎᆞ스를 아르실딘대 결단코 스긔 종용티 못홀 거시오 야〃의 누덕을 닉 스스로 창셜ᄒ미라 더욱 조슉뫼 아르시리니 닉 ᄎᆞ마 무슨 면목으로 타일 셔로 디ᄒ리오 강의 빅스뎡은 니한님 퇴샹으로 한님 부지 기셰ᄒ고

34면

슉쾨 주부만 다리고 계샤 문졍이 고요ᄒᆞ니 니 몸을 의지홀 곳이라 모친 직시의 슉모긔 뵈오라 갓더니 이제 우리 남복을 긔착ᄒᆞ고 강으로 가 슉모긔 의지ᄒᆞ면 편당ᄒᆞ고 혹 츳실ᄒᆞ미 이셔도 맑은 강듕의 니 몸을 의지ᄒᆞ리니 이밧긔 계괴 업도다ᄒᆞ고 츳야의 노쥬 삼인이 셔너 벌남의롤 일우매 임의 닭이 우는디라 쇼졔 조부의셔 납빙ᄒᆞᆫ 바 금환 옥잠을 품고 남의롤 긔착ᄒᆞ매 벽난 츈잉이 다 셔동의 복식을 ᄒᆞ고 셔로 잇그러

35면

셔댱의 니르러 담을 넘으려ᄒᆞ니 운뎨 밋그러워 냥비지 잘 넘디 못ᄒᆞᆫ디라 쇼졔 냥녀롤 붓들고 겨유 넘어 셔다히롤 바라고 한업시 다라 셔문을 나기롤 긔약홀시 원리 이 빅스뎡은 뎡공의 형미 니참졍 부인이 기즈 니한님을 다리고 평댱의 삼년을 빅스뎡의 집을 일워 졔스롤 ᄒᆞᆫ든 평댱이 션유ᄒᆞ다가 슈슈ᄒᆞᆫ 연괴러라 니한님이 독즈로 니어 셔하의 슬프믈 기티니 뎡부인이 한님의 쳐 호시만 다리고 이셔 츄

36면

풍양우의 궁텬지통이 오닉롤 슬우고 셰렴을 ᄯᅳᄎᆞ므로 문을 닷고 손을 샤ᄒᆞ여 보디 아니ᄒᆞ니 친척이라도 니르디 아니ᄒᆞ매 그 문뎡이 녕낙ᄒᆞ미 진셰롤 ᄠᅳᆫ츤 ᄃᆞᆺ ᄒᆞ여 닷은 문이 죵일 열니디 아니ᄒᆞ더라 칙임 쇼졔 그 고요ᄒᆞ믈 싱각고 몸을 의지코져 발셥ᄒᆞ나 심규 약질노 빈쥐길을 아디 못ᄒᆞ고 동방이 밝아오니 쇼졔 착급ᄒᆞ여 죽기롤 그음ᄒᆞ여 밧비 힝ᄒᆞ여 빅스뎡의 니르니 쳔길 강쉬 흉용ᄒᆞᆫ디

37면

빅스뎡 광야의 수십 간 쵸시 이시디 문을 봉ᄒᆞ고 인젹이 묘연ᄒᆞ니 쇼졔 대셩ᄒᆞ여 문을 두다리며 사룸을 부르디 응ᄒᆞ리 업고 닌가의 노괴 이셔 굴오디 져 집은 니한님 니시러니 수일 젼의 쵸샤 마을의 젹되 이셔 려염의 드러 인명을 살히ᄒᆞ고 지믈을 노략ᄒᆞ니 그 부인이 년쇼 즈부롤 다리고 잇디 못ᄒᆞ여 다른 되로 가되 우리 그 거쳐롤 못디 아낫고 작일 갓 올마 가니라 ᄒᆞ거늘 쇼졔 이말을 드르매 심경담낙ᄒᆞ여 다

38면

시 모칙이 업ᄂ디라 오직 계피 궁진ᄒ니 앙텬 수루ᄒ여 냥비ᄅᆯ 도라보와 왈 출하리 집의셔 죽으미 나흘낫다 만경챵파의 쇽졀업시 어복을 치오리로다 삼인이 셔로 붓드러 눈믈을 흘니고 도라드러 감도 빅쥬의 어렵고 급욕이 당젼홀 거시오 강슈의 몸을 더짐도 부모 유톄ᄅᆯ ᄎᆞ마 못홀디라 진퇴냥난ᄒ나 몸 우ᄒ히 남복을 미더 강변의 방황ᄒ며 궁진이 싱각ᄒ매 그윽ᄒᆫ 암ᄌᆞ도 관을 어더 몸을 감초아 유

39면

혹ᄒᄂᆞ 션빗 톄ᄒ고 일명을 니어 부친긔 샹명지통을 더으디 아니려ᄒ여 강을 건너고 져오ᄂᆞ 비ᄅᆯ 슬피고 쥬져홀 즈음의 머ᄂ녀셔 ᄒᆫ 쎄 강되 창검과 궁시ᄅᆯ 가져 취우ᄀᆞ티 달녀오면 읏듬 젹댱이 손으로 ᄀᆞᄅ쳐 왈 ᄉᆞ뎡의 방황ᄒᄂᆞ 재 옥모 화용이 결단코 남지 아니라 벅〃이 그 녀직로다 너히 삼가 사ᄅᆷ을 상히오지 말나ᄒ니 졔젹이 일시의 쇼리ᄒ여 졈〃 갓가이 오ᄂᆞᆫ디라 쇼졔 젹이 손을 드러 즈긔ᄅᆯ ᄀᆞᄅ치며 가만〃〃 말ᄒ믈

40면

보니 신명ᄒᆫ 혜아림의 박슈관 젹지ᄆᆯ 쓰드라 일셩 이호의 몸을 날녀 강슈의 씌여드니 벽난 츈잉이 붓드러 말니고 져ᄒ다가 흔듸 어우러져 노쥬 삼인이 강듕의 ᄲᅢ지니 ᄎᆞ회라 쇼져의 슉ᄌᆞ혜질과 녈졀뎡심으로 운수의 블니홈과 명도의 긔박ᄒ미 ᄎᆞ경의 미츠니 싱ᄉᆞ의 슬픈 경샹이 힝노인도 타루홀 배라 명텬이 쇼〃ᄒ여 공교이 빅년 군ᄌᆞᄅᆯ 긔봉ᄒ니 이 엇디 금환의 인연 곳 아니면 이러틋 신긔ᄒ리오 직셜 조부의셔 뎡

41면

개 무단이 녀ᄋᆞ의 병을 가탁ᄒ고 혼인을 믈니〃 조공이 탄왈 블인을 결혼코져 ᄯᅳᆺ이 아니로듸 금환 님지ᄆᆯ 알매 혼인을 뇌뎡ᄒ엿더니 이제 져 집의셔 은〃이 퇴혼코져ᄒ나 현훈을 몬져 ᄎᆞᄌᆞ미 져와 ᄀᆞᆺ다ᄒ고 ᄉᆞ긔ᄅᆯ 보려홀ᄉᆡ 굿ᄒ여 셕공다려 니ᄅ미 업더라 이ᄶᅢ 뎡공이 쇼져의 허락을 밧고 박슈관의게 통ᄒ여 명일 노친 영ᄒ라ᄒ니 이 슈관 쟈ᄂᆞ 어ᄉᆞ 티우의 지라 호식 탕ᄌᆞ로 무뢰 효박ᄒ여 기쳐ᄅᆯ 쳐죽이고 강도의 괴

42면

쉬되여 날마다 나가 인명을 살히ᄒ고 직보를 노략ᄒ니 불의로 모흔 금이 누만냥이오 미싀풍악으로 날을 지ᄂ더니 뎡참졍의 쳔금 규슈 져의 긔물이 되믈 만심 용약ᄒ여 명일노 뉵녜를 구힝ᄒ려 양〃이 즐거오믈 니긔디 못ᄒ더니 깃브미 변ᄒ여 뎡쇼졔 일야간 도쥬타ᄒ니 낙담경혼ᄒ더니 이졔 뎡공과 박시 쇼져의 다라나믈 듯고 즉시 박성의게 셔찰노 통ᄒ여시ᄃ 쳐임이 지뫼 광대ᄒ니 경이 히죽디 아닐 듯ᄒ고

43면

웃듬은 졔 외가로 갈 듯ᄒ나 ᄯ 암ᄌ 도관 갓흔 ᄃ 쟝신홀 듯ᄒ니 현셰 발군ᄒ여 ᄯ라보라 응당 남복을 변착ᄒ여시리라 ᄒ니 슈관이 졔 동뉴를 모하 이십 인식 네 곳으로 난화 풍우ᄀ티 ᄯ로다가 셔강의 니르러 남당흔 미쇼년을 보고 급히 ᄯ로려ᄒ더니 그 쇼년이 표연이 강슈의 ᄶ러지니 필경 뎡시라ᄒ여 급히 ᄉ공을 ᄎ고 일쳑 쇼션을 어더 건져ᄂ고져 ᄒ더니 믄득 흔 쳑 그림그린 비 나는 ᄃ시 다ᄃ르니 화션 가온ᄃ 냥위 신

44면

션이 ᄌ건 쳥삼으로 셰포씌를 졍히ᄒ고 단좌ᄒ엿다가 강변의 강도의 무리 가득ᄒ고 강가의 셰 쇼년이 믈의 ᄣ여드니 일단의 긔현심이 격발ᄒ고 슈ᄉ흔 사름의 졍ᄉ를 측은ᄒ여 션즁 일힝의 하리 복죵이 가댱 만흔디라 밧비 션인을 명ᄒ여 믈의 ᄲ진 쟈를 건져ᄂ라ᄒ고 모든 하리로 강도를 ᄯ로라ᄒ니 져 강도드리 예ᄉ 도적이 아니라 어ᄉ 티우의 ᄌ식으로 졔 힝실이 붓그러오매 빅쥬의 직샹가 공ᄌ 졔 얼골을 알가 ᄒ

45면

여 일시의 허여져 줘숩 듯 다라ᄂᄂ니라 원ᄂ 이 공ᄌ는 다ᄅ니 아니라 조부 농챵 형뎨라 ᄧ 팔월 망간을 당ᄒ여 션영이 셔강의셔 머디 아니ᄒ믈 션산의 졀ᄉ를 지ᄂ고 도라오는 길의 츄슈 경개를 완샹코져 ᄒ여 비를 강슈의 씌여 두로 완경코져 ᄒ더니 사름의 익슈ᄒ믈 보고 션인을 명ᄒ여 건지라ᄒ고 냥공ᄌ 비를 져어 두로 어드니 ᄲ진 지 오ᄅ디 아니므로 믈속의 비최는 거시 잇거늘 농흥 공ᄌ 급히 니러나가 비야이 원비를 늘희여 건져ᄂ

46면

니 이 믄득 일위 미남지라 몸의 유의 유건이오 션인이 ᄯᅩ 낭인을 건져ᄂᆞ니 인가 셔동이라 냥공지 참연ᄒᆞ여 션듕의 드려 편히 누이고 약믈을 쳐 구호ᄒᆞ매 입으로 믈을 토ᄒᆞ고 이윽고 삼인이 다 졍신 출혀 두 공ᄌᆞ를 보고 크게 경긔ᄒᆞ여 ᄒᆞᄂᆞᆫ디라 조공지 져의 인ᄉᆞ 출ᄒᆞ믈 보고 얼골을 ᄌᆞ시 슬펴매 졍신이 요양ᄒᆞ여 ᄆᆞ음이 어리ᄂᆞᆫ디라 그 광염이 찬난ᄒᆞ여 봉황 아미ᄂᆞᆫ 이원을 ᄭᅴ엿고 셩안의 쥬뤼 어리워 맑은 광치를 도으니 텬연이 션원아질이오

47면

쇄락히 계궁명월이 만방의 바이ᄂᆞᆫ 듯 빅미쳔광이 긔려ᄒᆞ여 텬하를 기우리나 무빵홀 배라 셕목 간장이 능쥰ᄒᆞ믈 면티 못홀지라 잉슌홍협의 염 " 혼 ᄌᆞ티 지분을 더러이 너길디라 조싱 형뎨 숨을 길게 쉬고 냥목을 결을티 못ᄒᆞ더니 뇽챵이 뇽흥의 ᄉᆞ매를 잇그러 션창 밧긔 나와 가마니 니ᄅᆞᄃᆡ 익슉ᄒᆞᆫ 셔싱이 결비남지라 ᄌᆞ고로 미남지 만타ᄒᆞ나 원산아미와 쳔틱만광이 본 바 쳐음이오 아리ᄯᅩᆫ 틱도와 운환셜빈이 쳔틱무빵

48면

이니 져런 남지 어디 이시리오 아등이 부모 싱육지은으로 풍용이 하등이 아니로ᄃᆡ 만 " 코 져의 고으믈 당티 못ᄒᆞ리니 결단코 피화혼 녀지오 남이 아니라 당금의 텬히 승평ᄒᆞ니 망명혼 죄쉬 업슬디라 ᄯᅩ 엇디 남지 수십 도젹을 보고 힘 " 히 몸을 더지리오 반ᄃᆞ시 그 졍ᄉᆡ 비졀혼 녀지니 맛당이 그 셔동다려 근본을 무ᄅᆞ면 아라 구쳐홀 조각이 이시리니 형당은 엇더케 너기시ᄂᆞ니잇고 ᄎᆞ시 뇽흥 공지 모로ᄂᆞᆫ 가온ᄃᆡ나 빅년 가우를 만나매 비록

49면

근본을 모로나 슉쳐 연분이 심샹티 아닌디라 ᄌᆞ연 ᄆᆞ음이 경동ᄒᆞ고 ᄉᆞ랑ᄒᆞ믈 니긔디 못ᄒᆞ여 심곡으로 쇼ᄉᆞ나ᄂᆞᆫ디라 ᄯᅩ혼 남지 아닌가 의심이 만터니 샤뎨의 명빅혼 말노 조ᄎᆞ 셕연 졈두 왈 졍합아심이라ᄒᆞ고 즉시 슈ᄉᆞᄒᆞ엿던 냥 셔동을 블너 좌우를 믈니고 문왈 우리ᄂᆞᆫ 경ᄉᆞ로 가ᄂᆞᆫ 길이러니 여등 노쥬 삼인의 익슉 투강ᄒᆞ믈 보니 인심의 차악ᄒᆞ여 구ᄒᆞ엿거니와 너의 노쥬를 보니 몸 우희 건복이 " 시나 결비남지라 무슴

50면

연고로 뉴락ᄒᆞᄂᆞ뇨 실샹을 긔이디 말나 아등이 결ᄒᆞ여 너희게 유히디 아니리라 츈잉 벽난이 싱각밧 죽은 몸을 건져 술우고 근본 무ᄅᆞᆷ을 드ᄅᆞ니 하 의괴ᄒᆞᆫ 밧 다시 눈을 드러 이위 공ᄌᆞ를 보니 풍치 쇄락ᄒᆞ고 골격이 비상ᄒᆞ여 옥면셩안의 와잠냥미로 진셰의 뛰여나니 반악의 고음과 위가의 미려ᄒᆞᆷ을 더러이 너길디라 크게 흠복 칭션ᄒᆞ더라 벽난 등이 싱각ᄒᆞᄃᆡ 죽은 몸을 건져 술우고 근본을 무ᄅᆞ며 져 샹공이 남녀

51면

ᄅᆞᆯ 분변ᄒᆞᆷ을 ᄌᆞ시ᄒᆞ고 ᄒᆞᆷ을며 우리 비쥬ᄅᆞᆯ 술와 ᄌᆡ싱지은이 호ᄃᆡᄒᆞ고 냥공ᄌᆞ의 어진 덕이 안광의 나타나니 의연이 셩현군ᄌᆡ라 결ᄒᆞ여 유히ᄒᆞᆫ 사ᄅᆞᆷ이 아니〃 우리 쇼져의 비원을 바ᄅᆞᆫᄃᆡ로 고ᄒᆞ여 쳐티ᄅᆞᆯ 보리라ᄒᆞ고 이의 누슈ᄅᆞᆯ 쁘려 빅샤 왈 쳔인 등은 인가 청의오 남ᄌᆡ 아니라 우리 쇼졔 ᄐᆡ평셩ᄃᆡ의 익경이 비상ᄒᆞ여 남복으로 뉴리ᄒᆞ더니 타인을 ᄃᆡᄒᆞ여 근본을 ᄌᆞ시 알외디 못ᄒᆞ옵ᄂᆞ니

52면

강도의 흉ᄒᆞᆫ ᄌᆞ최 목젼의 급ᄒᆞᆫ디라 쳠금지신을 강슈의 더져 쇽졀업시 노쥬 삼인이 어복을 ᄎᆡ올 거시어ᄂᆞᆯ 냥위 샹공의 ᄌᆞ비현심을 입어 구활ᄒᆞ신 은혜 ᄐᆡ산ᄀᆞᆺᄉᆞ온디라 감히 뭇ᄌᆞᆸᄂᆞ니 존셩과 대명을 아온 후의 쳔비 등의 지원 극통을 다 고ᄒᆞ오며 원ᄒᆞ여 귀ᄐᆡᆨ 시비 항녈의 츙슈ᄒᆞ와 은덕을 만분지일이나 갑고져 ᄒᆞᄂᆞ이다 냥공ᄌᆡ 냥인의 언ᄉᆡ 민쳡ᄒᆞ고 ᄌᆡ릉이 개셰ᄒᆞᆫ 츙의의 비

53면

ᄌᆞᆷ을 보고 인가 청의에 식견이 원대ᄒᆞᆷ을 칭션불이ᄒᆞ여 ᄀᆞᆯ오ᄃᆡ 여등 츌세ᄒᆞᆫ 위쥬 츙심이 가히 긔특다 ᄒᆞᆯ디라 우리ᄂᆞᆫ 조샹국 ᄌᆞ뎨로 션영 졀ᄉᆞᄅᆞᆯ 지ᄂᆡ고 도라오ᄂᆞᆫ 길이라 여등이 경듕인이면 조샹국을 모로디 아니리라 벽난 등이 텽좌의 져의 쇼져로 뎡혼 슈빙ᄒᆞᆫ 조공ᄌᆞ 형뎨ᄅᆞᆯ 요힝 긔특고 다힝ᄒᆞ나 쇼져의 ᄠᅳᆺ을 몰나 고 왈 쳔인이 무식ᄒᆞ와 쥬인의 휘ᄌᆞᄅᆞᆯ ᄌᆞ시 아디 못ᄒᆞ니 쇼져긔 뭇ᄌᆞ와 ᄌᆞ

54면

시 알외리이다 ᄒ고 션창 안의 드러가 쇼져긔 조공ᄌ의 문답ᄉ를 일〃히 고ᄒ니 쇼
제 대경 왈 닉 외가로 가디 아니코 구ᄎ이 도로의 분쥬ᄒᄆ 조슉모를 붓그리고 대인
의 허믈을 가리오고져 ᄒ미러니 쏫밧긔 져를 만나니 닉 ᄎ마 실ᄉ를 고ᄒ여 붓그러
오믈 더으리오 은인의 덕이 산히ᄀᄐᄒ나 ᄎ마 근본을 니르미 져 집으로써 닉 집 허믈
을 알게ᄒ미 참슈ᄒᆫ지라 모로미 네 다만 딕답ᄒᄃᆡ 타향의셔 뉴락ᄒ여 경ᄉ 친쳑

55면

을 ᄎᄌ려 왓다가 도적을 만나 슈ᄉᄒᄆᆞᆯ 니르고 임의 녀진줄 아라시니 남녜 유별ᄒ
더라 구싱지은을 몸쇼 샤례티 못ᄒᄆ을 알외라 벽난 츈잉의 굿이 막아 니르디 말나ᄒ
믈 듯고 나와 샹의 왈 이제 하늘이 도으시믈 입어 조공ᄌ를 만나시니 엇디 ᄎ마 조흔
긔회를 어긔워 우리 노쥬 어딕 의지ᄒ며 쇼져의 빅년가긔를 어닉 날 일우리오 아등
이 가마니 실상을 알외여 조공ᄌ의 쳐티를 보리라 ᄒ고 이의 조공ᄌ 안젼의 나

56면

아가 ᄀᆞᆯ오ᄃᆡ 우리 쇼제 타향의 뉴락ᄒ샤 친쳑을 ᄎᄌ라 와 계시다가 도적을 만나 슈ᄉ
ᄒ엿더니 은인의 구싱지은을 만나 잔명이 회싱ᄒ니 은혜 틱산ᄀᆺᄉ오나 몸쇼 샤례티
못ᄒᄆ을 알외라ᄒ시더이다 조싱 등이 크게 ᄎᆞ셕ᄒ여 엇디 쥬션ᄒᆯ고 침음 쥬져ᄒ더니
냥녀 다시 고두 왈 쇼제 ᄎ마 샹공긔 근본을 바로 고티 못ᄒ여 이리ᄒ시나 쇼비 등이야
샹공을 만나 실ᄉ를 고티 아니리잇고 더옥 대공ᄌᄂᆞ 쳔비의 쥬군이시고 은인이시

57면

니 엇디 은휘ᄒᄂᆞ 죄를 너으며 쥬인의 평싱을 미몰케 ᄒ리오 쇼비의 쥬인은 졍참졍
녀ᄋᆞ로 외가의셔 조공ᄌ를 뎡친ᄒ엿더니 쇼졔 본부의 도라오신 후 가닉의 불인이 〃
셔 쳔만가지로 보치고 함히ᄒ다가 필경은 뎡참졍의 부인의 ᄉ촌 박슈관의 후실노 겁
틱ᄒ여 보닉려ᄒ니 쇼졔 외가로 가시고져ᄒ나 셕공 노애 셩되 엄슉ᄒ시니 반ᄃ시 뎡
공으로 더브러 큰 ᄉ단을 일희혀실디라 ᄉ셰 크게 난쳐ᄒ여 남당을 긔탁

58면

ᄒ고 강외 니평쟝 부인은 쇼져의 고뫼시라 ᄎᄌ가 의지코져 ᄒ시다가 올마가신 지 슈일이 오 가신 곳을 모로므로 인ᄒ여 강변의셔 방황ᄒ시다가 ᄯ로는 도젹을 만나 쇼졔 개연이 강심의 몸을 더져 계시더니 샹공의 활명지은을 만나 노쥬 삼인이 ᄉ라나니 이 은덕은 마뎡방종이라 도 다 갑디 못ᄒ리로쇼이다 냥공지 이 말을 드ᄅ매 참혹ᄒ믄 니ᄅ지 말고 녈졀셩힝은 깁히 흠복ᄒᆯ 배오 그 계모 박시 브ᄌᄒ여 이 변을 일위

59면

믈 짐작고 인심의 ᄌ연 측은ᄒ고 그 졀힝이 샌혀나 ᄌᄀ를 위ᄒ여 만단 고샹이 ᄎ경의 미쳣시믈 감복ᄒ거늘 ᄒ믈며 빅년가우 텬뎡연분이 심샹티 아니커늘 농홍 공ᄌ는 냥안의 츄슈 졍광이 어리워 쇼져의 쳔만 고초 비원이 다 이 조싱을 위ᄒ미니 엇지 감샤티 아니리오 대인긔 고ᄒ여 쇼져 방신을 보젼케 ᄒ리니 여등은 우리 드러 쳐티ᄒᆯ ᄉᆞ이 쇼져를 보호ᄒ라 이의 ᄎ공ᄌ와 의논ᄒ고 본부 강뎡이 예셔 머디 아닌 고로 일승

60면

교ᄌ를 셰닉여 쇼져를 틱오고 강뎡의 니ᄅ니 여러 노복이 〃셔 슈호ᄒ고 닉원의 양낭 복쳡이 직희여 년〃이 잠츙을 쳐 질삼ᄒ여 올니는디라 냥공지 뎡쇼져의 근본을 모로는 톄ᄒ고 강뎡의 잠간 쟝신ᄒ믈 쳥ᄒ니 쇼졔 이 디경의 니ᄅ러 당신ᄒᆯ 곳을 엇디 못ᄒ고 벽난 등이 ᄌᄀ 근본을 현노ᄒ여 신근이 보호ᄒ믈 모로고 죵닉 살 도리를 지휘ᄒ믈 감샤ᄒ여 셜우믈 참고 븟그러오믈 견듸여 강뎡의 니ᄅ니 이위공지 복

61면

부를 분부ᄒ여 깁고 안졍흔 쳐쇼를 셔ᄅ져 쇼져를 안돈ᄒ고 조셕 공궤를 십분 조심ᄒ여ᄒ라 니ᄅ기를 맛ᄎ매 포진 병댱을 졍결이 베퍼 뎡쇼져를 머무ᄅ고 닉외 비복을 엄히 당부ᄒ여 이곳의 쇼져 이시믈 누셜티 말나ᄒ고 츈잉 등을 당부ᄒ여 ᄌ가 쳐치를 기드리라 ᄒ고 ᄯ쇼져긔 말슴을 브쳐 ᄀᆯ오디 쇼싱이 비록 쇼져의 졍ᄉ를 아디 못ᄒ나 화란인즉 비샹ᄒ시니 맛춤 누츄흔 공시 잇고 노복이 닉외의 죡ᄒ니 안심

62면

ᄒᆞ여 피화홀 곳이라 가바야이 몸을 슈화의 더지디 마ᄅᆞ쇼셔 가친이 평싱 젹션을 일삼으시니 도라가 알외여 혹쟈 쇼겨긔 유익ᄒᆞ미 이실가ᄒᆞᄂᆞ이다 말을 맛고 형뎨 마두를 갈와 도셩으로 향홀ᄉᆡ 다시 보기를 쳥티 아니ᄒᆞ고 표연이 힝ᄒᆞ니 벽난 등이 탄복힝희ᄒᆞ나 쇼져는 ᄌᆞ긔 형셰 이 디경ᄀᆞ디 미쳐 외간 남ᄌᆞ를 샹디ᄒᆞ고 져의 손으로 건져 술와시믈 싱각ᄒᆞᆫ즉 심신이 경월ᄒᆞ나 요힝 이곳 조공지라 몸을 도쟝의 뭇ᄎᆞ 그

63면

은혜 갑흐믈 싱각ᄒᆞ나 빙심 옥결 ᄀᆞᆺᄒᆞᆫ ᄆᆞ음의 이러틋 가초 긔괴ᄒᆞ믈 슬허ᄒᆞᄃᆡ 이 또 명애라 ᄒᆞ여 깁히 드러이셔 됴셕 공궤의 근심이 업고 욕되미 업ᄉᆞ니 냥비로 더브러 조심의 〃긔를 차탄ᄒᆞ나 ᄌᆞ긔 근본 드른 줄은 망연 브지ᄒᆞ더라 ᄎᆞ셜 조공지 총〃이 도라와 부모 존당의 뵈읍고 존후를 뭇ᄌᆞ와 긔거ᄒᆞᆫ 녜를 필ᄒᆞ고 ᄌᆞ긔 형뎨 졀ᄉᆞ를 지니고 도라오다가 셔강의 니ᄅᆞ러 창졸의 강도의 변이 〃셔 뎡쇼져를 구튝ᄒᆞᄆᆡ 비록

64면

삼인이 목젼의 익슈ᄒᆞ거ᄂᆞᆯ 창황이 구ᄒᆞ여ᄂᆞ니 이 곳 뎡시오 그 시녀 등의 말을 드러 뎡공의 불인 무샹흠과 박시의 강포 간악흠과 박슈관의 불측 음픠비례를 갓초 고ᄒᆞ니 좌위 막불대경ᄒᆞ고 공이 차악 탄왈 뎡셰츄의 불인으로 능히 져 ᄀᆞᆺᄒᆞᆫ 효졀이 가족ᄒᆞᆫ ᄯᆞᆯ을 두엇ᄂᆞ뇨 임의 니 집 사ᄅᆞᆷ이라 그 아비 무샹ᄒᆞ나 니 집을 위ᄒᆞ여 도로의 분주ᄒᆞ며 뎍나의 슈ᄉᆞᄒᆞ니 금셕의 박아 쳥ᄉᆞ의 뉴젼홀 졀힝이라 이 반ᄃᆞ시 심샹ᄒᆞᆫ

65면

부녜 아니〃 엇디 오ᄅᆡ 바려 두리오 위부인이 탄샹 왈 녀이 뎡시를 일ᄏᆞ라 혜달흘 둧ᄒᆞ더니 진실노 효졀이 ᄲᅡ젼ᄒᆞᆫ 슉녀어ᄂᆞᆯ ᄎᆞ회라 ᄌᆞ모를 조샹ᄒᆞ고 불인지부와 간험ᄒᆞᆫ 계모의게 쳑신이 고〃ᄒᆞ니 엇지 잔잉티 아니리오 맛당이 녀ᄋᆞ를 보니여 ᄒᆞᆫ 가지로 이셔 위로ᄒᆞ고 혼긔를 슈히 일워 다려오미 만젼지계라ᄒᆞ더라 이ᄯᆡ 셕흑ᄉᆞ 부인 조시 지좌ᄒᆞ엿더니 ᄎᆞ언을 듯고 눈물을 ᄂᆞ리와 글오ᄃᆡ 가련ᄒᆞ다 뎡ᄋᆞ의 비원ᄒᆞᆫ 졍

66면

ᄉ여 사름의 늣길 배로다 쇼녜 금일 져 곳의 나아가 셔로 보아 위로ᄒ고 친ᄉ랄 일워 드듸여 드려오려니와 맛춤ᄂᆡ 긔이디 못ᄒ리니 이 ᄯᅳᆺ을 구가의 보ᄒ여 의논ᄒ고 혼ᄉᄅᆞᆯ 뎡가 모로게 수이 지ᄂᆞᄆᆡ 올ᄒ니이다 태부인의 뎜두 왈 손녀의 말이 올ᄒ니 부뫼 쥬혼티 못ᄒᆞᆯ진대 외조부뫼 혼녜ᄅᆞᆯ 쥬댱ᄒᄆᆡ ᄉ리 당연ᄒ니 ᄒᆞᆯ믈며 홍ᄋᆞᄂᆞᆫ ᄂᆡ 집의 큰 아ᄒᆡ라 그 혼인의 녜ᄅᆞᆯ 다ᄒ고 범ᄉᆞᄅᆞᆯ 구ᄎᆞ이 못ᄒ리라 오ᄋᆞᄂᆞᆫ 모로미 길ᄉᄅᆞᆯ 의 논ᄒ여 수이

67면

일우게ᄒ라 공이 빗샤 왈 ᄌᆞ괴 맛당ᄒ시니 이제 셕공을 보와 의논ᄒᆞ사이다 즉시 외당 의 나와 의관을 고티고 술위ᄅᆞᆯ 미러 셕부의 니ᄅᆞ니 셕공 부ᄌᆡ 마자 녜필 한훤의 조공이 몬져 굴오ᄃᆡ 쇼뎨 불초 돈ᄋᆞ로써 현형의 ᄉ랑ᄒᆞ믈 입어 뎡시로써 친ᄉᆞᄅᆞᆯ 허ᄒ고 ᄂᆡ 집 빙폐ᄅᆞᆯ 바단디 오ᄅᆡ거ᄂᆞᆯ 뎡셰취 무고이 혼녜ᄅᆞᆯ 쳥탁ᄒ여 물니고 녀ᄋᆞ의 유질ᄒᆞ믈 핑 계ᄒ니 돈이 비록 용우ᄒ나 ᄯ또한 뎡시 아니라도 혼ᄌᆞ 늙디 아닐 거시로ᄃᆡ 형

68면

으로 겹〃 년친ᄒ여 냥가의 회ᄉᄅᆞᆯ 삼고 녕손ᄋᆞ의 아름다온 셩화ᄅᆞᆯ 쇼녀의게 ᄌᆞ시 아ᄂᆞᆫ 고로 편친이 혼ᄉᄅᆞᆯ 밧비ᄒ시다가 일이 가장 고이ᄒ여 ᄂᆡ 집 현훈을 ᄎᆞᆺ고져ᄒ 더니 작일 돈ᄋᆞ 형뎨 셔강의 갓다가 여ᄎ〃〃ᄒᆞᆫ 경식을 만나니 이 졍히 뎡시 초녀의 졀을 효측ᄒ여 믹나의 ᄶᅥ러진 경식이라 노쥬 삼인이 일시의 물의 잠기니 돈ᄋᆞ 형뎨 인심이 츄연ᄒ여 건뎌ᄂᆡ고 그 시비ᄃᆞ려 근본과 곡졀을 힐문ᄒᄆᆡ 이 곳 뎡시의 쳔금 교옥이라 여ᄎᆞ

69면

여ᄎᆞ 환난을 만나 졀을 일케 되ᄆᆡ 남복을 개착ᄒ고 문을 나 친척을 ᄎᆞᆺᄌᆞ가다가 젹의 게 ᄯ로려 투강ᄒᄂᆞᆫ 슬프미 이시니 뎡가의 일이 통졀ᄒ여 년혼코져 ᄯᅳᆺ이 업ᄉᆞ디 형 으로 구교인아의 졍이 잇고 뎡ᄋᆞ의 녈졀이 긔이ᄒ니 이련ᄒ여 시방 강뎡의 머므르고 형으로 더브러 샹의ᄒ여 뎡공이 모로게 셩혼코져 ᄒᄂᆞ니 존의 ᄒᆞ여오 셕공이 뎡파의 손녀의 싱존ᄒᆞ믈 드ᄅᆞ니 희츌망외ᄒᆞ여 거슈 칭샤 왈 녕윤의 〃〃긔 현심이 ᄉ

70면

룸의 급화를 구호니 죡히 신기를 감동홀디라 엇디 감샤티 아니리오 맛당히 냥신을 퇵호여 구약을 셩젼호니 오가의 이만 깃브미 업도다 아디 못게라 츠혼을 수이 셩 젼혼가 하회를 기드리라 션시의 셕공이 손녀를 뎡부의 보니고 일월이 흘너 길긔 수 일이 격호디 동졍이 업눈디라 가장 고이히 너겨 사름을 브려 무룬즉 박시 악언으로 셕부 츠환을 즐욕호며 쇼져를 뵈디 아니호니 셕공이 통한호며 수졍의 잔잉

71면

호나 수이를 막앗더니 조부 길긔 다드르매 셕공이 또 사름을 브려 브르니 거처 업시 나갓다호눈디라 바야흐로 츠악흔 심신을 뎡티 못호며 참분호믈 니긔디 못호는 둥 뎡 공지 실셩호여 쥬야 뉴톄호니 누쉬 쳔항이라 셕공이 비록 댱부 웅심이나 참연흔 심 스를 뎡티 못호여 초창회 허홀 쓴이러니 긔약디 아닌 조공이 니르러 손녀의 스랏시 믈 니르고 친스를 지쵹호니 깃브미 극호나 시로이 뎡가를 통호며 박시를 졀치호

72면

여 샤례 왈 쇼데 외람이 겹〃 인친의 후졍을 밋고 냥낭의 긔특호믈 슬하의 두고져호 여 블미흔 손녀로 쥬진의 호연을 언약호여 치폐를 바드매 손녀는 곳 현형의 며느리 로 아랏더니 뎡셰취 블인호여 제 쭐을 아사가니 부즈 텬륜을 막디 못호여 보니나 념 녜 비경호더니 홀 일 업서 임의 뇌뎡흔 혼인이나 실긔티 못홀 줄노 지삼 니르니 제 쏘 웅낙고 가더니 그 후 왕니를 긋츨 쓴 아니라 니 집 복쳡이 가면 조츠 니티니 쏘흔 분훈호고 손ㅇ를 잇지 못

73면

호나 셔로 음신이 쯔쳣더니 혼시지격 수일호엿고 겸호여 퇴혼 일스를 듯고 놀나 사 름으로 브려 무르니 손녜 공연이 다라낫다 호눈디라 그 가졍은 쇼데 밝히 아는 배니 손이 만분 비원호여 나갓거니와 규듕의 쳥슈 약질이 도로의 분주 뉴리호매 그 스싱 존망을 알길히 업셔 졍니의 참연호믈 니긔디 못호여 쇼졔 부지 친히 나가 그 죵젹 을 심방코져호더니 긔약디 아닌 냥낭의 손으로 져의 닉슈지환을 구홀 줄 엇디 알니 오 이 쏘 심상흔 일이

74면

아니라 진실노 긔연이며 텬뎡이라 금환이 셩견ᄒᆞ매 빅년가위 긔봉ᄒᆞ니 이 ᄯᅩ 현형의 바다 ᄀᆞᆺᄒᆞᆫ 은혜라 졔 아비 드ᄅᆞᆫ즉 유익ᄒᆞᆷ 업고 ᄯᅩ 작희ᄒᆞ리니 이 젼 퇴일이 수일이 격ᄒᆞ여시니 닉 쥬혼ᄒᆞ여 혼ᄉᆞᄅᆞᆯ 일워 구학의 든 인싱을 귀부의 〃탁ᄒᆞ면 쇼뎨 금셕 슈시나 무ᄒᆞᆫ이오 디ᄒᆞ의 망녀의 유혼이 엇디 형의 대은을 모로리오 더옥 긔특ᄒᆞᆫ 바ᄂᆞᆫ 녕낭이 년쇼 동치로 의긔현심이 활인 구명ᄒᆞ기ᄅᆞᆯ 이러틋 못미출 ᄃᆞᆺᄒᆞ니 그 음덕이 호대ᄒᆞ도다 승샹

75면

이 역시 차탄ᄒᆞ고 눈을 드러보니 셕공의 겻히 ᄒᆞᆫ 동지 시좌ᄒᆞ여시니 옥면이 참연ᄒᆞ고 셩안의 누숴 삼〃ᄒᆞ여 져두 침좌ᄒᆞ여시니 풍치 헌앙ᄒᆞ고 긔질이 단졍ᄒᆞ여 사름되미 관옥 단시 군ᄌᆞ의 풍되라 만단 슈혼의 블안ᄒᆞᆷ믈 겸ᄒᆞ여 회푀 일쳔가지나 미쳣시니 조공이 경아ᄒᆞ여 무러 뎡진 줄 알고 비록 년쇼 치아나 되기ᄌᆞᄒᆞ여 긔부의 허믈 니ᄅᆞᆷ믈 뉘웃고 그 졍ᄉᆞᄅᆞᆯ 잔잉ᄒᆞ여 위로ᄒᆞᆷ믈 마디 아니터라 인ᄒᆞ여 셕공을 되ᄒᆞ여 혼인을 뎡ᄒᆞᆫ 날

76면

노 일우믈 면약ᄒᆞ고 ᄯᅩ 녀ᄋᆡ 강뎡의 나가 혼ᄉᆞᄅᆞᆯ 지닉고 신부와 ᄒᆞᆫ 가지로 오려ᄒᆞᆷ믈 니ᄅᆞ니 셕공이 희열 졍두ᄒᆞ고 술위ᄅᆞᆯ 갈와 강뎡의 니ᄅᆞ러 조공은 외당의 머므ᄅᆞ고 셕공이 바로 쇼져 잇ᄂᆞᆫ 곳의 드러가니 이 ᄣᅢ 뎡쇼졔 냥 시비로 더브러 ᄌᆞ긔 신셰 갓초 험난ᄒᆞ여 남의 문졍의 몸을 감초와 필졍을 어이ᄒᆞ고 외가로 가겨ᄒᆞ나 ᄯᅩ 난쳐ᄒᆞᆫ디라 쳔ᄉᆞ 만녜 옥댱을 슬오니 셩안 옥빈의 쳥누 산〃ᄒᆞ여 일명을 결티 못ᄒᆞᆷ믈 탄ᄒᆞ더니 쳔

77면

만 긔약디 아니ᄒᆞ여 밧기 드레며 지게 열니ᄂᆞᆫ 곳의 일워 대관이 슈미 반빅의 긔위 엄듕ᄒᆞ여 완연이 드러오니 쇼졔 혼비빅산ᄒᆞ여 잠간 눈을 드러보니 외조 셕공이라 반갑고 슬프며 놀나 오미 병츌ᄒᆞ니 젼도히 니러 비례ᄒᆞ고 옥슈로 조부의 옷슬 븟들고 이〃히 비읍ᄒᆞ니 쳥누 일쳔 줄이라 쇼져의 작태 션염의 슬픈 빗치 이〃 졀륜ᄒᆞ여 뎡

월이 흑운을 만나고 홍년이 청슈의 잠겨 광풍을 만난 듯 빅티 광염이 새로이 쏀혀나니 셕공이 쏘흔 망

78면

녀를 싱각고 당시호여 손녀의 이원흔 경상을 안도호니 낭항뉘 빅슈의 이음ᄎ 옥슈를 잡고 운환을 어로만져 탄왈 눌을 원호며 눌을 흔하리오 네 어미 일즉 죽어 날노 호여곰 셔하의 셜우믈 기티고 여등 남미 녕졍 고〃호여 의지흔 배 업게호니 웃듬은 망녀를 원호고 버거는 네 아비 무샹호미라 비록 남ᄋ의 쇼활호미 ᄌ고로 잇거니와 ᄎ마 엇디 ᄎ경의 미츨 줄 ᄯᅳ호엿시리오 손ᄋ의 ᄭᅩᆽ다온 널졀이 뇌외 가문을 욕먹이디 아니코 요힝

79면

방신을 보젼호여 ᄉ라나니 믈 가온듸 더진 몸을 건져 뇐 은혜 바다ᄀᆺ고 슈졀 참ᄉ호니 고인의게 붓그럽디 아닌디라 모로미 과도히 슬허 말나 인호여 조공 부ᄌ의 〃긔 현심을 탄복호고 수히 셩친홀 ᄯᅳᆺ을 니르니 쇼졔 외왕부를 만나 반가옴과 슬픈 심댱이 요〃호니 아모라타 홀 줄 모로나 야〃의 일을 붓그리고 왕부의 아라 계시믈 경괴호는 듯 혼ᄉ 일우믈 드르니 졀〃이 ᄌ긔 쇼원이 아니라 이에 옥누를 거두고 넘용 듸왈 쇼녀의 명되 흔

80면

일도 길흔 일이 업셔 이 디경의 미츠니 ᄎ는 ᄲᅡ흔 죄패이셔 이러호미라 엇디 사름을 원호며 탓호리잇고 엄친이 본듸 쇼활호시고 ᄌ샹티 못호시믄 왕뷔 아르시는 배라 겸호여 쇼녀의 셩회 쳔박호여 계모의 ᄯᅳᆺ을 일허 화란이 샹싱호니 엇디 흘모 부모를 그르다 ᄒᆞ시ᄂᆞ니잇고 쇼녀의 위인이 조아의 효를 효측디 못호고 몸이 문 밧글 나 부모를 긔망호고 변복 뉴리호믈 하ᄂᆞᆯ이 믜이 너기샤 강슈의 더지니 불효지죄 더욱 큰디라 완명이 굿호여 사름의 군호믈

81면

어더 투싱ᄒᆞ나 외간 남ᄌ의 손의 건져뉘니 그 참괴호미 심골이 경한흔디라 이 곳을

빌니고 안심ᄒ믈 당부ᄒ니 제 근본을 모로ᄂᆫ가 구ᄎᆡ이 ᄉ라 망모의 유교를 져바리디 아니코 왕부모의 근노ᄒ샤 교양ᄒ신 은퇴을 만분지 일이나 갑습고져ᄒ와 쳔만 비샹 가온ᄃᆡ 일누를 결티 못ᄒ옵고 구ᄎᆡ이 투싱ᄒ여 왕부를 뵈오니 무ᄉᆞᆫ 흔이 〃시리잇고 지어남녀 셩ᄎᆔᄂᆫ 인눈대ᄉᆡ라 쳐음의 쇼녜 지식이 쳔단ᄒ여 슬이히 집문을 나온 줄을 뉘 웃습ᄂᆞ니

82면

츌하리 죽어 졀부를 효측디 못ᄒ믈 흔ᄒᆞᄂᆞ이다 쇼녜 규문을 쩌나 ᄌᆞᄎᆔ 도로의 뉴리ᄒ여 강도의 핍박ᄒ믈 면티 못ᄒ오니 강어의 복을 치올 번 ᄒ엿숩더니 몽미의 규리의 ᄌᆞᄎᆔ 도듕 남ᄌᆞ의 구활ᄒ미 되오니 엇지 붓그럽고 슬프디 아니리잇고 시고로 인류셰ᄉᆞ의 ᄯᅳᆺ이 업ᄉᆞ와 오직 ᄉ라셔 엄친을 뵈옵고 계모를 감화코져ᄒ와 인류의 흔이 옵고 ᄒᆞ낫 동긔로 더브러 부모를 밧들미 원이라 지어왕부의 명ᄒ신 바ᄂᆞ 불초 손

83면

녀의 비쇼원이로쇼이다 셜파의 옥용이 참〃ᄒ여 일빵 셩안의 가을 믈결이 은〃ᄒ니 붓그리ᄂᆞ 틱도와 슬허ᄒᄂᆞ 얼골이 더옥 졀승ᄒ니 셕공이 역시 참연ᄒ여 빅슈냥명의 항뉘 요〃ᄒ여 쇼져의 운환을 ᄡ다듬아 댱탄 왈 ᄉᆞ이지ᄎᆞᆺ니 현마 엇디ᄒ리오 손녜 어린 나히 효졀과 지혜 빵젼ᄒ니 완부와 은모의 흉계의 버서나 명을 보젼ᄒ매 명쳘 보신ᄒ미오 부모의 싱육흔 유톄를 보젼ᄒ고 망모의 유교를 이으니 네 아비 토목심댱이나 셩혼

84면

흔 후 셔로 보아 부녀 상봉ᄒᄂᆞ 즐거오믈 어든즉 어이 손ᄋᆞ를 칙ᄒ며 친ᄉᆞ 일우믈 그ᄅᆞ다ᄒ리오 범식 곡계와 권되 이시니 이제 조샹국이 밧긔 니ᄅᆞ러 친ᄉᆞ를 완뎡ᄒ고 손ᄋᆞ의 ᄯᅳᆺ을 알녀ᄒ니 엇디 쇽티를 ᄒ여 ᄉᆞ양ᄒᄂᆞ뇨 니 네 부모를 디ᄒ여 쥬댱ᄒ니 너다려 무를 일이 아니라 네 다시 고이흔 말을 닉디 말나 쇼졔 조샹국의 니ᄅᆞ러시믈 더옥 불안ᄒ고 경괴ᄒ여 옥면이 취홍ᄒ니 아미를 나ᄌᆞᆨ이 ᄒ여 우쥬 왈 손녀의 도리 ᄎ마 엄친

85면

을 긔이고 취가티 못ᄒ리니 조샹국은 당셰 군ᄌ라 원컨대 왕부는 손녀의 미흔 졍ᄉ
를 슬피샤 ᄠᅳᆺ을 일우게 ᄒ쇼셔 인ᄒ여 왕모 슉당의 평부와 샤뎨의 무ᄉᄒᆷ믈 뭇ᄌᆸ고
참연 타루ᄒᆯ ᄲᅵᆫ이러라 셕공이 밧긔 나와 조샹국을 보고 손ᄋ의 문답ᄉ를 일 〃 이 젼
ᄒ고탄왈 손녀의 졍심이 금셕ᄀᆺᄒ여 노부의 용우흔 말노 개유ᄒᆯ 길히 업ᄉ니 엇디ᄒ
리오 조공이 격졀 탄샹 왈 뎡시의 인ᄉ 쳐신이 녀듕 군ᄌ니 ᄎᆞ는 다 현형의 놉흔 교
훈을 힘

86면

닙으미로다 쇼뎨 이 ᄀᆺ흔 며ᄂᆞ리를 어드니 엇지 친옹의 불인ᄒᆷ믈 탄ᄒ리오 이는 신
부다려 의논ᄒᆯ 말이 아니 〃 현형이 쥬댱ᄒ쇼셔 셕공이 올히 너겨 다시 쇼져다려 뭇
디 아니ᄒ고 조공으로 더브러 의논ᄒ여 혼녜를 출ᄒᆯ식 셕혹ᄉ 부인이 나오고 셕공부
인이 뎡공ᄌ로 더브러 나와 쇼져를 보매 셔로 븟들고 오열 비샹ᄒᆷ믈 니긔디 못ᄒ고
그리던 ᄋᆞ을 만나니 반갑고 깃븐 ᄠᅳᆺ이 교집ᄒ나 ᄌᆞ긔 일이 비밀티 못ᄒ여 이ᄀᆺ티 요
란ᄒ여 조가 일문이 다 알고

87면

친ᄉ 일관은 왕부와 슉뫼 쥬댱ᄒ여 출ᄒ니 규녀의 도리 여러번 다토기도 요란ᄒ고
부모를 쇼기고 나와 모로게 셩친ᄒ니 인륜의 구ᄎᆞᄒᆷ과 효의 휴손ᄒ며 ᄯᅩ 조공ᄌ를식
로 만나 그 손으로 ᄌᆞ긔를 건디던 바를 싱각흔즉 ᄆᆞ음이 셔늘ᄒ고 모골이 송연ᄒ니
빙옥졀개 도로혀 사름의 나디 너기미 될가 쳔ᄉ 만념의 비길 ᄃᆡ 업ᄉ니 빅가지 비회
교집ᄒ여 식반을 믈니티고 머리를 봉침의 더져 날이 못도록 울읍쳐황ᄒ여 잠연이 셰
샹의 ᄆᆞ음이

88면

업ᄉ니 왕뫼 ᄭᅵ 〃 로 그ᄅᆞᆺ술 드러 권ᄒ여 먹이고 쟝쇼를 다ᄉ리라 ᄒ니 쇼졔 타루 왈심
시 비황ᄒ고 셰렴이 ᄉ연ᄒ니 어ᄂᆡ 결을의 화장을 다ᄉ리 〃 잇고 다만 수이 죽디 못ᄒ
믈 셜워ᄒᄂᆞ이다 부인이 탄왈 손ᄋ의 녈졀은 샹셜을 낫게 너길 거시오 슉ᄌ혜질과 화
안월틱는 고금의 둘히 업ᄉ리니 요힝 빅년 군ᄌ의 구뎨ᄒᆷ믈 만나 명을 보젼ᄒ고 빅옥

절개를 목젼의 보게ᄒᆞ니 실노 금샹텸홰라 무어시 붓그러워 이디도록 심녀를 쓰

89면

리오 네 부친도 뉘우츠미 이시리니 아히는 과려티 말나 쇼졔 읍〃 브답ᄒᆞ더라 이러 구러 길일이 다ᄃᆞ르니 조샹국이 대연을 비셜ᄒᆞ고 신낭을 보니며 신부를 마즐ᄉᆡ 닉외 친쳑이 화연의 모다시니 금병 슈막은 반공의 쇼스나고 고거ᄉᆞ마는 문젼의 년낙고 거 록ᄒᆞᆫ 위의를 뉘 아니 구경코져ᄒᆞ리오 태원각의 좌셕을 널니ᄒᆞ고 듕빈을 마자 좌를 뎡ᄒᆞ고 조시 등이 응당 셩식으로 좌의 나니 텬향미질과 빙ᄌᆞ광염이 만좌의 쒸여나니 틱부인과 부뫼 시로

90면

이 두굿기며 신부의 아름다오미 녀ᄋᆞ만 못홀가 바라는 ᄆᆞ음이 대한의 운예ᄀᆞᆺ더라 시 각이 다ᄃᆞ르니 뇽흥공직 옥모 영풍의 길복을 ᄀᆞ초고 닉당의 드러가 왕모와 ᄌᆞ젼의 뵈올ᄉᆡ 츄월 ᄀᆞᆺ흔 면모와 신뉴 ᄀᆞᆺ흔 풍쳐 늠〃 탈쇽ᄒᆞ여 빅옥이 틧글을 쎠슨 둣 만홰 우음을 먹음은 둣 반악의 고으믈 능만ᄒᆞ고 목지의 풍치를 우을디라 동탕ᄒᆞᆫ 위의에 엄슉ᄒᆞᆫ 긔샹이 굉졀 뇌락ᄒᆞ여 하일의 두리오미 이시니 좌긱이 불승칭탄ᄒᆞ여

91면

틱부인긔 만〃 하례ᄒᆞ니 부인이 입이 버러 그 ᄉᆞ랑과 귀듕ᄒᆞ미 무어시 비ᄒᆞ리오 공 직 닉당의 하딕하고 위의를 거ᄂᆞ려 강뎡의 니ᄅᆞ러 옥샹의 홍안을 견ᄒᆞ고 텬디긔 빅 례를 맛ᄎᆞ매 신부의 샹교를 기다릴ᄉᆡ 셕혹ᄉᆞ 부인 조시 쇼져를 장쇽ᄒᆞ여 ᄒᆞᆫ 덩을 타 도셩으로 드러오니 싱쇼 고악은 하ᄂᆞᆯ을 드레고 좌우 요식이 대로를 덥허 위의를 돕 고 홍상 취딕흔 시녜 썅〃이 향을 잡아시니 위의 거록ᄒᆞ미 비홀 ᄃᆡ 업고 신낭의 쇄락 흔 신치 빅일의 조

92면

요ᄒᆞ니 관광재 칭찬 아니리 업더라 셕공 부뷔 뒤흘 이어 본부로 드러오고 뎡공직 ᄯᅩ 흔 셕부로 오니라 냥신이 조부의 니ᄅᆞ러 쳥듕의셔 교빅ᄒᆞ니 남풍녀뫼 텬뎡 일딕라 광치 셔로 바이니 신낭이 잠간 눈을 둘매 시로이 넉시 날고 의식 운외의 훗터진 둣ᄒ

더라 신븨 단장을 고텨 빙ᄉ당 현구고홀시 만좌 이목이 일시의 관쳠ᄒᆡᆷ매 신븨 품슈
ᄒᆞᆫ 배 일월 졍긔와 산쳔 수긔를 일편도이 품부ᄒᆞ여 휘〃ᄒᆞᆫ 광치 홍일이 치운을 헤치
고 부상의 오

93면

른 ᄃᆞ시 샹연이 맑은 졍긔 쳥텬의 ᄒᆞᆫ 조각 부운이 업ᄉᆞᆫ ᄃᆞ시 일뉸 금션이 만방의 밝은 ᄃᆞ시
팔ᄌᆞ 아황은 원산을 몱히 그려시며 ᄡᅡᆼ셩 츄파는 영치 두렷ᄒᆞ여 츄슈의 효셩이 비쵠
ᄃᆞ시 년화홍협과 호치단슌이며 반월셜익이 빅옥을 먹음고 명쥬보광을 먹음은 ᄃᆞ시 뇨나
ᄒᆞᆫ 세요의 슈라상을 ᄯᅴ을고 쥬션이 네모의 합ᄒᆞ고 진퇴 법제의 어긔미 업ᄉᆞ니 진실
노 규목의 어진 슉녜오 군ᄌᆞ의 관〃ᄒᆞᆫ 호귀라 좌우의 슈플 ᄀᆞᆺᄒᆞᆫ 홍상분ᄃᆡ 무불 탈식
ᄒᆞ니 존당 구

94면

긔 만심 환열ᄒᆞ여 옥슈를 잡고 운환을 무마ᄒᆞ여 두굿기는 졍을 니긔디 못ᄒᆞ며 틱부
인이 ᄉᆞ랑이 극진ᄒᆞ여 그 등을 두드려 왈 미망인이 인셰의 오리 머므러 명완ᄒᆞ믈 탄
ᄒᆞ더니 금일 신부의 이러ᄐᆞᆺ 현미ᄒᆞ믈 보니 지금것 ᄉᆞ랏던 줄이 다 힝ᄒᆞ도다 조공이
모교를 듯ᄌᆞ오매 하셕 비샤 왈 쇼지 블초ᄒᆞ와 ᄌᆞ위 흔열ᄒᆞ시믈 보ᄋᆞᆸ디 못ᄒᆞ고 슉야
우구ᄒᆞᄋᆞᆸ더니 금일 신부의 긔특ᄒᆞ오미 이러ᄐᆞᆺᄒᆞ오니 조션의 도ᄋᆞ시미오 틱〃의 셩
덕으로 비로ᄉᆞ미로쇼이다 모든 빈긱

95면

의 치해 분〃양〃ᄒᆞ니 이로 응졉디 못ᄒᆞᆯ너라 일모ᄒᆞᆷ매 졔긱이 훗허지고 신부를 인도
ᄒᆞ여 영츈뎐의 도라오니 이 곳 닉당 좌편이라 조부인이 니르러 신부의 단댱을 벗기
고 편히 쉬기를 니르더니 믄득 싱이 그린 쵹을 잡고 죡용이 완〃ᄒᆞ여 난간의 올나 긔
호 입실ᄒᆞ니 신븨 니러 마자 좌뎡ᄒᆞ매 남풍녀뫼 쵹하의 바이는디라 부인이 두굿기고
회힝ᄒᆞ여 니르ᄃᆡ 너희 부뷔 샹ᄃᆡᄒᆞ매 반ᄃᆞ시 우형의 이시믈 괴로이 너길디라 도라가
ᄂᆞ니 모로미 신인을 잘 ᄃᆡ졉ᄒᆞ여 셔어ᄒᆞ미 업

96면

게ᄒ라 싱이 함쇼 ᄃᆡ왈 아직 밤이 늣디 아냐시니 져제 엇디 급히 도라가시ᄂᆞ니잇고 쇼ᄃᆡ는 신인의게 싱쇼ᄒ고 져〃는 친밀ᄒ시니 더 머므르쇼셔 부인이 낭쇼 왈 ᄂᆡ 비록 친ᄒ나 오히려 쇼혼 너만 못ᄒ리니 도라가노라 쇼져를 보고 흔연 왈 명일 셔로 보리니 안심ᄒ여 쉬라 쇼져와 공지 몸을 니러 보ᄂᆡ고 냥인이 ᄃᆡ좌ᄒ매 쳔틱만광이 촉하의 휘〃ᄒ니 이듕ᄒ는 졍이 산비히박ᄒ더라 흔연이 우음을 먹음고 말을 ᄂᆡ여 왈 혹싱인즉 본ᄃᆡ 일개 한ᄉᆞ로 쇼힝이 닐넘즉혼 거

97면

시 업ᄉᆡ디 ᄒᆡᆼ혀 텬연이 듕ᄒ여 슉녀의 비위되니 쇼져의 아름다온 졀힝과 쵸셰혼 긔질이 싱의 바람의 너므나 다만 나의 지픔이 용샹ᄒ고 혹식이 쳔박ᄒ여 ᄌᆞ의 슉덕을 져바릴가 ᄒᆞᄂᆞᆫᄃᆡ라 연이나 쇼져ᄂᆞᆫ 가지록 온슌비약ᄒ여 싱으로 더브러 빅슈 동낙ᄒ여 유ᄌᆞ 싱녀ᄒ고 싱즉 동쥬ᄒ고 ᄉᆞ즉 동혈ᄒ믈 원ᄒᄂᆞ이다 쇼졔 념용 단좌ᄒ여 드를 ᄯᄅᆞᆷ이오 일언을 브답ᄒ니 싱이 더옥 이지년지ᄒ여 나아가 옥슈를

98면

잡고 견권ᄒᄂᆞᆫ 졍이 측낭 업셔 붓드러 나위의 나아가고져 ᄒ니 쇼졔 ᄎᆞ시를 당ᄒ여 외왕부모의 쥬당ᄒ시믈 브득이 힝녜ᄒ나 비원혼 심시 킹가 일층 이러니 싱의 이ᄀᆞᆺᄒᄆᆞᆯ 송구ᄒ여 몸으로써 져의 힘을 당티 못ᄒ여 이의 넘치를 도라보디 못ᄒ고 ᄣᅡᆼ안의 진쉬 ᄯᅥ러져 화식의 가득ᄒ여 단졍이 믈너 안자 옥음을 여러 ᄀᆞᆯ오ᄃᆡ 규방의 ᄂᆞ즌 쇼견과 어린 쇼회 군ᄌᆞ 압히 번거ᄒᄆᆞᆯ 모로디 아니ᄃᆡ 쳡의 쇼회ᄂᆞᆫ 타인과 다

99면

ᄅᆞ미 만흔디라 믹〃 함호ᄒ여 ᄎᆞ마 ᄆᆞ음을 속이디 못ᄒᄂᆞ니 원컨ᄃᆡ 군ᄌᆞᄂᆞᆫ ᄋᆞ녀ᄌᆞ의 셰쇄혼 졍ᄉᆞ를 용납ᄒᆞ샤 인륜의 죄인되기를 면케 ᄒ시면 은덕일가 ᄒᄂᆞ이다 싱이 져의 쇄옥낭셩을 드ᄅᆞ매 년이ᄒᆞ미 층가ᄒ여 집슈 문왈 ᄌᆞ의 회푀 하유신고 니ᄅᆞ시면 맛당이 ᄯᅩᆺ디로ᄒ여 근심이 업게ᄒ리라 쇼졔 피셕 념용 왈 쳡이 됴봉 험회ᄒ여 ᄋᆞ시의 ᄌᆞ모를 일코 외로온 인싱이 외가의셔 ᄌᆞ라나니 조부ᄭᅴ 닉이ᄒ샤 교훈이

100면

불엄ᄒ시니 비혼 배 업ᄂᆞᆫ디라 엄뷔 다려다가 교훈코져 거두어 가시니 가간 셰쇄지ᄉᆞ
ᄂᆞᆫ 일셕의 다홀 배 아니 〃 쳡이 조아의 회 업셔 계모의 ᄯᅳᆺ을 일흐매 누욕이 핍신ᄒ니
규리의 ᄌᆞ쳐 번거ᄒ여 도로의 분주ᄒ니 규횡을 상히왓고 ᄒᆡ덕을 고티 못ᄒ고 친측을
반ᄒ니 효의 ᄯᅳ쳣ᄂᆞᆫ디라 망극혼 죄인이 되여 죽으미 올커ᄂᆞᆯ 하ᄂᆞᆯ이 믜이 너기샤 구
챠혼 인싱이 다시 사라 오ᄂᆞᆯ 존문의 도라오니 엄친은 ᄉᆞ싱 거쳐를 모로시거ᄂᆞᆯ 친ᄉᆞ
를 일우니

101면

비록 무신혼 ᄋᆞ녀진나 부녀 텬륜의 듕ᄒᄆᆞ로 엇디 안 〃 ᄒ리오 비루혼 넘치 듸인홀 길
히 업ᄂᆞ니 하면목으로 군ᄌᆞ의 실의 거ᄒ여 인륜을 완젼ᄒ리오 원컨대 ᄋᆞ녀ᄌᆞ의 졍
ᄉᆞ를 슬피샤 군ᄌᆡ 팀묵졍대ᄒᄆᆞᆯ 쥬ᄒ시고 이 곳의 자쳐 넘티 아니시면 쳡이 대은을 명
심ᄒ여 타일 대인긔 샤죄ᄒ여 부녀 샹봉혼 후 인뉴의 참예홀가 ᄒᄂᆡ다 이원혼 길게
ᄒᄂᆞᆫ 말숨이 슈괴ᄒᄆᆞᆯ ᄯᅵ여 츄파 쌍셩은 미 〃 히 가ᄂᆞᆯ고 츈산은 졔 〃 이 ᄂᆞᆽ죽ᄒ여

102면

월광의 조요ᄒ니 조싱이 ᄆᆞ음이 녹ᄂᆞᆫ 둧 졍졍 온슌혼 거동이 금불이 도라셔고 져의 셩
효와 녜의 결청ᄒᄆᆞᆯ 항복ᄒ여 그 졍ᄉᆞ를 익셕ᄒ매 이의 집슈 위로 왈 ᄌᆞ의 곳다온 힝ᄉᆞ
와 셔리 ᄀᆞᆺ흔 졀힝은 나의 깁히 감복ᄒᄂᆞᆫ 배라 금야 허다 ᄉᆞ에 효의에 당연ᄒ니 싱이
비록 무식 광망ᄒ나 엇디 ᄎᆞ마 아니 조ᄎᆞ리오 다만 ᄂᆡ 쇼혼 쳥이 〃 시니 치랍ᄒ시랴 쇼
졔 슈용 공경 ᄃᆡ왈 군ᄌᆡ 규방의 미혼 졍ᄉᆞ를 용납ᄒ시니 쳡이 홀노 군ᄌᆞ의 교를 둧

103면

디 아니리잇고 싱이 쇼왈 이 타시 아니라 우리 부뷔 유년이나 오문은 타류와 달나 존
당의 바라시난 배 ᄉᆞ속이 일시 밧브듸 시러곰 ᄌᆞ의 효를 완젼코져 가ᄅᆞ치믄 좃거니
와 연이나 빅년가우로 슉쇼 왕ᄂᆡᄂᆞᆫ 의법히ᄒ여 샹이ᄒᄂᆞᆫ 졍은 막디 마ᄅᆞ쇼셔 쇼졔
텽파의 슈졍 안식ᄒ여 져두 무언ᄒ니 싱이 함쇼ᄒ고 븟드러 샹샹 슈피의 나아가 은
이 태산ᄀᆞᆺ흐듸 이셩지합은 날회더라 쇼졔 효봉 구고와 존당 시측의 쥬션이 슈죡ᄀᆞᆺᄒ
며 동 〃 쵹 〃 혼 졍셩

104면

과 봉영집옥의 례 미흡ᄒ미 업스며 셰 셔모를 공경ᄒ여 도타온 힝시 진션진미ᄒ고 온슌비약ᄒ며 검쇼 공검ᄒ미 부녀 ᄉ덕의 지나 한연쳥고흔 덕이 림하 ᄉ군ᄌᄀᆺ더라 존당 구괴 이듕ᄒ미 만금 보옥ᄀᆺ고 쇼고 등과 셔모의 ᄉ랑ᄒ미 일신ᄀᆺᄒ며 하빅의 니ᄅ히 흠복 칭션ᄒᄆᆯ 결을티 못ᄒ더라 조싱의 풍뉴 금슬노뼈 은이ᄅᆯ 일너 알배 아니라 황혹흔 등졍이 산비ᄒ박ᄒᄃᆡ 뎡쇼져 위인이 단엄졍슉ᄒ여 화괴 곳동

105면

산의 츈양이 다스한 듯ᄒ나 기심이 셜상ᄀᆺᄒ여 ᄌ긔 도로의 분주ᄒ던 일과 져의 손으로 ᄌ긔 몸 건져ᄂᆞᄆᆯ 싱각ᄒ면 인심이 경괴ᄒ여 큰 누덕을 슴으니 더옥 단엄ᄒ미 츙가ᄒ여 마디 못ᄒ여 일방의 뒤ᄒ여 슈괴 만면ᄒ여 뭇ᄂᆞᆫ 말인즉 딕답ᄒ나 눈 드러 보미 업스며 츌입 동용의 대빈을 뫼신 듯ᄒ고 흔번 단슌을 여러미 흔 우음도 업셔 오직 존당을 뫼시매 승안화긔 쓴이오 희쇼ᄒ미 업셔 은위 옥당을 솔오며 회픠 번난ᄒ여 슉식의 맛

106면

슬 모로니 겨유 연명ᄒ나 심듕의는 죄인으로 ᄎ쳐ᄒ니 공지 위로ᄒ며 이셕 참연ᄒ여 권ᄒ여 먹이고 보호ᄒᄆᆯ 지극히 ᄒ여 ᄆᆞ음을 위로ᄒ고 뎡공지 왕ᄂᆡᄒ여 남미 반기며 조싱으로 졍의 골육ᄀᆺᄒ니 쇼졔 심ᄉᄅᆯ 위로ᄒ며 구가 합문의 위왓고 ᄉ랑ᄒᆞᆫ 일신의 넘으ᄃᆡ 다만 부모긔 셩혼ᄒᄆᆯ 고티 못ᄒ고 나온 죄ᄅᆯ 샤죄ᄒ며 부녜 샹봉흔 후 인륜을 출히려 ᄒᄂᆞᆫ 고로 싱의 여산약ᄒ지졍을 이걸ᄒ여 나죤 언어 공경의 친이ᄒᄂᆞᆫ 부〃 간이로ᄃᆡ 침셕

107면

의 년지 〃락은 돈연이 허티 아니 〃 공지 크게 번민ᄒ나 ᄎ마 그 뎡졍ᄒᄆᆯ 겁박디 못ᄒ여 뎡공의 수이 씨ᄃᆺ고 부녜 샹봉ᄒᄆᆯ 바라더라 챠셜 뎡공이 녀ᄋᆞᄅᆯ 실산ᄒ고 ᄂᆡ 심의 참연ᄒ여 ᄒᄆᆯ 마디 아니 〃 박시와 여러 요쳡이 호언 위로ᄒ나 일단 인심이라 맛ᄎᆷᄂᆡ 뉘읏ᄂᆞᆫ ᄆᆞ음이 업디 아냐 노복을 헤쳐 ᄉ방으로 심방ᄒ여 어더 드리면 쳔금으로 샹ᄒ리라ᄒᄃᆡ 쇼식을 아디 못ᄒ여 셕부의 왓ᄂᆞᆫ가 무ᄅᆞ니 셕공이 모로노라 ᄒᆯ

쁜이 아니라 일당 대언으로 졀

108면

칙호여 무식 불인호 고쉬라 호니 말슴의 참괴호미 눗티 더우믈 씌듯디 못호여 붓그
럽고 뉘우쳐 심시 번난호더라 션시의 쇼져 유모 경운이 쇼져의 직쵹호믈 인호여 창
황이 인가 쥬모의게 의지호여 쇼져의 결말을 보고 쩌나려호더니 쇼져의 거쳬 업다
쇼식을 듯고 싱각호디 우리 쇼져는 텬신이라 반드시 용이히 죽디 아니리니 셕부로
갈밧 어딕로 지향호리오호여 셕부 근쳐의가 비비로 인호여 쇼져 쇼식을 알고져호더
니 고쳐 싱각호디 쇼졔

109면

비록 셕부의 가계시나 뎡참졍이 일졍 쇼져를 츠지실 듯호니 번거이 왕뉘호다가 들니
면 죽고 남지 못호리니 쇼져의 살과져 호신 뜻을 져바리미라호고 쥬져호여 일삭 후
가마니 셕부의 나아가 부인긔 뵈옵고 젼후슈말을 알외고 쇼져의 비원을 고호여 누쉬
여 우호니 부인이 불승비훈호고 만분 통히호여 이의 쇼져의 쇼식을 니르고 경운을
쇼져긔 보뉘니 유뫼 깃브믈 이긔디 못호여 즉시 조부의와 쇼져를 보니 반갑고 깃브
믈 이긔디 못호여 노쥐

110면

만면 슈루홀 쁜이러라 쇼졔 일야의 스친지회 간졀호여 쳔슈 만흔이 솟다온 심스를
샹히오니 구괴 쇼져의 뜻을 알고 츠셕호믈 이긔디 못호여 이듕호미 일〃 층가호고
위부인이 강보 유ᄋ가티 보호호며 태부인의 황혹훈 스랑은 견조아 비길 딕 업스니
츠고로 셕부의도 보뉘디 아니코 본부의 나아가 부녜 잠간 보믈 쳥호디 존당 구괴 뎡
공의 불인이 쳔금 즈부의게 희로오미 이실가 보뉘디 아니〃 쇼졔 감히 직쳥티 못호
더라 어시의 조샹국의 뎨 이즈 농

111면

창이 긔형으로 동퇴라 신댱 풍신이 늠〃호여 대인의 긔샹이오 빅일 곳흔 면광과 츄
텬 곳흔 긔운이 세딕 무빵이라 낭미와잠과 호치쥬슌이며 빅년 귀밋치 완연이 틱울

군션이라 겸ᄒ여 가슴의 공밍의 도덕을 픔고 복듕의 경뉸의 긔틀을 댱ᄒ여 평싱 툥효ᄂᆞ 뎨슌 증ᄌᆞ를 효측ᄒ고 맑은 심댱은 옥결ᄀᆞᆺᄒ니 팀묵 단엄ᄒ여 지조를 나타ᄂᆞ디 아니코 언ᄉᆞ를 간ᄃᆡ로 아니며 희로를 불형어ᄉᆡᆨᄒ고 미우의 녕〃ᄒᆞᆫ 문댱이 ᄌᆞ연 나타ᄂᆞ니 필하의 편〃ᄒᆞᆫ

112면

금슈로 ᄒᆞᆫ 번 손을 놀니면 디샹의 만금지뵈 되ᄂᆞᆫ디라 쳡〃ᄒᆞᆫ 문댱이 강하를 기우리니 견재 그 문치를 경앙ᄒ고 듯ᄂᆞᆫ 재 그 지덕힝실을 탄복ᄒ니 십여셰 동치나 크게 ᄉᆞ류의 츄앙ᄒᆞᄂᆞᆫ 배 되어 ᄌᆞ연 덕망이 먼니 쵸야의 들니ᄂᆞᆫ디라 ᄒᆞᆯ믈며 상문 ᄌᆞ뎨로 ᄉᆞ빈지덕이 문뎡이 분〃ᄒ니 비록 번요ᄒᆞᄆᆞᆯ 피ᄒ나 ᄌᆞ연 부뎐의 뫼신 ᄯᆞ연 빈긱이 못 보리오 그 풍신 용화와 지조 힝신이 ᄌᆞ연 칭이 흠탄ᄒᆞ여 결ᄐᆡ 못ᄒ니 거조 공경이 유녀지 져마다 구혼ᄒ여

113면

민픠 문의 메여시니 조부의셔 퇴부ᄒᆞ미 과홀 ᄲᆞᆫ 아니라 신몽을 인ᄒ여 옥환이 ᄲᅡᆼ현 키를 바라니 더옥 쉽디 아냐 젹승의 가연이 더디니 퇴부이 대공ᄌᆞ를 셩혼ᄒ여 뎡쇼져의 슉덕 인품과 텅싱 아ᄐᆡ를 ᄃᆡᄒ니 더옥 ᄎᆞ공ᄌᆞ 입댱ᄒᆞᄆᆞᆯ 죄오매 밧비 ᄲᅡᆼ미 현부를 어더 안젼긔 화를 삼고져 동셔로 구친ᄒᆞ디 반ᄃᆞ시 옥환 ᄒᆞᆫ ᄣᆞᆨ이 잇ᄂᆞᆫ 이야 공ᄌᆞ의 비우를 삼으려ᄒᆞ더라 시〃의 퇴혹ᄉᆞ 양 임은 셰ᄃᆡ 명문 거족이오 조년 닙초ᄒᆞ여 쟉위 쳥고ᄒᆞ며 풍치 하안 반악

114면

ᄀᆞᆺᄒ니 샹통이 호〃ᄒ고 됴애 긔ᄃᆡᄒᆞ더라 부인 됴시ᄂᆞᆫ 황슉 팔왕의 필녜라 용안이 슈미ᄒᆞ고 덕셩이 유한ᄒᆞᄃᆡ ᄌᆞ셩이 희쇼ᄒᆞ여 늣게야 남미를 두어 일ᄌᆞ 셰ᄂᆞᆫ 양혹ᄉᆞ의 아름다옴과 됴군쥬의 단일ᄒᆞᄆᆞᆯ 담디 아냐 혹문은 텬디 두ᄌᆞ를 모로고 말은 변〃ᄒᆞᆫ 한훤을 일우디 못ᄒ나 셩뒤 싀험 포려ᄒᆞ여 만복의 ᄣᆞᆫ 거시 흉독ᄒᆞᆫ 의ᄉᆞ ᄲᅮᆫ이라 양혹ᄉᆡ 크게 불쾌ᄒᆞ여 ᄋᆞᄌᆞ 곳 보면 뉴미를 싱긔고 묵〃 댱탄ᄒᆞ여 부ᄌᆞ 텬륜을 멸티 못ᄒ나 이시믈 도

115면

로혀 불힝이 너기고 녀ᄋ의 년 이십삼이니 쇼져를 회임홀 적 텬샹의 오치 녕농ᄒ고 옥산과 셜빙이 녕농ᄒᄃᆡ 텬화 일지를 션인이 주고 온환 흔 ᄡᅡᆨ을 됴부인 낭등의 너허 왈 옥환 흔 ᄡᅡᆨ 잇는 곳의 쇼져의 텬연이 〃시리라ᄒᄆᆞᆯ 듯고 ᄭᅵ미 몽식 넉〃ᄒ고 옥환이 금으로 ᄭᅮ미며 명월주로 댱식ᄒ여 현난흔 광치 니여들면 일신이 ᄇᆞᆰ으니 진실노 만금의 지난 졀뵈라 밋 녀ᄋ를 나으매 만신의 치운이 어리고 텬향이 복욱ᄎ니 반ᄃ시 범샹티 아

116면

니믈 아라 귀듕ᄒ미 남ᄌᆞ의 더으고 힝열ᄒ미 셰를 나하신 젹의 십비승이라 녀ᄋ의 명은 옥셜이라 ᄒ고 ᄌᆞ를 슉환이라 ᄒ다 쳔만 닉이 댱듕 보옥ᄀᆞᆺ더니 ᄌᆞ라난 나히 십여셰의 쳔틱만광이 긔이ᄒᄆᆞᆫ 고왕 금릭의 독보ᄒ고 지덕의 특인ᄒᄆᆞᆫ 정금과 냥옥ᄀᆞᆺᄒ여 긔픔의 졍슌ᄒᄆᆞᆫ 쇄연이 인셰의 ᄲᅱ여나 흡연이 션ᄌᆞ 긔뵉이니 부모의 닉이 녀진 줄 잇고 탐혹ᄒ여 퇴셔홀식 우연이 조부의 가 농챵 공ᄌᆞ를 보고 아름다오미 쇼져의 텬뎡가위믈

117면

아ᄃᆡ 옥환의 유무를 아디 못ᄒ여 쥬져ᄒ더니 부인이 혹ᄉᆞ다려 왈 우리 팔ᄌᆞ 무샹ᄒ여 불초지 흔 일도 보암ᄌᆞᆨ ᄒ미 업스니 엇디 이닯디 아니리오 이제 녀ᄋ를 취가ᄒ려 ᄒ매 시러곰 ᄋᆞᄌᆞ를 두고 녀ᄋ를 몬져 셩인티 못ᄒ리니 군ᄌᆞ는 익이 싱각ᄒ쇼셔 공이 츄연 탄왈 ᄂᆡ 엇디 아디 못ᄒ리오마ᄂᆞ 져 불인 돈견을 지샹 문미의 결혼티 못ᄒ고 한쳐 ᄉᆞ뉴와 결친ᄒ여 나의 공심을 알게ᄒ고져ᄒᄃᆡ ᄯᅩ흔 며ᄂᆞ리게가디 흥망이 날녀시니 종ᄉᆞ를 멸

118면

홀디라 아름다온 슉녀를 바라디 못홀 거시나 인가 냥션흔 녀ᄌᆞ나 어더 어진 손ᄋᆞ를 어더 졔 아븨 불인을 벗고져 ᄒᄂᆞ니 ᄎᆞ혼이 더옥 어렵도다 부인이 쥬뤼 년낙ᄒ여 말이 업더라 양공이 녀ᄋ의 혼ᄉᆞ 밧바 브득이 쳐ᄉᆞ 두셰경과 결혼ᄒ니 두시 얼골이 박식이오 얽고 빗치 검고 누르며 허리 퍼디고 목이 움츨며 좌편 귀 밋ᄒᆡ 큰 혹이 드리

워 보기 무셔오나 다만 화슌흔 덕이 가득흐고 냥안 졍긔 새별 굿흔디라 구

119면

괴 비록 츳악흐나 ᄋ직 불쵸흔디라 며느리 나무랄 ᄆ음이 업셔 지극 이듕흐고 범스를
친녀굿티흐니 두시 비록 무염의 박식이나 슉녀의 덕이 ᄀ득흐고 녀동의 효졀이 구고
봉양과 승슌 가부흐미 법되 이셔 부도의 어긔미 업스니 양공이 만심 환열흐여 밧비 농
손을 바라고 ᄋᄌ의 불인을 기회티 아니디 계1) 두시를 나므라 금슬이 불화흔디라 부
뫼 두시의 현미흐믈 닐너 간권흐니 계 두시 곳 보면 얼골을 흉히 너기나 혹스의

120면

현덕을 텬되 감동흐샤 계의 ᄆ음이 두시로 화동흐여 금슬지낙이 소원티 아니나 〃가
면 술을 취흐고 무뢰빅의 드러 챵녀를 끼고 불의 비법지스의 못 참예홀 곳이 업스니
부뷔 크게 통히흐고 두시 가부의 불인을 스티고 ᄌ탄흐나 오직 부덕을 일티 아냐 지
셩으로 구고를 효봉흐며 쇼고를 스랑흐여 지극흔 졍이 골육형뎨의 감흐미 업스니 구
괴 이련흐고 양쇼졔 우이흐미 흔갓 형뎨의 졍쎈 아니라 지심지긔 되어 범스의

121면

친이흐미 각별흐고 그 졍스를 슬피 너기더라 양공이 다시 녀ᄋ의 친스를 동셔로 갈
히나 비록 문미 샹당흐나 낭지 쇼져와 샹덕흐니 업고 더욱 옥환 유쳐를 아라 뎡코져
흐므로 민〃 불이흐더니 양공의 미뎨 슌시랑 부인은 조부 슌태부인 질뎌라 그 질녀
의 슉ᄌ아질과 텬향미싴이 당금의 무빵홀 쎈 아녀 고릭의 희한흐믈 미양 암칭긔이흐
여 친녀 굿흔 졍이 잇고 양공이 남미 두 사름 쎈이라 빈〃 왕릭흐여 그 졍이 타인 동
긔로 다릭더니

122면

조부의 대공ᄌ 친영흐는 날 양부인이 참예흐엿시므로 조공ᄌ 냥인의 발최 특이흐미
셰샹의 독보흐믈 불승이경 팅복흐여 슌태부인과 위부인긔 티하흐며 죵용이 담화흐

---

1)   2권에는 '셰'와 '계'라는 명칭이 혼용되고 있으나 4권에서부터는 '셰'라는 명칭으로 통일되어 사용됨.

매 옥환 흔 쪽 잇는 곳을 구호여 뎡시는 임의 금환 임자로 공교히 만나 긔연을 일윗시나 다시 츠공주의 옥환 유처를 만나디 못호는디라 양부인이 더옥 긔특고 놀나 옥설의 지란 보셕 갓흔 긔질이 아니면 농창 공주의 비위 아니믈 씨드라 좌연 후 바로 양부의

나아가 거 〃 부 〃 로 반기고 딜녀를 츠자 보고 쇼져의 옥틱월광이 〃 날 싀로와 바라매 무움이 샹연호여 이목이 찬난호고 갓가이 보매 쳔틱만염이 이 〃 뇨라호여 스랑호오미 뉴츌호니 부인이 본 젹마다 싀로오니 진실노 셰샹 홍분의 졀식썬 아니라 슉주 인품이 녀듕 군자의 틀이 〃 시니 년셰 유미호나 신댱 거지 다 일워 슈미호고 셩당호엿는디라 거 〃 는 아름다온 셔랑을 갈히미 잇느니잇가 호더라

현몽쌍룡기 권지삼

1면

화셜 이째 양부인이 양공을 딕호여 쇼져의 독보홀 광염을 칭이호고 무르딕 가셔를 굴히미 잇느니잇가 공이 탄왈 우형이 명되 박호여 일즉 문호를 어즈러 일 마댱이 되엿는디라 조션긔 불회 막대호딕 오직 일졈 혈육이 오녀썬이라 그 지용이 고금의 희한호믈 익셕호여 져와 샹당흔 부셔를 어더 싱젼의 영화를 보고져호니 진실노 흔시 어려워 슉야 우민호노니 미데 구가 결친의 샹당

2면

흔 곳을 술피미 잇느냐 부인이 웃고 딕왈 거게 대댱부로 열인이 젹디 아니시므로 흔 낫 옥인 지주를 만나디 못호고 쇼미는 규각의 머리를 움쳐 아는 배 양슌 두집이라 엇디 샹당흔 가랑을 보와시리잇가마는 조샹국 추주 농창을 보시니잇가 공이 씨드라 탄식 왈 조공은 개셰 영걸이오 통효 군지라 기주 냥인이 쵸셰흔 풍치 이시니 엇디 못보와시리오 무즌 발셔 취실호엿고 농창은 그 풍신용홰 긔특홀 썬 아니라 샹셕의 달샹과 복듕의

3면

공밍의 도덕을 댱ᄒᆞ여 고금의 무빵ᄒᆞᆫ디라 미우의 녕〃ᄒᆞᆫ 광휘ᄅᆞᆯ 보매 아심이 기우러 시디 우예ᄒᆞᄂᆞᆫ 바ᄂᆞᆫ 조샹국이 즐겨 오가ᄅᆞᆯ 구티 아닐 듯ᄒᆞ고 ᄯᅩᄒᆞᆫ 옥환 일ᄉᆞᄅᆞᆯ 발구티 못ᄒᆞ여 바야흐로 번민ᄒᆞᄂᆞᆫ 배라 미데ᄂᆞᆫ 조공 팀부인긔 딜뷔라 가히 듕미 쇼임을 홀가 시브냐 양시 낭쇼 왈 거게 쇼미로써 월노ᄅᆞᆯ ᄌᆞ임코져 ᄒᆞ시니 쇼미 질녀를 위ᄒᆞᆫ 졍이 엇디 슈고로오믈 피ᄒᆞ리잇고 과연 쇼미 조공ᄌᆞᄅᆞᆯ 보니 셰간의 ᄲᅱ여난 옥인 군ᄌᆞ라 기형은 영웅호걸

4면

이오 아아ᄂᆞᆫ 셩현군ᄌᆞ의 유풍이 일셰의 ᄲᅡ혀나니 질아의 향염ᄒᆞᆫ 긔질과 슉덕 현힝 아니면 빵이 가티 아닐시 쇼미 오늘 조부 연셕의 참예ᄒᆞ고 이리와 특별이 가셔ᄅᆞᆯ 쳔거코져 ᄒᆞ니 조부 쇼유를 ᄌᆞ시 아니 여ᄎᆞ〃〃 신몽이 〃셔 대공ᄌᆡ 금환으로 뎡시ᄅᆞᆯ 취ᄒᆞ고 ᄎᆞ공ᄌᆡ 옥환이 빵젼ᄒᆞᆷ믈 위ᄒᆞ여 지금 뎡티 못ᄒᆞ니 원릭 냥공ᄌᆡ 동복 빵ᄐᆡ라 형뎨 동복이오 슌슉뫼 년노ᄒᆞ시니 조공이 친ᄉᆞᄅᆞᆯ 밧ᄇᆞᄒᆞᄂᆞᆫ디라 질아의 옥이 온슌ᄒᆞ고 곳티 웃ᄂᆞᆫ 틱도

5면

로 다시 옥환 일미 텬하의 무가뵈라 거〃ᄂᆞᆫ 호의 말고 쾌히 결ᄒᆞ여 구친ᄒᆞ시면 슉뫼 반ᄃᆞ시 쇼미다려 현부ᄅᆞᆯ 무ᄅᆞ실 거시니 그ᄍᆡ 쇼미 질녀의 슉미홈과 옥환 이시믈 알외면 ᄎᆞ혼이 여반댱이니 엇지 조싱의 긔특ᄒᆞᆷ믈 노코 질아의 비필을 어드리오 양공이 미ᄌᆞ의 말을 듯고 걱거 칭션 왈 현미의 춍명ᄒᆞᆫ 의논이 아니런들 하마 쇼녀의 가긔ᄅᆞᆯ 일흘ᄂᆞᆺ다 군줘 대열ᄒᆞ여 조공ᄌᆞ의 위인을 뭇고 가픔을 무ᄅᆞ니 양부인이 조공ᄌᆞ의 긔특ᄒᆞᆷ과 조문 셰덕이

6면

며 팀부인 현덕과 위부인 슉ᄌᆞ 인픔이 그 슬하 되미 만〃 편ᄒᆞᆷ믈 ᄀᆞᆺ쵸 고ᄒᆞ여 호치단슌의 도〃ᄒᆞᆫ 언ᄉᆡ 뉴슈ᄀᆞᆺᄒᆞ니 양공 부뷔 도로혀 웃고 구가 ᄉᆞ친이라 허언이라 셔로 희쇠 단란ᄒᆞ더라 양공이 ᄯᅳᆺ을 결ᄒᆞ여 그 빙악 팔왕을 보고 쇼녀의 혼ᄉᆞᄅᆞᆯ 조가의 뎡코져ᄒᆞ디 듕미 되리 업ᄉᆞᆷ믈 의논ᄒᆞ니 이ᄯᅦ 팔왕이 노병ᄒᆞ여 상셕의 침곤ᄒᆞ니 우회로

텬즈와 아릭로 만됴 빅뵈 날마다 이어 문병ᄒᆞᄂᆞᆫ디라 왕 왈 됴공은 인현 군지오 기지 아롬답다ᄒᆞ니 손녀

7면

의 졀미ᄒᆞᆷ으로써 결혼ᄒᆞ매 엇디 셔로 겸손ᄒᆞ리오 ᄂᆡ 맛당히 면쳥ᄒᆞ리라 됴공이 작일 아니왓ᄉᆞ니 금명 간 일뎡 문병ᄒᆞ리니 쳥혼ᄒᆞ미 무방타 ᄒᆞ더라 명일 파됴 후 됴공의 거룔이 니르매 왕이 반겨 수일 보디 못ᄒᆞᆷ믈 베플고 문답이 죵용ᄒᆞ매 왕이 쇼왈 틱ᄉᆞ 로 더브러 졍의 이ᄀᆞᆺ티 후ᄒᆞ고 지긔상합ᄒᆞ니 비록 년긔 부젹ᄒᆞ나 ᄆᆞᄋᆞᆷ의 지심지우로 아ᄂᆞᆫ디라 다시 인친의 각별ᄒᆞᆷ믈 쳥ᄒᆞᄂᆞ니 죤의 하여오 됴공이 샤례 왈 쇼싱이 뎐하 의 ᄉᆞ랑ᄒᆞ시믈 입ᄉᆞ와 용누

8면

ᄒᆞᆫ 즈최 귀궁의 무상 츌입ᄒᆞ오믄 이 ᄀᆞᆺᄒᆞᆫ 후의룔 져바리디 못ᄒᆞ미라 엇디 감히 익우 룔 일ᄏᆞᄅᆞ미 이시리잇고 ᄯᅩ 인친의 후ᄒᆞᆷ믈 쇼싱이 압ᄂᆞ니 대왕의 필혼ᄒᆞ션 디 오 ᄅᆡ니 어이 니르시미니잇고 가댱의 혹ᄒᆞᄂᆞ이다 왕이 쇼왈 다ᄅᆞ니 아니라 나의 외손 양임의 ᄯᆞᆯ이라 년긔 유미ᄒᆞ나 슉녀의 셩덕이 남교의 슉녀되미 붓그럽디 아닐ᄉᆡ 녕낭 의 긔린 옥슈 ᄀᆞᆺᄒᆞᆷ믈 익이 알고 혹이ᄒᆞ여 젹승의 가연을 쳥ᄒᆞᄂᆞ니 양임이 셰디 명가 즈뎨로 위인이 쳥고ᄒᆞ고 나의 녀

9면

셔로 가셰 문품이 죡히 태ᄉᆞ의 ᄯᅵ가 잠영의 결혼ᄒᆞ미 붓그럽디 아닐디라 노인이 비 록 ᄉᆞ졍이 〃시나 결ᄒᆞ여 손녀의 ᄌᆡ모 덕셩이 녕낭으로 호리 블급ᄒᆞ미 이셔도 ᄉᆞ룔 ᄯᅵᄒᆞ여 쳥혼티 아니리니 공은 관인 댱뷔라 호의 업ᄉᆞ니 일언의 결단ᄒᆞ여 ᄯᅳᆺ 우히셔 면뎡ᄒᆞ미 하여오 됴공이 본ᄃᆡ 팔왕을 밋ᄂᆞᆫ디라 ᄒᆞᆷ믈며 양흑ᄉᆞ의 쳥고강개ᄒᆞᆷ믈 익모 ᄋᆞ던 고로 가연이 웃고 칭샤 왈 대왕이 쇼싱 아ᄅᆞ시믈 이ᄀᆞᆺ티ᄒᆞ샤 쳔금 손녀로써 블 쵸ᄋᆞ룔 맛고져 ᄒᆞ시니

10면

엇디 ᄉᆞ양ᄒᆞ리잇고 오직 댱의 편뫼 이시니 도라 가품ᄒᆞ여 혼ᄉᆞ룔 셩젼ᄒᆞ리이다 왕이

대회 청샤호고 신속히 외보호믈 니르더라 조공이 팔왕을 하딕고 도라와 혼스랄 존당의 고호니 태부인이 왈 챵우는 인듕 성인이오 〃작 듕 봉황이라 대슌이 〃비로 비호미 아니면 남풍시룰 노릭호미 이시리오 주미 운치 갓혼 슉녜 쉽디 아니리니 양혹시 아름다오나 규듕 쇼녀의 현우를 엇지 알니오 호믈며 옥환이 셩젼티 아니면 텬뎡이 아니라 듕난

11면

호도다 위부인이 넘용 왈 혼인은 인륜 대식라 어미 간예호미 당돌호나 추혼이 맛당호오니 슌시랑 부인이 양혹스의 미뎨니 청호여 신부의 현부를 뭇고 옥환 일졀을 무릭시면 양시 텬품이 단졍호디라 속이디 아니리니이다 태부인이 칭가호고 즉시 쇼찰노 양부인을 청호니 양부인이 슉모의 청호시믈 지완티 못호여 수일 후 조부의 니릭러 태부인긔 븨옵고 종용 담화홀식 태부인이 양가 혼스를 니릭고 쇼져의 현부와 옥환 유무

12면

룰 무릭니 양부인이 넘용 왈 쇼쳡이 슉모의 스랑호옵시믈 아옵느니 엇디 일호나 스졍을 두어 알외리잇고 딜녀의 슉뇨 현미호믄 금고의 희한혼 위인이오 일죽 신몽이 여차 〃〃호와 옥환일믹 긔홰 암 〃호고 오치 찬난호니 가형이 일노써 혼인을 더욱 어려워호더니 쇼쳡이 귀틱의 옥환 흔 뺙 이시믈 듯줍고 젼호오니 신긔호믈 감탄호여 이의 청혼호미니이다 태부인이 희힝 왈 현질의 말을 드릭니 노모의 무음이 상활호여 듕보

13면

룰 어듬 굿혼디라 노뫼 말년의 농흥 형뎨룰 어드니 그 귀듕호미 듕한티 아닌디라 그 댱셩호믈 손고바 기드리니 요힝 냥이 댱셩 슈미호미 타류와 닉도호여 문댱 흑힝이 다 일윗느디라 용상혼 비필을 어더 금슬의 탄이 〃실가 져허홀 섇 아니라 신몽을 져바려 텬연을 역호미 이실가 초우호더니 종손부 뎡시 쳔고의 드믄 슉녀 고졀이오 금환이 긔봉호여 문호룰 챵대홀 덕이 〃시니 다힝혼 듕 챵우의 호구를 퇵디 못호여 민 〃호더니 만일 양시

14면

아름다오미 여츳ᄒᆞ고 옥환이 긔봉홀진대 혼ᄉᆞᄅᆞᆯ 뇌뎡ᄒᆞ리라 양시 ᄇᆡ샤 왈 혼인은 인
륜대관이라 피ᄎᆞ의 맛당ᄒᆞᄆᆞᆯ 보와 허홀디니 쇼쳡의 일언으로 결단홀 배 아니 〃이다
위부인이 흔연 왈 부인이 단졍ᄒᆞ고 공번되이 결단ᄒᆞ여 과도ᄒᆞᆫ 말이 업슬디라 엇디
미신ᄒᆞ미 이시리오 미구의 냥가의 깃븐 치샤와 하쥬ᄅᆞᆯ 바드쇼셔 오직 ᄋᆞ즈의 풍치
긔샹이 양공과 됴군쥬의 고안의 불합ᄒᆞ미 이실가 져허ᄒᆞᄂᆞ이다 양시 함쇼 ᄉᆞ샤ᄒᆞ고
한담ᄒᆞ니 화영

15면

등과 조시 낭 〃 이 찬쇼ᄒᆞ여 화긔 일좌의 ᄆᆞᄅᆞ녹더니 믄득 뎡쇼졔 낫문안을 당ᄒᆞ여
신댱을 가바야이 ᄒᆞ고 나아오매 발 아릭 금년이 일고 광치 구츄 샹월이 만방의 조요
ᄒᆞ니 온화 ᄉᆞ랑ᄒᆞ오미 동일이 옥난의 ᄃᆞᆺᄒᆞᆫ 듯 미우 팔치ᄂᆞᆫ 샹셔 긔운이오 셩견 운
빈은 긔 〃 히 텬디 졍치오 냥안 졍긔ᄂᆞᆫ 흐ᄅᆞᄂᆞᆫ 빗치 현심ᄉᆡᆫ이오 화싀 홍슌은 찬연이
고은 거시 ᄆᆞᄅᆞ 녹으니 엇게ᄂᆞᆫ 봉됴의 신긔로온 모양이오 허리ᄂᆞᆫ 츽나ᄅᆞᆯ ᄆᆞᆺᄀᆞᆫ 듯 신
댱톄디 ᄭᅩᆺ다이 ᄲᅡ혀나니 태부인의 흔업

16면

손 ᄉᆞ랑이 비길 ᄃᆡ 업셔 어린 ᄃᆞ시 바라보와 미쳐 결을ᄒᆞ여 좌ᄅᆞᆯ 뎡티 못ᄒᆞ거늘 위부
인이 손을 잡아 것히 안티고 냥쇼 왈 존긔 ᄋᆞ부의 입승ᄒᆞᆷ으로브터 수용을 여ᄅᆞ샤 즐
기시미 극ᄒᆞ시니 존당의 효뷔로다 좌위 냥쇼ᄒᆞᄃᆡ 쇼졔 져슈 공경ᄒᆞ여 웃ᄂᆞᆫ 비치 업
ᄉᆞᄃᆡ 텬연ᄒᆞᆫ 화긔 우회 염죽ᄒᆞ니 좌위 시로이 이모ᄒᆞ고 양부인이 칭찬 흠복ᄒᆞ여 치
하ᄒᆞ니 태부인이 희불ᄌᆞ승ᄒᆞ여 왈 나의 현부ᄂᆞᆫ 너듕 요슌이라 양시도 능히 이러ᄒᆞ여
ᄒᆞᆫ ᄥᅡᆼ 긔홰 되랴 양시 쇼

17면

이티왈 사름이 고으며 믜오미 다 각 〃 이라 그 고은 비치 일양이오 명쥬 금옥이 광치
ᄒᆞᆫ 가지나 다 각각 제 거슬 분간ᄒᆞᆫᆫ 모양이 다ᄅᆞ오미니 양ᄋᆞᄂᆞᆫ 뎡시의셔 낫다 못ᄒᆞ
려니와 모양인즉 다ᄅᆞ니미 이 다 태부인이 흔연 쾌락ᄒᆞ여 손녀 등을 가ᄅᆞ쳐 왈 아손
이 다 화용월틱와 난ᄌᆞ혜질이러니 뎡시 니ᄅᆞ매 그 용뫼 평샹ᄒᆞ니 만일 뇽흥이 뎡시

ᄀᆞᆺ흔 숙녀 미쳐를 엇고 뇽챵이 일분이나 비위 미진ᄒᆞ미 이시면 그 익달오미 엇디 젹
으리오 조시 등이 낭연 쇼왈 왕뫼 엇지 사름을 그딕

18면

도록 잘 못보시ᄂᆞᆫ니잇고 뎡시 아름다오나 쇼녀 등의 삼오 이팔만 못ᄒᆞ오니 쇼녀 등
이 다 홍유 쵸츈이 아니라 쇠흔 연괴니 뎡시 더 고으미 아니니이다 태부인이 쇼왈 여
등이 비록 시쇽의 졀식이나 엇디 뎡ᄋᆞ의 쳔고 미식의 감히 비하리오 닉 너의 이팔 삼
오를 다 보앗거든 감히 큰 말ᄒᆞᆫ다 만좌 다 웃고 조시 등이 고으랴 일ᄏᆞ라 담쇼
낭〃ᄒᆞ더라 인ᄒᆞ여 양가로 친ᄉᆞ를 뇌뎡ᄒᆞ고 양부인이 태부인을 뫼셔 한화ᄒᆞ다가 도
라와 거〃를 보고 혼ᄉᆞ 뎡홈과 조시 문듕의 슌

19면

후흔 풍도를 일ᄏᆞ라 다힝ᄒᆞ고 양공은 녀ᄋᆞ의 긔특ᄒᆞᄆᆞ로써 다시 쳔고 긔남을 어더
빈필되믈 깃거ᄒᆞ나 일즉의 블쵸ᄒᆞ믈 통ᄒᆞ여 샹연 타루 왈 하늘이 양문을 믜이너기
샤 져런 역직 나시니 ᄋᆞ문을 망홀 거시라 요슌 ᄀᆞᆺ흔 셩군도 ᄌᆞ식이 블쵸ᄒᆞ매 대위를
사회와 신하로써 맛지시니 츌하리 이 ᄀᆞᆺ흔 거시 업스면 녀ᄋᆞ를 셩혼ᄒᆞ여 신후 의탁
을 조싱으로 ᄒᆞ미 맛당ᄒᆞ닷다ᄒᆞ니 추언이 블인의 귀에 도라가매 미ᄌᆞ의 금옥 신샹의
누명을 시러 오년

20면

공방의 빅두를 읇게ᄒᆞ니 가히 챠홉다 챠셜 조공이 양혼을 뇌뎡ᄒᆞ고 길긔를 지쵹ᄒᆞ니
양부의셔 퇵일 회보ᄒᆞᄃᆡ 일지 급ᄒᆞ여 현혼은 삼ᄉᆞ일이 가리고 셩친은 일망이 격ᄒᆞ엿
더라 냥개 범구를 졍졔ᄒᆞ여 조가의셔 옥환을 빙녜ᄒᆞ니 냥가 옥환의 졔도와 댱식 옥
품이 반호 다ᄅᆞ미 업스니 군쥐 어로만져 힝열ᄒᆞ믈 이긔디 못ᄒᆞ여 쇼져 협스의 너코
냥 신인의 치댱을 졍졔ᄒᆞ여 길긔를 기ᄃᆞ릴시 양계 블인이 부모의 미뎨 인듕ᄒᆞᄆᆞᆯ 미
양 ᄶᆞ려 닉심의

21면

블쾌ᄒᆞ나 강잉ᄒᆞ여 형미의 도를 ᄒᆞ더니 부공의 탄돌ᄒᆞᄂᆞᆫ 말을 후함 난간의셔 드ᄅᆞ니

라 불측한 의시 더옥 층가하여 가마니 흉계를 싱각하여 누의 부〃의 금슬을 희지어 홍안 박명으로 누인이 되게하려하여 주의를 뎡하고 즉시 나와 동뉴 차졍쟈와 강후신이란 거시 양셰로 이신 일심이오 강후신은 문댱이 유여하고 풍치 신션갓고 담냑이 과인하여 효용이 또흔 졀륜하니 이인이 위쥬하여 도젹질하여 남의 쳐즈를 겁탈하니 일〃지간도

22면

가살지죄 브지기쉬라 셰를 달닉여 흔 가지로 못홀 일 업더니 이날 양싱이 낭인을 디하여 오열 블셩언하니 경문 왈 공지 퇴우의 독지오 만금지신으로 규각의 슉녀를 두시고 돈쳐의 댱화를 겻지어 하고쟈 하는 바는 졀노 일위고 벗스로 니르면 지심지위오 형뎨로 니르면 도원삼결을 효측하고 군신으로 일너도 한 고조의 냥평갓하니 공즈갓티 즐거온 사룸이 업는디라 하고로 타루 비읍하여 대댱부의 댱긔를 쵀찰하며 쵸슈의 모양을 면티 못하

23면

느뇨 불승 히연토다 계 손으로 무릅흘 티고 분분 왈 닉 군등으로 몸이 다르나 일신이니 은휘홀 말이 〃시리오 닉 양가 귀흔 아들이라 야애 나를 스랑디 아냐 언필칭 역직라하여 오늘 또 여츠지언이 〃시니 결단하여 나를 죽이고 조가 츅싱으로 조션 봉수를 맛질디라 닉 비록 일홈이 지샹 즈뎨로 부귀 극진하나 부즈의 텬뉸지졍이 온젼티 못하고 무죄히 졔살홀 의논이 〃시니 엇디 능히 무움이 편하리오 륜긔 슬프디 아니라 군등이 나를 조츠 셔로 무움을 비쵀

24면

고 졍의 골육갓하니 원컨디 조흔 모칙을 지휘하여 나의 위퇴흔 거슬 붓들고 부즈 텬뉸이 온젼하여 인뉴의 셔계하라 낭인이 양경 왈 공지 이 진짓 말가 아둥이 공즈의 문하의 왕릭하연 지 일월이 오릭디 이런 변이 〃시믈 아디 못하엿도다 노애 비록 말슴이 여츠하시나 츈샹이 막대하니 엇디하며 사회 비록 긔특하나 엇디 죵스를 맛디리오 다만 이 계교는 외인의 베플배 아니라 공훈의 범연흔 가문이 아닌 지샹개라 녕미 조가의 드러가 득지하면 양가 누만 지산이 공

원문 _ 권지삼 445

25면

주의 둔 배 되디 아냐 녕미 슈등 긔믈이 되리니 그 썩는 뉴리 걸식ᄒᆞ여 길 가온ᄃᆡ 죽
엄 되기를 면티 못ᄒᆞ리니 엇지 능히 오늘 〃 부귀를 오릭 가졋시리오 양싱이 더옥 분
앙 왈 사름이 ᄎᆞ마 못홀 일이나 원릭 아미 싁광이 세상의 독보ᄒᆞ고 지덕이 고릭로 의
논ᄒᆞ여도 그 쌍이 업ᄉᆞ리니 그러므로 부모의 ᄉᆞ랑이 뽀다져 나의 불민ᄒᆞᄆᆞᆯ 탄ᄒᆞ시니
이제 계교ᄂᆞᆫ 누의 일싱을 희지어 조가로 더브러 화락디 못ᄒᆞ여 박명 누인을 믿들면
부뫼 시러곰 홀 일 업셔 나를 폐티 못ᄒᆞ

26면

고 조가의 신후지탁이 셔위ᄒᆞ여 그치리니 군등은 나의 계교를 싱각ᄒᆞ여 도모ᄒᆞ라 ᄎᆞ
강 이인이 년ᄒᆞ여 칭샤 왈 군ᄌᆞ의 뜻이 진실노 밝은디라 녕미로써 조싱과 빅년 금슬
을 희지어 일싱 문 바라ᄂᆞᆫ 과부 되게ᄒᆞᆫ즉 종ᄉᆞ를 옴기지 못ᄒᆞ고 녕미 공주의 장악의
이셔 공주의 ᄌᆞ뢰를 기ᄃᆞ릴디라 슈고 아냐 공지 반셕ᄀᆞᆺᄒᆞ리이다 양싱이 쇄락ᄒᆞ여 나
아안ᄌᆞ 묘계를 무르니 ᄎᆞ강 이인이 귀예 다혀 여ᄎᆞ 〃 〃ᄒᆞ면 가히 조싱으로 ᄒᆞ여곰
슈미를 아디 못ᄒᆞ고 녕미를 ᄌᆞ연 더

27면

러이 너길지라 녕미 엇디 텬일을 보리오 계 대희 왈 ᄎᆞ계 신묘ᄒᆞ니 죡히 나의 일싱이
넘녀 업ᄉᆞ리로다 의논을 뎡ᄒᆞ고 흉계를 힝ᄒᆞ니 슬프다 골육 남미 간 여ᄎᆞ 불인 대악
을 발ᄒᆞ여 일미의 젼졍을 맛기를 계교ᄒᆞ믄 계 일인이라 이런 흉믈을 혹ᄉᆞ 부〃ᄂᆞᆫ 망
연 브지ᄒᆞ고 신낭을 마ᄌᆞᆯᄉᆡ 긔구의 풍후ᄒᆞᆷ과 졔도의 졍슉ᄒᆞ미 진실노 삼공거경 ᄌᆞ녀
의 혼취믈 알니라 만조 명관이 다 요긱이 되여 듸로를 덥허시니 금안 빅마의 풍광이
호탕ᄒᆞ고 일

28면

월 ᄀᆞᆺᄒᆞᆫ 풍ᄎᆡ와 츄월 ᄀᆞᆺᄒᆞᆫ 긔샹의 농미봉안과 호티쥬슌이 대인의 픔질이오 셩쟈현덕
이 쵸셰ᄒᆞ니 로샹 관지재 칙〃 칭찬ᄒᆞ여 텬샹낭이라ᄒᆞ고 밋 젼안힝녜의 힝지 유법ᄒᆞ
니 양공이 희식이 만안ᄒᆞ여 쇼녀의 쟝속을 지쵹ᄒᆞ고 최당시를 쳥ᄒᆞ여 그 죄조를 보
고져 ᄒᆞ니 조싱이 흠신 왈 ᄌᆞ고로 최당시 잇거니와 시인의 경박ᄒᆞᆫ 일이라 ᄒᆞ믈며 쇼

싱이 지죄 노둔ᄒᆞ와 능히 존명을 밧드디 못ᄒᆞ오니 기리 황공ᄒᆞ여이다 양공이 웃고 인ᄉ 힝동이 군ᄌ

29면

의 유풍이 흡연ᄒᆞ니 다시 권티 못ᄒᆞ고 흔연 이듕ᄒᆞ미 가득ᄒᆞ더라 이의 신부를 마자 가듕의 도라오니 틱부인이 쥬벽의 좌뎡ᄒᆞ고 ᄂᆡ외 친척과 만조 명뷔 그 슈를 모로고 조시 등이 젹셔 업시 층″ᄒᆞᆫ 자녀를 거ᄂᆞ리고 봉관 화리의 좌를 년ᄒᆞ니 화월의 싱광은 일좌의 조요ᄒᆞ고 혜일ᄒᆞᆫ 쳐신은 타류의 쇼ᄉᆞ나니 만목이 어린 ᄃᆞ시 바라거늘 이날 뎡쇼졔 또ᄒᆞᆫ 화당 셩식으로 좌의 님ᄒᆞ니 광휘 현난ᄒᆞ여 쥬옥이 더럽고 화옥이 무싁ᄒᆞ니 봉황아미ᄂᆞᆫ 샹셔

30면

의 긔운이 녕″ᄒᆞ고 츄파 빵안은 효셩이 엉긔니 단슌 무빈이 쳔고를 기우려도 듯디 못ᄒᆞᆫ 식덕이라 녀듕 ᄉᆞ군지오 계츄ᄒᆞᆫ 셩인이라 보ᄂᆞ니 졍신이 황홀ᄒᆞ여 쥬찬을 니졋ᄂᆞᆫ디라 태부인이 시로이 흠녕 귀듕ᄒᆞᄂᆞᆫ 듕 신부 죄오ᄂᆞᆫ ᄆᆞ음이 칠년 대한의 운예ᄀᆞᆺᄒᆞ니 챡급히 바라고 쵸견ᄒᆞ니 위부인이 도로혀 민망ᄒᆞ더라 일영이 쟝반의 신부의 위의 문의 니르니 합근 교빈 파ᄒᆞ고 조뉼을 밧드러 존당 구고긔 헌ᄒᆞ고 팔비 대례를 ᄆᆞᆺ츠니 듕목이 일시

31면

의 관광ᄒᆞ매 신부의 텬품 교험과 빙ᄌ 염광이 좌우의 휘동ᄒᆞ니 비컨딕 쇼월이 벽공의 걸니고 화긔 동일이 ᄃᆞᄉᆞᄒᆞ여 만방의 덥혓ᄂᆞᆫ 듯 빵안 졍긔ᄂᆞᆫ 츄슈 싀별이오 냥미 아황은 조딕의 구름이 무르녹고 향염옥뵈ᄂᆞᆫ 텬틱의 빅옥을 삭여 치식을 매오고 위국 진쥐 십이승의 찬난ᄒᆞᆫ 빗치 이의 비ᄒᆞᆯ 배 아니라 셤쇠 휘드ᄂᆞᆫ 듯ᄒᆞ되 신듕ᄒᆞ고 금년이 알마자 녕농ᄒᆞᆫ 광치 화공이 츈일의 무르녹은 듯ᄒᆞ여 눈이 바이거늘 단일 셩장은 동가녀로 흡ᄉᆞᄒᆞ고 진퇴 쥬

32면

션이 규모의 합ᄒᆞ여 허다 비례의 굽으며 펴매 거동이 긔이ᄒᆞ여 월뎐쇼아와 계궁항아

만좌 홍분이 빗츨 아이고 만구 칭찬ᄒ니 존당 구괴 대회ᄒ여 웃는 입을 쥬리디 못ᄒ고 태부인이 압히 나ᄒ혀 옥슈를 잡고 좌우 졔빈을 고면 왈 미망 여싱이 힝혀 신명의 묵우ᄒ시믈 입어 두낫 혈속이 죵스를 빗너고 뎡ᄋ부의 용식과 금일 신부의 미려ᄒ미 여ᄎᄒ고 녀ᄌ 현슉ᄒ미 외모의 현츌ᄒ니 노인이 금셕 슈시나 여흔이 업도쇼이다 만 쳬 틱부인 말ᄉ믈

33면

니어 졔셩 대찬ᄒ여 치하ᄒ니 틱부인의 희열홈과 양부인의 깃브미 측냥업더라 틱부인이 질부를 향ᄒ여 치샤 왈 금일 신부의 현미ᄒᆫ 긔질을 보니 현딜의 말이 오히려 겸ᄉᄒ미 만토다 이런 아름다온 며느리를 듕미ᄒ니 엇지 공이 젹으리오 각별 일빅 쥬로 현질의게 샤례ᄒ노라 좌우로 옥빈를 나와 친히 권ᄒ니 양시 이날 질녀의 긔이ᄒ미 뎡쇼져의 느리디 아니 〃 쾌열ᄒᆫ 둥 태부인의 이 ᄀᆞ흔 하쥬를 밧고 깃거ᄒ시믈 보매 피ᄎ 쾌ᄒ미 비길 듸 업셔 년

34면

망이 잔을 밧ᄌ와 샤례 왈 금일 샤질의 용졸ᄒ믈 허믈티 아니시고 깃거ᄒ시는 하교를 밧ᄌ오니 쇼첩이 힝열ᄒᆞ온 밧 다시 하쥬로 듕미의 공이라 ᄒ시니 블승황공ᄒᆞ와 알욀 바를 아디 못ᄒᆞᄂᆞ이다 인ᄒ여 옥빈를 마시니 조시 등이 낭쇼 왈 금일 슉당의 양시 쳔거ᄒᆫ 공이 엇지 일빅로 치하ᄒ미 가ᄒ리오 슉뫼 슐을 낫비 너기실디라 틱 〃 하쥬를 권ᄒ시고 쇼딜이 각각 흔 잔식 치하ᄒᆞ샤이다 좌위 대쇼ᄒ고 양부인이 잠쇼 왈 그딕 등이 나를 공티ᄒ여 거즛 하

35면

쥐라ᄒ고 벌빈를 나와 못먹는 슐을 권ᄒ려ᄒ니 양ᄋ의 불미ᄒ믈 미온ᄒᆞ미로다 셕부인이 낭쇼 왈 슉뫼 양시의 아름다오믈 듕미ᄒ시다 ᄒ여 하빈를 바드시니 쇼딜은 졍시를 듕미ᄒᆞ매 엇디 흔 잔 슐도 보지 못ᄒᆞ너니 잇고 좌듕이 공논ᄒᆞ쇼셔 신뷔 긔특ᄒᆞ나 나의 쳔거흔 뎡시 쏘흔 양시만 못ᄒ디 아니 〃 이다 틱부인이 대쇼 왈 여언이 올ᄒ니 노뫼 지극히 친흔 타스로 네게 치시 늣도다 가히 폐티 못ᄒ리니 하빈를 주라 즉시 슐을 부어주니 조시 미 〃 히 웃고 잔을 바

36면

다 마시고 뎡시다려 왈 이 슐이 더러는 현뎨의 공이라 우형이 겨유 뒤늣게야 먹는 슐이 냥이 ᄎ디 못ᄒ니 혼자 먹노라 졔쇼졔 긔쇼ᄒ고 화픠 이 ᄶᅢ 슐이 반만 취ᄒ고 흥이 발ᄒ니 흐믈며 두낫 덕주 향ᄒᆫ ᄉ랑이 만금 ᄀᆺᄐ야 바라믈 태산ᄀᆺᄐ ᄒ다가 뎡양의 졀셰ᄒ믈 보니 만심 힝열ᄒ여 니다라 ᄭ러고 왈 금일 신부의 아름다오미 여ᄎᆺᄒ시니 쳔쳡 등이 말셕의 ᄭ러 쳔금 의탁의 냥필이 〃ᄀᆺᄒ시믈 엇지 힝열티 아니리오 다만 슌시랑 부인은 양쇼져를 낫게

37면

너기시고 셕부인은 뎡쇼져를 낫게 너기시니 쳔쳡이 원컨디 냥쇼져 ᄌ식을 등뎨ᄒ여 공논을 알외리이다 틱부인이 ᄀᆞ득이 깃븐 듯 화시 냥손부 등뎨ᄒᄆᆯ 드ᄅ니 흔연 왈 네 본디 지인ᄒᄂᆞᆫ 눈이 밝고 언변이 유여ᄒ니 나의 냥부를 공〃지논으로 등뎨ᄒ라 화시 빈샤ᄒ고 궤좌 졍금ᄒ여 두 쇼져를 우러〃 보고 쥬ᄒ디 쳡이 뎡쇼져를 보오니 츄슈명안의 덕긔 어리시고 봉황화미 녕〃ᄒᆯ ᄲᅮᆫ 아니라 요조ᄒ시미 규듕 보화와 삼츈 ᄭᅩᆺ동산 ᄀᆺᄒ여 일쳔

38면

염광이 가ᄌ시고 당금은 니ᄅ디 말고 녜의도 업ᄂᆞᆫ 식덕이시니 그 광치 명월이 텬궁의 한가ᄒ고 화긔 츈일이 ᄃᆞᆺᄒ여 ᄶᅥ나기 슬흔 어리로온 풍뫼시고 닉심이 역시 그러ᄒ신더라 인ᄌᄒ신 셩덕과 겸공ᄒ신 ᄯᅳᆺ이 하쳔 삼쳑동이라도 교우티 아니ᄒ실더라 그 냥이 훤츌ᄒ고 온화 단듕ᄒ시고 양쇼져는 찬난ᄒᆫ 광치 빅일이 듕텬의 빗겻고 긔품이 유연이 쳥슈의 잠겻ᄂᆞᆫ 듯 빅셜 ᄀᆺᄒᆫ 긔부는 명월ᄀᆺ고 조코 ᄆᆰ으미 빙쳥 옥결 ᄀᆺᄒ여 아름다온 냥안이

39면

녕치 동인ᄒ시고 츄월 ᄀᆺᄒᆫ 아미 팔치 어리엿시니 어엿븐 거동과 쟉티 션빙이야 엇지 다 니ᄅᆞ리잇가마는 비컨대 뎡쇼져는 츈일이 온화홈 ᄀᆺ고 양쇼져는 동일이 ᄃᆞᆺ홈 갓고 조코 ᄆᆰ기는 양쇼졔 승어뎡쇼졔오 화긔 우희염즉ᄒ고 풍안ᄒ시믄 뎡쇼졔 승어 양쇼졔시니 그 인품이 ᄯᅩ 그러ᄒ실더라 양쇼졔 닝엄ᄒ신 거동이 말 부치기 어렵고

단듕흔 우이 침묵ᄒᆞ시믄 양쇼졔 나으실 듯ᄒᆞ시ᄃᆡ 대인 졉믈의 화긔 빅믈이 회싱홈 ᄀᆞᆺ고 사름이 븟즛고 ᄯᅩ로기

40면

ᄂᆞᆫ 뎡쇼졔 나으실 듯ᄒᆞ니 쳔쳡으로ᄡᅥ 두 쇼져 신하되라ᄒᆞ면 가히 뎡쇼져긔로 가리이다 좌위 대쇼ᄒᆞ고 화좌의 논견이 진짓 명달흔 말이라 ᄒᆞ더라 틱부인이 쇼왈 여언이 올커니와 나의 두 며ᄂᆞ리 다 고히 업ᄉᆞ니 뎡이 네 ᄉᆞ긔여 웃고 말ᄒᆞ여 보왓시니 화긔를 낫다ᄒᆞ고 양ᄋᆞᄂᆞᆫ 처음으로 보매 긔품이 맑고 눕흐니 ᄌᆞ연 닝엄ᄒᆞ여 뵈나 엇지 화긔 젹어 뵈리오 조시 등이 진짓 굴오ᄃᆡ 신뷔 엇지 흔 흠이 업ᄉᆞ리오 뎡시ᄂᆞᆫ 어리눅고 프러지니 틴ᄉᆞ의 강단이 업슬 거시오 양

41면

시ᄂᆞᆫ 보기의 닝엄ᄒᆞ고 교우ᄒᆞ여 뵈니 반ᄃᆞ시 구가를 압두홀가 두리ᄂᆞ이다 틴부인이 즐왈 너희 엇디 망녕도이 나의 쳔금 냥부를 업ᄂᆞᆫ 흉을 지어 남을 들니ᄂᆞᆫ다 뎡ᄋᆞᄂᆞᆫ 유화흔 듕 옥 ᄀᆞᆺ흔 심쟝이오 양아ᄂᆞᆫ 외뫼 비록 찬돌ᄀᆞᆺᄒᆞ나 닉심이 쳔연 온슌ᄒᆞ여 비컨ᄃᆡ ᄉᆞ군ᄌᆞᆺᄀᆞᆺᄒᆞ니 엇디 빅힝 ᄉᆞ덕이 낫브미 이시리오 너희 각〃 션도 교우ᄒᆞ니도 잇고 이완ᄒᆞ고 어리눅은 것도 이시니 엇디 남을 시비ᄒᆞ리오 소괴 어렵다ᄒᆞᄆᆞᆯ 오ᄂᆞᆯ 알패라 위부인이 잠쇼 왈 졔녀의 말은 희

42면

언이어니와 두 며ᄂᆞ리 셩품은 아직 모ᄅᆞᄃᆡ 외모 동지ᄂᆞᆫ 고ᄒᆞ를 등뎨키 어렵도다 뎡식부ᄂᆞᆫ 유화흔 거시 승ᄒᆞ고 양ᄋᆞᄂᆞᆫ 쵸ᄃᆡ 슈려지풍이 승ᄒᆞ오니 가히 의논흔즉 진짓 덕쉬라 우렬이 업도쇼이다 틴부인이 칭찬 왈 현부지언이 졍합아심이라 틴임 ᄀᆞᆺ흔 ᄉᆡ어미오 태ᄉᆞ ᄀᆞᆺ흔 며ᄂᆞ리라 노뫼 금일 죽어도 명목흔 귀신이 되리로다 위부인이 졍금 빅샤ᄒᆞ여 블감ᄒᆞᄆᆞᆯ 일ᄏᆞᆺ더라 죵일 진환ᄒᆞ여 셕양이 도라지고 월츌동녕ᄒᆞ니 졔긱이 도라가고 신부 슉쇼를

43면

옥미뎡의 뎡ᄒᆞ니 영츈뎡과 마즌 당이오 틴부인 침뎐 좌우로 잇더라 신뷔 ᄉᆞ실노 퇴

호고 조공이 모친을 뫼시고 주녀를 거느려 쵹을 이어 말솜홀시 공주 냥인이 엇게를 이어 뫼셧시니 쵹하의 빅옥 곳흔 면모와 시별 곳흔 안광이 셔로 비최여 난형난데라 식로이 두굿겨 스랑호는 졍을 금티 못호여 농챵을 나호여 쇼왈 신뷔 믈너간디 오리니 신랑이 엇지 디금가디 아냣느뇨 밧비 가 봉황의 빵유호믈 보게호라 공지 복슈 묵연호여 즐겨 니러나디 아니

44면

니 화시 쇼왈 공지 속으로 일시 밧바호나 져리 지예호고 졍대흔 톄호고 쇼져를 디호면 더운 쩍이 되리라 공지 미쇼 무언이러니 공이 미쇼 왈 너희 다 년긔 어리고 신뷔 쳥수 유미호니 동실호미 밧브디 아니나 틱〃 가고져호시고 신방을 븨오미 녜 아니〃 가히 존명을 밧주와 승슌호미 효라 오으는 집디 말나 공지 비샤슈명호고 날호여 딕왈 존명딕로 호오려니와 히이 나히 어리고 고인의 유췌지년이 아니라 규방의 침물흔 후는 공부의 진췌호미 방희롭스오

45면

니 슈년을 각거호여 공부를 독실이호고 셩인의 교훈을 봉힝호여 조혼 쇼빙을 삼갈지니 엇지 시각의 밧브미 이시리잇고 공이 추언을 듯고 깃브미〃우의 가득호여 왈 오이 군주의 풍이 잇는디라 엇지 아룸답디 아니리오 무움 줍으미 동실호매 잇디 아니코 호믈며 닉 집은 주손 귀흔 집이라 우리 노경의 여등 냥인쑨이라 비록 어리나 주뎡의 주성 바라시믈 위주홀지라 고집히 독쳐호미 가티 아니〃 혈긔 미졍흔디 쥬야 샹딕는 아니나 부뷔 쳐쇼를 흔 딕 못홀 배

46면

이시리오 싱이 공슈〃명호니 딕공지 쇼왈 사룸이 미스를 텬진으로호리니 네 비록 어리나 이런 곳의는 간스호미 잇느니 슈시의 아룸다오미 화쵹의 샹딕하미 인졍의 아니 밧블 배 아니로딕 말솜을 치레호여 부모 존당을 긔휘호미 가호냐 싱이 가연 쇼왈 쇼뎨 심스를 오히려 모로시니 가히 동긔 골육이나 관포의 지긔만 못호니이다 쇼뎨 엇디 닉외를 달니호여 야〃긔 알외리잇가 원릭 닉 무음은 녀관이 불긴호고 부녀의 식팀는 더욱 관긴티 아니〃 졍실노

47면

엇지 용모룰 니ᄅ리오 존당 부뫼 냥ᄌ의 말을 듯고 두굿기믈 이긔디 못ᄒ며 졔미 긔
롱 왈 져런 재 혹ᄒ면 우심ᄒ리라 ᄒ더라 공이 외헌의 나오매 냥지 뫼셔나와 혼뎡ᄒᆫ
후 각″ 침쇼로 갈ᄉ 농창이 비록 녀식의 뜻이 업ᄉ나 부명을 승슌ᄒ여 옥미뎡의 니
ᄅ니 쇼졔 니러마ᄌ 동셔 분좌ᄒ니 싱이 비로쇼 눈을 드러보니 맑은 광치 쵹하의 더
옥 빗나고 뇨라ᄒᆫ 틱되 남젼 빅옥이 ᄯᆺ글의 쇼ᄉ며 챵히 명월쥐 보광을 토ᄒᆫ 듯 안
모의 오치 어리

48면

위 명모 상광이 □로 바이니 흉듕의 임ᄉ지덕을 댱ᄒ여시니 맑고 조하 셔딕의 쒸여
난 식덕이라 싱이 일견의 비록 침묵 단듕ᄒ나 ᄌ연 깃븐 긔운이 움ᄌᆨ여 미우의 츈풍
이 ᄆ로 녹아시나 셔모 등의 규시ᄒᆞᆯ 알고 져의 슈습ᄒᆞ미 금야의 말ᄒ지 아닐 줄 알
매 태연 위좌ᄒ여 최후의 쵹을 아스라고 ᄌ긔 ᄌ리의 가 누으며 나죽이 니ᄅ딕 이
쌔 삼경 반애라 굿ᄒ여 안ᄌ 시오미 녜 아니″ 모로미 쉬여 쥬인되 니로 잘못 딕졉ᄒᆞᆫ
허믈이 업게ᄒ쇼셔 쇼졔 단좌ᄒ

49면

여 움ᄌᆨ이디 아니″ 싱이 앗기ᄂᆫ ᄆ음의 슈고로오믈 념녀ᄒ여 나아가 옥슈롤 잡으니
웅지 갓ᄒᆫ 살이 교활ᄒ여 셤옥을 다스린 듯 갓가이 나아가매 텬향이 만신ᄒ여 쳔틱
만광이 야식의 빗ᄂᆞ니 남ᄋ의 풍졍이 비록 단듕ᄒ나 엇지 발양티 아니리오마는 피ᄎᆞ
년쇼ᄒ믈 싱각고 범ᄉ의 젼도치 아녀 붓드러 나위의 나아가 은졍이 위곡ᄒ나 이셩의
친을 날ᄒ여 젼도ᄒ믈 뵈디 아니려ᄒ더라 쇼졔 인뉴구가ᄒ여 효봉구고와 승슌군ᄌ
ᄒ미 일마다 긔특ᄒ

50면

여 빅ᄉ의 미진ᄒ미 업ᄉ니 틱부인 ᄉ랑이 졈졈 더ᄒ고 쇼고 등이 막불이경ᄒ여 예
셩이 합가의 진동ᄒ니 ᄒ믈며 뎡쇼져의 지용 덕경이 ᄀᄌᆨᄒ고 년치 샹칭ᄒ니 우이ᄒ
ᄂᆫ 졍이 지극ᄒ고 진퇴의 일신ᄀᆺᄒ여 반졈 차오ᄒ미 업ᄉ니 구괴 존당이 일빵 긔화
로 긴날 ᄌ미룰 삼으나 뎡쇼져는 남 모로ᄂᆫ 회푀 이셔 일공ᄌ로 동실의 무샹이 쳐ᄒ

나 셔로 합근티 아냐 일양 원거ᄒᆞ니 싱이 쳔고 풍뉴로ᄡᅥ 졀염미쳐를 두고 냥셩의 친
을 일우디 못ᄒᆞ니 쥬야 민″ᄒᆞ여

51면

위력으로 핍박고져ᄒᆞ나 쇼졔 말ᄉᆞᆷ이 간측ᄒᆞ여 셕목이 감동ᄒᆞ니 ᄎᆞ마 그 ᄯᅳᆺ을 앗디
못ᄒᆞ여 얼프시 히밧고여 명년 신졍이라 셰알ᄒᆞᄂᆞᆫ 친권이 팀부인긔 다핫고 가듕이 요
란ᄒᆞ기 저지 ᄀᆞᆺᄒᆞ니 뎡양이 쇼졔 팀부인 압히셔 디긔지졀의 친히 보살피미 만흔디라
일″은 손이 잠간 감ᄒᆞ고 이쇼졔 뫼셧더니 팀부인이 바독판을 나ᄒᆞ여 글오디 뎡양
이이 지용이 고하를 갈히기 어렵고 오ᄂᆞᆯ 너희 틈이″″시니 일판으로 승부를 결ᄒᆞ여
노모의 울젹ᄒᆞᆷ을 위로

52면

ᄒᆞ라 냥인이 슈명ᄒᆞ고 옥판의 구슬 바독을 버리며 바야흐로 옥슈 셤지 판ᄉᆞ이의 왕
ᄂᆡᄒᆞ며 츄파 봉안이 셔로 녕농ᄒᆞ여 비쵸니 졔인이 ᄂᆞᆺ츨 우러″ 브라보고 태부인이
말ᄉᆞᆷ을 닛고 보더니 믄득 조싱 형뎨 드러오니 오히려 승뷔 미결ᄒᆞ엿더라 뎡양이 쇼
졔 년망이 판을 밀고 셔거ᄂᆞᆯ 팀부인이 쇼왈 냥ᄋᆞ의 긔국일판이 ᄆᆞᆺ디 못ᄒᆞ여셔 너희
로 피흥ᄒᆞᆫ도다 ᄎᆞ공지 잠쇼 디왈 왕뫼 보고져ᄒᆞ시고 슈쉬 판을 ᄆᆞᆺ디 못ᄒᆞ여 계시니
·아ᄃᆞᆼ을 괴로이 너기실진대 물너가

53면

미 무어시 어려오리오 당공지 쾌히 웃고 팀부인 슬하의 안ᄌᆞ며 뎡쇼져를 향ᄒᆞᆯ 왕뫼
보고져 ᄒᆞ시니 엇디 물너 안ᄂᆞᇁ뇨 쇼졔 공ᄌᆞ의 거동을 보고 슈괴 만면ᄒᆞ여 빅옥의 ᄎᆔ
식흠 ᄀᆞᆺᄒᆞ니 조시 등이 대쇼ᄒᆞ고 일공ᄌᆞ를 물니쳐 왈 넘치 업슨 거슨 사ᄅᆞᆷ의 눈치도
모로ᄂᆞᆫ도다 져 뎡시를 친ᄒᆞ려흔들 뎡미 너를 그리 친ᄒᆞ여ᄒᆞ며 더욱 양뎨 너보ᄂᆞᆫ 디
바독을 두고져ᄒᆞ리오 일공지 냥모로 뎡쇼져를 보니 그 염광아ᄐᆡ 시로와 ᄆᆞᄋᆞᆷ이 운외
의 ᄯᅳᆺ듯ᄒᆞ여 사ᄅᆞᆷ이 나매 부″ 눈상

54면

이 고금의 덧″ᄒᆞ거ᄂᆞᆯ 나ᄂᆞᆫ 남지니 그러ᄒᆞᆫ지 엇지ᄒᆞ여 부″ 륜의를 모로고 다만″

나면 져리 괴로와ᄒ니 엇지 빅년 금슬의 조키를 바라리오 늬 비록 용녈ᄒ나 부인 녀
ᄌ의 쇼박마즐 연괴 업ᄉ디 공연이 가부를 쇼박ᄒ니 왕모긔 알외고 다시 미쳐를 취
ᄒ여 뎡시 보는 디 화락ᄒ려ᄒᄂ이다 일쾌 디쇼ᄒ고 셕흑ᄉ 부인이 낭낭이 우으며
뎡양이 쇼져의 옥비를 ᄉ혀 왈 금일이 데의 쥬표를 상고ᄒ여 알 일이 잇다ᄒ고 냥인
을 보니 져두 참식이오 옥비의 홍퓌

55면

찬연ᄒ니 졔쇼졔 대쇼 왈 농흥은 뎡시긔 쇼박마자 쥬퓌의 연ᄒ거니와 농챵아 너도
양데의게 쇼박을 마잣다 ᄒᄂ냐 엇지ᄒ여 냥데 다 ᄒ갈가티 녀ᄌ의게 견쇼ᄒ미 이디
도록 ᄒ 줄 알니오 셕흑ᄉ 부인이 냥공ᄌ를 간졀이 조롱ᄒ고 졔인이 일시의 박당대
쇼ᄒ니 태부인이 경아 왈 너희 부뷔 동실ᄒ연지 히 밧고엿ᄂ디라 엇지 녀저 가부를
원거ᄒ리오 이는 벽〃이 너희 창믈의게 유졍ᄒ여 뎡시를 쇼디ᄒ고

56면

거즛 노모를 속여 녀ᄌ를 겁박ᄒ여 말을 막는다ᄒ며 넘녀를 마디 아니〃 공지 진짓
조모를 도〃와 왈 뎡시의 괴물이 〃상ᄒ니 쇼손이 ᄆ음이 불합ᄒ여 다시 가인을 두
로 광구ᄒ여 취코져ᄒ나 유싱의 직실이 불가ᄒ니 아직 발신ᄒ기를 기드리ᄂ이다 ᄎ
공지 눈으로ᄡ 미져를 보며 우어 왈 져〃 등이 단듕티 못ᄒ시니 쇼뎨 그윽이 탄복디
아니ᄒᄂ이다 부뷔의긔 상합ᄒ면 ᄌ연 샹경샹화ᄒ여 여경샹빈홀 거시오 우리 형데

57면

금년이 겨유 십시오 존쉬 계ᄎ지년이시고 양시 ᄯᅩ ᄒ가지라 젼뎡이 머러시니 이제
부〃 ᄉ졍을 니랄ᄲ를 져〃 등은 부녀의 단듕ᄒ시므로 이런 부박ᄒ 회롱이 부덕의 히
롭디 아니리오 왕모의 넘녀ᄒ시미 더옥 불가ᄒ니 오직 쇼년지심의 녀식의 침닉홀가
넘녀ᄒ시고 ᄎᄉ로 셩녀 마ᄅ쇼셔 조시 등이 대쇼 왈 말을 ᄭ며 이러굴거니와 양데와
ᄉ괴여 침닉홀 젹 네 졍대ᄒ 테 어디로 갈동 알니오 우리는 본디 단듕티 못ᄒ여 가부

58면

를 쇼박ᄒ니 도로혀 희롭더라 싱이 슈려ᄒ 미우의 찬연이 웃고 디왈 양시는 단듕ᄒ

다 부박홀지 모로거니와 어닉 부인이 가부 쇼박ᄒᆞ니 이시리오 쇼제 머리 희기의 니
ᄅᆞ나 말과 힝실이 다른가 보시고 보쳐쇼셔 남미 이러툿 회학ᄒᆞ디 틱부인이 깁히 념
녀ᄒᆞ여 낭ᄌᆞ를 곁히 안티고 문왈 이제 네 안히 싴덕이 가죽ᄒᆞ니 범연ᄒᆞᆫ 남으로 보와
도 ᄉᆞ랑홉거ᄂᆞᆯ ᄒᆞ믈며 쇼년 남으로 금슬은졍이 범연ᄒᆞ리오 너의 나히 어리나 만ᄉᆞ
슉셩ᄒᆞ니 노모의 바

59면

라ᄂᆞᆫ 바 옥동을 나하 싱젼 슬샹의 유회를 바라니 엇디 믹〃ᄒᆞ여 금슬의 쇼원ᄒᆞᆷ믈 뜻ᄒᆞ
여시리오 너희 뜻이 각〃 안히ᄅᆞᆯ 미흡히 너기미 무슨 연괴뇨 노모를 딕ᄒᆞ여 은닉디 말
나 일공지 웃고 쥬왈 쇼손은 져를 후딕ᄒᆞ디 스스로 졔ᄒᆞ디 ᄌᆞ긔ᄅᆞᆯ 야〃ᄅᆞᆯ 보와 ᄉᆞ죄ᄒᆞ
고 인ᄌᆞ지도ᄅᆞᆯ ᄒᆞᆫ 연후의 인륜을 온젼ᄒᆞ렷노라 쳥ᄒᆞᆷ믈 지금 부〃지도를 일우디 못ᄒᆞ
고 타의 아니〃 뎡시ᄅᆞᆯ 계칙ᄒᆞ샤 고집을 두로혀게ᄒᆞ시고 타렴은 마옵쇼셔 ᄎᆞ공

60면

지 조모의 졍을 감동ᄒᆞ여 안식을 화히ᄒᆞ여 이셩 쥬왈 쇼손은 양시의 탓도 아니오 피
ᄎᆞ 유미ᄒᆞᆷ믈 ᄊᆞ리미러니 엇디 이런 미셰지ᄉᆞ의 대모의 셩녀를 더으시게 ᄒᆞ리잇고 존
명을 승슌ᄒᆞ여 부〃의 도ᄅᆞᆯ 온젼이 ᄒᆞ리이다 태부인이 지삼 당부ᄒᆞ고 오히려 미심ᄒᆞ
여 뎡시를 경계 왈 현부의 졍ᄉᆞ 사름의 감동홀 배나 부〃 눈샹이 막듕ᄒᆞ니 엇디 부인
녀지 댱부를 거졀ᄒᆞ리오 조각을 보와 현부를 ᄒᆞᆫ 번 보니고져 ᄒᆞᄂᆞᆫ 너ᄂᆞᆫ 방심ᄒᆞ고
부뷔 화락ᄒᆞ여 죵ᄉᆞ 션〃

61면

ᄒᆞᆷ믈 바라노라 쇼제 불감응딕ᄒᆞ며 붓그리ᄂᆞᆫ 틱되 비풍이 움즉이고 옥누폐월이 광치
ᄅᆞᆯ 토ᄒᆞᄂᆞᆫ 듯ᄒᆞ거ᄂᆞᆯ 양쇼져를 보니 뎌두 참싴ᄒᆞ여 공슈지좌ᄒᆞ여시니 븕은 빗티 빅셜
의 홍되 셧거픠고 맑은 긔질이 셰샹의 무빵ᄒᆞᆫ디라 좌위 익경ᄒᆞ고 부인이 블ᄉᆞ록 과
익ᄒᆞ더라 직셜 뎡참졍이 녀으를 일코 쥬야 호곡ᄒᆞ미 날노 더ᄒᆞ고 여러 쳐쳡이 징춍
ᄒᆞ여 날마다 가듕이 젼쟝이 되어시니 노복이 니산ᄒᆞ고 가업이 탕픽ᄒᆞ여 동희슈로 ᄡᅵ
슨 듯ᄒᆞ니 셕공이

62면

일쟝 절칙ㅎ여 부즈 눈기로 모른다 ᄭ지즈며 종시 쇼녀를 일코 거쳐를 모로니 번민ㅎ미 극ㅎ여 ᄋᄌ나 보닉라 쳥ㅎ니 셕공이 ᄭ짓고 보닉디 아니 〃 뎡공이 비록 토목 심댱이나 뉘웃고 두낫 ᄌ녀를 보젼티 못ㅎ믈 슬허 심시 편티 아니코 악쳐 간쳡이 셔로 싀투ㅎ여 공의게 괴로오미 만흔디라 바야흐로 셕부인 현덕을 싱각고 깁히 슬허 젼과를 뉘웃고 녀ᄋ의 거쳐를 부듸 ᄎᄌ 부녀 텬륜을 완젼코져 ᄆ옴이 뉘웃틴 후는 날마다 셕부의 니ᄅ러 악

63면

공을 보며 망쳐를 싱각고 눈믈을 흘니며 ᄋᄌ를 어로만져 쇼녀의 싱존ㅎ믈 몰나 슬허ㅎ니 셕공 부뷔 참졍의 깁히 뉘우치믈 보고 쇼져의 쇼식을 젼코져ㅎ디 오히려 박시 무슴 작희ㅎ미 이실가 유예ㅎ더니 뎡공지 야 〃 의 슬허ㅎ믈 보고 참디 못ㅎ여 고코져ㅎ나 왕부의 당뷔 엄밀ㅎ니 힝혀 누의 젼졍의 히로올가 져허 오직 함구ㅎ여 참더니 일 〃 은 뎡공이 셕부의 와 악댱을 보고 ᄋᄌ를 어로만져 졈 〃 댱셩 슈미ㅎ믈 두굿겨ㅎ며 일변

64면

녀ᄋ를 싱각고 안쉬 님니ㅎ여 슈염을 젹셔 왈 가듕의 여러 쳐쳡이 작폐ㅎ니 쇼셰 불민ㅎ여 일을 잘못ㅎ여 일녀를 보젼티 못ㅎ니 ᄉ라 부즈 텬륜이 어즈러온 죄인이 되고 죽어 망인을 볼 낫티 업스니 이 흔을 엇디 다 니그리오 셕공이 츄회ㅎ믈 보고 짐줏 니ᄅ디 젼ᄉ는 업친 믈ᄀᆞᆺㅎ니 이제 슬허ㅎ미 무익ㅎ니 오직 초후 일ᄌ나 편히 두어 뎡시 후ᄉ와 망녀의 혈식을 니으라 언미필의 시재 보왈 조상국 노애 니ᄅ러 계시니이다 셕공이 반겨 셔로 볼

65면

싀 뎡공이 보니 한 쇼년이 편 〃 이 거러 드러오니 풍치 늠 〃 ㅎ여 양뷔 츈풍의 휘듯고 광치 쇄락ㅎ여 츄월이 흑운을 버슨 듯 냥목 봉안과 아름다옴 미우의 녕 〃 호 문명이 어리워 산쳔 졍긔를 거두어시니 경뉸 티셰지략을 복듕의 장ㅎ고 졔셰 안민지지를 흉듕의 감초아시니 옥을 ᄭ근 원익은 일월각이 두렷ㅎ고 도화 냥협이 풍만ㅎ고 오악이

쥰긔ᄒ고 쥬슌빅치 완연이 지분으로 단댱ᄒ 미인 ᄀᆞᆺᄒ니 엄슉ᄒ여 냥비 과슬ᄒ니 대인 긔샹이라 승당

녜알ᄒ여 오리 빈현티 못ᄒᄆᆞᆯ 샤례ᄒᆯᄉᆡ 언ᄉᆡ 샹쾌ᄒ고 긔운이 츄텬 하일ᄀᆞᆺᄒ니 쳔고 영쥰이오 일셰 풍뉴 당금 일인이라 뎡공이 어린 ᄃᆞᆺ 황홀ᄒ여 셕공긔 뭇ᄌᆞ오ᄃᆡ 쇼셰 이 곳의 왕ᄂᆡᄒᆞ연 디 셰지 구의로ᄃᆡ 일즉 져 ᄀᆞᆺᄒ 션낭이 왓시믈 보디 못ᄒ엿ᄂᆞᆫ디라 아디 못게라 션낭은 하인애며 악댱 일개ᄂᆡ잇가 셕공이 잠쇼 왈 이ᄂᆞᆫ 조승샹 쟝지오 노인의 ᄌᆞ셰라 현셰 이졔야 보미 늣도다 뎡공이 블승경찬ᄒ여 흠모ᄒᆞᄆᆞᆯ 결울티 못ᄒᄂᆞᆫ 듕 믄득 녀ᄋᆞ와 뎡

혼ᄒ엿던 쥴 싱각고 츄연이 뎌두 묵연이어ᄂᆞᆯ 셕공이 종ᄂᆡ 쇽이디 못ᄒᆞᆯ 거시오 냥인이 당면ᄒ여 옹셔의 도ᄅᆞᆯ ᄒᆞ게ᄒ려 믄득 졍식고 조싱 ᄀᆞᆺᄒ 군ᄌᆞᄅᆞᆯ 퇴졍ᄒ고 샹국 가셰ᄅᆞᆯ 나무라 ᄯᅡᆯ을 박가 튝싱을 맛디려 핍박ᄒ니 고″ 약녜 도쥬ᄒ여 강슈의 ᄲᅳᆫ 죽엄이 되엿거ᄂᆞᆯ 샹국 후덕과 조공ᄌᆞ의 관인ᄒᆞ미 아븨 허믈도 죄티 아니코 손ᄋᆞ의 명졀을 어엿비 너겨 건져ᄂᆡ여 슬오니 은혜 막대ᄒ 고로 노뷔 손녀로ᄡᅥ 조싱을 셤겨 은혜ᄅᆞᆯ 갑게

ᄒ여시ᄃᆡ 그ᄃᆡ 알면 다시 아ᄉᆞ다가 부녀 텬뉸을 두 번 어즈러 일가 함구 블언ᄒ고 손녜 감히 아비ᄅᆞᆯ 춫디 못ᄒ엿더니 금일 구싱이 샹면ᄒ여 셔로 아디 못ᄒ니 실노 한심ᄒ여 셜파ᄒᆞᄂᆞ니 그ᄃᆡᄂᆞᆫ 다시 녯 ᄆᆞ음을 두디 말고 나모라ᄒ던 ᄉᆞ회 박가 튝싱과 엇던고 보라 도라 조싱ᄃᆞ려 왈 뎡참졍은 그ᄃᆡ 부옹이니 비록 과실이 ″시나 처음 보매 옹셔지례ᄅᆞᆯ 폐티 못ᄒ리라 싱이 뎡공을 보매 풍ᄆᆡ 헌앙ᄒ여 거동이 풍화ᄒᆞᄃᆡ 듕무쇼쥬ᄒ여 허

랑ᄒ 위인이라 ᄒ믈며 젼시 블승통히하ᄃᆡ 강잉하여 졀ᄒ고 ᄀᆞᆯ오ᄃᆡ 발셔 빈현지녜 이

섬즉ᄒ되 우싱의 불민ᄒᄆᆯ 나무라 바리신 ᄉ회 번거이 단녀 녕녀의게 홰 미츨가 못
ᄒ더니 금일 이곳의 뵈오나 두리건ᄃᆡ 다시 ᄂᆡ티고 다른 호걸을 굴ᄒᆡ실가 녑녀ᄒᄂᆡ이
다 셕흑ᄉ 등이 일시의 대쇼 왈 악뷔 실톄ᄒ나 년쇼 신낭이 쳐음으로 빙악을 조회ᄒ
미 패심ᄒ도다 뎡공이 대참 무안ᄒ여 냥구후 희 " 쇼왈 왕ᄉᄂᆞ 이의라 닐너 브졀 업
고 ᄂᆡ 비록 실톄ᄒᆫ

70면

과실이 크나 현셰 아녀로 더브러 부뷔라 칭ᄒ며 이러툿 면박ᄒ올 배 아니라 슈연이나
ᄂᆡ 그룻ᄒ여시니 현셔ᄅᆞᆯ 노티 아닛ᄂᆞ니 일노조츠 옹셔의 지극ᄒᆫ 졍을 다ᄒ고 금일
현셔ᄅᆞᆯ 조츠 샹국 문하의 가 쳥죄ᄒ고 버거 쇼녀의 얼골을 보와 부녀의 흔 이 업게ᄒ
라 조싱이 차게 웃고 흠신 왈 댱유유셰 셩인의 경계라 비록 구싱의 " ᄅᆞᆯ 니ᄅᆞ디 아냐
노소로 닐너도 쇼싱이 엇디 댱쟈ᄅᆞᆯ 면박 조회ᄒ리잇가 진졍 퇴셔ᄒᄂᆞᆫ 환이 " 실가
두려ᄒ더니 왕ᄉ

71면

ᄅᆞᆯ 뉘우츠샤 동상을 허ᄒ시니 블승힝심이로쇼이다 말솜이 싁 " ᄒ고 안식이 츄월ᄀᆞᆺ
ᄒ여 웃는 둥 엄슉ᄒᆫ 거동이 일좌ᄅᆞᆯ 놀닉ᄂᆞᆫ디라 뎡공이 십여 셰 쇼년이ᄆᆞᆯ 돈연이 잇
고 탄복ᄒ여 져 ᄀᆞᆺᄒᆫ 풍치 긔질노 녀ᄋᆡ의 동상이 되ᄆᆞᆯ 만심 쾌락ᄒ며 죽은가 너기던
녀이 ᄉᆞ랏시ᄆᆞᆯ 드ᄅᆞ니 힝열ᄒ미 극ᄒᆫ디라 일ᄏᆞ라 왈 현셔의 " 긔로 노부의 블인을
개회티 아니코 쇼녀ᄅᆞᆯ 구ᄒ여 존문 ᄉᆞᄅᆞᆷ을 삼으니 샹국의 대은과 그ᄃᆡ의 대덕을 언
어로 다 못 치샤

72면

ᄒᄂᆞ니 현셔ᄂᆞᆫ 아녀의 졍ᄉᆞᄅᆞᆯ 어엿비 너겨 왕ᄉᆞᄅᆞᆯ 뎨긔티 말나 셕공이 인ᄒ여 쇼졔
도쥬ᄒ여 닙졀 슈ᄉᆞ흠과 공교히 조싱을 만나 구ᄒ여 ᄌᆞ긔 쥬댱ᄒ여 명졍 언슌이 셩
녜ᄒᆫ 곡졀을 셰 " 히 니ᄅᆞ니 뎡공이 ᄉ " 의 참괴ᄒ고 언 " 이 놀나오나 졀명의 다ᄃᆞ라
다힝ᄒ여 니러 셕공긔 빙샤 왈 우셰 불민 무식으로 일녀ᄅᆞᆯ 보젼티 못ᄒ여 가ᄉᆡ 망측
ᄒ니 불가ᄉ문어타인이라 힝혀 텬우신조ᄒ여 현셔ᄅᆞᆯ 엇고 악뷔 쥬혼ᄒ샤 약녀의 죵
신대ᄉᆞᄅᆞᆯ 쾌히ᄒ

73면

시니 엇디 감격디 아니리오 이는 다 악광 은덕이로소이다 이의 싱의 손을 잡고 스랑이 탐々ᄒ여 두굿기믈 이긔디 못ᄒ니 일패 깃거 웃고 슐을 나와 통음홀ᄉᆡ 조싱의 옥안이 반취ᄒ니 홍되 취우를 썰쳣는 덧 옥안이 미々ᄒ여 녕긔 스좌를 쏘이니 양뉴 ᄀ치 흔 풍광이 더옥 쇄락ᄒ지라 호치 쥬슌 가온듸 도々흔 언변이 하슈를 드리워시니 둠목이 어린 ᄃᆡ시 바라보고 셕공이 조싱의 존을 잡고 칭찬 왈 하늘이 특별이 영걸을 늬샤 셩쥬를 도으

74면

시니 엇디 흔갓 샹국의 유복홀 쑌이리오 국가의 졍샹이 낫시믈 깃거ᄒᄂ니 노뷔 비록 년노ᄒ나 너희 놉흔 지조를 구경ᄒ고 죽을가 ᄒ노라 조싱이 겸양 왈 쇼싱이 년쇼 즈질노 다시 션싱 반양의 모쳠ᄒ오니 슬하 항녈이 잇습ᄂ니라 엇디 과히 위쟈ᄒ샤 친이ᄒ시믈 도리의 샹히오시ᄂ니잇고 어린 아히 황괴ᄒ여 몸 둘 곳을 업게 ᄒ시ᄂ니잇고 셕공이 쇼왈 늬 엇디 과찬 위쟈ᄒ리오 진졍 쇼발이라 인ᄒ여 도々흔 담셜노 져믈々 씌듯디 못ᄒ여 각

75면

각 도라갈ᄉᆡ 조싱은 뎡공을 향ᄒ여 다시 나아가 비현ᄒ믈 일쿳고 뎡공은 명일 조부의 가 친용과 녀ᄋ를 보믈 니르더라 조싱이 부듕의 도라와 존당 부모긔 뵈고 인ᄒ여 셕부의 가 뎡공을 만나 피츳 ᄒ던 말을 뎐ᄒ오니 공이 잠쇼 왈 뎡공이 비록 션 실긔도ᄒ나 나히 만코 빙악의 々로쎠 엇디 년쇼빗 말을 나는 듸로 ᄒ리오 싱이 쇼이듸 왈 가장 참아 그만ᄒ온다라 그 힝스를 혜아리온즉 엇디 쇼즈의 말을 노ᄒ리잇고 부뫼 우을 쑌이러라

76면

춧야의 싱이 쇼져를 보고 슈말을 견ᄒ며 명일이면 악뷔 오실 거시니 싱의 임의 즈의 쳥을 시힝하연 디 오린다라 금일은 가히 면티 못ᄒ리라 쇼졔 놀납고 슈괴ᄒ니 옥안의 홍광이 가득홀 쑌이오 믹々히 말숨이 업ᄂ다라 싱이 긔심을 가련히 녀겨 나아 안쟈 집슈 왈 나를 흔낫 경박 탕즈로 아디 말고 졍듕흔 부인을 두고 히 변토록 집미ᄒ

믄 나의 졍대흠 곳 아니면 이러툿 못흐리라 그듸 명일이면 부젼의 뵈고 인륜을 출히
는 쩌면 흔이 업

77면

슬디라 늬 엇지 일야를 참디 못흐여 겁박흐리오 쇼졔 긔신 샤례 왈 부즈의 졍대흐시
미 ᄋ녀즈의 졍스를 용납흐시니 몸이 사라 이쩌가디 이셔 가친을 뵈와 반기게 되오
니 도시 군즈의 홍은이어니와 군즈의 말을 스티건딘 가친을 만히 곤칙흔신가 시브니
이다 쳡의 몸이 잇는 연괴니 스〃의 블효를 슬허흐ᄂ이다 싱이 쇼왈 만일 자의 명졀
과 졍스를 도라보디 아냐시면 엇디 녕엄을 만나 그만 흐리오마는 마니 혜아려 공슌
이 흐엿거늘 엇지 도로혀 낫

78면

비 너기시ᄂ뇨 쇼졔 참슈 무언이러라 명일 뎡공이 니르러 샹국을 볼시 조공은 관인
대량이라 엇디 다른 스싁이 〃시리오 셔로 마쟈 쥬긱이 녜를 츄양흐여 좌뎡흐매 승
샹이 몬져 인친지의로 즉시 샹면티 못흠믈 일ᄏ라 화평흐니 뎡공이 져의 쟝쟈의 위
풍을 보고 즈연 경복흐여 이의 돗글 쩌나 젼스를 칭샤흐고 녀ᄋ를 스디의 슬나 거두
어 은양흔 덕을 칭샤흐니 조공이 가연 쇼왈 이는 인형의 허믈이 아니오 도시 식부의
잉경을 쩌고 명졀을

79면

나타닐 시졀이라 만시 이의니 뎨긔흐여 무익흐고 당추시하여 셔로 인가의 졍을 두터
이흐리니 엇지 왕스를 싱각흐리오 오부의 뇨조 유한흐미 복의 집 경시라 쇼뎨 인형
의게 치샤흐ᄂ이다 뎡공이 조샹국의 유화흠믈 보고 블승 감샤흐여 회출 망외흐니 이
의 빅빅 치샤흐여 현셔의 아름다오믈 일ᄏ고 녀ᄋ 보믈 쳥흐니 조공이 구 부녜 죵용
이 보기를 위흐여 ᄋ즈로 뫼셔 슉쇼로 보너니 이쩌 쇼졔 부공의 님흐시믈 듯고 비희
교집흐여 하당 영지흐여

80면

옷즈락을 잡고 옥뉘 하슈를 보틸더라 공이 밧비 옥슈를 잇그러 당의 올나 겻히 안티

고 슈루 비창 왈 여뷔 무식 쇼활ᄒ여 널노뼈 비상 환난을 격게ᄒ고 ᄉᄉᆼ이 위틱홀 번ᄒ니 싱각ᄒ면 한심ᄒ더라 엇디 슬프고 뉘웃브디 아니리오 요힝 너의 모친 망녕이 도와 빅년 군ᄌ를 만나 현문의 〃탁ᄒ니 녀ᄌ의 명졀이 완젼ᄒ고 ᄉ라 나ᄅᆯ 보와 효의 당연ᄒ니 무어슬시로이 셜워ᄒ리오 쇼졔 오열ᄒ여 겨유 ᄃᆡ왈 블쵸녜 창황이 도쥬ᄒ매 부모긔 하딕디 못

81면

ᄒ고 몸이 강슈의 ᄲᅥ러지니 이만 블회 업ᄂᆞᆫ디라 구ᄎᆞ히 투싱하여 금일 야〃긔 뵈오니 스무여ᄒᆞ이로쇼이다 원컨ᄃᆡ 야〃는 쇼녀의 브득이 나ᄋ믈 죄티 마ᄅ쇼셔 양 모친과 졔뫼 다 무ᄉᆞᄒᆞ니잇가 셜파의 이용의 반기믈 씌여시니 부용이 쳥슈의 잠겻고 쇼월이 구ᄅᆞᆷ을 만난지라 풍완 쇄락ᄒᆞ미 젼ᄌ로 빅승ᄒ고 ᄋᆞ히 변ᄒ여 어룬이 되어 단엄 졍슉ᄒᆞᆫ 거동이 더욱 긔특ᄒᆞᆫ디라 뎡공이 슬프고 반가오미 가득ᄒ여 어로만져 위로 왈 도시 다 나의 블명

82면

이니 오ᄋ난 아븨 허믈을 흔티 말고 현셔의 어진 덕과 친옹의 후의를 힘닙어 빅년지락을 쾌히 ᄒ고 무익히 슬허 말나 박시의 힝시 졈졈 괴픽ᄒ고 졔인의 간악이 날노 심ᄒ여 여뷔 바야흐로 종ᄉ를 밧드디 못ᄒ게 되어시니 울 초견ᄒᄂᆞᆫ 가온ᄃᆡ 이시ᄃᆡ 드러난 죄를 잡디 못ᄒ여시니 츌거도 못ᄒ고 통ᄒᆞᆫᄒ여 ᄒ노라 쇼졔 탄식 ᄃᆡ왈 미시 명애라 엇디 모친과 졔셔모의 타시리잇고 야〃는 관인지도를 힘쓰샤 부〃 륜샹을 도라보시고 경히 규합의 부도

83면

를 니ᄅᆞ디 마ᄅ쇼셔 녜 어디지 못ᄒ여 조아를 효측디 못ᄒ고 화란이 샹싱ᄒ니 누롤 원ᄒ리잇고 금일 야〃의 샤명을 듯ᄉᆞᆸ고 텬륜의 ᄌ이를 다시 밧ᄌ오니 금일 죽어도 즐거온 넉시 되리로쇼이다 부녜 이윽이 가ᄃᆞᆸ스ᄅᆞᆯ 셜파ᄒᆞ매 조싱은 오직 부녀의 문답을 드롤 ᄯᆞᆫ이오 맑은 안광이 ᄌ로 비최여 그 졍ᄉ를 이련ᄒ여 무궁ᄒᆞᆫ 은졍이 비길 ᄃᆡ 업더라 다른 셜화의 싱이 쇼왈 쇼셰 비록 악부긔 작일 뵈오나 존문 싱관의 모쳠ᄒ완ᄃᆡ 쥬년이라 엇디 심두의

84면

번민훈 졍수룰 은휘ᄒ리잇고 쇼싱이 형인을 만나 슈듕 시신을 건져ᄂᆡ매 이 곳 녕이라 텬연이 아니라 못ᄒ고 심상훈 부〃간이 아니로ᄃᆡ 녕녜 악댱긔 알외디 못ᄒ므로 훈 번 친당의 샤죄훈 후 부〃의 도룰 출히렷노라 셔로 만난 디 일월이 오ᄅᆡ딕 쇼싱을 거졀ᄒ니 쇼싱이 용널ᄒ나 일개 녀즈룰 못 이긜 거시 아니로ᄃᆡ 인즈지도는 남녜 업ᄂᆞᆫ디라 그 뜻을 협박디 못ᄒ여 피츠 남이라 악댱이 져룰 ᄒ유ᄒ샤 고집을 덜게ᄒ쇼셔 말ᄉᆞᆷ이 풍늉ᄒ고

85면

긔운이 발화ᄒ여 조곰도 슈습ᄒ미 업스니 이는 뎡공을 업슈이 너겨 이리 ᄒᄂ는디라 뎡공이 대쇼 왈 군즈의 뜻을 ᄋᆡ녜 엇디 고집ᄒ여 슌티 아니리오 이의 쇼져다려 왈 부인의 도는 유슌ᄒ미 웃듬이라 엇디 댱부의 뜻을 어긔오며 ᄒ믈며 조군이 네게 은혜 막대ᄒ니 흔갓 부〃지의만 아니라 오ᄋᆞ는 이후 어즈러온 넘녀룰 말고 부뷔 화락ᄒ여 유즈 싱녀ᄒ면 효졀이 완젼ᄒ미라 쇼졔 슈싴이 가득ᄒ여 일언을 브디ᄒ고 조싱은 크게 웃더라 날이 져믈매 도라가기룰 님

86면

ᄒ여 탄왈 너룰 다려가고져ᄒ딕 오개 녜와 달나 게 가도 편티 못ᄒ리니 ᄂᆡ 단니며 졍을 펴리니 ᄆᆞᆷ을 편히 ᄒ고 군즈룰 승슌ᄒ여 나의 와보믈 기ᄃ리라 쇼졔 비스슈명ᄒ고 조싱이 훈 가지로 나와 샹국으로 한화ᄒ다가 도라가니 싱이 하당 비송ᄒ고 후일 진알ᄒ믈 일크르나 ᄂᆡ심의 우이 너기ᄃᆡ 것ᄎ로 흔연 관곡ᄒ여 반즈의 도룰 다ᄒ니 뎡공이 대희 과망ᄒ여 집슈 왈 ᄂᆡ 스스로 와 보리니 현셔는 공부룰 젼일이 ᄒ여 금츄 과거룰 응ᄒ라 공지 오디 말과져

87면

ᄒ믈 스티고 그윽이 가쇼로이 너기더라 뎡쇼졔 야〃룰 만나 텬륜이 완젼ᄒ니 여흔이 업스나 조싱의 긔탄 아님과 주긔 집 일을 싴로이 괴훈ᄒ나 맛ᄎᆞᆷ닉 뜻을 오ᄅᆡ 딕희디 못홀 줄 알고 믹스의 텬연 온슌ᄒ믈 쥬ᄒ고 존당 구고긔 셩효와 슉미 금댱화우홀 힝싴 ᄉᆞ싴 긔특ᄒ니 일공지 금슬지락이 틱산 하히ᄀᆞᆺ고 초공지 양쇼져로 화락ᄒ미 국풍

의 시를 지엄즉ㅎ고 양공지 이쳐ㅎ미 오히려 다르니 댱공즌 뎡쇼져로 스실의 희쇼
화락이 쾌활

88면

홀 쁜 아니라 졔미 보는 ᄃ||와 왕모 겨틱나 문답을 화히ᄒ며 언쇼 ᄌ약ᄒ여 하일 ᄀᆞᆺᄒᆫ
위풍이나 쇼져를 ᄃ|ᄒ면 츈풍이 무르녹아 화긔 우희염즉ᄒ고 ᄎᆞ공ᄌᆞᆫ 양쇼져로 졍
듕ᄒ미 지극ᄒᄃᆡ 스실의 ᄃ|ᄒ나 침묵 언듕ᄒ여 언쇼 드믈고 무를 말이 〃시면 공경
ᄒ여 뭇고 존젼의ᄂᆞᆫ 냥안이 시슬ᄒ여 힝혀도 눈이 양시긔 가ᄃᆡ 아니코 언어를 샹졉
디 아니코 쥬긱ᄀᆞᆺ티 ᄒᄂᆞᆫ디라 존당 부뫼 댱ᄌᆞ의 화락ᄒ믈 두굿기나 ᄎᆞᄌᆞ의 힝ᄉᆞ를
의혹ᄒ여 쇼원ᄒᆫ

89면

가 넘녀ᄒ더라 ᄎᆞ시 양계 흉험ᄒᆫ 의ᄉᆞ를 품어 ᄎᆞ강으로 더브러 쇼미 젼뎡 맛ᄎᆞ믈 도
모홀ᄉᆡ 시녀 계월이 양싱으로 ᄉᆞ졍이 잇ᄂᆞᆫ디라 냥졍이 진듕ᄒᄃᆡ 쇼졔 모로고 조부로
다려갓더니 양계 기미 조가의 간 후 구고와 가뷔 쳔금의 듕ᄒᆫ 은이 잇고 틱부인이 ᄎᆞ
마 ᄯᅥ나디 못ᄒ여 수오 삭이 되도록 귀령티 아니 〃 조싱이 잇다감 빙부모를 와 보면
그 일월 ᄀᆞᆺᄒᆫ 풍신과 빅옥 ᄀᆞᆺᄒᆫ 용뫼 셰간의 무빵홀 쁜 아니라 셩ᄌᆞ 도혹이 일셰의
드믄 대군지라 양공의 혹히ᄒ미 친

90면

ᄌᆞ의 넘으니 블인지심이 더옥 살ᄀᆞᆺᄒ여 기미를 밧비 맛ᄎᆞ 조싱의 ᄌᆞ최를 싣코져ᄒ여
계월이 계로 더브러 밀 〃 이 졍을 미ᄌᆞ 셔로 싣키 어려온 고로 날마다 양부의 ᄉᆞ령ᄒ
여 ᄃᆞᆫ니ᄂᆞᆫ 고로 계 가마니 계교를 ᄀᆞᄅ쳐 일 봉셔를 닷가 쇼져 댱념 듕의 두ᄃᆡ 몬져
조싱이 보게ᄒ라 만일 셩공ᄒ면 널노쩌 총희를 삼아 졍실이 바라디 못게 ᄒ리라
ᄒ고 빅금 삼십 냥을 몬져 샹ᄒ니 월이 당ᄒ 쳔인으로 ᄯᅩᄒᆫ 양싱으로 은졍이 관곡ᄒᆫ
디라 엇지 시힝티

91면

아니리오 봉셔를 품고 도라와 싱각ᄒᄃᆡ ᄎᆞ시 셩젼ᄒ면 ᄂᆡ 인가 쳥의를 면ᄒ리라ᄒ고

조각을 엿보더니 일ᄼᆞᆫ 쇼데 존당을 뫼셔 미쳐 못나오고 싱이 심ᄉᆞ 곤뇌ᄒᆞ믈 인ᄒᆞ
여 쉬고져 일즉 드러오니 월이 싱의 드러오ᄂᆞᆫ 쇼리를 듯고 밧비 침금을 베프ᄂᆞ 톄ᄒᆞ
고 양싱 맛진 봉셔를 가져 안샹 널녀젼 ᄉᆞ이의 ᄢᅵ우듸 아라보기 쉽게ᄒᆞ고 나오니 싱
이 ᄌᆞ리 우희 안자 쇼져의 셔안을 나ᄒᆞ여 버린 거슬 보니 쇼흑과 널녀뎐이라 ᄉᆞ운 률
시 두어 귀 최

92면

ᄉᆞ이의 이시듸 그 필법과 문치 셰샹의 보디 못ᄒᆞᆫ 지조로 긔특홀 쓴 아녀 뇨ᄼᆞ 셩심과
현심 슉덕이 시ᄉᆞ의 나타나니 싱이 보기를 뭇고 심하의 열복ᄒᆞ믈 마디아냐 싱각ᄒᆞ듸
시ᄂᆞᆫ 사ᄅᆞᆷ의 셩졍으로 나ᄂᆞᆫ 거시니 져의 위인이 단묵ᄒᆞᆷ믄 요ᄉᆞ이 보와도 가지어니와
그 지죄 이ᄀᆞᆺ투여 셰샹의 무드디 아니코 복녹이 ᄯᅩᄒᆞᆫ 시뎐의 비최니 슉녜 여러히믈 ᄱᅵ
듯괘라 오가 슈시의 긔특ᄒᆞ미 잇고 ᄯᅩ 양시 이시니 일셰의 두 슉녜 엇디 다 우리 집의

93면

모히고 이쳐로 싱각ᄒᆞ고 쇼져를 기ᄃᆞ리듸 아니 나오니 무료ᄒᆞ믈 인ᄒᆞ여 널녀뎐 ᄉᆞ이
화견을 셔히니 봉피 ᄀᆞᆺ 셔혀 보고 너흔 모양이라 그 악부모의 슈션가 도로 ᄢᅵ우다가
봉피의 쓴 거슬 보니 남양인 강후신이 직빈라 ᄒᆞ엿거늘 극히 고이 너겨 그 안의 쓴
거슬 보니 그 듕 말이 음참ᄒᆞ여 ᄆᆞᆰ은 화뎐 가온듸 욕이 비경ᄒᆞᆫ디라 대강의 왈 강싱은
본듸 남양 ᄯᅡ 궁위라 조샹부모ᄒᆞ고 양공ᄌᆞ의 놉흔 의긔로 문하의 뫼션지 셰

94면

지 오년이라 녕형으로 친ᄒᆞ미 관포의 지긔와 삼결의 ᄼᆞ를 효측ᄒᆞ매 닉외 업시 츌입
ᄒᆞ다가 월견의 길을 여러 무산의 ᄭᅮᆷ이 노리를 ᄑᆞ키 어려오듸 ᄒᆞᄒᆞᄂᆞᆫ 바난 틱흑ᄉᆞ의
일녀로 존귀ᄒᆞ미 공쥬 버금이오 싱은 흔미ᄒᆞ미 궁향 쳔싱이라 흑ᄉᆞ의 거두어 동상을
삼으시미 긔약이 가득ᄒᆞ니 냥졍이 산히 ᄀᆞᆺᄒᆞ나 뉘 월노를 자임ᄒᆞ여 삼싱 연업을 일위
리오 ᄒᆞᆫ 번 조가 긔물이 되매 옥인의 그림지 묘연ᄒᆞ니 쟝션각을 바라

95면

보매 금병 슈박의 ᄐᆞᆺ글이 가득하고 집챵 쥬루의 외로온 강싱의 이를 ᄯᅳ티며 운외의

훗흔 졍신을 놀닉눈디라 셕지라 강후신이 귀흔 가문의 나시면 옥인을 조싱으게 아이
리오 조싱이 셜스 풍광이 긔특ᄒᆞ나 강싱이 ᄯᅩ흔 풍치 하등이 아니오 첫 졍을 싱각ᄒᆞ
여 흔갓 ᄉᆞ 즐거오믈 인ᄒᆞ여 고인을 잇디 말고 귀령시를 당ᄒᆞ여 이 ᄆᆞ음을 잠간 펴고
져 ᄒᆞ느니 아지 못게라 어늬 ᄢᅵ 본부로 도라오시며 쇼져도 녯날 은졍을 싱각

96면

ᄒᆞ시ᄂᆞ니잇가 쳔금회셔를 구〃히 바라ᄂᆞᆫ이다 ᄒᆞ엿더라 싱이 간파의 대경ᄒᆞ여 싱각ᄒᆞ
ᄃᆡ 닉 비록 지인지감이 업스나 오히려 두 눈이 폐밍이 아니〃 양시의 외뫼 흔갓 쇄연
슈한홀 ᄲᅳᆫ 아니라 그 맑은 심스와 조흔 품질이 고금 녈부의 겸연티 아닐디라 금옥심댱
이오 빙셜 ᄀᆞᆺ흔 긔질이라 남의셔 긔특흔 졀개 잇거늘 여ᄎᆞ 음힝이 이시리오 닉 져를 만
나매 지긔를 허ᄒᆞ여 흔 갓 부〃의 졍 ᄲᅮᆫ 아니러니 고이흔 셔시 이시니 아디 못

97면

게라 양시의 가듕의 양시 히ᄒᆞᄂᆞᆫ 쟈를 쳔스 만상ᄒᆞ나 싱각디 못ᄒᆞ여 ᄌᆞ탄 왈 비례물
시ᄒᆞ고 비례물텽은 셩인의 경계라 보기를 그릇ᄒᆞ여시니 스쇡디 말나라ᄒᆞ고 블을 가
져 쇼화ᄒᆞ더니 믄득 쇼졔 시녀로 쵹을 잡히고 니르니 보건디 나샹이 브동ᄒᆞ고 깁으
로 뭇근 ᄃᆞᆺ흔 허리ᄂᆞᆫ 일 쳑이 ᄎᆞ디 못ᄒᆞ나 신듕ᄒᆞ고 ᄲᅢ혀 나오ᄂᆞᆫ 바의 풍치 쵹영의
휘〃ᄒᆞ니 이의 나아와 셔매 츄슈 ᄲᅡᆼ안의 덕긔 완젼ᄒᆞ니 팔ᄌᆞ 츈산은 뇨〃 졍〃ᄒᆞ여
이목의 나타나니 일만 광휘 사

98면

름의 흉금을 스연케ᄒᆞ니 브졍흔 재 슈렴ᄒᆞ이고 사오나온 재 단묵흔 위인이 되리라
싱이 놀납고 긔특ᄒᆞ미 처음으로 본 ᄃᆞᆺ 조곰도 의심이 도라가디 아냐 긔이영지 왈 쥬
인이 업스니 혼쟈 기드리미 삼경이 진ᄒᆞ니 츈애 괴로이 져른디라 언제 자고 신셩ᄒᆞ
리오 쇼졔 나죽이 ᄃᆡ왈 존당의 널위 져졔 파티 아니시니 몬져 믈너오디 못ᄒᆞ여 밤 드
ᄂᆞ이다 낭〃흔 옥음이 일만 화평흔 긔운 ᄲᅮᆫ이라 분잡흔 일노 의심이 미츠리오 싱이
그 흉셔 스연은 다 이타이고 은근흔 듕졍이

99면

시로와 좌뎡ᄒ고 날호여 왈 ᄌ로 더브러 결발 오뉵 ᄉᆞ의 셩되 쇼활ᄒᆞᆫ 고로 규방의 슈

작이 드무러 셔로 지조와 셩품을 ᄌᆞ시 모로더니 금야의 무료ᄒᆞᆷ믈 타 작시ᄒᆞᆫ 거ᄉᆞᆯ 보

니 싱 ᄀᆞᆺᄒᆞᆫ 남ᄌᆞᄂᆞᆫ 부슬 꼿고 ᄌᆞ리ᄅᆞᆯ 피흘디라 져런 지혹을 쟝ᄎᆞ 무어ᄉᆡ 쓰실고 다만

부인의 ᄉᆞ덕이 굿ᄒᆞ여 시ᄉᆡ 잇디 아니 〃 그 쥬ᄒᆞ여 슝상ᄒᆞᄂᆞᆫ 거시 무어ᄉᆞᆯ 됴히 너

기시ᄂᆞ뇨 쇼졔 놀나고 붓그리나 가ᄇᆡ야이 못너기ᄂᆞᆫ디라 뭇ᄂᆞᆫ 바ᄅᆞᆯ 속이디 못ᄒᆞ여 념

용 ᄃᆡ왈 무릇 시ᄉᆞ 한묵이 규

100면

방의 쇼임이 아닌 줄 아디 엄친이 ᄌᆞ녀 희쇼ᄒᆞ샤 압히셔 시ᄉᆞᄅᆞᆯ 가ᄅᆞ치시므로 셩명

을 분변ᄒᆞ나 엇디 시부 짓기ᄅᆞᆯ 슝상ᄒᆞ리오 ᄒᆞᆯ며 녀ᄌᆞ의 힝신이 고요ᄒᆞᆷ이 귀ᄒᆞ니

지조와 문필이 나타나기 쉽오니 단일ᄒᆞᆫ 쟈의 ᄭᅥ릴 배니 우심이 〃러ᄒᆞ여 시부ᄅᆞᆯ 짓

기ᄅᆞᆯ 아니터니 두 낫 시뎐을 엄친이 취듕의 바드시니 엄의ᄅᆞᆯ 간대로 위령티 못ᄒᆞ여

작필ᄒᆞᆷ이 잇더니 군ᄌᆞ의 조희ᄒᆞ시믈 바드니 블승황괴ᄒᆞ여이다 싱이 우왈 부인 힝실

의 무어시 웃듬이

101면

니잇고 가히 쇼견을 듯고져 ᄒᆞᄂᆞ이다 쇼졔 의아ᄒᆞ여 냥구 묵연ᄒᆞ니 싱이 쇼왈 ᄂᆡ 말

을 엇디 너겨 브답ᄒᆞ시ᄂᆞ뇨 혹 효녀 효부로 졍문ᄒᆞᄂᆞ니도 잇고 혹 녈졀노ᄡᅥ 일홈 ᄂᆞ

ᄂᆞ니도 이시니 언늬 더 놉ᄒᆞ뇨 쇼졔 슈렴 ᄃᆡ왈 만난 배 다ᄅᆞ니 남ᄌᆞ로 일너도 튱효ᄅᆞᆯ

냥젼ᄒᆞᆷ이 올코 녀ᄌᆞᄂᆞᆫ 효졀이 웃듬이니 두 가지ᄅᆞᆯ 다 완젼ᄒᆞ면 슉녀 불힝ᄒᆞ여 다

완젼티 못ᄒᆞ면 출하리 대졀을 잡아 싱육ᄒᆞᆫ 부모긔 욕이나 밋디 아니미 올ᄒᆞ니 쳡의

쇼견을 무

102면

ᄅᆞᆯ실시 감히 ᄂᆡ외티 못ᄒᆞ여 쇼견ᄃᆡ로 고ᄒᆞᄂᆞ이다 싱이 언 〃 이 이경ᄒᆞ여 싱각ᄒᆞ디 져

런 위인이 ᄎᆞ마 그런 음비지ᄉᆞ 이시리오 아지 못게라 양시 홍안을 ᄭᅵ노라 이런 셔시

잇ᄂᆞᆫ가 아직 블츌 구외ᄒᆞ고 볼 거시라 만 〃 코 져의 힝ᄉᆡ 슉녀 졀뷔라 이릴니 만무ᄒᆞ

니 ᄂᆡ 져ᄅᆞᆯ 시험ᄒᆞ여 무ᄅᆞᆷ미 군ᄌᆡ 아니로다 여러가지 넘녜 만하 잠을 폐ᄒᆞ나 ᄎᆞ후 양

시 디졉이 의구ᄒᆞ디 싱각ᄒᆞ면 고이ᄒᆞ여 측냥티 못ᄒᆞ더라 양공이 여러 번 샹국긔 쳥
ᄒᆞ여 녀ᄋᆞ를 다려가

103면

매 녀셔를 자조 쳥ᄒᆞᄂᆞᆫ디라 간졀ᄒᆞᆫ 뜻을 미믈티 못ᄒᆞ여 종〃 양부의 오니 쇼져 침당
데익을 보니 과연 댱션각이라 ᄆᆞᆷ의 아니보니만 못ᄒᆞ여 쇼져 곳 보면 츄월 ᄀᆞᆺᄒᆞᆫ 면
모와 츄슈 ᄀᆞᆺᄒᆞᆫ ᄆᆞᆷ이 군ᄌᆞ 총명의 현져ᄒᆞ니 의심이 업다가도 양시 히ᄒᆞ리 조양 낭
가의 업ᄂᆞᆫ디라 일념이 고이하여 잇티디 아니터라 양셰 계월노 힝계ᄒᆞ디 동졍이 업셔
조싱이 미뎨로 의구히 화락ᄒᆞ고 양공의게 반ᄌᆞ지녜 극진ᄒᆞ니 착급ᄒᆞ여 다시 차강으
로 의논ᄒᆞ니 아

104면

연 왈 아등이 조싱을 보니 그 위인이 쇼년 셔싱이 아니라 총명이 일월ᄀᆞᆺ고 지감이 여
신ᄒᆞ여 도량이 하히ᄀᆞᆺᄒᆞ니 졍듕ᄒᆞᆫ 부인을 의심티 아니리니 다시 여차〃〃ᄒᆞ여 조싱
보ᄂᆞᆫ 디 의심 업시 양시 간음ᄒᆞᆫ 허믈을 드러닉면 조싱이 비록 ᄉᆞ광지총과 나루지명
이나 엇지 놀나고 측히 너기디 아니리오 계 크게 깃거 쳔금을 닉여 차강으로 단약을
스고 조각을 타 힝계ᄒᆞ니 슬프다 조싱 ᄀᆞᆺᄒᆞᆫ 군ᄌᆞ를 닉고 양시와 ᄀᆞᆺᄒᆞᆫ 슉녀를 닉며 빅
년 금슬이 교칠갓거

105면

늘 블인 대악의 흉인이 〃셔 이목을 가리오고 빙옥 ᄀᆞᆺᄒᆞᆫ 누의로써 강상 대죄를 뼈워 ᄉᆞ
디의 너흐니 엇디 통히티 아니리오 지셜 양쇼졔 귀령ᄒᆞ고 조싱의 악부의 쳥ᄒᆞᄂᆞᆫ 안미
날마다 문뎡의 디후ᄒᆞ니 시러곰 세 번 니르면 ᄒᆞᆫ 번 아니가지 못ᄒᆞ여 ᄌᆞ연 빈〃이 왕릭
ᄒᆞ니 쇄락ᄒᆞᆫ 풍용과 츌셰ᄒᆞᆫ 빅ᄒᆡᆼ이 양공의 ᄉᆞ〃마다 탐혹ᄒᆞ여 귀듕ᄒᆞ미 계의 비길 배
아니라 조싱이 쏘 ᄒᆞᆫ 악부모의 단듕ᄒᆞᆫ 위의를 디ᄒᆞ매 지극ᄒᆞᆫ 졍을 감격ᄒᆞ여 말ᄉᆞᆷ

106면

이 위극ᄒᆞ고 화긔 이연ᄒᆞ여 긔극히 샹득ᄒᆞᆫ 옹셔 간이라 다만 ᄒᆞᆫ낫 쳐남이 죵용이 볼
젹이 업슬 ᄲᅮᆫ 아니라 하나흔 듕니ᄀᆞᆺ고 하나흔 도쳑ᄀᆞᆺᄒᆞ니 셔로 졍의를 펴 ᄉᆞ랑ᄒᆞᄂᆞᆫ

뜻이 업스니 조싱이 그 품격의 닉도ᄒᆞᆷ믈 차셕ᄒᆞ여 요슌지지 블효ᄒᆞᆷ믈 씌둣디 못ᄒᆞ더라 일‖은 셕양을 당ᄒᆞ여 조싱이 와 악댱 부‖룰 보고 믈너 쟝션각의 오니 양시ᄂᆞᆫ 업고 협실의 침션 비지 가만‖‖ 슛두어려 말쇼리 은‖이 들니거ᄂᆞᆯ 싱이 다만 쇼찰

107면

을 보니 강싱은 슈루ᄒᆞ여 쇼져 딕하의 고ᄒᆞ노라 슬프다 싱의 마른 간장이 쇼져의 ᄌᆞ쵀룰 바라미 쟝션각 화락이 녜 ᄀᆞᆺᄒᆞᆯ가 ᄒᆞ여더니 뜻아닌 조싱이 빈‖ 링왕ᄒᆞ여 우리 못겨지룰 못ᄒᆞᆯ 쁜 아니라 도라갈 긔약이 갓갑다ᄒᆞ니 속졀업시 강후신은 죽어 명목디 못ᄒᆞ리로다 아디 못게라 조부로 어ᄂᆞ 날 도라가며 조싱이 어ᄂᆞ 날 아니올고 아라 니르면 죽으믈 무릅뻐 다시 쟝션각 회합을 일위리라 드르니 조싱이 쇼져다려 지조와 부녀 절힝

108면

을 무르니 쇼졔 명졀이 웃듬이라 ᄒᆞ엿노라 ᄒᆞ던 거시니 조싱이 쳔만 유심ᄒᆞ던 일이니 굿ᄒᆞ여 규찰ᄒᆞᆯ 일 업슬 거시니 너모 두려말고 틈을 아라 보ᄒᆞ라 ᄒᆞ고 쏘 말단의 쇼져 우 비샹의 옥셜 두ᄌᆞ와 좌슈 댱심의 슈복 두 ᄌᆞ룰 조싱도 아ᄂᆞᆫ가 나 강후신 밧 알니 업스니 쇼졔 비록 신졍을 쏘든 곳이‖시나 녯 언약을 망연이 잇ᄂᆞ뇨 닉 가히 인달와ᄒᆞᄂᆞᆫ 바ᄂᆞᆫ 조싱을 만나디 아녀서 이셩합친티 아니믈 부뫼 쇼졔 알가 두려 비샹 홍졈을 짓디 못ᄒᆞ고

109면

조셩의게 익이니 비록 그러나 동침지낙의 교두 졉면ᄒᆞ여 냥졍이 극진ᄒᆞ미 이셩합근과 다ᄅᆞ리오 이 곳의 완디 일 망이 너므되 겨유 총총이 일야 화락이 츈몽ᄀᆞᆺᄒᆞ여 이 ᄆᆞ음을 쟝ᄎᆞᆺ 브틸 곳이 업도다 그 씆히 음참지셜이 브지기쉬라 ᄎᆞ마 군ᄌᆞ의 보디 못ᄒᆞᆯ 스에 가득ᄒᆞ니 조싱이 간필의 만심 희연ᄒᆞ여 다시 싱각ᄒᆞ되 셰간의 이런 일이‖실 줄 ᄯᅳᆺᄒᆞ여시리오 져 양시의 샹시 힝ᄉᆞ 긔특ᄒᆞᄆᆞ로뻐 이런 음난 대악이‖시믄 만‖의외라 만일

110면

양시 이믜타 홀진대 적인이 업고 뉘 이셔 남을 해ᄒ리오 간부셔를 믄들며 ᄯᅩ 부〃간 ᄉ어를 다 알재 이시리오 그 몸의 글지 이시믄 나도 아디 못ᄒ엿거늘 져 흉셔의 일너 시니 아디 못게라 텬하 대간 대음이 밧그로 결쳥ᄒᆷ믈 짓고 안흐로 이런 흉시 잇ᄂᆫ가 쳔ᄉ 만샹ᄒ매 분뇌 경각의 빅츌ᄒ니 스스로 탄왈 ᄂᆡ 몸이 샹문의 나 눈으로 고셔를 박남ᄒ고 셩현을 효측ᄒ니 이런 음부로 엇디 ᄎ마 부〃의 〃를 싱각ᄒ리오 부모긔 고ᄒ고 거절ᄒ리라 이리

111면

싱각ᄒ다가 고쳐 혜아리ᄃᆡ 닉 엇디 이리 젼도ᄒᄂᆫ 양공의 쳥덕과 양시의 아름다오미 져런 일을 결단ᄒ여 힝ᄒ리오 간부 셰 두 번 이러ᄒ니 아직 ᄉ긔를 누셜 말고 셰〃히 슬펴 그 힝지를 유의ᄒ여 진젹ᄒᆫ 일이 〃신 후 결단ᄒ리니 즈레 누셜ᄒ여 만일 〃분 이나 원억ᄒ미 이시면 나의 허믈이 되고 져 양시의 ᄉ셩이 잔잉ᄒ니 양시의 위인이 범시 ᄌᄉᆼᄒ니 비록 흉ᄒᆫ 죄를 져즈나 엇디 이런 셔간을 간ᄉ티 아니ᄒ리오 닉 왕닉 ᄒᄂᆫ 되닉여 노하 보기 쉽게 ᄒ니 이ᄂᆫ 지

112면

쟈를 니ᄅ디 말고 삼쳑동이라도 고이히 너길 일이로다 다만 양시 젹인이 업고 해홀 사ᄅᆷ이 업ᄉ니 이를 가히 젹발ᄒ여 즉각의 알 길히 업ᄉ니 죵용이 거동을 보고 죵시 를 슬펴 쾌히 결단ᄒ리라 쥬의를 뎡ᄒ고 셔간을 ᄯᅩ 블질너 업시ᄒ고 다시 ᄉ싴디 아 니나 양시 향ᄒᆫ 구산 ᄀᆞᆺᄒᆫ 졍이 틱반이나 쇼삭ᄒ여 비록 거동을 보려 왕ᄂᆞᆫ 싯디 아 니나 침셕의 은이ᄒᄂᆫ 졍이 믹〃ᄒ니 양쇼져ᄂᆞᆫ 가부의 은이를 ᄭᅮᆷᄀᆞᆺ티 너기ᄂᆫ 고로 유의ᄒ미 업ᄉ되 다만 조싱

113면

이 ᄌᄀᆡ를 보면 니러 맛고 니러 보ᄂᆞ며 언어 공경ᄒ며 슈졉ᄒ니 변ᄒ여 돈연이 다른 사ᄅᆷ ᄀᆞᆺ트며 양시 츌입의 누어 움ᄌᆨ이디 아니ᄒ며 언어를 더옥 드므리 ᄒ되 거동이 심히 경쳔히 너기고 경만ᄒᄂᆫ 눈티라 양쇼져 조심경 안광이 엇지 몰나보리오 그윽이 의아ᄒ여 ᄌᄀᆡ 힝실을 잘못ᄒ여 군지 경만ᄒᄂᆫ가 더옥 경공ᄒ여 언어를 무샹이 아니

ᄒ며 긔거 힘지 일마다 법되 완젼ᄒ니 조싱이 그 거동을 보면 더옥 고이ᄒ여 ᄌ연 이 티아다가 고쳐 혜아리면 분ᄒ

114면

여 양시의 우 비샹 옥셜 두ᄌ와 좌 비슈 등의 슈복ᄌ를 알고져ᄒ여 일야는 양시를 되ᄒ여 웃고 나안쟈 왈 ᄌ의 옥슈 셰지 유약ᄒ기 날노 더ᄒ여 나을 젹이 업스니 근간은 엇던고 보리라ᄒ고 양시의 팔을 날이여 쵹하의 홍슈를 것고 유의ᄒ여 보니 과연 우 비샹의 옥셜 두ᄌ 분명ᄒ고 좌 슈 쟝심의 슈복 두ᄌ 금으로 완연ᄒ니 조싱이 크게 분ᄒ여 노하바리고 안자시매 노긔 츄샹 녈일이 동텬의 걸녀시며 늉동 대한의 셜풍이 은 〃ᄒ여 한긔 일좌의 쏘이니 양시

115면

크게 경구ᄒ여 싱각ᄒ되 닉 비록 현슉디 못ᄒ나 실노 군ᄌ긔 작죄ᄒ미 업스되 져의 긔싁이 여ᄎᄒ니 아디 못게라 져게 쵹노ᄒ미 무슴 ᄯᅳᆺ이며 나의 좌우 슈를 샹고ᄒ믄 무슴 ᄯᅳᆺ인고 그윽이 의혹이 만흐나 외모는 더옥 화평ᄒ여 ᄌ약ᄒ니 조싱이 일노 조ᄎ 태반이나 의심ᄒ여 되면홀 의시 졈 〃 업스되 종시를 채보려 양가 왕니를 무샹이ᄒ더니 일 〃은 양계 쟝션각의 드러가 말ᄒ더니 조싱이 쳐음으로 슈작ᄒ매 언어마다 강악 흉참ᄒ디라 ᄆᆞ음의 놀나고 측히

116면

너겨 싱각ᄒ되 양공의 쳥고흠과 됴군쥬의 슉뇨ᄒ미 실노 군ᄌ 슉네어늘 두낫 ᄌ녀는 이러툿 픠악 음비ᄒ고 양가를 망ᄒ려 흉흔 ᄌ녀를 가초 두엇도다 진짓 문왈 형의 집의 강후신이란 문긱이 잇ᄂ냐 양계 왈 강후신은 닉 지극한 익위라 그 풍신이 고운 야학ᄀᆞᆺ고 지흑이 니빅ᄀᆞᆺᄒ니 ᄎ인이 만일 공경 문의 낫시면 옥당금마의 일등 명식 될 거슬 문회 한미ᄒ고 부뫼 업셔 닉 집의 〃탁ᄒ연지 ᄉᆞ오 년이라 우리 부뫼 그 외로온 졍ᄉᆞ를 측은이 너기시고 그 지

117면

품을 ᄉᆞ랑ᄒ샤 긔츌ᄀᆞ티 ᄒ시므로 닉외 업시 츌입ᄒ더니 슈년 재 미데 ᄌ라매 혐의

로 와 닉당 츌입을 그첫기로 그딕 지금 못보왓느니라 조싱이 더옥 흉히 너겨 다시 말
을 아니ᄒ고 다만 니ᄅᄃᆡ 수 삼일 연괴 이셔 여긔 못را 듯ᄒ니 악부긔 술와 ᄇ졀업시
인마를 보닉다 마ᄅ시게ᄒ라 셜파의 도라와 ᄆᆞ음이 분ᄒᄃᆡ 구의 불츌ᄒ고 이날 져녁
의 양부의 와 통티 아니ᄒ고 바로 쟝선각으로 드러오니 아모도 알니 업고 못오기를
니ᄅ고 갓기로 더옥 싱각 밧기로ᄃᆡ 양셰 흥

118면

인이 조싱의 오는 양을 보고 ᄯᅩ 믹ᄃᆡ 두시와 박혁ᄒ믈 보고 나와 조각이 마ᄌ믈 암회
ᄒ여 급히 계월과 강후신을 ᄀᄅ쳐 월은 단약을 먹여 쇼져의 용뫼 되여 쟝선각 원둥
의셔 여ᄎᆞ여ᄎᆞᄒ라ᄒ고 쇼져의 갓 싼 시녀 경난과 두믹를 가ᄅ쳐 조싱의 귀의 흉ᄒᆞᆫ
ᄉ어를 가게ᄒ니 조싱이 ᄉ광지총이나 엇디 씨ᄃᄅ리오 이째 날이 셔산의 지고 미월
의 동녁 히 쇼ᄉ니 조싱이 쟝선각의 드러오매 쇼져는 업고 곡난의 냥 시이 가만〃〃
니ᄅᄃᆡ ᄉ족 부녀도 져러ᄒᆞᆫ가 조부의

119면

셔는 져런 줄 모로시고 천금ᄀ치 너기시거늘 ᄒ 보름 ᄉ이의도 낭군이 츌입ᄒ시는ᄃᆡ
참디 못ᄒ여 져런 못쓸 힝실을 ᄒ시는고 쟝선각 원둥 담이 두길이 남건마는 운ᄃᆡ를
셰우고 몸쇼 원둥의 가 강싱을 기ᄃᆞ리다가 조싱의 오는 줄도 모로는도다 ᄒ거늘 조
싱이 어히 업셔 뒷 문으로 나 원둥의 숨어 보니 동녁 분댱의 운ᄃᆡ를 노핫고 그 아릭
양시 셔시니 쟉틱 의용이 완연ᄒ고 믄득 담 우희셔 ᄒ 쇼년이 뛰여ᄂᆞ리니 풍치 헌앙
ᄒ고 가장 표티이셔 ᄂᆞ려와 바로 양

120면

시의 손을 잇글고 딕슈플노 드러가거늘 조싱이 이 거동을 보매 흉코 분ᄒ여 믄득 쇼
리ᄒ여 좌우 시녀를 불너 도젹 드럿다ᄒ니 이리 ᄒ믄 졔 시비로 분명이 뵈여 양시의
죄를 격발ᄒ여 강싱ᄌᆞ를 잡고ᄌᆞ ᄒᄃᆡ 슈즁의 촌쳑이 업고 원즁이 머러 쟝선각 시비
라도 듯지 못ᄒ니 즉시 오지 못ᄒᆞᆯ ᄲᆫ 아니라 도젹이 드럿다 ᄒᄂᆞᆫ 쇼리의 담을 너머
한 쇼년이 다라나고 양시 보〃 젼경이 슈플을 헤치고 바로 닉류 동산을 향ᄒ여 둣거
늘 싱이 ᄯᄅ고ᄌᆞ ᄒ다가 례 아닌 곳의 한 번 오기도

121면

고이ᄒᆞ거늘 엇디 ᄭᅡ라가 보리오 이 집의 나의 ᄌᆞ최를 ᄭᅳᆫ코 음부를 보디 아니리라 졔 혼인 젼의 강가를 몬져 ᄉᆞ통ᄒᆞ여시니 ᄎᆞ마 엇디 ᄃᆡ면ᄒᆞ리오 스스로 분히ᄒᆞᄆᆞᆯ 이긔디 못ᄒᆞᆯ ᄎᆞ의 발셔 몸이 쟝션각 듕의 드러안ᄌᆞ니 분긔 막힐 ᄃᆞᆺᄒᆞᄃᆡ 십분 참고 안갓더니 이윽고 쇼졔 시비로 쵹을 잡히고 나오다가 싱의 왓시믈 보고 입실ᄒᆞ여 취병을 의지 ᄒᆞ여 좌ᄒᆞ니 슉연ᄒᆞᆫ 긔질은 향긔 진동ᄒᆞ고 맑은 광치 명월이 두렷ᄒᆞ여 듕텬의 걸닌 ᄃᆞᆺᄒᆞ니 무ᄉᆞ 무려ᄒᆞ고 표티 쳥

122면

담ᄒᆞ여 일분 〃이 업ᄂᆞᆫ디라 싱이 〃 거동을 ᄃᆡᄒᆞ고 야야 음부의 흉참지ᄉᆞ를 싱각ᄒᆞ니 이로 측냥티 못ᄒᆞ여 심시 분〃ᄒᆞ지라 쾌히 닐너 그 죄를 분명이 알게ᄒᆞ고 죽이고 져 ᄒᆞ다가 ᄯᅩ 고쳐 싱각ᄒᆞᄃᆡ 혜아리미 그ᄅᆞᆺ도다 비록 져의 죄악이 흉참ᄒᆞ나 너 엇디 부모긔 고티 아니ᄒᆞ고 ᄌᆞ단 쳐티ᄒᆞ며 ᄯᅩ 엇디 션ᄇᆡ 되여 인명을 살히ᄒᆞ리오 출ᄒᆞ리 부모긔 고ᄒᆞ고 양공다려 닐너 일긔 짐쥬로 그 명을 결ᄒᆞ여 낭가의 붓그러오믈 덜고 그 죄를 쇽ᄒᆞ리라 여러 가지로

123면

싱각ᄒᆞ여 참고 도라가려 ᄒᆞ더니 다시 눈을 드러 양시를 보니 ᄌᆞ긔 분의 튱돌ᄒᆞᄆᆞᆯ 바라보고 츄파 셩안의 경아ᄒᆞᄂᆞᆫ 빗츨 동ᄒᆞ여 광치 찬난ᄒᆞ여 싱의 몸의 비최고 유한 뎡 졍ᄒᆞᆫ 거동이 비록 노ᄒᆞᄂᆞᆫ 눈이나 긔이ᄒᆞᄆᆞᆯ 측냥티 못ᄒᆞᄂᆞᆫ디라 기리 탄식ᄒᆞ여 ᄌᆞ긔 신셰 불길홈과 고이ᄒᆞᄆᆞᆯ 통셕ᄒᆞ여 침금의 누으니 쇼졔 막지기고ᄒᆞ나 대강 ᄌᆞ긔의 큰 허믈을 보고 더러이 너기믈 이긔디 못ᄒᆞ여 ᄒᆞ미라 혜오ᄃᆡ 너 비록 고인을 법밧디 못 ᄒᆞ나 진실노 녀힝을 위월ᄒᆞ미 업더니

124면

무슴 허믈을 남의 눈의 뵈여 져의 동지 여ᄎᆞᆺᄒᆞ고 너 허믈이 업ᄉᆞ니 두렵디 아니나 부 ᄌᆞ의 위인이 심샹ᄒᆞᆫ 남지 아니라 큰 허믈 곳 아니면 ᄉᆞ식이 현츌티 아니리니 흐믈며 지심지긔로 경듕ᄒᆞᄆᆞᆯ 바라매 넘게ᄒᆞ니 너 ᄯᅩᄒᆞᆫ 고인의 상ᄃᆞᆯ믈 효측ᄒᆞ여 ᄇᆡᆨ년 너조를 다ᄒᆞ고져 ᄯᅳᆺ이러니 근릭 져의 거동이 크게 달나시니 엇진 연고로 져러ᄐᆞᆺᄒᆞ고 심두의

넘녜 빅츌ᄒᄂᆞ니 ᄯᅩᄒᆞᆫ 츠야를 안즈 시오고 조싱이 명조의 도라가기를 당ᄒᆞ여 양시의 심쳔을 키오려 굴오디 즈의 도라올 긔

125면

약이 어닉 ᄶᅵᆬ뇨 쇼제 져의 긔식을 보고 심하의 즈긔 지은 죄 업ᄉᆞ나 즈연 블안ᄒᆞᆫ디라 디왈 구고와 군자의 명디로ᄒᆞ리니 거쳐를 쳡의 무를 배 아니로쇼이다 싱이 다시 말을 아니코 ᄉᆞ매를 썰텨 나오니 쇼제 크게 의혹ᄒᆞ여 식음이 마시 업고 언쇼의 ᄯᅳᆺ이 것ᄎᆞ로 즈약ᄒᆞ나 일념의 큰 죄를 무릅 쓴 닷 일만 댱 굴형의 ᄲᅡ진 닷ᄒᆞ니 필경 엇지 된고 ᄎᆞ쳥하회ᄒᆞ라

현몽쌍룡기 권지ᄉᆞ

1면

화셜 양쇼데 지은 죄 업시 조싱의 ″심ᄒᆞ믈 보고 ᄆᆞ음을 지향홀 곳이 업더니 ᄎᆞ시 조싱이 양혹ᄉᆞ긔 하딕ᄒᆞ고 도라갈ᄉᆡ 긔식이 닁엄ᄒᆞ여 젼일과 다른디라 양공이 의혹ᄒᆞ여 녀이 힝혀 군즈로 상힐ᄒᆞ미 잇는가 무른디 쇼제 ᄯᅩᄒᆞᆫ 모오노라 ᄒᆞᄂᆞᆫ디라 가장 고이히 너기더라 조싱이 부듕의 도라와 ᄎᆞ후 양아의 가디 아니ᄒᆞ니 쇼져를 디면ᄒᆞ기 슬희 너기미오 ᄎᆞᄉᆞ를 부모긔 고티 아니믄 원네 만하 아직 참고 부″지의를 단졀

2면

홀 ᄯᆞᄅᆞᆷ이오 져의 거쳐를 아른 톄ᄒᆞ미 업셔 나죵을 보와 그 긔질과 직용이 헛되디 아냐 누명을 벗고 온젼ᄒᆞᆫ 사ᄅᆞᆷ이 된즉 눈의를 완젼ᄒᆞ고 마ᄎᆞᆷ닉 음힐진대 ᄒᆞᆫ 그릇 약으로써 흔젹 업시 죽여 풍교를 더러이디 아니려ᄒᆞ여 다시 닉간의 ᄯᅳᆺ이 사라지고 날노 힝실을 닷그며 셩니를 맛드려 공부ᄒᆞ여 양시의 일을 다시 ᄆᆞ음의 두디 아니″ 현지라 십여셰 쇼동으로 이러ᄒᆞᆫ 염냥과 원녀는 드믈너라 슌태부인이 양쇼져를 ᄉᆞ모ᄒᆞ여 다려오니 싀로이 이듕ᄒᆞ고 제미

3면
금장이 반기고 스랑ᄒᆞ나 싱은 ᄒᆞᆫ갈ᄀᆞᆺ티 쇼원ᄒᆞ여 ᄃᆡ면 아니ᄒᆞ려ᄒᆞ니 쇼졔 날노 의혹이 더ᄒᆞ더라 이젹의 국개 태평ᄒᆞ여 과거를 베플고 현ᄉᆞ를 ᄲᆡ실ᄉᆡ 샹국이 셩만ᄒᆞ믈 두려 냥ᄌᆞ의 과거ᄒᆞ믈 즐겨 아니〃 ᄐᆡ부인이 ᄀᆞᆯ오ᄃᆡ 노뫼 셔산의 낙일ᄀᆞᆺᄒᆞ니 져의 형뎨 등룡ᄒᆞ믈 ᄇᆞ라보디 못ᄒᆞ면 타일의 ᄭᅩᆺ출 ᄭᅩᆺ고 ᄉᆞ묘의 빅현ᄒᆞᆫ들 ᄒᆞᆫ 조각 남기 무어시 아ᄅᆞ미 이시리오 샹국은 지극ᄒᆞᆫ 효ᄌᆡ라 ᄐᆡ〃의 말ᄉᆞᆷ을 감오ᄒᆞ여 즉시 냥ᄌᆞ를 과댱의 드려보ᄂᆡ여 뵈니 이인의

4면
특츌ᄒᆞᆫ ᄌᆡ조와 신이ᄒᆞᆫ 문쟝을 이날의 시험ᄒᆞ매 여러 ᄒᆡ 공뷔 엇지 헛되리오 및 당월을 졔명ᄒᆞ매 쳔만인 가온ᄃᆡ 조ᄉᆡᆼ의 일흠이 뎨일의 고등ᄒᆞ고 그 둘ᄌᆡ는 조뮈라 ᄉᆡᆼ의 곤계 ᄡᆞᆼᄐᆡ 등년으로 풍ᄎᆡ 고금의 독보ᄒᆞ고 문댱과 필법이 일셰의 무ᄡᆞᆼᄒᆞ니 텬안이 희열ᄒᆞ샤 각별이 뎐의 올녀 ᄋᆡ무ᄒᆞ시고 ᄇᆡᆨ뇨다려 니ᄅᆞ샤ᄃᆡ 조샹국은 짐의 쥬셕지신이라 입샹지후로 ᄉᆞ군지졍이 한샹 쇼하로 병구ᄒᆞ더니 기ᄌᆞ 냥인이 〃러틋 긔이ᄒᆞ니 엇지 송조 샤딕의 복이 아니리

5면
오 만죄 일시의 고굉지신을 어드시믈 하례ᄒᆞ더라 차〃 신ᄅᆡ를 불너 화ᄃᆡ를 쥬시니 ᄎᆞ일 조ᄉᆡᆼ 형뎨 몸의 금포를 더ᄒᆞ고 뇽문의 오ᄅᆞ매 쇼년 아망이 일셰의 진동ᄒᆞ고 ᄌᆡ화 풍신이 만인 듕 ᄲᅱ여ᄂᆞ니 텬퉁은 일신의 넘ᄭᅵ고 계화 쳥삼은 풍ᄎᆡ를 도으니 쳔동ᄡᆞᆼ기는 압흘 인도ᄒᆞ며 허다 아역은 위의를 도와 부듕의 도라오니 무슈 하ᄀᆡᆨ이 뒤흘 니어 부듕의 메엿더라 쟝원 형뎨 존당 부모긔 녜알ᄒᆞ니 형은 ᄒᆡ듕 룡ᄀᆞᆺ고 ᄋᆞ은 고운 야학ᄀᆞᆺᄒᆞ여 표〃ᄒᆞᆫ 긔

6면
골이 셰샹의 무드디 아냐시니 조문의 쳔고 영쥰지상이며 조셩의 명현 군ᄌᆞ지풍이 난형난뎨라 ᄐᆡ부인과 샹국이 깃브믈 이긔디 못하여 냥ᄌᆞ를 거ᄂᆞ려 ᄉᆞ묘의 빅현ᄒᆞ기를 ᄆᆞᆺ고 나려 듕당의 니ᄅᆞ러 샹국이 냥ᄌᆞ를 어로만져 두굿겨 왈 오ᄋᆡ 년쇼 브ᄌᆡ로 형뎨 등과는 바란 밧기라 ᄂᆡ ᄋᆞ히는 슈신 공근ᄒᆞ여 조션 명풍을 츄락디 말나 냥ᄌᆡ 빅샤슈

명ᄒᆞ니 졔미 좌우로 버려 깃브믈 이긔디 못ᄒᆞ더라 외헌의 하긱이 모다 신릭롤 브르니 샹국이 냥ᄌᆞ롤 거ᄂᆞ려 딕긱

홀시 냥 신릭의 츌뉴 비범ᄒᆞ믈 보고 졔긱이 칭찬 블이ᄒᆞ여 쇼릭롤 이어 샹국긔 하례 왈 태ᄉᆞ의 냥위 현낭이 슌시 팔룡의 지나믈 드런 지 오릭거니와 이제 넌미 약관의 황방의 표명ᄒᆞ여 영쥬의 믈망과 삼장 시권의 직조ᄂᆞ 본 바 처음이니 진실노 셩쥬의 득인ᄒᆞ시믈 블승희힝ᄒᆞᄂᆞ니 합하의 놉흔 복을 치하ᄒᆞᄂᆞ이다 승샹이 겸양 왈 두어낫 돈견이 년쇼 브지로 외람이 셩은을 모쳠ᄒᆞ여 열은 복을 손홀가 ᄒᆞ거늘 녈위의 치ᄒᆞᄒᆞ시믈 엇지 감당ᄒᆞ리오

졔긱이 다시곰 칭찬ᄒᆞ고 신릭롤 유희ᄒᆞ여 죵일 진환ᄒᆞ다가 셕양의 듕빈이 각산ᄒᆞ다 명조의 댱원 형뎨 예궐 슉샤ᄒᆞ니 샹이 특지로 조무롤 한님흑ᄉᆞ롤 ᄒᆞ이시고 조셩으로 금문직ᄉᆞ롤 ᄒᆞ이시니 형뎨 방하롤 거ᄂᆞ려 샤은ᄒᆞ고 나히 어리므로 벼슬을 ᄉᆞ양ᄒᆞ니 샹이 블윤ᄒᆞ시고 각〃 쳐ᄌᆞ롤 봉관 화리롤 주시니 샹국이 태부인 깃거ᄒᆞ시믈 도와 셜연 경하홀시 비록 연셕이 셩번ᄒᆞ믈 췌티 아니나 년가 결친과 년쇼 부녜 쳔 여인이오 외당은 더옥 부셩ᄒᆞ여 만조

쳔관과 황친 국쳑이 십니의 버럿더라 이날 뎡양 냥공이 쾌ᄒᆞ고 깃브믈 형샹티 못ᄒᆞ여 각〃 그 셔랑의 등을 어로만져 혹이ᄒᆞ미 비길 ᄃᆡ 업ᄉᆞ니 만패 긔셔 어드믈 치하흔 ᄃᆡ 양공이 쇼안이 미〃ᄒᆞ여 뎡참졍다려 니ᄅᆞᄃᆡ 형다려 니롤 일이 잇ᄂᆞ니 비록 형의 ᄉᆞ회 특츌ᄒᆞ나 아셔의 도덕이 대현의 비긴즉 일두롤 ᄉᆞ양ᄒᆞ리라 뎡공이 웃고 왈 쟝원이 비록 침묵흔 긔샹과 듼현 도덕이 긔특ᄒᆞ나 대쟝부의 긔샹은 나의 셔랑이 나으니 양형의 말이 드시 ᄉᆞ졍이오 공논이 아니로다 즁쾌

일시의 웃고 왈 댱원은 니른바 대현 군지오 탐화ᄂᆞ 일셰 영쥰이라 ᄉᆞ업이 쳥ᄉᆞ의 빗

나고 위엄의 스히의 진동홀 긔샹이오 쟝원은 태평 명샹으로 니음양 슌亽시ᄒᆞ여 조졍
을 맑히고 녜의롤 권쟝홀 직덕이 〃시니 엇지 고하를 뎡ᄒᆞ리오 승샹이 겸손 왈 돈ᄋᆞ
냥인이 비록 헛된 풍용과 젹은 직죄이시나 엇디 널위의 과쟝ᄒᆞ시믈 당ᄒᆞ리오 ᄒᆞ더라
모든 쇼년 명亽 희롱ᄒᆞ여 졀딕 미녀를 굴히여 딕무ᄒᆞ라 ᄒᆞ며 귀미 ᄀᆞ흔 노고를 업히
며 빅단 유희ᄒᆞ니 한님은 의긔 방약ᄒᆞ여 친

11면

히 딕무홀 미녀를 갈힐ᄉᆡ 그듕 슈잉이 셧시믈 보고 짐짓 딕무ᄒᆞ여 방약 무인ᄒᆞ니 호
샹ᄒᆞᆫ 긔샹은 금당의 일쳔 화신이 휘ᄂᆞᆫ 둧 쇄락ᄒᆞᆫ 안모ᄂᆞᆫ 츄월이 듕텬의 걸닌 둧ᄒᆞ
니 바라보매 탄복디 아니리 업고 쟝원은 강잉ᄒᆞ여 유희를 시ᄒᆡᆼᄒᆞ나 침연 단묵ᄒᆞ여
동일이 듕텬의 찬난ᄒᆞᆫ 둧 긔샹이 아〃ᄒᆞ여 봉익의 금포를 브티고 가ᄂᆞᆫ 허리의 보딕
를 눌너시니 표연ᄒᆞᆫ 신ᄎᆡ 옥경션인이 샹뎨긔 됴회홈 ᄀᆞ흔디라 사름이 바라보매 개용
치경ᄒᆞ믈 ᄭᆡ돗디 못ᄒᆞ

12면

더라 날이 반ᄋᆞ의 승샹이 ᄋᆞᄌᆞ를 거ᄂᆞ려 닉당의 니ᄅᆞ러 태부인긔 헌슈ᄒᆞᆯᄉᆡ 이쩌 닉
당의 빈긱이 셩ᄒᆞ미 외헌과 일톄라 셕혹亽 부인 둥이 화안월틱의 명부의 복식을 ᄀᆞᆺ
초와시니 년쇼 부인 둥 쒸여날 ᄲᆞᆫ 아니라 시셰의 희한ᄒᆞ거늘 다시 뎡양이 쇼졔 봉관
화리로 단쟝이 쇼담ᄒᆞ고 슈식이 간약ᄒᆞ여 쳥연 소쇄ᄒᆞᆫ ᄌᆞ풍을 도왓더라 좌으나 틱부
인긔 시좌ᄒᆞ여시니 그 텬향 국식이 당금의 딕두ᄒᆞ리 업스니 틱부인이 두굿거오믈 이
긔디 못ᄒᆞ고 위부인이 냥부를 도라보

13면

와 쳔만 귀듕ᄒᆞ미 비길 곳이 업더니 승샹이 드러와 태부인긔 헌슈ᄒᆞᆯᄉᆡ 닉긱이 쟝외
로 피ᄒᆞ고 친쳑부녜 ᄒᆞᆫ가지로 볼ᄉᆡ 승샹이 근후 쟝복과 승샹 인슈로 잔을 밧드러 나
오니 틱부인이 잔을 밧고 두굿거온 둥 셕亽를 감샹ᄒᆞ여 쳐연 왈 노뫼 붕셩지통을 만
나 다시 셰샹의 ᄆᆞ옴이 업스디 힝혀 오ᄋᆞ의 셩효를 의지ᄒᆞ여 지우금 편히 지닉고 냥
손ᄋᆞ와 모든 손셰 쳥현의 올나 문난의 광칙를 돕고 또 오이 위지삼공ᄒᆞ여 셰샹의 쑤
짓ᄂᆞᆫ 말이 들니디 앗ᄂᆞᆫ디라 미망 여싱

14면

이 금일 죽어도 구천의 션군을 만나〃 붓그럽지 아닐가 ᄒᆞ노라 승샹이 화셩 유어로 위로ᄒᆞ고 졔셔를 도라보와 왈 금일의 졔셔 등이 일비 헌슈를 마디 못ᄒᆞ리라 셕혹ᄉ 뉴시랑 등이 일시의 니러 헌슈ᄒᆞ니 풍치 늠〃ᄒᆞ여 개〃 관옥지오 헌아ᄒᆞᆫ ᄉᆞ인이라 태부인이 아름다오믈 이긔디 못ᄒᆞ여 왈 현셔 등의 여ᄎᆞ 긔이ᄒᆞᆷ믄 진실노 하늘의 차ᄂᆞᆫ 긔질이라 엇지 깃브디 아니리오 졔인이 빅샤 퇴좌ᄒᆞᆷ매 한님 형뎨 슈의를 나브터 옥비를 나올ᄉᆡ 쇄락ᄒᆞᆫ 용

15면

모와 편〃ᄒᆞᆫ 긔샹이 일좌의 쐬여ᄂᆞᆫ니 듸부인이 웃는 입을 쥬리디 못ᄒᆞ여 등을 두다려 왈 노뫼 엇지 이런 영화 볼 줄 아랏시리오 승샹이 웃고 쥬왈 틱〃 너모 이리ᄒᆞ시므로 넘난 ᄋᆞ히 방약 무인ᄒᆞ니 도로혀 졔 신샹의 유희ᄒᆞᆯ가 ᄒᆞᄂᆞ이다 듸부인이 쇼왈 노모의 손ᄋᆞᄂᆞᆫ 쳔니 긔린이라 엇지 한미 ᄉᆞ랑ᄒᆞᄆᆞ로 힝신의 유희ᄒᆞ리오 나히 ᄎᆞ면 ᄌᆞ연 슈힝이 단묵ᄒᆞ리라 한 님곤 계부 복샤ᄉᆞᄒᆞ고 직비 이퇴ᄒᆞ더라 이쳐로 낙극진환ᄒᆞ고 파연ᄒᆞ니 쥬빈이 각〃 도

16면

라가다 한님 형뎨 비록 년쇼ᄒᆞ나 마디 못ᄒᆞ여 각〃 직ᄉᆞ를 츌히매 거관지식 크게 노셩ᄒᆞ여 긔졀 청망이 조야를 드레니 샹총이 호셩ᄒᆞ여 결우리 업더라 뎡양 낭 쇼졔 십삼 유년의 봉관화리의 명뷔 되니 일개 더옥 취듕ᄒᆞ고 존당 부뫼 날노 두굿겨ᄒᆞ고 한님은 뎡시로 화락이 더ᄒᆞ여 관져지낙이 일셰의 무비ᄒᆞ매 회퇴ᄒᆞᆫ 디 발셔 오뉵삭이 되니 존당 구괴 희츌망외ᄒᆞ여 위왓고 경ᄉᆞ를 삼거늘 직ᄉᆞᄂᆞᆫ 양시로 면목불견ᄒᆞᄂᆞᆫ ᄉᆞ이 되여 비록 즁회

17면

듕 만나〃 남의 집 규슈와 못디ᄒᆞᆯ 녀식을 듸ᄒᆞᆫ 듯 냥안의 ᄉᆡᄉᆞᆯᄒᆞ고 미우의 묵〃ᄒᆞᆫ 한 샹이 사름으로 ᄒᆞ여금 심한골경ᄒᆞᆫ디라 양쇼졔 안흐로 츄슈 결쳥ᄒᆞᆷ믈 가졋고 밧그로ᄂᆞᆫ 혼일ᄒᆞᆫ ᄉᆞ랑이〃시니 부〃ᄉᆞ졍을 몽듕의도 싱각ᄒᆞ여 거리ᄭᅵ미 업ᄉᆞ디 본디 후ᄒᆞ던 졍이 일존의 밧고여시니 경만ᄒᆞ고 비쳔이 너기는 거동을 맑은 안총의 엇디 몰나

보리오 즈긔 몸을 도라보와 허믈을 고티고져 ᄒᆞ나 진실노 빅옥이 틔 업스며 황금이 단련ᄒᆞ여 비례지ᄉᆞ와

18면

경쳔이 너길 죄목이 업ᄂᆞᆫ디라 스스로 명도를 ᄒᆞᆫ홀 밧 누를 탓ᄒᆞ리오 쳔ᄉᆞ 만상ᄒᆞ나 져의게 득죄ᄒᆞᆫ 연고를 ᄭᆡᄃᆞ디 못ᄒᆞ고 스스로 일싱 슈힝ᄒᆞ던 거시 허ᄉᆞ 되고 빅년 젼뎡이 괴로울 일을 싱각ᄒᆞ니 엇지 쳡의의 장신궁 ᄒᆞᆫ을 이닯디 아니리오 즈연 옥모 셜뷔 표연ᄒᆞ여 우화등션ᄒᆞᆯ 듯ᄒᆞ니 뇨라빙뎡ᄒᆞᆷ미 빅틱만광이 더옥 아니 그리ᄒᆞᆫ 곳이 업ᄉᆞ니 위부인이 크게 이년ᄒᆞ여 ᄋᆞ즈의 거동을 깁히 념녀ᄒᆞ여 일 ″ 은 양시를 졋히 두고 그 심ᄉᆞ를 이련ᄒᆞᆫ

19면

여 문왈 오이 셩졍이 단묵 침졍ᄒᆞ여 존당 부모 면젼 밧근 우연이도 웃ᄂᆞᆫ 얼골을 여디 아니ᄒᆞ거니와 근릭 너의 부 ″ 의 긔싀이 젼쟈와 다르니 오부의 슉뇨ᄒᆞᆫ 힝시 가부의게 견과ᄒᆞᆷ미 만 ″ 코 업ᄉᆞᆯ 거시어니와 ᄎᆞ이 심댱이 쳘셕 ᄀᆞᆺ고 녜뫼 단듕ᄒᆞ여 녀ᄌᆞ의게 가장 괴로온 셩품이라 혹 취노ᄒᆞᆷ미 잇ᄂᆞ냐 현뷔 아ᄅᆞᆷ미 잇거든 닉 임의 싀어미 되여시니 만호도 셔어ᄒᆞ여 말고 ᄌᆞ시 니ᄅᆞ라 양쇼졔 부복 쳥교의 졍금비샤 왈 금일 존괴 하괴 이러툿 간졀ᄒᆞ시니 ᄋᆞ히 엇디 픔

20면

은 바를 은휘ᄒᆞ리잇고 쳡의 득죄ᄒᆞᆫ 허믈을 ᄭᆡᄃᆞᆯ진대 감초고져 ᄒᆞ여 엇지 긔망ᄒᆞ미 이시리잇고 니ᄅᆞᆫ바 죄목이 호듸ᄒᆞ면 갈히여 잡지 못ᄒᆞᆷ ᄀᆞᆺᄒᆞ여 ᄋᆞ히 블혜ᄒᆞᆫ 긔질과 비박ᄒᆞᆫ 힝실이 ᄉᆞᆺ시 군ᄌᆞ의 존안의 블합ᄒᆞ여 그런가 ᄒᆞ읍ᄂᆞ니 쳡이 암미ᄒᆞ여 부ᄌᆞ의 미안지싀을 잠간 아ᄋᆞ딕 득죄ᄒᆞᆫ 곡졀은 ᄭᆡᄃᆞ디 못ᄒᆞ니 불민ᄒᆞᄆᆞᆯ 붓그려 ᄒᆞᄂᆞ이다 부인이 다시 말ᄒᆞ고져 ᄒᆞ더니 직시 드러와 모젼의 시좌ᄒᆞ여 말ᄉᆞᆷᄒᆞᆯ시 본딕 먼니 눈 두로기를 아니ᄒᆞᄂᆞᆫ디라 양

21면

시 이시믈 모로고 드러왓다가 양시 이러 셔믈 보고 만나믈 블힝이 너기딕 도로 나가

미 고이ᄒᆞ여 냥안을 낫초고 긔운이 단슉ᄒᆞ여 미우의 한풍이 어리고 긔식이 십분 블
호ᄒᆞᆫ디라 위부인이 그 긔식을 보고 양시를 더옥 이련ᄒᆞ여 이의 겻ᄒᆡ 안티고 직소를
딕ᄒᆞ여 졍식 왈 오이 임의 어미를 보라 드러왓실진대 ᄒᆞᆫ 조각 화평ᄒᆞᆫ 긔식이 업셔 작
식 함노ᄒᆞ며 니 압ᄒᆡ셔 긔디 싁험ᄒᆞ니 ᄎᆞᄂᆞᆫ 인ᄌᆞ의 되 아니라 네 일ᄌᆞᆨ 고셔를 박남ᄒᆞ
여 녜의를 알니 〃 고인은 반의를 닙어 부모의 우

22면

음을 요구ᄒᆞ여시니 그ᄂᆞᆫ 엇던 사ᄅᆞᆷ이완디 부모의 즐거오믈 구ᄒᆞ고 너ᄂᆞᆫ 엇던 사ᄅᆞᆷ이
완디 어믜 면젼의셔 이러틋 블호ᄒᆞᆫ 긔식을 ᄒᆞᄂᆞ뇨 직시 긔용ᄒᆞ고 피셕 샤왈 히ᄋᆞ 미
시 블민ᄒᆞ고 셩회 쳔박ᄒᆞ여 금일 ᄌᆞ젼의 화긔를 일ᄒᆞ니 블경ᄒᆞᆫ 죄를 쳥ᄒᆞᄂᆞ이다 부
인 왈 젼일은 히ᄋᆞ의 ᄒᆡᆼ디 부뫼 꾸짓고 가ᄅᆞ칠 네 업더니 근간은 극히 괴려ᄒᆞ미 만ᄒᆞ
니 여뫼 골돌ᄒᆞᄂᆞᆫ 배라 만일 고치미 업순즉 널노써 모ᄌᆞ지졍을 ᄭᅳᆫ으리라 직시 면관
돈슈 왈 ᄌᆞ괴 여ᄎᆞᄒᆞ시니 쇼ᄌᆞ의 죄슈ᄉᆞ

23면

난쇽이라 비록 슈화의 들나ᄒᆞ셔도 엇지 역명ᄒᆞ리잇고 니ᄅᆞ신 바 괴려지ᄉᆞᄂᆞᆫ 무ᄉᆞ 일
이온지 밝히 가ᄅᆞ치샤 만일 곳티디 아니ᄒᆞ거든 즁죄를 더으게 ᄒᆞ쇼셔 부인이 양시를
도라보니 옥안의 슈식이 가득ᄒᆞ여 년보를 옴겨 협실노 드러가니 부인이 쟝탄 왈 엇
지 모로리오 부〃ᄂᆞᆫ 오륜의 즁ᄉᆞ라 양현부의 슉뇨ᄒᆞ미 문왕의 ᄉᆞ시를 불워 아니려든
무고히 박딕ᄒᆞ며 딕ᄒᆞᆫ즉 삼싱 구슈ᄀᆞᆺ티ᄒᆞ니 우흐로 존당이 근심ᄒᆞ시고 버거 여뫼 침
식이 다지 야냐 쵸젼ᄒᆞᄂᆞᆫ 배라 네 부친이 ᄌᆞ시 모

24면

로시므로 즁쳑이 업거니와 맛ᄎᆞᆷᄂᆡ 긔이디 못ᄒᆞ리니 비록 만금의 ᄉᆞ랑이라도 엇지 픠
류 박ᄒᆡᆼ을 용셔ᄒᆞ리오 부모의 ᄉᆡᆼ육ᄒᆞᆫ 몸의 틱챵의 괴로오미 〃구의 이실 줄 모로ᄂᆞ
냐 직시 이러 ᄌᆡ비 왈 쇼ᄌᆞ 비록 박ᄒᆡᆼ 무식ᄒᆞ나 몸이 션비되여 강상대의를 슬피리니
엇지 무고이 부〃 눈의를 폐ᄒᆞ리잇고 지어양시ᄂᆞᆫ 그 위인과 지모를 쇼ᄌᆞ 모로디 아
니ᄒᆞ디 ᄌᆞ연 딕ᄒᆞ면 두골이 ᄡᆞ리ᄂᆞᆫ 듯ᄒᆞ니 니ᄅᆞᆫ바 셔로 치부ᄒᆞᆫ 허믈이 업시 이러ᄒᆞ
믄 냥익이라 ᄆᆞ음을 가다듬으나 곳티디 못

25면

ᄒ오니 히이 실노 고이ᄒᆞᆷ믈 결을티 못ᄒᆞᄂᆞ니 엇지 ᄒᆞᆫ낫 져의 박힝ᄒᆞ미니잇고 ᄯᅩ 역시 힝ᄋᆞ의 명되 긔박ᄒᆞ미니이다 연이나 냥ᄋᆡᆨ이 진ᄒᆞᆫ즉 맛ᄎᆞ니 이러티 아닐지라 ᄒᆞᄆᆞᆯ며 피ᄎᆞ 이십이 머러시니 무어시 밧브리잇고 틱〃ᄂᆞᆫ 믈우ᄒᆞ시고 쇼ᄌᆞ의 심ᄉᆞᄅᆞᆯ 살펴 쇼셔 부인이 더옥 근심 왈 여모ᄂᆞᆫ 알기ᄅᆞᆯ 너의 부뷔 피ᄎᆞ 연유ᄒᆞ니 무ᄉᆞ 일노 샹힐ᄒᆞ미 잇ᄂᆞᆫ가 ᄒᆞ엿더니 만일 이러ᄒᆞᆯ진대 현뷔 더옥 잔잉ᄒᆞ고 닉 근심이 더ᄒᆞ도라 부부지되 져컨딕 텬디 ᄀᆞᆺᄒᆞᆫ디라 쳔디 블화ᄒᆞᆫ

26면

즉 만믈이 엇지 싱긔ᄅᆞᆯ 닐리오 부뷔 블화ᄒᆞᆫ즉 집이 난ᄒᆞ며 ᄌᆞ손이 멸졀ᄒᆞᄂᆞ니 엇지 져근 근심이리오 〃ᄋᆞᄂᆞᆫ ᄌᆞ쇼로 효의 츌뉴ᄒᆞ고 도량이 하히ᄀᆞᆺᄒᆞ니 범ᄉᆞᄅᆞᆯ 강잉ᄒᆞ고 어미 ᄆᆞ음을 도라보와 고이ᄒᆞᆫ 의ᄉᆞᄅᆞᆯ 두지 말나 직시 온화이 블민ᄒᆞᆷ믈 ᄒᆞ나 맛ᄎᆞ니 양시의 음비ᄒᆞᆫ 졍젹은 희미히 고티 아냐 필경을 보려ᄒᆞ니 그 동량이 진실노 십오 츙년의 힝ᄒᆞᆯ 배리오 양쇼졔 협실의셔 직ᄉᆞ의 말을 드ᄅᆞ매 져ᄅᆞᆯ ᄒᆞᆯ 거시 업ᄉᆞ딕 그 강작ᄒᆞᆫ 말이믈 ᄭᅴ더라

27면

싱각ᄒᆞ딕 군ᄌᆞ의 말이 젼혀 허인이라 만일 그럴진대 처음은 그러치 아니코 근간 힝시 엇지 다ᄅᆞ리오 반드시 허실간 나의 허믈을 보미니 아디 못게라 나의 힝시 굿ᄒᆞ여 군ᄌᆞ 안젼의 과실뵌 줄 싱각디 못ᄒᆞ딕 이러툿 비루이 너기믈 입으니 ᄎᆞᄂᆞᆫ 하늘이라 쟝강 반비 어지디 아니미 아니로딕 명이 박ᄒᆞ미라 나의 당ᄒᆞᆫ 바ᄂᆞᆫ 이와 다ᄅᆞ니 닉 비록 쟝강 반비의 어짐만 못ᄒᆞ나 조군은 지셩 군ᄌᆞ니 나의 젼뎡이 되여가믈 보고 힝신을 옥결ᄀᆞᆺ치 ᄒᆞᆯ ᄲᅢᆫ이라 구ᄎᆞ히 슬허ᄒᆞ리오 이러

28면

툿 ᄯᅳᆺ을 잡고 가부ᄅᆞᆯ 질원ᄒᆞ미 업스니 션지라 이러ᄒᆞᆫ 슉덕으로 블인ᄒᆞᆫ 동긔ᄅᆞᆯ 만나 ᄋᆞ년 단쟝 공규와 허다 곡경을 지ᄂᆞ니 엇지 ᄎᆞ홉디 아니리오 요힝 길인은 하늘이 도와 양쇼졔 잉틱 ᄉᆞ오 삭이라 처음은 아지 못ᄒᆞ더니 달포되매 지긔ᄒᆞ미 이셔 비록 일만 실음 듕이나 반ᄃᆞ시 음식을 힘뼈 먹고 조바야이 ᄆᆞ음쓰미 업셔 본부의 도라완 지

일월이 오리디 다시 친당의 가디 아니코 부뫼 귀령을 쳥흔죽 회셔흐여 말흐디 녀즈 유힝이 원부모형데라 쇼녜 비록 블

호흐나 슈친지회 헐흐미 아니로디 년노 존당의 일시니 측이 듕난흐니 부모는 히우의 갈 씨를 기드리샤 번거이 쳥티 마루쇼셔 흐니 양공 부뷔 조부의셔 녀우를 스랑흐여 보니기를 어려워흐는 쥴노 아라 비록 결연흐나 다시 쳥티 아니 " 뉘 삼오 이팔도 못흐여 빅두음을 쇼임홀 줄을 알니오 이러틋 셰월을 보니더니 신경을 당흐여 뎡쇼졔 일개 옥동을 싱흐니 부풍 모습흐여 짓짓 닌봉의 삿기라 긔골이 쥰미흐여 크게 범우와 다른디

라 틱부인과 샹국 부 " 의 환열흐미 비길 디 업고 가듕의 깃브미 츈풍 굿흐니 뎡쇼져의 긔셰 태산 굿흐여 녀로 남복이 그 은덕을 숭티 아니리 업더라 추시 뎡참졍 지실 박시 치임을 일코 어디 가 죽은가 흐엿더니 믄득 한님의 부인이 되여 옥 굿흔 아들을 나코 구가 합문의 예셩이 즈 " 흐고 조한님의 무궁흔 예셩이 비길 디 업다흐니 박시 졔 스오나오믄 싱각아니코 분 " 통히흐믈 니긔디 못흐니 참졍이 어두온 거시 잠간 열닌 후 박시

디쳡이 젼만 못흔디라 박시 분흐믈 이긔디 못흐여 맛춤니 치임의 젼뎡을 희지어 일싱을 맛고 말녀홀시 거즛 뉘웃는 빗츨 지어 참졍을 디흐여 왈 향쟈의 쳡이 그릇 싱각흐여 치임으로 슈관의 지실을 삼고져 흐더니 녀우의 빙샹고졀이 맛춤니 조가의 인연을 일우니 깃븐 듕 우리 일이 도로혀 참괴흔디라 녀이 아히 변흐여 어룬이 되고 쏘 싱남흐믈 드루니 쳡이 비록 낫티 아냐시나 모녀지의 잇는디라 보고져 뜻이 업스리오 젼일을 뉘우쳐

모녀지의를 다흐고져 흐느니 흔 번 다려와 보게흐쇼셔 참졍이 박시 뉘웃고 어진 말

을 드르니 가장 다힝ᄒ여 왈 원릭 이 ᄯᆞᆺ이 〃시디 그ᄃᆡ 녀ᄋᆞᆯ 블호ᄒ니 젼 ᄀᆞᆺᄒᆞᆫ 거죄 이실 못 다려오미러니 부인이 뉘우칠진ᄃᆡ ᄂᆡ 엇지 ᄒᆞᆫ 번 다려와 모녀지졍을 폐게 아니리오 박시 칭샤ᄒ고 다려오믈 바라니 참졍이 명일 슈셔를 닷가 한님의게 녀ᄋᆞ 보ᄂᆡ믈 쳥ᄒ니 쇼졔 ᄒᆞᆫ 번 계모를 보와 샤죄코져ᄒᆞᄃᆡ ᄌᆞ젼티 못ᄒ더니 계모의 뉘우친 셔간을 보고 이의 한님긔 의논

33면

ᄒ니 한님이 졍식 왈 부인이 젼일을 싱각ᄒ면 ᄆᆞ옴이 셔늘ᄒᆞᆯ지라 능히 가고져 ᄆᆞ옴이 나ᄂᆞ냐 만일 박부인이 그ᄃᆡ를 보고져 홀진ᄃᆡ 스스로 와 보려니와 결ᄒ여 보ᄂᆡ던 못ᄒ리니 두 번 니ᄅᆞ디 마ᄅᆞ쇼셔 언파의 ᄉᆞ매를 떨쳐 나가니 쇼졔 감히 말을 못ᄒ고 브득이 회셔를 닷가 보ᄂᆡ며 보ᄂᆞ디 아니믈 알외니 참졍은 참괴 무언이오 박시는 대로ᄒ여 절치부심ᄒ며 가마니 박슈관을 쳥ᄒ여 이 일을 니ᄅᆞ고 현데 그런 졀염을 남의게 아이고 이제 오히려 슉

34면

녀를 만나디 못ᄒ여시니 엇지 조부와 슈인이 아니리오 현데 죡디 다모ᄒ니 조부와 치임의 젼뎡을 희지어 냥인이 동셔로 난ᄒᆞ게 ᄒ고 현데 ᄉᆞ이의셔 ᄯᅳᆺ디로 취ᄒ면 히롭디 아니리니 조흔 모칙을 싱각ᄒ라 슈관이 언을 드르매 분ᄒᆞ미 가득ᄒ여 션ᄌᆞ로 ᄯᆞ흘 쳐 왈 가통이라 쇼데 ᄒᆞᆫ 계괴 이시니 죡히 조무를 죽이고 뎡시로 나의 가인을 삼으리라 박시 대희ᄒ여 계교를 무른ᄃᆡ 슈관 왈 다ᄅᆞ미 아니라 ᄂᆡ 벗 최평지 시방 양혹ᄉᆞ 문긱이로ᄃᆡ

35면

효용이 과인ᄒ여 만인 브당지용이 〃시니 가마니 동뉴를 결당ᄒ고 최평ᄌᆞ 슈단이 일면 아니 죽으리 업스니 ᄎᆞ싱을 몬져 조부의 보ᄂᆡ여 조무를 쳐치ᄒ고 셔 〃히 도모ᄒ여 뎡시를 취ᄅᆞ리라 박시 왈 ᄎᆞ계 신묘ᄒ나 다만 조뮈 당당ᄒᆞᆫ 샹문 귀ᄌᆞ로 겸ᄒ여 텬춍이 지극ᄒ니 일을 소루이 ᄒ다가는 최평지 멸문지화를 만날 쎈 아냐 근본을 ᄎᆞ즌 즉 현데 대화를 보리니 우형의 ᄯᅳᆺ은 박귀비 탄싱ᄒᆞᆫ 바 공쥐 바야흐로 십ᄉᆞ셰의 귀비 가셔를 극튁ᄒ니 현데 슉

36면

모긔 알외여 귀비를 보고 조무의 풍치 일등 영걸이오 일셰 미남지믈 굿초 고ᄒᆞ여 공
쥬의 귀의 가게ᄒᆞ라 져 공쥬의 쇼문을 드ᄅᆞ니 명슈 옥엽이나 음환ᄒᆞ미 셰간의 ᄒᆞ나
히라 옥인 가랑을 친히 보고 갈히려 노라 지금 간퇵디 못ᄒᆞ니 슉모와 귀비ᄂᆞᆫ 일신 굿
흔 ᄉᆞ이라 엇지 일이 되디 못ᄒᆞ리오 슈관이 대락ᄒᆞ여 ᄎᆞ계를 힝ᄒᆞ려ᄒᆞ니 아디 못게
라 ᄎᆞ시 엇디된고 ᄎᆞ셜 박귀비ᄂᆞᆫ 박슈관의 고뫼라 초의 박가의 집이 빈한ᄒᆞᆯ ᄲᅵᆫ 아니
라 ᄌᆞ식이 만하 졔 삼녀를 평

37면

민 오셰달이 가음연 상고로 ᄌᆞ식이 업ᄉᆞ매 오가의 쳐 노시 남의 ᄌᆞ식을 어더 길너 셩
인ᄒᆞᆷ믈 일삼으니 박개 가연이 똘을 맛겨 기르더니 궁녀 ᄲᅢ히ᄂᆞᆫ 딕 ᄲᅢ혀 궁인이 되니
박개 가장 원통ᄒᆞ여ᄒᆞ더니 박시 ᄌᆞ식이 잇ᄂᆞᆫ 고로 텬심을 맛쳐 ᄌᆞ녀를 나흐니 인ᄒᆞ
여 귀비를 봉ᄒᆞ고 똘노ᄡᅥ 금션 공쥬를 봉ᄒᆞ니 져 공쥐 당젹 무후로 흡ᄉᆞᄒᆞ며 요특 간
음ᄒᆞ여 못홀 악ᄉᆞ 업거늘 박귀비 ᄯᅩ 쳔가의 싱장ᄒᆞ여 본셩이 어지디 못ᄒᆞ여 셩딕의
히로온 계집이라 샹이 그 직용을

38면

과혹ᄒᆞ샤 통이ᄒᆞ시니 졍궁의 방ᄌᆞᄒᆞ미 만터라 공쥐 나히 ᄎᆞ매 부마를 퇵ᄒᆞ려홀ᄉᆡ 공
쥐 부딕 졔 눈으로 보고 퇵ᄒᆞ려노라 ᄒᆞ므로 간션ᄒᆞᄂᆞᆫ 젼거를 미쳐 ᄂᆞ리디 못ᄒᆞ엿더
니 슈관이 졔 집의 도라가 긔모 소시로 ᄒᆞ여곰 궐듕의 드러가 귀비긔 고ᄒᆞ딕 한님혹
ᄉᆞ 조뮈 부마의 직목이 가ᄒᆞᆷ믈 알외딕 공쥬의 ᄯᅳᆺᄂᆞᆫ 딕 조무의 영웅호걸이 만고의 독
보ᄒᆞᆷ믈 기려 혼인이 되도록 ᄒᆞ니 소시 긔ᄌᆞ의 말을 올히 너겨 즉시 입궐ᄒᆞ여 귀비를
보고 소시 긔ᄌᆞ의 말을 올히 너겨 즉시

39면

입궐ᄒᆞ여 귀비를 보고[2] 말ᄉᆞᆷ홀ᄉᆡ 공쥐 귀비 겻ᄒᆡ 이시니 홀난흔 용치 경국지식이라
소시 왈 옥쥬의 지모 운치 이ᄀᆞᆺ고 쟝셩 슈미ᄒᆞ시니 부마 직목을 어드시니잇가 귀비

---

2)   소시 ~ 보고 : 같은 문장이 두 번 필사되어 있지만 원문 그대로 입력함.

답왈 이 ᄋᆞ히 지용이 독보ᄒᆞ고 ᄯᅳᆺ이 고산ᄀᆞᆺᄒᆞ여 제 눈의 ᄎᆞᄂᆞᆫ 호걸이야 셤기려 ᄒᆞ니 아직 간션을 날희고 종용이 듯보와 덩ᄒᆞ려 ᄒᆞ노라 소시 쳥션 왈 옥쥬의 큰 ᄯᅳᆺ이 쇼〃 녀ᄌᆡ 비길 배 아니라 하ᄂᆞᆯ이 져 ᄀᆞᆺ흔 지용을 ᄂᆡ시고 엇디 그 ᄶᅡᆼ이 업ᄉᆞ리잇가 신쳡이 보니 거년 츌신 한님흑ᄉᆞ 조무ᄂᆞᆫ 니

40면

빅의 풍ᄎᆡ를 압두ᄒᆞ고 반악의 풍ᄎᆡ를 압두ᄒᆞ니 그 풍ᄎᆡ 쳔고의 무빵ᄒᆞ고 직조와 문벌은 셩상이 아ᄅᆞ실지라 이 밧 부마 지목이 업ᄉᆞᆯ가 ᄒᆞᄂᆞ이다 귀비 깃거 왈 져〃의 말을 드르니 ᄂᆡ 눈으로 봄과 일반이라 오직 ᄎᆔ쳐를 아냣ᄂᆞᆫ가 소시 쇼왈 비록 ᄎᆔ쳐ᄒᆞ여시나 이 블과 인신의 녜라 엇지 황녀와 동녈이 되리오 ᄌᆞ연 믈너ᄂᆞ리니 호의 마ᄅᆞ시고 셩상긔 알외여 덩ᄒᆞ쇼셔 공쥐 겻ᄒᆡ셔 조무 기리ᄂᆞᆫ 말을 듯고 거년 알셩의 조무 형뎨의 풍ᄎᆡ 쒸여나믈 보고 오ᄆᆡ

41면

ᄉᆞ복ᄒᆞ여 ᄯᅳᆺ이 연〃ᄒᆞ더니 이 말을 드르매 음심이 대발ᄒᆞ여 ᄂᆡ다라 니ᄅᆞᄃᆡ 조뮈 비록 실ᄂᆡ이시나 법은 왕쟈의 지은 배오 시속의 개가ᄒᆞᄂᆞᆫ 법이 왕〃이 〃시니 조무의 쳐를 결혼ᄒᆞ여 개가ᄒᆞ게 ᄒᆞ고 쇼녀로 조무의게 가ᄒᆞᆫ신족 조개 엇지 ᄉᆞ양ᄒᆞ며 인언이 또 이시리잇가 소시 왈 옥쥬의 상쾌ᄒᆞ신 의논이 실노 셰샹 녀ᄌᆡ 비ᄒᆞᆯ 배 아니로쇼이다 귀비 ᄯᅩ흔 불인지심이라 엇지 ᄉᆞ톄를 도라보리오 조가 부귀 권셰를 흠앙ᄒᆞ여 명일 뎌긔 금션의 혼ᄉᆞ를 한님 조무의게

42면

덩코져ᄒᆞᄂᆞᆫ ᄯᅳᆺ을 주ᄒᆞ니 텬지 귀비의 말을 드르시고 굴ᄋᆞ샤ᄃᆡ 조무ᄂᆞᆫ 긔특ᄒᆞ거니와 발셔 ᄎᆔ실ᄒᆞ여시리니 유쳐 조신으로 엇디 부마를 삼으리오 귀비 피셕 ᄃᆡ왈 셩괴 맛당ᄒᆞ시나 금션이 만일 조무 곳 아니면 궁금의 종신ᄒᆞ고 타인을 좃디 아니려ᄒᆞ니 신이 만일 〃녀의 원을 일우디 못ᄒᆞᆫ즉 죽어도 눈을 감디 못ᄒᆞ리로쇼이다 샹왈 경의 모녀의 원을 일우고져 홀진ᄃᆡ 조졍 의논이 분〃홀 거시오 조샹국 부지 듯디 아닐가 ᄒᆞ노라 귀비 우 주왈 폐하ᄂᆞᆫ 만

43면

승지줘시니 조샹국이 비록 질절이 어려오나 신ᄌ지분의 슈화라도 역명티 못ᄒ려든 ᄒ믈며 옥 ᄀᆺ흔 ᄯᆯ노뻐 며느리 삼으라 ᄒ시는 셩교를 졔 엇디 거역ᄒ리잇고 조무의 조강 뎡녜 본디 박슈관의 졍친ᄒᆫ 녀지러니 그 계모와 상힐ᄒᆞ와 규리의 ᄌᆞ쳐 도로의 뉴리ᄒ다가 강변의셔 조무를 만나매 조뮈 년쇼 풍졍의 용안의 슈미ᄒᆞᆷ믈 ᄉᆞ랑ᄒᆞ여 거두워 취ᄒ나 그 힝신 비쳔ᄒᆞᆷ믈 조개 불관이 너기다ᄒᆞ오니 황녜 하강ᄒᆞᆷ믈 ᄉᆞ양ᄒ리잇가 샹이 침음 왈 경의

44면

ᄯᅳᆺ이 여ᄎᆞᄒᆞ니 늬 져다려 무러보리라 귀비 빗샤ᄒᆞ더라 명일 조회의 조샹국을 머므르시고 ᄯᅩ 한님을 ᄉᆞ좌ᄒᆞ시며 굴ᄋᆞ샤디 경은 국가 쥬셕지신이라 휴쳑을 ᄒᆞᆫ가지로 ᄒ리니 ᄒᆞ믈며 조뮈 형뎨 츌인ᄒᆞᆫ 위인으로 동냥지지 겸ᄒᆞ여 국가의 큰 보비라 짐이 엇디 다른 신ᄌᆞ와 ᄀᆺ티ᄒ리오 이제 짐이 경으로 더브러 인친이 되고져 ᄒᆞ느니 경은 ᄉᆞ양티 말나 샹국이 대경 돈슈 왈 신이 셩은을 입ᄉᆞ와 블민 ᄇᆞ지로 작녹을 도젹ᄒᆞ여 위국 인신ᄒᆞ니 쥬야 긍〃업〃ᄒᆞ온디라

45면

사름이 미ᄒ고 위과ᄒᆞᆫ즉 지앙이 잇습거늘 가지록 셩은이 호〃ᄒᆞ샤 미셰ᄒᆞᆫ ᄌᆞ식이 일 방의 모쳠ᄒᆞ와 쳥현 화직을 ᄌᆞ임ᄒᆞ니 신의 부지 국은을 갑ᄉᆞ올 길히 업ᄉᆞ오믈 탄ᄒᆞ옵ᄂᆞ니 엇디 외람ᄒᆞᆫ 셩교를 승당ᄒᆞ오며 신이 ᄌᆞ녀를 다 셩혼ᄒᆞ엿ᄉᆞ오니 던교를 황공의 혹ᄒᆞᄂᆡ이다 샹이 쇼왈 짐이 ᄯᅩ 경의 필혼ᄒᆞᆫ 바를 아란 디 오리거니와 짐의 녀이 일홈은 금션이니 취가홀 년긔로ᄃᆡ 공쥬의 ᄆᆞ음이 유싱의게 하가ᄒᆞᆷ믈 원티 아냐 년쇼 조ᄉᆞ 듕 문디와 인

46면

믈이 졔일을 원ᄒᆞ니 여ᄎᆞ즉 경의 ᄌᆞ 냥인 듕의 나디 아닐디라 한님 조무로 부마를 뎡ᄒᆞᄂᆞ니 경은 지실ᄒᆞ라 샹국이 녀망이 쥬왈 셩괴 그릇 발ᄒᆞ시미라 신ᄌᆡ 본ᄃᆡ 소활 무식ᄒᆞ와 취쳐를 아냐셔도 초방 가셰 불가ᄒᆞ옵거늘 ᄒᆞ믈며 취쳐 수삼년의 ᄌᆞ식이 〃시니 셩은이 황감ᄒᆞ여 공쥬를 마ᄌᆞ매 조강을 쳐치ᄒᆞ기를 엇지ᄒ리잇고 복원 셩샹은 다

시 아룸다온 가셔룰 퇴ᄒᆞ샤 부마룰 졍ᄒᆞ시고 신ᄌᆞ의 용우ᄒᆞᄆᆞᆯ 술펴쇼셔 샹이 팀음 냥구의 왈 경언이 쳐

47면

션ᄒᆞ니 짐이 유쳐ᄒᆞᆫ 신하로 부마룰 삼으리오마ᄂᆞᆫ 기듕 곡졀이 마디 못ᄒᆞᄆᆡ라 특별이 왕법을 굽혀 무의 조강으로뻐 둘지 부인을 삼고 공쥬룰 마ᄌ 황은을 경시티 말나 공이 다시 ᄉᆞ양코져ᄒᆞ나 샹이 닉던으로 향ᄒᆞ시니 홀 일 업셔 앙〃이 퇴ᄒᆞ여 소룰 올녀 송홍의 조강은 블하당으로뻐 ᄉᆞ 오슌의 언논이 쥰졀ᄒᆞ고 ᄉᆞ긔 격졀ᄒᆞ니 샹이 귀비룰 보시고 조공 부ᄌᆞ의 ᄉᆞ양ᄒᆞᄆᆡ 맛ᄎᆞᆷ닉 협박기 어려오믈 니ᄅᆞ신ᄃᆡ 공쥬 읍주 왈 신이 비록 일개 쇼녀지

48면

나 엇디 ᄆᆞ음을 달니ᄒᆞ여 타인을 싱각ᄒᆞ리 잇고 조무 곳 아니면 혼ᄌ 늙으려 ᄒᆞᄂᆞ이 다 샹이 비록 맛당이 못 너기시나 텬눈 ᄌᆞ이로뻐 그 졍을 차마 아니 듯디 못ᄒᆞ시고 ᄯᅩ 조무의 지화룰 ᄉᆞ랑ᄒᆞ샤 금젼 녀셔룰 삼고져 ᄯᅳᆺ을 뎡ᄒᆞ시매 조공 부ᄌᆞ의 샹소룰 비답 왈 경의 소식 비록 근졀ᄒᆞ나 짐의 ᄯᅳᆺ이 뎡ᄒᆞ여시니 엇지 고치리오 조강지쳐ᄂᆞᆫ 녜의 듕ᄃᆡᆫ 고로 둘지 부인으로 일퇴의 두게ᄒᆞᄂᆞ니 황녀와 동녈ᄒᆞ매 뎡녀의게 무ᄉᆞᆷ 유희ᄒᆞᄆᆡ 이시리오 승샹

49면

이 탄왈 이 다 명이라 ᄒᆞ고 도라오니 한님이 분노ᄒᆞ야 다시 소룰 올녀 부마 작직을 ᄉᆞ양ᄒᆞ고 뎡녜 비록 황녀룰 가ᄅᆞ디 못ᄒᆞ나 조강 결발이라 맛ᄎᆞᆷ닉 뎡녀의 싱ᄌᆞ로뻐 결발 삼을 ᄯᅳᆺ을 알외니 샹 왈 조뮈 황녀룰 너모 경시ᄒᆞ고 국은을 모로ᄂᆞᆫ도다 짐의 녜 엇디 뎡녀의게 굴ᄒᆞ리오 이의 답왈 경의 원을 조ᄎᆞ 아직 부마 직품을 날회고 뎡녜 아모리 조강이나 짐의 ᄋᆞ녜 엇디 뎡녀룰 셤기리오 첫 하교룰 시힝ᄒᆞ라 한님이 크게 분노ᄒᆞ여 부듕의 도라오

50면

매 화긔 쇼삭ᄒᆞ니 존당 부뫼 ᄎᆞ셕ᄒᆞᄆᆞᆯ 마디 아니터라 존당 구괴 뎡쇼져룰 명소ᄒᆞ여

좌룰 주고 공이 탄왈 현뷔 슉뇨흔 덕과 상셜 굿흔 졀개로 ㅇ문의 입승흔 삼년이라 수덕의 흔 허믈이 업고 너모 조셩흐믈 노뷔 미양 넘녀흐더니 이제 외람이 공쥬롤 마즈오매 현뷔 버금이 되리니 위초롤 니롤 거시 아니라 젼후인시 엇지 될 줄 모로고 오ㅇ 년쇼 방탕흐니 졔가롤 잘못흔즉 현부의게 블힝이 될디라 엇지 익돕디 아니리오 연이나 믹시 하늘이라 현부는

51면

ㅁ음을 요동티 말고 가부롤 어지리 도와 황영의 고스롤 효측흐라 틱부인과 위부인이 탄왈 박귀비 어지디 못흐니 이 공쥐 엇디 어질믈 바라리오 ㅇ부의 일싱 마장이라 현부롤 위흐여 칼을 삼킨 듯흐니 녀즈의 ㅁ음의 엇디 안ㄴ 흐리오 연이나 화복이 막비 텬의라 맛참닉 복션지니롤 밋ᄂᆞᆫ니 너모 초ᄉᆞ흐여 괴로오믈 니ᄅ디 말나 뎡쇼졔 ᄯᅥ러 듯줍고 직비 계슈 왈 ㅇ히 비박 누질노 존당 구고의 산은 희덕이 일신의 져ㄴ시니 무모흔 인싱이 슬프믈 잇줍고 고당 치루의

52면

부귀 안ㄴ흐니 복의 과흐여 지앙이 니ᄅ미니 산계 비질이 봉황과 ᄲᅥᆨ흐디 못흐ᇫᄂ니 쳡은 인신의 어린 녀지오 공쥬는 금지옥엽이시니 감히 동녈이 되여 부마의 둘지 부인 위롤 감당흐리잇고 오직 셰간 긔인으로 금일브터 침쳐롤 옴겨 존당 안젼의 무휼흐시믈 우러ㄴ 남은 셰월 보닉기롤 바라ᄂ이다 안식이 온화흐고 말솜이 쥰졀흐여 셕목이 동흐니 공이 기리 탄식고 그 총혜흐미 견두롤 ᄉᆞ못쳐 방탕흔 가부의 후박이 고로지 아냐 변난을 일월가

53면

넘녀흐여 존당의 근시롤 쳥흐는 ᄯᅳ시니 가련흔디라 이의 탄식 왈 현부의 졍시 비고흐니 십ᄉᆞ 츈광의 폐륜코져흐믈 노뷔 엇디 듯고져 흐리오 믹시 텬니 미리 근심흐여 면흘 배 아니라 현부는 방심흐여 오ㅇ의 닉조롤 화히흐여 가되 슉연흐믈 바라노라 틱부인이 쇼졔의 옥슈롤 잡고 양시의 운환을 어로만져 왈 ᄎᆞ회라 조믈이 엇지 싀긔흐믈 이러툿 흐ᄂᆞᄂ뇨 나의 냥부는 고금의 드믄 슉녀 졀염이라 각ㄴ 부뷔 화락흐여 즈손이 션ㄴ키롤 바라거늘 싱각 밧 셩이 손

54면

부로 금슬이 소원호미 날노 더호거놀 또 뎡으부의 마장이 니러느니 노뫼 냥식 부위
호 근심이 슉식이 달디 아니〃 엇지 흔홉디 아니리오 뎡양이 쇼졔 공슈 쳥필의 이러
지비 왈 이 다 명이니 현마 엇디호리잇고 원컨듸 셩녀룰 날회쇼셔 호고 각〃 스실노
도라가다 틱부인이 〃의 직스의 양시 박듸 틱심호여 면목 블견홀 디경이믈 승샹다려
베퍼 누쉬 여우호니 공이 듸경 왈 히이 셩졍이 소활호여 가듕사룰 술피디 못호느디
라 이제 셩이 크게 명교의 죄인이

55면

되여시듸 그 아비 망연이 모로오니 블명호믈 붓그리느이다 셩이 자교룰 봉승티 아니
호오니 흔 번 다스려 즈위 근심을 덜니이다 틱부인이 직스 사랑이 만금의 지나듸 금
슬이 지금 블화호매 다드라는 블승 통원호는 배오 효의 특츌흔 이히니 혹 엄부의 치
칙이 〃시면 나흘가 요힝을 바라는고로 말니지 아냐 오직 탄식호더라 승샹이 외당의
나와 직스룰 명쇼호니 직식 승명호여 나아온듸 승샹이 노긔 참연호여 좌우로 직스룰
잡아느리와 쑬니고 슈죄 왈 네

56면

죄룰 아는다 직식 져즌 죄 업스나 야야의 긔위 엄슉호믈 크게 두려 면관 돈슈 왈 쇼
지 져즌 죄룰 싱각디 못호옵느니 오직 밝히 듯줍고 죄룰 밧즈오믈 바라느이다 공이
진목 즐왈 노뷔 늣게야 여등 형뎨룰 어드니 스랑이 과호여 비록 가르치미 업스나 네
몸이 션비 되여 고셔룰 박남호니 우흐로 스군스친의 통효로 근본을 삼을 거시어놀
존당이 여등 형뎨룰 과이호시나 지귀지존호시거놀 교이룰 미더 교훈을 밧줍디 아냐
셩우룰 기치니 그 죄 흔나히오 양식부

57면

뉵녜 졍실노 슉뇨흔 스덕이 진짓 셩녀철뷔라 네게 외람흔 쳐지어놀 무고히 박듸호여
퓌류박힝을 즈취호고 부모의 뜻을 어긔여 〃뫼 여러 번 니르듸 고티디 아니코 지어
면목 블견이라 호니 너 굿흔 박힝 블초지 업는디라 죄 지으믈 일뎡 모로리오 금일 즈
견이 네 힝스룰 니르시매 샹도호믈 마디 아니샤 침식 다디 아니시니 노뷔 븍당을 뫼

셔 노리즈의 반의롤 효측디 못ᄒ나 블초지 픽려ᄒᄆᆯ 졔어치 못ᄒ여 이우롤 더으니 노뷔 하면목으로 사ᄅᆷ을

딕ᄒ리오 말노 닐너 듯디 아니〃 마디 못ᄒ여 틱장을 더으ᄂ니 쳐도 듯디 아닌즉 안견의 닉쳐 부ᄌ지졍을 쓴흘 ᄯ롬이라 가히 아비 말을 헛도이 듯디 말고 알프므로써 ᄆᆞ음을 고티라 셜파의 그 딕답을 기ᄃ리디 아니코 울녀 ᄆᆡ라 ᄒ여 산장을 잡을시 직시 허다 회픠 이시나 엄뇌 진녈ᄒ시니 감히 ᄉ졍을 고티 못ᄒᆯ ᄲ 아냐 하리 군졸이 구룸 ᄀᆞᆺᄒ니 엇지 규녀 음비지ᄉᆞᆯ 경히 발ᄒ리오 실노 ᄌᆞ긔 왕모의 명을 밧드디 못ᄒ고 모부인 경계롤 져바렷ᄂ디라 머리롤 숙여

ᄆᆡ롤 고요히 바드나 공의 ᄆᆡ질이 엄훈지라 고찰ᄒᄂ 위엄이 산악ᄀᆞᆺᄒ니 집장 사예 감히 인졍을 두디 못ᄒ여 ᄆᆡᆺ 닷ᄂ 곳마다 눈 ᄀᆞᆺᄒ 살이 샹ᄒ여 피 쇼ᄉᄂ니 비록 신댱이 슉셩ᄒ나 년긔 츔년이라 엇디 알프믈 잘 견디며 엄부 위엄인들 잘 강잉ᄒ리오마ᄂ 작인이 츌어범뉴ᄒᆫ디라 견고ᄒ미 싱쳘ᄀᆞᆺ고 무거오미 풍산 ᄀᆞᆺᄒᆫ디라 블변안식ᄒ여 삼십여 쟝의 니ᄅ매 틱부인이 알고 만신이 알프고 놀나온디라 젼어ᄒ여 그티기롤 니ᄅ니 공 모명을 인

ᄒ여 그티고 명ᄒ여 왈 금일노부터 옥미덩의셔 조호ᄒ고 나은 후라도 뇌 명 업시 나오디 말나 직시 의관을 고텨 직비슈명ᄒ고 나죽이 주왈 블초지 비록 용잔ᄒ나 팔쳑 댱뷔라 이제 틱벌이 경ᄒ니 이만 슈쟝의 누어 알흘 거시 아니오 비록 박쳐ᄒ기로 죄롤 입어시나 부부유별은 오상의 이시니 남지 구〃히 규방의 머리롤 박고 이실 거시 아니오니 ᄯᆺ이 화ᄒ고 ᄆᆞ음이 셔로 마즌즉 샹경샹화ᄒᆯ 거시로딕 히이 져의 허믈을 보오매 대단ᄒ오니 잠간 두고 보와 그 허믈이 거줏 일

인즉 히ᄋᆞ롤 권티 아니셔도 폐륜박힝지인이 되디 아닐지라 역명ᄒᆫ 죄롤 다시 닙을지

언덩 부녀의 곳을 떠나지 말나 교훈은 실노 봉승티 못ᄒ리로쇼이다 셜파의 다시 졀
ᄒ고 계하의 업딕여 명을 기드리니 완슌ᄒ 거동과 츅쳑ᄒ 모양이 다 녜 밧긔 일이 업
ᄂ디라 공이 비록 태장ᄒ여 그 ᄯᅳᆺ을 ᄭᅥᆨ거 옥미뎡의 거쳐ᄒ라 ᄒ미러니 이러ᄐᆺ 스리
로 간ᄒ고 공손이 쳥죄ᄒ니 엄부의 위엄이나 다시 ᄭᅮ지즐 말이 업셔 다만 졍식 왈 네
오히려 ᄭᅮ며 노부를 속이고져 ᄒ니 양

62면

ᄋᆞ의 허믈이 무어신고 쾌히 니르고 은닉디 말나 직시 비샤 왈 고어의 귀 먹고 눈 어
둡디 아닌즉 가옹의 쇼임을 못ᄒ다 ᄒ오니 쇼지 년쇼 동치나 양시의 가댱이라 그 죄
과를 볼 젹마다 구외의 닉여 가둥이 알게 ᄒᆞᆫ즉 친가의 관인지되 아니오 군ᄌ의 침믁
ᄒ 덕이 아니라 시고로 보디 못ᄒ 듯ᄒ며 만일 명졍기죄ᄒ다가 혹쟈 그ᄅᆺ 슬피미 이
셔 져의 허믈이 헛곳의 도라간즉 히이 당〃이 후딕ᄒ여 부부륜의를 온젼이 ᄒ오리니
이제 경셜ᄒ미 져의게 유히ᄒ고 히ᄋᆞ의 단믁ᄒ 덕이 되디

63면

못ᄒ오리니 복망 야〃는 쇼ᄌ의 가스로ᄡᅥ 셩녀의 거리ᄭᅵ디 마르쇼셔 양시 견뎡이 만
니오니 이제 모도미 드믈기로 히ᄋᆞ의 죄를 삼디 마르쇼쇼 쇼지 필경 쳐티 이시리이
다 공이 ᄎᆞ언의 다드라ᄂᆞᆫ 아름답고 두굿거오미 극ᄒ여 왈 여언이 비록 유리ᄒ나 년
쇼 녀ᄌ의 쇼〃 허믈을 너모 유심치부ᄒ미 군ᄌ의 덕이 아니라 ᄎᆞ후 침소왕릭를 무
샹이 ᄒ고 면목 블견ᄒᄂᆞᆫ 거조를 그치라 네 규방의 쥬야거쳐ᄒᆞᆷ을 넘ᄒ니 노뷔 위인
부ᄒ여 폅박디 아닛ᄂᆞ니 양ᄋᆞ의 슉뇨ᄒ미 결단코

64면

큰 과실은 업ᄉ리니 범스의 딕졉을 박히 말나 직시 비샤이퇴ᄒᆞ매 공이 그 긔특ᄒ 말
ᄉᆞᆷ과 온듕ᄒ 거동이 진실노 아들을 두엇ᄂᆞᆫ디라 크게 두굿겨 친 줄을 뉘웃고 존당의
혼뎡홀시 공이 몬져 드러오고 한님 형뎨ᄂᆞᆫ 미쳐 못 드러왓더니 틱부인이 승샹을 보
고 탄왈 셩히 박쳐ᄒ미 이다를시 너다려 닐넛더니 어린 아히를 샹케 치뇨 공이 웃고
딕왈 아히 ᄌᆞ교를 거역ᄒ고 이우ᄒ 죄로 삼십 쟝을 경칙ᄒ엿거니와 딕기 셩ᄋᆞ의 위
인을 금일노ᄡᅥ 아오니 침믁 단듕ᄒ여

65면

맛춤닉 무고히 박쳐ᄒᆞ는 필뷔 되디 아니ᄒᆞ오리니 일시 이러ᄒᆞ미 져의 부뷔 유익ᄒᆞ민 가 ᄒᆞᄂᆡ이다 ᄒᆞ더라 이젹의 직시 믈너가 천만 강잉ᄒᆞ여 옥ᄆᆡ뎡의 니ᄅᆞ러 양시 거동 을 보려ᄒᆞᆯ시 난두의 오ᄅᆞ매 ᄉᆞ챵의 촉영이 비최고 우셩이 미미ᄒᆞ거늘 직시 죡용을 듕디ᄒᆞ여 가마니 드ᄅᆞ니 이ᄶᆡ 양쇼졔 촉하의 녜긔를 잠심ᄒᆞ거늘 유랑이 상하의셔 눈 믈을 ᄲᅳ려 왈 한홉다 텬의여 아쟈의 연츈뎡을 지나니 대상공이 뎡쇼져로 더브러 공 주 하가ᄒᆞ믈 근심ᄒᆞ시며 연연ᄒᆞᆫ

66면

졍을 먹음어 여텬디 무궁ᄒᆞ신 ᄯᅳᆺ이 타인을 니ᄌᆞ시거늘 우리 쇼져는 용식 지덕이 뎡 쇼져만 못ᄒᆞ지 아니시ᄃᆡ 상공의 박ᄃᆡ 졈〃 더ᄒᆞ여 혹 만나시면 ᄆᆞ음이 셔늘케 ᄒᆞ시 니 삼오도 못ᄒᆞᆫ 나히 쟝쟝 박명이 촌댱을 버히는 ᄃᆞᆺᄒᆞ이다 쇼졔 믄득 칙을 노코 날호 여 왈 어미는 말을 경히 말나 사ᄅᆞᆷ이 나매 녜의 넘치는 힝실의 본이오 효졀은 녀ᄌᆞ의 큰 졀목이라 닉 비록 일개 녀ᄌᆞ나 비호기를 이 밧긔 넘은 일이 업ᄉᆞ니 엇지 댱부의 은졍을 시비ᄒᆞ여 가군을 원망ᄒᆞ리오

67면

가군은 슈힝군ᄌᆞ라 엇지 무고히 졍실을 박ᄃᆡᄒᆞ여 명〃ᄒᆞᆫ 눈상을 어ᄌᆞ러이리오 처음 날 ᄃᆡ졉이 샹경여빈ᄒᆞ여 지심샹화ᄒᆞ니 부박ᄒᆞᆫ 희롱은 나의 원이 아니라 냥인은 믁〃 ᄒᆞ고 쳐ᄌᆞ는 비약ᄒᆞ여 빅년의 ᄆᆞ음을 거의 비ᄎᆡᆯ가 ᄒᆞ엿더니 근간은 비루히 너기믈 능히 감초디 못ᄒᆞ고 경멸ᄒᆞ미 젼과 다ᄅᆞ니 ᄎᆞ는 맑은 심간의 큰 허믈을 보미라 닉 비 록 아디 못ᄒᆞ나 군ᄌᆞ긔 득죄ᄒᆞ미 업ᄉᆞ니 이 반ᄃᆞ시 조믈이 작회ᄒᆞ여 나의 젼뎡을 희 지으미니 엇디 군ᄌᆞ를 ᄒᆞᆫᄒᆞ리오 뎡져는

68면

뇨조 슉녀로 ᄎᆞᆺ다ᄋᆞᆫ 졀개 구가의 탄복ᄒᆞ시는 배라 슉〃의 녜ᄃᆡᄒᆞ시미 샹ᄉᆞ라 각〃 팔지 텬슈의 미여시니 어미 엇디 다언ᄒᆞᄂᆞ뇨 금일 소회를 펴믄 어마 나를 십여 년을 양육ᄒᆞ여 지극ᄒᆞᆫ 졍의 원망이 도로혀 가군의게 도라가니 ᄉᆞ리 그러치 아니믈 니ᄅᆞ미 라 하늘이 나의 무죄ᄒᆞ믈 어엿비 너기샤 군ᄌᆞ 씨ᄃᆞᄅᆞ면 힝이오 블연ᄒᆞᆯ지라도 닉 ᄆᆞ

읍은 빙옥굿흐니 존당 구고의 셩덕을 우러러 일싱을 맛츤 후 구원의 도라가 장강 반비의 뒤를 ᄯᆞ라 심ᄉᆞ를 맑히리니 무익히 샹히

흐여 남을 원흐리오 말을 맛츠매 다시 쳑을 슬피고 말숨의 뜻이 업스니 직시 그 문답을 다 듯고 기호 입실흐니 유랑이 크게 놀나고 쇼졔 경괴흐나 텬연이 니러셜 ᄯᆞ름이오 셩안이 나작흐여 거듧써 보미 업ᄂᆞᆫ디라 직시 눈을 드러보니 광치 조요흐여 암실이 휘황흐니 맑은 냥안의 요요졍심이 나타나 밧긔 비최거ᄂᆞᆯ 팔치미우ᄂᆞᆫ 셩ᄌᆞ 현인의 풍이 가즉흐여 쳥고 샹연흐미 사름이 디흐매 흉금이 쇄연흔디라 직시 봉졍을 흘녀 냥구히 보매 흔 곳도 의심되미 업셔

진션진미흐여 셰간의 ᄲᅱ여나ᄂᆞᆫ디라 가쟝 의혹ᄒᆞ다가 좌를 뎡흐매 팔을 드러 왈 셔로 만나미 하마 긔년이라 엇디 이ᄀᆞ티 슈습흐여 좌ᄒᆞᆯ믈 사름의 입을 기드리ᄂᆞᆯ뇨 쇼졔 비록 져를 원흐미 업스나 근ᄂᆡ 디흐미 업다가 블의예 만나니 심히 슈괴흔지라 옥안이 취홍흐고 쥬슌이 믹〃흐여 먼니 좌ᄒᆞ니 직시 져 거동을 보고 아쟈 현슉흔 문답을 드 드르매 젼일이 다 이치이고 일변 고이흐고 일변 잔잉흐여 이윽이 침음이러니 날흐여 탄왈 싱의 셩졍이 쇼활흐여 규방의

왕ᄅᆡ 드믈고 등회 등의 만나 각별 홀 말이 업셔 유유키를 쥬ᄒᆞ니 믄득 박ᄃᆡᄒᆞ기로 유명흐여 존당 부뫼 과려ᄒᆞ시고 지어엄친이 당칙흐셔 고치과져 흐시나 쏘흔 밧드디 못ᄒᆞ니 나의 허믈이 크거니와 박쳐흔다 창셜흐여 지아비로 흐여금 결댱ᄒᆞᄂᆞᆫ 거조의 니ᄅᆞ기ᄂᆞᆫ 부인의 도리 아니라 오슈블혹이나 일즉 싱셰지후의 가엄긔 크게 칙ᄒᆞ시ᄂᆞᆫ 말솜이 잇디 아니ᄒᆞ더니 금일 부인의 연고로 삼십 둥칙을 입으니 부모의 싱육ᄒᆞ신 몸으로 알프믈 니긔디 못ᄒᆞ

리로다 쇼졔 줌이를 ᄲᅢ히고 피셕 쳥죄 왈 금일 부ᄌᆞ의 칙ᄒᆞ시믈 드ᄅᆞ니 골경심히흔

디라 니르신 배 다 쳡의 블미흔 죄니 스스로 죄의 나아가믈 쳥흐느이다 언파의 피셕 청죄흐니 온슌흔 거동과 단일흔 법되 구츄 상월이 옥누의 밝으시며 동일의 빙셜이 비최는 듯 그 힝동을 슬피건디 이런 긔질노 만〃코 그런 힝실 업스리니 월하의 뵈던 거시 아니 귀미런가 닉 일빵 안녁이 사름의 얼골과 쇼리를 드러 그 속을 명명이 아느 니 양시의 명경 궃흔 눈이 흔

73면

갓 영긔 동인홀 쑨 아니라 어진 뜻과 맑은 힝실이 나타나고 옥성 봉음이 낭연 화창흐 고 어리로아 엇지 일호나 음잡흐미 이시리오마는 닉 눈으로 님듕의셔 분명흔 흉수를 보와시니 츠마 부부지락을 싱각흐리오 근간 힝노궃더니 금야의 져의 말숨과 힝식 더 옥 긔특흐니 진실노 알 길이 어렵도다 너모 박졍 경만흐여 졔 만일 무음을 뼈 단명홀 징조의 니르러 혹쟈 무죄흘진디 빅인이 유아이시라 닉 블명 박힝지인이 되리니 비록 금슬지낙을 힘티 아니나 외모

74면

의 디졉을 평상이 흐여 졀노 흐여금 보젼케 흐엿다가 타일 져의 일이 이미홀진대 빅 년 금슬을 온젼이 흐고 유죄즉 쾌히 다스려도 늦지 아니타 쥬의를 뎡흐고 밧그로 슈 식을 타연이 흐여 화히 위로 왈 싱이 본디 텬셩이 쇼활흐여 사름으로 다쇼 셜화를 못 흐믈 부인도 아는 배라 즁방의 박쳐흔다 일홈흐나 부인은 싱의 흐는 바를 보고 일분 도 셔의흔가 넘녀 마르쇼셔 시녀를 명흐여 침금을 베플나 흐고 쇼져를 권흐여 즈기 를 청흐고 즈긔 즈리의 누어 츠야를

75면

지닉디 맛춤닉 은이 돈연흐니 완연흔 남이러라 츠후 직시 양시 디졉의 후박을 가닉 인이 모로게 흐고 슉쇼 왕닉를 무상히 흐니 존당 부뫼라도 다시 권홀 일이 업스디 침 샹 연이지낙이 업는더라 양시 셰속 오녀즈의 조바야온 넘이 업스나 직스의 위인이 범인과 다른디라 비록 밧긔 화흐나 안의 금옥의 견고흐미 이셔 깁히 치부흔 허믈이 크믈 지긔흐매 즈긔 무음이 옥궃흐매 녀즈의 심시 엇지 안안흐리오마는 나타닉미 업 셔 힝지 단엄흐고 스긔 안셔흐여 빅힝스덕

76면

이 하주홀 디 업스니 구고 존당이 탄복 이경호고 합가의 예성이 닌리의 들니 〃 양세 홍인이 비록 여러 가지 간계로 누의를 함히호나 조가의셔 구고와 합개 그 누의를 이듐호는 쇼문 ᄯᆞ룸이오 다른 동정이 업는디라 양세 듯고 싱각호디 쇼미의 싀모져덕으로 다시 조셩 ᄀᆞᆺ흔 셩덕대현을 만나시니 진실노 뇽이 풍운을 만나고 범이 날개 도침 ᄀᆞᆺ거늘 ᄯᅩ 회퇴흔 쇼식을 계월노 인호여 드럿는디라 가마니 싱각호디 졔 만일 농장의 경ᄉᆞ를 어든즉 반드시 양시 종ᄉᆞ를 조ᄋᆞ의 젼

77면

ᄒᆞᆫ는 날 약가 누만 직산이 누의게 쇽호리니 닌 당당이 조셩의 쳘셕 ᄀᆞᆺ흔 ᄯᅳᆺ을 두로혀 쇼미와 구젹이 되게 호리라호고 가마니 무고지ᄉᆞ를 가ᄅᆞ쳐 계월노 힝케 호니 일이 비밀호여 알 니 업더라 이쩌 조부의셔 일 〃 은 위부인이 시ᄋᆞ 잉으로 침소를 ᄡᅳᆯ더니 부인 상하의셔 ᄒᆞᆫ 봉흔 거슬 어더ᄂᆞ니 쥬필노 츅ᄉᆞ를 쎠시디 상국 부 〃 와 직ᄉᆞ의 명 ᄭᅳᆺᄎᆞᆯ믈 츅호여시니 ᄌᆞ톄 심샹티 아닌디라 뇽셔 비둥호고 쥬옥이 난낙호니 부인이 거두어 쇼화코져 호더

78면

니 한님 형뎨 드러와 퇴퇴의 쥐신 바 쥬필 부작을 보고 대경 왈 가듕이 슉연호여 반졈 원민호미 업거늘 이런 흉참흔 츅ᄉᆞ를 뉘 ᄒᆞ며 망극흔 거조를 흔고 가히 시비를 엄문호샤 실ᄉᆞ를 ᄉᆞ획호미 올홀가 ᄒᆞᄂᆞ이다 부인이 탄왈 가ᄂᆞ의 여ᄎᆞ 변괴 이시믄 싱각 밧기라 우리 닌외 비록 어지디 못호나 완노 간비라도 거의 복종홀 거시오 좌우의 신임호는 시녀 등은 여모의 슈족ᄀᆞᆺ호니 하고로 여ᄎᆞ지ᄉᆞᆯ 이시며 더옥 상공을 도모호리오 이 글시 ᄌᆞ톄 비샹

79면

ᄒᆞ여 쳔인의 모ᄉᆞ홀 배 아니니 양현부의 긔특호믄 쥼소공지라 이 가듕의는 악ᄉᆞ를 힝할 재 업ᄉᆞ니 이졔 아른 톄 ᄒᆞ다가는 이믜흔 시녀만 겨주고 악ᄉᆞ쟈는 이 가온디 업슬 거시오 가ᄂᆞ만 쇼요호리니 이를 쇼화호고 ᄉᆞ싴디 말미 싴쟈의 홀 배라 냥지 직비 왈 ᄌᆞ괴 밝으샤 쇼ᄌᆞ등의 미츨 배 아니오나 쇼ᄌᆞ 등의 가실 등의셔 난 배니 히ᄋᆞ 등

이 더옥 안심흐리잇고 부인이 쇼왈 여등이 비록 년쇼흐나 일단 지감이 타류의 지나
거늘 이런 망언을 흐여 사룸이 듯

80면
게흐리오 등한흔 위인과 평상흔 긔질도 고이흔 거조룰 못흐려든 뎡양 이부의 쏫다온
긔질과 츌인흔 효힝이 무슴 연고로 구고와 가부룰 히흐는 대역을 힝흐리오 대개 양
현부룰 히홀 츅신 줄 씨드르니 아지 못게라 양오의 빅식 츌뉴흐므로 뉘게 무이믈 바
다 이런 거쳐 잇느뇨 여뫼 비록 미혹흐나 〃의 흐는 딕로 이셔 나죵을 보고 무죄흔
시비룰 져쥬디 말나 냥지 모친의 지식을 탄복흐나 직시 더옥 블평흐여 다시 양시의
곳의 자최룰 씬코 외당

81면
의 쳐흐여 싱각흐디 양시의 힝스룰 볼스록 긔이흐디 고이흔 변은 이음츠니 사룸으로
흐여곰 측냥티 못홀 배라 나의 참으미 아니면 양시룰 지금 온젼이 두엇시리오마는
그 위인을 본 젹마다 츠마 강상일죄룰 지을 재 아니라 귀신이 양시룰 히흐민가 닉 스
졍이 일녀주의 간음을 모로민가 여러 가지로 념녀 번난흐더라 시 〃의 금션 공쥬의
길일이 님흐니 한님이 증분흐미 등의 가시룰 진 둣 미우의 츈풍화긔 변흐여 한풍이
소 〃흐여 영츈뎐의

82면
누어 오주룰 어로만지며 부인의 념광을 바라보와 졍혼이 어린 듯흐더라 뎡쇼제 한님
의 거동을 보매 즈긔 블힝을 아라 젼두 념녀 빅츌흐더라 승상이 한님을 블너 경계 왈
근너 네 힝지룰 보니 큰 우환 만난 스룸 굿티 화평흐고 상활흔 셩졍이 변흐여시니 크
게 여부의 바란 배 아니라 모로미 미스룰 화하게 싱각흐고 구 〃이 일쳐의게 침혹흐
여 우흐로 인친을 져바리고 아릭로 시름을 식부의게 더으지 말나 한님이 쑤러 슈명
빅샤 왈 엄괴 지극

83면
흐시믈 쇼지 엇디 봉힝티 아니리잇고마는 평싱 빅쳑흐는 배 쇼주의게 당흐오니 쟝부

의 일싱 계활이 그룻될지라 어니 결을의 덩시룰 넘녀ᄒ리 잇고 히이 졍심이 공줘 만일 어질진대 오히려 부〃뉸의룰 폐티 아니려니와 블연즉 공주나 덩시나 다 힝노굿티 ᄒ여 일싱을 지녀려 ᄒᄋᄂ니 부모ᄂ 히ᄋ의 가ᄉ룰 넘녀 마ᄅ쇼셔 공이 졍식 왈 널로뻐 통달ᄒᆫ가 ᄒ엿더니 블통 무식ᄒ미 초부만 못ᄒ도다 다시 무식지언을 니ᄅ디 말고 범ᄉ룰 화평

84면

이 ᄒ고 관인ᄒ여 싱휵ᄒᆫ 부모의게 화룰 기티디 말나 한님이 비샤이퇴ᄒ니 승샹이 쏘ᄒᆫ 심시 블평ᄒ여 미우룰 빈츅ᄒ고 믁연 블어ᄒ니 위부인이 휘루 탄왈 두낫 ᄌ식의 ᄒ나흔 현쳐룰 박디ᄒ여 뉸샹을 폐ᄒ고 ᄒ나흔 금슬이 화ᄒ며 믄득 어즈러온 마쟝이 〃시니 엇지 ᄒ홉디 아니리오 티부인이 쏘ᄒᆫ 탄식ᄒ더라 길일이 다ᄃᄅ매 금션궁의 모다 공주룰 마즐ᄉᆡ 한님이 〃날 영츈뎡의 누어 ᄋᄌ룰 품고 광슈로 낫츨 덥허 움죽이디 아넛ᄂ더라 티부인이 뎡

85면

쇼져다려 왈 이 ᄋ히 잠드럿ᄂᄂ가 시브니 시녀비 씨오디 못ᄒᆯ지라 현뷔 씨오라 쇼졔 비록 슈괴ᄒ나 존명을 위월티 못ᄒ여 침소의 니ᄅ니 한님이 광슈로 낫츨 덥고 누엇ᄂ디 아지 야〃의 팔을 베고 단잠이 바야히라 쇼졔 ᄎ마 흔드러 씨오디 못ᄒ여 ᄋ히룰 안햐 벼기의 누인디 한님이 눈을 써보고 말을 아니커ᄂᆯ 쇼졔 마디 못ᄒ여 넘용 왈 날이 느껴가니 존당이 염녀ᄒ샤 시비룰 명ᄒ시디 움죽디 아니〃 잠드러 계신가 쳡으로 ᄒ여금 지쵹ᄒ라 ᄒ시더이다 한

86면

님이 쳥파의 기지기 혀고 도라 누으며 왈 셰샹의 다ᄉᆞᄒᆫ 부인도 잇도다 쳔션 굿흔 풍뉴 댱부룰 타인의게 밧비 보니디 못ᄒ여 져리 익쓰ᄂᆫ고 니게ᄂ 비록 블관ᄒ나 부인의게ᄂ 하늘이라 하늘을 어디로 치우고져 ᄒᄂᆢ 쇼졔 왈 군ᄌ지언이 졍대티 아니신디라 녀지 오늘늘을 뉘 즐겨 ᄒ리오마ᄂ 일이 〃의 미츤 후ᄂ 엇지 ᄒ며 존당이 밧바 ᄒ오니 수히 나가 ᄉ방인의 고히 너기믈 취티 마ᄅ쇼셔 한님이 니러 안ᄌ 부인의 옥슈룰 구지 잡고 화안을 익이 보며 왈

87면

부인이 어이 그리 닉여 보닉디 못ᄒᆞ여 ᄒᆞᄂᆞ뇨 오늘 ᄀᆞᆺᄒᆞᆫ 거죄 ᄒᆞᆫ두 번이 아닐지라 권ᄒᆞ여 보닉고 뉘우칠 ᄢᅵ 잇시리로다 쇼졔 졍식 왈 군ᄌᆞ 쳡을 조희ᄒᆞ시미 ᄒᆞᆫ 시쳡ᄀᆞᆺ티 ᄒᆞ샤 셜만ᄒᆞ미 너모 심ᄒᆞ시니 쳡의 블민ᄒᆞᆷ믈 슈괴ᄒᆞᄂᆞ이다 비록 여러흘 모흐시나 졔 가슈신이 졍딕ᄒᆞ면 무슴 유ᄒᆡᄒᆞ리오 존명을 응티 아니시고 쳡을 괴롱ᄒᆞ시니 군ᄌᆞ의 힝ᄉᆞ를 블취ᄒᆞᄂᆞ이다 한님이 그 현슉ᄒᆞᆫ 말을 듯고 탄왈 하늘이 조무를 닉시고 뎡시를 닉시미 ᄯᅳᆺ이 잇거늘

88면

부운 ᄀᆞᆺᄒᆞᆫ 마장을 닉여 인연을 희짓ᄂᆞ뇨 이의 게을니 니러나 관을 ᄡᅳ고 ᄯᅴ를 ᄯᅴ을며 나갈ᄉᆡ 지삼 도라오와 연ᄽᅳᆷ을 마디 아니터라 즁당의 나오니 일개 다 금션궁의 모다 계시다 ᄒᆞᄂᆞᆫ디라 미우를 ᄲᅥᆼ긔고 궁의 니ᄅᆞ니 퇴부인이 눈을 들매 한님이 광미의 슈운이 니러나고 괴로오믈 ᄯᅴ여 궤슬졍좌ᄒᆞ니 크게 연셕ᄒᆞ여 문왈 대례를 믈니디 못ᄒᆞ고 ᄢᅵ 느져시니 엇디 나오지 아니터뇨 한님이 딕왈 금일 이 거조를 당ᄒᆞ오니 두골이 ᄯᅡ리는 듯ᄒᆞ온디라 ᄌᆞ연 무

89면

음이 게을너 즉시 나오디 못ᄒᆞ이다 상국이 졍식 왈 근닉 네 거동이 본셩을 일허시니 엇지 여부의 바라는 바와 닉도ᄒᆞ니 국혼이 본딕 비쇼원이라 깃브미 아니로딕 ᄉᆞ셰 여ᄎᆞᄒᆞ니 엇지ᄒᆞ리오 조강을 잇지 아니미 송홍의 경계라 신인이 ᄯᅩᆫ 초방지인이오 인군은 쥬신 바는 견미라도 공경ᄒᆞᄂᆞ니 엇지 두골을 ᄯᅡ리는 듯ᄒᆞ리오 일노조차 가되 어ᄌᆞ러워 화평홀 도리 아니라 이런 고이ᄒᆞᆫ 의ᄉᆞ를 두디 말고 슈이 길의를 닙고 딕례를 져믈게 말나 한님이 부명을 역디

90면

못ᄒᆞ여 비샤슈명ᄒᆞ고 강잉ᄒᆞ여 길복을 닙을ᄉᆡ 퇴부인이 쇼왈 녀ᄌᆞ지심이 금일을 즐겨ᄒᆞ리 업슬디라 뎡ᄋᆞ의 졍시 가련ᄒᆞ거니와 이 ᄯᅩᆫ 텬의니 엇지ᄒᆞ리오 ᄒᆞ더라 한님이 ᄽᅳᆷ의 마디 못ᄒᆞ여 위의를 거느려 금궐의 나아가 옥상의 홍안지녜를 ᄆᆞᆽ고 공주를 마ᄌᆞ 궁으로 도라올ᄉᆡ 신낭의 영풍이 빅일의 찬난ᄒᆞ고 부려ᄒᆞᆫ 위의 셰딕의 희한ᄒᆞ니

노상 관재 칙칙 칭찬 왈 져 신낭이 거년의 금화롤 쏘즈 이 길노 지나더니 또 금년의 부매 되니 텬하

91면

의 독보홀 긔샹을 늬시매 또 복녹이 응시ᄒ엿도다 ᄒ고 굿보ᄂ니 길의 모혓더라 금션궁의 다ᄃ라 독좌롤 파ᄒ고 조률을 밧드러 구고긔 헌ᄒ니 즁인이 보건ᄃ 공쥐 능나로 일신을 ᄶ려시니 눈이 현황ᄒ여 ᄌ시 보디 못ᄒ나 잠간 슬피매 삼식 도홰 츈우롤 먹음은 듯 희당이 조로롤 셜틴 듯 아리쌉고 〃은 틱되 범인의 눈을 어리 오ᄂ디라 즁긱이 졔셩 칭하ᄒ믈 마디 아니ᄃ 샹국의 쳥한홈과 부인의 단듕ᄒ므로써 일호도 깃븐 ᄯ이 업고 공쥬의

92면

맑은 눈의 음잡흔 빗티 셧기고 가는 눈셥의 살긔 등등ᄒ믈 블힝이 너기ᄃ 스식디 아니코 즁인의 치하롤 스양티 아니며 틱부인이 강잉ᄒ여 화긔롤 지으나 졔손녀의 아름다옴과 뎡·양의 쳔고졀염을 보아시니 공쥬의 도리 츈식을 다ᄒᆞᆼᄒ여 홀 배리오 강잉ᄒ여 궁인을 ᄃᄒ여 위ᄌ 왈 옥쥐 쳔가의 하가ᄒ시니 문호의 유광홈과 손ᄋ의 영화롤 엇디 다 니ᄅ리오 옥쥬의 슉ᄌ혜질이 외모의 현츌ᄒ시니 다ᄒᆞᆼᄒ믈 이긔디 못ᄒ리로다 공쥐 비록 원위의

93면

거ᄒ시나 손ᄋ의 조강 뎡시 ᄯ흔 ᄋ시 결발노 ᄃ의 가바얍디 아니코 샹명이 옥쥬로 동녈의 거ᄒ라 ᄒ시니 톄면의 경시티 못홀지라 궁인은 맛당이 옥쥬로 쳐음 보는 녜롤 일우게 ᄒ라위부인이 좌둉을 가ᄅ쳐 녜필후 뎡시긔 다ᄃᄅ니 뎡쇼졔 돗글 피ᄒ여 텬연이 지비ᄒ니 공쥐 만심이나 블평ᄒ나 마디 못ᄒ여 흔 번 초초이 답비ᄒ고 눈을 드러보니 뎡시 두샹의 칠보슈식이 번답디 아니ᄒ고 금슈 나샹이 찬난티 아니나 용안의 흐억홈과 쇄락 염〃흔 풍치 ᄉ

94면

좌의 비최고 일빵 봉미ᄂ 팔쳐 어리워 샹셔의 광휘 홍일이 부샹의 오ᄅ고 명월이 텬

궁의 한가흔 듯 호치쥬슌은 단시 무식흐고 셜익무빈과 운환녹발이 그려티 아닌 곳이
업스니 일견 쳠시의 눈의 싀거놀 녜도의 졍졍홈과 동지의 유한흔미 쵸츌 탁셰흐여
진션진미흐니 쳔고일인이라 사람으로 흐여금 눈이 현황흔디라 공쥐 실식 경혼흐여
슘을 길게 쉬고 만복 싀심이 블니듯흐니 심니의 싱각흐디 나의 쳔싱아티로 셰샹의
당홀 니 업슬너니 엇지

95면

져런 요싀을 무의게 몬져 드러와 유롤 닉고 다시 냥을 닌 탄이 잇게 흐논고 흐여 반
싱 주부흐던 긔운이 져샹흐더라 조초 조시 등을 슬피니 년긔 삼오 지난 지 오릿디 쇄
락흔 긔질과 슈려흔 용뫼 좌듕의 쒸여나 기〃히 경국지싴이오 임스의 덕이니 쥬슌옥
치 스이의 낭연흔 담쇼는 녀듕호걸이오 상활흔 틱되 츄월이 벽쳔의 비최여시며 홍년
이 녹파의 쇼스시니 더 나으며 못흐믈 블분흐나 보는 바의 눈이 싀고 무음이 황홀흔
둥 말좌의 뎡시로 엇게룰 굴와

96면

좌흔 부인이 맑고 〃으며 향염흐고 놉흔 픔질이 완연이 녀와낭〃과 요지 왕뫼 하강
흔 듯 옥셜긔부는 갓 뿟흔 빅셜이오 효셩 안치는 츄슈의 빅일이 비쵠 듯 원산아미는
치운이 어리엿고 쥬슌화협은 고은 빗치 므릇녹아 일만 화봉이 향긔를 비왓는 듯
간〃이 졔 쇼고로 문답흐며 단슌이 향긔로와 옥이 온슌흐고 진쥐 다스흐여 쳔틱만광
이 스벽의 조요흐니 동일 양긔는 그 온화흔 긔운이오 벽쳔 쇼월은 그 맑은 광휘라 만
고롤 기우려 무빵흔 슉녜니 이 곳 금문직스 조셩

97면

의 부인 양시라 공쥐 일견의 넉시 날고 의시 삭막흐여 가슴의 영원이 쒸노는지라 디
탄 왈 이런 용식이 어디 이시리오 나의 고은 얼골이 뎡양 두 요괴를 만나매 셕은 플
이 되어시니 엇지 통한티 아니리오 밍셰흐여 뎡녀를 졀졔흐고 버거 양녀 요식을 가
닉의 업시흐여 븟그러오믈 뻐스리라 모진 무음이 블니듯흐니 슬프다 젹인을 싀긔흐
믄 투협흔 녀주의 상시라 흐려니와 금장을 싀긔흐는 쟈는 츠인 일인이라 뎡시의 신
셰 가히 츠홉디 아니랴 츌셰흔 지용 덕질노 옥

98면

미의 간악을 곳 지닉고 겨유 텬일을 보왓거놀 또 이런 강젹을 닉여 마쵀ㅎ니 텬의를 난측이러라 ᄎ시 상국이 비록 깃브디 아니나 슐이 반감의 ᄌ부와 모든 녀ᄋ를 거느려 틱부인긔 헌슈ᄒ실ᄉᵢ 히ᄋ 형뎨를 블너 왈 여등은 ᄌ위의 헌슈ᄒ여 깃거ᄒ시믈 도으딕 각// 너희 안ᄒ로 ᄒ가지로 잔을 드려 헌슈ᄒ라 한님 형뎨 빅사슈명ᄒ니 틱부인이 깃븐 흥을 겹잡디 못ᄒ여 시녀를 지쵹ᄒ여 잔을 부어 ᄌ부를 쥬라 ᄒ니 한님이 의관을 졍히 ᄒ고 이러 잔을 들고 뎡

99면

시를 보니 썅셩이 나죽ᄒ여 져두 단좌ᄒ여시니 상국이 웃고 공쥬로 몬져 잔을 들나ᄒ여 왈뎡현부는 오ᄋ의 조강이나 이제 황명이 둘지로 뎡ᄒ여시니 공쥬를 압셔디 못ᄒᆯ디라 공쥬 몬져 헌ᄒ고 뎡현뷔 드리라 한님이 왈 비록 위ᄎ를 밧고나 ᄉ실의셔 존당의 슈비를 드리오매 히ᄋ 치발이 치 ᄌ라디 못ᄒ여셔 만난 안ᄒ를 바리고 엇지 신인을 압셰오리 잇고 히ᄋ의 졍심은 송홍의 조강 블하당을 올히 너기옵ᄂ니 가졔슈신의 젼후 ᄎ례 밧고

100면

이미 극난ᄒᆞ온디라 비록 쇼싀나 가히 그러티 못ᄒ리이다 셕흑ᄉ 부인 등이 일시의 대쇼 왈 현뎨는 허언도 잘ᄒᄂᆫ도다 현뎨 가관ᄒ고 뎡시를 취ᄒ여시니 엇지 치발이 치 ᄌ라디 아냐시리오 모다 올타 ᄒ고 웃더라 직시 잠간 셩모를 드러 공쥬를 보매 심두의 크게 블힝ᄒ여 이의 웃고 쇼리를 브드러이 ᄒ여 왈 군부지명이 옥쥬로 원비를 ᄒᄋ이시니 신ᄌ지되 그 명을 봉승ᄒᆯ ᄯᄅᆞᆷ이라 형댱의 고집ᄒ시미 도지기일이오 미지기이시니 쇼뎨 비록 어린 쇼견이나 위뎨지도

101면

의 아니 간티 못ᄒᆯ지라 원컨딕 형댱은 관인지도를 싱각ᄒ쇼셔 한님이 불쾌ᄒ여 ᄒ나 평싱 ᄎᆡ듕ᄒ 바는 그 아이라 권간을 아니 듯디 못ᄒ여 공쥬로 흠긔 잔을 나올시 미우의 괴로은 빗츨 능히 감초디 못ᄒ니 냥안을 ᄂᆞ리 ᄯ고 쥬슌이 믁믁ᄒ니 하일지위라 십분 강쟉ᄒ고 헌쟉후 믈너나니 공쥬의 고은 얼골이 한님의게 들매 봉교오쟉이오 신

션이 니미의게 셧김 굿흐니 놀나와 뵈는디라 조무의 조마경이 흔 번 길게 흘긔여 보매 남의 흉듕의 잇는 ᄆ

102면

음을 낫낫치 예탁ᄒᆞ는디라 블힝ᄒᆞ고 이달오미 병츌ᄒᆞ니 신식이 참연ᄒᆞ여 승안화긔를 강잉ᄒᆞ나 공주와 궁인이 몰나 보리오 블승분노ᄒᆞ더라 틱부인이 잔을 잡고 경계왈 손이 비록 년쇼ᄒᆞ나 옥당 한원으로 다시 두 가실이 〃셔 미식 분의 과흔디라 범수의 화평ᄒᆞ고 공번되여 눈 어둡고 귀 먹으믈 취ᄒᆞ라 연후의 규문이 화창ᄒᆞ고 가되 슉연ᄒᆞ니 범수 쳐신과 ᄆᆞ음 잡으믈 어린 ᄋᆞ히로 말나 한님이 비샤슈명ᄒᆞ고 다시 잔을 잡고 이러셔니

103면

시녜 잔을 부어 뎡쇼져긔 드린딕 승상이 이련ᄒᆞ여 쇼왈 식부는 쳔균딕량이라 초례 나ᄌᆞ지미 수셰 그러ᄒᆞ믈 싱각ᄒᆞ여 블평ᄒᆞ여 말나 쇼졔 피셕 지비ᄒᆞ고 비로소 니러나 잔을 밧드러 년보를 옴기매 나상이 브동ᄒᆞ고 봉익이 아아ᄒᆞ여 한님으로 빵ᄒᆞ매 쳔연 슈려흔 풍도와 뎡쇼져 신긔로온 톄지 상히 업는디라 빵월이 병닙ᄒᆞ고 황금 빅벽이 셔로 빗츨 다토는 듯 텬뎡가위 오빅셰 냥필이라 한님이 믁〃흔 미위 변ᄒᆞ여 화긔 나타나니 셕부인 등이

104면

쥬목ᄒᆞ여 웃고 존당 부뫼 아름ᄃᆞ이 너겨 우음을 먹음고 잔을 바드니 화영셜 삼인이 한님을 보치고져 ᄒᆞ나 궁인을 괴로워 오직 미미히 도라보고 우음을 먹음더라 한님 부뷔 믈너나니 직수 부뷔 쥬비를 붓드러 나올시 셕혹수 부인이 쇼왈 현데는 션후 닷토리도 업셔 조화 뵈는도다 직싀 함쇼 왈 소졸킥이 일쳐도 편히 못 거ᄂᆞ려 박쳐흔다 원망을 드르니 여러흘 모흘 풍졍이 업ᄂᆞ이다 제인이 다 웃더라 양쇼졔 근릭의 직수 얼골 보완 디 오릳디

105면

라 녀ᄌᆞ의 넘치로 더옥 듕인광좌듕의 엇게를 갈와 헌작ᄒᆞ미 엇지 슈괴티 아니리오마

는 텬셩이 범뉴와 다른디라 안식이 텬연ᄒ여 날호여 니러나 옥슈의 난향비를 밧드러 나올시 왕모의 즐기시는 쩌를 당ᄒ여 승안ᄒ고 지극흔지라 안식이 화평ᄒ고 긔운이 유열ᄒ여 함긔 잔을 드리디 냥인이 다 긔식이 단엄ᄒ고 쌍안이 나죽ᄒ여 셔로 거듧더 보미 업ᄉ니 남풍은 츈원의 일쳔 화신 우음을 먹음은 듯 녀튀는 무릉도원의 션화 일지 옥호의 꽃첫는

106면

듯 묽은 골격과 조흔 품질이며 놉흔 격죄 진실노 냥옥과 겸금 ᄀᆞᆺᄒ여 쳔틱만광이 ᄉ벽의 조요흔디라 직ᄉ의 츄쳔을 낫게 너기는 긔질과 양쇼져의 츄슈를 더러이 너기는 졀개 고샹ᄒ미 초츌탁이ᄒ니 텬뎡 일듸오 군ᄌ의 관관흔 져귀로라 좌위 바라보고 긔 이ᄒᆞᆷ믈 이긔디 못ᄒ고 틱부인이 크게 두굿겨 잔을 바다 마시고 냥인의 옥슈를 잡아 좌우로 가로 안ᄌ라 ᄒ니 직ᄉᆞᄂᆞᆫ 일호 슈습ᄒ미 업셔 좌슬젼의 단졍이 궤좌ᄒᆞ디 양쇼졔 크게 황괴ᄒ여 빅옥

107면

의 홍광이 취지ᄒ니 긔이슈려ᄒ여 빅틱 진션진미ᄒ니 셕부언 등이 크게 ᄉ랑ᄒ고 일변 잔잉이 너기는 바는 금슬이 소원ᄒ여 부부지간이 셔의ᄒ미라 직ᄉ다려 왈 현데 관인흔 셩졍이 딕인졉믈의 화긔 능늠ᄒᆞ디 오직 부부지간의 화평흔 긔식이 업ᄉ니 우형이 블승의아ᄒ노라 직시 함쇼 딕왈 져″ 등은 다ᄉ도 ᄒ셔이다 쇼뎨 셩졍이 쇼활ᄒ고 근닉 샹디 슈작이 게으를 쑨 아니라 존젼의 긋ᄒ여 부뷔 셔로 보며 문답ᄒ여 경슌지녜를 일흔 후야 졍이 잇

108면

다 ᄒ리잇가 쇼뎨ᄂᆞᆫ 셕뉴소 삼형이 져″ 등을 딕ᄒ매 웃는 입이 졀노 버러 냥목이 져″ 등의게 ᄲᅩ앗는 양을 평싱 가쇼로이 너겨 보와시니 부″의 도리 샹경여빈ᄒ여 장부는 씩″ᄒ고 부인은 유한졍졍ᄒ여 녜도로 딕졉ᄒ면 다 빅쥬의 박딕흔다 ᄒᆞᄂᆞ니잇가 셕부인 등이 다 딕쇼ᄒ고 ᄭᅮ지져 왈 우형 등은 형뎨 양시를 보면 웃는 입이 슈렴ᄒ여 입을 열믈 가쇼로이 너기더라 직시 옥안의 웃는 비치 가득ᄒ고 홍슌의 옥치 현츌ᄒ여 나호여 왈 쇼뎨 엇지 져

109면

져 등의 일을 괴롱ᄒ리잇고 평싱의 품은 뜻을 감초디 못ᄒ여 알외미러니 칙ᄒ시니 황괴ᄒ여이다 졔부인이 말이 막히고 직시 긴 말이 처음이라 존당 부뫼 크게 두긋겨 틱부인이 등을 두다려 왈 닉 ᄋ돌이 언변도 유여ᄒ닷다 네 말이 다 올커니와 칙의를 춤츄어 열친ᄒ믄 고인의 힝젹이라 너희 부뷔 노모의 압히셔 셔 // 로 문답ᄒ고 회학ᄒ믈 싱젼의 보면 긔특ᄒ 경실가 시브니 추후란 너모 미몰ᄒ고 너모 단슉기만 쥬ᄒ지 말고 규녀 졉딕를 화평이 ᄒ여

110면

져ᄀᄐ티 어렵게 말나 직시 긔비 왈 왕모의 하괴 여ᄎᄒ시니 추후 ᄆᄋᆷ을 고쳐 명을 밧들니이다 인ᄒ여 셩안을 드러 양시를 보고 니ᄅᄃ 부인은 엇던 사ᄅᆷ이완디 존당이 ᄒ 번 웃고 말ᄒ믈 져리 보고져 ᄒ시딕 입을 다 // 안연이 안잣ᄂ뇨 양쇼졔 크게 슈괴ᄒ여 만면이 통홍ᄒ니 빅셜의 홍죄 난만ᄒ여 일언 브딕ᄒ니 직시 져 // 등을 도라보아 쇼왈 져 등은 모로시고 믹양 쇼데다려 말 아니ᄒ고 박디ᄒ매 졔 셔의ᄒ여 그러타 ᄒ시니 쇼데 게으른 셩졍의 ᄒ 말

111면

이나 혹 ᄒ면 딕답 아닛는 욕을 보니 이거시 다 져의 타시오 쇼데의 죄 아니라 팔지 괴로온 놈은 괴물의 안히를 만나 줌ᄂᆫ이 분 // ᄒ니 져져 등은 쇼데를 블상타 아니시고 믹양 칙ᄒ시니 엇지 원민티 아니리잇가 졔부인이 대쇼 왈 녀ᄌ 되미 진실노 톄면이 어렵도다 양데로 니ᄅ디 말고 아모리 긔신 조흔 사ᄅᆷ인들 만나면 이싱졉담 아니ᄒ다가 존젼의셔 블의에 협박ᄒ여 말을 흐들 어닉 녀쥐 흔연 화답홀 의시 이시리오 직시 미 // ᄒ 우음을 씌여시니 일만

112면

화긔 우희염ᄌᆨᄒ디라 그 쇄락 미려ᄒ 용모 풍신이 셰간의 일인이라 상국의 침묵흠과 위부인의 단믁ᄒᄆ로도 흿긔 미우를 둘넛더라 공이 냥ᄌ로 더브러 츌외ᄒ니 졔긱이 일시의 나와 틱부인긔 만구 하례ᄒ니 분 // ᄒ여 슈응이 번다ᄒ더라 종일 진환ᄒ고 틱부인이 ᄌ부 녀ᄋ를 거ᄂ려 도라오고 공쥬ᄂᆫ 인ᄒ여 머믈시 공이 한님을 권ᄒ여 궁

으로 보느니 한님이 마디 못ᄒ여 금션궁으로 갈식 발이 졀노 영츈뎡의 니르니 뎡쇼
졔 크게 블쾌ᄒ여 미위 ᄲᅵᆨᄲᅵᆨᄒ고

113면
안식이 닝담ᄒ여 단졍이 안쟈 일언을 아닛ᄂᆫ디라 한님이 그 긔식을 스티고 나아가
부인의 무릅흘 침ᄒ고 누으며 왈 부인이 슈식이 만면ᄒ니 아디 못게라 젹인을 보고
흔흔미냐 만일 그럴진딕 싱이 영츈뎡을 쩌나디 아냐 부인으로 희로ᄒ도록 이시리라
쇼졔 긔용ᄒ고 믈너 안쟈 왈 쳡슈 비박이나 ᄯᅩ흔 ᄉᆞ족이라 비록 금지옥엽의 비치 못
ᄒ나 군지 놉히 된 몸으로ᄡᅥ 녯사롬을 능만ᄒᆞᄆᆞᆯ 너모 급히 ᄒ시ᄂᆞᇇ뇨 쳡이 군ᄌᆞ의 이
ᄀᆞᆺᄒᆞᆫ 은혜ᄂᆞᆫ 죽으므로ᄡᅥ 원티 아닛ᄂᆞ니

114면
셕상의 슉″의 ᄒ시ᄂᆞᆫ 말솜과 양부인 딕졉ᄒ시ᄂᆞᆫ 양을 보오니 진실노 사롬으로 ᄒᆞ여
금 탄복긔경홀 배라 군ᄌᆞᄂᆞᆫ 모로미 신듕ᄒ고 침믁ᄒ샤 이런 경박흔 거조롤 마르시고
오늘이 길일이라 신방을 븨오고 이리 오시리오 쳡의 긔식을 지니 아ᄅᆞ시마나 녀ᄌᆞ의
투셩을 다 슬피실 거시 아니니 ᄲᅡᆯ니 궁으로 가쇼셔 한님이 냥안을 드러 부인의 낫ᄎᆞᆯ
바라고 원비를 ᄂᆞ리혀 그 옥슈를 긋이 잡고 우어 왈 뉘 뎡시를 슉녜라 ᄒᆞ더뇨 투긔ᄂᆞᆫ
흉흔 투긔로다 어닉 ᄉᆞ이 가

115면
부를 아조 닉치려 ᄒᆞᄂᆞ뇨 부인도 싱각ᄒ여 보라 무슨 연고로 남ᄋᆞ를 일년 소박ᄒ엿
다가 다시 겨유 화락ᄒ연 지 일년 남즛ᄒ거늘 공주 하가ᄒᆞᆷ은 우ᄒ로 왕명을 밧ᄌᆞ와
마ᄌᆞ미오 버거ᄂᆞᆫ 피ᄎ 운익이라 긋ᄒᆞ여 나의 타시 아니″ ᄯᅩ 엇지 구박ᄒ여 닉칠 ᄯᅳᆺ
을 두ᄂᆞ뇨 뎡쇼졔 져의 회히ᄒᆞ미 이 ᄀᆞᆺᄒᆞᄆᆞᆯ 보고 한셜이 무익ᄒ여 옥슈를 썰티고 좌
를 먼니 ᄒᆞ여시나 한님이 술이 크게 취ᄒ고 무궁흔 은이를 이긔디 못ᄒ니 엇지 이 졍
을 그쳐 졍 밧긔 공쥬궁으로 갈 싱각이 이시리오

116면
심화를 것잡디 못ᄒ여 믄득 상을 박차고 크게 탄왈 흐홉다 조믈이여 나 조치원을 닉

매 엇디 명도를 괴롭게 ᄒᆞ여 녀ᄌᆞ의게 보ᄎᆡ이게 ᄒᆞᄂᆞ뇨 의연이 쇼져의게 다시 나아
가 집슈 연슬ᄒᆞ여 다시 움ᄌᆞ기디 아니 〃 뎡쇼제 챡급ᄒᆞ나 쳔근의 무거오미 이시니
엇디 믈너 안즐 길이 이시리오 다만 믁믁히 안줏실 ᄯᆞ른이라 ᄎᆞ시 승샹이 ᄂᆡ당의 니른
러 모부인긔 혼뎡ᄒᆞᆯᄉᆡ 졔인이 일졔이 모닷ᄂᆞ디라 공이 부인긔 쥬왈 금일 공쥬를 보
오니 크게 셩덕의 녀ᄌᆡ 아니라 블힝이 이밧 더ᄒᆞ미 업ᄉᆞᆸ고

117면

무이 편식ᄒᆞ여 규ᄂᆡ의 일을 비져닐 샹이니 엇디 블힝티 아니리잇고 틱부인이 탄왈
공쥬의 블현ᄒᆞ미 엇디 오문의 대블힝이 아니며 ᄯᅩ 그 좌우 시녀를 슬피건ᄃᆡ 다 블냥
ᄒᆞᆫ 뉴라 무ᄋᆞ의 가시 엇지 될고 근심이 크나 ᄎᆞᆨ역 텬의라 미리 근심ᄒᆞ나 유익ᄒᆞ리오
공이 탄식ᄒᆞ고 좌우다려 한님이 궁으로 가시믈 무르니 위싱 쳐 치빙이 쥬왈 ᄃᆡ샹공
이 영츈뎡의 누어 움ᄌᆞ기지 아니시고 여ᄎᆞ여ᄎᆞ ᄒᆞ시니 뎡쇼제 바야흐로 챡급ᄒᆞ여 ᄒᆞ
더이다 승샹이 미우를 ᄲᅥᆼ기고 치빙을 명ᄒᆞ여 영츈

118면

뎡의 가 한님을 기유ᄒᆞ여 궁으로 보ᄂᆡ고 오라 ᄒᆞ니 치빙이 슈명ᄒᆞ고 영츈뎡의 나아
가니 이 광경이라 우음을 머음고 샹국의 명을 젼ᄒᆞᆫᄃᆡ 한님이 그졔야 이러 안ᄌᆞ 왈 ᄂᆡ
궁으로 가더니 ᄋᆞᄌᆞ도 보고 〃인도 위로ᄒᆞ고 가려 잠간 드러왓거니와 ᄂᆡ 여긔 잇ᄂᆞᆫ
줄 야애 어이 아르시ᄂᆞ뇨 치빙이 쇼왈 노애 샹공이 예 계신 줄만 아르시리잇가 쇼져
와 여ᄎᆞ 〃 ᄒᆞ시ᄂᆞᆫ 말을 다 아르시ᄂᆞ니이다 한님이 웃고 왈 아쟈의 우리 ᄒᆞ던 말이
졀노 나라 존당의 가며 애달프다 누의 말이 아니면 야애 엇디 드러

119면

계시리오 위싱쳬 쇼왈 짐작도 잘ᄒᆞ시ᄂᆞᆫ도라 쥬언은 문조ᄒᆞ고 야언은 문셔흔다 ᄒᆞ니
치빙의 ᄂᆞᆯ닌 혜 아닌들 엇지 말이 아니ᄂᆞ리오 그런 고로 군ᄌᆞᄂᆞᆫ 암실 가온ᄃᆡ 더옥 말
ᄉᆞᆷ을 삼가ᄂᆞ니 직ᄉᆞ 샹공 방의ᄂᆞᆫ 아모리 가 드러도 공경ᄒᆞᄂᆞᆫ 말이나 듯고 가쇼로와
견ᄒᆞᆯ 말이 업ᄉᆞ니 샹공은 ᄂᆡ도히 직ᄉᆞ 샹공만 못ᄒᆞᆫ 줄 모로고 오히려 박쳐ᄒᆞ므로 그
러타 ᄒᆞ시니 진실노 가쇼롭더이다 이 말 져 말 날회고 어셔 궁으로 가쇼셔 가ᄂᆞᆫ 양을
보고 가리로쇼이다 한님이 눈을 길게 흘녀 보고

120면

이러나 씩를 다시 씩여 왈 사름이 단졍티 못ᄒᆞ미 누의 ᄀᆞᆺᄒᆞ니 어듸 이시리오 남의 부〃의 ᄉᆞ실의 여어듯고 바로 나 젼ᄒᆞᄂᆞᆫ 거시 아니라 부담잡셜을 주작ᄒᆞ여 존젼의 고ᄒᆞ여 미안ᄒᆞ시게 ᄒᆞ니 그 무ᄉᆞᆷ 용심이뇨 져런 힝ᄉᆞ를 위싱을 가르쳐 ᄭᅮ지즐 줄 모로고 위싱이 혹 무ᄉᆞᆷ 말을 ᄒᆞᆯ 듯 ᄒᆞ다가도 누의 강악ᄒᆞᆫ 호령 곳 드르면 졉즉이 주러지니 얼골 앗가온 위싱이라 칙빙이 쇼왈 닉 언제 샹공의 ᄉᆞ실을 규시ᄒᆞ고 무ᄉᆞᆫ 말을 쥬작ᄒᆞ여 노야긔 고ᄒᆞᆯ 젹 보와 계시니잇가 하

121면

밍낭ᄒᆞᆫ 말을 마ᄅᆞ쇼셔 위싱을 시로이 논박ᄒᆞ시나 놀납지 아니ᄒᆞ거니와 샹공이나 부인을 잘 졔어ᄒᆞ시고 가ᄂᆡ를 화평케 ᄒᆞ쇼셔 져 위낭군은 잔줄긕이니 칙빙 ᄒᆞ나ᄲᆞᆫ 아오 미셰ᄒᆞᆫ 사름이 아모리타 관계티 아니나 샹공은 당조 한원 명ᄉᆞ로 가실이 둘이오 셩명이 조야의 진동ᄒᆞ니 쳐ᄉᆞ를 어린 아히ᄀᆞᆺ티 ᄒᆞ시미 블가ᄒᆞ이다 한님이 위싱 쳐의 도〃ᄒᆞᆫ 말을 듯고 다만 웃고 완〃이 거름을 옴기다가 조로 ᄋᆞ즈를 만져 쇼왈 군부의 명이시니 마디 못ᄒᆞ여 이러

122면

ᄂᆞ나 ᄆᆞ음과 발이 문 밧긔 나디 아니〃 아모리 부명이 영츈뎡의 잇디 말나 ᄒᆞ신들 나의 쳔니 긔린을 잠시 ᄯᅥ나기 어려오듸 뎡시ᄂᆞᆫ ᄌᆞ긔를 진듕ᄒᆞ여 이곳을 ᄯᅥ나지 못ᄒᆞᄂᆞᆫ가 나롤 업슈이 너기고 교우 방ᄌᆞ하거니와 나의 ᄯᅳᆺ은 ᄋᆞ즈의 옥슈 신월 ᄀᆞᆺᄒᆞᆫ 거슬 ᄎᆞ마 못ᄒᆞ미어늘 괴로온 사름이 〃셔 우리 부ᄌᆞ를 샹니케 ᄒᆞ니 원망이 누의게 아니 가고 뉘게 가리오 위싱 쳬 쇼왈 일야 부인 ᄯᅥ나시믈 져리 악연ᄒᆞ여 거줏 쇼ᄋᆞ의게 밀위시니 엇지 우읍디 아니리오 한님이 크게 웃고

123면

쇼져를 도라보와 왈 나의 쳔금 ᄋᆞ즈를 편히 다리고 금야를 무ᄉᆞ히 지닉쇼셔 ᄒᆞ 슬희 너기므로 가ᄉᆞ이다 이의 궁으로 가ᄂᆞᆫ디라 위싱 쳬 일변 웃고 또 탄식 왈 져 ᄀᆞᆺᄒᆞᆫ 은졍으로써 의외의 공줘 니ᄅᆞ니 하놀을 원ᄒᆞᆯ 뿐이라 ᄒᆞ더라

현몽빵룡긔 권지오

1면

화셜 이쩌 위싱 쳬 일변 웃고 알변 탄식 왈 져 굿흔 은졍으로 의외의 공쥐 나라니 하늘을 원홀 뿐이라 쳔인이 지식이 암미ᄒ고 지인ᄒ는 안총이 업스나 공쥬를 보니 비록 금지옥엽이나 황영의 놉흔 덕이 업고 투협 교우ᄒ미 안젼의 나타나니 쇼져를 위ᄒᆫ 넘네 심두의 간졀ᄒ더라 샹공의 니ᄅ신 바 언경타 ᄒ시미 맛당ᄒᄃ 참디 못ᄒ여 발셜ᄒᄂ니 쇼져는 언필찰ᄒ시고 힝필신ᄒ샤 강젹을 방

2면

비ᄒ시고 보신지칙을 싱각ᄒ쇼셔 뎡쇼졔 샤례 왈 그ᄃ 나를 ᄉ랑ᄒ믄 감격ᄒ나 말인즉 그ᄅ도다 져 공쥬는 초방귀인이라 네도와 힝실이 슉녀와 다ᄅ리니 엇지 질투ᄒᄂᆫ 더러오미 이시리오 다만 쳡의 젼뎡이 편티 못홀 쟝본은 군ᄌ 가졔를 공평이 못ᄒ고 셩졍이 고집ᄒ샤 규듕의 미셰ᄒᆫ 규간을 쳥납디 아닐디라 이롤 혜아리매 견두 넘네 빅츌ᄒ니 엇디 침식이 편ᄒ리오 오직 쳡의 원ᄒᄂ는 바는 존당의 시측ᄒ여 왕모 협실

3면

일간을 빌니시면 유치를 보호ᄒ고 우흐로 존당 구고의 덕음을 우러〃 셰상 인륜을 샤졀ᄒ고 도쟝의 한가ᄒᆫ ᄆᆞ음이 되어 죵요로이 조모 안젼의 죵신ᄒ면 일쟈는 가군의 편싁ᄒᆫ 허물이 드러나디 아냐 가되 편ᄒ고 이쟈는 쳡의 일신이 한가ᄒ여 남은 일월의 시름 업손 사ᄅ이 되리니 구구ᄒᆫ ᄉ졍이 이밧긔 지나디 아니ᄒᄃ 구괴 허티 아니시니 두 번을 번쥬티 못ᄒᄂ는디라 원컨ᄃ 미져는 나의 졍ᄉ를 승간ᄒ여 조모긔 알외여 주쇼셔 조시 츄연ᄒ여

4면

낫빗츨 고티고 탄식 위로 왈 부인의 넘녀ᄒ시미 진실노 명쳘ᄒ신 쇼견이라 오직 하늘이 놉ᄒ시나 슬피시믄 나ᄌ시니 우리 한님의 걸츌ᄒᆫ 긔샹과 부인의 슉ᄌ광염은 옥ᄃᆡ 명ᄒ신 일빵 긔연이라 여산여ᄒᆡ한 듕졍이 금셕도곤 구드니 엇지 인녁으로 바리며 ᄯᅩ 엇지 부인의 삼오도 못된 나히 공규의 폐륜ᄒᆞᄆᆞᆯ 허ᄒ시리오 이는 아둥이 ᄎᆞ마 보

디 못홀 일이라 부인은 무움을 편히 흐샤 쟝릭를 보시고 너모 미리 넘녀흐여 옥결빙
심을 상히오

5면

지 마릭쇼셔 뎡시 믹〃히 탄식흐여 다시 말이 업스니 조시 지삼 위로흐고 존당의 도
라와 한님의 문답 셜화와 뎡쇼져의 쇼회를 주시 알외니 조공이 듯기를 다하매 함쇼
왈 무ᄋ의 익쳐는 넘치를 도라보디 아니흐니 가쇠 아니리오 뎡시 심시 비록 잔잉흐
나 미리 젼두를 넘녀흐여 져의 부〃를 상니케 흐여 고이흔 거조를 흐리오 만시 하늘
이니 과려티 말나 흐라 뎡식뷔 만면 츈풍이오 미목이 슈려흔 가온대 복덕이 완젼흘
상뫼니 맛춤닉

6면

깁히 넘녀를 아닛노라 졔부인이 다 맛당흐시믈 일쿳고 틱부인은 어엿브고 두굿거오
믈 이긔디 못흐여 왈 뎡ᄋ의 근심흐미 잔잉흐나 져의 부뷔 이듕흔다 말 곳 드릭면 이
리 깃브니 만럼이 주러지딕 소홈쟈는 창이 양시로 이 굿흔 화긔 업고 ᄉ침을 탐쳥흐
나 흔 말 회ᄉ를 듯디 못흐니 노뫼 만일 싱젼의 져의 부뷔 화락흐는 양을 보디 못흐
면 디하의 도라가나 명목지 못홀가 흐노라 승샹이 위로 왈 창ᄋ의 위인이 범이 아니
라 부녀로 다쇼 회

7면

락이 업스나 맛춤닉 륜의를 모를 ᄋ히 아니라 틱틱는 과려티 마릭쇼셔 틱부인이 눈
믈 나믈 씌닷디 못흐여 왈 창ᄋ의 위인을 노뫼 엇지 모로리오마는 뇌뫼 셔산 낙일굿
흐니 그 부뷔 화락흐는 양을 셜니 보고져 흐미라 너는 모로미 창ᄋ를 죵용이 경계흐
여 져의 금슬지낙이 흡흡홀진딕 노뫼 셕ᄉ라도 무흔일가 흐노라 공이 비샤슈명흐고
외헌의 나가 직ᄉ를 블너 아쟈의 틱분인의 쳑연이 비감흐시던 뜻을 셰셰히 니릭고
경계 왈 뉘 너의 형뎨를 만득흐여 교훈흐미 이제

8면

십오년이라 부형의 엄슉흔 위의를 미양 일흐니 여뷔 공경지심이 틱타흔 줄 알거니와

연이나 효즈의 이친경당지도는 모로디 아니리니 그 어버이 스랑흐믈 미더 티만티 말
고 즉시 시힝홀가 흐노라 직식 부훈이 여츠흐시니 크게 경혹흐여 안식을 화히 흐고
부복 쥬왈 히이 비록 불효흐나 또흔 ᄌᆞ이흐지심이라 엇지 부모의 ᄌᆞ이흐시므로조초 경
슌흐는 도리를 히티이 흐며 명교를 밧드지 아니리잇고 무슴 흐피 계신지 감문기고
흐ᄂᆞ이다 공이 이의 말을 펴 왈 닉

9면

ᄋᆞ희 효슌흐니 금일 노뷔 슈고로이 니르는 말이 효험이 〃실지라 존당이 부딕 너의
부〃의 화락흐믈 보고져 흐시거늘 네 무슴 연고로 양시 ᄀᆞᆺ흔 슉녀를 소딕흐여 존당
이 지어낙누흐시니 인ᄌᆞ의 도는 승슌흐미 제일이라 부모의 ᄆᆞ음을 위열코져 홀진딕
이 밧긔 더흔 거시 업ᄂᆞ니 종금 이후는 부딕 금슬지낙을 화평이 흐여 존당의 바라시
믈 위열흐고 노뷔의 뜻을 져바리디 말나 위부인이 나와 듯다가 비로소 입을 여러 왈
양ᄋᆞ는 니른바 녀듕셩현이라 기인이 여텬흐

10면

고 기디 여신흐니 옥 ᄀᆞᆺ흔 힝스와 어름 ᄀᆞᆺ흔 ᄆᆞ음이며 츄텬 ᄀᆞᆺ흔 효졀은 사룸의 바랄
배 아니르딕 블힝흐여 몸이 녀지 되어 사룸의게 굴흐나 직덕 위인〃 즉 너의게 나으
니 무어시 브족흐나 거줏 허믈을 보왓노라 속이고 니르디 아니흐니 가옹의 귀 먹으
며 눈 어두오미 쳔ᄌᆞ를 편히 거ᄂᆞ리믈 니르미라 이러틋 치부 유심흐여 녀ᄌᆞ를 히롭
게 흐믄 가옹의 도리 아니라 대개 현부 히흐는 흉인이 조양 냥문의 잇ᄂᆞ 의심흐ᄂᆞ니
오ᄋᆞ는 귀눈이 오히려 밝은디라 쳔만 의심

11면

져온 일이 이시나 네 혜아리건딕 양부의 거울 ᄀᆞᆺ흔 안쳑의 교〃흔 셩심을 볼디라 쳥
텬 빅일은 노예 하쳔도 역지기명이라 양시의 어질미야 뉘 모로리오 츠스의 다ᄃᆞ라
ᄋᆞ희를 일단 괴믈노 아노라 직식 다시 졀흐여 쳥죄 왈 히ᄋᆞ의 무샹 불회 ᄌᆞ교와 ᄀᆞᆺ스
온지라 히ᄋᆞ의 말슴을 밋디 아니시미 또흔 쇼ᄌᆞ의 죄니 츠후 슈신흐여 명교를 져바
리디 아니흐리이다 틱부인이 굴오딕 야심흐여시니 금야로부터 옥민뎡의 가 슉쳐흐
고 노모의 근심을 덜게 흐

12면

라 직시 흔연 슈명ᄒᆞ니 승상이 니러 나올ᄉᆡ 직시 뫼셔 나오니 한님은 궁의 가고 승샹 겨ᄐᆡ 슈직ᄒᆞ리 업스므로 머믓겨 잇고즈 ᄒᆞᄂᆞ디라 승상이 굴오ᄃᆡ 노부는 셔동븨 여러히 이시니 ᄋᆞ희는 아쟈 ᄌᆞ교를 봉승ᄒᆞ라 직시 마디 못ᄒᆞ여 야애 상의 오ᄅᆞ시믈 보고 믈러 옥미뎡의 니ᄅᆞ니 믄득 난간으로조ᄎᆞ 급히 ᄯᅱ여 보보 젼경이 다라나는 거시 잇거늘 직시 분연ᄒᆞ여 거름을 머츄고 보니 ᄒᆞᆫ 남지 거믄 오슬 입고 창황이 ᄂᆞ리거늘 직시 요하의 칼을 ᄲᅢ혀 들고 초연

13면

이 ᄯᅩ로니 거쳐 업시 다라나고 일복 화젼이 금낭지 ᄶᅥ라지니 거두어 가지고 힝보를 완완이 ᄒᆞ여 기호 입실ᄒᆞ니 유랑 시비 상하의셔 잠이 깁헛고 쇼져는 회ㅌᆡ 칠팔 삭이라 신지 곤뇌ᄒᆞ되 죵일 연셕의 ᄶᅦ쳐거늘 존젼의 시측ᄒᆞ여 몸을 쉬지 못ᄒᆞ매 혼곤ᄒᆞ여 화관 옥잠만 ᄲᅢ히고 입은 치 금침 우ᄒᆡ 비겨 잠드러시니 옥안 화뫼 이〃졀튜ᄒᆞ여 곱고 어엿븐 거동이 졍시의셔 빙승ᄒᆞᆫ디라 이의 좌ᄒᆞ고 구ᄐᆞ여 ᄭᆡ오디 아니ᄒᆞ고 이윽도록 그 고은 모양을 보다

14면

가 쵹을 나호여 들어 어든 바 금낭의 든 화젼을 ᄂᆡ여 보니 크게 아름답디 아닌 쇼작이라 ᄃᆡ강 ᄒᆞ여시ᄃᆡ 양옥셜은 슬픈 ᄯᅳᆺ을 강군 좌하의 고ᄒᆞᄂᆞ니 옥셜이 부명을 마디 못ᄒᆞ여 조셩의게 도라오나 엇지 낭군의 금셕 ᄀᆞᆺᄒᆞᆫ 언약을 져바리고 산ᄒᆡ ᄀᆞᆺᄒᆞᆫ 듕졍을 니ᄌᆞ리오 조셩 괴물이 쳡으로 더브러 명위부뷔나 실위구젹이라 금슬지졍이 믹믹ᄒᆞ니 쳡이 공규 잔등의 낭군의 월면 화풍이 잠시도 이ᄐᆞ디 앗ᄂᆞᆫ디라 부ᄃᆡ 이 ᄆᆞ음을 싱각ᄒᆞ

15면

여 셔로 령셔일졈을 비쵀여 잇지 아니믈 바라노라 졍홰 무궁ᄒᆞ나 번거ᄒᆞ여셔 블진언ᄒᆞ노라 ᄒᆞ엿거늘 직시 남필의 스스로 싱각ᄒᆞ되 이 사름의게 이런 일은 만〃 브당ᄒᆞ되 공교히 ᄂᆡ 눈의 ᄯᅴ이니 가쟝 고이ᄒᆞ도다 셩인의 운ᄒᆞ시ᄃᆡ 목블시악싁이라 ᄒᆞ니 이런 음비ᄒᆞᆫ 거슬 보미 엇지 ᄂᆡ 눈을 더러이는 작시 아니리오 셰월이 오ᄅᆞ면 ᄌᆞ연 현츌ᄒᆞ리니 후일을 기ᄃᆞ리리라 ᄒᆞ고 드듸여 쵹화를 다리여 금낭과 화젼을 일시의 다 ᄉᆞᆯ오

니 독혼 연긔 방즁의 가

16면

득혼지라 쇼제 놀나 씨매 직시 셔안의 비겨 무어슬 슬오는디라 쇼제 크게 놀나며 무
례히 누어 주던 줄 붓그려 의상을 졍돈ᄒ고 단졍이 니러 안거늘 직시 함쇼 왈 연셕의
비티고 곤뇌ᄒ실지라 편히 쉬디 아니ᄒ고 이러 안즈시ᄂ뇨 부인이 너모 이러틋 싱을
볼스록 슈습ᄒ므로 듕인이 다 박디혼다 지목ᄒ고 아쟈의 존당 부뫼 엄칙ᄒ시니 ᄎ후
는 부디 고이혼 고집을 날회여 남의 의심을 취티 마ᄅ쇼셔 쇼제 슈용 왈 쳡의 셩졍이
본디

17면

잔졸ᄒ므로 군ᄌ의 디졉 후박을 지금 듯지 못ᄒ디 군ᄌ의 말ᄉᆷ 이ᄅ시미 여러 슌이
라 어니 념치로 군ᄌ의 박디ᄒ믈 스스로 창셜ᄒ여 남다려 니ᄅ리잇고마는 쳡의 연고
로 군지 존당의 슈칙ᄒ시고 모든 시비를 드르시고 말ᄉᆷ이 여ᄎᄒ시니 불승황괴ᄒ여
이다 직시 나죽이 ᄀᆯ오디 근리 부인의 외 견과 다ᄅ고 힝지 히티ᄒ여 잉부의 거동이
니 싱을 긔이디 말나 쇼제 슈괴ᄒ여 고개를 슉이고 옥면의 홍광이 취지어늘 직시 평
싱 쳐음으로 크

18면

게 웃고 ᄆᆷ의 어든 거시 잇는 둣ᄒ여 ᄀᆯ오디 어니 집이 ᄌ식을 귀듕ᄒ여 아니리오
마는 존당 부모의 ᄌ손 바라시미 이ᄀᆺ티 ᄒ시ᄂ니는 업슬디라 슈〃는 싱ᄌᄒ시고 부
인은 지금 싱산ᄒ는 경시 업스니 나의 연괴라 ᄒ시더니 이제 부인이 회티ᄒ믈 드ᄅ
신즉 나의 박쳐혼 허믈을 면ᄒ리로다 아디 못게라 삭쉬 어미뇨 쇼제 참괴ᄒ여 능히
답디 못ᄒ거늘 직시 은근 위로ᄒ여 옥슈를 년ᄒ여 나위의 나아가 ᄒ가지로 누으며
ᄀᆯ오디 나 조ᄉ원이 비록 박혹

19면

무식ᄒ나 잠간 륜의를 아ᄂ니 엇디 우시 결발노 부뫼 맛지신 졍실을 무고히 소디ᄒ
리오 부인은 너모 슈습디 말고 몸을 보호ᄒ여 옥 ᄀᆺ흔 긔린을 나흐라 대히 상뎐이 되

여도 조스원이 부인 대접은 변티 아니리라 이리 니르며 그 향신을 졉ᄒ고 셤슈ᄅ 잡
으매 이향이 만심ᄒ고 옥부 빙신이 명쥬 보벽 ᄀᆞᆺᄒᆫ디라 동쳐ᄒᆞᆫ 지 일월이 오릭다
가 긔이ᄒᆫ 긔질을 겻지으매 싀로이 긔특ᄒᆞᆷ미 비길 듸 업ᄉᆞ나 일념의 잇디 못ᄒᆞᆷᄂ 장
션각 원등의 양시

20면

의 얼골이 분명ᄒᆞᆫ 줄 이티디 아냐 거림ᄒᆞᆷ미 미양 심ᄂᆡ의 왕릭ᄒᆞ더니 금일 부모의 훈
계ᄅᆞᆯ 밧ᄌᆞ오매 감동ᄒᆞᆯ 샏 아니라 아쟈 난함의셔 쮜여ᄂᆞ리던 거동과 금낭셔 음참ᄒᆞᆷᄅ
보고 뇹흔 식견과 밝은 총명의 여러 번 료량하매 글시 모ᄯᆞᆫ 거슬 셕연이 ᄭᆡ다라 심즁
의 싱각하되 양시ᄂ 니른바 셩녀슉완이라 부모의 보시미 올ᄒᆞ시니 엇지 ᄎᆞ마 그런
음힝이 이시리오 금야 경쇠은 양시ᄅᆞᆯ 함히ᄒᆞ는 간졍이 현누ᄒᆞ니 셜ᄉᆞ 양시로써 쳥ᄒᆞ
여 일원가 홀진

21면

대 엇디 기ᄃᆞ리미 업시 잠을 ᄌᆞ며 우리 가듕의 ᄉᆞ면 댱원이 뉴리로 밀친 ᄃᆞᆺᄒᆞ고 즙〃
쳡〃ᄒᆞᆫ 쳔문 만호의 강싱 아냐 귀신인들 엇지 드러오리오 결단코 양시ᄅᆞᆯ 히ᄒᆞ는 간
인이 외인도 아니오 믄득 안히 잇ᄂ 재라 아디 못게라 양시 어질므로써 이ᄀᆞᆺ티 무이
미 무슴 연괸고 다만 의심져온 거슨 장션각 님하의 분명ᄒᆞᆫ 양시ᄅᆞᆯ 보와시니 나의 쥬
ᄉᆞ 야탁ᄒᆞ여 ᄭᆡᆺ디 못ᄒᆞᄂ 배로듸 그 힝실과 거동을 볼수록 긔특ᄒᆞ니 지재라도 ᄭᆡ
ᄃᆞᆺ디 못ᄒᆞ려니와 십분의 팔분

22면

은 원억ᄒᆞᆷ미 이시니 비록 쾌치 아나나 모부인 명교ᄅᆞᆯ 듯줍고 져의 거지ᄅᆞᆯ 평상히 ᄒᆞ
게 ᄒᆞ엿다가 나죵을 보리라 쥬의ᄅᆞᆯ 뎡ᄒᆞᆷ매 십분 은근 후듸ᄒᆞ나 쳥슈 옥결 ᄀᆞᆺᄒᆫ 슈힝
군지 일단 의심을 플디 아나시므로 금금 동셕의 연이지낙이 돈연 믹〃ᄒᆞ여 외친 ᄂᆡ
쇼ᄒᆞᆷ미 되여시니 뉘 직ᄉᆞ의 ᄒᆞ히 ᄀᆞᆺ흔 심쳔을 알니오 취빙 모녜 규시ᄒᆞᆷᄅ ᄌᆞ시ᄒᆞ고
도라와 알외니 퇴부인이 만심 힝열ᄒᆞ여 양시 긔질이 과히 맑으므로 싱산 길히 슌티
못ᄒᆞᆯ가 넘녀ᄒᆞ고 그 부부의 금슬이

23면

소원홀가 심우룰 품엇더니 그 슈틱ㅎ믈 드르니 깃브고 긔특ㅎ믈 형샹티 못ㅎ고 제쇼
제 우어 왈 언제 명조룰 기드려 이놈을 보칠고 ㅎ더라 진설 조한님이 영츈뎡을 겨유 써
나 금션궁으로 갈식 게올니 거룸을 옴기고 경 〃 이 그림ㅈ룰 인ㅎ여 궁의 니르니 공쥬
니러 마ㅈ 동셔로 좌룰 분ㅎ매 명촉이 여쥬ㅎ니 한님이 눈을 드러 공쥬룰 슬피건대 고
은 얼골이 당 무측천으로 흡ㅅㅎ고 투한흔 거동은 한 녀후와 일뉘라 한님이 되

24면

경ㅎ여 싱각ㅎ되 황가의 여ㅊ 찰녜 삼겨 오문의 도러오믄 우연흔 일이 아니라 닉 만
일 후되ㅎㄴ즉 인쳬의 변과 골육 살히ㅎ는 화룰 볼지라 츌ㅎ리 영 〃 거졀ㅎ여 바라믈
쓰처지게 ㅎ고 쟝부의 쯧을 쾌히 ㅎ리라 쥬의룰 졍ㅎ매 미우의는 득 〃 흔 위의 어리
엿고 침엄흔 긔샹은 츄샹을 약히 너기더라 쇄락흔 풍광은 고송이 독닙흔 듯 명촉하
의 맑은 안광은 셕양이 츄슈의 잠겻는디라 공쥬 갓가이 되ㅎ여 이ㄱㅌ 쥰일ㅎ믈 보
매 놀나고 ㅅ

25면

랑ㅎ믈 이긔디 못ㅎ나 져의 거동이 〃ㄱㅌ 엄슉ㅎ니 그윽이 고히 너기고 셕샹의 뎡
시로 원비룰 삼고져 ㅎ여 잔을 들매 경식이 블호ㅎ던 일을 분노ㅎ여 싱각ㅎ되 나는
텬ㅈ의 인녜오 금지옥엽이라 셜스 용식이 뎡녀만 못ㅎㄴ들 엇지 경만ㅎ믈 이대도록 ㅎ
리오 뎡녜 이신 후는 경황이 결단ㅎ여 닉 조군으로 화락디 못ㅎ리니 급히 뎡녀룰 쇼
졔ㅎ고 양녜 비록 나의 젹국이 아니나 그 고은 비치 ㅈ연 나의 화식을 감케 ㅎ니 버
거 양녀룰 업시

26면

ㅎ여 닉 우해 오룰 재 업게 ㅎ리라 이리 혜아리나 한님이 늠연 단좌ㅎ여 움즉이도 아
니코 일언도 아니ㅎ며 침엄흔 거동을 보매 공쥬 츈졍이 비록 구룸니둧ㅎ나 넘치의
몬져 말홈도 어렵고 몸을 안졉디 못ㅎ여 ㅎ니 한님이 그 거동을 목견ㅎ매 비위 심히
조티 아닌디라 가연이 옷술 버셔 더디고 금금의 말녀 낫츨 덥고 쾌히 ㅈ되 종시 일
언을 아니 〃 공쥬 븐흔이 돌돌ㅎ되 졔 나룰 박되ㅎ미 금일브터 이러ㅎ니 쟝릭는 불

문가지라 엇지 구구이

27면

속틱를 ᄒᆞ야 안즈 시오리오 이의 ᄯᅩᄒᆞᆫ 옷슬 벗고 쾌히 드러누으니 한님이 ᄌᆞᄂᆞᆫ 톄ᄒᆞ나 분울ᄒᆞᆫ 심시 어즈러워 ᄌᆞ디 못ᄒᆞ더니 이 거동을 보매 녀ᄌᆞ 된 념티 바히 업스믈 더옥 통ᄒᆞᆫᄒᆞ여 ᄆᆞ음이 니도ᄒᆞ더라 아이오 금계 창효ᄒᆞ니 한님이 니러 금니를 헤티고 옷슬 ᄎᆞᄌᆞ 닙고 나올시 공쥐 분노ᄒᆞ여 ᄌᆞ디 못ᄒᆞ엿더니 바야흐로 잠을 깁히 드럿거늘 본 톄 아니코 밧비 나오니 효월이 교교ᄒᆞ여 던듕의 두렷ᄒᆞ니 믄득 뎡쇼져의 용안 화뫼 눈의 버럿고 ᄋᆞᄌᆞ의 긔이ᄒᆞᆫ 얼골이

28면

비쵀ᄂᆞᆫ ᄃᆞᆺᄒᆞ니 거름이 젼도ᄒᆞ여 영츈뎡의 니ᄅᆞ니 뎡쇼졔 시비를 당ᄒᆞ여 ᄒᆞᆫ 그릇 믈을 가져 옥면을 졍히 ᄒᆞ고 운환을 다스리매 ᄌᆞ연ᄒᆞᆫ 광치 현뇨ᄒᆞ더라 봉관을 삽ᄒᆞ고 녜복을 닙을 ᄉᆡ 한님이 다ᄃᆞ라 보매 반가오미 측냥 업스니 것히 나아가 나상을 다리여 안ᄌᆞᆯ믈 쳥ᄒᆞ여 골오ᄃᆡ 일야지간의 아지 무ᄉᆞ하고 부인이 공연이 가부를 남의게 아이고 잠이 편ᄒᆞ시더냐 쇼졔 안셔이 좌를 뎡ᄒᆞ고 죵용히 골오ᄃᆡ 군ᄌᆞ의 위엄이 광풍뎨월 ᄀᆞᆺᄒᆞ시니 슈하의 쳐ᄒᆞᆫ 사

29면

룸이 시비를 ᄒᆞ미 크게 블가ᄒᆞ나 그윽이 싱각건ᄃᆡ 비쳔ᄒᆞᆫ 쳐ᄌᆞ도 후박을 고르게 못ᄒᆞᆫ죽 비록 임ᄉᆞ ᄀᆞᆺᄒᆞᆫ 녀지라도 편티 못ᄒᆞ려든 ᄒᆞᆯ믈며 공쥬ᄂᆞᆫ 금지옥엽으로 옥질 화용이 셰간의 독보ᄒᆞ시니 이ᄂᆞᆫ 군ᄌᆞ의 놉흔 복이오 텬은이 호대ᄒᆞ시미라 쳡이 ᄯᅩᄒᆞᆫ 황은과 구고의 혜틱으로 산계 비질노 난봉과 ᄲᅥᆨᄒᆞ고 싱무 우ᄂᆞᆫ 가지의 ᄌᆞ고 셩이 셔의ᄒᆞ믈 싱각디 아니ᄒᆞ여 귀쥬의 동녈의 모쳠ᄒᆞ니 외람코 황공ᄒᆞ미 심연 박빙을 당ᄒᆞᆫ ᄃᆞᆺᄒᆞ더라 어린 졍셩이

30면

오직 군ᄌᆞ의 뎨개 공평ᄒᆞ시고 옥쥬의 셩덕이 황영을 이으샤 쳡이 비록 어지디 못ᄒᆞ나 갈담의 풍치 이으믈 바라거늘 군ᄌᆞ의 ᄒᆞ시ᄂᆞᆫ 일을 보니 크게 치가의 어즈러울 쟝

본이라 첩이 진실노 군즈의 편식ᄒ시믈 원티 아니코 ᄆ음이 공구ᄒ여 일시도 안〃티 못ᄒ디라 밤을 지니신 곳의셔 쇼셰롤 ᄒ시고 흔가지로 신셩의 오실 거시어늘 일야간의 ᄋ지 어딘 갓실 거시라 이러틋 젼도 급거ᄒ시고 부박흔 회롱을 ᄒ시ᄂ뇨 첩이 진졍 쇼회롤 다ᄒᄂ니 ᄎ후 침믁ᄒ시믈 쥬

31면

ᄒ시고 공평이 치가ᄒ샤 첩 ᄀ흔 사름도 일신이 안안케 ᄒ시미 힝심일가 ᄒᄂ이다 여러 말슴의 법다오미 현인 군즈ᄀ고 단장을 갓 일워시니 시로온 요광이 남던 미옥을 씨슨 듯ᄒ니 한님이 탄복 이경ᄒ고 견뎡이 〃ᄀ티 괴로오믈 츠셕ᄒ니 츄연 위로 왈 만시 하늘의 달녀시니 미리 근심홀 배 아니라 비록 졔가롤 잘못ᄒ나 맛ᄎᆷ내 부인을 져바리디 아니리니 괴로이 넘녀 말나 공줘 싀회 아니〃 간딘로 사름을 삼키랴 이의 아즈롤 어로만져 낫츨 다히고 간

32면

간쳬〃흔 ᄉ랑이 텬륜으로조ᄎ 나니 뎡쇼졔 절직흔 간언이 효험 업스믈 보고 날호여 졍당으로 향ᄒ니 한님이 부인 침금 우히 쓰러져 흔 잠을 쾌히 즈고 눈을 써 보니 동방이 긔빗이라 신셩이 느즈믈 놀나 니러 관쇼ᄒ고 존당의 드러가니 졔인이 다 모닷더라 한님이 나아가 직소로 좌셕을 년ᄒ니 셕부인 등이 낭낭이 웃고 니ᄅ딘 현데는 엇디 이졔야 드러오뇨 한님이 쇼왈 다소흔 놈이 두 방으로 상직ᄒ라 헤지ᄅ니 잠을 못즈다가 두 부인이 신

33면

셩의 드러온 후야 방심ᄒ고 즈다가 이졔야 ᄭ니 최말이 되거이다 일쥐 대쇼ᄒ고 셕부인 등이 쇼왈 현데 아니 드러오니 우슬 일이 업더니 넘치 업슨 사름이 남 우일 나위 업시 직초ᄒ니 츙담타 ᄒ려니와 너희 부인도 이심흔 녀지로다 가부롤 잠 못즈도록 보치리오 어닌 방의 가 샹직ᄒ던가 한님이 답쇼 왈 초경은 영츈뎡의셔 삼경ᄀ디 샹직ᄒ고 삼경 후는 금션궁의 가 샹직ᄒ여시니 ᄭ짓기나 아니터니잇가 졔셔모와 져져 등이 대쇼 왈 그리 공슌

34면

흔 가부를 어느 부인이 무슨 일노 쑤짓더뇨 한님이 미미히 웃고 뎡시를 도라보며 니
르딕 쇼데다려 뭇디 말고 쑤짓던 사름다려 무러보쇼셔 화시 쇼왈 근간 한님은 무죄
ᄒ니 일졍 ᄋ시의 잉혈 일스로 완월뎡 일이 발각ᄒ여 부인긔 쑤지름을 듯도다 한님
이 미쇼 왈 져 뎡시는 인졍 밧 녀지라 나를 일년나마 쇼박ᄒ엿다가 마지 못ᄒ여 겨유
흔 ᄌ식을 어든 후 아조 닉칠 뜻을 두어 금션궁을 써나디 못ᄒ게 ᄒ고 ᄋᄌ를 보디
말나 ᄒ니 엇지 ᄋ시의 완월

35면

뎡 노리를 개렴ᄒ리오 영시 쇼왈 샹공이 거줏 뎡쇼져를 흉보는 톄 ᄒ고 긔질 슉덕을
ᄌ랑ᄒ는도다 틱부인과 공의 부부 우움을 머금고 그 문답 쇼리를 드릘만 ᄒ더니 위
싱 쳐 치빙이 직소를 향ᄒ여 굴오딕 샹공이 져러툿 단졍ᄒ신 톄ᄒ나 작야의 양쇼져
를 딕ᄒ여는 무른 썩이 되엿더이다 졔쇼졔 웃고 니르딕 원릭 챵뎨를 보고 무를 말이
잇더니 이제 쾌히 무러 보리라 져 흉흔 놈이 거줏 단졍흔 톄ᄒ여 박쳐흔다 넘녀ᄀ디
ᄒ게 ᄒ

36면

고 스실의셔는 가관지셜이 만ᄒ니 양뎨 슈틱흔 지 몃 달이며 무슴 일 대히 샹던이 되
어도 져바리디 아니마 비던다 ᄌ시 니르라 직식 슈려흔 광미의 희긔 녕농ᄒ여 왈 져
져 등이 죵일토록 사름을 여허 보쳐믈 일삼으시니 이는 부인 녀ᄌ의 흠이라 쇼데 불
취야 ᄒᄂ이다 쇼데는 힝신이 극난ᄒ니 부뷔 득〃ᄒ여 셔로 공경흔즉 셔모와 져졔
믄득 박딕흔다 혼동ᄒ고 지어죤당이 과려ᄒ시도록 ᄒ고 년쇼 부뷔 스실의 모다 비록
일시 희언이 이시나 이는 변이 아니어놀 딕스로이 보쳐시니

37면

위미는 밤마다 잠도 아니 ᄌ고 남의 스실을 탐쳥ᄒ기만 일삼으니 무슴 공경흘 일 잇
ᄂ뇨 실노 졀도지시 업스니 위미 허언을 쥬쟉ᄒ미라 쇼졔 낭낭이 우어 왈 죤당이 알
과져 ᄒ샤 탐ᄌ를 보닉시니 너의 ᄉ어를 우리 엇디 모로리오 아디 못게라 다른 일은
니르디 말고 양뎨 슈틱흔 지 몃 달인고 바로 니르라 직식 낭안으로 양시를 보와 왈

나는 아디 못ᄒᄂ니 부인이 바로 고ᄒ라 양쇼졔 지삼 참괴ᄒ여 옥면의 홍죄 난만ᄒ여 져두 믁연ᄒ니 졔쇼졔 크게 익경 왈 현뎨는 무어

38면

시 붓그러워 못 니ᄅ고 양뎨의게 미로ᄂ뇨 아모려나 슈이 옥동을 나ᄒ라 이러틋 희언으로 왕모의 즐기시믈 도으니 화긔 늉늉ᄒ여 비록 공쥬로 인ᄒ여 가듕이 괴로오나 일개 화락ᄒ고 승샹 부뷔 양시의 슈틱 칠팔 삭임을 알매 깃브믈 이긔디 못ᄒ여 옥동 엇기를 손고바 기ᄃ리더라 ᄎ시 금션 공쥬 조부의 하가ᄒᄆ로븟허 가부의 은이 바이 업셔 비록 부모의 명으로 마디 못ᄒ여 잇다감 궁의 니ᄅ나 완연이 남이라 언어를 샹 졉디 아니ᄒ고

39면

두 ᄉ이 약쉬 즈음ᄎ시니 공쥬 크게 분노ᄒ고 익달와 통훈이 돌〃ᄒ니 믜온 ᄆ음이 뎡시의게 골돌훈지라 졀치부심ᄒ여 삼키고져 홀식 하늘이 악뉴를 뉘시매 반ᄃ시 그 당이 잇ᄂ디라 공쥬의 보모 강샹궁과 유모 최샹궁은 인간의 둘히 업ᄂ 간인이라 겸ᄒ여 지뫼 유여ᄒ고 언에 능녀ᄒ여 그른 거슬 ᄭ우며 올흔 곳의 다ᄃ게 ᄒ니 귀비 공쥬를 맛져 보호ᄒ매 궁인의 셩졍이 일편도이 그 임ᄌ를 위ᄒ여 머리를 앗기디 아니홀 ᄆ음이

40면

잇거늘 이제 뎡시의 텬향긔질이 고금의 희한ᄒ고 한님의 공쥬 박딕ᄒ미 힝노 ᄀ흔디라 원훈이 쳘골ᄒ 듕 공쥬의 홍안박명이 뎡시 잇ᄂ 연괴라 ᄒ여 쥬야 눈믈이 싯디 아니터니 일〃은 공쥬 냥녀를 딕ᄒ여 니ᄅᄃ 닉 몸이 금지옥엽이오 왕희의 부귀를 겸ᄒ여 ᄌ식이 ᄯ흔 고인을 브러 아니ᄒ거늘 조가의 하가ᄒᄆ로부터 조무의 무샹ᄒ미 셩은을 잇고 날 보믈 진토ᄀ티 ᄒ여 부부의 도를 폐홀 ᄲᆞᆫ 아니라 뎡녀의 요식의 고혹ᄒ여

41면

등의 가시 진 듯 너기ᄂ도다 최강 냥인이 분ᄒ여 왈 일등 슉녜 다 조가의 모다시니 존당과 위부인의 고산 ᄀ흔 눈의 옥쥬를 셕은 플ᄀ티 너기고 뎡시의 고은 안식은 화

월노 비티 못ᄒ고 명쥬 보벽이 당티 못홀지라 믜워ᄒᄂᆫ 우리 ᄆᄋᆷ의도 쩌나기 어려오니 ᄒᄆᆯ며 풍뉴 장부의 금슬은졍이야 니를 배리잇가 우리 눈의도 옥쥬의 화식이 뎡시로 비컨대 빅옥의 기와ᄀᆺ고 모란의 잡플ᄀᆺᄒ니 뎡시 이신 후ᄂᆫ 옥쥬의 눈썹 펴실 길히 업스리니 뎡

42면

시 ᄒᆫ갓 얼골 ᄲᆫ 아니라 ᄒᆡᆼᄉᆞ 쳐신이 ᄉᆞᄉᆞ의 츌인ᄒ니 옥쥬 심궁의셔 본 ᄃᆡ 업시 즈란 ᄒᆡᆼᄉᆞ와 ᄀᆺᄒ리오 이제 만일 투긔ᄒᆫ 즉 어진 일홈은 다 뎡시긔 도라가고 옥쥬ᄂᆫ 식덕이 져만 못ᄒ니 더옥 므이 너길디라 아직 인분 함통ᄒ고 화긔를 지어 젹인을 졉ᄃᆡᄒ고 겸공 온슌ᄒᆫ 덕을 ᄭᅮ며 구고와 가부를 셤겨 예셩이 니러나게 ᄒ여 의심이 업셔지고 인심이 도라온 후 셔셔히 도모ᄒ여 뎡시를 업시ᄒ고 유ᄌᆞ를 싀살ᄒ여 화근을 영 〃 쇼졔ᄒ리니 뎡

43면

시 모지 업ᄉᆞᆫ즉 부매 ᄯᅩᄒᆫ 눌노 더브러 화락ᄒ리오 ᄌᆞ연 옥쥬 신샹의 은총이 댱구ᄒ려니와 이제 밧그로 투긔를 발ᄒ고 교만ᄒᆫ 거동을 뵈ᄂᆫ즉 이ᄂᆫ 큰 실계라 노쳡이 ᄯᅩᄒᆫ 귀비긔 쇼유를 고ᄒ고 별단 션쳐ᄒ오리니 옥쥬ᄂᆫ 너모 조급히 상심ᄒ여 옥안을 상ᄒ오디 마ᄅᆞ쇼셔 공쥬 테읍 왈 부마ᄂᆫ 당금 걸시라 ᄂᆡ 구챠히 도모ᄒ여 셔로 만나매 그 인졍이 ᄒᆡ노ᄀᆺᄒ니 ᄂᆡ 비록 황녀의 부귀를 가져시나 무슴 셰샹의 ᄆᄋᆷ이 〃시리오 만일 못춤ᄂᆡ 이럴진

44면

대 쾌히 뎡녀를 죽이고 ᄂᆡ ᄯᅩᄒᆫ 조무의 ᄯᅴ ᄭᅩᆾ히 결항ᄒ여 조가 일문의 대화를 보게 ᄒ리라 이러ᄐᆺ 삼인이 비밀히 ᄒᆫ 말이로ᄃᆡ 이목이 번다ᄒᆫ 고로 ᄌᆞ연 퇴부인이 드ᄅᆞ시고 샹심ᄒᆷ믈 이긔디 못ᄒ여 승샹을 ᄃᆡᄒ여 젼ᄒ고 니ᄅᆞᄃᆡ 츳ᄂᆫ 오문의 화근이라 아란디 오ᄅᆡ거니와 이디도록 흉믄 싱각 밧기라 무ᄋᆞ의 고집으로 더옥 져의 분노를 도 〃 와 잔잉ᄒᆫ 뎡식부로 ᄒ여곰 조셕의 급화를 당케 ᄒ니 엇디 가련티 아니리오 찰ᄒ리 졔 쇼원대로 아직 뎡

45면

ᄋ룰 옴겨 노모의 곳의 두고 희ᄋ의 편식흔 은익룰 졔방ᄒᄋ여 뎡현부의 급화룰 구코
져 ᄒ노라 승샹이 ᄯᅩ흔 놀나ᄃᆡ 지극 대쳬흔 군ᄌᆡ라 이의 탄식 쥬왈 이 일이 지극 한
심ᄒᄋ오나 이 ᄯᅩ흔 명이라 현마 엇지ᄒᆞ리잇고 다만 뎡현부의 완젼흔 복녹지상과 소ᄋ
의 대귀홀 격이 슈복이 장원홀디라 깁흔 근심이 ᄌ연 업셔지오리니 틱〃ᄂᆞᆫ 믈우ᄒ쇼
셔 틱부인이 탄식 블낙ᄒ고 좌위 시로이 공쥬의 블냥ᄒᄆᆞᆯ 통히ᄒ여 근심ᄒ더니 한님
형뎨 드러와 안셔이

46면

좌ᄒ거늘 승샹이 한님을 날ᄒ여 왈 네 비록 년쇼ᄒ여 약관의 밋디 못ᄒ여시니 닙신
취쳐ᄒ여 ᄌ식ᄀᆞ디 두어시니 쇼ᄋ로 최망티 못홀 거시오 노뷔 젼일도 경계ᄒ엿거니
와 금션 공쥬ᄂᆞᆫ 셩상의 이녀오 왕희의 존ᄒᆞ미 이시니 경만티 못홀 거시어늘 이제 드
ᄅᆞ니 규ᄂᆡ의 편식ᄒᆞ미 잇다 ᄒ니 젼일의 니룬 말이 허ᄉᆞ 된디라 엇지 너룰 밋던 배리
오 져 공쥬 연유 쇼ᄋ로 구듕심쳐의 ᄌᆞ라나매 박귀비 ᄯᅩ 덕 업손 녀지라 ᄒ니 공쥬
부덕이 현슉ᄒ기 쉬오며 좌

47면

우의 돕ᄂᆞᆫ 재 다 무뢰비 궁인이라 어지리 돕기 쉬오리오 〃이 일편된 고집으로 인ᄒ
여 뎡ᄋ부의게 불호흔 경식이 니른즉 엇지 가련티 아니리오 ᄎᆞᄂᆞᆫ 오이 뎡식부룰 권
련ᄒᆞ미 아냐 화룰 부쳐 쥬미라 ᄎᆞ후 고집을 두로혀 규ᄂᆡ의 편벽흔 말이 ᄂᆡ 귀의 들니
게 말나 한님이 부복쳥교ᄒ고 이러 지빈 왈 히ᄋ 비록 년쇼 우미ᄒᄋ오나 ᄉᆞ리룰 잠간
아옵ᄂᆞ니 엇지 무고히 황녀룰 박ᄃᆡᄒ고 일쳐룰 침혹ᄒ여 녀ᄌᆞ의 원을 일위리잇고 마
ᄂᆞᆫ 져 공쥬 얼골

48면

이 무염이오 힝ᄉᆞ위인이 예ᄉ 등한흔 녀질닌대 쇼지 결단ᄒ여 부〃륜의룰 온젼이 ᄒ
고 박ᄃᆡ 아니 ᄒᄋ오리니 잠간 그 거동을 보건ᄃᆡ 독ᄉᆞ의 위인이오 ᄉᆡ호의 뉴라 만일 후
ᄃᆡ흔즉 반ᄃᆞ시 뎡시룰 죽이고 문호룰 어즈러일 ᄲᅥᆫ 아니라 타일 인톄의 변과 골육샹
잔지환이 날지니 엇지 금일 박ᄃᆡᄒᄂᆞᆫ 화란의 비기리잇고 젹은 거술 두려 큰 화룰 아

니 방비티 못ᄒ리니 야야는 셰 번 싱각ᄒ샤 희ᄋ의 쇼견 셰우믈 바라ᄂ이다 샹국이 ᄋ즈의 말을 드르매 그르다 ᄭ짓지

못ᄒ나 ᄯᅩᄒ 념녜 젹디 아닌디라 다시 회유ᄒ여 니르디 부 〃 텬륜은 귀쳔이 업ᄂ니 인군이 맛지신 졍실을 무고히 박디ᄒ여 오륜의 큰 거슬 도라보디 아닌즉 황샹이 너를 올히 너기시며 노부의 훈즈 못ᄒ믈 죄티 아니리시리오 일노조ᄎ 군신의 〃 샹ᄒ고 귀비 블편ᄒᆯᄉ록 오문의 화근이라 그 녀ᄋ의 후디ᄒ믈 드르면 그 ᄯᅩᄒ 오히려 깃거ᄒ려니와 여ᄎᆞ 박디ᄒᄂ 소문이 귀의 갈진대 뎡현부로 ᄒ여금 일명을 보젼티 못ᄒ리니 여부의 심녜 졈 〃 더 어즈러울지라

근심이 무겁고 북당의 이우를 더으미니 오ᄋᄂ ᄆ음을 널니ᄒ여 공쥬를 후디ᄒ고 아븨 가르치믈 닛디 말나 한님이 다시 고ᄒᆯ 말이 업셔 직비슈명ᄒ나 즈연 미위 블평ᄒ여 셔당의 나오니 존당 부뫼 탄식ᄒᆷ을 마지 아니ᄒ더라 한님이 외헌의 나와 쥭침을 지혀 기리 탄식ᄒ거늘 직식 나아가 문왈 쇼뎨 형댱의 근심ᄒ시믈 보오니 쇼뎨의 ᄆ음이 역시 블평ᄒ지라 아디 못게라 아쟈의 부명이 계시니 무슴 일노 슈칙ᄒ시니잇고 연고를 몰나 의혹ᄒᄂ이다 한님이

가연이 니러 안즈 왈 현뎨 지극히 총명ᄒ디 엇지 우형의 괴로은 심ᄉ를 오히려 모로ᄂ뇨 오슈블회나 엇디 부형긔 슈칙ᄒ고 믈너와 탄ᄒᄂ 빗츨 두리오 우형의 명되 긔구ᄒ여 무측텬을 만나니 당 고종이 아니라 엇지 능히 강잉ᄒ여 디졉ᄒᆯ 의ᄉ 이시리오 닉 비록 뎡시를 후디ᄒ나 본셩이 화려ᄒ여 위의 가즌 쳐쳡은 열하라도 ᄉ양티 아닐 ᄯ이 〃시되 공쥬 만일 어질진대 닉 엇지 박디ᄒ여 우흐로 군위를 져바리고 아리로 치가를 어즈럽게 ᄒ리오마ᄂ 음난ᄒ

힝ᄉ와 방일ᄒᆫ 거동은 니르도 말고 독ᄉ의 긔운과 싀호의 독이 겸ᄒ여 살긔 미우를

둘넛고 무후의 흥흐믈 아오라시니 만일 우형이 〃 제 후딕흔죽 닉 몸이 결흐여 수지 못흐고 문호의 대화를 더으리니 이러므로 알며 츠마 못흐여 말고져 흔죽 닉 십여 년 머리를 굽혀 고셔를 박남흐여 튱효를 본을 삼으니 닉 쯧을 셰운죽 군부의 명이 아니오 부친의 명교를 봉승코져 흔죽 닉 몸이 망홀 징죄라 장찻 이 괴로옴과 민울흔 심수를 부뢰 다 아지 못흐

53면

시니 오직 현데나 알가 흐엿더니 엇지 믓는 말이 우형의 뜻과 닉도흐뇨 셜파의 믁믁 장흔흐여 만면 슈식이라 직시 낫빗츨 화히 흐고 왈 형댱의 지인흐시믄 진실노 신이 흐시나 텬슈를 가히 인력으로 두로혀디 못흐고 사롬의 화복길흉이 각 〃 그 명이라 공쥐 비록 외뫼 아름답디 못흐시나 형댱의 슈복이 만니의 버러시니 엇지 일녀즈의 샹을 인흐여 형댱긔 유히흐리오 공쥐 비록 박복흐고 심시 블현흐시나 아직 나타난 과실이 업시 너모 박딕흐시미 취화

54면

홀 긔틀이라 군지 츙효를 몬져 흐고 후의 다른 넘녀를 흐리니 쇼데의 쇼견은 져를 관졉흐여 궁인 쇼시나 듕인 쇼견의 박딕흐는 줄 모로게 흐시고 수졍이 비록 슈시긔 더 흐실지라도 영츈뎡 왕릭를 잠간 드믈게 흐시면 일쟈는 공쥬의 ᄆ음이 져기 프러져 가닉 편흐고 이쟈는 슈슈의 힝신이 안 〃 흐샤 두려흐시는 근심이 덜닐 거시오 형댱 도리도 군친을 슌히 흐시는 마딕라 ᄆ음을 강잉흐샤 잠간 관졉흐여 흔낫 유ᄋ만 두신 후는 즈연 남이 후박을 씨듯

55면

지 못흐리니 엇디 그만 일의 근심을 흐시고 심화를 삼으시ᄂᄂᄂ니잇가 한님이 탄왈 현데의 말이 지극흔 명논이라 아쟈의 부훈이 〃 곳흐시거니와 남의 몸의 당흐여시매 부데라도 이리 니ᄅ시나 현데 이런 일을 당흐여시면 우형ᄀ티 아니믈 닉 또 아디 못흐리로다 츠후 강쟉흐여 찰녀를 관졉흐려니와 비위를 것잡지 못흐고 ᄆ음이 거림흐니 실노 난감흐도다 직시 잠쇼 왈 쇼데로 당흐여도 실노 어려울가 시브거니와 범스의 강잉흐믈 익게 흐쇼셔 슈 〃 의 복녹지샹과

56면

형댱의 완젼ᄒᆞᆫ신 슈복이 다른 근심 업ᄉᆞ리이다 한림이 도로혀 웃고 왈 현뎨 우형의 일은 잘 니르나 양쉬 빅셔 특이ᄒᆞᄆᆞ로써 그 쟝뷔 되니 구름을 의샹으로 ᄒᆞ고 황금으로 집을 ᄒᆞ여 뒤졉ᄒᆞ려든 무슨 고집으로 박히 ᄒᆞ여 삼오도 못ᄒᆞᆫ 부인이 쳡여의 단쟝ᄉᆞ를 효측게 ᄒᆞᄂᆞ뇨 딕식 함쇼 왈 양시ᄂᆞᆫ 그 위인과 샹뫼 사름이 하ᄌᆞ홀 곳이 업ᄉᆞ니 쇼뎨 무슨 ᄆᆞᄋᆞᆷ으로 박딕ᄒᆞ리잇고 쇼뎨 셩픔이 쇼활ᄒᆞ여 피ᄎᆞ 싱쇼ᄒᆞᆫ 듯ᄒᆞ딕 구ᄐᆞ여 염박ᄒᆞᆷᆫ 아니 〃 이다 한님이 쇼왈 근

57면

릭ᄂᆞ 잠간 화동ᄒᆞᆫ 듯ᄒᆞ거니와 어이 남이 몰나 보리오 현뎨의 힝시 인졍 밧기라ᄒᆞ고 형뎨 이러틋 힐항ᄒᆞᄂᆞ 졍이 근근위곡ᄒᆞ야 타인 동긔와 다른더라 ᄎᆞ시 공쥐 한님의 풍뉴 긔샹을 본 젹마다 과혹ᄒᆞ여 졍욕을 니긔디 못ᄒᆞ딕 한님은 일월이 오릭도록 힝노 보ᄃᆞᆺ ᄒᆞᄂᆞᆫ지라 분ᄒᆞᆫ이 가득ᄒᆞ여 니르딕 어ᄂᆞ날 뎡녀를 쇼졔ᄒᆞ고 조무로 화락ᄒᆞ리오 이의 최샹궁을 보닉여 귀비긔 이 쇼유를 일 〃 히 알외고 셜분홀 계교를 쳥ᄒᆞᆫᄃᆡ 귀비 대로ᄒᆞ여 황샹긔 알외고

58면

져ᄒᆞ나 황애 아른셔도 무고히 뎡녀를 죽이던 못홀 줄 알고 민 〃 ᄒᆞ더니 시 〃 의 뎡참졍 부인 박시 조무의 공쥐 박딕ᄒᆞᆷᆯ 듯고 슈관을 쳥ᄒᆞ여 왈 초의 공쥬를 조무의게 하가ᄒᆞ게 ᄒᆞᆷᆫ 치임의 견뎡을 맛고 닉집의 도라오거든 현뎨를 맛져 첫 ᄯᅳᆺ을 일우고져 ᄒᆞ엿더니 치임은 조무로 화락ᄒᆞ고 공쥐 쳥츈홍안의 빅두시를 읇ᄂᆞᆫ다 ᄒᆞ니 귀비 드릭시면 흔갓 슉뫼 듬믹 잘 못ᄒᆞᆫ 췩을 드릭실 ᄯᆞ름이라 현뎨 무슴 모칙을 일워ᄒᆞ 치임과 조뮈 화락디

59면

못ᄒᆞ게 ᄒᆞ라 슈관 왈 조뮈 뎡시를 화락ᄒᆞ고 황녀를 박딕ᄒᆞᄂᆞ 죄 경티 아닌더라 맛당이 귀비긔 고ᄒᆞ여 뎡참졍긔 젼지를 ᄂᆞ리와 뎡시를 개가ᄒᆞ게 ᄒᆞ면 긔시의 닉 취ᄒᆞ미 여반쟝이라 ᄒᆞᆫ딕 박시 쇼왈 이듕의 조흔 모칙이 잇ᄂᆞ니 현뎨의 외ᄉᆞ촌 소흠이 언관이 되엿다 ᄒᆞ니 각별 소쟝을 올녀 치임이 처음의 셕부의 가 이실 졔 규슈의 몸으로

조무의 풍신을 여허보고 흠모ᄒ여 ᄉ정을 두엇더니 후의 뎡공이 다려와 박슈관으로 뎡혼ᄒ니 규녀의 낫 가리오

60면

는 경계를 져바리고 부모도 긔이고 도망ᄒ여 조무의 강졍의 가 숨어 ᄉ통ᄒ니 조승샹이 마지 못ᄒ여 ᄌ부를 삼으니 그 힝실의 비쳔ᄒᄆᆯ 모ᄆᆡ 아니로ᄃᆡ 아들의 픠려 무상ᄒᄆᆯ 알가 두려 거줏 시로이 혼슈를 출혀 녜로 마ᄌ나 ᄉ문 부녀로 음난ᄒ 종젹이 크게 풍화의 녜를 상ᄒ며 조뮈 ᄯᅩ ᄉ류의 츙슈ᄒ여 이런 음난지ᄉ를 틔연이 힝ᄒ니 인면슈심이라 공쥐 하가ᄒ여시ᄃᆡ 조뮈 뎡녀의 ᄌ식을 고혹ᄒ여 황녀를 공경티 아니ᄒ고 뎡녀를 젼총ᄒ니

61면

옥쥐 심궁의 단쟝ᄒᄆᆯ 쥬달ᄒᆫ즉 텬뇌 엇지 진발티 아니시리오 슈관이 대찬 왈 져의 놉ᄒ신 지뫼 사름의 미츨 배 아니라 닉 벗 듕의 ᄯᅳᆺ이 맛고 지긔친후ᄒ 쟈는 ᄎ평ᄌ 강후신이오 ᄯᅩ 양흑ᄉ 독ᄌ 양계 슈삼월 젼브터 ᄉ괴엿고 뎡시 익슈ᄒ엿실 적 ᄎ평ᄌ 강후신이 ᄯᅩ ᄯᅡ라갓더니 맛당이 ᄎ인과 의논ᄒ여 협공ᄒ여 뎡시 만일 닉게로 슌히 도라오지 아니ᄒ거든 동뉴로 일지군을 발ᄒ여 뎡시 침소를 에우고 겁탈ᄒ여 가리니 몬져 텬노를 도도와

62면

조부를 ᄯᅥ나게 ᄒ고 버거 뎡시 취홀 일을 ᄒ리라 박시 고개를 조아 올타 ᄒ더라 원릭 뉴뉴샹죵이라 현ᄉᄂᆞᆫ 현인을 붓좃고 악쟈는 악인을 ᄯᆞ로ᄂᆞᆫ지라 강후신 ᄎ평ᄌ 박슈관을 ᄒᆫ 번 만나매 지긔샹합ᄒ여 셔로 결약형뎨ᄒ고 날마다 모다 흥시 아니 밋춘 곳이 업스니 양계 ᄯᅩᄒᆫ 일당이 되엿ᄂᆞᆫ지라 이의 ᄉ괴여 만일 양부의 못디 아니즉 박가의 못고 박가의 못디 아닌즉 ᄎ가의 모다 셔로 의논ᄒᆞᄂᆞᆫ 말이 샹풍 픠속ᄒ고 난륜 대악의 힝ᄉ와 악ᄉ를 경영ᄒ고

63면

양흑시 직ᄉ의 다ᄉᄒ고 심시 조티 아니므로ᄡᅥ 일즉 녀ᄋᆞ를 조부의 보닌 후ᄂᆞᆫ 집의

들 날이 젹어 두로 교우ᄒᆞ여 ᄆᆞᆷ을 프ᄂᆞᆫ지라 양계 졔 방의 거ᄒᆞ여 부친을 긔이고 악
뉴를 모화 날마다 흡시 졈〃 더어 밤을 당ᄒᆞ여 ᄎᆞ평ᄌᆞ를 조부의 보ᄂᆡ고 계월이 니응
ᄒᆞ여 간뷘 쳬ᄒᆞ고 금낭셔를 쩌르치고 나오매 직ᄉᆡ의 위인이 일월도곤 밝ᄋᆞ며 귀신ᄀᆞᆺ
티 녕ᄒᆞ여 죵ᄂᆡ ᄉᆞ쉭디 아니코 화락ᄒᆞ니 빅계 무칙이라 강ᄎᆞ박 삼인으로 의논ᄒᆞᄃᆡ
강후신이 웃고 니ᄅᆞᄃᆡ

64면

만일 녕믜의 젼뎡을 희지어 조가로 남이 되면 양부로 도라오리니 강후신을 쥬려ᄒᆞᄂᆞ
냐 슈관이 쇼왈 ᄂᆡ 시방 조무의 쳐 뎡시를 취ᄒᆞ려 ᄒᆞᄂᆞ니 강형이 양시를 취ᄒᆞ고 ᄎᆞ형
은 어ᄃᆡ가 또 졀식을 어ᄃᆞᆯ고 양계 욕되고 붓그러온 줄 모로고 흔연 왈 만일 ᄂᆡ ᄯᅳᆺ을
일워쥬면 누의로 강싱을 셤겨 빅년 긔연을 일우게 ᄒᆞ리라 강싱 왈 이제 다른 계괴 업
ᄉᆞ니 녕믜를 쳥ᄒᆞ여 양부로 다려오게 ᄒᆞ고 조직ᄉᆞ를 왕ᄂᆡ하게 ᄒᆞ면 ᄂᆡ 모칙을 싱각
ᄒᆞ여 조셩으로 녕믜를

65면

아조 바리게 ᄒᆞ리라 양계 왈 쇼믜 무슴 연고로 귀령ᄒᆞᄆᆞᆯ 즐기디 아니〃 조부의셔 만
일 보ᄂᆡ디 아니ᄒᆞ면 엇지ᄒᆞ리오 강싱이 슐을 취ᄒᆞ고 차마 입의 다무디 못홀 말노 양
시 ᄉᆞ모ᄒᆞᄂᆞᆫ ᄆᆞᄋᆞᆷ이 븓ᄂᆡ ᄃᆞᆺᄒᆞ니 슬프다 ᄎᆞ비의 흉계 엇지된고 챠셜 박귀비 공쥬의
박명을 크게 흔ᄒᆞ고 슬허 황ᄋᆞ긔 무상ᄒᆞᆫ 말삼으로 조무의 공쥬 박ᄃᆡᄒᆞᄆᆞᆯ 일일히 알
외여 왈 신이 일녀를 셩혼ᄒᆞ매 무궁ᄒᆞᆫ ᄌᆞ미 볼가 ᄒᆞ엿더니 엇지 이럴 줄 ᄯᅳᆺᄒᆞ여시리
잇고 샹이 졍식 왈 부부 후박은 임의로

66면

못ᄒᆞ고 원티 아닌ᄂᆞᆫ 혼인을 위엄으로 핍박ᄒᆞ여시니 이제 미셰ᄒᆞᆫ 일을 짐이 다 아ᄅᆞᆫ
쳬ᄒᆞ여 죄칙ᄒᆞᄆᆡ 인군의 일이 아니라 금션이 황녀로 ᄌᆞ존ᄒᆞ여 구고와 가부를 능만ᄒᆞ
매 실셩ᄒᆞ미니 경은 금션을 계칙ᄒᆞ여 부덕을 삼가고 쇼쇼ᄒᆞᆫ ᄉᆞ졍을 궁금의 알외디
말나 ᄒᆞ라 귀비 악연ᄒᆞ나 다시 홀 말이 업셔 민민불낙ᄒᆞ여 소시를 쳥ᄒᆞ여 왈 초의 형
의 말을 인ᄒᆞ여 소녀를 조가의 하가ᄒᆞ엿더니 ᄯᅳᆺ아닌 조뮈 공쥬를 박ᄃᆡ 틱심ᄒᆞ여 결
발 구월의 인륜이

67면

망미ᄒᆞ여 비샹 홍졈이 완연타 ᄒᆞ니 통흔 분히ᄒᆞᄆᆞᆯ 엇지 참으리오마ᄂᆞᆫ 국톄의 ᄎᆞ마 ᄉᆞ정을 인ᄒᆞ여 미셰지ᄉᆞᄅᆞᆯ 다 아른 쳬 못ᄒᆞ리라 ᄒᆞ시니 나의 위력으로 조가ᄅᆞᆯ 쳐치 홀 도리 업ᄂᆞᆫ지라 형은 다시 싱각ᄒᆞ라 소시 양경 왈 원릭 이런 곡졀은 신이 오히려 모로고 조무의 풍치 위인이 금셰 일인이ᄆᆞᆯ 흠양ᄒᆞ여 알외미러니 우줘 심궁의 빅두시ᄅᆞᆯ 읇ᄒᆞ신다 ᄒᆞ니 신쳡의 싱각은 다른 연괴 아니라 조무의 조강 뎡녀 폐월슈화지식이 고금의 독보홀 녀지라 임의 신

68면

의 ᄌᆞ와 뎡친ᄒᆞ엿더니 뎡녀 조무의 풍치ᄅᆞᆯ 보고 흠양ᄒᆞ여 조무의게 도라갓ᄂᆞᆫ디라 조 뮈 그 힝실의 비쳔ᄒᆞᆷ은 모로ᄒᆞᆯ고 문군의 직용을 ᄉᆞ랑ᄒᆞ여 고혹ᄒᆞ미니 공줘 비록 황녀의 존귀ᄒᆞᄆᆞᆯ 가져시나 뎡녀 이신 후ᄂᆞᆫ 화락디 아닐디라 ᄎᆞ고로 신이 쳐음브터 뎡녀ᄅᆞᆯ 폐츌ᄒᆞ고 공쥬ᄅᆞᆯ 하가ᄒᆞ쇼셔 ᄒᆞ엿더니 그 요식을 두고 공쥬ᄅᆞᆯ 하가ᄒᆞ여시니 풍뉴랑의 은졍이 엇지 옥쥬긔 도라가리오 신이 혜건딕 황샹이 무단이 뎡녀ᄅᆞᆯ 폐츌 아니 시리니 외간 풍문으로 언

69면

관을 시겨 조무와 뎡녀의 간악방ᄌᆞ흔 죄ᄅᆞᆯ 샹쇼ᄒᆞ여 아르시게 ᄒᆞ고 낭〃이 안흐로 용ᄉᆞᄒᆞ신즉 뎡녀ᄅᆞᆯ 폐츌홀 법이 이시리니 그리ᄒᆞ여 졔 집의 둔즉 반ᄃᆞ시 조무로 ᄉᆞ통ᄒᆞ여 ᄉᆞ졍을 쯛치 아니리니 신의 ᄌᆞ식이 샹실ᄒᆞ고 어린 쯧의 졀염을 구ᄒᆞᄂᆞᆫ지라 뎡녀의 현마ᄒᆞᄆᆞᆯ 아오매 반ᄃᆞ시 취ᄒᆞ려 ᄒᆞᆸᄂᆞ니 젼지ᄅᆞᆯ ᄂᆞ리와 박슈관으로 친ᄉᆞᄅᆞᆯ 일우라 ᄒᆞ샤 만일 듯지 아니커든 뎡셰츄ᄅᆞᆯ 가도고 핍박ᄒᆞ신즉 뎡녀 효힝이 긔특다 ᄒᆞ오나 졀을 굽혀 아비ᄅᆞᆯ 구

70면

홀지라 ᄎᆞ시 공쥬의 큰 근심을 쇼졔ᄒᆞ리이다 ᄒᆞ고 교언녕식을 지어 귀비ᄅᆞᆯ 도도니 박귀비이 말을 듯고 대희ᄒᆞ여 니ᄅᆞ딕 형의 지뫼 여ᄎᆞᄒᆞ니 엇지 뎡녀 취ᄒᆞᆷ믈 근심ᄒᆞ리오 만일 녀ᄋᆞ의 심듕 대환을 덜면 뎡시도 믜온 일 업ᄉᆞ니 형이 거두어 며ᄂᆞ리 숨으미 엇지 깃브디 아니리오 소시 귀비와 이러툿 의논ᄒᆞ고 슈일 후 나오다 박슈관이 소

흠을 보치여 상소하라 하니 소흠이란 쟈는 심슐이 블인하고 츄셰 간악하더라 슈관이
귀비의 질지오 추시 또 귀비

71면

의 분뷔믈 듯고 개연이 허락하고 샹소를 일우더라 이쩌 츠평즈는 양시를 도모하고
박슈관은 명시를 도모하되 져는 흔낫 가인을 어들이 업스니 일단 앙〃지심이 밍동하
는디라 졔 아즈미 추샹궁이 슈쳡여의 궁인이라 샹이 일듸 졀염을 싱각하시더 맛당한
가인을 엇지 못하시믈 젼의 드럿던 고로 샹궁을 부쵹하여 슈쳡여를 다리여 양시를
아스 궐듕의 드리려 하니 근녀 니현비 슈쳡여를 싀긔하여 블평지심 만흔디라 황샹긔
일듸 졀

72면

염을 쳔거흔즉 일즈는 낭〃의 투긔 업스믈 아른시고 이즈는 셔로 우익이 되어 니현
비를 졀졔하미 대계라 하고 니히로 다리니 쳡예 고지 듯고 너비 졀식을 구홀시 츠평
지 졔 슉모를 인연하여 양시를 쳔거흔디 쳡예 왈 셩샹이 비록 졀식을 구하시나 조신
의 쳐즈를 아스 드리실 니 업스니 엇지하리오 츠평지 뒤왈 지금의 황샹이 조셩을 춍
익하시고 승샹을 되졉하시니 엇지 그 즈부와 안히를 아사 드리시리오마는 한 계괴
이시니 신이 잠간 남 모로는 도

73면

슐이 잇습는디라 조부의 가 죡히 양시를 도젹하여 궐듕의 비티리니 낭〃이 은혜로
되졉하여 두어 계시다가 황샹긔 뵈오면 셩샹이 츠마 도라 보내디 못하야 취하시리니
시방 강후신이 여러 번 양시를 취하려 간부셔를 힝하디 조셩이 속디 아니하느이다
슈쳡예 대회하여 즉시 빅금 일빅 냥을 내여 상하고 양시를 도젹하여 올 날을 맛초고
츠평지 양부로 나아가니라 화셜 조직시 양시를 화평이 되졉하고 의심을 더나 마춤내
일념이 거림하고 셕연티 못하

74면

되 존당 부모의 넘녀 두리고 양시 졈졈 만삭하니 즈로 신음하는디라 직시 근심하믈

마디 아니ᄒ고 존당 구괴 년쇼 약질의 희만을 엇지 홀고 쥬야 우려ᄒ더니 무ᄉ 분만ᄒ고 일긔 옥동을 싱ᄒ니 긔골의 셕대흠과 쟉인의 긔이ᄒ미 부풍 모습ᄒ여 범ᄋ와 크게 다른지라 틱부인과 승샹 부뷔 깃브믈 이긔디 못ᄒ니 직ᄉ의 환열ᄒ믄 지긔듕이라 어시의 양부의셔 슌산 싱남ᄒ믈 듯고 블승긔힝ᄒ여 양혹ᄉ 즉시 조아의 니ᄅ러 승샹과 셔랑을 보고 셔로

75면

치하ᄒ고 화긔 일좌의 어릿엿더라 공이 녀ᄋ보믈 쳥ᄒᄃᆡ 승샹이 직ᄉ로 ᄒ여곰 뫼시라 ᄒ니 직시 양공으로 더브러 옥미뎡의 니ᄅ니 부녜 셔로 볼ᄉᆡ 쇼졔 야〃를 비현ᄒ매 반가오믈 이긔디 못ᄒ여 블셩언어ᄒ거ᄂᆞᆯ 공이 이무 왈 네 년쇼 약질노 싱ᄌᆞᄒᄂᆞᆫ 경ᄉ를 보니 엇지 긔특디 아니리오 도라 직ᄉ다려 왈 싱ᄋ의 쟉인이 여ᄎᆞ 셕대ᄒ니 ᄎᆞᄂᆞᆫ 존문의 큰 경ᄉ로다 ᄒ고 쇼ᄋᆞ를 무이ᄒᄃᆞ가 이윽고 외당의 나와 승샹을 하직고 도라가니라 이ᄯᅥ 됴부인이 ᄯᅩᄒᆞᆫ 녀

76면

ᄋ와 손ᄋᆞ를 보고져 ᄒ여 조부의 니ᄅ러 손ᄋᆞ를 보고 모녜 수일 반기다가 도라가니라 어시의 ᄎᆞ평지 양쇼져를 도젹ᄒ려 ᄒ여 야심ᄒ기를 기ᄃᆞ려 몸을 변ᄒ여 ᄒᆞᆫ 고이ᄒ ᄉᆡ 되어 옥미뎡으로 나라드러 쟝 틈으로 여허 보니 방듕의 등쵹이 휘황ᄒ고 수무 인셩ᄒᆫᄃᆡ 쇼졔 유랑으로 더브러 ᄋ희를 지우며 쵹하의 안잣거ᄂᆞᆯ 즉시 문 굼그로 다라들매 쇼졔 보디 못ᄒ던 즘싱이 쟝 ᄉ이로 다라들믈 보고 녕ᄒᆞᆫ 심졍의 빅분 경악ᄒ여 유모다려 니ᄅᄃᆡ 고어 운ᄒᆞᄃᆡ 밤시 집의

77면

들믹 도젹이 쟝ᄎᆞᆺ 니른다 ᄒ니 고이ᄒᆫ ᄉᆡ 밤의 돌입ᄒ니 이는 비샹ᄒ 변이라 두리건ᄃᆡ 닉 몸의 블측ᄒᆫ 홰 이실가 ᄒ노라 언미필의 직시 ᄋᆞ즈를 보고져 ᄒ여 옥미뎡의 니ᄅ니 문을 당ᄒ매 쇼ᄋᆞ의 쇼ᄅᆡ 들ᄂᆞᆫᄃᆡ라 침듕ᄒ 힝뵈 젼도ᄒ기를 면티 못ᄒ여 문을 급히 열고 드러오니 그 ᄉᆡ 직ᄉ를 보고 젼도히 쇼져를 향ᄒ여 다라 드ᄂᆞᆫᄃᆡ라 쇼졔 면식이 여토ᄒ여 몸을 니러 직ᄉ의 등 뒤히 셔며 놀난 쇼ᄅᆡ로 니ᄅᄃᆡ 야죄 방의 드러오니 고이ᄒᆫ 변인가 ᄒ더니 군ᄌ를

78면

보고 첩의게 다라드니 군ᄌᆞᆫ 급히 슬피쇼셔 쇼져의 평싱 단듁ᄒᆞ던 거동이 창황ᄒᆞ고 옥셩이 젼급ᄒᆞ니 직ᄉᆞᆷ 크게 고이히 너겨 손으로 쇼져를 달히여 구셕으로 안치고 유랑 시녀를 듕 〃 첩 〃 이 호위ᄒᆞ여 나ᄂᆞᆫ 식도 들틈이 업시 막고 직ᄉᆞᆷ 〃 룰 ᄯᅩ로니 ᄎᆞᆷ평지 일이 되디 못홀 ᄲᅦᆫ 아니라 직ᄉᆞ의 졍명지긔에 제 요법을 발뵈디 못ᄒᆞ고 오리면 본형이 드러나 잡힐가 겁ᄒᆞ여 믄득 드러오던 금그로 나라 나가며 니ᄅᆞᄃᆡ 양옥셜을 이번도 못 다려가니 죠셩으로 블공디텬

79면

쉬라ᄒᆞ거ᄂᆞᆯ 쇼졔 ᄎᆞ언을 듯고 샹심 경혼ᄒᆞ며 썰기를 마디 아니코 직ᄉᆞᄂᆞᆫ 못 잡으믈 크게 흔ᄒᆞ여 친히 나와 두루 어드ᄃᆡ 조요흔 월야의 종젹이 업ᄂᆞᆫ디라 직ᄉᆞᆷ 탄왈 군ᄌᆞ의 곳의ᄂᆞᆫ 요식 범티 못ᄒᆞ거ᄂᆞᆯ 여ᄎᆞ 긔식 년ᄒᆞ여 이시니 나의 덕이 박ᄒᆞ여 이러ᄒᆞ민가 심히 즐겨 아냐 월하의 산보ᄒᆞ다가 다시 실듕의 드러가니 쇼졔 일신을 쩌러 안졍티 못ᄒᆞ고 누쉬 흘너 옷기시 가득ᄒᆞ엿ᄂᆞᆫ지라 직ᄉᆞᆷ 이 거동을 보매 제 갓 분산ᄒᆞ고 몸이 치 쇼셩티 못ᄒᆞ엿ᄂᆞᆫ디 이 ᄭᅩᆺ흔

80면

경식을 보니 더옥 경녀ᄒᆞ여 더온 쥭을 가져오라 ᄒᆞ여 권ᄒᆞᄃᆡ 쇼졔 놀나오믈 뎡ᄒᆞ여 왈 심신이 경동ᄒᆞ여 쎨니미오 허핍ᄒᆞ여 쎨니미 아니니 먹으미 브졀 업셔이다 직ᄉᆞᆷ 그 손으로 쥐무ᄅᆞ며 그ᄅᆞᆯ 드러 마시믈 지삼 권ᄒᆞ니 쇼졔 직ᄉᆞ를 심히 긔경ᄒᆞᄂᆞᆫ디라 면강ᄒᆞ여 바다 두어 슘 마시고 탄식 함누 왈 첩의 힝실이 신명을 져바려 금일 희한흔 변을 만나니 엇지 경히ᄒᆞ믈 니기리오 그거시 식 아니 〃 어ᄂᆡ 식 밤의 드러와 말ᄒᆞ리오 반ᄃᆞ시 요인이 도슐 작법ᄒᆞ여 이의

81면

니ᄅᆞ미라 만일 군ᄌᆞ 못미쳐 드러오시더면 첩의 목슘이 금야를 보젼티 못홀지라 죽으믄 ᄯᅩ흔 두렵디 아니나 첩의 일홈지 알고 곤욕ᄒᆞᄂᆞᆫ 곡졀은 귀신이라도 난측이라 첩이 무슴 ᄆᆞᄋᆞᆷ으로 살고져 시브리오 직ᄉᆞᆷ 위로 왈 귀신은 가히 속이려니와 나 죠셩은 속이디 못ᄒᆞ리니 부인은 방심ᄒᆞ여 무익히 ᄆᆞᄋᆞᆷ을 쓰디 말고 이 말을 블츌구외ᄒᆞ여

여러 유랑 시비라도 함구ᄒᆞ여 가ᄂᆞᆫ인도 알게 말나 사룸이 지극히 어질면 신기를 감동ᄒᆞ고 지극히 졍셩즉 요ᄉᆞᄅᆞᆯ 믈

82면

니치ᄂᆞ니 부인 히ᄒᆞ려 작변ᄒᆞᄂᆞᆫ 근본은 오역브지라 부인의 ᄆᆞᄋᆞᆷ은 닉 거울갓티 비최니 흔흘 배 무어시니잇고 곳비 길면 드틔ᄂᆞ니 부인은 졍대ᄒᆞ고 졀직ᄒᆞ여 두 ᄆᆞᄋᆞᆷ을 업시ᄒᆞ고 간졍을 진압ᄒᆞ며 요ᄉᆞᄅᆞᆯ 진졍ᄒᆞᆯ 도리를 ᄉᆡᆼ각ᄒᆞ쇼셔 쇼졔 더옥 슈괴ᄒᆞ여 일신이 누셜듯 죄인이 된 듯 여러 가지로 번난ᄒᆞ니 효셩 ᄀᆞᄐᆞᆫ 튜파ᄂᆞᆫ 옥뉘 어릭엿고 어리로온 화안ᄂᆞᆫ 슈식이 가득ᄒᆞ여 탄왈 이 일을 ᄎᆞ즈ᄂᆞᆫ디 못ᄒᆞᆫ 젼은 쳡이 죽어도 명목ᄒᆞᆫ 귀신이 되

83면

디 못ᄒᆞᆯ디라 군ᄌᆞ를 되홀 안면이 업고 텬일을 보디 못ᄒᆞ리니 엇지 심샹 ᄌᆞ약ᄒᆞ여 평샹 예스 사룸 ᄀᆞᄐᆞ리잇고 인ᄒᆞ여 희허ᄒᆞ여 ᄆᆞᄋᆞᆷ을 뎡티 못ᄒᆞᄂᆞᆫ지라 직시 쏘흔 탄ᄒᆞ여 ᄉᆡᆼ각ᄒᆞ되 여러 번 의심져온 거동을 보되 발셜티 아니믄 져의 힝시 빙옥ᄀᆞᆺ고 위인이 슝빅ᄀᆞᆺᄒᆞ니 이런 일 곳 알진대 거지 평샹티 아닐 거시매 함구불언ᄒᆞ여 나죵을 보와 쳐치코ᄌᆞ 쯧이러니 이제 고이ᄒᆞᆫ 요괴 드러와 작변ᄒᆞ여 져의 ᄆᆞᄋᆞᆷ을 요동ᄒᆞ니 진실노 양시ᄂᆞᆫ 뇹

84면

흔 녀지라 여ᄎᆞ 괴시 이시믄 그 신셰 명도를 작희ᄒᆞᄂᆞᆫ 요인이 가ᄂᆞ의 잇도다 이리 혜아리나 심시 블쾌ᄒᆞ여 다만 위로홀 ᄯᆞ룸이오 아ᄌᆞ의 교연ᄒᆞᄆᆞᆯ ᄉᆞ랑ᄒᆞ다가 인ᄒᆞ여 잠을 드니 쇼졔 슈괴ᄒᆞᄆᆞᆯ 이긔디 못ᄒᆞ여 이블을 무릅쓰고 업듸여시나 일신의 한〃이 가득ᄒᆞ고 ᄌᆞ연 ᄆᆞᄋᆞᆷ이 경동ᄒᆞ여 졍신을 졍티 못ᄒᆞ니 흔 잠도 자디 못ᄒᆞ고 명조의 부뷔 신셩ᄒᆞ매 모다 양쇼져의 용뫼 환탈ᄒᆞ여시믈 보고 일야간의 그런 곡졀을 무르니 쇼졔 ᄎᆞ마 바로 고티 못ᄒᆞ여

85면

구ᄐᆞ여 질통ᄒᆞᄂᆞᆫ 배 업시 그러ᄒᆞᄆᆞᆯ 고ᄒᆞ고 직ᄉᆞᄂᆞᆫ 구외의 닉디 아니ᄒᆞ더라 쇼졔 ᄆᆞ

음이 놀납고 두리오미 극호여 직수기 청왈 군지 미양 왕릭호시기 어렵고 첩의 심신
이 산난호여 야반을 당흔죽 어려오니 유모를 다리고 존당 협실의 가 무음을 진정호
여 다시 나아오고져 몬져 군즈긔 알외고 존당의 품코져 호느이다 직시 양시의 두려
호는 거동이 병날가 경녀호여 왈 존당 협실이 조마 유우를 거나려 머믈미 어려오니
닉 셔모 등을 청호여 부인을 보호

86면

케 호리라 호고 세 셔모를 청호여 왈 양시 산후 허약호여 무셔온 증이 발호니 유랑
시비 등만 맞겨 두디 못호고 사름이 흔썩나 써나면 못견듸여 호니 이 젹은 병이 아니
라 셔모 등은 서로 돌녀가며 이곳의셔 져의 무셔온 증을 도라보쇼셔 삼인이 경동 왈
이는 가장 비경흔 증셰라 의치를 힘쓰쇼셔 첩등이 모다 가기야 무어시 어려오리잇가
호고 삼인이 흔가지로 지닉듸 쇼졔 오히려 무셔온 증을 면티 못호여 날이 어두면 문
을 잠으고 쇼졔 옷슬 벗디 아니호고 촉을 밝히고 잠자

87면

기를 두려 종시 흔 잠을 능히 일우디 못호난지라 존당 구괴 양쇼져의 이러툿 흐믈 듯
고 놀나 직수다려 일너 왈 양현뷔 산후의 긔뷔 허약호여 거동이 젼과 다르니 우례 극
흔지라 드르니 흔 병을 어더 밤이면 능히 즈디 못호고 무셔워흐믈 니긔디 못흔다 호
니 엇지 네 그곳의셔 슬피디 못호고 화셜 등만 맞겨 두느뇨 직수 실수를 고코져 호듸
오히려 번요호여 히로오미 이실가 호여 화평히 듸왈 히이 또흔 넘녜 젹디 아냐 즈로
슬피듸 쥬야 직희여 잇기는 셔모만 못홀지라 윈닉

88면

년쇼 약질이 듸단흔 신양이 아니라 긔뷔 춤실호면 나흐리이다 부뫼 가장 우려호여
보익홀 진미와 탕약이 연속호여 유우가티 보호호니 양쇼졔 황공 불안호여 신셩의 존
당의 드러가 종일 시좌호여 야심후 화시 등으로 더브러 옥미뎡의 도라가 촉을 혀 시
오고 몸을 유모의게 의지호여 잠간 졉목호나 일념의 흉흔 소릭와 고이흔 거동이 놀
나와 무음이 차악호고 넉시 나니 수식을 편히 호느 듕심은 능히 반시나 방한티 못호
는지라 즈연 옥용이 환탈호

89면

고 식반이 돈감ㅎ니 직시 경녀ㅎ여 양시를 히ㅎ는 사룸을 씨듯디 못ㅎ여 심듕의 은
위 되엿더라 어시의 금션 공쥬 한님의 박디 갈수록 일양이오 뎡쇼졔 통졔 합가의 온
견ㅎ고 숫다온 일홈이 스린의 진동ㅎ니 앙〃분원ㅎ미 졀치부심혼지라 더욱 유ㅈ의
옥슈 신월궂ㅎ미 죤당 구고의 보비 되고 황〃침이ㅎ는 졍은 한님이 슈유 블니ㅎ기의
니르니 공쥬 더욱 싀심을 니긔디 못ㅎ여 몬져 유ㅈ를 업시ㅎ고 버거 뎡시를 졀졔ㅎ
믈 싱각고 이후 혼

90면

연혼 화긔를 지어 친히 니르러 뎡시를 쳥ㅎ여 손을 잇그러 압문을 조ᄎ 금션궁의 이
르러 죵일토록 낭〃혼 담쇼 텬연 후디ㅎ니 혈심 진졍인 듯혼지라 뎡쇼졔 또혼 공슌
겸양ㅎ여 조곰도 ᄂᆡ외지심이 업셔 텬연 비약ㅎ니 최강 냥녜 더욱 싀기ㅎ나 은근혼
ᄉᆞ식으로 유화혼 셩덕을 찬양ㅎ며 공쥬의 아름ᄃᆞ오믈 일크라 다려오믈 쳥ㅎ니 뎡쇼
졔 ᄌᆞ긔는 비록 위틱혼 곳의 쳐ㅎ나 쳔금 ᄋᆞ즈를 엇지 즐겨 흉쳐의 왕림ㅎ리오 츄ᄉᆞ
티 못ㅎ여 시녀를

91면

명ㅎ여 공ᄌᆞ를 다려 오라 ㅎ니 유뫼 공ᄌᆞ를 뫼셔 슈유의 니르니 공쥬 흔연이 공ᄌᆞ의
손을 잡고 슬상의 안고 톄〃혼 ᄉᆞ랑이 오장을 녹일 듯 진졍 쇼발인 듯 부인을 향ㅎ여
ᄋᆞ즈의 녕형슈발ㅎ믈 못ᄂᆡ 일크라 공ᄌᆞ의 손을 노티 못ㅎ니 쇼졔 그 요양ㅎ믈 깁히
근심ㅎ고 면강 답화ㅎ매 공쥬 그 온슌ㅎ믈 샤례ㅎ며 양시 졸연 득병ㅎ믈 근심ㅎ여
양부인 침쇼로 향ㅎ여 난간의 올나 위곡히 말솜ㅎ니 양시 시비 등의게 붓들녀 샤례
왈 쳔신이 우연이 병을

92면

어더 궁의 가 뫼시디 못ㅎ매 졍히 ᄉᆞ모ㅎ더니 옥쥬 친림ㅎ시니 황감ㅎ여이다 공쥬
흔연이 손을 잡고 좌를 뎡ㅎ매 공쥬 왈 닉 하가ㅎᄆ로브터 부부의 륜의를 모로고 오
직 붕우유신이 오상의 잇는 고로 흠앙ㅎ여 부인의 숫다온 긔질을 것지어 안앙의 즐
거오믈 일위니 일신의 박명은 다 니티고 금듕의 익위 이시믈 깃거 머리 회도록 고락

을 호가지로 호고져 호더니 부인이 슈일 유병호샤 화용을 상졉디 못호니 ᄆ음의 결
연호미 닉 몸의 질고나 다르디 아니호여

93면

발이 즈연 이곳의 향호과이다 쇼졔 또흔 웃고 샤왈 옥쥬의 셩덕이 〃러툿호시니 쳡
이 또흔 우러러 비미흔 졍셩이 빅년을 뫼시고져 호ᄂ이다 공쥐 일변 드르면 일변 바
라보니 쇼졔 쇼셰를 폐호여 화관이 기우러시니 운발은 년화 ᄀᄐ 귀밋히 어즈럽고
효셩ᄀᄐ 냥안의 영치 일좌의 비최거늘 봉황미는 더옥 슈려호고 즈약 긔려호미 쇼월
이 흑운을 버서시며 빅벽이 곤강의 쇼ᄉ심ᄀᆺ고 쳔틱만광이 〃목을 어리ᄂᆫ디라 공쥐
더옥 분노호고 싀익호여 믄득 희롱호여 왈

94면

부인의 슈렴티 아닌 용뫼 더옥 승졀티 아닌 곳이 업셔 향긔 잇는 옥이오 말호는 곳치
라 쳡심이 이리 ᄉ랑호니 직ᄉ의 슈유 블니호여 텬디 무궁흔 졍이 또흔 고이티 아니
호니 쳡의 비박흔 지질과 더러온 용모로 심궁의 빅두시를 쇼임흔들 엇지 남을 흔호
리오 쇼졔 크게 블안호나 온슌이 샤례 왈 녜브터 부인은 덕을 니르고 싁을 일큿디 아
나시니 만일 옥쥬의 니르심 ᄀᄐ진대 쳡의 프른 머리와 블근 낫치 옥쥬 평싱의 유희
호미 되리이다 하면목으로 사름을 디호

95면

리오 즈고로 홍안박명이오 그 몸의 유익호믈 듯지 못호여시니 쳡의 누질이 셜ᄉ 옥
쥬 말숨 ᄀᄐ지라도 실노 블관호니 조군의 힝ᄉᆫ 쳡의 골돌호는 배라 옥쥬의 어지
신 덕이 신긔를 감동호고 놉흔 복이 슉슉의 쯧을 두로혀샤 궁문이 화고 가ᄂ 슉연
호면 쳡 ᄀᄐ 뉴도 셩덕을 의지호여 빅년 화락호믈 바라ᄂ이다 인호여 한담호며 뎡
쇼져의 유ᄋ를 안아 ᄉ랑 긔즈의 지난 돗호디 쇼졔 일빵 거울이 뎌의 포장화심호
고 살긔등등호여 살히지심을 슐피

96면

고 블승경구호여 유ᄋ를 샌혀 닐 모칙을 싱각고 츈경을 도라보와 왈 존당이 아쟈의

유ᄋ를 ᄎᄌ시니 여등이 엇지 지금 존명을 봉힝티 아닛ᄂᆞᆫ다 츈경은 청의듕 영걸이라 그 ᄯᅳᆺ을 알고 가연이 니러나 유랑을 ᄭᅮ지져 왈 ᄉᆞ람의 뒤 늣고 완완ᄒᆞ미 여ᄎᆞᄒᆞ니 엇지 죄칙을 면ᄒᆞ리오 ᄒᆞ고 이의 공쥬의게 나아가 공ᄌᆞ를 쥬쇼셔 ᄒᆞ며 안고 나ᄂᆞᆫ ᄃᆞ시 뎡당의 드러가니 공쥐 실계ᄒᆞ고 ᄉᆞ매 가온ᄃᆡ 약이 맛춤ᄂᆡ ᄡᆯ ᄃᆡ 업ᄉᆞᄆᆞᆯ 븐히ᄒᆞ여 니러 나올ᄉᆡ 쇼졔 댱 밧긔 나와 보ᄂᆡ고 침

97면

쇼의 도라와 블힝ᄒᆞᄆᆞᆯ ᄌᆞᄎᆞᄒᆞ여 아미의 실음을 씌엿더라 공쥐 나오다가 뎡쇼져의 침소로 지나며 보니 곡난의 시녀 일인이 금노의 블을 픠워 챠를 다리며 조롬이 몽농ᄒᆞ니 공쥐 싱각ᄒᆞᄃᆡ 그 어미를 죽이미 ᄲᆞᆯ회를 ᄭᅳᆾ ᄆᆞ니 져 조로 ᄀᆞᆺ흔 유ᄋ야 쳐치 어려오리오 이의 독약을 ᄂᆡ여 차의 너코 거짓 조ᄂᆞᆫ 시녀를 씌여 왈 네 무슴 챠를 다리관ᄃᆡ 져리 조ᄂᆞᆫ다 시녜 놀나 눈을 드러 보니 공쥐라 처음의 엇지 다른 의심이 이시리오 우연이 지나다가 조롬을

98면

ᄭᆡ오ᄂᆞᆫ가 ᄒᆞ여 약을 ᄲᅡ 가지고 부인긔 나아가니 한님이 이의 드러온지라 친히 드러 권ᄒᆞ니 쇼졔 바다 마실ᄉᆡ 독긔 코를 거ᄉᆞ리ᄂᆞᆫ디라 ᄎᆞ마 졀 마시디 못ᄒᆞ여 반은 토ᄒᆞ고 반은 마시니 믄득 복듕이 궤란ᄒᆞ여 경각을 안ᄌᆞ디 못ᄒᆞ고 고통ᄒᆞᄂᆞᆫ디라 원릭 이 약은 즉시 죽디 안ᄂᆞᆫ 고로 드러가매 알ᄂᆞᆫ 소릭 빅분 위독ᄒᆞ니 한님이 경황ᄒᆞ여 븟드러 구ᄒᆞ나 졈졈 긔식이 엄엄ᄒᆞ여 졍신을 슈습디 못ᄒᆞ고 입으로 누른 물을 흘니니 한님이 ᄎᆞ악ᄒᆞ여 급

99면

히 직ᄉᆞ를 드러오라 ᄒᆞ여 왈 뎡시 수일 촉감이 블과 디단티 아니ᄒᆞ더니 취한홀 약이 무ᄒᆡᆫ 지류어늘 반은 먹고 경각의 통셰 위박ᄒᆞ여 급흔 디경의 니ᄅᆞ니 직ᄉᆞ 쏘흔 경아하여 명약흔 거ᄉᆞᆯ 보고 쇼 왈 이ᄂᆞᆫ 블과 예스 약지라 차를 다려 장복ᄒᆞ여도 ᄒᆡ로올 거시 업ᄉᆞ리니 비록 효험은 신긔티 못ᄒᆞ나 그딕도록 ᄒᆞ리잇가 이의 눈을 드러 뎡시를 보니 화안이 변ᄒᆞ여 찬지 ᄀᆞᆺᄒᆞ니 직ᄉᆞ 잠간 짐작ᄒᆞ여 왈 급히 ᄒᆡ독졔를 ᄡᆞ쇼셔 한님이 듯고 봉

100면

안이 둥글고 쥬순이 벙벙ᄒ여 아모 말도 못ᄒ고 다만 히독약을 급히 쓰니 믄득 입으로조ᄎ 피와 약을 무슈이 토ᄒ고 혼 〃 아득ᄒ나 오직 신식이 져기 나은 듯ᄒ니 년ᄒ여 히독약을 쓰고 이윽ᄒ여 눈을 써 보고 정신을 ᄎ려 직ᄉ의 이시믈 보고 슈용ᄒ여 경괴흔 비치 이시니 한님이 블승힝열ᄒ나 약의 유독ᄒ믈 크게 통히ᄒ여 약 마타 다리던 시비를 져주고져 ᄒ거늘 직ᄉ 간왈 ᄎᄂᆫ 가란이 비상ᄒ니 엇지 쳔비의 작시리잇고 ᄒ믈며 슈슈의 인ᄌ

101면

션힝 이 하쳔 쳑동이 감복디 아니리 업거늘 더옥 일방의 뫼신 시녜 엇지 쥬모를 히ᄒ리잇가 ᄎᄉ를 셩죄ᄒ여 닉려흔즉 일이 도로혀 블힝ᄒ여 슈시긔 대화를 급히 브르는 마디라 함인ᄒ여 모로는 듯ᄒ고 오직 슈쉬 보신지ᄎᆨ을 아라 ᄒ시며 형댱이 가졔를 공평이 ᄒ시면 오히려 가ᄂᆡ 죵용ᄒ고 슈쉬 무ᄉᄒ시려니와 ᄎᄉ를 들츄면 이도곤 더흔 일이 이셔 형댱과 슈쉬 굿기실 ᄲᅮᆫ 아니라 야야긔 넌누ᄒ리니 쇼ᄉ를 참고 대ᄉ를 졔방ᄒ미 지

102면

쟈의 일이라 근ᄂᆡ 형댱 쳐ᄉ 젼과 다ᄅᆞ시니 쇼뎨 실노 블복ᄒᄂᆡ이다 뎡쇼졔 혼혼듕 한림 형뎨의 의논ᄒᄂᆫ 말을 듯고 심신이 경구ᄒ여 금니를 혜티고 의상을 졍돈ᄒ여 졍금 왈 사룸의 질양이 조셕의 이시니 일시 긔운이 조치 못ᄒᄃᆡ 약을 먹고 막히미 이시나 엇지 독이 이셔 그러ᄒ며 어ᄂᆡ 시비 이런 악ᄉ를 져즐니 이시리잇가 셜ᄉ 악심이 〃셔도 졔가 가져오는 약의 이런 악ᄉ를 ᄒ여 졔 몸의 죄 갈 줄 모로리잇가 이런 고히흔 의심을 발ᄒ여 여러히 듯게

103면

ᄒ시며 고요흔 부듕을 슈란케 ᄒ리잇가 한님은 믁 〃 ᄒ고 직ᄉ 칭샤 왈 슈슈의 말ᄉᆷ이 지극 명달ᄒ시니 맛당이 함구 믹믹ᄒ미 가ᄒᆫ디라 쇼싱의 쳔견으로도 시녀의 아니 져즐 줄 아읍ᄂᆞ니 오직 시ᄉ 블니ᄒ고 슈 〃 의 익회 미진ᄒ여시니 범ᄉ의 명찰ᄒ샤 대화를 졔방ᄒ쇼셔 샤형이 고집ᄒ시고 일이 이러툿 어즈러워 맛춤ᄂᆡ 그티디 못ᄒᆯ지

라 쇼싱 샤형과 존슈를 위ᄒ여 깁흔 근심이 일각도 한가티 못ᄒ되 지식이 쳔단ᄒ여 조흔 계교로 슈슈의 보젼ᄒ실 도리

104면

를 돕디 못ᄒ고 슉야 우탄ᄒᄂ 배로쇼이다 쇼졔 츄연 감격ᄒ여 칭샤 왈 슉슉의 셩우ᄂ 쳡이 죽어도 능히 다 갑디 못홀지라 쳡이 명되 긔박ᄒ고 운익이 비샹ᄒ니 ᄉ싱화복이 도시 명이라 쳡 ᄀᆺ흔 인싱이 ᄉ싱의 불관ᄒ되 두리ᄂ 바ᄂ 존당 구고의 산히지 은을 갑습디 못ᄒ고 불효를 ᄭ치오며 고고 유치의 의탁홀 배 업ᄉ매 쳔고 유혼이 될 디라 이를 싱각ᄒ면 심신이 비황ᄒ나 이 ᄯ 아직 다ᄃ디 아닌 일이라 미쳐 근심홀 배 아니니 쳡의 어린 ᄯᆮ은 지셩으로 공쥬를

105면

셤기고 가군이 후박이즁의 편싁ᄒ미 업ᄉᆫ즉 근심이 화ᄒ여 즐거오미 될 거시로ᄃᆡ 싱각 밧 군ᄌ의 ᄯ디 고집ᄒ샤 쳡의 미셰흔 말이 감히 번거히 군ᄌ의 귀의 드디 못ᄒᄂ 디라 오직 슉슉의 간권ᄒ시믈 바라ᄂ이다 직시 그 어진 말ᄉᆷ과 긔이흔 거동을 시로이 탄복ᄒ여 ᄃᆡ왈 형댱의 하히지량이 ᄎᄉ의 이러ᄒ시믄 쳔역 텬애라 우흐로 존당 부뫼 여러 번 니ᄅ시되 고티디 못ᄒ시니 쇼싱이 위인뎨ᄒ여 맛당이 극녁 고간홀 거 시로되 효험 업ᄉ믈 보매 무익흔 고로 여러 슌 간

106면

티 못ᄒ엿거니와 슈슈의 어지시미 죡히 신기를 감동ᄒ고 졍직ᄒ시미 요ᄉ를 제방ᄒ시ᄃᆡ 죵ᄂ 위틱ᄒ신 거슬 버셔나 풍운의 길시를 만나실디라 깁히 바라고 미들 ᄲᆫ이로쇼이다 한님이 잠쇼 왈 현뎨 평싱 사름과 다셜ᄒ미 업더니 금일 이러툿 잔셜화를 ᄒ니 가히 우읍도다 뎡시와 현뎨의 ᄒᄂ 말이 다 우형을 그르다 ᄒ거니와 니 만일 공 쥬를 우디ᄒ여 그 복이 온젼ᄒ면 우형을 죽이고 말거시니 니 죽으면 뎡신들 엇지 풍 운의 길시를 만나리오 비록 나를 염박ᄒ나 니

107면

사라이신 후야 뎡시의 팔ᄌ 길흉을 의논ᄒ리니 샤뎨ᄂ 가쇼지언을 말고 부인은 고이

흔 넘녀를 굿치라 하늘이 슬올려 ᄒ면 슈화의 드러도 스ᄂ니 부인이 병난 츈경을 잇
글고 셔강의 쮜여 들 제 뉘 슬아 오ᄂ날 이 근심을 홀 쥴 아랏시리오 만스를 다 쓰리치
고 조치원이 스랏시믈 미드라 간디로 블측흔 화를 만나랴 나는 원릭 잔넘녀로 후일
근심ᄒᄂᆫ 스룸 통한히 너기ᄂᆞ니 샤뎨의 말 갓트여 엄훈도 능히 봉ᄒᆡᆼ치 못ᄒ니 부인
이 아모리 즁디흔들 ᄎᄉ의 ᄃᆞ다라 엇

디 드르리오 부인이 다시 말 곳ᄒ면 나를 슈히 죽으라 ᄒᄂᆫ 쯧이로다 언파의 대쇼ᄒ
니 직시 또흔 함쇼ᄒ고 뎡쇼데 탄식 믁연ᄒ니 뷕〃흔 거동과 졍〃흔 ᄐᆡ되 구츄 상월
갓고 여슈 겸금이라 직스는 그이히 너겨 쳠음 보는 ᄃᆞᆺᄒ고 한림은 흔연ᄒ야 셩안을
ᄌᆞ로 드러 ᄇᆞ라보며 여산약히지졍을 이긔디 못ᄒ더라 직시 믈너와 ᄎᄉ를 존당의 알
외디 아니므로 구괴 뎡쇼져의 위경 지내믈 망연 부디ᄒ고 여러 ᄂᆞᆯ 유딜ᄒ믈 경녀ᄒ
야 문병ᄒᄂᆫ 시ᄋᆡ 이음다라 왕ᄂᆡᄒ고 위

부인과 쇼고 등의 무릇ᄆᆡ 연속ᄒ니 공쥐 다시 용계홀 씀이 업고 뎡쇼데 구고의 과히
넘녀ᄒ시믈 황감ᄒ여 강질ᄒ여 니러나니 공쥐 크게 분노ᄒ고 고이히 너겨 궁극히 쇠
를 의논홀시 최상궁의 아ᄋᆞ 최무랑이라 ᄒᄂᆫ 재 장안의 유명흔 무녀로 스룸의 화복
길흉을 맛치며 요악흔 도슐과 고이흔 일이 무슈홀 ᄲᅮᆫ 아니라 능히 스룸으로 ᄒᆞ야곰
ᄆᆞ음을 밧고고 쇼흔 부부 ᄉᆞ이를 화합흔 슐이 잇고 요괴로온 약방이 업는 거시 업는
디라 공쥐 쳥ᄒ야 극진후디ᄒ고 한님과 부부 ᄅᆞᆼ의 화합ᄒ

길을 의논ᄒ니 무랑이 침ᄉᆞᄒ다가 왈 부마는 심상흔 즉인이 아니니 셔의흔 계교로
ᄆᆞ음을 두로혀기 어려울디라 한 계교롤 싱각건디 쳔신의게 세 가지 약이 잇ᄉ니 부
부금슬을 화ᄒ여 뮙던 스룸을 ᄉᆞ랑ᄒ게 ᄒᄂᆞ니 범인은 도봉잠만 먹여도 변심ᄒ디 조
부마는 도봉줌으로만 회심치 못ᄒ리니 졔일 독흔 약을 쓸지라 도봉잠은 일년 슈룰
감ᄒ고 계봉잠을 삼년 슈룰 감ᄒ고 익봉줌은 지독흔 지류라 만일 허박흔 류는 죽기
쉽고 졍긔 당〃흔 쟈는 비록 죽

111면

디 아니나 스오년 슈롤 감호느니 이 부마는 데일 방문을 쎠야 변심홀지라 옥쥐 그 감
슈호믈 허믈티 아니시리잇가 공쥐 탄왈 제 비록 빅년 슈롤 누리나 날 딕졉이 힝노갓
흘진딕 무슴 즐거오미 잇스리오 오년 아녀 십년 감쉬라도 의심말고 힝호라 무랑 왈
연즉 쉬오딕 이 약이 본딕 슐의 타 먹나니 부매 이 궁의 오지 아니신다 호니 장츳 부
마씌 엇지 슐을 나오리잇고 공쥐 침음 왈 과연 부매 궁의 오지 아니코 내 또 구가 샹
해 셔의호니 이 엇지 약을 쥬군씌 나오리오 최상

112면

궁이 진왈 명일이 귀비낭낭 탄일이니 도위 샹공이 춤예홀 거시니 옥쥐 급히 밀셔롤
귀비낭낭 긔 알외고 이 약을 보닉여 요스흔즉 부매 스쥬롤 엇지 스양호리잇가 공쥐
대열 왈 츠언이 졍합오의라 호고 즉시 귀비긔 글월을 밧들어 츠스를 알외고 약을 보
내나라 명일 박귀비 싱일의 쇼쥭을 녀러 황친 국쳑이 모도일시 또 한님을 명초호시
니 한림의 무지 못호여 시러곰 춤예호엿더니 귀비 각별 향온을 만죽호여 부마긔 보
닉여 왈 쳡이 부마를 초방의 익셔를 삼

113면

으매 영위흔 긔샹이 세간의 특츌호니 스랑이 일일 불견이 여삼츄로딕 부마는 닉도호
여 녀우를 박딕호니 엇지 이닯디 아니리오 금일 쳡이 졍으로 일비쥬를 권호느니 스
양티 말나 부매 톄면의 마디 못호여 긔이비샤 왈 쇼싱이 셩은을 과이 닙스와 분 밧긔
일이 만스오니 엇디 감히 공쥬를 박딕호리잇가 셩졍이 쇼활호여 규방의 왕리 드믄
고로 궁인 등이 박딕라 알외도쇼이다 인호여 잔을 거우르고 다시 비샤이퇴호니 쇄락
흔 풍광이 시로이 긔이혼디라 일좌

114면

황친이 당흐리 업스니 귀비 통흔흔 듕 일변 두굿기고 부〃화락을 닉심의 축원호더라
한님이 년호여 슈삼비 사쥬의 다른 슐과 달나 스긔 어릭이고 졍신이 현난혼디라 즉
시 하딕고 도라와 조복을 입은 치 셔지의 쓰러져 혼〃침〃호니 직식 그 과취호믈 경
려호여 나아가 조복을 벗겨 누이딕 오히려 아모란 줄 모로더라 한님이 일노브터 유

병호여 슈삼일 대통호니 부뫼 우려호고 직식 듀야 블탈의디호고 극진이 구호호며 정
셩으로 의약을 다

115면
스리니 잠간 나아 니러 단니나 의형이 환탈호더라 승상이 졍식 칙왈 슐이란 거시 사
룸의 몸을 상히오고 인스를 그릇 민드는 거시어늘 아히 블힝호여 귀비의 사회되매
그 싱일의 마지 못호여 참예호나 슐을 냥의 넘게 먹어 병나기의 니르니 크게 노부의
밋던 배 아니로다 다시 이런 일이 〃신즉 노부의 눈의 뵈디 말나 한님이 황공호여 쳥
죄호고 믈너나매 홀연 무옴이 고이호여 영츈뎡은 싱각이 업고 금션궁으로 발이 도라
셔는디라 이의 궁의 니르니 츠시

116면
공줘 이 계교를 힝호매 죄오는 무옴이 대한의 운예도곤 더은디라 모비의 탄일의 블
참호고 긍극흔 계교와 간흉흔 의시 아니 미춘 곳이 업더니 부매 대통호믈 드르매 공
줘 졉호는지라 무량이 쇼왈 부마는 당금 졔일 졍〃군지라 옥쥬는 과려티 마르쇼셔
호고 닉심의 쏘흔 부마의 오기를 죄와 제 도슐을 조랑코져 호더니 믄득 한님이 드러
와 좌뎡호매 화기 만면호여 공쥬다려 왈 닉 셩졍이 쇼활호여 이 곳의 와 단녀 가미
오리더니 직쟉일 귀비긔 참

117면
알호매 공쥬를 박디혼다 지목호시니 엇지 원민티 아니리오 언파의 황연이 우으니 공
줘 져의 화평흔 말을 드르매 닉심의 깃브믈 니긔디 못호나 이의 졍식고 굴오디 닉 조
문의 하가호므로브터 군이 날 디졉호믈 스갈굿티 호여 군은을 초개굿티 너기매 쳡이
엇지 노홉지 아니리오마는 녀즈의 덕이 뎡졍 유한호미 웃듬이라 잠간 반비의 박명을
감심호고 남의 집을 요란이 아니려 함분인통호여 군의 박디와 젹인의 능만호믈 조흔
일 보둧호더니 금일은 무

118면
삼 바룸을 인호여 이곳의 니르러 졍외 가쟉지언을 호시느뇨 한님이 츠언을 드르매

젼 굿흐면 그 간스흐믈 씨칠 거시로디 믄득 은이 뉴동흐여 졍스를 잔잉흐고 젼일을 츄회흐여 흔연 쇼왈 공쥬 말숨이 나의 박졍을 더옥 ᄌ괴흐ᄂ니 젼과를 바리고 시 즐거오믈 니어 죵고낙지와 금슬우지흐여 유ᄌ싱녀흐고 빅슈 히로홀 젹 뉴칠삭 박디흐던 일은 일댱 츈몽이 되리라 공쥬 ᄎ언을 듯고 희츌망외흐여 빅만 넘네 스라지고 환흡흔 졍이

119면

아모 곳으로조ᄎ 나믈 씨닷디 못흐니 아험이 결노 녈녀 담쇼흐니 쳥아흔 쇼리는 옥으로 마ᄋᆞ는 듯 고은 티되 흥니ᄒᆡ 니슬을 마시는 듯흐니 댱부의 듕졍이 무르녹는지라 한님이 크게 견권흐여 믄득 침기ᄅᆞᆯ 집기슈흐며 만단 은졍이 진졍을 발흐니 뎡쇼져는 츄상 녈일ᄀᆞᆺ흐므로 한님의 풍뉴 호신으로도 공경흐고 삼가 기경흐더니 공쥬는 한님이 〃 릴스록 영힝흐고 깃거흐여 쏘 은졍을 니긔디 못흐니 환〃흔〃 흔 거동이 일호 부녀의 쳥고 뎡졍

120면

흐미업셔 챵녀나 다르미 업스디 한님의 ᄆᆞᄋᆞᆷ이 어리고 취흐엿는디라 그러흐므로 더옥 과혹흐여 은이 비길 디 업스니 인흐여 금션궁의 머므러 신혼 뎡셩과 국시 아닌즉 일시 써나디 아냐 침닉흐엿는디라 영츈뎡의 졀젹홀 ᄲᅮᆫ 아니라 듕회 듕이나 존젼의셔나 뎡시를 만나면 흘긔여 보는 눈이 현연흐니 져져 등과 졔셔뫼 다 고이히 너겨 측냥티 못흐고 존당 부뫼 크게 의심흐디 뎡쇼져는 미이엿다가 노흔 둣 등의 가싀를 버슨 듯 싀원흐여 ᄌ약흐나 블

121면

시의 ᄆᆞᄋᆞᆷ이 변흐여시믈 의괴흐더라 어시의 츠평지 양시의 월용션티를 구경흐매 넉시 날고 의시 운외의 산난흐여 져를 도젹흐여 졔 긔믈을 삼고져 흐매 엇지 샤쳡녀기드릴 ᄠᅳᆺ이 이시리오 업고 텬이 디각의 다라나 져의 가인을 삼고져 흐더니 쳔만 싱각 밧 조직스의 ᄯᅡ라 ᄲᅩᄎᄆᆞᆯ 만나매 본형 탄노홀가 두려 젼도히 다라나 명일 샤쳡여의 금을 도로 봉흐여 드리고 쥬 왈 신이 낭낭 셩지를 밧ᄌ와 조부의 나아가 양시를 보온 즉 가장 심상 용이

122면

흔 녀지라 말지 궁비만도 못흐오니 남의 부녀를 겁탈흐여 쓸 뒤 업는지라 공을 일우
디 못흐오니 쥬신 바 빅금은 도로 바치느이다 샤쳡예 이 말을 듯고 다시 미식을 광구
흐라 흐니 츠평지 슈명흐고 믈너가니라 이째 박슈관이 쳔방 빅계로 뎡시를 아스려
흐여 계교 가장 밀〃흐고 양계를 스괴여 심복이 되어 은근이 셔로 의논홀시 뎡시를
양계다려 취흐라 흐면 졔 필연 즐겨 조츠리니 이 일을 힝흐여 뎡시 조가를 쩌나거든
별노이 묘흔 계교

123면

를 닉여 어듕줴스흐리라 흐고 이의 양계를 달닉여 왈 형이 쇼뎨로 더브러 졍의 골육
ᄀᆞᆺ고 심긔 관포를 우을지라 뎡시와 양시를 히홀진대 됴흔 계괴 이시나 형의 존의를
아디 못흐느니 족히 텽납흐시랴 양계 답왈 인형이 만일 조흔 계괴 이실진대 쇼뎨 엇
지 듯디 아니리오 슈관이 쇼 왈 다른 계괴 아니라 이제 언관을 시겨 뎡양 이인을 강
상으로 모라 샹쇼흐고 안흐로 귀비 공쥬를 위흐여 쥬스흔즉 족히 뎡양을 닉치리니
어스 소흠은 뎨의 외죵이니 뎨의 교촉을

124면

드를 거시오 ᄯᅩ 녀진이라 흐는 사룸은 뎨의 문경지괴라 시방 언관으로 이시니 형이
모로미 쳔금을 닉여 츠인을 스괸 후 냥인 일시의 샹쇼흔즉 황샹이 필연 조츠시리니
연후의 형이 뎡녀를 취흐면 일이 여반장이라 흐딕 양계 슈관의 다릭믈 과연흐여 무
슈이 쳥샤흐니 슈관 왈 고인이 지긔를 위흐여 몸을 바려 셔로 갑핫느니 이제 양형이
대가잠영으로 혁혁흔 가셰 틱흑스의 일지라 흐믈며 신치 신션ᄀᆞᆺ고 얼골이 반악ᄀᆞᆺ거
늘 무슴 남만 못홀 것

125면

아니〃 무슴 일미쳡이 업스리오 양계 츠언을 듯고 지빅 샤례 왈 싱아쟈는 부뫼시고
디아쟈는 형이라 쇼뎨 반싱 흉듕의 품은 흔은 부모도 아지 못흐시거늘 닉 ᄆᆞ음을 박
형이 거울 비초듯 흐시니 이 은혜는 삼싱의 다 갑디 못홀가 흐느이다 과연 미식은 나
의 오믹스복흐는 배라 만일 뎡시의 아름다오미 형언과 갓흘단대 만금을 허비흐여도

540　현몽쌍룡기 1

취ㅎ고 말니니 형은 모로미 유신ㅎ게 ㅎ라 양계 가산을 진탕ㅎ여 형을 갑흐리라 박싱 왈 형은 과려티 말나 슈관이 힘을 다ㅎ

126면

고 졍셩을 갈진ㅎ여 형으로 ㅎ여금 뎡시를 취케ㅎ리라 양싱이 깃브믈 이긔디 못ㅎ여 ᄎ후 ᄉ인이 동심ㅎ여 뎡양 도젹홀 ᄆ음이 그칠 날이 업더니 ᄎ년 초의 박슈관이 등과ㅎ여 즉시 한님원의 탁용ㅎ니 이ᄂ 박귀비 시관을 깁히 테결ㅎ여 ㅎ미오 즉시 한님원의 탁용ㅎᄆ 텬심이 귀비를 총이ㅎ시므로 그 질ᄌ를 권딗ㅎ시미라 슈관의 외뫼 미여 관옥이오 풍치 형여양뉘라 년긔 이십이 갓 너머시매 옥당의 쥬인이 되니 뉘 빅쥬의 강도질ㅎ며 쳥누

127면

쥬ᄉ의 힝힝ㅎ던 픠려 광진 줄 알니오 혹쟈 슈관의 젼일 힝ᄉ를 알니이셔 불ᄉ이 너기나 시금의 박귀비의 총셰 뉵궁을 기우리ᄂ디라 다 괴로이 너겨 시비티 아니딗 오직 조한님 형뎨 뎐폐의 박싱을 논힉ㅎ딗 신등의 즉직 사름을 논힉ㅎᄂ 간관이 아니나 지어금방 츌신 박슈관은 무뢰 강도의 뉘라 몸이 ᄉ틱우의 ᄌ식이 되어 셩현의 교훈을 우이 너기고 빅쥬의 남의 부녀를 겁탈ㅎ고 지보를 노략ㅎ여 불의로 모흔 지산이 집을 메우고

128면

비례로 모흔 계집이 그 음욕을 치오니 셰간의 난신젹ᄌ어늘 힝혀 졔 형셰를 ᄊᆞ르고 낭〃의 위엄을 뼈 금방의 쾌명ㅎ오나 문자로는 ᄉ긔를 통홀 줄 모로오니 니른바 국녹을 도젹ㅎᄂ 인면슈심 픠륜젹지라 셜니 방목의 일홈을 업시ㅎ고 금방 시관을 삭뎍ㅎ여지이다 언론이 쥰졀ㅎ고 안식이 강개ㅎ니 듯ᄂ니 칭쾌ㅎ고 텬안이 ᄯ흔 긔용 치경ㅎ샤 비답ㅎ시니 하회 엇디 된고 분셕ㅎ라

현몽쌍룡긔 권지뉵

1면

화셜 이젹 텬안이 쏘흔 티경ᄒᆞ샤 비답 왈 경등의 쥬ᄉᆞ를 드ᄅᆞ니 비록 올흐나 사름이 그 쇼댱을 취ᄒᆞ고 쇼단을 용셔ᄒᆞᄂᆞᆫ 거시 올코 방금의 ᄉᆞ이 평뎡ᄒᆞ나 도젹이 오히려 황셩을 ᄌᆞ로 여어보고 ᄒᆡ외 번국이 복죵티 아니〃 난계를 당ᄒᆞ여ᄂᆞᆫ 유익ᄒᆞ미 만흔디라 ᄒᆞ믈며 고티미 귀타 ᄒᆞᆷ은 셩인의 허ᄒᆞ신 배라 슈관이 년쇼지시의 방탕 협긱이나 도금ᄒᆞ여 기과쳔션ᄒᆞ여 ᄉᆞ족의 ᄒᆡᆼ실을 닥ᄂᆞᆫ다 ᄒᆞ고 ᄯᅩ 위인이

2면

용졸티 아니ᄒᆞ니 대ᄉᆞ를 당ᄒᆞ여ᄂᆞᆫ 큰 그ᄅᆞ시 될디라 비록 경등의 빅옥 ᄀᆞᆺ흔 ᄒᆡᆼ실이 져를 빗쳑ᄒᆞ나 쳥운 빅운이 길이 각〃 다ᄅᆞ니 ᄌᆞ고 영웅호걸도 공밍의 도를 법밧ᄂᆞ니 쉽디 아닌디라 엇지 홀노 슈관을 칙ᄒᆞ리오 신ᄌᆞ의 인군 셤기ᄂᆞᆫ 도리ᄂᆞᆫ 맛댱이 관인ᄒᆞ여 허믈을 용셔ᄒᆞ고 쇼댱을 취ᄒᆞ미 올흐니 ᄉᆞ히지닉 다 형뎨라 경은 굿ᄐᆞ여 비쳑디 말고 어진 덕으로 동인협공ᄒᆞ여 짐을 어디리 도으라 한님흑ᄉᆞ 조뮈 분연이 쇼리를 놉혀 주왈 신등

3면

이 비록 용녈ᄒᆞ오나 박슈관으로 동인협공ᄒᆞ라 ᄒᆞ시ᄂᆞᆫ 셩교ᄂᆞᆫ 진실노 밧드디 못ᄒᆞ올지라 슈관이 만일 현명ᄒᆞᆫ 영웅호걸일진디 가바야이 의논ᄒᆞᆫ 죄를 무릅써 눈을 ᄲᅢᆯ히고 혀를 버혀도 감심ᄒᆞ오리니 엇지 여ᄎᆞ 픽려젹ᄌᆞ를 안연이 옥당한원의 츙슈ᄒᆞ리잇고 ᄲᅡᆯ니 버혀 년곡지하의 더러온 ᄌᆞ최를 업시ᄒᆞ쇼셔 언파의 금문직ᄉᆞ 조셩이 ᄉᆞ모를 벗고 돈슈 쳥죄 왈 신이 더러온 지조로 셩쥬의 은혜를 밧ᄌᆞ와 탑하의 근시ᄒᆞ오니 외람ᄒᆞ믈 이긔디

4면

못ᄒᆞ와 어린 츙셩을 다ᄒᆞ여 셩은을 틱양홀가 ᄒᆞ엿ᄉᆞ더니 이제 픽역지ᄌᆞ로 동인협공ᄒᆞ라시ᄂᆞᆫ 셩교를 듯ᄌᆞ오니 ᄎᆞᄂᆞᆫ 신등으로써 슈관의 일뉴로 아ᄅᆞ샤 가바야이 논힉ᄒᆞᆫ 죄를 그릇 너기시미라 신이 황공 견뉼ᄒᆞ와 텬안의 근시티 못ᄒᆞ올지라 몬져 한원의

주리를 피ᄒ와 믈너나ᄋᆸᄂ니 복원 폐하ᄂ 신등으로브터 슈관의 뉴를 다 닉티샤 맑은 묘뎡의 더로온 뉴를 업시ᄒ샤 풍화를 맑히쇼셔 그 쥬시 강녈 식〃ᄒ여 비컨딕 츄상 열일이 빗쵸옴 ᄀᆺᄒᆫ디라 샹이 크게 이경

5면

ᄒ시고 쇼황문으로 ᄒ여곰 그 관을 주어 ᄡ게 ᄒ시고 종용 탄지 왈 셰한연후의 지숑 빅지후죄니 거셰 혼탁의 현쟈를 가견이라 슈관이 후궁의 족딜노 금방의 등뇽ᄒ매 십삼 조당이 다 입을 다다 그 허믈을 니ᄅ리 업거늘 경등이 셔리 ᄀᆺᄒᆫ 긔졀과 격졀이 간졍이 여ᄎᆺᄒ니 짐이 뉘웃고 븟그려 ᄒᄂ니 엇지 ᄒᆫ 슈관을 앗겨 짐의 냥필을 일흐리오 즉일노 슈관의 일홈을 업시ᄒ고 조셩 형뎨로 벼슬을 도〃와 조무로 호부시랑 문연각 직를 ᄒ이시고 조셩

6면

으로 녜부시랑 츈방흑ᄉ를 ᄒ이시니 ᄎᄂ 그 풍력 긔질을 아름다이 너기샤 츈궁 도으믈 위ᄒ시니 직시 고ᄉ 왈 사름을 논힉ᄒ고 그 공뇌로 관쟉을 더으믄 사름의 염티 아니라 비록 셩은을 져바리오나 결ᄒ여 관쟉은 밧디 못ᄒ리로쇼이다 샹이 그 직졀 고의를 아름다이 너기샤 그 ᄯᆺ을 됴ᄎ샤 도로 녯 벼슬을 주시고 후일 다시 승탁ᄒ려 ᄒ시더라 조한님 형뎨 퇴됴ᄒ여 부듕의 도라와 ᄎᄉ로써 존당 부모긔 알외니 샹국이 티부인 미양으로 조회를 블참ᄒ여더니

7면

냥즈의 말을 듯고 쇼왈 인신이 되어 품은 바를 아니 알외디 못ᄒ려니와 여등은 그 쇼임이 아니라 가장 브졀업도다 직시 주왈 쇼즈 등의 쇼임이 아닌 바의 블가ᄒ믈 모로오미 아니오나 ᄒ이 슈관의 샹모를 두어 슘 보니 밧기 비록 헌앙ᄒ나 일빵 흑안이 반ᄃ시 큰 일을 닐 거시오 머리 우히 역골이 잇고 미우의 살긔 등〃ᄒ여 크게 블길지인이라 잠시도 뎐폐의 뫼시디 못ᄒ오리니 신즈의 분의 그 몸을 도라보와 화를 두릴 배 아니므로 녁징ᄒ오미러니 샹이 텽납ᄒ시딕 방목의 일홈을

8면

업시틴 아니ᄒ시고 오직 그 벼슬만 아ᄉ시니 ᄎᄂ 타일 다시 쓰실 ᄯᄉ이라 ᄒ믈며 안으로 후궁을 ᄢᄌ고 밧그로 흉당을 톄결ᄒ여 국가의 젹은 도젹이 아니오니 큰 블ᄒᆼ이로쇼이다 공이 탄왈 니 쇼여ᄒᆫ 직덕으로 입샹 수십지의 군샹을 돕ᄉ와 요슌지티를 엇지 못ᄒ고 ᄒᆫ갓 국녹만 허비ᄒᆷ믈 붓그리더니 이제 너의 ᄒᆡᆼᄉᄅᆯ 보매 여부의 붓그러오믈 죡히 ᄲᄉ며 교ᄌ 못ᄒᆫ 허믈을 거의 면ᄒᆯ ᄃᆺᄒ거니와 당초의 슈관이 뎡식부를 욕ᄒ려 ᄡᄅ다가 못ᄒ고 ᄯ 져의 공명을 막으니

9면

쇼인의 원이 깁히 함히ᄒᄂ 화를 면티 못ᄒᆯ가 넘녀ᄒ노라 혹시 비샤 왈 셩뫼 지극 맛당ᄒ시거니와 군ᄌ의 슈신ᄒᆡ되 졍도를 ᄒᆡᆼᄒᆯ ᄯᄅ름이라 엇지 잠〃코 이시리잇가 공이 우음을 먹음고 아름다오믈 이긔디 못ᄒ더라 시〃의 박슈관이 몸이 노라 영쥬의 오르매 안ᄒ로 귀비ᄅᆯ ᄢᄌ고 밧그로 흉당의 봉예를 모화 의긔 양양ᄒ여 뎐폐의 치필ᄒᄂ 한님혹시 되니 비록 조셔를 초ᄒ며 번국을 교유ᄒᆯ 문지 업ᄉ나 인물이 능녀ᄒ여 져른 거슬 감초고 긴 거슬

10면

발양ᄒ여 두로 ᄶᄅ는 직릉이 남도곤 승ᄒ고 빈호디 아니코 힘쓰디 아나나 졔 압흘 쳘만 ᄒ다라 만시 여의ᄒ여 스스로 하ᄂᆯ긔 샤례ᄒ며 뎡시를 마ᄌ 실듕의 가인을 삼고져 ᄒ여 의복안마를 더욱 션명이 ᄒ여 각쳐의 횡ᄒᆡᆼᄒ니 가살지죄 블가승쉬라 ᄎᆼ강 등이 츄앙ᄒ여 칠십지 공부ᄌ 셤김 ᄀᆺ더라 흉계 아니 미츨 곳이 업더니 긔약디 아닌 조무 형뎨 논힉ᄒ여 작직을 환슈ᄒ시니 분분앙앙ᄒ여 집검 퇴샹 즐왈 조무ᄂ 하등지 인이완ᄃ 나의 젼뎡을

11면

이러ᄐᆺ 작희ᄒᄂ뇨 뎡시 ᄀᆺ흔 졀염미식을 졔게 아이기도 통입골슈ᄒ여 졀치부심ᄒ믈 이긔디 못ᄒ리니 ᄯ 엇지 나의 젼뎡을 희짓ᄂ뇨 니 밍셰ᄒ여 조무를 버히디 못ᄒᆫ 즉 슈관이 ᄯ흔 대댱뷔 아니라 져회 비록 니 허믈을 주작ᄒ여 텬뎡의 고ᄒ여시나 니 ᄯ 졔 젼뎡을 마ᄎ ᄒᆡᆼ계티 못ᄒ게 ᄒ리라 즉시 소어ᄉᄅᆯ 보고 지쵹 왈 져셕 형으로

더브러 흔 일을 의논ᄒᆞ엿더니 엇지 ᄒᆞ여 허실이 업ᄂᆞ뇨 소어시 왈 사름 논회이 ᄌᆞ셔
흔 증참이 이셔야 ᄒᆞᄂᆞ니 이는 외간 남ᄌᆞ의

12면

일과 달나 규듕 부녀의 일이라 듕난ᄒᆞ여 다시 듯보와 ᄒᆞ려ᄒᆞ더니라 슈관이 양비 절
치 왈 조가 쇼츅이 네 슈신 결힝을 아지 못ᄒᆞ고 나를 여ᄎᆞ 논회ᄒᆞ니 엇지 ᄎᆞ마 분을
참고 이시리오 뎡시 졍녕 조무의 풍치를 흠모ᄒᆞ여 아시의 ᄉᆞ통ᄒᆞ엿더니 날과 뎡혼ᄒᆞ
고 도망ᄒᆞ여 셔강 조무의 강뎡의 가 슈어 졔 아비도 모르게 친ᄉᆞ를 일우니 셩뒤풍화
의 이런 히이흔 일 업고 시금의 조뮈 공쥬를 박뒤ᄒᆞ여 뎡녀를 젼춍ᄒᆞ니 가졔 크게 블
미ᄒᆞ고 우호로 텬조를 경히 너기며 버

13면

거 귀비낭낭을 업수이 너기미라 ᄯᅩ 뎡녀의 음비 방탕ᄒᆞ미 ᄉᆞ린의 나타나니 흔갓 쇼
뎨의 쳥 ᄲᅢᆫ 아니라 텬하의 쇼공지니 엇지 샹쇼를 아니ᄒᆞ리오 ᄯᅩ 흔 일이 이시니 금문
직ᄉᆞ 조셩이 기쳐 양시의 ᄌᆞ식을 과혹ᄒᆞ여 그 음난흔 졍젹이 낭쟈ᄒᆞ뒤 귀를 막고 눈
을 감아 간부로 더브러 안히를 난호니 엇지 사름의 힝실이리오 져의 형뎨 힝실이 이
젹 ᄀᆞᆺᄒᆞ뒤 도로혀 고담대언으로 나를 논회ᄒᆞ니 나는 블과 허랑킉으로 쳥누 쥬샤의
ᄃᆞ니는 허믈ᄲᅮᆫ이어니와 져희 쇼힝은 여ᄎᆞ

14면

ᄒᆞ니 형은 밝히 그 죄를 베퍼 풍화를 맑히고 쇼뎨의 분을 플나 소어시 대경 왈 원ᄅᆡ
조가 형뎨의 직뫼 긔특ᄒᆞ거늘 평일 군ᄌᆞ만 너겻거니 쇼힝이 여ᄎᆞᄒᆞ니 인심을 블가측
이로다 네 엇지 이런 무상흔 말을 듯고 벼슬이 언관의 이셔 권계를 두려 잠〃ᄒᆞ리오
다만 뎡양 냥인의 일은 증참을 ᄎᆞ줄 거시니 엇지ᄒᆞ리오 슈관 왈 상쇠 오ᄂᆞ나 뎡셰츄
양임이 당조 명관이오 ᄒᆞ믈며 조상국의 위권이 조야의 덥혀시니 간부를 ᄎᆞᄌᆞ 셔로
뒤면ᄒᆞ여 징변홀

15면

길히 업스리니 블과 뎡양을 구가로 니이홀 ᄯᆞ름이라 엇지 구ᄐᆞ여 증참을 ᄎᆞᄌᆞ리오

홈이 과연호여 즉시 샹쇼홀시 양셰 녀진을 보고 이 일을 청호고 타루 왈 블힝호여 골
육의 이런 음힝이 이시니 맛당이 죽여 문호의 욕을 덜 거시로디 조가의셔 잠시 근친
을 허티 아니니 죽이디 못호고 이 붓그러오미 대인홀 낫치 이시리오 수졍이 참연호
나 누의를 조가로 니이케 호시면 쇼싱이 흔 그릇 약으로 쾌히 죽여 가셩을 욕 먹인
죄를 밝히리라 호여 간쳥호

16면

니 녀진은 츄셰 간흉지인으로 집이 빈궁호여 양셰의 만금이 발셔 복둥의 몌엿는디라
제 요힝 닙신 후로 간고를 면호나 제 형이 오히려 양셰의 직믈노 의식을 니으니 수톄
를 엇지 도라보리오 가연 응낙고 소흠과 의논호고 샹쇼 수의를 흔가지로 호여 일시
의 뎐뎡의 오르니 희라 삼강이 잇고 오륜이 이시므로브터 부즈형뎨의 텬륜은 인지샹
졍이라 고로 고인이 동긔를 슈죡이라 비기믄 그 수랑호믈 니르미니 양셰 흉인은 몸
이 샹문의 나 부귀호치 일신의 죡호고

17면

흔낫 미뎨 됴아와 인후의 고굉으로 아오라 귀듕호기를 지샹 규문과 옥당한원의 가실
을 웅거홀 재 녀즈의 뎡졍흔 덕을 문허 바리고 음비흔 졍젹이 크게 낭쟈호여 문재 귀
를 가리오고 츔바타 더러이 너기니 셩셰의 맑은 빗출 감초고 션왕의 법졔를 문허 바
리니 이 다르니 아니라 흐나흔 한님흑스 조무의 쳐 뎡시니 뎡시 유시의 즈모를 샹호
고 그 외가의셔 즈라매 조무의 미녀의 구개 뎡시의 외가 셕개라 조뮈 누의를 보라 왕
린호니 뎡시 규녀의 몸으로 외간 남즈를 여

18면

어보고 그 풍신 화용을 흠모호여 가마니 금환을 더져 뜻을 통호여 셔로 뎡약호니 셕
개 그 일을 스티고 한심호여 뎡셰츄다려 니르도 아니코 뎡혼호여 금환으로 납빙호엿
더니 뎡셰츄 그 일을 알고 분노호여 그 쭐을 다려다가 조가 혼인을 믈니티고 박슈관
과 뎡친호니 뎡녜 조무의 풍치를 스모호여 반야의 도주호여 조무와 마초고 조부 강
뎡의 모다 셩녜젼 남녜 즐기믈 낭쟈이 호고 거줏 챵셜호디 졍졀을 직회여 강슈의 쩌
러지매 조뮈 구호다 호여

19면

그 아비와 계모를 긔이고 밋 조가의 당부의 총 다토기를 쳔만인 것근 창물이라도 이의 더으디 못홀지라 조뮈 옥쥬를 박딕ᄒᆞ여 심궁의 빅두음을 쇼임케 ᄒᆞ여 셩은을 져ᄇᆞ리고 뎡네 ᄌᆞ식과 총을 밋고 황녀를 능만ᄒᆞ미 아니 밋츤 곳이 업셔 문견재 조무를 통히티 아니리 업고 뎡녀의 음비ᄒᆞᆫ 힝ᄉᆞ를 아니 통완ᄒᆞ리 업ᄉᆞ오ᄃᆡ 조슉은 프러진 ᄌᆡ샹이라 ᄌᆞ부의 계밀지ᄉᆞ를 오히려 아디 못ᄒᆞ고 옥쥐 ᄐᆡᄉᆞ의 덕냥으로 가부의 허믈을

20면

가리와 구외의 ᄂᆡ디 아니코 궁인을 엄칙ᄒᆞ샤 궁금의 알외디 아니시매 폐하와 낭〃이 모로시니 신이 분히ᄒᆞ믈 이긔디 못ᄒᆞ여 그 셰염을 두리디 아니ᄒᆞ옵고 문견ᄃᆡ로 쥬ᄒᆞᄂᆞᆫ 풍화의 관계ᄒᆞ온 일이라 엇지 바려 두오리잇가 복원 셩샹은 조뮈 ᄉᆞ류의 츙슈ᄒᆞ여 규녀 ᄉᆞ통ᄒᆞᆫ 죄와 나종 황녀 박ᄃᆡᄒᆞᆫ 죄를 졍히 ᄒᆞ쇼셔 버거ᄂᆞᆫ 다른 일이 아니라 금문직ᄉᆞ 조셩의 쳐 양시ᄂᆞᆫ ᄐᆡ흑ᄉᆞ 양임의 녜오 팔왕의 외손녜니 명문대가의 싱

21면

장ᄒᆞ여 년긔 십이삼이 ᄎᆞ디 못ᄒᆞ여 부모의 명을 기ᄃᆞ리디 아니ᄒᆞ고 그 문긱의 풍치 슈미ᄒᆞᆫ 쟈를 갈히여 장션각이란 집의 두고 음난을 낭ᄌᆞ히 ᄒᆞᄃᆡ 그 부뫼 아디 못ᄒᆞ고 조셩의게 뉵녜로 도라보ᄂᆡ니 오히려 이젼 ᄉᆞ통ᄒᆞ던 뉴를 잇디 못ᄒᆞ여 장션각의 블너 드리며 지어조가의 잇ᄂᆞᆫ 째라도 조셩이 나간 째를 타 청ᄒᆞ여 드려 긔탄이 업시 음난ᄒᆞ니 조셩이 여러 번 음비ᄒᆞᆫ 정젹을 보ᄃᆡ 양녀의 홍안을 앗겨 더러오믈 아디 못ᄒᆞ고 오직 덥허 주어 지ᄂᆡ

22면

오니 조셩의 몸이 옥당 금마의 쥬인이 되어 고셔를 박남ᄒᆞ고 녜의 풍교를 모로디 아니려든 여ᄎᆞ 힝실은 이젹 금슈의 일이오 사ᄅᆞᆷ의 ᄆᆞ음이 아니라 졔 죄를 가리오고 ᄌᆡ조를 ᄉᆞ랑ᄒᆞ고 일셰를 압두ᄒᆞ고 현인을 싀기ᄒᆞ여 고담대언으로 사ᄅᆞᆷ을 논힉ᄒᆞ믈 쥬ᄒᆞ니 아디 못게이다 박슈관이 유시의 쳥누 쥬사의 단니미 무ᄉᆞᆷ 허믈이라 큰 죄목이 되어 젼뎡을 막으며 져의 형뎨의 힝ᄉᆞ의 비기매 엇더ᄒᆞ리잇고 셩샹의 일월지광이 반ᄃᆞ시 만니를 비최시ᄂᆞᆫ디라 슈관

23면

의 원민흠과 조무 형뎨의 무상ᄒ믈 ᄌ시 슬피샤 원왕흔 일이 업게 ᄒ시고 양녀의 음비흠과 뎡녀의 교ᄉ흔 힝ᄉ를 밝히쇼셔 ᄒ엿더라 샹이 남필의 잠쇼 왈 조가 부녀의 ᄉ단이 이대도록ᄒ여 맛ᄎᆷᄂᆡ 궁듕의 ᄉ믓ᄂᆞ뇨 조무 형뎨는 개셰군ᄌ오 튱효지인이라 풍녁 긔질이 일셰의 웃듬이오 문한 지덕이 됴야의 들녜ᄂᆞᆫ디라 짐이 ᄯ흔 눈으로 그 힝실의 슉연ᄒ믈 보고 그 긔샹의 엄졍 싁싁ᄒ믈 익이 아는 배라 조무는 걸츌흔 쟝부로 힝신이

24면

반졈 구ᄎᄒ미 업고 조셩은 그 힝실이 빅옥의 틔 업스며 단련흔 금 갓ᄒ니 도덕군ᄌ로 일셰의 지목ᄒ니 엇지 가간의 여ᄎ 누덕이 〃시며 음난흔 졍젹을 함인ᄒ여 금슈의 힝실을 감슈흘 니 이시리오 ᄎᄂᆞᆫ 녀진 등이 풍문 와젼을 드ᄅ미라 뎡양의 죄 엇지 분명ᄒ리오 귀비 돈슈뉴쳬 쥬왈 부ᄌ텬륜은 인지샹졍이라 폐해 비록 만승지줜시나 홀노 ᄌᄋᆡ지졍이 업ᄉ리잇가 조뮈금션을 멸ᄃᆡᄒ여 박힝이 팃심ᄒ고 뎡녜 젼튱ᄒ여 황녀를 능만흔

25면

죄 블승통히ᄒ며 져의 형뎨 슈슉의 쇼힝이 여ᄎᄒ듸 남을 논획ᄒᄂᆞᆫ 심ᄉ 파측흔지라 폐히 엇지 다ᄉ리디 아니ᄒ시ᄂᆞ니잇고 샹이 졍식 왈 외조 졍ᄉᄂᆞᆫ 짐이 알ᄂᆞ니 경이 엇지 참예ᄒ리오 귀비 믁연이 퇴ᄒ매 샹이 즉시 비답 왈 경등의 쇼ᄉ를 보매 쇼임을 출히며 직분을 인ᄒ미나 엇지 규문 안 일을 경등이 친히 보고 듯지 아니코 흔ᄀᆞᆺ 와젼으로 ᄌ시 알니오 샹국조슉은 셩힝이 슉균흔 군ᄌ오 긔ᄌ 냥인이 걸츌흔 위인이라 결단ᄒ여 가간의 음비흔 졍젹을 머

26면

므러 두디 아니리니 짐이 명일의 조슉의 부ᄌ다려 무러 알녀니와 경등의 쇼ᄉ 만히 덜 술피고 알외민가 ᄒ노라 냥인이 황공ᄒ여 믈너나매 익일 조됴의 샹이 금난뎐의 됴회를 여ᄅ샤 소녀의 쇼쟝을 ᄂᆞ리워 샹국 조공을 향ᄒ여 문왈 경의 가ᄂᆡ의 여ᄎᄌ식 잇다 ᄒᆞᆫ 실노 의아ᄒᄂᆞ니 경은 ᄌ시 술펴 실ᄉ를 분명이 알게ᄒ라 샹국이 그 쇼

스를 보매 년망이 면관 돈슈ᄒᆞ고 쳥죄 왈 신이 무상ᄒᆞ와 언관의 쇼시 여ᄎᆞᄒᆞ오니 졔 드ᄅᆞ미 젹실ᄒᆞ올시 감히 텬위지쳑의

27면

알외엿ᄉᆞᆸ거니와 다만 신의 두 며느리 극통ᄒᆞᆫ 누명을 시ᄅᆞ니 신이 가뷔 되여 슈졍을 인ᄒᆞ여 긔망ᄒᆞᆫ 죄 잇ᄉᆞ온즉 죄샹 텸죄ᄒᆞ올지라 신의 ᄌᆞ식이 무상ᄒᆞ오믄 오히려 놀납디 아니ᄒᆞ옵고 뎡양의 무죄 원왕ᄒᆞᆷ믈 ᄎᆞ셕ᄒᆞᄂᆞ이다 두 ᄌᆞ뷔 다 년긔 이뉵이 ᄎᆞ디 못ᄒᆞ여 신의 집의 드러왓ᄉᆞ오ᄃᆡ 셩졍 덕힝이 녯 슉녀를 ᄃᆡ두ᄒᆞ옵고 졀녀로 병구ᄒᆞ미 고금의 희한ᄒᆞ올지라 뎡녀ᄂᆞᆫ 조샹ᄌᆞ모ᄒᆞ고 그 외조 셕규의 거두어 무휼ᄒᆞ미 올ᄉᆞ오나 신이 셕규로 인친이나 신지 본ᄃᆡ 방

28면

외의 교유ᄒᆞ미 업ᄉᆞ오니 췌쳐젼 년유 쇼이 엇지 셕가의 빈빈왕ᄅᆡ ᄒᆞ엿시리잇가 비록 ᄌᆞ로 갓다 ᄒᆞᆫ들 셕규의 집이 공후지개라 쳔문 만회 듕듕쳡〃ᄒᆞ여시니 가마니 발을 브틸 곳이 아니어ᄂᆞᆯ 즁목쇼시의 어ᄂᆞ 틈으로 규듕의 깁히 감초인 녀ᄌᆞ를 ᄉᆞ통ᄒᆞ리잇고 이런 밍낭무근지셜을 삼쳑동도 속이지 못ᄒᆞᆯ 일이어ᄂᆞᆯ 셩샹긔 알외믈 안연이 ᄒᆞ니 신이 진실노 통완ᄒᆞ여 실조ᄒᆞᆷ믈 ᄭᆡᄃᆞᆺ디 못ᄒᆞ리로쇼이다 신이 셕규로 더브러 인친이라 뎡녀의 셩화ᄂᆞᆫ 녀셔로

29면

말미암아 듯고 ᄆᆡ양 셔로 구친ᄒᆞ와 뎡혼 납빙의 언약이 금셕 ᄀᆞᆺᄉᆞᆸ더니 뎡계ᄎᆔ 기녀를 쇽여 그 후쳐 박시뎡녀를 그 죵졔 박슈관의 지ᄎᆔ를 주고져 ᄒᆞ매 뎡녜 초녀의 졀을 효측ᄒᆞ여 현훈을 품고 두낫 비ᄌᆞ로 더브러 셔강의 ᄲᅢ지니 처음의ᄂᆞᆫ 죽으려 문을 나미 아니라 셔강의 졔 고뫼 이시므로 ᄌᆞᄌᆞ 슘고져 ᄒᆞ다가 그 집을 ᄎᆞᆺ디 못ᄒᆞ고 박슈관이 수빅 악도를 거ᄂᆞ려 ᄇᆞ람 ᄀᆞᆺ티 ᄯᅩ로니 만일 닉슈티 아닌즉 슈관의 손의 잡힐지라 냥개 비ᄌᆞ로 더브러 강슈의 ᄲᅥ러지니 일이 공

30면

교ᄒᆞ와 신의 두 ᄌᆞ식이 션영의 졀ᄉᆞ를 지ᄂᆡ옵고 도라오ᄂᆞᆫ 길의 이 경ᄉᆡᆨ을 보고 뎡녠

줄은 몽미 밧기옵고 그 몸의 남장이 이시니 더옥 혐의 업시 측은지심으로 강도를 뭇습고 그 시슈를 건져 솔오옵고 그 비ᄌᆞ다려 근본을 뭇ᄉᆞ오니 비로쇼 뎡녠 줄 알매 신의게 긔별ᄒᆞ오니 신이 셕규를 쳥ᄒᆞ여 의논ᄒᆞ와 강뎡의 머므르고 신의 ᄯᆞᆯ과 셕규의 부쳬 강뎡의 가 쥬쟝ᄒᆞ여 셩녜ᄒᆞ고 신의 집의 도라오니 그 명졀이 금셕의 박아 쳥ᄉᆞ의 드리옴즉 ᄒᆞ옵거늘 엇지 이런 음비지ᄉᆞᆯ 잇ᄉᆞ오며 신의

31면

집의 온지 일년이 너머도 그 아비 모로다 ᄒᆞ여 부부지낙을 허티 아냐 비홍이 완젼ᄒᆞ오니 그 꼿다온 효졀이 신의 ᄌᆞ뷔 아니면 텬뎡의 알외여 졍포ᄒᆞ염즉 ᄒᆞ오디 신이 혐의예 구이ᄒᆞ와 무더 두옵고 공쥐 하가ᄒᆞ신 후 신지 비록 편싁ᄒᆞ온 일이 잇ᄉᆞ오나 뎡녜 분을 직희여 겸공ᄒᆞ옵기를 극진이 ᄒᆞ오니 옥쥐 ᄯᅩᆫ 화동ᄒᆞ샤 규문의 반졈 질투ᄒᆞ미 업습고 도금ᄒᆞ여는 신지 옥쥬를 듕ᄃᆡᄒᆞ오며 뎡녀를 춋는 일이 업ᄉᆞ오니 규ᄂᆡ 화평ᄒᆞ여 옥쥐 빅두시를 읇흐실 니 이

32면

시며 뎡녜 황녀를 경시ᄒᆞ온 일이 업ᄉᆞ오니 무근지셜이믈 모를 니 업ᄉᆞ오리이다 지어 양녀의 일은 제 집의 이실 제 문ᄌᆞᆨ 슈통ᄒᆞᆷ믄 모로옵거니와 신의 집의 온 후는 힝신쳐ᄉᆞ를 아옵ᄂᆞ니 맑은 녜법과 아름다온 힝식 빙쳥 옥결이라 셔리를 업슈이 너기고 효졀과 녈힝이 츄슈를 더러이 아ᄂᆞᆫ지라 부녀의 ᄉᆞ덕 ᄲᅢᆫ 아니라 슈힝ᄒᆞ는 ᄉᆞ군ᄌᆞ의 풍이 이시니 엇지 간부를 드려 낭쟈히 왕ᄅᆡᄒᆞ다가 줍히미 이시리잇가 ᄉᆞ리의 되디 못홀 쥬작지셜이 여ᄎᆞᄒᆞ오니 신이 진실노 고이히

33면

너기옵고 음젹이 낭쟈ᄒᆞ면 신이 엇지 모로리잇가 쥬파의 안식이 화평ᄒᆞ고 말슴이 졀직ᄒᆞ니 진짓 군ᄌᆞ의 풍이오 쟝쟈의 긔샹이라 참지졍ᄉᆞ 셕규와 뎡셰츄 틴혹ᄉᆞ 양임과 한님혹ᄉᆞ 조무와 금문직ᄉᆞ 조셩이 일시의 ᄉᆞ모를 벗고 뎐폐의 ᄂᆞ려 ᄎᆞᄎᆞ 알욀ᄉᆡ 셕공이 쥬왈 신이 비록 무샹ᄒᆞ오나 쇼녜 조무로 더브러 ᄉᆞ통ᄒᆞ는 더러온 일이 잇ᄉᆞ온즉 엇디 그 죄를 다ᄉᆞ리디 안코 무더 두어 안연이 셩셰 풍화를 더러이리잇가 젼후 일을 임의 조슉이 알외여시니 다시 알욀

34면

배 업습거니와 오직 신이 어지디 못ᄒᆞ여 이런 일노 의심ᄒᆞ시믈 붓그려 죄를 쳥홀 ᄯᆞ름이로쇼이다 뎡셰춰 돈슈 왈 신녀의 더러온 말슴과 슈ᄉᆞ홈미 근본인즉 신이 졔가 못ᄒᆞᆫ 죄라 스스로 죄를 당ᄒᆞ려니와 신녀의 무죄ᄒᆞ오믄 조슉의 말 ᄀᆞᆺ습고 다른 말슴이 업ᄂᆞ이다 틱흑ᄉᆞ 양임이 분연ᄒᆞᆫ ᄉᆞ식을 ᄯᅴ고 참디 못ᄒᆞ여 녀셩 주왈 신이 명되 긔구ᄒᆞ와 다만 조셩의 쳐 일녀와 불초ᄌᆞ 일인 ᄲᅵᆫ이라 신지 불인ᄒᆞ여 가셩을 문허 바릴가 근심홀지언뎡 신녀ᄂᆞᆫ 현슉ᄒᆞᆫ ᄉᆞ덕과 녀

35면

ᄒᆡᆼ이 녯 셩녀의 미진ᄒᆞ미 업ᄂᆞᆫ디라 신이 샹히 블관ᄒᆞᆫ 녀식으로 아디 아냐 깁히 밋ᄂᆞᆫ ᄌᆞ식이올너니 이졔 누명이 죽어 무칠 ᄯᆡ 업ᄉᆞ오니 아디 못게이다 소흠과 녀진이 언졔 신의 집의 와 신녜 문긱 ᄉᆞ통ᄒᆞ믈 보오며 ᄎᆡ시 크게 듕대ᄒᆞ와 비록 친히 못 보와시나 증참이 분명ᄒᆞᆫ 후야 군샹긔 알외오리니 신이 비록 용녈ᄒᆞ오나 모쳠텬은ᄒᆞ와 작질이 지녈의 잇습고 신녜 명부의 일홈이 잇ᄉᆞ오니 엇지 근본 업슨 말을 주츌ᄒᆞ와 명부를 ᄉᆞ디의 함히ᄒᆞ고 ᄉᆞ졍을 젼쥬ᄒᆞ며 이ᄌᆞ

36면

지원을 필보ᄒᆞ니 신이 알과이다 이 다른 일이 아니라 소흠이 슈관의 외종이오 녀진이 슈관의 ᄉᆞ싱지괴라 향쟈의 조무 형뎨 슈관을 논ᄒᆡᆨᄒᆞ여 작직을 환슈ᄒᆞ시므로 무거지언을 알외니 조뎡의 언관 두믄 사ᄅᆞᆷ의 업ᄂᆞᆫ 죄를 얽어 현인을 잡고 ᄉᆞᄉᆞ당도를 편드러 군샹을 속이고 ᄉᆞ졍을 일삼으라 ᄒᆞᆫ 배 아니라 신녀ᄂᆞᆫ 죽이디 아니시나 졔 스스로 죽으려니와 신이 이 무리로 더브러 ᄒᆞᆫ 조뎡의셔 쥬샹을 셤기디 못ᄒᆞ올디라 원컨대 신의 본직 녜부샹셔 틱흑ᄉᆞ 인슈를 드리고 믈너 셔민이

37면

되어 던니의셔 여싱을 맛게 ᄒᆞ시믈 바라ᄂᆞ이다 주필의 안식이 싁″ᄒᆞ고 ᄉᆞ에 격졀 강개ᄒᆞᆫ디라 샹이 뇽안을 고티시고 그 위인의 강녈ᄒᆞ믈 긔경ᄒᆞ시더라 조한님 형뎨 돈슈 쳥죄 왈 신등이 무샹ᄒᆞ와 금일 언관의 논ᄒᆡᆨ이 이의 밋ᄌᆞ오니 진실노 ᄒᆡᆼ실이 독경티 못ᄒᆞ와 만믹의 ᄒᆡᆼᄒᆞ올 덕이 업셔 ᄎᆞ비의게 허믈을 줍히오니 슈신ᄒᆡᆼ디 밝지 못ᄒᆞ

와 이런 일이 잇스오믈 한심ᄒ오니 맑은 조졍의 옥당한원으로 쳥현을 ᄌ임ᄒ오미 낫
치 둣겁습고 넘티 샹진ᄒ오니 이졔 인슈를

38면
바치고 죄를 쳥ᄒᄂ이다 주파의 형예 다 단디의 ᄂ려 비샤ᄒ고 관복과 ᄉ모를 벗고
궐문 밧긔 나오니 샹이 미쳐 말ᄉᆷ을 못ᄒ시고 그 위인의 츙뉴ᄒᄆᆯ 시로이 칭이ᄒ시
고 조공을 보시고 위유ᄒ신디 조공이 맛ᄎᆷᄂᆡ 반녈의 드디 아니니 샹이 ᄉ모를 주어
다시곰 평신ᄒ라 ᄒ시고 글ᄋ샤디 경의 오늘〃 거죄 실노 과ᄒ디라 짐이 비록 블명
ᄒ나 신ᄌ의 현우와 튱녈을 거의 짐즉ᄒ고 초의 경의 집이라 ᄒᄆᆯ 만만 무겁ᄒᄆ로
밋지 아니ᄒ여 무러 무근지셜이라 ᄒ엿거늘 경의 부지 짐의

39면
블명ᄒ여 현우를 모로므로 역졍닉여 벼슬을 바리고 나가려 ᄒ니 실노 밋고 바라던
배 아니〃 경은 ᄌ삼 싱각ᄒ여 션쳐ᄒ여 안심ᄒ라 녀소의 망녕되미 그릇 드른 말을
실이 만ᄃ라 알외미 만〃 경솔ᄒ고 그러나 가히 족가티 못홀 거시오 군신은 부ᄌ일
톄라 뎡양조셕 ᄉ인이 션조로브터 짐을 도와 샤직지신이라 녀쇼의 ᄒ 쟝 헛된 글의
이 네 대신을 의심ᄒ리오 안심믈ᄉᄒ여 짐심을 지실ᄒ라 뎡양은 원왕ᄒ 누명을 시ᄅ
니 비록 원왕ᄒ나 조뮈 뎡시를 인ᄒ여 공쥬를

40면
박디ᄒᄆᆫ 짐이 익이 드른 배라 뎡경이 맛당이 녀ᄋ를 다려와 공쥐 조무로 화락ᄒ여
ᄌ녀를 둔 후의 짐이 경녀를 허ᄒ여 다시 조무를 주리니 일즉 봉명ᄒ고 양시ᄂ 무죄
ᄒ 사름을 죄 주디 아닐 거시니 믈시ᄒ여 아른 쳬 아니ᄒ리라 조무 조셩은 거관의 반
졈 허믈이 업ᄉ나 조뮈 황녀 박디ᄒ 죄ᄂ 금슬지간의 인군이 죄 줄 배 아니라 녜디로
찰직ᄒ라 ᄒ시니 조셕뎡양이 홀 말이 업셔 샤은ᄒ고 퇴ᄒ매 오직 틱흑ᄉ 양임이 블
승분노ᄒ여 인슈를 드리고 표연이 나가니 조무 조셩이 ᄯ또ᄒ ᄉ

41면
직ᄒ고 츌ᄉ티 아니터라 박슈관과 양셰 비록 허언을 ᄭ며 언관을 쵹ᄒ여 뎡양과 조

무를 히호나 텬의 공평호여 일이 무수히 되고 져의 쇼망이 일위디 못호나 다힝훈 바
는 뎡시 친뎡으로 니이호여 가는디라 양셰 제 긔믈이 될가 너기고 슈관은 제 어드려
환낙호더라 덩공이 젼지를 듯줍고 시러곰 지완티 못호여 조부의 니르니 추시 뎡양
이쇼졔 도장의 홰 눈셥의 써러져 더로온 죄명이 빙옥 신샹의 실녀 비록 창히를 기우
려도 벗디 못홀지라 오히려 뎡시는 간졍훈 모양이어니와 양시

42면

는 간부를 드린다 누셜이 결청훈 녈녀는 니르디 말고 둥한훈 위인이라도 일시를 스
디 못호고 평싱 슈힝은 그린 썩이 되고 강상의 둘 업슨 더로온 계집되믈 원왕 각골호
여 믄득 훈 쇼릭를 늣기고 업더져 인스를 모로니 양시의 무셔워 호는 증이 그져 이시
므로 화영 등이 써나다 아냣더니 대경호여 붓드러 일희여니 형식이 쳥옥 곳호여 긔
운이 막히고 슈족이 어름 곳훈디라 졔인이 참훈 분완호여 그 어름이 졍호고 옥이 틔
업슴 곳훈디라 눈믈을 흘니고 약을 너흐며 쥐므르

43면

니 이윽고 졍신을 잠간 츌히매 조시 등이 함누 위로홀시 양시 입 이시나 말이 나디
아니호고 오직 벼개의 낫츨 막아 무슈훈 누쉬 믈 부은 듯호니 셕부인이 집슈 탄왈 텬
디 일월이 밝은디라 그딕의 빙옥 고졀과 슉덕 셩심을 비최시리니 무어시 붓그러워
믄득 이 경상을 호느뇨 쳔인이 더럽다 호고 만인이 춤 바타도 구가 합문이 빅옥 무하
호고 황금이 단련훈 슈힝을 다 알고 흘므며 아이 디감이 그딕를 아란 지 오릭니 무어
시 붓그러오미 이시리오 텬디 조림호고 신명이 직방호니 익미훈

44면

재 즈연 신빅호고 함히훈 재 화를 바드리니 현뎨는 규각의 군지라 식견이 관대호여
명쳘훈 지뫼 이시리니 부운 곳훈 누명을 과도이 슬허호여 방신을 바리고져 호느뇨
뉴시랑 부인이 그 운발을 헤쁠고 무빈을 바로 호여 탄왈 쳥텬 빅일은 흐쳔 노예도 역
지기명이라 간인이 무샹호여 이런 허무지언을 텬뎡의 주호엿시나 그딕의 츄상 곳훈
힝실을 뉘 모로리오 ᄆ 음을 널니호고 눈을 써서 간인의 망호믈 볼 ᄯ름이라 이러툿
쵸ᄉ호여 누셜을 신셜티 못호고 즈레 부모 유톄

45면

를 샹히오지 말나 조부인이 그 흐르는 누슈를 벗고 위로 왈 사름이 만난 배 등한혼 변괼시 놀납거니와 그디 만난 바는 셰샹의 업슨 변이라 닉 므음이 빅옥 굿거늘 부운 굿혼 누셜이 무슴 관계히리오 그디는 셜워 말나 오히려 뎡뎨도곤 나으미 이시니 뎡 뎨는 괴로온 신계로써 다시 누명을 시러 친뎡의 폐치히여 경 〃 혼 일신이 호혈의 드 러가며 간악혼 놈의 흉계 빅츌히니 아모 곳의 미출 줄 아디 못히니 가련홀사 뎡시라 근닉 아이 므음이 변히여 희슈 굿혼 은졍이 돈연이 힝로 굿고

46면

금션궁의 종젹이 옴지 아니니 혈혈 아즈러지 무어슬 바라고 의뢰히리오 조물의 다싀히 미 군즈 슉녀의 젼뎡을 어즈러일 줄 알니오 양시 무망의 흉참혼 누명을 시르니 춍격 분앙혼 긔운이 엄이혼 디경의 밋츳더니 제 쇼고의 말을 듯고 즈긔 광박혼 식견으로 셰셰히 싱각히매 너모 이러히미 조협혼디라 오직 므음을 구뎡굿티 히고 츄파의 이루 를 먹어 디왈 쇼쳡이 하면목으로 쳔일을 보며 녀즈의 쇼문이 어진 말이라도 구듕 에 스뭇티면 붓그러오려든 히믈며 이런 죄명이

47면

리오 명완히여 닙각의 묵슘을 싇허 원왕히믈 프디 못히오니 프러지고 용녈히미라 엇 지 감히 고당의 안거히여 명부지녈의 웅거히리오 일간 심당의 이셔 쳥뎐을 보디 말 고 누명을 신빅히면 술고 그러티 아니면 죽을 쓰롬이라 언파의 쥬류 화험의 삼 〃 히 니 부용이 녹파의 잠겻는듯 니홰 챵엽의 져져시매 션연히미 더옥 긔 〃 히며 시름히는 아미는 무산의 조운이 덥혀 쥬류 니음츠니 그 고은 얼골과 어엿븐 거동이 셕목 간쟝 이라도 흠앙홀지라 조시 등이 어린드시 얼골

48면

을 우러러 스랑히고 잔잉히믈 이긔디 못히더니 믄득 승샹 명으로 뎡양을 부르는디라 조시 등이 양시를 위로히여 잇글고 영츈뎡의 니르니 뎡시 츳변을 당히여 양시와 일 양이라 지난 바 가로 험난을 경녁히여 혼 조각 심당이 금옥이 되엿는디라 단연 위좌 히여 셰 〃 샹냥히여 근본이 다 박시 슈관으로 모계히여 즈긔룰 ○ㅅ 본가의 옴기고

다시 작난ᄒᆞ여 일싱을 회지으려 ᄒᆞᆯ믈 거울ᄀᆞᆺ티 아ᄂᆞᆫ디라 ᄒᆞᆫ번 친뎡의 도라가매 박가의 욕을 죽디 아니면 욕을 볼디라 구ᄎᆞ이 가디 말고 조

49면
부의셔 죽고져 ᄒᆞ나 구고의 련이ᄒᆞᆫ심과 학발 엄친의 셔하지통을 뫼디 못ᄒᆞ며 망모의 유교를 싱각ᄒᆞ고 고〃 유치의 종텬극통을 혜아리매 ᄎᆞ마 목슘을 ᄯᅳ쳐 바리지 못ᄒᆞᆯ지라 좌ᄉᆞ우상ᄒᆞ매 비록 ᄆᆞᄋᆞᆷ이 일편 강쳘이나 엇지 견디리오 옥장이 촌촌이 바ᄋᆞ져 되ᄂᆞᆫ디라 오직 벽난 츈경을 도라보와 왈 험ᄒᆞᆫ 여싱이 발셔 죽디 못ᄒᆞ여 이 괴로온 경계를 당ᄒᆞᄂᆞᆫ도다 ᄒᆞ고 쥬뤼 산산ᄒᆞ니 쇼고 등이 양시로 더브러 니ᄅᆞ니 눈물을 거두고 니러 마ᄌᆞᆯᄉᆡ 시름ᄒᆞᄂᆞᆫ 거동이 더욱 절승ᄒᆞᆫ

50면
지라 조시 등이 함누ᄒᆞ여 ᄒᆞᆫ가지로 존당의 니ᄅᆞ니 승샹이 보건ᄃᆡ 일데히 봉관 화리를 탈ᄒᆞ고 담담ᄒᆞᆫ 녹의 쳥상으로 년보를 나죽이 ᄒᆞ여 좌하의 니ᄅᆞ니 복식이 무식ᄒᆞ매 용화 더욱 빗나 년화 두숭이 쳥슈의 쇼스시며 ᄲᅡᆼ월이 병닙ᄒᆞ여 부운을 헤티ᄂᆞᆫ 듯 츈산이 슈식을 ᄯᅴ엿고 쳔틴만광이 일실의 조요ᄒᆞ여 구고 존당이 시로이 이듕 참담ᄒᆞ고 냥인의 시신을 겻히 노흔 듯 블승가련ᄒᆞ여 좌를 주어 안기를 명ᄒᆞ고 승샹이 탄왈 가운이 블힝ᄒᆞ여 현부의 옥졀 빙신으로

51면
ᄎᆞᄉᆞ를 만나니 ᄌᆞ고 츙신 녈ᄉᆡ 괴롭고 셜우나 일홈이 빗나믈 위로ᄒᆞ거니와 현부 등은 이미ᄒᆞ고 괴로온 누명을 싯고 더욱 뎡식부의 도라가ᄂᆞᆫ 힝되 쳑연ᄒᆞ니 노뷔 무슴 말노 위로ᄒᆞ리오 연이나 몸을 보젼ᄒᆞ고 위로ᄒᆞᄂᆞᆫ 도리 각각 그 지아비 ᄯᅩᄒᆞᆫ 빙옥지졀을 알고 존당 구괴 참연이상ᄒᆞ매 침식이 편티 아니ᄒᆞ니 그 일홈이 분ᄒᆞ나 힝실이 놉고 빅옥이 조호ᄒᆞ매 잇고 유ᄌᆞ의 고혈홈과 각각 가부의 심ᄉᆞ를 아니 도라보디 못ᄒᆞ리니 과히 상회ᄒᆞ여 단명ᄒᆞᆫ 징조를 지어 흉인의 ᄠᅳᆺ을

52면
마초디 말고 일마다 ᄆᆞᄋᆞᆷ을 훤츨이 ᄒᆞ여 살 도리를 싱각ᄒᆞ고 조바야이 죽어 모로고

져 뜻을 두지 말나 뎡식부는 더욱 집을 써나니 잔잉ᄒ나 이 ᄯᅩᄒᆞᆫ 친측이니 빙옥 방심을 보젼ᄒ라 이쇼제 복슈 문파의 안식을 고티고 블승감격ᄒ여 지비 샤은 왈 쇼쳡 등이 쳥년의 모텸슬하ᄒ와 양츈 혜퇴이 몸의 져졋ᄉᆞᆫ디라 명되 긔험ᄒ와 만고 강상의 써러진 몸이 되오니 동ᄒᆡ슈를 거후러도 쳡 등의 누명을 벗기 어려오나 존당 구고의 여텬 셩은이 원왕ᄒᆞ믈 비최샤 보젼ᄒ기를 하

53면

교ᄒ시니 쳡등이 셕목이 아니오니 엇디 감은ᄒᆞ믈 아디 못ᄒ리잇고 삼가 명교를 간폐의 삭여 나라히 죽이디 아닌 젼은 일누 잔명을 보젼ᄒ와 죵시를 보고 구고 쳐분을 기다릴 ᄯᆞ름이로쇼이다 옥셩이 쳐량ᄒ여 화용이 참담ᄒ고 붓그리ᄂᆞᆫ 슈식과 원통ᄒᆞᆫ 말이 나타나니 공이 장탄 왈 션지라 나의 냥식부ᄂᆞᆫ 녀듕 군지라 이 누셜 등 마치디 아니ᄒ리니 유ᄌᆞ를 다려가셔ᄂᆞᆫ 보신키 어려오리니 이의 머므르고 ᄆᆞ음을 편히 ᄒ고 슈이 모히기를 싱각ᄒ라ᄒ고 슌틱부인이 누쉬 여우

54면

ᄒ여 써나믈 앗기고 위부인이 냥식부 잔잉ᄒ미 칼을 삼킨 듯 묵묵쳐졀ᄒ여 손을 잡고 말을 일우디 못ᄒ더니 한님 형뎨 드러와 추경을 보고 젼 ᄀᆞᆺᄒ면 심장이 스라질 거시로ᄃᆡ 다만 존당의 주왈 뎡시와 ᄒᆡ이 고이ᄒᆞᆫ 누명을 시ᄅᆞ니 가쇼로오나 셩샹이 오히려 헛된 일노 아ᄅᆞ시니 무슴 근심이 이시며 뎡시 잠간 친뎡의 도라가미 예시오 죽을 터이 아니오니 조모와 틱〃ᄂᆞᆫ 엇디 과도이 상도ᄒ시ᄂᆞ니잇고 위부인이 졍식 칙왈 네 무식 샹셩이 굴스록 더ᄒ여 씨ᄃᆞᄅᆞ미 업ᄉᆞ니 네 ᄌᆞ쇼로 공부

55면

ᄒ던 슈신졔개 무어시뇨 황샹이 네 죄를 다ᄉᆞ리디 아니시고 무죄ᄒᆞᆫ 뎡시를 폐출케 ᄒ시뇨 니희 편벽 블명ᄒ미 아니면 환난이 이 디경의 미쳣시리오 이제 이 경계를 민나 도라가는 힝식을 토목 간댱으로도 감챵ᄒᆞᆯ 거시어ᄂᆞᆯ 무식 박힝ᄒᆞᆫ 너 ᄀᆞᆺᄒᆞᆫ 거시 업ᄉᆞ리니 말ᄒ여 무엇ᄒ리오 조시 등이 쇼왈 틱〃 니ᄅᆞ시는 바 토목 심댱이 〃ᄀᆞᆺᄒ면 금일 당ᄒ여 통곡 아닐 줄 알니잇고 도라 한님다려 왈 너도 인심이니 측은티 아니ᄒ냐 한님이 ᄃᆡ쇼 왈 쇼뎨의 힝신이 이쳐로 난쳐ᄒ미 업셔이

56면

다 뎡시 ᄋ시 결발노 졍의 잇글녀 ᄌ연 ᄎᄌ면 편벽ᄒ여 화의 쟝본이라 ᄒ시고 최ᄒ
시며 공쥬ᄂᆞᆫ 인군이 쥬신 거시라 ᄒ여 근간 잠간 되졉ᄒ니 토목 심쟝이 되엿다 ᄒ시
고 최ᄒ시니 엇지 가쇼 아니리잇고 츌하리 유발승이 되어 인륜을 나몰나야 이 최교
를 쟝ᄎ 면ᄒ리로쇼이다 ᄒ고 눈을 흘기여 뎡쇼져를 보며 왈 니 그만ᄒ여도 영츈뎡
을 아니가니 조무의 얼골이 그리온다 원망이 낭ᄌᄒ니 슉녀의 뎡졍흔 도리도 이러ᄒ
냐 일노 볼작시면 금션궁의 칠팔 삭 졀

57면

젹ᄒ되 공쥐 원언이 업슨 작시로다 뎡시 단연이 좌ᄒ여 믁믁브답ᄒ니 위부인 왈 님
별의 흔 말 위로ᄒ미 업고 도로혀 최홀 ᄯᅳᆺ이 잇ᄂᆞ냐 아디 못게라 무슴 죄로 가부의
박되와 빙옥 방신이 누명을 싯ᄂᆞ뇨 사ᄅᆞᆷ으로 ᄒ여곰 측냥치 못홀 일이로다 ᄒ고 ᄭᅮ
지ᄌ니 직ᄉᆞᄂᆞᆫ 냥안을 나초고 일언도 참예ᄒ미 업더라 이ᄯᅢ 뎡공이 초초흔 힝거로
녀ᄋᆞ를 다려가려 홀시 존당 구괴 보ᄂᆞᆫ ᄆᆞᆷ과 하딕ᄒᄂᆞᆫ 슬프믈 이로 긔록디 못홀
너라 ᄋᆞᄌ 긔현이 삼계니 힝뵈 익고 말이

58면

영민ᄒ여 능히 부모 ᄉᆞ랑홀 줄 아ᄂᆞᆫ디라 모친 나상을 븟들고 옥안의 쥬뤼 방〃ᄒ니
뎡시 ᄋᆞᄌ를 안고 어로만져 ᄯᅩᆫ 쥬뤼 삼〃ᄒ여 나상을 젹시니 이 경샹은 셕목 간쟝
이라도 가동홀너라 유이 모친의 졋슬 븟들고 노티 아니니 퇴부인이 참아 보디 못ᄒ
여 유모를 명ᄒ여 ᄋᆞ희를 달니라 ᄒ고 뎡쇼져의 손을 잡고 타루 왈 노모ᄂᆞᆫ 수싱이 조
모를 긔약디 못ᄒ고 현뷔 흔번 가매 다시 도ᄅᆞ와 노모 보기를 긔필 못ᄒ니 현부의 셩
효로써 나의 이 ᄀᆞᆺ흔 졍을 싱각ᄒ여 싱젼의 보기

59면

를 바라노라 뎡시 함누 비샤ᄒ더라 직시 그졔야 뎡시를 향ᄒ여 탄왈 인싱 계간ᄒ매
일실이 단회ᄒ미 졔일 경ᄉᆞ어늘 이졔 수쉬 임ᄉᆞ ᄀᆞᆺ흔 덕힝으로 ᄉᆞ덕이 겸비ᄒ샤 일
호도 득죄ᄒ시미 업거늘 블힝흔 시운을 만나 친뎡으로 니이ᄒ시니 결연ᄒ믈 이긔디
못ᄒ리로쇼이다 근일의 샤형의 ᄒ시ᄂᆞᆫ 일이 과듕ᄒ시미 만ᄉᆞ오되 쇼싱이 블민 부데

호와 규간티 못호고 이런 블미지서 만호니 쇼싱이 황괴홈믈 금티 못호느이다 한님이 발연 노왈 늬 비록 블미호나 네 형이라 부녀를 되

60면

호여 압두 경만호미 심호리오 직시 화긔 자약호여 되왈 쇼뎨 블초호오나 엇지 감히 부형을 압두호리잇고 형장의 근리 힝시 타인은 모로오나 쇼뎨는 아옵느니 비록 황녀를 공경호나 엇디 굿호여 쥬야 늬실의 잠겨 군부의 브루심 곳 아니면 나오실 줄을 니자시고 궁듕 쇼쇽을 보시면 믄득 흔연흔 우음을 먹음어 깃거호시믈 주리실 줄을 모로고 슐을 쌔 업시 취호야 신관이 환탈호시고 의뒤를 바로 호시믈 씌듯디 못호시니 쇼뎨 두어 번 간

61면

호뒤 효험이 업고 이제 수쉬 힝식이 인심에 감동홀 거시어늘 형댱이 흔 말숨 위로호시미 업고 블평지스와 박졀지식을 방인의 이목을 휘티 못호시니 아디 못게라 형쉬 무슴 득죄호신 일이 잇느니잇가 군직 슈신졔가는 치국평텬하지본이라 요스이 형댱 쳐스는 스룸으로 호여곰 가르쳐 웃기를 마디 아니호는더라 쇼뎨 엇지 칙호시믈 두려 픔은 쇼회를 고티 아니호리잇고 한님이 믁연 작식이어늘 공이 탄왈 늬 블명호여 자식의 허믈을 아디 못호

62면

니 붓그럽디 아니리오 셩우의 말이 지극흔 졍논이니 네 무슴 낫츠로 말호려 호는다 뎡시 도라가고 홀노 공쥬와 동낙호여 다른 시비 업술디라 군직 쥬야 늬실의 거호여 머리를 박고 이실 거시 아니〃 츠후는 외헌의 거호여 광픽흔 힝실을 삼가고 쥬긔를 늬 눈의 뵈디 말나 한님이 낫츨 븕히고 말을 못호더라 뎡쇼졔 존당 구고 슉당 졔셔모와 쇼고긔 하직호여 다시 양시로 니별호실시 졍의 골육 갓고 지긔상합호던 바로 갓초 슬픈지라 옥슈를 년호여 쥬

63면

뤄 방방호여 이윽이 말이 업더니 뎡시 탄왈 쳡이 브룽 누질노 셩문의 보젼호믈 엇지

못호고 쳔고의 업순 누명을 시러 도라가니 젼두 스싱 길흉을 아디 못호고 금일 니별이 평싱의 영결이 될디라 어닉늘 다시 엇게를 갈와 븍당의 빈알호고 현민로 더브러 즐기믈 어드리오 현민는 누명이 차악호나 부운 곳흔 누명이 후환이 업고 존당 구고를 뫼셔 유우를 겻히 두고 친당의 냥친이 구존호시니 쳡의게 비티 못홀 거시오 슉〃의 현명호시미 녀주의 분

64면

복의 과의라 므음을 널니호여 방신을 보호호고 쳡의 궁박흔 신셰를 긍측이 너기샤고〃 무모흔 유우를 보젼호샤 무휼호믈 바르ᄂ이다 양시 오열 타루 왈 인싱이 긔구호미 계샹의 난측흔 경계를 당호여 일신누명이 창히슈를 기우려도 벗디 못홀지라 계샹의 일시 머믈 뜻이 업스오나 존당구고의 스랑호심과 후일 신빅기를 구구이 싱각호고 료싱호오려니와 이졔 파월호여 도라가시는 힝식이 쇼뎨의 심수를 돕ᄂ다라 젼두 스괴 아모란 줄

65면

모로오나 져져의 고명호신 명감의 혜아리시미 업디 아니리니 보신지칙을 명찰호샤 누명을 신셜호신 후 다시 모다 존당 구고를 뫼셔 엇게를 갈와 무치지낙을 긔약호시고 즈레 귀톄를 상히오지 마르쇼셔 쇼뎨 질우의 고〃호믈 졍셩을 다호여 쇼뎨 잇는 동안 져〃의 부탁을 져브리디 아니리이다 언파의 연〃흔 졍과 무궁흔 누쉬 옷 압흘 젹시니 조공이 외당의 나와 뎡공을 디호여 말홀식 우부의 참익이 〃 디경의 이시니 두 집 블힝호믈 엇디 다 니르리오 슈연이나 우

66면

부의 상뫼 복긔 만면호니 닉두의 복녹이 무량홀지라 아직 잠시 익회로 이러호나 필경 운무를 헤치고 텬일을 다시 볼 날이 이시리니 형은 굿호여 다른 넘녀는 날회고 우부를 다려가신 후 믹스를 깁히 싱각호여 극녁 보호호여 길시를 기드리쇼셔 뎡공이 휘루 탄왈 쇼뎨 명되 긔구호고 위인이 블명호여 흔 녀우의 신셰를 편안이 못호니 각골통호ᄂ 배라 닉두스를 쏘 엇지 긔필호리잇고 언파의 조공을 작별호고 일승 힝교로 뎡시를 다려갈식 일문 샹히 공쥬 외의는

67면

덩쇼져의 참담흔 힝식을 보고 막블 휘루 탄식이러라 이쩌 덩쇼졔 쳔슈 만한을 셔리 담고 부공을 뫼셔 본부로 도라갈시 스스로 싱각ᄒᆞ듸 닉 이졔 존당 구고의 슬하를 쩌 나 호구의 드러가니 진실노 압히 어둡고 가슴이 막히ᄂᆞᆫ디라 쇼졔 로샹의셔 여러 가 지로 혜아리매 보신홀 계픠 업ᄂᆞᆫ디라 이의 마디 못ᄒᆞ여 일계를 싱각ᄒᆞ고 강포의 욕 을 방비ᄒᆞᄆᆞᆯ 뎡ᄒᆞ매 교ᄌᆞ의 안히셔 머리를 프러 낫츨 가리오고 손픽 쳐 우스며 거댱 을 쩌히고 쒸여 닉다라 혹쇼 혹곡ᄒᆞ니 그 거동이 실

68면

셩지인이라 벽난 등이 대경ᄒᆞ여 붓드러 교ᄌᆞ의 드리고 교ᄌᆞ 문을 단〃이 잠고 힝 ᄒᆞ니 교ᄌᆞ 안히셔 광언망셜이 긋디 아니ᄒᆞ며 거죄 히괴ᄒᆞ니 힝뢰 발을 머츄고 귀를 기우려 고이히 너기고 복부ᄎᆞ환이 놀나 쏠니 뎡부의 니르러 일가노쇠 반겨 쇼져를 보려 다토와 니르니 교ᄌᆞ 문을 열매 쇼졔 믄득 쒸여 닉다라 머리를 흔들고 손픽 쳐 대쇼ᄒᆞ고 쩌히 구으러 모든 시비를 주머괴로 치며 박츠니 졔인이 대경ᄒᆞ여 차악ᄒᆞ고 츈경 등은 눈믈을 흘녀 왈 다쇼 환난의 심

69면

졍이 상ᄒᆞ여 이런 병이 싱ᄒᆞ니 이를 쟝ᄎᆞᆺ 엇지ᄒᆞ리오 박시 쇼져의 거동을 보고 어린 듯 다시 니르듸 녀ᄋᆞ 엇디 이대도록 그릇된고 쇼졔 박시의 말을 듯고 손벽치고 티다 라 박시를 쓰어 붓들고 허허 웃고 니르듸 이 아니 조코 즐거오냐 ᄒᆞ고 쒸놀고 낡뒤는 거동이 히연 망측ᄒᆞ니 보는 재 가히 우엄즉ᄒᆞᆫ디라 엇디 평일 발ᄌᆞ최 문밧그로 나디 아니며 녜 아니면 움즉이디 아니코 단일ᄒᆞ던 위인이리오 영시와 졔셔뫼 나와 보고 우음을 참디 못ᄒᆞ더니 뎡공이 조츠 와보고 어히 업고 참

70면

통ᄒᆞ여 어린 듯시 안쟈 흔 말을 못ᄒᆞ더니 오릭게야 쇼져를 붓드러 침쇼로 보닉고 유 모와 시녀로 직희라 ᄒᆞ나 쇼졔 닉다라 쓸의 구으러 혹 동산의 치다라 슬피 통곡ᄒᆞ며 칼을 가져 ᄌᆞ긔 몸과 낫츨 지르려 ᄒᆞ여 작난이 그디디 아니니 일변 집안 줍믈을 뵈는 족족 다 줏두다려 긔용이 남은 거시 업스며 음식을 한업시 먹으며 쥐어 먹고 빅를 두

드려 무한 먹고져 ᄒᆞᄂᆞᆫ 형상을 ᄒᆞ며 남의 샹을 아ᅀᅡ 업티고 씌두리ᄂᆞᆫ 형상이 측냥티
못ᄒᆞᆯ너라 ᄉᆞ오일 되매 박시 비록 대간

71면

대악이나 져 광인을 족슈티 못ᄒᆞ여 싱각ᄒᆞᄃᆡ 닉 치임을 다려오믄 슈관을 위ᄒᆞ여 나
의 본 ᄯᅳᆺ을 셰우려 ᄒᆞ미러니 싱각 밧 미친 병인이 되어시니 비록 얼골이 고으나 무어
시 ᄡᅳ리오 닉집의 긴 날 식반만 허비ᄒᆞ고 쟉난만 ᄒᆞ니 출ᄒᆞ리 죽어 업시ᄒᆞ미 올ᄒᆞᄃᆡ
일을 너모 경솔히 못ᄒᆞᆯ 거시오 요ᄉᆞ이 샹공이 녀ᄋᆞ를 고렴ᄒᆞ거늘 감히 박히 ᄒᆞ기도
샹공의 ᄯᅳᆺ을 어긔미니 엇지ᄒᆞ면 조흘고 이쳐로 근심ᄒᆞ여 슈관을 쳥ᄒᆞ여 왈 현뎨를
위ᄒᆞ여 치임을 너의 안히를 삼고져 ᄒᆞ여

72면

황명을 어더 다려 왓더니 너와 인연이 업셔 그런가 믄득 발광ᄒᆞ여 경식이 여ᄎᆞᄒᆞ니
이런 ᄎᆞ악흔 거슬 무어시 ᄡᅳ리오 닉 흔 우환을 만나 가군의 고렴ᄒᆞᄆᆞᆯ 젼과 달니ᄒᆞ여
잘 구호ᄒᆞᄆᆞᆯ 당부ᄒᆞ니 ᄯᅳᆺ을 어긔오기 어렵고 쟉난을 쥬야 ᄒᆞ니 이런 두통이 이시리
오 너는 묘칙을 가ᄅᆞ치라 이 아히 대강 ᄋᆞ시의 ᄌᆞ모를 여회오고 뉵아지통을 품어 깁
히 샹흔 ᄃᆡ 공쥬 ᄀᆞᆺ흔 젹국을 만나 ᄒᆞ로도 편홀 젹이 업ᄉᆞ니 약질이 간장을 술와 이
병이 나시니 칠졍이 다 샹ᄒᆞ여 고칠 길이 업ᄉᆞ리니 언마ᄒᆞ여 죽

73면

으리오 현데 슈고ᄒᆞ여 어드려 ᄒᆞ매 지보를 허비ᄒᆞ여 일것 엇고 오리디 아니ᄒᆞ여 신
톄를 영장ᄒᆞ리니 달니 쳐티키를 싱각ᄒᆞ라 슈관이 대경ᄒᆞ여 두 눈이 동글고 안식이
여토ᄒᆞ여 탄왈 박슈관의 박복ᄒᆞ미 엇디 이대도록 ᄒᆞᆫ고 만일 발광ᄒᆞ미 젹실홀진대 셔
ᄌᆞ의 식인들 무어시 ᄡᅳ리오 병이 이럴지라도 ᄉᆞ라시니 져져긔 히 될 거슨 업슬지라
아직 구원을 잘 ᄒᆞ여 보와가며 다시 조흔 모칙을 싱각ᄒᆞ여 져져의 근심이 업게 ᄒᆞ리
이다 ᄒᆞ고 즉시 니러나 양부의 가 양셰를 보니 마초

74면

아 ᄎᆞ강 이인이 다 나가고 양셰 슐을 취ᄒᆞ고 혼ᄌᆞ 누엇거늘 슈관이 나아가 셰의 손을

잡아 니르혀 왈 쇼뎨 형을 위호여 동셔로 분주호되 형은 홀노 한가호미 극호여 죽팀의 취몽이 깁헛도다 양싱이 웃고 니러 왈 마초아 차강 이인이 나가고 혼즈 심〃호여 잠드럿더니 형이 오니 족히 울〃한 회포를 펴리로다 박싱 왈 스괴믄 호가지나 지긔는 그되 더호니 늬 형을 위호여 진심 갈녁호여 뎡시를 친당의 옴겨시니 블구의 형의 긔믈이 되려니와 고인이 지긔를 위호여

75면

몸을 허호는 도리 이시니 반싱의 스모호던 미인을 형의게 도라보니니 형은 무어스로 갑흐려 호느뇨 양셰 대회호여 쇼왈 므음으로써 샤례호리라 슈관이 머리를 흔드러 왈 나의 쇼원은 만금도 원이 아니라 드르니 조성의 쳐 녕미 텬하의 독보홀 미식이라 호니 비록 녕미로써 강후신의게 회롱을 허호여시나 강싱의 쇼조호 문미와 미셰호 협긱으로 엇지 녕미의 비합을 삼으리오 나 슈관은 스문 일믹으로 금마옥당이 혁〃호거늘 조가 츅싱의 함희호므로 아직 벼슬을 가라시

76면

나〃의 방목을 써히디 아냐시니 텬의를 기드려 타일 츌장입샹호여 권셰를 홀노 쳔즈홀 졔 역젹 조성의 무리를 엇지 용납호리오 형은 츠강 냥인을 긔이고 긔묘비계를 운동호여 형의 집으로 다려다가 나를 주고 조가의 긔별호되 녕미 간뷔 잇더니 다리고 도쥬호다 호면 조가의셔 박싱과 형을 쑴으나 싱각호리오 만일 형이 녕미를 허티 아니호면 늬 쏘 뎡시를 허티 못호리로다 양셰 박싱의 다리는 말을 듯고 뎡시 취홀 뜻이 급호여 쾌히 허호여 왈 형언이 유리

77면

호니 가르치는 되로 호려니와 다만 누의를 조가의 두고는 스셰 당티 못호고 다려 오기는 쇼미 부모의 쳥도 듯디 아니호니 요스이 더욱 누명을 만나므로 두문블츌호여 셰샹을 슬헛다 호니 엇지면 다려올고 박싱 왈 이 계교는 늬 싱각호리니 오직 녕미를 쟝션각의 일원 후 실신티 말나 호고 냥인이 언약을 뎡혼 후 박싱이 집의 도라와 어미 소시를 보고 귀비긔 여츳〃〃호라 호니 소시 즈식의 블인을 싱각디 아니코 명일 궐듕의 드러가 귀비를 보고 오릭 못 보믈 일쿳

78면

고 다리여 왈 뎡시를 친뎡의 닉친 후 조뮈 공쥬를 후디ᄒᆞ디 조뮈 호ᄉᆡᆨ이 타인과 다ᄅᆞ므로 공쥬를 도라보디 아니코 조셩의 쳐 양시 옥안 화용이 뎡시의셔 삼빅나 〃ᄒᆞ니 조뮈 일〃 유의ᄒᆞ여 ᄉᆞ졍이 〃시며 조가 상히 뎡양의 ᄌᆞ틱 남다ᄅᆞ믈 보와 눈이 놉핫고 옥쥐 ᄯᅳ로 계셔ᄂᆞᆫ 틱되 영발ᄒᆞ시나 양시 곳 겻지으면 빅옥의 와셕 ᄀᆞᆺ고 모란의 잡플 ᄀᆞᆺᄒᆞ니 탈ᄉᆡᆨ이 과이 되ᄂᆞᆫ디라 이러므로 옥쥬 낭낭의 ᄉᆡᆨ틱ᄂᆞᆫ 조가 합문이 박ᄉᆡᆨ으로 밀원다 ᄒᆞ니 쳡이 익달와 낭〃긔 알외ᄂᆞ니 양시를 업시티 아

79면

니ᄒᆞ면 후회 이실가 ᄒᆞᄂᆞ이다 귀비 탄왈 금션이 비록 황녜나 엇지 금장조ᄎᆞ 금ᄒᆞ리오 양녀ᄂᆞᆫ 져젹의 언관이 큰 죄로 얽어시나 셩상이 죄티 아니시니 닉 엇디 양시를 업시ᄒᆞ리오 소시 귀의 다혀 일계를 드리니 귀비 크게 깃거 고개 조아 응낙ᄒᆞ고 가마니 쇼를 닷가 공쥬긔 〃별ᄒᆞ니라 원릭 공쥐 뎡시만 뮈워홀 ᄲᅳᆫ 아니라 양시를 뎡시 버금으로 뮈워ᄒᆞ다가 모비의 글월을 보고 대희ᄒᆞ여 즉시 계교를 힝홀ᄉᆡ 양쇼져의 시비 계월을 ᄉᆞ괴여 회뢰를 만히 주어 심복을 삼고 양셰 슈관으로 동심

80면

모계ᄒᆞ여 양시를 히ᄒᆞ려 ᄒᆞ더라 공쥐 홀연 유병ᄒᆞ여 슈일 증셰 위듕ᄒᆞ여 셤어를 무슈히 ᄒᆞ며 ᄡᅴᄡᅴ 혼졀ᄒᆞ여 무슈ᄒᆞᆫ 사ᄅᆞᆷ이 금도를 들고 지ᄅᆞᆫ다 지져괴며 혼동ᄒᆞ니 금션궁이 쇼요ᄒᆞ고 한님이 우려ᄒᆞ여 구병을 지극히 ᄒᆞ고 구괴 ᄯᅩ 경녀ᄒᆞ여 친히 문병ᄒᆞ더라 공쥐 병셰 날노 위듕ᄒᆞᆫ 형상을 ᄒᆞ니 궁듕이 진경ᄒᆞ고 박귀비 놀나ᄂᆞᆫ 톄ᄒᆞ여 샹긔 알외고 슐ᄉᆞ를 쳥ᄒᆞ여 금션궁의 가 망긔ᄒᆞ라 ᄒᆞ니 이 슐ᄉᆞᄂᆞᆫ 환재니 최상궁의 죵데라 셔로 ᄯᅳᆺ을 마쵸아 동심 뉵

81면

녁ᄒᆞ여 공쥬의 침뎐을 ᄯᅳᆺ고 무슈ᄒᆞᆫ 요예지믈을 어더ᄂᆡ니 쥬필노 축ᄉᆞ를 ᄡᅳ디 이 축ᄉᆡ 뎡시의 ᄒᆞᆫ 배 아니오 셩명도 ᄡᅳ디 아니ᄒᆞ엿더라 틱감이 무슈히 파매 궁듕이 쇼요ᄒᆞᆫ디라 부매 알고 대로ᄒᆞ여 영츈뎡 남은 시녀를 다 잡아다가 져쥬려 ᄒᆞ니 공쥐 부마긔 고왈 뎡부인이 쳡으로 더브러 졍의 골육 ᄀᆞᆺᄒᆞ니 이런 계교를 엇지 닉여시리오 더

옥 이미훈 시비를 쳐쥬디 말고 첩의 궁듕 쇼쇽의게셔 낫실 듯ᄒ니 궁녀를 엄문ᄒ여 획실ᄒ쇼셔 부매 올히

82면

너겨 궁비를 다 잡아니여 츄문홀시 위엄과 호령이 규〃ᄒ나 졔녜 여츌일구ᄒ여 원민 ᄒ패라 ᄒ더니 젹은 궁녀 쇼옥이 직초 왈 과연 쳔비 곡졀을 모로고 양부인 시ᄋ 셤낭 이 흉예지믈과 축슈를 쥬어 이리〃〃 ᄒ라 ᄒ고 ᄯᅩ 빅은 오십냥을 쥬며 니ᄅ딩 일이 일원 후 쳔금으로 샤례ᄒ리라 ᄒ고 공쥬 낭〃 침뎐을 파고 무드면 슈복이 장원ᄒ고 궁듕의 경시 니음츠리라 ᄒ거늘 쇼녜 어린 ᄯᅳᆺ의 유익ᄒᆫ 일이오 공쥬 낭〃긔 조타 ᄒ믈 고지 듯고 무덧ᄂᆞ이다

83면

한님이 쳥파의 크게 의혹ᄒᆞ딩 양시의 시비를 잡아 뭇기도 조치 아니ᄒᆞᆫ디라 이의 졍 식 엄문 왈 이ᄂ 다 허언이라 양부인이 무ᄉᆞᆷ 연고로 너희를 회뢰ᄒ고 일을 쥬장ᄒ엿 시리오 티감이 졍식 왈 쇼옥의 초시 분명커ᄂᆞᆯ 엇디 뭇디 아냐 덥허 두려 ᄒ시ᄂᆞ니잇 고 한님 왈 블연ᄒ다 샤슈의 시녀를 ᄒᆞᆫ 궁녀의 모함ᄒᆞᄂᆞᆫ 말노조ᄎᆞ 최ᄒᆞ리오 여등이 다만 대니의 드러가 알외딩 고이ᄒᆞᆫ 거시 이시딩 근본을 ᄎᆞᆺ디 못ᄒᆞᆫ 줄노 말ᄉᆞᆷᄒ라 티 감이 블가ᄒᆞ믈 다톨 즈음의 직시

84면

금션궁의셔 미질 쇼릭 나믈 듯고 그 형의 과격ᄒᆞ미 잇ᄂ가 ᄒ여 완보ᄒ여 금션궁의 니ᄅᆞ니 형장 긔구를 셩비히 ᄒ고 노지 구룸 못듯ᄒ여 쇼옥을 미여 치기를 그치디 아 니ᄒᆞ거늘 직시 나아가 좌뎡ᄒ고 문왈 공쥐 환휘 엇더ᄒ시며 무ᄉ 큰 일이 잇숩건딩 우환 등 형댱을 베프시니잇고 한님이 미우를 ᄲᅥᆼ긔여 왈 궁듕의 변괴 이시매 브득이 져쥬노라 진가를 아디 못ᄒᆞ니 우민ᄒ여 ᄒ노라 직시 한님의 말을 드르며 일변 초소 를 보고 한심ᄒᆞ믈 이긔디 못ᄒ여

85면

눈을 드러 쇼옥을 다시 보디 아니나 안식이 ᄌᆞ약ᄒ여 왈 엇지코져 ᄒ시ᄂᆞ뇨 한님 왈

쇼옥의 초시 허망ᄒ니 믈시ᄒ미 맛당ᄒ도다 직시 정식 왈 블연ᄒ이다 이거시 우리
형뎨 스스로이 ᄒᆯ 일이 아냐 텬지 슐수를 보닉샤 발셔 망긔ᄒ여 젹발ᄒ여시니 양시
를 니ᄅ디 말고 지어쇼뎨라도 무러 진가를 아니 다스리디 못ᄒ리이다 ᄒ고 다시 〃
녀를 명ᄒ여 옥미뎡의 가 셤낭을 잡아 오라 ᄒ니 원릭 셤낭은 양시의 유뎨니 안식이
미려ᄒ고 긔질이 비샹ᄒ여 쇼져긔

86면

신임ᄒ더니 영오 총명ᄒ고 위쥬튱심이 긔신의 닙졀을 효측ᄒᆯ 만ᄒ고 〃금을 박남ᄒ
여 문지 규각의 군지오 청의듕 영걸이라 양시 골육ᄀᆞ티 스랑ᄒ니 계월이 미양 뮈워
ᄒ던 고로 진짓 쇼옥의 초스의 너ᄒ미라 쇼졔 셤낭의 손을 잡고 함누 왈 쇼쟝지변이
의외의 이시니 너는 슈고로 형벌을 밧디 말고 조각을 보아 슌편ᄒᆯ 도리를 싱각ᄒ
여 다 나의 시기미라 ᄒ라 나는 뎡확의 든 시오 궤샹육이니 닉 목슴을 구차이 살녀
아닛노라 낭이 ᄌ약히 위로 왈

87면

텬일이 조림ᄒ고 신명이 지방ᄒ니 쇼져의 현심 슉덕으로ᄡ 고히ᄒ 변을 만나 계시나
맛ᄎᆷ닉 반셕 ᄀᆞᆺᄒ실지라 쇼비 일시의 알프믈 참디 못ᄒ여 이미ᄒ 쥬모를 스디의 너
ᄒ면 텬양이 두리오니 쇼비 싱셩화복의 엇디 ᄆᆞ음을 고티리잇가 쇼비 비록 청의 쳔
뉘나 ᄠᆺ인즉 튱신 녈스의 일을 흠모ᄒᆞᆸᄂᆞ니 블힝ᄒ여 이런 일을 당ᄒ오나 죽어 쥬
인을 갑ᄉ올 거시오 ᄯᆞ한 술 도리 이시면 버셔날 의스를 ᄒ오리니 오직 쇼져는 쳔금
지구를 보호ᄒ쇼셔 이리 말ᄒᆯ ᄉᆞ이

88면

의 직쵹이 셩화 ᄀᆞᆺᄒ니 유랑이 가슴을 두다려 우나 낭이 다시 ᄒᆫ 말도 못ᄒ고 ᄉᆞ예를
ᄡᅡ라 니ᄅ니 직시 호령ᄒ여 셤낭을 올녀 민라 ᄒ고 쇼옥의 쵸ᄉᆞ를 뵈며 엄형 국문ᄒᆞᆯ
시 낭이 듕형을 당ᄒ나 블변 안식ᄒ고 ᄌ약히 딕왈 우리 쥬뫼 비록 어지디 못ᄒ시나
옥쥬긔 무슴 히로오미 계셔 이런 흉변을 지을니 이시리잇고 이는 삼쳑동도 고지 듯
지 아니리니 쇼비 일즉 족젹이 금션궁을 밟은 바도 업습고 쇼옥의 얼골도 본 배 업거
늘 쇼옥이 엇지 쇼비의 일홈을 아라시리잇고

89면

가르친 재 잇스오리니 쇼비 일신이 쟝하 경혼이 될디언뎡 빙옥 그흔 쥬모의게 원왕 흔 죄를 기티지 못ᄒ오리니 낭위 노야는 신명ᄒ시므로 엇디 씨닷디 못ᄒ시ᄂ니 잇고 언에 흔갈긋티 강긔ᄒ고 안식이 녈〃ᄒ여 조곰도 죽기를 두리디 아니ᄒ니 좌위 경탄 ᄒ고 한님이 셤낭의 일을 크게 탄복ᄒ여 말녀 왈 셤낭의 언시 당〃ᄒ고 틍의 개셰ᄒ 여 쳥의등 녈시어늘 엇디 쇼옥의 요망흔 허언으로 슈〃의 골경지신을 히ᄒ리오 그만 샤ᄒ라 ᄒ고 셤낭은 이 밧긔 더

90면

알월 말이 업셰라 ᄒ니 한님이 시노를 명ᄒ여 셤낭의 민 거슬 그르고 사ᄒ니 직시 한 님긔 고왈 이 일이 우리 형뎨 쳐티ᄒ고 그만 홀 일이 아니〃 쇼옥과 셤낭을 가도고 셩샹 쳐치를 기ᄃ리샤이다 한님이 미급답의 공쥐 졋어 왈 ᄎ시 등한흔 일이 아니오 나 임의 다 파녀여 업시ᄒ엿고 ᄯ 쳡이 히를 입은 배 업스니 근본을 극극히 ᄎᄌ 니 여 쾌홀 거시 업고 쇼옥 셤낭은 하류 쳔견으로 회뢰를 탐흔 일이오니 그만ᄒ여 샤ᄒ 쇼셔 ᄒ니 이ᄂ 쇼옥이 형댱을 견ᄃ디 못ᄒ여 게

91면

월의 가르치믈 토셜홀가 두리미오 계월이 잡히면 언약이 구드나 듕형을 못 견ᄃ여 실고흔즉 ᄌ긔 일이 드러날디라 ᄎ고로 겁ᄒ여 셤낭을 구ᄒ여 죽기를 면ᄒ고 ᄯ 틱 감이 봉명ᄒ여 도라갈시 공쥐 귀비긔 밀셔를 알외여 다시 옥ᄉ를 일우디 말고 양시 를 나이ᄒ여 제 집으로 보니기를 간쳥ᄒ엿ᄂ디라 ᄯ 틱감의게 분부ᄒ디 금일 옥시 비록 한심ᄒ나 국가의 간셥흔 일이 아니오 옥셕을 갈히려 ᄒ면 사름이 만히 샹ᄒ리 니 여등이 도라가 셩샹긔

92면

쥬ᄒ디 조부 일이 무스케 ᄒ라 한님은 그 말을 언〃이 현슉흔 줄노 아디 직스ᄂ 블승 한심ᄒ여 ᄉ미를 ᄯ칠치고 부듕의 도라와 존당 부모긔 금션궁 일이 히이ᄒ믈 고ᄒ니 공이 대경 왈 ᄎᄂ 양현부의게 블측흔 ᄒ 박두ᄒ리니 뎡식부의 일은 오히려 예ᄉ여 니와 양식부를 함히ᄒ믄 무슴 일인고 직시 티왈 양시 브졀업슨 싀용이 너모 고으므

로 횡익이 무궁ᄒ니 희ᄋ의 탓도 아니오 져의 져즌 죄도 아니니이다 조시 등이 쇼 왈
네 말 ᄀᄐᆯ진대 뉘 며ᄂᆞ리와 안히

93면
를 절식을 구ᄒ리오 직시 쇼왈 연고로 쇼뎨는 식을 구치 아냐 얼골은 황부인 ᄀᆞᆺ고 덕
은 밍광 ᄀᆞᆺᄒ니를 구ᄒ더니 불힝ᄒ여 져를 만나 곡경을 보니 괴로온 일이로쇼이다
졔미 대쇼ᄒ고 양시를 위ᄒ여 근심ᄒ더라 이ᄯᅥ 귀비 주ᄒ되 공쥬의 병이 양시의 요
악ᄒᆫ 져주로 나시니 양시를 둔 즉 반ᄃᆞ시 공쥬를 모살ᄒ리니 폐튤ᄒ고 조셩으로 일
개 슉녀를 ᄉᆞ혼ᄒ샤 조가의 원망이 업게 ᄒ쇼셔 ᄒ니 샹이 블윤ᄒ시니 귀비 연일 이
걸ᄒ고 양시의 젼일 허믈이 호ᄃᆡᄒ믈 읽어 주

94면
흔ᄃᆡ 텬의 도로혀샤 조양 이문의 하교 왈 양녀의 음악ᄒᆫ 죄샹이 구듕의 ᄉᆞ못치되 짐
이 기부와 공쥬의 낫츨 보고 믈시ᄒ더니 죵시 고틸 줄을 모로고 다시 흉ᄉᆞ를 지어 공
쥬를 함히ᄒ니 만일 젹실ᄒ면 극늎의 갈 거시오 희외의 뉴찬ᄒᆯ 거시로되 팔왕의 외
손이오 양임의 낫츨 보와 듕죄 날회ᄂᆞ니 조가의 나이ᄒ여 혼셔를 거두고 폐튤ᄒ라
조셩은 짐의 춍이지신이니 일시도 가실이 업지 못ᄒ리니 병부샹셔 왕겸의 일녀 슉녜
믈 짐이 아ᄂᆞ니 특별이 ᄉᆞ혼ᄒ매 슈

95면
히 셩혼ᄒ라 ᄒ시니 왕겸은 개국공신 왕진빈의 손이라 왕귀비 득춍ᄒ매 잇다감 질녀
를 궐듕의 드려 오므로 샹이 그 ᄌᆞ식을 보시고 아름다이 너기시더니 박귀비와 왕귀
비 용ᄉᆞᄒ여 이 젼지를 ᄂᆞ리오시니 조양 이가의셔 블승차악ᄒ고 틱부인은 머리를 ᄲᆞᆺ
고 누어 울고 조공 부″는 존당을 위로ᄒ나 칼을 삼킨 ᄃᆞᆺᄒ더라 공이 양시를 발명코
져 ᄒ나 흔ᄀᆞᆺ ᄉᆞ졍이오 벗길 조각이 업ᄂᆞᆫ지라 두낫 아ᄌᆞ의 금슬이 산난ᄒ여 마장이
만흐믈 차탄ᄒ며 더옥 왕가 혼인을 원티 아니믄

96면
귀비의 질녜믈 우려ᄒ나 직ᄉᆞ는 ᄒᆞᆫ 말도 아른 쳬 아냐 아모 일도 모로는 사름 ᄀᆞᆺᄒ니

공이 문왈 이제 양시 쳔고의 업순 누명과 죄명을 시러 폐츌ᄒ니 뎡시ᄂᆫ 샹명이 공쥬의 싱산ᄒᄆᆯ 기ᄃᆞ려 죠가의 도라보ᄂᆡ려 ᄒ시거니와 양시ᄂᆫ 아조 혼셔를 업시ᄒ고 영츌ᄒ라 ᄒ시니 그 사ᄅᆞᆷ되미 예ᄉᆞ로와도 삼년 슬하지졍이 참연ᄒ려든 ᄒᄆᆯ며 슉녀ᄯ녀 왕가 혼ᄉ 더옥 블ᄒᆡᆼᄒᄃᆡ 너희 거동이 너모 무ᄉ 무려ᄒ니 도량이 관홍ᄒ여 강잉ᄒᄆᆫ가 원ᄅᆡ 양시와 은졍이 업

97면

셔 유뮈 블관ᄒ여 그러ᄒᄆᆫ가 여뷔 실노 고이히 너기노라 직시 츈풍 화긔 잠간 쇼삭ᄒ며 비샤계슈 왈 블초아 등이 입신양명ᄒ여 ᄒᆞᆫ 일도 셩효를 다ᄒ미 업ᄉ오니 심듕의 우민ᄒᆞᆯ지언뎡 지어양시ᄒ여ᄂᆫ 운익이 긔구ᄒ여 이런 참누를 시러 비록 졀혼가디 ᄒ오나 유지 잇ᄉᆞᆸ고 셩샹이 ᄭᆡᄃᆞᄅᆞ시ᄂᆫ 날이면 양시 도라올 거시오 지어왕가 혼ᄉᄂᆫ ᄉᆞ양ᄒ여 면티 못ᄒ오리니 군명을 슌슈ᄒ여 나죵을 보려니와 희이 졔일 근심은 형의 긔운이 강장ᄒ오나 이십젼 혈긔

98면

미뎡ᄒ온ᄃᆡ 쥬식의 침닉ᄒ오미 과도ᄒ여 츙텬 장긔 쇼삭ᄒ오니 만일 엄훈이 등한이 계칙ᄒ시면 미구의 대병이 발ᄒ오리니 형의 몸이 죵샤의 듕ᄒᆷ과 ᄯᅩ한 문호지칙을 오로지 가진디라 젼의ᄂᆫ 공쥬를 원슈ᄀᆞ티 ᄒᆞᆸ고 그 샹모의 블길ᄒᄆᆯ 일ᄏᆞᆺᄉᆞᆸ더니 근간 침닉ᄒ미 본셩을 일허시니 심녜 크ᄋᆞᆸ고 침식지간 우민ᄒᆞ미 형의게 미쳣ᄉᆞᆫ이다 공이 쇼왈 오ᄋᆞ의 ᄒᄂᆫ 말이 다 군ᄌᆞ의 졍논이오 대장부의 긔샹이라 노뷔 근심이 업거니와 여형의 힝ᄉᄂᆫ 날노 그릇되니 엇지

99면

큰 블ᄒᆡᆼ이 아니리오 사ᄅᆞᆷ의 긔샹도 다 거즛 거시라 ᄒ노라 뎡양 두 신뮈 다 복녹이 완젼ᄒᆞᆯ 긔샹이라 ᄒᆞ엿더니 두 사ᄅᆞᆷ의 신셰 이대도록 고이ᄒ니 닉 이제ᄂᆞᆫ 눈을 감아 지인ᄒᄂᆫ 톄를 아니리라 위부인이 함누 탄식ᄒ고 공과 직시 퇴부인을 빅단 개유ᄒᄃᆡ 퇴부인이 블승참연ᄒ여 양시를 블너 왈 앗갑다 현부여 엇디 이디도록 갓초 삼기고 그 명이 ″ 디도록 박ᄒ뇨 노뫼 싱젼의 너희 화락ᄒᄆᆯ 다시 못 보면 구원의 명목디 못ᄒ리로다 ᄒ고 누숴 여우ᄒ니 양시 주긔 신셰 그

100면

룻되믄 잇고 블효를 더옥 슬허ᄒᆞ나 존당의 상회ᄒᆞ시믈 돕디 아니려 안식을 화히 ᄒᆞ고 주왈 불쵸ᄋᆡ 존당의 셩효ᄂᆞᆫ 일우디 못ᄒᆞ고 이러툿 셩우를 ᄭᅵ티오니 ᄋᆞ히 ᄆᆞ음이 능히 안〃ᄒᆞ리잇고 신누 악명은 만고의 능히 용납디 못ᄒᆞᆯ 강샹이라 죽어 냥가〃셩을 욕 먹인 븟그러오믈 이즐 거시로ᄃᆡ 존당과 구고끠 블효를 못 ᄭᅵ티와 ᄆᆞ음을 구지 잡고 완연이 ᄉᆞ라 텬힝으로 복분의 원을 신셜ᄒᆞ온즉 죽ᄂᆞᆫ 날이라도 ᄆᆞᆰ은 귀신이 될가 바라ᄋᆞᆸ더니 다시 셜

101면

샹의 셔리를 더ᄒᆞ오니 ᄎᆞᄂᆞᆫ 명되 긔험ᄒᆞ오미라 나라히 ᄉᆞᆯ여 어버이 집으로 ᄂᆡ티시니 이ᄂᆞᆫ ᄉᆞ디가 아니오니 믈너가 심규의셔 몰신토록 화봉인의 쳥츅 셩인을 효측ᄒᆞᄋᆞᆸ고 죽어 고혼이라도 조시 문은 바라디 못ᄒᆞ나 구〃ᄒᆞᆫ 졍셩이 구가 션영을 바라 게 무치이미 원이로쇼이다 이ᄀᆞᆺ티 샹회ᄒᆞ시니 쇼쳡이 비황ᄒᆞᆫ 졍ᄉᆡ 더ᄒᆞ여 ᄆᆞ음이 아득ᄒᆞ오니 블효를 이긔디 못ᄒᆞ리로쇼이다 ᄋᆡ원ᄒᆞᆫ 말숨이 셕목을 감동ᄒᆞ고 셩회 츌어외모ᄒᆞ니 ᄒᆞ믈며 용화의 아리ᄯᆞ

102면

온 거시 무릉 도화 일지 츈우의 잠겻ᄂᆞᆫ 듯 봉황아미ᄂᆞᆫ 취필을 슈고로이 아냐시ᄃᆡ 더욱 긔이ᄒᆞ야 츄파 빵셩과 화협 쥬슌의 빅티 무로 녹으니 사룸으로 ᄒᆞ여곰 눈이 현황ᄒᆞ고 졍신이 취ᄒᆞᄂᆞᆫ디라 구고와 ᄐᆡ부인의 ᄉᆞ랑ᄒᆞᄂᆞᆫ 졍이 그음 업ᄉᆞ니 직ᄉᆡ 시좌ᄒᆞ여 심ᄉᆡ 블호ᄒᆞ고 측연ᄒᆞᆫ 졍이 간졀ᄒᆞ여 심니의 혜오ᄃᆡ 고이ᄒᆞᆫ 변괴 니음ᄎᆞᄆᆡ ᄂᆡ ᄆᆞ음의 측ᄒᆞ여 비록 져를 의심ᄒᆞ미 업ᄉᆞ나 마춤ᄂᆡ 부〃 졍니 온젼티 못ᄒᆞᄃᆡ 양시를 ᄃᆡᄒᆞ면 ᄌᆞ연 공경ᄒᆞ며 네듕ᄒᆞ

103면

여 나종을 보와 나의 복이 박디 아니며 타일 의심을 쾌히 프러 바린 후 빅슈 ᄒᆡ로ᄒᆞ여 부모를 효봉ᄒᆞ믈 원ᄒᆞ더니 ᄯᅳᆺ 아닌 화익이 ᄯᅩ 니러나 영영 ᄂᆡ집을 ᄉᆞᄎᆞ니 그 졍ᄉᆡ 비원ᄒᆞ고 그 긔결ᄒᆞᆫ 셩졍이 신샹의 누명을 시ᄅᆞ매 반ᄃᆞ시 죽을 ᄆᆞ음이 만코 ᄉᆞᆯ 의ᄉᆡ 젹을지라 ᄒᆞᆫ번 옥이 바ᄋᆞ지고 ᄭᅩᆺ치 쇠잔ᄒᆞᆯ진대 날노ᄡᅧ 금슬의 ᄒᆞᆫ이 ᄆᆡ치고 고고ᄒᆞᆫ

유치의 종텬지통이 참블인견이리니 나의 일언 부탁의 져의 싱시 달녓실다라 ᄒ여 믄
득 안쇠을 쇠〃이 ᄒ고 부인을 향ᄒ여 왈 싱

104면

이 블민ᄒ나 부인으로 더브러 결발 삼지의 아지 이셔 셔로 뉴의를 믹ᄌ 샹히오미 업
더니 시운이 브뎨ᄒ여 만나 바 누명과 변이 사름으로써 능히 견듸지 못홀 경계라 ᄒ
려니와 슈연나 부인의 ᄉ싱과 종닉 쳐치는 비록 빅인이 더럽다 타비ᄒ고 쳔인이
가살이라 ᄒ여도 이 조ᄉ원이 다 아ᄂ니 부인이 쇼싱의 일언을 찰납ᄒ시랴 쇼뎨 직
ᄉ로 더브러 일방의 샹듸 빈〃ᄒ나 미양 호의를 스티고 ᄌ괴ᄒ미 압셔므로 언어 슈
쟉이 드므더니 금일 존젼의셔 직ᄉ의 말을 드르니 더욱 슈

105면

괴ᄒ미 극ᄒ나 ᄉ톄의 아니 듸답디 못홀지라 이의 옷기슬 넘의고 듸왈 쳡의 일신 쳐
치와 ᄉ싱이 다 군ᄌ긔 달녓ᄂ디라 엇지 그 말슴을 봉힝티 아니리잇고 직시 츄연 탄
왈 부인이 오히려 혹싱을 박힝인으로 아ᄅ시거니와 나는 부인의 누명을 신빅기 젼이
라도 부인을 죄인이라 아니ᄒ고 나라히 인연을 ᄯ츠시나 혹싱은 부인을 원비로 위ᄒ
여 유지 젹쟝이 될 거시오 그 아돌이 잇고 싱의 ᄆ음이 〃런 후는 부인이 만니 시외
의 쳐ᄒ셔도 이 조ᄉ원을 밋고 늬 반셕 ᄀᆞ흔 지심의 안희를 알며

106면

ᄯᅩ 존당 부모와 슉미의 은의ᄒ는 졍이 여ᄎᆞᄒ시니 부인이 구틔여 박명혼 인싱이 아
니시라 ᄯᅩ흔 악부뫼 강건ᄒ시고 싱이 ᄉ라시며 유지 범샹흔 셰속 아히 아니라 싱이
혜아리매 부인의 삼종지탁이 틱산 교악 ᄀᆞ흔디라 쳥츈 홍안의 일졈 혈육 업시 샹부
ᄒ고 부뫼 구몰흔 녀ᄌᆞ도 오히려 가부의 향화를 위ᄒ여 ᄉᄂ니 이제 부인이 늬 집을
쩌나믈 슬허ᄒ여 몸이 죽기의 니를진대 이는 나의 존당 부모를 져ᄇ리고 버거 그듸
친뎡의 블회 막듸ᄒ며 지아븨 졍녕흔 부탁을 잇

107면

고 〃혈흔 유ᄋ로 ᄒ여금 종텬지통을 기티미니 이를 ᄎᆞ마 ᄒ면 무어슬 못ᄒ리오 만

일 부인이 죽는 날이면 이 곳 수원의 쳐지 아니라 싱이 쏘훈 복계를 아닐 거시오 시신도 닉집 션영의 용납디 아니흐리니 싱의 쳐언이 부인의 스싱 쳐변을 경히 흘가 심곡을 니르미니 부인은 등한이 듯디 마르쇼셔 언에 간졀흐딕 구챠티 아니흐며 안뫼 화평흐딕 단엄흐여 듯는 쟈로 흐여곰 감심 각골흘지라 양시 슬픈 졍스로써 직스의 말슴을 드르매 등심의 비감흐믈 금티 못흐여 츄파의 이

108면

루를 먹음고 화용이 쳑〃흐여 공슈 샤례 왈 쳡의 힝시 신기를 져브린 죄악이 구듕의 스뭇고 누명이 만셩의 흰쟈흐여도 군지 살기를 허흐시니 쳡이 엇디 군즈 대은을 심곡의 삭여 명교를 봉승티 못흐고 일신 쳐치를 즈힝흐리잇고 직시 텽파의 희동 안식흐고 화긔 의연흐여 왈 부인 말슴이 여츠흐시니 흑싱이 다시 부인의 스싱지녀를 므음의 거리끼디 아니흐고 ᄋᆞ즈를 무휼흐여 부인의 삼종지탁을 니어 넘녀 업게 흐리이다 흐니 냥인의 문답이 듕좌 듕의 쳐음이라 죤

109면

당 부뫼 아름다이 너기고 졔미 탄식흐믈 마디 아니흐더라 이윽고 양공이 니르러 녀ᄋᆞ를 다려 가려흐니 조공 부지 외헌의 나와 양공을 마즈 볼시 조공이 탄식 츄연흐여 말슴을 펴 왈 흑싱이 명공으로 더브러 인친 후졍을 미즈 빅년을 져브리디 아닐가 흐엿더니 조믈이 다싀흐고 ᄋᆞ부의 비샹흔 익운이 여츠흐여 이런 변난이 이시니 흔갓 현부를 차샹흘 쑨 아니라 븍당 편친이 폐식 톄읍흐샤 이샹흐시미 그 시신을 노흔 드시 흐시니 쇼뎨 초민흔 졍스를 니르리잇가 슈연이나 텬

110면

되 슌환흐니 익미흔 재 신원흐고 간악흔 재 미양 속이디 못흐ᄂᆞ니 ᄋᆞ부의 슉뇨 현쳘흐므로써 종리 누셜 듕의 맛디 아니리니 현형은 방심흐고 ᄋᆞ부의 과샹흐믈 슬퍼 약질을 보젼케 흐믈 바라ᄂᆞ이다 양공이 쳑연 손샤 왈 쇼싱이 비쳔흔 녀즈로써 승샹의 거두시믈 입어 외람이 인친의 후졍을 밋고 쏘 수원 ᄀᆞᆺ흔 대현군즈로써 동샹을 삼으니 여른 복이 손흐여 이런 일이 이시니 참괴흐거니와 쇼녀 즈쇼로 슈힝흐믈 빅이의 고졀과 반소의 어질믈 흠션흐여 젹

111면

은 일도 비례를 피흐여 부덕의 어긔오미 업스니 비록 남의셔 긔특흔 일홈은 못 어든
들 누명이 구듕 텬폐의 스뭇고 만셩의 횐즈흐니 우뎨의 통흔 졍유를 챵졸의 다 흐지
못흐디 쇼녀의 심장이 버히는 듯흔 듕 다시 녕당 틴부인긔 블회 비경흐니 쇼뎨 더옥
참괴티 아니리오 지삼 칭죄흐더니 눈을 드러 직스를 보니 의관을 졍히 흐고 스긔 즈
약흐여 쯧을 측냥키 어렵고 헌앙흔 풍모와 윤틱흔 명광이 츈홰 웃는 듯 효셩 빵안과
와잠 봉미의 산천 졍긔와 흠

112면

듕의 텬디를 지작흘 큰 도량을 픔엇시니 일셰의 대현군지라 양공이 본디 졍직 명공
이로디 이 셔랑의게 다드라는 졍신이 취흐고 톄면을 오히려 슈습디 못흐는디라 년망
이 직스의 손을 잡고 등을 어로만져 왈 현셔는 노부의 구구흐믈 가쇼로이 너기고 금
일노브터 왕병부의 셔랑이 되어 무흠이 즐기려니와 노부의 무음은 칼을 삼키고 살을
버히는 듯 또 일지 블초흐니 노뷔 바라는 배 현셔 쁜이어늘 금일 현셔를 보니 틴연
무심흐여 일졈 츄연지심이 업

113면

스니 나의 녀우를 블관이 너기고 노부를 지긔의 구싱이 아니라 흐여 그러흐미냐 인
흐여 싱의 옥비를 어로만져 간″흔 졍이 인심을 감동흐니 직스의 지극흔 현심으로
엇디 박디흘 무음이 이시리오 마는 그 거동이 너모 구″흐여 연약기의 갓가오믈 우
이 너기나 기리 샤례 왈 쇼셰 이제 악댱의 지우흐시믈 입스와 동상의 뫼션 디 거의
삼지의 스랑흐시믈 간폐의 삭여시니 신로이 말숨으로 쇼셔의 심쳔을 지긔흐시리잇
고 실인의 만나 바 익경은 다 범연이 니르면 참혹

114면

다 흐려나외 일시 익운이오 국가의셔 익미흐믈 즈연 아르시리니 기여는 다 부운 곳
습고 악댱이 당당흐신 대군즈로 일녀를 죽이셔도 이러티 아남죽 흐시거늘 흐믈며 슬
하의 다려가샤 부녀의 텬륜이 완젼흐시거늘 과샹흐시미 근어부인이시니 쇼셰 그윽
이 블취흐느이다 언파의 화흔 미우의 화긔 츈양이 만믈을 회싱흐며 단엄흐믄 공부즈

좌젼의 뫼와 교화를 드룸 굿혼디라 조공은 만면 화긔를 현츌ᄒ고 양공은 더옥 칭찬
왈 션ᄌ *"*라 ᄉ원의 말이여 여ᄎ 대

115면
현을 노뷔 슬하의 둘 복이 업스니 슈혼슈원이리오 닉 명이 박ᄒ미나 현셔는 노부를
싱각ᄒ여 잇다감 ᄎᄌ 보와 가득이 싱각ᄂ 졍을 도라보라 노부를 근어부인이라 ᄒ니
부녀 텬륜은 인지상졍이라 오녜 삼외 ᄎ디 못ᄒ여 심규의 죄인이 될 ᄲᆫ 아니라 무죄
흔 누명이 일신의 덥헛고 만셩의 훤ᄌᄒ니 아심이 비여셕이오 비여쳘이라 엇지 능히
참을 것가 아녜 유죄ᄒ여 이 일을 만나시면 오히려 노뷔 인약ᄒ나 쾌히 죽여 가셩을
문허바린 죄를 속ᄒ리니 일호

116면
나 앗기리오마ᄂ 빙옥 굿흔 힝실이 아비되여 다시 가ᄅ칠 거시 업고 여ᄎ 경계를 당
ᄒ여 위인신ᄒ여 군상을 원티 못ᄒ나 위인부ᄒ여 이 잔잉ᄒᄆᆯ 가히 견딜것가 분히ᄒ
믈 견듸디 못ᄒ여 인ᄒ여 산연 타루ᄒ니 조공이 ᄯᅩᆫ 감회ᄒ여 위로 왈 도시 텬명이
니 현마 엇디 ᄒ리오 직시 화셩이어로 위로 왈 쇼셰 엇지 감히 악당의 텬륜자이로 비
창ᄒ시믈 우ᄋ리잇고 다만 징이파의라 무익흔 상회를 ᄒ샤 위의예 손샹ᄒ시니 관심
믈우ᄒ쇼셔 쇼셰 비록 무신ᄒ나 지우지

117면
은을 간폐의 삭이리이다 ᄒ더라 공이 쥬비를 나와 인친 옹셰 ᄶ려나ᄂ 졍을 앗기더니
일모ᄒ매 양공이 도라가믈 직쵹ᄒ니 쇼셰 비록 친당으로 도라가나 텬디 아득ᄒ고 졍
신이 산난흔 듕 슈셰 유ᄋ를 바리고 학발 존당의 영결을 당ᄒ여ᄂ 부모와 존고의 보
닉ᄂ 졍시 그음업고 좌우 졔쇼고ᄂ 가득히 버려 슬허ᄒ니 ᄎ시를 당ᄒ여 쳘구 금심
이나 슬프려든 녀ᄌ의 연 *"* 약질이 바ᄋ지믈 면ᄒ리오 ᄒ믈며 그 신셰를 의논ᄒ매
이칠 홍안의 쳔고의 더러온 미명을 시러 가뷔

118면
무ᄉᄒ나 ᄎ싱의 모들 긔약이 업고 구괴 이휼ᄒ시ᄃᆡ 다시 조문을 바라디 못ᄒ고 ᄋᄌ

의 교연ᄒᆞᄆᆞᆯ 장상지쥬를 일ᄒᆞ니 장강 반비의 박명을 밋틸 길이 업ᄂᆞᆫ디라 츄파 쌍셩의 쥬뤼 어리엿고 팔ᄌᆞ아황의 슈운이 삼″ᄒᆞ니 옥음이 쳐졀ᄒᆞ여 겨유 보듕ᄒᆞ시믈 츅원ᄒᆞ여 빗ᄉᆞᄒᆞ고 년보를 두로혀미 쳔항 누쉬 화싀를 젹시ᄂᆞᆫ디라 좌위 참블인견ᄒᆞ고 틱부인이 실셩 운졀ᄒᆞ니 위부인과 졔쇼졔 붓드러 관위ᄒᆞ고 공의 부지 대경ᄒᆞ여 관회ᄒᆞ시믈 간ᄒᆞ고 양쇼졔 공

119면

과 직ᄉᆞ를 보고 누흔을 거두나 부용이 츄우의 져즌 ᄃᆞᆺᄒᆞ니 직시 존당 비회 도으믈 미안ᄒᆞ여 냥안을 흘겨 양쇼져를 보ᄂᆞᆫ디라 소싱 쳐 조시 슈회 듕이나 ᄭᅮ지져 왈 갓득 쳔디 망″ᄒᆞ여 ᄒᆞᄂᆞᆫ 심ᄉᆞ의 너ᄂᆞᆫ 흘긔ᄂᆞᆫ 눈이 무어시 뮈워 그리 슌편티 못ᄒᆞ뇨 직시 미쇼 왈 텬디 망극ᄒᆞ미 하시니잇고 쇼졔 죽으면 텬디 망″ᄒᆞ기도 고이티 안커니와 쇼졔 십ᄉᆞ 쳥츈의 흔 미양도 업시 져의 울미 아니 고이ᄒᆞ니잇가 셜스 ᄆᆞᄋᆞᆷ이 슬픈들 존젼을 삼가디 아니코 대모의 과상ᄒᆞ시믈 도도니 아니 블

120면

회니잇가 졀노뻐 넘치 잇ᄂᆞᆫ 사름으로 아랏더니 금일 광경은 고이ᄒᆞ니 오릭 보믈 면티 못ᄒᆞ리로쇼이다 쇼졔 슈용ᄒᆞ여 참식 은영ᄒᆞ니 조시 등이 비로쇼 되쇼 왈 사름마다 ᄆᆞ옴이 금셕 ᄀᆞᆺ티 모질기 쉬오냐 양뎨의 당흔 바로 져ᄀᆞᆺ티 안졍ᄒᆞ믄 우리는 가장 달니 아랏더니 너ᄂᆞᆫ 부족ᄒᆞ여 빅안 묘시ᄒᆞ니 이제 대악의 안히를 어더 아모 셜운 일을 보와도 금셕ᄀᆞᆺ티 일졈 눈믈 안 닐 쳐ᄌᆞ를 구ᄒᆞ라 한님이 양시를 보ᄂᆞ려 왓던디라 우어 왈 져″ 등은 아담을 마ᄅᆞ쇼셔 쇼졔 현슈를

121면

니별ᄒᆞ고 그런 악쳐를 어더든 엇지 견듸리잇고 위부인이 정식 왈 회롱들도 즐거온 딕 듯고 시브디 인심이 여할여삭ᄒᆞ니 언쇼 쇼릭 심회겹다 ᄒᆞ더라

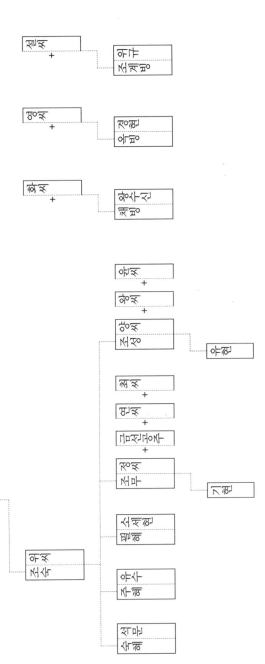

현몽쌍룡기
정씨 가문
가계도

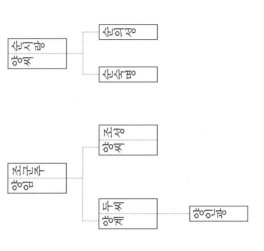

현몽쌍룡기
양씨 가문
가계도